生死疲勞

Life and Death Are Wearing Me Out

莫言

Mo Yan

佛說：「生死疲勞，從貪欲起。少欲無為，身心自在。」

小說是手工活兒

莫言

二〇〇五年七、八月間，我用四十三天的時間，寫完了長篇小說《生死疲勞》。媒體報導我用四十三天寫了五十五萬字，這是誤傳。準確的說，我是用四十三天寫了四十三萬字（稿紙字數），版面字數是四十九萬。寫得不算慢，也可以說很快。當眾多批評家批評作家急功近利、粗製濫造時，我寫得這樣快，有些大逆不道。當然我也可以說，雖然寫了四十三天，但我積累了四十三年，因為小說中的主人公——那個頑固不化的單幹戶的原型——推著吱啞作響的木輪車在我們小學校門前的道路上走來走去時，還是上個世紀六〇年代的初期。用四十三天寫出來的長篇，會是一個什麼樣的怪物？這不是我在這裡想討論的問題。我想說的是：為什麼寫得這麼快。

為什麼寫得這樣快？因為拋棄了電腦，重新拿起了筆。一種性能在毛筆和鋼筆之間的軟毛筆。它比鋼筆有彈性，又省卻了毛筆須不斷地吸墨的麻煩，寫出的字跡有鋼筆的硬朗和毛筆的風度，每枝五元，可寫八千多字，一部《生死疲勞》用了五十枝。與電腦相比，價廉許多。

我不能說電腦不好，因為電腦給我們帶來了無數的便利。電腦使許多夢中的情景變成了現實，電腦改變了我們的生活。我從一九九五年買了第一台電腦，但放到一九九六年才開始學習使用。在很長一段時間裡，我懷疑自己永遠學不會使用電腦，但最終我還是學會了用電腦寫作。我的第一台電腦只寫了幾部中篇小說便報了廢，然後我購買了第二台電腦。那是一九九九年春天，十五英寸液晶顯示幕，奔Ⅲ，要價二萬八千餘元，找到朋友說情打折後還二萬三千餘元。當時我曾經自吹：雖然我玩電腦的水平不高，但我的電腦價錢很高。不久我又買了一台東芝筆記型電腦。我去參加聯想集團一個活動，他們又贈我一台電腦。我用電腦寫出了《檀香刑》、《四十一炮》、《三十年前的長跑比賽》、《拇指銬》等小說，寫出了《霸王別姬》、《我們的荊軻》等劇本，還寫了一大堆雜七拉八的散文、隨筆。我用電腦收發了無數的郵件，獲取了大量信息。我成了一個不習慣用筆的人，但我總是懷念用筆寫作的日子。

這次，我終於下定決心拋開了電腦，重新拿起筆面對稿紙，彷彿是一個裁縫扔掉了縫紉機重新拿起了針和線。這彷彿是一個儀式，彷彿是一個與時代對抗的姿態。感覺好極了。又聽了筆尖與稿紙摩擦時的聲音，又看到了一行行彷彿自動出現在稿紙上的實實在在的文字。不必再去想那些拼音字母，不必再眼花撩亂地去選字，不必再為字形檔裡找不到的字而用別的字代替而遺憾，只想著小說，只想著小說中的人和物，只想著那些連綿不斷地出現的句子，不必去想單個的字兒。用電腦寫作，只要一關機，我就產生一種懷疑，好像什麼也沒幹，那些文字，好像寫在雲上。用筆和紙寫出來的，就擺在我的桌子上，伸手就可觸摸。當我結束一天的工作，放下筆清點稿紙的頁數時，那種快感是實實在在的。

我用四十三天寫完一部長篇，並不是一件光榮的事情，拋棄電腦也不是什麼高尚的行為。我用紙筆寫作的樂趣，也只是我一己的樂趣。別人用鍵盤敲擊，也許可以得到彈奏鋼琴般的樂趣呢。電腦是好東西，用電腦寫作是寫作方式的進步。用紙筆寫作，就像我小說中那個寧死也不加入人民公社的單幹戶一樣，是逆潮流而動，不值得提倡。前幾年寫《檀香刑》時，我說是一次「大踏步的撤退」。那次「撤退」，並不徹底。這又是一次「撤退」。這次「撤退」得更不徹底。真要徹底應該找一把刀往竹簡上刻。再後退一步就往甲骨上刻。再後退就沒有文字了，坐在窩棚裡望著星月結繩記事。書寫的工具，與語言的簡繁似乎有一定的關係。有人說，文言文之所以簡潔，書寫不便是重要原因。用刀子往竹簡上刻，多麼麻煩，能省一個字，絕不多用一個字。這說法似乎有道理。古人往簡上刻字時，有沒有快樂的感覺，我不知道。

在當今這個時代，所謂的懷舊，所謂的回歸，都很難徹底。懷念簡樸生活，回到鄉下，蓋一棟房子，房頂苫草，牆上糊泥巴，但房間裡還是有電視、冰箱、電話、電腦等現代生活設施。用筆寫作，還是用電燈照明，還是在夏有空調，冬有暖氣的房間裡。而且，寫完之後，還是請人錄入電腦。我修改這小說也是在電腦上進行的，發往出版社稿子，也是用電子郵件「E」了過去。這種快捷的方便不可阻擋。對我來說，電腦依然是好東西。

我的這行為，只不過是個人的小打小鬧。我自己認為用紙筆寫作會使小說質量提高，別人盡可以當做夢囈。好作家在狀態好時，面對著電腦口述照樣可以吐金嗽玉，壞作家在狀態不好時，即便是用鑽石刀往金板上刻，也刻不出好文章。隨筆隨筆，諸君一笑置之。

主要人物表

西門鬧——西門屯地主，被槍斃後，轉生為驢、牛、豬、狗、猴、大頭嬰兒藍千歲。本書敘事主人公之一。

藍解放——藍臉與迎春之子，曾任縣供銷社主任、副縣長等職。本書敘事主人公之一。

白氏——西門鬧正妻。

迎春——西門鬧二姨太太，解放後改嫁藍臉。

吳秋香——西門鬧三姨太太，解放後改嫁黃瞳。

藍臉——原西門鬧家長工，解放後一直單幹，是全中國唯一堅持到底的單幹戶。

黃瞳——西門屯村民兵隊長、生長大隊大隊長。

西門金龍——西門鬧與迎春之子，解放後一度隨養父姓藍。「文革」期間曾任西門屯大隊革命委員會主任，後任養豬場場長，團支部書記，改革開放後任西門屯村黨支部書記、旅遊開發區董事長。

西門寶鳳——西門鬧與迎春之女，西門屯「赤腳醫生」，先嫁馬良才，後與常天紅同居。

黃互助——黃瞳與吳秋香之女，先嫁西門金龍，後與藍解放同居。

黃合作——黃瞳與吳秋香之女，藍解放之妻。

龐虎——志願軍英雄，曾任縣第五棉花加工廠廠長兼書記。
王樂雲——龐虎之妻。
龐抗美——龐虎與王樂雲之女。曾任縣委書記。常天紅之妻，西門金龍的情人。
龐春苗——龐虎與王樂雲之女。藍解放的情人、繼妻。
常天紅——省藝術學院聲樂系畢業，曾隨「四清」工作隊在西門屯工作，「文革」中任縣革命委員會副主任，後任縣貓腔劇團副團長。
馬良才——西門屯小學教師、校長。
藍開放——藍解放和黃合作之子，曾任縣城車站派出所副所長。
龐鳳凰——龐抗美與常天紅之女，其生父實為西門金龍。
西門歡——西門金龍和黃互助養子。
馬改革——馬良才與西門寶鳳之子。
洪泰岳——西門屯村村長、合作社社長、黨支部書記。
陳光第——先任區長，後升縣長，藍臉的朋友。

目次

小說是手工活兒／005
主要人物表／008

第一部　驢折騰

第一章　受酷刑喊冤閻羅殿　遭欺瞞轉世白蹄驢／018
第二章　西門鬧行善救藍臉　白迎春多情撫驢孤／024
第三章　洪泰岳動怒斥倔戶　西門驢闖禍啃樹皮／032
第四章　鑼鼓喧天群眾入社　四蹄踏雪毛驢掛掌／042
第五章　掘財寶白氏受審　鬧廳堂公驢跳牆／048
第六章　柔情繾綣成佳偶　智勇雙全鬥惡狼／061
第七章　花花畏難背誓約　鬧鬧發威咬獵戶／065

第八章　西門驢痛失一卵　龐英雄光臨大院／074
第九章　西門驢夢中遇白氏　眾民兵奉命擒藍臉／086
第十章　受寵愛光榮馱縣長　遇不測悲慘折前蹄／094
第十一章　英雄相助裝義蹄　飢民殘殺分驢屍／104

第二部　牛強勁

第十二章　大頭兒說破輪迴事　西門牛落戶藍臉家／110
第十三章　勸入社說客盈門　鬧單幹貴人相助／117
第十四章　西門牛怒頂吳秋香　洪泰岳喜誇藍金龍／123
第十五章　河灘牧牛兄弟打鬥　塵緣未斷左右為難／129
第十六章　妙齡女思春芳心動　西門牛耕田顯威風／137
第十七章　雁落人亡牛瘋狂　狂言妄語即文章／152
第十八章　巧手整衣互助示愛　大雪封村金龍稱王／172
第十九章　金龍排戲迎新年　藍臉寧死守舊志／184
第二十章　藍解放叛爹入社　西門牛殺身成仁／197

第三部　豬撒歡

第二十一章　再鳴冤重登閻羅殿　又受瞞降生母豬窩／212
第二十二章　豬十六獨占母豬乳　白杏兒榮任飼養員／218
第二十三章　豬十六喬遷安樂窩　刁小三誤食酒饅頭／225
第二十四章　慶喜訊社員燃篝火　偷學問豬王聽美文／238
第二十五章　現場會高官發宏論　杏樹梢奇豬炫異能／247
第二十六章　刁小三因妒拆豬舍　藍金龍巧計度嚴冬／267
第二十七章　醋海翻騰兄弟發瘋　油嘴滑舌莫言遭忌／278
第二十八章　合作違心嫁解放　互助遂意配金龍／294
第二十九章　豬十六大戰刁小三　草帽歌伴奏忠字舞／314
第三十章　神髮救治小三活命　丹毒襲擊群豬死亡／320
第三十一章　附驥尾莫言巴結常團長　抒憤懣藍臉痛哭毛主席／331
第三十二章　老許寶貪心喪命　豬十六追月成王／340
第三十三章　豬十六思舊探故里　洪泰岳大醉鬧酒場／351
第三十四章　洪泰岳使性失男體　破耳朵乘亂奪王位／375
第三十五章　火焰噴射破耳朵喪命　飛身上船豬十六復仇／386

第三十六章　浮想聯翩憶往事　奮不顧身救兒童／394

第四部　狗精神

第三十七章　老兔魂輪迴為狗　小嬌兒隨母進城／400
第三十八章　金龍狂言說壯志　合作無語記舊仇／405
第三十九章　藍開放喜看新居　狗小四懷念老屋／413
第四十章　龐春苗揮灑珍珠淚　藍解放初吻櫻桃唇／417
第四十一章　藍解放虛情戲髮妻　狗小四保鏢送學童／424
第四十二章　藍解放做愛辦公室　黃合作簸豆東廂房／434
第四十三章　黃合作烙餅洩憤怒　狗小四飲酒抒惆悵／438
第四十四章　金龍欲建旅遊村　解放寄情望遠鏡／447
第四十五章　狗小四循味追春苗　黃合作咬指寫血書／453
第四十六章　黃合作發誓驚愚夫　洪泰岳聚眾鬧縣府／458
第四十七章　逞英雄寵兒擊名錶　挽殘局棄婦還故鄉／467
第四十八章　惹眾怒三堂會審　說私情兄弟反目／481
第四十九章　冒暴雨合作清廁所　受毒打解放做抉擇／489

第五十章　藍開放污泥糊老爸　龐鳳凰油漆潑小姨／500
第五十一章　西門歡縣城稱霸　藍開放切指試髮／513
第五十二章　解放春苗假戲唱真　泰岳金龍同歸於盡／525
第五十三章　人將死恩仇並泯　狗雖亡難脫輪迴／538

第五部　結局與開端

一　太陽顏色／552
二　做愛姿勢／555
三　廣場猴戲／557
四　切膚之痛／561
五　世紀嬰兒／573

後記：捍衛長篇小說的尊嚴／577

第一部　驢折騰

第一章　受酷刑喊冤閻羅殿　遭欺瞞轉世白蹄驢

我的故事，從一九五〇年一月一日講起。在此之前兩年多的時間裡，我在陰曹地府受盡了人間難以想像的酷刑。每次提審，我都會鳴冤叫屈。我的聲音悲壯淒涼，傳播到閻羅大殿的每個角落，激發出重重疊疊的回聲。我身受酷刑而絕不改悔，掙得了一個硬漢子的名聲。我知道許多鬼卒對我暗中欽佩，我也知道閻王老子對我不勝厭煩。為了讓我認罪服輸，他們使出了地獄酷刑中最歹毒的一招，將我扔到沸騰的油鍋裡，翻來覆去，像炸雞一樣炸了半個時辰，痛苦之狀，難以言表。鬼卒用叉子把我叉起來，高高舉著，一步步走上通往大殿的台階。兩邊的鬼卒嘬口吹哨，如同成群的吸血蝙蝠鳴叫。我的身體滴油淅瀝，落在台階上，冒出一簇簇黃煙。鬼卒小心翼翼地將我安放在閻羅殿前的青石板上，跪下向閻王報告：

「大王，炸好了。」

我知道自己已經焦糊酥脆，只要輕輕一擊，就會成為碎片。我聽到從高高的大堂上，從那高高大堂上的輝煌燭光裡，傳下來閻王爺幾近調侃的問話：

「西門鬧，你還鬧嗎？」

實話對你說，在那一瞬間，我確實動搖了。我焦乾地趴在油汪裡，身上發出肌肉爆裂的劈啪聲。我知道自己忍受痛苦的能力已經到達極限，如果不屈服，不知道這些貪官污吏們還會用什麼樣的酷刑折磨我。但如果我就此屈服，前邊那些酷刑，豈不是白白忍受了嗎？我掙扎著仰起頭——頭顱似乎隨時會從脖子處折斷——往燭光裡觀望，看到閻王和他身邊的判官們，臉上都汪著一層油滑的笑容。一股怒氣，陡然從我心中升起。豁出去了，我想，寧願在他們的石磨裡被研成粉末，寧願在他們的鐵臼裡被搗成肉醬，我也要喊叫：

「冤枉！」

我噴吐著腥羶的油星子喊叫：冤枉！想我西門鬧，在人世間三十年，熱愛勞動，勤儉持家，修橋補路，樂善好施。高密東北鄉的每座廟裡，都有我捐錢重塑的神像；高密東北鄉的每個窮人，都吃過我施捨的善糧。我家糧囤裡的每粒糧食上，都沾著我的汗水；我家錢櫃裡的每個銅板上，都浸透了我的心血。我是靠勞動致富，用智慧發家。我自信平生沒有幹過虧心事。可是——我尖厲地嘶叫著——像我這樣一個善良的人，一個正直的人，一個大好人，竟被他們，五花大綁著，推到橋頭上，槍斃了！……他們用一桿裝填了半葫蘆火藥、半碗鐵豌豆的土槍，在距離我只有半尺的地方開火，轟隆一聲巨響，將我的半個腦袋，打成了一攤血泥，塗抹在橋面上和橋下那一片冬瓜般大小的灰白卵石上……我不服，我冤枉，我請求你們放我回去，讓我去當面問問那些人，我到底犯了什麼罪？

在我連珠炮般的話語中，我看到閻王那張油汪汪的大臉不斷地扭曲著。閻王身邊那些判官們，目光躲躲閃閃，不敢與我對視。我知道他們全都清楚我的冤枉，他們從一開始就知道我是個冤鬼，只是出於某些我不知道的原因，他們才裝聾作啞。我繼續喊叫著，話語重複，一圈圈輪迴。閻王與身邊的判官低聲交談幾句，然後一拍驚堂木，說：

「好了，西門鬧，知道你是冤枉的，世界上許多人該死，但卻不死；許多人不該死，偏偏死了。這是本殿也無法改變的現實。現在本殿法外開恩，放你生還。」

突然降臨的大喜事，像一片沉重的磨盤，幾乎粉碎了我的身體。閻王扔下一塊朱紅色的三角形權杖，用頗不耐煩的腔調說：

「牛頭馬面，送他回去吧！」

閻王拂袖退堂，眾判官跟隨其後。燭火在他們的寬袍大袖激起來的氣流中搖曳。兩個身穿皂衣、腰紮著橘紅色寬帶的鬼卒從兩邊廂走到我近前。一個彎腰撿起權杖插在腰帶裡，一個扯住我一條胳膊，試圖將我拉起來。我聽到胳膊上發出酥脆的聲響，似乎筋骨在斷裂。我發出一聲尖叫。掖了權杖的那位鬼卒，搡了那個扯我胳膊的鬼卒一把，用一個經驗豐富的老者教訓少不更事的毛頭小子的口吻說：

「媽的，你的腦子裡灌水了嗎？你的眼睛被禿鷲啄瞎了嗎？你難道看不見他的身體已經像一根天津衛十八街的大麻花一樣酥焦了嗎？」

在他的教訓聲中，那個年輕的鬼卒翻著白眼，茫然不知所措。掖權杖的鬼卒道：

「還愣著幹什麼？去取驢血來啊！」

那個鬼卒拍了一下腦袋，臉上出現恍然大悟般的表情。他轉身跑下大堂，頃刻間便提來一隻血污斑斑的木桶。木桶看上去十分沉重，因為那鬼卒的身體彎曲，腳步趔趄，彷彿隨時都會跌翻在地。

他將木桶沉重地蹾在我的身邊，使我的身體都受了震動。我嗅到了一股令人作嘔的腥氣；一股熱烘烘的腥氣，彷彿還帶著驢的體溫。一頭被殺死的驢的身體在我腦海裡一閃現便消逝了。持權杖的鬼卒從桶裡抓起一隻用豬的鬃毛綑紮成的刷子，蘸著黏稠的、暗紅的血，往我頭頂上一刷。我不由地怪叫一聲，因為這混雜著痛楚、麻木、猶如萬針刺戳般的奇異感受。我聽到自己的皮肉發出劈劈叭叭的細微聲響，感受著血水滋潤焦糊的皮肉，聯想到那久旱的土地突然遭遇甘霖。在那一時刻，我心亂如麻，百感交集。那鬼卒如一位技藝高超、動作麻利的油漆匠，一刷子緊接著一刷子，將驢血塗遍了我的全身。到最後，他提起木桶，將其中剩餘的，劈頭澆下來。我感到生命在體內重新又洶湧澎湃了。我感到力量和勇氣又回到了身上。沒用他們扶持，我便站了起來。

儘管兩位鬼卒名叫「牛頭」和「馬面」，但他們並不像我們在有關陰曹地府的圖畫中看到的那樣真的在人的身軀上生長著牛的頭顱和馬的腦袋。他們的身體結構與人無異，所不同的只是他們的膚色像是用神奇的汁液染過，閃爍著耀眼的藍色光芒。我在人世間很少見過這種高貴的藍色，沒有這樣顏色的布匹，也沒有這樣顏色的樹葉，但確有這樣顏色的花朵，那是一種在高密東北鄉沼澤地開放的小花，上午開放，下午就會凋謝。

在兩位身材修長的藍臉鬼卒挾持下，我們穿越了似乎永遠都看不到盡頭的幽暗隧道。隧道兩壁上，每隔十幾丈就有一對像珊瑚一樣奇形怪狀的燈架伸出，燈架上懸掛著碟形的豆油燈盞，燃燒豆油的香氣時濃時淡，使我的頭腦也時而清醒時而迷糊。借著燈光，我看到隧道的穹窿上懸掛著許多巨大的蝙蝠，它們亮晶晶的眼睛在幽暗中閃爍，不時有腥臭的顆粒狀糞便，降落在我的頭上。

終於走出隧道，然後登上高台。一個白髮蒼蒼的老婆婆，伸出白胖細膩與她的年齡很不相稱的手，從一隻骯髒的鐵鍋裡，用烏黑的木勺子，舀了一勺洋溢著餿臭氣味的黑色液體，倒在一隻塗滿紅釉的大碗裡。鬼卒端起碗遞到我面前，臉上浮著顯然是不懷好意的微笑，對我說：

「喝了吧，喝了這碗湯，你就會把所有的痛苦煩惱和仇恨忘記。」

我揮手打翻了碗，對鬼卒說：

「不，我要把一切痛苦煩惱和仇恨牢記在心，否則我重返人間就失去了任何意義。」

我昂然下了高台，木板釘成的台階在腳下顫抖。我聽到鬼卒喊叫著我的名字，從高台上跑下來。

接下來我們就行走在高密東北鄉的土地上了。這裡的一山一水、一草一木我都非常熟悉。讓我感到陌生的是那些釘在土地上的白色木樁，木樁上用墨汁寫著我熟悉的和我不熟悉的名字，連我家那些肥沃的土地上，也豎立著許多這樣的木樁。後來我才知道，我在陰間裡鳴冤叫屈時，人世間進行了土地改革，大戶的土地，都被分配給了無地的貧民，我的土地，自然也不例外。均分土地，歷朝都有先例，但均分土地前也用不著把我槍斃啊！

鬼卒彷彿怕我逃跑似的，一邊一位摽著我，他們冰涼的手或者說是爪子緊緊地抓著我的胳膊。陽光燦爛，空氣清新，鳥在天上叫，兔在地上跑，溝渠與河道的背陰處，積雪反射出刺目的光芒。我瞥著兩個鬼卒的藍臉，恍然覺得他們很像是舞台上濃妝豔抹的角色，只是人間的顏料，永遠也畫不出他們這般高貴而純粹的藍臉。

我們沿著河邊的道路，越過了十幾個村莊，在路上與許多人擦肩而過。我認出了好幾個熟識的鄰村朋友，但我每欲開口與他們打招呼時，鬼卒就會及時而準確地扼住我的咽喉，使我發不出半點聲息。對此我表示了強烈的不滿。我用腳踢他們的腿，他們一聲不吭，彷彿他們的腿上沒有神經。我用頭碰他們的臉，他們的臉宛如橡皮。他們扼住我喉嚨的手，只有在沒有人的時候才會放鬆。有一輛膠皮輪子的馬車拖著塵煙從我們身邊飛馳而過，馬身上的汗味讓我倍感親切。我看到身披白色光板子羊皮襖的車把式馬文斗抱著鞭子坐在車轅桿上，長桿菸袋和菸荷包拴在一起，斜插在脖子後邊的衣領裡。菸荷包搖搖晃晃，像個酒店的招兒。車是我家的車，馬是我家的馬，但趕車的人卻不是我家的長工。我想衝上去問個究竟，但鬼卒就像兩棵纏住我的藤蔓一樣難以掙脫。我感到趕車的馬文斗一定能看到我的形象，一定能聽到我極力掙扎時發出的聲音，一定能嗅到我身上那股子人間難尋的怪味兒，但他卻趕著馬車飛快地從我面前跑過去，彷彿要逃避災難。後來我們還與一支踩高蹺的隊伍相遇，他們扮演著唐僧取經的故事，扮孫猴子、豬八戒的都是村子裡的熟人。從他們打著的橫幅標語和他們的言談話語中，我知道了那天是一九五〇年的元旦。

在即將到達我們村頭上那座小石橋時，我感到一陣陣的煩躁不安。一會兒我就看到了橋下那些因沾滿我的血肉而改變了顏色的卵石。卵石上黏著一縷縷布條和骯髒的毛髮，散發著濃重的血腥。在破敗的橋洞裡，聚集著三條野狗。兩條臥著，一條站著。兩條黑色，一條黃色。都是毛色光滑、舌頭鮮紅、牙齒潔白、目光炯炯有神。

莫言在他的小說〈苦膽記〉裡寫過這座小石橋，寫過這些吃死人吃瘋了的狗。他還寫了一個孝順的兒子，從剛被槍斃的人身上挖出苦膽，拿回家去給母親治療眼睛。用熊膽治病的事很多，但用人膽治病的事從沒聽說，這又是那小子膽大妄為的編造。他小說裡描寫的那些事，基本上都是胡謅，千萬不要信以為真。

在從小橋到我的家門這一段路上，我的腦海裡浮現著當初槍斃我的情景：我被細麻繩反剪著雙臂，脖頸上插著亡命的標牌。那是臘月裡的二十三日，離春節只有七天。寒風凜冽，彤雲密布。冰霰如同白色的米粒，一把把地撒到我的脖子裡。我的妻子白氏，在我身後的不遠處嚎哭，但卻聽不到我的二姨太迎春和我的三姨太秋香的聲音。迎春懷著孩子，即將臨盆，不來送我情有可諒，但秋香沒懷孩子，年紀又輕，不來送我，讓我心寒。我在橋上站定後，猛地回過頭，看著距離我只有幾尺遠的民兵隊長黃瞳和跟隨著他的十幾個民兵。我說：老少爺兒們，咱們一個村住著，遠日無仇，近日無怨，兄弟有什麼對不住你們的地方，儘管說出來，用不著這樣吧？黃瞳盯了我一眼，立刻把目光轉了。他的金黃的瞳仁那麼亮，宛若兩顆金星星。黃瞳啊黃瞳，你爹娘給你起這個名字，可真起得妥當啊！黃瞳說：你少囉嗦吧，這是政策！我繼續辯白：老少爺們，你們應該讓我死個明白啊，我到底犯了哪條律令？黃瞳說：你到閻王爺那裡去問個明白吧。他突然舉起了那枝土槍，槍筒子距離我的額頭只有半尺遠，然後我就感到頭飛了，然後我就看到了火光，聽到了彷彿從很遠處傳來的爆響，嗅到了漂浮在半空中的硝煙的香氣……

我家的大門虛掩著，從門縫裡能看到院子裡人影綽綽，難道她們知道我要回來嗎？我對鬼差說：「二位兄弟，一路辛苦！」

我看到鬼差藍臉上的狡猾笑容，還沒來得及思考這笑容的含意，他們就抓著我的胳膊猛力往前一送。我的眼前一片昏黃，就像沉沒在水裡一樣，耳邊突然響起了一個人歡快的喊叫聲：

「生下來了！」

我睜開眼睛，看到自己渾身沾著黏液，躺在一頭母驢的腚後。天哪！想不到讀過私塾、識字解文、堂堂的鄉紳西門鬧，竟成了一匹四蹄雪白、嘴巴粉嫩的小驢子。

第二章　西門鬧行善救藍臉　白迎春多情撫驢孤

站在母驢後邊那個滿臉喜氣的男人，是我的長工藍臉。記憶中他還是個瘦弱的青年，想不到在我死後這短暫的兩年裡，竟出落成一個身材魁梧的壯漢。

他是我從關帝廟前雪地裡撿回來的孩子。那時他身披破麻袋，腳上沒有鞋，身體僵硬，滿臉青紫，頭髮糾結成團。那時候我的爹剛去世，我的娘還健在。我剛剛從爹的手裡接過了那口樟木箱上的黃銅鑰匙。樟木箱裡收藏著我們家那八十畝良田的地契和我們家全部的金銀細軟。那時我剛剛二十四歲，新娶了白馬鎮首富白連元家的二小姐為妻。二小姐乳名杏兒，大名沒有，嫁到我家，就是西門白氏。白氏是大戶人家的女兒，知書達理，身體嬌弱，雙乳猶如兩個甜梨，下體也頗有韻致，炕上的活兒也可我心意，美中不足的是嫁過來數年尚未生育。

那時候我可謂少年得志。連年豐收，佃戶交租踴躍，糧倉裡大囤滿小囤流。六畜興旺，家養的黑騍馬竟然下了雙駒。這可是奇蹟，傳說中有，現實中少見。來我家看雙駒的鄉民絡繹不絕，恭維的話不絕於耳。家裡準備了茉莉花茶和綠炮台菸捲招待鄉親。村裡的半大小子黃瞳偷了一包菸捲，被人擰著耳朵拖到我面前。這小子黃頭髮黃面皮，黃眼珠子滴溜溜轉，似乎滿肚子壞心眼兒。我揮手放了他，還送他一包茶葉，讓他帶回家給他爹喝。他爹黃天發是忠厚老實人，做一手好豆腐，是我的佃戶，種著我五畝靠河的肥田，想不到他竟生養出這麼一個混混兒子。後來黃天發送來一挑子能用秤鉤子掛起來的老豆腐，陪情的話說了兩籮筐，我又讓太太送他二尺青直貢呢，讓他回家做雙新鞋過年。黃瞳啊黃瞳，就衝著我跟你爹多少年的交情，你也不該用土槍崩了我啊。我自然知道你是聽人之命，但你完全可以對準我的胸膛開槍，給我留下個囫圇屍身啊！你這忘恩負義的雜種啊！

我西門鬧堂堂正正、豁達大度、人人敬仰。接手家業時雖逢亂世，既要應付游擊隊，又要應付黃皮子，但我的家業還是在幾年內翻番增值，良田新置一百畝，大牲口由四匹變成八匹，新拴了一輛膠皮軲轆大車，長工由兩人變成四人，丫鬟由一個變成兩個，還新添了兩個置辦飯食的老媽子。就是在這樣的情景之下，我從關帝廟前，把凍得只有一口游氣的藍臉抱了回來。那天我是早起撿糞，說來你不會相信，我雖是高密東北鄉第一的大富戶，但一直保持著勞動的習慣。三月扶犁，四月播種，五月割麥，六月栽瓜，七月鋤豆，八月殺麻，九月掐穀，十月翻地，寒冬臘月裡我也不戀熱炕頭，天麻麻亮就撅著個糞筐子去撿狗屎。鄉間流傳著我因起得太早錯把石頭當狗屎撿回來的笑話，那是他們胡說，我鼻子靈敏，大老遠就能嗅到狗屎的氣味。一個地主，如果對狗屎沒有感情，算不上個好地主。

那天下了很大的雪，房屋、樹木、街道都被遮蓋，白茫茫一片。狗都躲起來了，沒有狗屎可撿。但我還是踏雪出戶。空氣清涼，小風遒勁，黎明時分，有諸多神祕奇異現象，不早起何能看到？我從前街轉到後街，登上土圍子繞屯一周，看到東邊天際由白變紅，看到朝霞如火，看到一輪紅日升起，廣大的天下，雪映紅光，宛如傳說中的琉璃世界。我在關帝廟前發現了這個小子，雪掩蓋了他半截身體。起初我以為他已經死了，考慮著捐幾個善錢買一副薄皮棺材將他掩埋，免得被野狗吃掉。在此之前一年，曾有一個赤裸的男人凍死在土地廟前，那人遍體赤紅，雞巴像槍一樣挺立著，圍觀者嬉笑不止。這件事被你那個怪誕朋友莫言寫到他的小說〈人死屌不死〉裡了。這個人死屌不死的「路倒」，是我出錢掩埋，掩埋在村西老墓田裡。這樣的善事，影響巨大，勝過樹碑立傳。我放下糞筐，把他挪動了一下，用手摸摸胸口，還有一絲熱氣，知道還沒死，就脫下棉袍，將他包裹起來。沿著大街，迎著太陽，手托著這凍僵的孩子往家裡走。此時天地間霞光萬道，大街兩側的人家都開門掃雪，諸多的鄉親，看到了我西門鬧的善舉。就衝著這一點，你們也不該用土槍崩了我啊！就衝著這一點，閻王爺啊，你也不該讓我轉世為一頭毛驢啊！常說救人一命，勝造七級浮屠，我西門鬧千真萬確地是救了一條命。我西門鬧何止救過一條命？大災荒那年春天我平價糶出二十石高粱，免除了所有佃戶的租子，使多少人得以活命。可我卻落了個何等悽慘的下場，天和地，人和神，還有公道嗎？還有良心嗎？我不服，我想不明白啊！

我把那小子抱回家，放在長工屋的熱炕頭上。我本想點火烤他，但富有生活經驗的長工頭老張說，東家，萬萬烤不得。那凍透了的白菜蘿蔔，只能緩緩解凍，放到火邊，立刻就會化成一攤爛泥。老張說得有理。就讓這小子在炕上慢慢緩著，讓家人熬了一碗薑糖水，用筷子撬開他的牙齒灌進去。薑湯一進肚，他就哼哼起來。我把這小子救活，讓老張用剃頭刀子刮去了他那一頭亂毛，連同那些蝨子。給他洗了澡，換上乾淨衣裳，領著這小子去見我娘。這小子乖巧，跪在地上就叫奶奶，把我娘喜得不行，念一聲「阿彌陀佛」，說這是哪座廟裡的小和尚啊！問他年齡，搖頭不知；問他家鄉，他說記不清楚；問他家裡還有什麼人，更是把頭搖得如貨郎鼓也似。就這樣，收留了這小子，算是認了個乾兒子。這小子聰明猴兒，順著竿兒往上爬；見了我就叫乾爹，見到白氏就喊乾娘。但不管你是不是乾兒子，都得給我下力氣幹活。連我這個當東家的也得下力氣幹活。不勞動者不得食，這是後來的說法，但意思古來就有。這小子無名無姓，左臉上有巴掌大的一塊藍痣，我隨口說，你小子就叫藍臉吧，姓藍名臉。這小子說，乾爹，我要跟著你姓，姓西門，名藍臉，西門藍臉。我說這可不行，西門，不是隨便可以姓的，好好幹吧，幹上二十年再說。這小子先是跟著長工幹點零活，放馬，放驢——閻王爺啊，你怎麼黑心把我變成一頭驢啊——後來就漸漸地頂大做了。別看他瘦弱，但手腳麻利，有眼力，會使巧勁兒，倒也彌補了體力的不足。現在，我注視著他寬闊的肩膀和粗壯的胳膊，知道他已經是個頂天立地的男人。

「哈哈，生下來了！」他大聲喊叫著，俯下身來，伸出兩隻大手，將我扶持起來。我感到無比的羞恥和憤怒，努力吼叫著：

「我不是驢！我是人！我是西門鬧！」

但我的喉嚨像依然被那兩個藍臉鬼卒拚住似的，雖竭盡全力，可發不出聲音。我絕望，我恐懼，我惱怒，我口吐白沫，我眼睛泌出黏稠的淚珠。他的手一滑，我就跌倒在地上，跌倒在那些黏稠的羊水和蟄皮樣的胎衣裡。

「快點，拿條毛巾出來！」隨著藍臉的喊叫，挺著大肚子的女人，從屋子裡走出來。我猛然間看到了她的那張生了蝴蝶斑的、略有些浮腫的臉，和那張臉上，兩隻憂傷的大眼睛。嗚噢……嗚噢……這是我西門鬧的女人啊，我的二姨太迎春，她原是我太太白氏陪嫁過來的丫頭，原姓不詳，隨主姓白。民國三十五年春天被我收了房。這丫頭大眼直鼻，額頭寬廣，長嘴方頜，一臉福相，更兼那兩隻奶頭上翹的乳房和那寬闊的骨盆，一看就知道是個生孩子的健將。我太太久不生養，內心慚愧，就將這迎春驅趕到我的被窩裡。她那幾句話通俗易懂又語重心長，她說：當家的，你把她收了吧！肥水不流外人田！

果然是塊肥田。我與她合房的當夜，就使她懷了孕，不但是懷了孕，而且是雙胞胎。第二年初春她就為我生了龍鳳胎，男名西門金龍，女名西門寶鳳，據接生姥姥說，還從來沒有經歷過這樣善於生養的女人，她寬闊的骨盆，富有彈性的產道，就像從麻袋裡往外倒西瓜一樣，輕鬆地就把那兩個肥大的嬰兒產了下來。幾乎所有的女人在初產時都要呼天搶地，悲慘嚎叫，但我的迎春生養時，產房裡竟然無聲無息。據接生姥姥說，在生產的過程中，迎春的臉上始終掛著神祕的微笑，宛如做著有趣的遊戲，弄得接生婆心裡十分緊張，生怕從她的產道裡鑽出妖精。

金龍和寶鳳的出生，是西門家的天大之喜，怕驚擾嬰兒和產婦，我讓長工頭老張和小長工藍臉買了十掛八百頭的鞭炮，挑到村南的園子牆上燃放。鞭炮聲聲，一陣陣傳來，使我大喜若狂。我這人有個怪癖，每逢喜事手就發癢，非努力勞動不能解除。在鞭炮聲中，我揎拳捋袖，跳到牲口圈裡，將積攢了一個冬天的幾十車子糞撇了出來。村裡一個慣於裝神弄鬼的風水先生馬智伯跑到牲口圈邊，神祕地對我說：門市——這是我的字——門市賢弟，家裡有產婦，不能打牆動土，更不能出糞淘井，衝撞了太歲，主著嬰兒不利。

馬智伯的話讓我心頭一懍，但開弓沒有回頭箭，任何事，只要開了頭就要幹到底，不能半途而廢，出了一半的圈，不能再回填。我說，古人曰：人有十年旺，神鬼不敢傍。我西門鬧心正不怕邪，行端不怕鬼，即便是碰上太歲又有何妨。也是被馬智伯的臭嘴言中，我從糞中鏟出一個葫蘆狀的怪物。這物似凝膠，如肉凍，似透明又混沌，既脆弱又柔韌，我把它鏟到圈邊上打量著，難道這就是傳說中的太歲嗎？我看到馬智伯臉色灰白，山羊鬍鬚哆哆嗦嗦，雙手抱在胸前，對著怪物連連作揖，一邊作揖，一邊倒退，退到牆邊，轉身逃跑。我冷笑一聲，說：如果太歲就是這副模樣，那也就不值得敬畏了。太歲，太歲，如果我連喊三聲你還不能逍遁，那就不要怪我不客氣了。太歲，太歲，太歲！我閉著眼連吼三聲，睜開眼看到那物還是原樣，偈促在圈邊，與馬糞相伴，完全是個死物，於是我揮起鐵鍬，一下子將它劈成兩半。我看到那物的裡邊，也是那樣似膠似凍的物質，宛如桃樹疤痕裡流淌出來的樹脂。我將它鏟起來，用力撇到了牆外，與馬糞驢屎混合在一起，但願這東西有肥力，能使七月的玉米長出象牙般的大棒子，能使八月的穀子，抽出狗尾般的大穗子。

莫言那小子在他的小說〈太歲〉中寫道：

……在一個透明的廣口大瓶子裡，倒上水，放上紅茶和紅糖，放在溫暖的鍋灶後邊，十天之後，瓶子裡長出一個葫蘆狀的怪物。村子裡的人聽說後，都跑來觀看。馬智伯的兒子馬聰明緊張地說：「不得了了，這是太歲！當年地主西門鬧挖出的太歲就是這樣子。」我是現代青年，相信科學，不相信鬼神。我把馬聰明轟走，將這玩意兒從瓶子裡倒出來，切開，剁碎，放在鍋裡炒，異香散發，令人饞涎欲滴。吃到嘴裡，猶如肉凍粉皮，味道好極了，營養好極了……吃了一個太歲後，我的身體，在三個月內增高了十釐米……

這小子，真是能忽悠啊。

鞭炮聲驅散了西門鬧不能生育的謠言，許多人都置辦禮物，準備在九日之後前來賀喜。但舊謠言剛破，新流言產生，西門鬧出圈肥衝撞了太歲的事，一夜間傳遍了高密東北鄉十八個村鎮。不但流傳，而且添油加醋，說那太歲，是個七竅靈通的大肉蛋，在圈邊滾來滾去，被我一鍬劈開，一道白光沖天而去。衝撞了太歲，百日內必有血光之災。我知道樹大招風，財多遭嫉，許多人在暗中期待著西門鬧倒楣。我心略有忐忑，但定力不失，如果上帝要懲罰我，何必還送我金龍寶鳳兩個寧馨兒。

……

迎春見到我，臉上也顯出喜氣。她困難地彎下腰，在那一瞬間我看清了她腹中的嬰兒，是個男嬰，左臉上也有一塊藍痣，毫無疑問是藍臉的種子，巨大的恥辱，毒蛇信子一樣的怒火，在我心中燃起。我要殺人，我要罵人，我要將藍臉剁成肉泥。藍臉，你這個忘恩負義的畜生，你這個喪盡天良的混帳王八羔子！你口口聲聲叫我乾爹，後來你乾脆就叫我爹，如果我是你爹，那迎春就是你的姨娘，你將姨娘收做老婆，讓她懷上你的孩子。你敗壞人倫，該遭五雷轟頂！到了地獄，該當剝皮揎草，到畜生道裡去輪迴！可上天無道，地獄無理，到畜生道裡輪迴的偏偏是我一輩子沒做壞事的西門鬧。還有你，小迎春，小賤人，在我懷裡你說過多少甜言蜜語？發過多少山盟海誓？可我的屍骨未寒，你就與長工睡在了一起。你這樣的淫婦，還有臉活在世間嗎？你應該立即去死，我賜你一丈白綾，呸，你不配用白綾，只配用綑過豬的血繩子，到老鼠拉過屎、蝙蝠撒過尿的梁頭上去吊死！你只配吞下四兩砒霜把自己毒死！你只配跳到村外那眼淹死過野狗的井裡去淹死！在人世間應該讓你騎木驢遊街示眾！在陰曹地府應該把你扔到專門懲罰淫婦的毒蛇坑裡讓毒蛇把你咬死！然後將你打入畜生道裡去輪迴，雖萬世也不得超脫！啊噢～～啊噢～～但被打到畜生道裡的卻是我正人君子西門鬧，而不是我的二姨太太。

她艱難地蹲在我的身邊，用一條藍格子的羊肚子毛巾，仔細地擦拭著我身上的黏液。乾燥的毛巾拭到濕漉漉的皮毛上，使我感到十分舒適。她的動作輕柔，彷彿擦拭著她親生的嬰兒。可愛的小駒子，親親的小東西，你長得可真是好看，瞧這大眼睛，藍汪汪的，瞧這小耳朵，毛茸茸的……她的嘴說到哪裡，手中的毛巾就擦拭到哪裡。我看到了她那顆依然善良的心，感受到了她發自內心的愛。我被感動了，心中邪惡的毒火漸漸熄滅，在世為人時的記憶變得遙遠而模糊起來。我身上乾爽了。我不哆嗦了。我的骨頭硬了，腿上有了力氣。一股力量，一個願望，催促著我用力。哎喲，還是個驢兒子呢，她用毛巾擦拭了一下我的生殖器。我感到一陣羞恥，往昔為人時與她的性戲驀然間又變得清晰無比。我是誰的兒子？我是母驢的兒子，我看到站在那裡渾身顫抖的母驢，我的母親？一頭母驢？惱怒和煩躁催促著我，我站了起來。我撐著四條腿站了起來，彷彿一條短促的高腿板凳。

「站起來了，站起來了！」藍臉撫著掌，興奮地說。他伸手將蹲在地上的迎春拉了起來。他的眼睛裡有很多溫柔，看樣子他對迎春還很有情意。我猛然想起當年的一些往事，似乎有人對我暗示過，說要我提防著家養的小長工亂了內室。也許他們早就有了曖昧之事？

我站在元旦上午的陽光裡，為了不跌倒，不斷地倒著蹄子。我邁開了為驢的第一步，開始了一個陌生的、充滿了苦難和恥辱的旅途。我又走了一步，身體搖搖晃晃，肚皮繃得很緊。我看到了很大的太陽，很藍的天，很白的鴿子在天上飛翔。我看到藍臉扶著迎春走回屋子。我看到一男一女兩個小孩，身上穿著簇新的棉襖，腳上穿著虎頭鞋子，頭上戴著兔皮帽，從大門外跑進來。他們的小短腿跨越高高的門檻時很是吃力。他們只有三、四歲的光景。他們管藍臉叫爹，管迎春叫娘，啊噢～～啊噢～～我知道他們原本是我的兒女，男孩叫西門金龍，女孩叫西門寶鳳。我的孩子啊，爹好生思念你們啊！爹還指望著你們成龍成鳳光宗耀祖呢，可你們竟然成了別人的兒女，而你們的爹，成了一頭驢子。我心悲愴，頭昏眼花，四肢抖顫，跌翻在地。我不要當驢，我要討還我的人身，做我的西門鬧，與他們算帳。在我跌倒的同時，生我的那頭母驢也轟然倒地，猶如一堵腐朽的牆壁。

生我的母驢死了，牠四肢僵硬，如同木棍，大睜著雙眼，死不瞑目，好像有滿腹的冤屈。我對牠的死絲毫不感到悲痛，我只是借牠的身軀而誕生，全是閻王爺的詭計，抑或是陰差陽錯。我沒吃牠一口奶，見到牠兩腿之間那腫脹的乳房我就感到噁心。我是喝著高粱麵稀粥長大成驢，稀粥是迎春親手熬，她對我有養育之恩。她用一柄木勺子舀著稀粥餵我，當我長大成驢時那木勺子已經被我咬得不成模樣。餵我稀粥時我看到她乳房鼓脹，那裡邊蓄積著淺藍的乳汁。我知道她的乳汁的味道，我吃過她的乳房。她的乳汁很好，她的奶好，她的奶發孩子，兩個孩子都吃不完，有的女人的奶有毒，好孩子也會被她毒死。她一邊餵著我一邊說：可憐的小駒駒，剛生下來就死了娘。我看到她說這些話時眼睛水汪汪的，盈著淚水，她是真心疼我。她的孩子，金龍和寶鳳，好奇地問她：娘，小驢的娘怎麼會死呢？她說，壽限到了，被閻王爺叫走了。她的孩子說：娘，你可不要被閻王爺叫走，你要是被閻王爺叫走，我們就跟小驢駒一樣沒有娘了，解放也就沒娘了。她說：娘永遠不走，閻王爺欠著咱家的債呢，他不敢來咱家。

屋子裡傳出了藍解放的啼哭聲。

你知道誰是藍解放嗎？故事的講述者——年齡雖小但目光老辣，體不滿三尺但語言猶如滔滔江河的大頭兒藍千歲突然問我。

我自然知道，我就是藍解放，藍臉是我的爹，迎春是我的娘。這麼說，你曾經是我們家的一頭驢？是的，我曾經是你們家的一頭驢。我生於一九五〇年一月一日上午，而你藍解放，生於一九五〇年一月一日傍晚，我們都是新時代的產兒。

第三章　洪泰岳動怒斥倔戶　西門驢鬧禍啃樹皮

儘管我不甘為驢，但無法擺脫驢的軀體。西門鬧冤屈的靈魂，像熾熱的岩漿，在驢的軀殼內奔突；

驢的習性和愛好，也難以壓抑地蓬勃生長；我在驢和人之間搖擺，驢的意識和人的記憶混雜在一起，時時想分裂，但分裂的意圖導致的總是更親密的融合。剛為了人的記憶而痛苦，又為了驢的生活而歡樂。啊噢～～啊噢～～藍臉的兒子藍解放，你明白我的意思嗎？我的意思是說，譬如我看到你的爹藍臉和你的娘迎春在炕上顛鸞倒鳳時，我，西門鬧，眼見著自己的長工和自己的二姨太搞在一起，痛苦地用腦袋碰撞驢棚的柵門，痛苦地用牙齒啃咬草料笸籮的邊緣，但笸籮裡新炒的黑豆攪拌著鍘碎的穀草進入我的口腔，使我不由自主地咀嚼和吞嚥，在咀嚼中，在吞嚥中又使我體驗到了一種純驢的歡樂。

似乎只是一眨眼的工夫，我就長成了一匹半大驢，結束了在西門家大宅院裡自由奔跑的歲月。韁繩拴在我頭上，我被拴在槽頭上。於此同時，已經改姓為藍的金龍和寶鳳各長高兩寸，與我同年同月同日生的藍解放，你，也學會了走路。你在院裡像一隻小鴨子似的搖來擺去。住在東廂房裡的另一戶人家，在這段時間裡的一個狂風暴雨日，生了一對雙胞胎女嬰。可見西門鬧家這塊宅基地力未衰，依然盛產雙胎。這兩個女孩，長名互助，幼名合作。她們姓黃，是黃瞳的種子。她們是黃瞳與西門鬧的三姨太秋香合夥生養的女兒。我的主人、你的爹，土改後分到了西門鬧家的西廂房，這裡原本就是二姨太迎春的住房。黃瞳分到了東廂房，東廂房的主人三姨太秋香，彷彿是房子的附贈，成了黃瞳的妻子。西門家堂皇的五間正房，現在是西門屯的村公所，每天都有人來此開會、辦公。

那天我在院子裡啃那棵大杏樹，粗糙的樹皮磨得我嬌嫩的嘴唇火燒火燎，但我不願放棄，我想知道樹皮遮蓋著什麼東西。村長兼村支部書記洪泰岳，大聲咋呼著，用一塊尖利的石片將我投擲。石片正中我腿，鏗然有聲，十分刺激，這就是痛嗎？一種熱辣辣的感覺，血流如注，啊噢～～啊噢～～痛死我了，我是個可憐的驢孤兒。我看到腿上的血，不由地渾身哆嗦。我的腿瘸了，一瘸一拐地逃離院子東側的杏樹，逃到院子西側。我家的門前，迎著朝陽，靠著南牆，有一個用木棍和葦蓆搭起來的棚子。那是我的窩，為我擋風遮雨，是我受到驚嚇後就躲藏進去的地方。但這時我進不去窩棚，我的主人，正在裡邊，清理我夜裡排泄的糞便。他看到了我腿上流著血一瘸一拐跑過來的情景。我猜想他也看到了洪泰岳飛石擊中我腿的情形。石片在空中飛行，鋒利的邊緣切割著無色的空氣，如同劃破上等的綢緞，發出令驢心悸的聲音。我看到主人站在棚口，龐大的身體像一座鐵塔，陽光如同瀑布，在他身上流淌，藍色的半邊臉，另半邊臉是紅色，紅與藍以鼻為界，好像敵占區與解放區。今天這比喻已經十分陳舊，但那時卻十分新鮮。我的主人痛苦地喊叫著：「我的驢子啊——！」我的主人惱怒地吼叫著：「老洪，你憑什麼打傷我的驢?!」我的主人越過我的身體，用豹子般的敏捷動作，攔住了洪泰岳。

洪泰岳是西門屯的最高領導人，由於他過去的光榮歷史，在一般幹部將武器上繳的時候，他還隨身佩戴著一枝匣子槍。那赭紅的牛皮槍套，牛皮哄哄地掛在他的屁股上，反射著陽光，散發著革命的氣味，警告著所有的壞人：不要輕舉妄動，不要賊心不死，不要試圖反抗！他戴著一頂瓦灰色的長簷軍帽，上身穿一件白布對襟小褂，腰裡紮著一條四指寬的牛皮腰帶，外邊披著一件灰布夾襖，下穿肥大的灰褲，腳蹬千層底青華達呢面布鞋，沒有紮綁腿，使他有幾分像一個戰時的武工隊員。而戰爭年代，我不是驢而是西門鬧的年代，我是西門屯首富的年代，我開明紳士西門鬧的年代，我一妻兩妾、良田二百畝、騾馬成群的年代，你洪泰岳，洪泰岳你，是個什麼東西！你那時是標準的下三濫，社會的渣滓，敲著牛胯骨討飯的乞丐。你那件討飯的道具，是公牛的胯骨製成，顏色微黃，打磨得異常光滑，邊緣上串著九個銅環，輕輕一抖，便發出嘩嘩啷啷的聲響。你攥著牛胯骨的把柄，在我們西門屯逢五排十的集市上，粉墨了臉，赤裸著背，脖子上懸掛著一個布兜，挺著圓滾滾的肚子，赤足，光頭，瞪著烏溜溜精光四射的大眼，站在迎賓樓飯莊前邊那一片用白石鋪了地面的空場上，賣唱，炫技。能把一柄牛胯骨打出那麼多套花樣的全世界沒有第二人。嘩啷啷，嘩啷啷，嘩嘩啷啷，嘩啷，嘩嘩，啷啷，嘩啷嘩啷嘩嘩啷……牛胯骨在你手裡上下翻飛，一片白光閃爍，成為整個集市的焦點。引人注目，閒人圍攏，很快形成一個場子，打牛胯骨的叫化子洪泰岳頓喉高唱，雖是公鴨嗓，但抑揚頓挫，有板有眼，韻味十足：

太陽一出照西牆，東牆西邊有陰涼。
鍋灶裡燒火炕頭上熱，仰著睡覺燙脊梁。
稀粥燙嘴吹吹喝，行善總比為惡強。
俺說這話您若不信，回家去問你的娘……

就是這樣一個寶貨，身分一公開，竟然是高密東北鄉資格最老的地下黨員，他曾經為八路軍送過情報，鐵桿漢奸吳三桂也死在他的手上。就是他在我坦白交出財寶後，一抹臉，目光如刺，面色似鐵，莊嚴宣布：「西門鬧，第一次土改時，你的小恩小惠、假仁假義蒙蔽了群眾，使你得以蒙混過關，這次，你是煮熟的螃蟹難橫行了，你是甕中之鱉難逃脫了，你搜括民財，剝削有方，搶男霸女，魚肉鄉里，罪大惡極，不殺不足以平民憤，不搬掉你這塊擋道的黑石頭，不砍倒你這棵大樹，高密東北鄉的土改就無法繼續，西門屯窮苦的老少爺們就不可能徹底翻身，現經區政府批准並報縣政府備案，著即將惡霸地主西門鬧押赴村外小石橋正法！」轟隆一聲巨響，電光閃爍，西門鬧的腦漿塗抹在橋底冬瓜般的亂石上，散發著腥氣，污染了一大片空氣。想到此處，我心酸楚，我百口莫辯，因為他們不允許我爭辯，鬥地主，砸狗頭，砍高草，拔大毛，欲加之罪何患無辭。我們會讓你死得心服口服的，洪泰岳這樣說過，但他們沒給我申辯的機會，洪泰岳你出口無信，食言而肥。

他叉腰站在大門內，與藍臉面對面，渾身上下透著威嚴。儘管我剛剛回憶了他敲牛胯骨時在我面前點頭哈腰的形象，但人走時運馬走膘，兔子落運遭老鷹，做為一頭受傷的驢，我對這個人心存畏懼。我的主人，與洪泰岳對視著，中間距離約有八尺。我的主人出身貧苦，根紅苗正，但他與我西門鬧乾爹乾兒地稱呼過，關係曖昧，儘管他後來提高了覺悟，在鬥爭我的過程中充當急先鋒，挽回了貧雇農的好名聲，並分得了房屋、土地和老婆，但他和西門家的特殊關係，總讓當權者心存疑慮。

兩個男人目光相持良久，最先說話的是我的主人：

「你憑什麼打傷我的驢子？」

「如果你再敢讓牠啃樹皮，我就把牠槍斃！」洪泰岳拍拍屁股上的牛皮槍套，斬釘截鐵地說。

「牠是頭畜生，用不著你下這樣的黑手！」

「我看，那些飲水不思源、翻身就忘本的人，還不如一頭畜生！」洪泰岳盯著藍臉說。

「此話怎麼講？」

「藍臉你給我好生聽著，一字一句都聽仔細，」洪泰岳往前跨出一步，伸出一根手指，如同槍筒，對著我主人的胸脯，說，「土改勝利後，我就勸你不要和迎春結婚，雖然迎春也是苦出身，委身西門鬧也是被逼無奈，雖然寡婦改嫁是人民政府大力提倡的好事，但你做為赤貧階級，應該娶像村西頭蘇寡婦那樣的女人，她家房無一間，地無一壟，丈夫病死後，便以乞討為生，她雖然滿臉麻子，但她是無產階級，是我們自己人，她能讓你保持氣節，革命到底，但你不聽我的勸告，非要和迎春結婚，考慮到婚姻自由，我不能違背政府法令，便依了你。不出我之所料，僅僅三年，你的革命意志已經徹底消退，你自私，落後，發家致富，想過上你的東家西門鬧那種糜爛生活，你是一個蛻化變質的典型，如不覺悟，遲早會墮落成人民的敵人！」

我的主人怔怔地望著洪泰岳，半晌不動，猶如僵死，終於緩過氣來，有氣無力地問：

「老洪，既然蘇寡婦身上有那麼多好處，你為什麼不與她結婚？」

洪泰岳被這句聽上去軟弱無力的話噎得張口結舌，半晌沒回上話，狀甚狼狽，終於回話，顯然文不對題，但是義正詞嚴：

「你不要跟我調皮，藍臉，我代表黨，代表政府，代表西門屯的窮爺們兒，給你最後一個機會，再挽救你一次，希望你懸崖勒馬，希望你迷途知返，回到我們的陣營裡，我們會原諒你的軟弱，原諒你心甘情願地給西門鬧當奴才那段不光彩的歷史，也不會因為你跟迎春結了婚而改變你雇農的階級成分，雇農啊，一塊鑲著金邊的牌子，你不要讓這塊牌子生銹，不要讓它沾染上灰塵，我正式地告訴你，希望你立即加入合作社，牽著你這頭調皮搗蛋的驢駒子，推著土改時分給你的獨輪車，載著分你的那盤耬，扛著你的鍬钁鐃鉤，領著你的老婆孩子，自然也包括西門金龍和西門寶鳳那兩個地主崽子，加入合作社，不要再單幹，不要鬧獨立，常言道：『螃蟹過河隨大絡』，『識時務者為俊傑』，不要頑固不化，不要充當擋路的石頭，不要充硬漢子，比你本事大的人成千上萬，都被我們修理得服服貼貼。我洪泰岳，可以允許一隻貓在我的褲襠裡睡覺，但絕不允許你在我眼皮子底下單幹！我的話，你聽明白了沒有？」

洪泰岳一條好嗓子，是當年打牛胯骨賣膏藥時鍛鍊出來的，這樣的好嗓子，這樣的好口才，不當官才是咄咄怪事。我有幾分入迷地聽著他的話，看著他訓斥藍臉時那居高臨下的姿態，儘管他的身材比藍臉矮了半頭，但我覺得他比藍臉要高許多。我聽到他提到了西門金龍和西門寶鳳，心中驚恐無比，隱藏在驢體內的西門鬧對自己遺留在這動盪不安的人世的兩塊親骨肉放心不下，為他們的命運擔憂，藍臉既可以充當他們的保護傘，也可以成為給他們帶來苦命的大災星。這時，我的女主人迎春——我盡量地忘記她曾與我同床共枕為我生兒育女的往事吧——從西廂房出來，她出來前一定對著那半塊鑲嵌在牆壁上的破鏡片整理過容貌。她上穿陰丹士林藍偏襟褂子，下穿黑時布掃腿褲子，腰繫一塊藍布白花圍裙，頭上罩著一方藍布白花帕子，與圍裙同樣布料，很是利索很是和諧。陽光照著她憔悴的臉，那額，那眼，那嘴，那鼻，勾起我綿綿不絕的記憶，真是一個好女人啊，恨不得含在嘴裡親熱著的好寶貝啊，藍臉你這王八蛋真是有眼力啊，你如果娶了屯西那個滿臉麻子的蘇寡婦，即便是當了玉皇大帝，又有什麼意思！她走過來，對著洪泰岳深深地鞠了一躬，說：

「洪大哥，你大人不見小人的怪，不要和這個直杠子人一般見識。」

我看到洪泰岳滿臉僵硬的線條頓時和緩起來，他借坡下驢地說：

「迎春，你們家的歷史情況，你心中有數，你們倆可以破罐子破摔，但你們的孩子，還要奔遠大的前程，你們要替他們著想，過上十年八年回頭看，藍臉，你就會明白，我老洪今天所講，都是為你好，為你的老婆孩子好，我的話都是金玉良言！」

「洪大哥，我明白您的好意，」她拉著藍臉的胳膊，拽拽，說，「快給洪大哥賠個不是吧，入合作社的事，我們回家商量。」

「沒有什麼好商量的，」藍臉說，「親兄弟都要分家，一群雜姓人，混在一起，一個鍋裡摸勺子，哪裡去找好？」

「你可真是石頭蛋子醃鹹菜，油鹽不進啊，」洪泰岳惱怒地說，「好你藍臉，你能，你就一個人在外邊，等著看吧，看看是我們集體的力量大，還是你藍臉的力量大，現在是我動員你入社，我苦口婆心地求你；總會有一天，你藍臉要跪在地上求我，而且，那一天並不遙遠！」

「我不入社！我也永遠不會跪在地上求你，」藍臉耷拉著眼皮說，「你們共產黨定的章程是『入社自願，退社自由』，你不能強迫我！」

「你是一塊臭狗屎！」洪泰岳怒吼一聲。

「洪大哥，您千萬……」

「不要大哥長大哥短的，」洪泰岳輕蔑地、彷彿帶著幾分厭惡地對迎春說，「我是書記，我是村長，我還兼任著鄉裡的公安員！」

「書記，村長，公安員，」迎春怯聲道，「我們回家就商量……」然後她搡著藍臉，哭咧咧地，「你這個死頑固，你這個石頭腦子，你給我回家……」

「我不回家，我話還沒說完呢，」藍臉執拗地說，「村長，你打傷了我的驢駒，要賠我藥費！」

「我賠你一顆子彈！」洪泰岳一拍槍套，大笑不止，「藍臉啊藍臉，你可真行啊！」然後猛提嗓門，「這棵杏樹，分到了誰的名下？」

「分到了我的名下！」一直站在東廂房門口看熱鬧的民兵隊長黃瞳，應著，跑到洪泰岳面前，說，「支書，村長，公安員，土地改革時，這棵樹分到我的名下，但這棵樹，自分到我的名下後，就沒結過一顆杏子，我準備立刻殺了它！這棵樹，與西門鬧一樣，與我們貧雇農是有仇的。」

「你這是放屁！」洪泰岳冷冷地說，「你這是信口胡說，想討我的好就要實事求是，杏樹不結果實，是你不善管理，與西門鬧無關。這棵樹，雖然分在你的名下，但遲早也是集體的財產，走集體化的道路，消滅私有制度，根絕剝削現象，是天下大勢，因此，你要看好這棵樹，如果再讓驢啃了它的皮，我就剝了你的皮！」

黃瞳在洪泰岳面前點頭連連，臉上全是虛笑，兩隻細瞇的眼睛射出金光，咧著嘴，齜著黃牙，露出紫色的牙齦。這時，他的老婆秋香，西門鬧曾經的三姨太太，用扁擔挑著兩個籮筐，籮筐裡放著兩個嬰兒，黃互助，黃合作。秋香，梳著飛機頭，頭髮上抹著悶香的桂花油，臉上塗了一層粉，穿著滾花邊的衣衫，綠緞子鞋上繡著紫紅的花。她真是膽大包天，竟然穿戴著給我當姨太太時的衣衫，塗脂抹粉，眼波流動，一身媚骨，一身浪肉，哪裡像個勞動婦女？我對這個女人，有清醒的認識，她心地不善，嘴怪心壞，只可當做炕上的玩物，不可與她貼心。我知道她心氣很高，如果不是我鎮壓著她，白氏和迎春都要死在她的手裡。在砸我狗頭之前，這個娘們，看清了形勢，反戈一擊，說我強姦了她，霸占了她，說她每天都要遭受白氏的虐待，她甚至當著眾多男人的面，在清算大會上，掀開衣襟，讓人們看她胸膛上的疤痕。這都是被地主婆白氏用燒紅的菸袋鍋子燙的啊，這都是讓西門鬧這個惡霸用錐子扎的，她聲情並茂地哭喊著，果然是學過戲的女人，知道用什麼方子征服人心。收留了這個女人，是我西門鬧一片好心，那時她只是個腦後梳著兩條小辮的十幾歲女孩，跟著她瞎眼的爹，沿街賣唱，不幸爹死街頭，她賣身葬父，成了我家的丫鬟。你這個忘恩負義的女人，如果不是我西門鬧出手相救，你要麼凍死街頭，要麼落入妓院當了婊子。這婊子，哭著訴著，把假的說得比真的還真，土台子下那些老娘們一片抽泣，抬起襖袖子擦淚，襖袖子明晃晃的。口號喊起來，怒火煽起來了，我的死期到了。我知道死在這個婊子手裡了。她哭著喊著，不時用那兩隻細長的眼睛偷偷地看我。如果不是有兩個身強力壯的民兵反剪著我的胳膊，我會不管三七二十一，衝上去，給她一個耳光，給她兩個耳光，給她三個耳光。我坦白，因為她在家庭裡搬弄是非，我確曾抽過她三個耳光，她跪在我的腳前，抱著我的腿，淚眼婆娑地望著我，那眼神之媚，之可憐，之多情，讓我的心陡地軟了，讓我的屌猛地硬了，這樣的女人，即便是搬弄口舌，即便是好吃懶做，又有何妨，於是三巴掌之後就是如醉如癡的纏綿，這個風情萬種的女人啊，是治我的一帖靈藥。老爺，老爺，我的親哥，你打死我吧，你弄死我吧，你把我斬成八段，我的魂也纏著你……她猛地從懷裡摸出了一把剪刀，對著我的頭刺過來，幾個民兵把她攔住，把她拖下台去。直到那時，我還認為，她是為了保全自己而演戲，我不能相信一個與我如膠似漆地睡過覺的女人，會真對我恨之入骨……

她挑著互助、合作，看樣子想去趕集。她對著洪泰岳撒嬌，小臉兒黑黑的，彷彿一朵黑牡丹。洪泰岳道：

「黃瞳，你要管住她，你要改造她，讓她改掉那些地主少奶奶的習性，你要讓她下地勞動，不要讓她四鄉趕集！」

「聽到了沒有?!」黃瞳攔擋在秋香面前，說，「書記說你呢。」

「說我，我怎麼啦？趕集都不讓，那為什麼不把集市取消？嫌老娘迷人，那你就去弄瓶鏹水，給老娘點上一臉麻子！」秋香的小嘴，吧吧地說著，弄得洪泰岳好不尷尬。

「臭娘們，我看你是皮肉發癢了，欠揍！」黃瞳怒沖沖地說。

「你敢打我？你敢動我一指頭，我就拚你個血胸膛！」

黃瞳以極麻利的動作抽了秋香一個耳光。片刻之間，眾人呆若木雞。我等待著秋香撒潑撒癡，滿地打滾，尋死覓活，這都是她的慣用伎倆。但我的期待落了空，秋香沒反，只是扔下扁擔，捂著臉哭起來。互助和合作，受了驚嚇，一齊在籮筐裡哭。那兩顆小頭，金燦燦，毛茸茸，遠看活像兩個猴頭。

挑起了戰爭的洪泰岳轉臉又成了和事佬，勸和了黃瞳夫婦，他目不斜視地走進原西門家的正房，門旁的磚牆上，掛著木牌，牌上寫著「西門屯村委會」的潦草字樣。

我的主人抱著我的頭，用他粗糙的大手，摩娑著我的耳朵，主人的老婆迎春，用鹽水清洗了我前腿上的傷口，然後用一塊白布包紮起來。在這樣的既感傷又溫馨的時刻，我不是什麼西門鬧，我就是一頭驢，一頭很快就要長大、與主人同甘共苦的驢。就像莫言那廝在他的新編呂劇《黑驢記》中的一段唱詞：

身為黑驢魂是人
往事漸遠如浮雲
六道中眾生輪迴無量苦
皆因為欲念難斷癡妄心
何不忘卻身前事
做一頭快樂的驢子度晨昏

第四章　鑼鼓喧天群眾入社　四蹄踏雪毛驢掛掌

一九五四年十月一日，既是國慶日，又是高密東北鄉第一家農業合作社成立的日子。那天，也是莫言那小子出生的日子。

一大早，莫言的爹就急急忙忙地跑到我家，見到我家主人，什麼話也不說，用夾襖袖子擦眼淚。我家男女主人正在吃飯，見此情景，慌忙扔下飯碗，問：他大叔，出了什麼事？莫言的爹嗚嗚咽咽地哭著說：生了，生了，生了一個兒子——是他大嬸生了一個兒子嗎？我家女主人問道。——是，莫言他爹說。——那你哭什麼？我家男主人道，你應該高興才是。莫言的爹把眼一瞪，說：誰說俺不高興？不高興俺哭什麼？我家男主人笑著說：對對對，高興才哭，不高興哭什麼！拿酒來，我家男主人對女主人說，讓我們哥倆喝兩盅。今日不喝了，莫言的爹說，俺先來報個喜信，過幾天咱們再喝。迎春大嫂子，莫言的爹對著我家女主人深深地鞠了一躬，說，俺能有兒子，全靠了你那塊鹿胎膏。俺孩他娘說，等出了月子，她抱著兒子來給您磕頭。俺孩他娘還說，您福分大，俺這兒子要送給您做乾兒子。俺孩他娘說，只要您不答應，就讓俺給您下跪。我家女主人笑著說：你們兩口子，真是活寶。行了，我答應了，免得你下跪。——所以，莫言不僅僅是你的朋友，他還是你的乾兄弟呢。

你乾兄弟莫言的爹剛走，西門家院子裡——應該是村公所院子裡就忙活起來了。先是洪泰岳和黃瞳聯手在大門上張貼了對聯，接著來了一撥吹鼓手，蹲在院子裡等待著。吹鼓手們的模樣，讓我感到似曾相識。西門鬧的記憶紛至沓來，幸虧主人端來的草料中止了我的回憶。透過半敞開的席棚，我得以一邊吃草料一邊觀察院子裡的情景。半上午時刻，一個半大孩子舉著一面紅紙糊成的小旗，飛跑著進來，大聲喊叫著：

「來了，來了，村長讓奏樂！」

吹鼓手們手忙腳亂地跳起來，鏗鏗鏘鏘地敲了三通鑼鼓，又嗚嗚哇哇地吹奏起迎賓的樂曲。我看到黃瞳側著身體，在跑動中不時回頭，嘴裡叫喚著：

「閃開，閃開，區長來了。」

在合作社社長洪泰岳的引領下，陳區長與他的幾位挎槍的警衛走進大門。區長眼窩深陷，身體精瘦，一套舊軍裝晃晃蕩蕩。區長進門後，那些加入了合作社的農民，牽著披紅掛彩的牲口，扛著農具，湧進了院子。一時間，我家院子裡六畜興旺，人頭攢動，一派熱鬧景象。區長站在杏樹下一個方凳上，頻頻地對著眾人招手，招一下手就歡聲一片，牲畜們受到感染，馬嘶驢叫牛吼，猶如錦上添花，火上澆油。就在這堂皇的時刻，在區長還沒開口演說之前，主人牽著我，或者說藍臉牽著他的毛驢，從人畜群中擠出去，在眾目睽睽之下，走出了大門。

我們出了大門徑直朝南走，路過荷灣旁邊小學校的操場時，看到村子裡所有的壞分子，在兩個持著紅纓槍的民兵監督下，正在搬石運土，加高加大操場北邊那個唱過大戲、開過大會、也讓我西門鬧站在上邊挨過批鬥的土台子。只要沉浸在西門鬧的記憶裡，這些人我全都認識。看，那個懷抱著大石頭、羅圈著腿吃力挪動的瘦老頭，是擔任過三個月偽保長的余五福。看，那個擔著兩籮筐黃土的車軸漢子，就是在還鄉團反攻倒算時拐了一枝大槍投敵的張大壯，他在我家當了五年車把式，他的媳婦白素素，是我老婆白氏的侄女，是我老婆保媒做成了這段婚姻。他們在批鬥我時，硬說白素素是先被我睡了初夜然後再嫁給張大壯，這是放屁造謠，讓那白素素作證，她撩起衣襟遮著臉，一味痛哭，一言不發，把假事哭成了真事，把西門鬧哭上了黃泉路。看，那個扛著一根新鮮槐木的瘦瓜子臉、掃帚眉毛的青年，是屯裡的富農伍元，我的親密朋友。他善拉京胡，能吹嗩吶，農閒時節，喜歡跟著響器班子串街走巷，不圖掙錢，圖個歡樂。看，那個端著一把磨禿了的鐵鍬，站在台子上，磨磨蹭蹭，偷懶耍滑、下巴上長著幾根老鼠鬍鬚的傢伙，就是興盛燒酒鍋的掌櫃田貴，一個家裡囤著十石麥子卻讓老婆孩子吃糠嚥菜的看財奴。看，看，看……那個拐著一雙小腳、提著半筐土、歪著身體、三步一歇、五步一停的女人，就是我西門鬧的正妻白氏。看，村子裡的治安保衛主任楊七嘴裡叼著菸捲，手裡提著藤條，站在白氏的面前，嚴厲地說：西門白氏，你這是打毛子工嗎？我妻白氏驚恐得幾乎摔倒，沉重的土筐落地，正砸在一隻小腳上。一聲尖叫，我妻白氏，然後低聲痛哭，抽抽噎噎，彷彿一個小姑娘。楊七舉起藤條，猛地抽下去——我猛地掙脫了藍臉手中的韁繩，朝著楊七衝去——藤條從距離白氏鼻尖一寸處劈下，嗖地一聲響，白氏毫髮無傷，楊七這一手，練到了火候。這個偷雞摸狗的雜種，吃喝嫖賭抽，五毒俱全，糟光了他爹創下的家業，把他娘氣得懸梁自盡，但他卻成了赤貧農，革命的先鋒。我本想給楊七一拳頭——其實我沒法給他一拳，我只能給他一蹄子，我只能咬他一口，用驢的大嘴驢的大牙，楊七你這個上唇上留著小翳子、嘴巴裡叼著菸捲、手裡提著藤條的雜種，我西門驢遲早要狠狠地咬你一口。

主人及時地搶起被我掙脫的韁繩，使楊七那顆梆子頭免遭一劫。我本能地撅起屁股，揚起兩條後腿。我感到兩隻蹄子蹬在了一個柔軟的地方，那就是楊七的肚腹。自從成驢之後，我的眼睛獲得了比西門鬧的眼睛廣闊許多的視野，我的眼睛還能看到我屁股後面的東西。我看到楊七這個狗雜種一腚蹾在了地上，小臉蠟黃，好久沒緩上氣，緩上氣就叫了一聲親娘。雜種，你的親娘被你氣得上了吊，你還叫她幹什！

我的主人扔下韁繩，慌忙把楊七扶起來。楊七拾起藤條，弓著腰，舉起藤條，對著我的腦袋抽下。主人一把就抓住了他的手腕子，使那藤條無法落下。打驢也要看主人，楊七。操你媽藍臉，你這個西門鬧的乾兒子，混進階級隊伍的壞人，老子連你一起打！楊七叫囂著，我的主人抓著他的腕不放鬆，暗中使上了力氣，使那天天搞「破鞋」淘虛了身子的楊七連聲哎喲著，手裡的藤條也落在地上。主人往後推了楊七一把，說：算你運氣好，我的驢還沒釘蹄鐵。

主人牽我走出南門，圍子牆上有許多枯黃的狗尾巴草在微風中搖擺。今天是合作社成立的日子，也是我西門驢的成年禮。主人對我說，驢啊，我今天帶你去掛掌，掛了掌你就等於穿上了鞋，石頭硌不痛你的腳，尖物刺不進你的蹄。掛掌後你就是大驢了，你就應該幫我幹活了。為主人幹活，這大概是每頭驢的命運吧？我昂起頭，昂噢～～昂噢～～地叫起來，這是我成為公驢之後，第一次叫出了聲音，我的嗓門粗大而洪亮，使主人的臉上出現驚喜的表情。

上蹄鐵的師傅，兼營著鐵匠舖子。他臉膛黝黑，鼻子通紅，眉毛光禿，眉骨棱岸，睫毛沒有，眼臉紅腫，額頭上有三道深刻的抬頭紋，紋裡蓄積著煤灰。他的徒弟，從臉上那些被汗水沖出來的道道裡我知道他皮膚很白。少年汗流浹背，我擔心他身上的水分很快就會流光。老鐵匠渾身乾燥，好像他身上的水分，已被多年的爐火烘烤乾了。少年左手拉著風箱催火，右手操著鐵鉗翻動著焰火中的鐵活。一旦鐵活燒透，流光溢彩地從爐中提出，師徒聯手，大錘狠砸，小錘輕點，叮叮噹噹，鏗鏗鏘鏘，火花迸濺，聲震四壁，讓我西門驢之心，為之迷狂。

我想白臉少年那般英俊瀟灑的一個孩子，本色行當應該是在戲台上與那些小姐們打情罵俏、談情說愛、柔情似水、佳期如夢，讓他打鐵，實在是陰差陽錯。我想不到這個貌似潘安的英俊少年，體內竟然蘊藏著如此巨大的力量，十八磅的軟柄大錘，非力大如牛的鐵匠高手難以操控啊，可在少年的手裡竟是那般輕鬆自如，彷彿是他身體的外延。在這樣的鍛打下，砧子上的鐵猶如一塊爛泥，隨便他們師徒二人塑造成什麼形狀。他們將一塊枕頭般大小的鋼鐵，鍛打成一柄鍘刀，這是莊戶人家最大的鐵家什。我的主人，趁著鐵匠師徒小憩之時，上前進言：金師傅，勞煩大駕，給咱家的驢子掛副蹄鐵。老鐵匠抽著菸，煙霧從他的鼻孔、耳朵裡一股股冒出。小鐵匠端著粗瓷大碗，咕嘟咕嘟灌水。他灌下去的水彷彿立即變成汗冒出來，我嗅到了一股奇異的香氣，這就是那個心地純潔、熱愛勞動的美貌少年的體香。好一匹「雪裡站」，老鐵匠打量了我一眼，感歎道。我站在鐵匠棚的外邊，臨著通往縣城去的那條寬闊的街道，側著頭，第一次看到了自己的四隻白蹄子。與西門鬧有關的記憶洶湧而至，四蹄踏雪，可是千里龍駒啊，但老鐵匠的話，如劈頭澆我一桶冷水：只可惜是頭驢，如果是匹馬——馬也不靈了，少年放下大碗道，國營農場那邊，新進了兩台「東方紅」拖拉機，每台一百馬力，頂一百匹馬。雙人合抱的大楊樹，用鋼絲繩攔腰拴住，掛在「東方紅」上，它一加油門，突突地就把大楊樹連根拔出，樹根拖拉著，足有半條街那麼長！——就你知道的多！老鐵匠嗔怪著，隨即又對藍臉說：老藍，雖然是頭驢，有這樣的品貌，也是難能可貴，沒準哪員大將跨夠了駿馬，突然想騎驢，那你藍臉就交了驢運氣了。少年鐵匠冷笑一聲，接著便哈哈大笑，接著突然止住了笑聲，好像他的笑和他臉上如同電閃一般突然出現又猝然消逝的表情，完全是他自己的事，與任何人沒有關係。老鐵匠顯然被徒弟的怪笑震撼，他的眼神有點茫然，似乎在盯著徒弟，但他的眼睛沒有焦點。後來他說，金邊，還有蹄鐵嗎？金邊成竹在胸地說：有許多，但都是馬掌。那就放到爐裡，燒燒打打，將它變成驢掌。他們用了抽一袋菸的工夫，就將一副馬蹄鐵改造成了驢蹄鐵。小鐵匠將一把厚重的方凳放在我的腿後，老鐵匠搬起我的腿，用鋒利的扁鏟，修剪了我的趾甲。修完我的四蹄，老鐵匠退後幾步，打量著我，感慨萬端地說：真是一頭好驢子，我這輩子從來沒見過這麼漂亮的驢！——再漂亮也比不上康拜因，國營農場從蘇聯進口了一台康拜因，紅的，一下子能割十壟麥，前頭把麥穗吞進去，後頭就把麥粒吐出來，嘩嘩地流麥粒，五分鐘一麻袋！少年金邊心馳神往地說。老鐵匠長歎一聲，道：金邊，看來我這裡是留不住你了。但即便是你明天要走，今天也要把驢掌掛上。金邊靠在我身邊，左臂攬住我一條腿，右手握著釘錘，嘴裡叼著五個鐵釘，左手將蹄鐵按定在我蹄上，每釘兩錘一別，乾淨利索，一隻掌掛上。四隻掌掛完，只用了十幾分鐘。然後，扔下手中的家什，進了棚裡。老鐵匠對我主人說：藍臉，拉著牠遛兩圈，看看瘸不瘸。主人牽著我，在街上走了一圈，從供銷合作社走到屠宰組，屠宰組正在宰一頭黑豬，白刀子進去，紅刀子出來，很是刺激，殺豬的人穿一件碧綠的褂子，大紅大綠，對比鮮明。從屠宰組走到區政府，與陳區長和他的警衛員們迎面相逢，我知道西門屯農業生產合作社的慶典已經結束。區長的自行車壞了，扛在一個警衛員的肩上。陳區長一眼看到我，好久沒把目光移開。我知道是我的英俊威武，吸引了區長的目光。我知道我是驢中的偉岸丈夫，大概是閻王覺得對不住西門鬧，特地把驢的最佳蹄腿、最佳頭目都賦予了我吧？真是一頭好驢，四蹄踏雪！我聽到區長說。可以把牠弄到畜牧工作站當種驢，我聽到那個扛著自行車的警衛員說。你是西門屯的藍臉嗎？陳區長問我的主人。是，我主人應道。我主人在我屁股上拍了一掌，急欲回避。陳區長攔住他，抬手摸摸我的背，我隨即蹦了一個高。我主人說，這驢脾氣不好。——脾氣不好，要慢慢調教，千萬別性急，性急，使夾生了，就無法調教了。區長用行家裡手的口吻對我的主人說，參加革命前，我當過驢販子，見過的驢成千上萬，對驢的脾性瞭如指掌。區長哈哈大笑起來，我的主人也跟著傻笑。區長說：藍臉，你的情況，我聽洪泰岳說了，我批評了他，我說藍臉就是一頭強驢，要順著毛摩弄，性急不得，性急了他就會尥蹶子、咬人。藍臉，你可以暫時不入社，你和合作社競賽吧，我知道你分了八畝地，到明年秋天，看看你每畝地平均打多少糧食，再看看合作社每畝地打多少糧食，如果你的畝產比合作社高，那你就繼續單幹，如果合作社的畝產比你高，那時咱們再做商議。——區長，這話可是您親口說的！我的主人興奮地說。是我親口說的，他們都可做證明，區長指指他的警衛員和圍觀的人。我的主人牽著我回到鐵匠鋪前，對老鐵匠說，不瘸，步步踏實，妥貼著力，想不到小金師傅小小年紀，竟幹出這麼出色的活兒。老鐵匠苦笑著搖搖頭，彷彿心事重重。這時，我看到，小鐵匠金邊，背著一個小鋪蓋捲——一床灰被子外邊裹了一張狗皮——從棚子裡走出來，說：師傅，我走了。老鐵匠悲涼地說：走吧，奔你的錦繡前程去吧！

第五章　掘財寶白氏受審　鬧廳堂公驢跳牆

我因新掛了鐵掌、聽了那麼多讚語而高興；主人因為聽了區長一席話而歡喜。主人和驢——藍臉和我，在金色的秋天原野上撒歡奔跑，這是我當驢之後最幸福的日子。是的，與其做一個窩窩囊囊的人，何如做一頭人見人愛的驢？正如你乾兄弟莫言的劇本《黑驢記》所寫：

新掛鐵掌四蹄輕，一路奔跑快如風。忘卻前生窩囊事，西門驢歡喜又輕鬆。昂起頭仰天叫，啊噢～～啊噢～～啊噢～～

臨近村頭時，藍臉從路邊採擷了一些柔韌的草蔓和黃色的野菊，編織了一個橢圓形的花環，套在我的兩耳根部。我們與村西石匠韓山家那頭母驢和石匠的女兒韓花花相遇。母驢的背上馱著兩個偏簍，一邊簍裡盛著一個頭戴兔兒帽的嬰孩，另一邊簍裡盛著一隻白色的小豬。藍臉與花花交談，我與母驢對視。人有人的語言，我們驢，也有自己的信息。我們的信息是由氣味和體態以及原始的直覺構成。通過簡短的交談，我的主人知道已嫁遠村的花花是回娘家為母親過六十歲生日。偏簍裡的娃娃，是花花的兒子；偏簍裡的小豬，是娘家贈送的禮物。那年頭，人們贈送禮物，喜歡活物，譬如小豬，譬如小羊，譬如小雞，政府發放獎品，有時也用馬駒、牛犢、長毛兔。我看得出主人與花花的關係非同一般，我想起在西門鬧的時代，藍臉放牛，花花放羊，兩人在草地上玩過驢打滾的遊戲。其實我沒有太多的心思去管他們的閒事，做為一頭雄壯的公驢，我最關心的，還是眼前這頭馱著嬰兒和豬娃的母驢。牠的年齡比我大，看樣子在五歲與七歲之間。從牠眼睛上方那個深陷的窩窩裡大概可以判斷出牠的年齡，當然，牠也完全可以甚至更容易地把我的年齡判斷出來。你不要以為我是西門鬧轉世我就是天下最聰明的驢子——有一段時間我曾產生過這樣的錯覺——也許牠是某位大人物投胎驢腹呢。我初生時毛色為灰，越長越黑，我不黑也不足以使我的四隻蹄子耀眼奪目。牠是一頭灰驢，身體還算苗條，眉目相當清秀，牙齒非常整潔，牠把嘴巴湊上來與我親近時，我嗅到了牠唇齒間豆餅與麩皮的香氣。我嗅到了牠動情的氣味，同時感受到了牠內心燒灼、渴望我爬跨的心思。於是我就產生了爬跨牠的強烈欲望。

主人問：

「你們那裡也鬧合作社嗎？」

「都是一個縣長領導，哪能不鬧？」花花悠悠地回答著。

我轉到了母驢的背後，也可能是牠主動把腚調給我。動情氣息更加濃烈，我嗅了一下，感到如有烈酒入喉，不由自主地抬頭仰臉，齜出牙齒，鼻孔閉鎖，不讓臊味外溢，這姿態非常美麗，讓母驢心醉神迷。於此同時，那根黑棒槌，也英勇地伸出來，直挺挺地敲打著肚皮。這樣的機會千載難逢，稍縱即逝，就在我舉起前蹄、意欲爬跨時，我看到了馱簍中那個睡得十分香甜的嬰兒，當然還有那隻吱吱亂叫的豬仔。如果我徑直爬跨上去，那我的剛掛上鐵掌的前蹄，很可能會使偏簍裡的兩條性命報銷。如果那樣，我西門驢只怕要永沉地獄，連畜生也難做了。在這一猶豫間，主人扽住韁繩一扯，我的前蹄降落在母驢的身後。花花驚叫起來，慌忙拉著母驢往前走了一段距離。

「我爹還特意交代過，說這頭母驢正在鬧欄，讓我防著點，我竟把這事兒給忘了，」花花說，「我爹讓我防著點西門鬧家的那頭叫驢，看，西門鬧死了多少年了，我爹還覺得你是他家的長工，把你的驢也說成是西門鬧家的驢。」

「他沒把這頭驢說成是西門鬧投胎轉世就不錯了。」我的主人笑著說。

主人的話讓我大吃一驚：難道他已經洞察了我的祕密？如果他知道這頭毛驢竟是他的東家投胎轉世，對這頭驢來說，是幸還是不幸？紅日即將西沉，花花與我的主人告別，她說：

「藍大哥，改日再談吧，俺要走了，離家還有十五里呢。」

「驢今晚也回不來了？」我的主人關切地問。

花花微微一笑，降低了嗓門，神祕地說：

「俺家這頭驢靈性，餵飽了草料，喝足了水，把韁繩摘了，牠自己就跑回來了。每次都是這樣。」

「為什麼要把韁繩摘了？」主人問。

「怕被壞人給牽了去啊，有韁繩牽扯著，牠跑不快，」花花說，「萬一遇到狼，有韁繩也不方便。」

「噢，」主人摸摸下巴，說，「要不我送你一程？」

「不用。」花花說，「今晚屯裡演戲，您快回去看戲吧。」花花趕驢前行，走出幾步，回頭道：「藍大哥，俺爹說，你不要那麼驢強勁，還是跟著大夥兒一塊走穩妥。」

主人搖搖頭，沒說什麼，盯了我一眼，說：

「走吧，夥計，連你也想好事了，你差一點就給我闖下大禍！我是讓獸醫劁了你好呢，還是不劁你好呢？」

我一聽這話，心驚膽戰，蛋囊緊縮，一陣巨大的恐懼襲來。主人，千萬不要劁我啊，我想這樣吼叫，但話出喉嚨，就變成了一陣啊噢～～啊噢～～的長鳴。

進了村，行走在大街上，我的蹄鐵與路面的石頭相碰，發出節奏分明的清脆聲響。儘管我心有旁騖，腦海裡晃動著那頭母驢秀麗的眉眼，嬌嫩的粉唇，鼻畔氤氳著牠那泡多情尿的氣味，使我時時想發瘋，但前世為人的經歷，畢竟使我不同凡驢。人世間的變故，對我有著很大的吸引。我看到許多人，急匆匆地往一個地方跑。通過他們奔跑中發出的話語，我知道，在西門家的院子裡，也就是現在的村公所、合作社辦公室的院子裡，自然也是我主人藍臉和黃瞳的院子裡，正在展覽著一個彩釉瓷缸，缸裡全是金銀財寶。這個缸是下午在修築戲台子的工地上，挖土時發現的。我馬上聯想到，在那樣的時刻，面對著從缸裡溢出的珠光寶氣，人們那種含混而曖昧的眼神。西門鬧的記憶如潮湧起，沖淡了西門驢對母驢的眷戀。我不記得曾經在那個地方埋藏過金銀細軟，我家埋藏在牲口圈底的一千大洋，連同封在夾壁牆裡的大宗財寶，在土改覆查時，已經被貧農團的人起走了啊。為此，我的老婆白氏，可是吃盡苦頭。

……起初，黃瞳、楊七他們，把白氏、迎春和秋香，關在一個屋子裡審訊，坐鎮指揮的是洪泰岳。我被關在另屋裡，看不到審訊的場面，但能聽到聲音。說！西門鬧把金銀細軟藏在什麼地方？說！我聽到藤條和棍子敲打桌面時發出的啪啪聲響。我聽到秋香這個騷貨哭著喊：村長，隊長，大叔大哥們，我是苦出身，在西門家吃糠嚥菜，他們從不把我當人，我是被西門鬧強姦的，強姦我時，白氏按著我的腿，迎春按著我的胳膊，讓西門鬧那頭驢日了我啊！——你放屁！——是迎春的喊叫——廝打聲，被拉扯開的聲音——她說的都是假話！是白氏在申述——我在他們家豬狗不如，大叔，大哥，大兄弟們，我是受苦人，我是你們這個階級裡的，我是你們的階級姊妹，是你們把我從苦海裡救了出來，我對你們感恩戴德，我恨不得把西門鬧的腦子挖出來給你們吃了，我敢把西門鬧的心肝摘下來給你們下酒啊……你們想想，他們埋藏財寶，怎麼能讓我知道，階級的親人們哪，你們捉摸捉摸這個情理吧，秋香哭喊著。……迎春沒有哭鬧，翻來覆去只是那幾句話：我平日裡只管幹活，撫養孩子，別的事情一概不知道。是的，她們倆不知道埋藏金銀財寶的地點，只有我和白氏知道。妾就是妾，靠不住，靠得住的還是正妻。白氏一聲不吭，逼急了就說：家裡空支著一個大架子，好像金滿櫃銀滿箱，其實早就入不敷出了，有點流水錢，他也不會給我——我猜想她說到這裡時，一定是用她的空洞洞的大眼，怨恨地盯著迎春和秋香。我知道她恨秋香，迎春畢竟是她從娘家帶來的貼身丫頭，打斷骨頭連著筋，將迎春收房，本是她的主意，是為了傳宗接代，而迎春也爭氣，轉過年來就生了龍鳳胎。但收納秋香，卻是我的輕狂。日子過順了，得意忘形，公狗得意翹尾巴，人得意翹雞巴。當然也怨這個小妖精，每天都用眼神撩我，用奶頭蹭我，我西門鬧不是聖人，頂不住這誘惑。為此白氏還惡狠狠地咒我：掌櫃的，你遲早要敗在這個妖精手裡。所以呀，秋香說白氏按著她的腿讓我強姦她純屬胡編亂造，白氏打過她，這是真的，但白氏也打過迎春啊。後來他們把迎春和秋香放了，我被關在西廂房裡，透過窗櫺，看到這兩個女人出正房時的情形：秋香雖蓬頭垢面但眉眼間暗藏著喜氣，眼珠子溜溜地亂轉。迎春焦急萬分，直撲東廂房，那裡傳出金龍和寶鳳嘶啞的哭聲。我的兒子啊，我的女兒啊，我心哀鳴，不知道何處做錯，傷了天理，竟遭如此磨難，不但禍及自身，而且殃及妻子兒女。又一想，被鬥爭被清算被掃地出門被砸了狗頭的地主村村皆有，屯屯不虛，普天之下，千百萬數，難道這些人都做了惡事遭此報應不成？這是一個劫數，天旋地轉，日月運行，在劫難逃，我西門鬧腦袋還在頸上活著，就是祖上的蔭庇了，世道如此，能保全性命，就是萬幸，何敢妄求。但我十分擔憂白氏，萬一她頂不住了，把藏寶地點吐露出來，這非但不能減我的罪，而是給我發了一帖催命符。白氏，我的髮妻，你心思深沉，有大主意，在這關鍵的時刻，可不能犯糊塗啊！站崗的民兵，就是藍臉，他將背靠在窗戶上，遮擋住了我的視線。我只能聽，聽著正房裡，展開了又一輪審訊。這一輪，可是動了真格的了。喊叫聲震耳欲聾，藤條，板子，鞭子，抽打著桌子啪啪響，抽打著我妻白氏噗噗響，我妻白氏，尖聲嘶叫，令我心如刀絞，膽戰心驚。說，金銀財寶在哪裡藏著?!——沒有金銀財寶……白氏啊白氏，你可真夠頑固的，看來，不給她點厲害的嚐嚐，她是不會鬆口的。聽起來好像是洪泰岳的聲音，但也不是太像。接下來片刻，靜寂無聲，然後便是白氏的嚎叫，這次的嚎叫，讓我毛骨悚然。我猜不出是何種酷刑，能讓一個女人發出如此可怕的聲音。說不說？不說再來！——我說……我說……我心中猶如一塊石頭落地，好，說了吧，橫豎是一死。與其讓她為保全我而受罪，還不如我去死。——說，藏在哪裡?!——藏在，藏在村東土地廟裡，藏在村北關帝廟裡，藏在荷花灣裡，藏在母牛的肚子裡……我真的不知道，真的沒有金銀財寶，第一次土改時，我們就把所有的東西交出去了啊！——大膽白氏，竟敢戲弄我們！——你們放了我吧，我真的什麼都不知道啊……把她拉出去！我聽到威嚴的命令在正房裡下達，下達命令的人，也許就坐在我平常所坐的那把紅木太師椅子上，椅子旁邊，是八仙桌，桌上擺著文房四寶，桌後的牆上，掛著一幅五子獻壽圖。圖的後邊，就是夾壁牆，牆裡藏著五十兩重的銀元寶四十個，一兩重的金錁子二十個，還有白氏的所有首飾。我看到兩個民兵，把白氏拖了出來。她披頭散髮，衣服碎成條條縷縷，渾身濕透，滴瀝下來的，不知是血還是汗。一看髮妻成了這等模樣，我西門鬧萬念俱灰，白氏啊白氏，你的牙關夠緊，你對我的忠誠足赤，有你這樣的夫人，我西門鬧也算沒在這人世間白鬧騰一場。跟著出來兩個持槍的民兵，我猛然意識到他們這是去槍斃白氏的。我雙手被反綁在背後，姿勢是「蘇秦背劍」，只好用腦袋撞擊窗櫺，同時我大喊：槍下留人！

我對洪泰岳說：你這個敲牛胯骨的雜種，真正的下三濫，在我心裡，你連我褲襠裡的一根屌毛都不如，但老子時運不濟，落在了你們這幫窮棒子手裡，天意不可違，老子服軟了，老子是你們的孫子了。

洪泰岳笑著說：能認識到這一點就很好，我洪泰岳，的確是下三濫，如果不是共產黨，我只怕要把那塊牛胯骨敲到死。但現在，你倒運了，我們窮哥們兒時來運轉，浮到上水頭來了。我們清算你們，其實是把我們自己的財產拿回來。大道理我已經對你重複了千百遍，不是你西門鬧養活長工和佃戶，而是佃戶和長工養活你西門鬧和你們全家。你們藏匿財寶，罪不可恕，但如果能悉數交出，我們自會寬大處理。

我說：埋藏財寶之事，是我一個人幹的，女人們一概不知，因為我知道女人不可靠，一拍桌子一瞪眼，她們就會洩漏所有的機密。我可以把所有的財寶起出來，數目驚人，能為你們購買一門大砲，但你必須保證，釋放白氏，不要為難迎春和秋香，她們什麼都不知道。

洪說：這你放心，我們會按政策辦事。

那麼好，給我鬆綁。

幾個民兵疑惑地看看我，又看看洪泰岳。

洪泰岳笑著說：他們怕你破罐子破摔，做困獸鬥呢。

我笑了。洪泰岳親手幫我鬆開繩子，並抽出一枝捲菸給我。我用麻木的手接了菸，坐在我的太師椅子上，心中無限悲涼。然後我一抬手，扯下那張五子獻壽圖，對民兵們說，用槍托子搗開吧。

從夾壁裡起出來的財寶，讓在場的人們目瞪口呆，從他們的眼神，我看透了他們的內心。他們沒有一個不想吞沒這筆大財，他們甚至馬上夢想了許多可能：如果把這房子分到我的名下而我又偶然發現了這個藏寶之地……

趁著他們入迷地盯著財寶時，我探手從太師椅下摸出了一枝左輪手槍，我對著青磚地面開了一槍，子彈彈起，嵌在牆壁上。民兵們紛紛撲地臥倒，只有洪泰岳站著，這個雜種，果然有些骨氣。我說：洪泰岳你聽著，剛才這一槍，如果我瞄著你的頭，那麼現在，你已經像一條死狗一樣趴在地上。但是我沒有瞄你，也沒有瞄你們任何人，我與你們每一個人，都沒有具體的冤仇。如果你們不來鬥爭我，也會有別人來鬥爭我，這是時代，是有錢人的厄運勢，所以，我不傷你們一根毫毛。

你說得非常對，洪泰岳說，你是個識大體、懂大局的人，我做為個人，非常敬佩你，甚至想跟你交杯換盞，結拜兄弟，但做為革命階級一分子，我又必須與你不共戴天，必須消滅你，這不是個人的仇恨，這是階級的仇恨。你現在，可以代表著你們這個即將被徹底消滅的階級，開槍打死我，使我成為革命階級的烈士；接下來，我們的政府就會槍斃你，使你成為你們反革命地主階級的烈士。

我笑了，笑得很響。我是哈哈大笑，笑出了許多眼淚。然後我說，洪泰岳，我娘信佛，我一輩子不殺生，這是為母盡孝，她說如果我在她死後殺生，會讓她在陰間受苦。所以，你要成烈士，請去找別人。我自己呢，活是活夠了，我想死，但我死與你說的什麼階級無關，我只是靠著聰明靠著勤奮也靠著運氣積攢了萬貫家財，從來沒想到去加入什麼階級。我死了也不是什麼烈士。我只是感到這樣活下去實在是窩囊憋氣，許多事想不明白，讓我的心很不舒坦，所以還是死了好。我把手槍抵在自己的腦門上，說：牲口圈裡，還埋著一個缸，缸裡有一千塊大洋，很抱歉你們要先把圈裡那些糞挖出來，才能起出那口缸，你們要先沾一身臭氣，然後才能見到大洋。

沒有關係，洪泰岳說，為了得到一千大洋，莫說挖出一圈糞，就是讓我們跳到大糞裡去打幾個滾都可以。但我勸你，不要死，也許我們會給你留一條活路，讓你看到我們窮棒子徹底翻身，讓你看到我們揚眉吐氣，讓你看到我們當家做主，建設一個公平的社會。

對不起，我說，我不願意活了。我西門鬧習慣了別人在我面前點頭哈腰，不願意在別人面前點頭哈腰，下輩子有緣再見，夥計們！我勾了一下扳機，槍沒響，臭火。當我把槍從額頭上移開試圖發現問題時，洪泰岳一個猛虎撲食上來，奪取了我的槍，民兵們隨著上來，重新用繩子綑綁了我。

夥計，你缺少知識，洪泰岳舉著左輪手槍說，其實你何必將槍口移開？左輪手槍最大的優點就是不怕臭火，你只要再勾一下扳機，下一顆子彈就被擊發，如果這顆子彈不是臭火，你也像條狗一樣趴在地上啃青磚了。他得意地大笑著，命令民兵們組織人，趕快去挖圈。然後他又對我說，西門鬧，我相信你沒有騙我們，一個想開槍自殺的人，沒有必要再說謊了……

主人牽著我，費勁地擠進大門。因為這時候，民兵們遵照著村幹部的命令，正在從大院裡往外驅趕人群。膽小的人，屁股被槍托子搗著，急欲跑出大院；膽大的人，又急欲擠到裡邊去看個究竟。主人牽著我，一頭雄偉的公驢，在這樣的時刻進門，難度可想而知。村裡曾經試圖把我們藍、黃二家從大院裡搬出去，使西門家大院，成為村公所的一統天下，但一是村裡找不到閒屋，二是我的主人和那黃瞳，都不是好剃的頭顱，要他們搬出大院，短期內比登天還難。因此我西門驢，每天可以與村子裡的幹部們，甚至和下來視察的區、縣幹部們，在一個門口進出。

鬧嚷了一陣，許多人還是在院子裡擁擠著，民兵們也嫌累，索性退到一邊抽菸。我站在棚子裡，看到夕陽把那棵大杏樹的枝條塗抹得金光燦燦。樹下站著兩個持槍守衛的民兵，民兵腳前的東西被人群遮擋，但我知道，盛著財寶的那口缸就在那裡，人們一波一波地往裡擁擠，為的就是那口缸裡的財寶。我對天發誓這口缸裡的財寶與我西門鬧無關。這時，我膽戰心驚地看到，西門鬧的正妻白氏，在一個持槍民兵和治保主任的押解下，從大門口進來了。

我妻白氏，頭髮亂如麻線團，渾身黃土，彷彿剛從墳裡鑽出來的。她奓煞著胳膊，一步三搖，只有這樣才能保持著身體平衡艱難行路。看到她，院子裡吵嚷不休的人群，頓時鴉雀無聲。眾人收束身體，自動地讓開了那條通往正房去的甬路。我家的大院門口，原先正對著一堵鑲嵌著豆大「福」字的影壁牆，土改覆查時，被幾個財迷心竅的民兵連夜拆毀，他們兩人，不約而同地夢到：影壁牆裡有幾百根金條。結果他們只拆出了一把生銹的剪刀。

我妻白氏，被甬路上一塊凸出的卵石絆了一下，身體前撲，趴在地上。楊七不失時機地踢了她一腳，同時大罵：

「滾起來，裝什麼死?!」

我感到有一股純藍火苗，在頭腦裡轟轟地燃燒起來，焦慮和憤怒，使我不斷彈打蹄子。院裡的百姓都面色沉重，氣氛突然無比悲涼。西門鬧的妻子嚶嚶地哭著，撅起屁股，雙手扶地，欲往起爬，那副姿態，像隻受傷的青蛙。

楊七又抬腳欲踢，被站立在台階上的洪泰岳喝住：

「楊七，你幹什麼？解放這麼久了，你還張口罵人，抬手打人，你這是給共產黨的臉上抹黑！」

楊七滿臉尷尬，搓著雙手，嘴裡支支吾吾。

洪泰岳走下台階，停在白氏面前，彎腰把她架了起來。她雙腿一軟，就要下跪，哭哭啼啼地說：

「村長，饒了俺吧，俺真的啥也不知道，村長，您開恩饒俺這條狗命吧……」

「西門白氏，你不要這樣，」洪泰岳用力端著她，才沒使她跪在地上。他臉上的表情很隨和，但隨即又變成嚴厲。他嚴厲地對著院子裡的看客，說：「都散開，圍在這裡幹什麼？有什麼好看的？！散開！」

眾人低著頭，慢慢散去。

洪泰岳對一個梳著披毛的胖大婦人招招手，說：

「楊桂香，過來，扶著她！」

楊桂香當過婦救會長，現在是婦女主任，是楊七的堂姊。她喜氣洋洋地上來，扶住了白氏，往正屋裡走。

「白氏，你好好想想，這缸財物，是不是西門鬧埋下的？！你再好好想想，還有什麼財寶埋在哪裡？不要怕，你說出來，沒有你的罪過，一切罪過都是西門鬧的。」

嚴厲的拷問聲，從正屋裡傳出，衝進我高聳的驢耳，此時，西門鬧與驢混為一體，我就是西門鬧，西門鬧就是驢，我，西門驢。

「村長，俺真的不知道，那個地方，不是俺家的地，俺掌櫃的要埋藏財寶，也不會埋藏在那個地方……」

「啪！」是巴掌拍桌子的聲音。

「不說就把她吊起來！」

「把她的指頭夾起來！」

我妻哀嚎，連聲告饒。

「白氏，你好好想想，西門鬧已經死了，金銀財寶埋在地下也沒有用，起出來，可以為我們合作社增添力量。不要怕，現在解放了，講政策了，不會打你，更不會給你上刑。你只要說出來，我保證給你記一大功。」是洪泰岳的聲音。

我心悲傷，我心如熾，彷彿有烙鐵燙我屁股，彷彿有刀子戳我的肉。太陽已經落下去了，月亮已經升起來了，銀灰色的、涼森森的月光灑在地上，灑在樹上，灑在民兵的槍上，灑在那口釉彩閃爍的缸上。這不是我西門家的缸，西門家有財寶也不會埋在那個地方，那裡曾經死過人，落過炸彈，荷灣畔冤魂成群，我怎麼可能到那裡去埋寶？屯裡的富戶不止我一家，為什麼就一口咬定是我家的？

我無法再忍受了，我聽不得白氏的哭聲，她的哭聲讓我痛苦讓我內疚，我後悔生前對她不好，自從得了迎春和秋香，我就沒上過一次她的炕，讓她一個三十歲的女人夜夜空房，她誦經念佛，敲著我母親敲過的木魚，梆、梆、梆、梆、梆、梆……我猛揚頭，韁繩拴在立柱上。我揚起後蹄，把一個筐頭踢飛。我搖啊，晃啊，喉嚨裡發出灼熱的嘶鳴。我感到韁繩鬆開了。我自由了，我衝開虛掩著的木柵欄門，衝到院子裡。我聽到正站在牆根撒尿的金龍大聲喊叫：

「爹，娘，咱家的驢跑了！」

我在院子裡撒了幾個歡，小試蹄腿，蹄下咯咯響，火星迸濺。我看到自己渾圓的屁股上月光閃爍。我看到藍臉跑出來，幾個民兵也從正房裡跑出來。房門洞開，射出半院子明亮的燭光。我直奔杏樹而去，對那口釉彩缸尥起雙蹄，嘩啦一聲響，彩缸破碎，幾塊碎片飛得比樹梢還高，降落在房瓦上，發出清脆的聲響。黃瞳從正房裡跑出來。秋香從東廂房裡跑出來。民兵拉動槍栓。我不怕，我知道他們會開槍殺人，但他們不會開槍殺驢。驢是畜生，不懂人事，如果殺一頭驢，那開槍者也成為畜生。黃瞳用腳踩住了我的韁繩，我一揚脖子，把他扽倒。韁繩掄起來，像條鞭子，抽在了秋香的臉上。在她的哀嚎中我感到了歡喜。你這個黑心肝的小婊子，我要跨了你。我從她頭上一躍而過。眾人圍逼上來。我一橫心，衝進了正房。是我西門鬧回來了！要坐我的太師椅，要捧我的水菸袋，要端我的小酒壺，喝四兩二鍋頭，再吃一隻小燒雞。我突然感到這正房變得如此憋窄，一動彈腿便聽到嘩啷啷的響聲。屋裡的罈罈罐罐都成了碎片，桌椅板凳四腳朝天或是側歪在地。我看到被我逼到牆根的楊桂香那張扁平金黃的大臉，她的尖叫使我的眼睛感到刺痛。我看到癱坐在青磚地上的賢妻白氏，心中紛亂，忘記了自己已經是驢的嘴臉驢的身體。我想抱起她，卻突然發現她在我兩腿之間昏迷了。我想親她一口，卻猛然發現她頭上流出了血。人驢不能相愛，賢妻，再見吧。就在我昂然欲躥出堂屋時，一條黑影，從門後閃出，抱住了我的脖子，堅硬的爪子，抓住了我的耳朵和轡頭。我感到耳根劇痛，不由地低下頭去。但隨即便看清，像吸血蝙蝠一樣伏在我頭頸上的，是村長洪泰岳，我的冤家對頭。我西門鬧為人時沒鬥過你，難道我成了驢，還要敗在你的手下不成？想到此，怒火升起，我強忍疼痛，昂起頭，衝出去。我感到門框像刮去了我身上一個寄生瘤一樣，把洪泰岳留在了門裡。

我長鳴一聲，衝到院子裡，有幾個人手腳笨拙地關上了大門。我的心廣大無邊，再也不能受這小院的局限，我在院子裡奔跑著，所有的人都躲避不迭。我聽到那個楊桂香在喊叫：

「白氏的頭被驢咬破了，村長的胳膊斷了！」

「開槍，擊斃牠！」我聽到有人在喊。我聽到了民兵拉槍栓的聲音，我看到了迎著我衝上來的藍臉和迎春。我奔跑著，用最大的速度，積蓄著最大的力量，對著高牆上那道被夏天的暴雨沖出來的豁口，縱身一躍，四蹄騰空，身體拉長，飛出了院牆。

藍臉家那頭驢會飛的傳說，至今還被西門屯裡那些老人們提起。當然，在莫言那廝的小說裡，更被描寫得神乎其神。

第六章　柔情繾綣成佳偶　智勇雙全鬥惡狼

我直奔南方，用輕鬆優美的姿式，飛越了頹圮的圍牆。我的前蹄陷在壕溝的淤泥裡，幾乎折斷了腿。我驚恐，掙扎，越掙扎陷得越深。我冷靜下來，將後腿低落到實處，臥下身體，側歪著，打了一個滾，將前蹄拔出來，然後攀上壕溝。正如莫言所說：山羊能上樹，驢子善攀登。

我沿著土路往西南方向奔馳。

你應該記得，我對你講過，韓石匠家的母驢，馱送著花花的兒子和豬娃，送韓花花還家。此時，牠應該被摘除了轡繩，在回程的路上了吧？分手時已經約定，今夜就是我們的佳期。人是一言既出，駟馬難追；驢是一諾千金，不見不散。

我追尋著牠留在空氣裡的情感信息，沿著傍晚時分牠走過的道路奔跑。蹄聲嘚嘚，傳出去很遠，彷彿是我追著自己的蹄聲奔跑，彷彿是蹄聲追著我奔跑。深秋時分，蘆葦蒼黃，白露為霜，流螢在枯草中飛行，碧綠的磷火，在前方，貼著地皮，閃爍跳躍。不時有腐臭的氣味隨風而來，我知道那是一具陳年的屍首，皮肉雖已爛盡，但骨頭還在散發臭氣。韓花花的婆家在鄭公屯，屯中首富鄭忠良，是西門鬧的忘年交。想當年，酒酣耳熱之時，鄭忠良拍著西門鬧的肩膀說：老弟，積財積仇，散財積福，及時行樂，花天酒地，財盡福至，莫要執迷啊！……西門鬧，去你媽個西門鬧，不要來擾我好事，我現在是一匹慾火中燒的公驢，一扯上西門鬧，哪怕是沉浸在他的記憶裡，也必涉及血肉模糊、腐爛發臭的歷史場面。從西門屯到鄭公屯這片曠野裡，有一條河流橫貫其中，河堤兩邊，有十幾道蜿蜒如龍的沙梁，沙梁上生滿紅柳，叢叢簇簇，一眼望不到邊際。這裡曾經發生過一場規模很大的戰役，飛機、坦克都出動了，沙梁上布滿屍首。鄭公屯裡，滿大街都是擔架，傷兵的呻吟，配合著烏鴉的鳴叫，令人不寒而慄。好了，我也不能談戰爭，戰爭把驢子當成運輸工具，驢子馱著機槍和子彈，冒著槍火前進。戰爭期間，俊朗健美如我之黑驢，必難逃脫被徵為軍驢的命運。

和平萬歲！在和平的歲月裡，一頭公驢可以與自己心愛的母驢幽會。地點選在小河邊，淺淺的流水，反射著星月之光，猶如銀蛇逶迤。還有秋蟲低吟，晚風清涼。我跳下土路，走過沙灘，站在河中，河水淹沒了我的四蹄。水氣刺鼻，我感到喉嚨乾渴，動了喝水的欲望。喝了一些甘冽的河水，不敢喝得太多，因為接下來還要奔跑，水喝多了，胃裡會咣咣作響。我到了河的對岸，沿著一條曲折的小路，在紅柳叢中出沒，翻過一道沙梁。站在高坡上，牠的氣味，突然湧來，是那樣濃郁，那樣強烈。我的心臟狂跳，撞擊著肋骨，熱血澎湃，亢奮到極點，無法長叫，只能短促地嘶鳴。我的愛驢，我的寶貝，我的最珍貴的，最親近的，我的親親的驢喲！我恨不得抱著你，用四條腿緊緊地夾住你，親你的耳朵，親你的眼窩，親你的睫毛，親你的粉紅的鼻梁和花瓣般的嘴唇，我的至親至寶，哈氣怕化了你，跨著怕碎了你，我的小蹄子驢啊，你已經近在咫尺。我的小蹄子驢啊，你不知道我有多麼愛你。

我直奔那氣味而去，在沙梁的半腰上，看到了一幅讓我稍感膽怯的景象。我的母驢，在那些紅柳棵子中奔突著，旋轉著，不時地揚蹄，嘶鳴發威，一分鐘都不敢稍停，在牠的身前或身後，身左與身右，有兩隻蒼白的大狼。牠們不慌不忙，不緊不慢，時而前後呼應，時而左右配合，試試探探地、半真半假地發動著一次次進攻。牠們陰險毒辣，耐心地耗著我的母驢的體力和精神，直到牠累倒在地，牠們就會撲上去，咬斷牠的喉嚨，先喝乾牠的血，然後豁開牠的膛，吃掉牠的心肝。一頭驢，在夜晚的沙梁上，遇到兩頭配合默契的狼，那就死定了。我的驢啊，如果你不遇到我，你今夜難逃厄運，愛情救了你的命。難道這世間，還有什麼別的情景能讓一頭公驢更加不畏生死、奮勇上前的嗎？沒有了，不會再有了。我西門驢，嘶鳴著，斜刺裡衝了下去，直奔尾隨在我愛驢身後的那匹狼。我的蹄腿挾帶著沙土，騰起一團團煙塵，帶著居高臨下的氣勢，別說是一匹狼，就是一隻老虎，也要避我鋒芒。那頭老狼猝不及防，被我的胸脯頂撞了一下，翻了兩個筋斗，閃到了一邊。我折回身，對我的驢說：親愛的，別怕，我來了！我的驢緊緊地靠著我，我感到牠的胸膛劇烈起伏著，我聽到了牠的喘息之聲，我感到牠的皮膚上全是汗水。我啃啃母驢的脖子，安慰牠，鼓勵牠，不要怕，不要急，我來了，不怕狼，讓我的鐵掌，敲碎狼的腦殼。

兩匹狼，眼睛碧綠，肩並著肩，與我們僵持著。對我的彷彿從天而降，牠們顯然十分煩惱，如果不是我，牠們此刻正在飽餐驢肉了。我知道牠們不會善罷甘休，這兩匹從丘陵地區流竄來的狼，不會放過這個機會。牠們把我的驢驅趕到沙梁、柳叢，為的就是要利用沙土陷驢蹄的優勢。要想戰勝二狼，必須盡快脫離沙梁，我讓牠頭前慢走，我倒退行走。一步步往沙梁攀升，二狼先是無奈地尾隨我動，然後便兵分兩路，繞到我們前面去發動突然襲擊。我告訴我的驢，親愛的，看到了嗎？沙梁下邊，就是那條小河，河灘上布滿卵石，地面堅硬，河水清澈，僅能淹到我們蹄腕處。我們只要一鼓作氣，衝到小河裡，在河水中，這兩頭狼，就優勢盡失，我們一定能夠戰勝牠們。親愛的，鼓起勇氣，奔跑下山，我們身體龐然，慣性巨大，我們的後蹄會揚起沙塵，迷住老狼的眼睛，只要狂奔，絕對安全。我的驢聽從了我，與我並肩衝下。藉著慣性，我們跳躍了一個又一個柳叢，柔軟的枝條滑過我們的肚皮，我們宛如隨波逐流，我們自身也如兩簇巨大的浪花，奔湧而下。我眼睛的餘光，看到那兩匹狼在我們身後連滾帶爬的狼狽樣子。等我們站定在河水裡平定了呼吸之後，兩匹狼身上蒙著厚厚的沙塵來到河邊。

我讓我的母驢喝水。親愛的潤潤喉嚨吧，慢點喝，別嗆著，不要多喝，別受了涼。我的母驢啃著我的屁股，眼睛裡盈滿淚水。牠說：好弟弟，我愛你，如果不是你來解救，我已經葬身狼腹。好姊姊，親親的驢姊，我救你，也是救我自己，自從我脫生為驢後，一直心中鬱悶，見到你後，才知道，哪怕是卑賤如驢，但只要有了愛情，生活也會幸福無比。我的前世是人，那人一妻兩妾，只有性無有愛，我曾經錯以為他非常幸福，現在才知道他十分可憐。一個被愛情之火燒烤著的驢，比所有的人都幸福啊。一個將自己的愛侶從狼口中解救出來的公驢，既在愛侶前展示了自己的勇力和智慧，又滿足了雄性的虛榮心。姊啊，是你讓我成為一頭光榮的驢，是你讓我成為了地球上最幸福的動物。我們互相啃著癢，我們互相磨蹭著皮膚，柔情繾綣，情話連綿，感情在廝磨中愈來愈深，幾乎使我忘記了蹲在河邊的狼。

這是兩隻飢餓的狼，我們身上鮮美的肌肉讓牠們饞涎欲滴。牠們不肯罷休。儘管我恨不得立刻與我的愛侶交配，但我知道那樣無異於自掘墳墓。那兩匹狼顯然也在等待這樣的時機。牠們先是站在河邊的卵石上，伸出舌頭，像狗一樣地舔水，然後便狗坐著，仰起頭，對著半塊淒涼冷月，發出尖厲的嗥叫。

有好幾次我失去了理智，舉起前蹄，爬跨我的母驢，但我身體未落，狼便躥了上來。我匆忙中止，狼即退回水邊去。看起來牠們有足夠的耐心。我想我必須主動發起進攻，我需要母驢的配合。我們倆向水邊的狼衝去，牠們一跳就閃開，並慢慢地往沙梁方向退卻。我們不會中牠們的奸計。我們涉過河流，向西門屯方向奔馳。兩匹狼衝進河水，河水淹到牠們的肚皮，使牠們行動遲緩。我對母驢說，親愛的，衝，讓我們結束這兩個野獸的生命。我們按著預先商量好的辦法，飛快地跳入河水中，用我們的蹄子，去踐踏狼的身體，我們故意激起水花，迷了牠們的眼睛。狼在水裡掙扎著，水使牠們身體沉重。我猛地揚起前蹄，對準一頭狼砸去，那狼匆忙躲閃，我的身體陡轉，一雙前蹄，砸在另一隻狼的腰上。牠的腰立即塌了，我將牠按在水中，讓牠在水中窒息，一串串的氣泡咕咕地冒上來。另一隻狼，直立起來撲向我愛驢的脖子，危險，我鬆開蹄下的狼，尥起一隻後蹄，敲在那狼的頭上。我感到鐵蹄砸碎了那狼的頭骨，牠一下子就癱在河水中，身體平躺著，尾巴撲棱著，還沒死停當。那隻灌得半死的狼掙扎著爬上沙灘，長毛貼皮，瘦骨畢現，狀甚醜陋。我的愛驢衝上去，攔住牠的去路，一蹄連一蹄地敲擊牠，使牠在沙灘上團身翻滾，又滾回到河裡。我舉起一隻前蹄，對準牠的頭一搗。兩隻狼眼，碧綠一閃，然後便慢慢地熄滅了。怕牠們不死，我們輪番踏著牠們，一直把牠們踩進卵石的縫隙裡。泥沙和狼血，弄髒了半河水。

我們並肩往河的上游走去，一直走到河水清清、嗅不到半點血腥味的地方，然後站住。牠側目望著我，啃著我，聲音呢喃，情意綿綿，身體轉動，給我最合適的位置，親愛的，我要你，跨上來吧。我，一頭純粹的、純潔的公驢，體形健美，基因優良，注定了後代的優勢，這樣的優勢，與我驢的童貞，一起給你，只能給你，我最親的花花驢。我像山一樣立起來，用兩隻前蹄抱住牠的腰，然後，身體往前一聳，一陣巨大的歡喜奔湧而來，流遍了我的身體，也流遍牠的身體。我的天哪！

第七章 花花畏難背誓約 鬧鬧發威咬獵戶

我們一夜交配了六次，這從驢的生理上說，幾乎是不可能的。我沒有說謊，向玉皇大帝保證，指著河水中的月亮起誓，是真的，因為我不是一般的公驢，韓家的母驢也不是一般的母驢。她的前世是一個殉情而死的女人，積壓了幾十年的情欲，一旦發動，便難以休止。紅日初升時，我們終於累了。一種空空洞洞、澄澈透明的累。我們的靈魂彷彿被這場驚心動魄的愛情昇華了，變得美好無比。我們用嘴互相梳理了凌亂的鬃毛和沾滿了泥沙的尾巴，牠的眼睛裡流露出無限的溫柔之情。人類妄自尊大，自以為最解風情，其實母驢才是最會煽情的動物，我所指的當然是我的母驢，韓驢，韓花花之驢。我們站在河中喝了一些清水，然後便走到河灘上吃那些雖然已經發黃但汁液還未完全脫盡的野蘆葦和那些包孕著紫紅汁液的漿果。不時有小鳥被我們驚起，偶爾也會從草叢中躥出一條肥胖的蛇。牠們該尋找蟄伏之地了，顧不上和我們糾纏。我們交流了彼此的所有信息後，便有了各自的暱稱。她呼我鬧鬧，我稱她花花。

鬧鬧，啊噢；花花，嗯哼；我們永遠在一起，天公地母也休想把我們分離，啊噢好不好？嗯哼非常好！讓我們做野驢吧，在這十幾道蜿蜒的沙梁之間，在這鬱鬱蔥蔥的沙柳之中，在這清澈的忘憂河畔，餓了我們啃青草，渴了我們飲河水，我們相擁而睡，經常交配，互相關心，互相愛護，我對你發誓我再也不會理睬別的母驢，你也對我發誓再也不會讓別的公驢跨你。嗯哼，親愛的鬧鬧，我發誓。啊噢，親親的花花，我也發誓。你不但不能再去理母驢，連母馬也不要理，鬧鬧，花花咬著我說，人類無恥，經常讓公驢與母馬交配，生出一種奇怪的動物，名叫騾子。你放心花花，即便他們蒙上我的眼睛，我也不會去跨母馬，你也要發誓，不讓公馬配你，公馬配母驢，生出的也叫騾子。放心小鬧鬧，即便他們把我綁在架子上，我的尾巴也會緊緊地夾在雙腿之間，我的只屬於你……

情濃處，我們的脖子交纏在一起，猶如兩隻嬉水的天鵝。真是說不盡的纏綿，道不盡的柔情。我們並肩站在河邊一潭靜水前，看到了倒映在水面上的我們的形象。我們的眼睛放光，嘴唇腫脹，愛使我們美麗，我們是天造地設的一對驢。

正當我們忘情於山水之間時，後邊響起了一陣嘈雜聲。猛抬頭，看到大約有二十個人，呈扇面狀，對著我們包抄過來。

啊噢，花花，快跑！嗯哼，鬧鬧，不要害怕，你仔細看，都是熟人。

花花的態度讓我的心涼了半截。我何嘗不知道來者都是熟人呢？我的眼很尖，早就看清了，那一群人裡，有我的主人藍臉，有我的女主人迎春，還有與藍臉友善的村人方天保、方天佑兄弟——方家兄弟是莫言小說〈方天畫戟〉中的主要人物，在這部小說中他們成了武林高手——藍臉腰間束著被我掙脫的韁繩，手持一根長竿，竿端拴著繩套。迎春手裡提著一盞燈籠，糊燈籠的紅紙已被燒毀，露著烏黑的鐵框。方家兄弟，一個手持長繩，一個拖著棍棒。另外的人，有駝背的韓石匠，有韓石匠的同父異母的弟弟韓群，還有幾個面目熟悉但一時叫不出名字的人。他們都是神色疲憊，渾身灰土，顯然是奔波整夜。

花花，跑！鬧鬧，我跑不動了。你咬住我的尾巴，我拖著你跑。鬧鬧，我們又能跑到哪裡去呢？遲早還是會被他們捉回來，花花低眉順眼地說，再說，他們會去找槍，我們跑得再快，也快不過槍子兒。啊噢，啊噢，啊噢，我失望地大叫著，花花，你忘了我們方才發下的誓言了嗎？你答應跟我在一起永遠不分開，你答應要跟我在一起做野驢，自由自在，無拘無束，忘情於山水之間。花花垂著頭，大眼睛裡突然溢出了淚水。她說，嗯哼，鬧鬧，你是公驢，拔屌之後，渾身輕鬆，了無牽掛，但是我卻懷上了你的驢駒，你們西門家院裡出來的，不論是人還是驢，都是一箭雙鵰的強梁，我的肚子裡十有八九懷上了雙駒。我的肚子很快就要大了，我需要營養，我想吃炒熟的黑豆，新磨出來的麩皮，研碎的高粱，鍘得碎細並用竹篩篩過三遍、既無石子、雞毛等雜物又無沙土的穀草。現在已經是十月，天氣慢慢寒冷起來，天寒地凍，大雪飄飄，河裡結冰，枯草被大雪覆蓋，我拖著懷孕的身子，吃什麼？嗯哼，喝什麼？嗯哼？我生了驢駒之後，你讓我睡在哪裡？嗯哼，就算我橫下一條心，跟你流竄在這沙梁之中，那我們的驢駒，如何能承受這風雪寒冷？嗯哼，如果我們的驢駒凍死在雪地，身體僵硬，猶如木棍和石頭，做為牠們的爹，你難道一點都不心疼？公驢可以無情地拋棄驢駒，鬧鬧，母驢做不到。別的母驢也許能做到，但花花做不到。女人為了信仰，可以捨棄她們的兒女，但母驢做不到。嗯哼，鬧鬧，你能理解一頭懷孕母驢的心情嗎？

在花花連珠槍彈般的話語中，我，公驢鬧鬧，幾乎沒有反駁的餘地。我軟弱無力地問：啊噢，啊噢，花花，你敢保證你懷孕了嗎？

廢話，花花瞪我一眼，怒沖沖地說：鬧鬧啊鬧鬧，一夜六次，次次如灌如注，別說是一頭正值發情高潮的母驢，就是一頭木驢，一頭石驢，一棵枯樹，也會懷上你的驢駒！

啊噢……啊噢……我垂頭喪氣地低鳴著，看到花花順從地迎著牠的主人走去。

我熱淚盈眶，但眼淚很快被無名的怒火燒乾，我要跑，我要跳，我不願意忍看這義正詞嚴的背叛，我不能繼續忍氣吞聲地在西門家大院裡做為一頭驢度過一生。啊噢，啊噢，我朝著明亮的河水衝去，我的目標是高高的沙梁，是沙梁上那些團團簇簇如同煙霧般的沙柳，紅色的枝條柔韌無比，裡邊棲息著紅毛狐狸，花面的獾與羽毛樸素的沙雞。別了，花花，享你的榮華富貴去吧，我不眷戀溫暖的驢棚，我追求野性的自由。但我還沒跑盡對面的河灘，就發現沙柳叢中埋伏著幾個人。他們頭上頂著柳條編織成的偽裝帽，身上披著與枯草同色的蓑衣，他們手中，都端著那種曾把西門鬧的腦袋打得粉碎的土槍。巨大的恐懼使我折回頭來，沿著河灘東向奔騰，正對著初升的太陽。我渾身的皮毛如深紅的火焰，我是一團奔跑的火，一頭光芒四射的驢。我並不怕死，面對著凶惡的狼我毫無畏懼，但我對那些黑洞洞的土槍實在是恐懼，我怕的不是土槍，而是這種土槍製造出來的那種腦漿迸裂的慘狀。我的主人大概早就猜到了我的奔跑線路，他斜刺裡過河，連鞋襪都顧不上脫去。河水被他笨重的腿腳攪動得水花飛濺。主人迎面而來，我側身轉向，就在這個瞬間，主人手中的長竿飛來，竿上的繩套在我的脖子上。

我不服輸，我不甘心就這樣被他制服。我竭力往前，昂頭挺胸。繩套勒進我的脖子，使我呼吸困難。我看到主人雙手攥著長竿，身體後仰著，與地面角度很小。他的兩隻腳後跟蹬地，在我的拖曳下前進。他的腳後跟猶如犁鏵，在河灘上留下了兩道深深的溝。

終於筋疲力盡，更由於脖子上的繩套令我窒息，我只好停止奔跑。眾人亂紛紛圍攏上來，但似乎都對我有所忌憚，虛張聲勢不敢靠前。於是我想到我做為一匹善於咬人的驢已經臭名遠揚。在生活平靜的屯子裡，驢咬傷人，自然是大新聞，頃刻間就會傳遍全村。但他們和她們，誰又能猜到這事情的原委呢？誰又能想到白氏頭上的窟窿，只不過是她丈夫的轉世靈驢一時迷性，忘卻驢身，恍為人體，親吻她留下的痕跡呢？

大膽的迎春舉著一束綠草慢慢地向我靠近，口中發出一些絮絮叨叨的話語：

「小黑，不要怕，不要怕，不打你，跟我家去……」

她靠近了我，左胳膊攬住了我的脖頸，右手把那束綠草塞進了我的嘴巴。她撫摸著我，用她的胸膛擋住我的眼睛，我感受到了她溫暖柔軟的乳房，西門鬧的記憶猛然襲來，熱淚從我的眼睛湧出來。她在我耳邊款款細語，熱烘烘的氣味，熱烘烘的女人，我感到頭暈眼花，腿腳抖顫，跪在了沙灘上。我聽到她說：

「小黑驢，小黑驢，知道你長大了，想媳婦了，男大當婚，女大當嫁，小黑驢也要當爸爸了，不怪你，正當的，婚也結了，種也下上了，乖乖地回家吧……」

他們匆匆忙忙地修好了轡頭，把韁繩拴好，還在轡頭上，加上了一根冰冷的散發著鐵銹氣的鏈子。他們把這根鐵鏈子塞進我的嘴裡，用力一扯，將我的下唇勒起來，痛疼難忍啊，我張大鼻孔，猛喘粗氣。迎春打脫了那隻緊勒鐵嚼子的手，說：

「鬆開，你難道沒看到牠已經受傷了嗎？」

人們試圖讓我站起來，我也想站起來。牛羊豬狗可以臥著，驢只有要死了才可以臥著。我掙扎著要站起來，但身軀沉重難以站立。難道我這頭剛滿三歲的驢就這樣死去嗎？儘管為驢不是好事，但這樣死去實在窩囊。在我的面前有一條寬廣的道路，道路上又分出許多小徑，每一條都通向風景，我好奇而神往，不能死，站起來。在藍臉的指揮下，方家兄弟把那根棍子從我腹下穿過。藍臉轉到後邊掀著我的尾巴，迎春抱著我的脖子，方家兄弟抬著棍子，齊發一聲喊：「起！」借著這股勁兒，我站立起來。四腿抖顫，頭顱沉重。全力支撐，絕不能再倒下，我站定了。

他們圍著我轉，看著我後腿與前胸上血糊糊的傷口驚訝又困惑。難道與一頭母驢交配竟要受這麼大的傷害？於此同時，我也聽到，韓家那撥人也為他們家母驢身上的傷而議論紛紛。

難道這兩頭驢不是交配而是互相廝咬了一夜嗎，方家兄弟中的老大問老二，老二搖頭，不置可否。

幫韓家找驢的一個人，在河的下游不遠處，手指著河道，高聲喊叫：

「快來看，那是什麼東西！」

狼的屍體，一隻在緩慢翻滾，一隻被一塊巨大的卵石擋住。

眾人跑過去，矚目觀看。我知道他們看到了水面上漂浮的狼毛，看到了卵石上沾著的血跡——狼血與驢血，嗅到了空氣中尚未散盡的腥臭，想像著那場激烈的大戰，以河灘上凌亂密集的狼爪印和驢蹄印為證，以我與花花身上的斑斑血跡與駭人的傷口為證。

兩個人脫掉鞋襪，挽起褲腿，下到河水中，扯著尾巴，把兩頭水淋淋的死狼拖到了河灘上。我感到所有的人都對我肅然起敬了。我知道花花也享受著這樣的光榮。迎春抱著我的頭，摸著我的臉，一滴滴淚珠，落在我的耳朵上。

藍臉得意地對眾人說：「媽的，誰再敢說我的驢不好，我就跟誰拚命！都說驢膽子小，見了狼就嚇癱了，可我的驢，踢死了兩匹惡狼。」

「也不光是你們家的驢踢死的，」韓石匠忿忿不平地說，「俺家的驢也有功勞。」

藍臉笑著說：「對對對，你家的驢也有功勞，你家的驢，是我家的驢媳婦吧。」

「受了這麼重傷，這婚，大概沒結成吧？」有人半開玩笑地說。

方天保彎腰看了我的生殖器，又跑到韓家母驢的腚後，掀起尾巴瞅瞅，肯定地說：

「結成了，我敢擔保，老韓家就等著養小驢駒吧。」

「老韓，你送兩升黑豆到我家，給我家黑驢補補身子。」藍臉一本正經地說。

「呸！做夢！」老韓道。

那幾個埋伏在紅柳叢中的人提著土槍跑上來。他們腳步輕捷，動作詭祕，一看就知道不是道地的莊稼人。當頭的那個，五短身材，目光犀利。到了狼前，彎下腰，用槍筒子戳戳一匹狼的頭顱，又戳戳另一匹狼的肚子，驚訝又不無遺憾地說：

「就是這兩個東西，害得我們好苦！」

另一個持槍的人，對著眾人，大聲嚷叫著：

「這下好了，我們可以去交差了。」

「你們，大概沒見過這兩匹野物吧？這可不是野狗，這是兩匹大灰狼，平原地區比較少見，是從內蒙古草原那邊流竄過來的。這兩匹狼一路做案，見多識廣，狡猾詭詐，行為狠毒，流竄到本地一個多月，就毀了十幾匹大牲口，有馬，有牛，還有一匹駱駝，下一步，牠們就該吃人了。縣裡知道了這事，怕引起百姓驚慌，祕密組織了打狼隊，分成六個小組，日夜巡邏、埋伏，這下好了。」又一個持槍的人，不無自負地對藍臉等人說。他用腳踢著死狼，罵道，「畜生，想不到你們也有今天！」

那個領頭的打狼人，對準狼頭，開了一槍。一道火光，把狼吞沒。火光閃過是白煙，從槍口溢出。狼的腦袋粉碎，像西門鬧的腦袋一樣，白白紅紅地塗抹在卵石上。

另一個打狼人，心領神會地微笑著，端起槍，瞄準另一匹狼的肚子開了一槍。狼腹上被轟開一個拳頭大的洞口，許多骯髒的東西濺出來。

他們的行為，讓藍臉等人目瞪口呆，繼而面面相覷。良久，硝煙散盡，水流聲清脆悅耳，一群麻雀，少說也有三百隻，從遠方飛來，起起伏伏，如一團褐雲，然後齊刷刷地降落在一叢紅柳上，柳枝為之彎曲如弓，彷彿纍纍的果實。麻雀齊聲噪叫，一片沙梁因之有了活氣。一縷遊絲般的聲音，從迎春口裡吐出：

「你們要幹什麼？為什麼要打兩匹死狼？」

「他媽的，你們想搶功勞嗎？」藍臉怒吼著，「狼是我家的驢踢死的，不是你們打死的。」

為首的打獵人，從衣袋裡摸出兩張嶄新的鈔票，一張插在我的轡頭上，往旁邊走幾步，把另一張鈔票，插在花花的轡頭上。

「你想用錢堵住我們的嘴嗎？」藍臉氣哄哄地說，「這是不可能的。」

「拿走你的錢，」韓石匠堅定地說，「狼是我們的驢踢死的，我們要把牠拖回去。」

打獵人冷笑著，說：

「二位兄弟，睜隻眼閉隻眼，大家都方便。你們即便說破嘴唇，也沒人相信你們的驢能踢死狼。而且，明擺著的證據是，一匹狼的天靈蓋被土槍打碎，一匹狼的肚子被土槍射穿。」

「我們的驢身上有被狼廝咬的傷，血跡斑斑。」藍臉大叫著。

「你們的驢身上確實傷痕累累血跡斑斑，誰也不會不相信這是被狼咬的，那麼，」獵頭冷笑著，說，「這正好證明了這樣一個場面：在兩頭驢被兩匹狼廝咬得血跡斑斑的危險時刻，打狼隊第六小組的三個隊員及時趕到。他們不顧危險衝上前去，與狼展開了生死搏鬥，組長喬飛鵬，猛撲到公狼面前，對準狼頭開了一槍，槍響後，半個狼頭被打飛。隊員柳勇，對準另外一匹狼開了一槍。不好，竟是啞火，因為我們整夜在柳叢中埋伏，使火藥受了潮濕。那頭惡狼，咧開幾乎延伸到兩耳的大嘴，齜出雪白的牙齒，發出令人毛骨悚然的獰笑，對著柳勇撲來。柳勇就地一滾，躲過了惡狼的第一撲，但他的腳後跟被一塊石頭磕絆，使他仰天跌倒在沙灘上，惡狼騰起身體，拖著蒼黃的尾巴，猶如一股黃煙，直對柳勇撲去。在這危急時刻，說時遲，那時快，捕狼隊中年紀最小的隊員呂小坡，瞄準狼頭開了一槍——因為狼是運動目標，擊中的正是狼腹——狼從空中跌落，在地上翻滾，腸子流出來，拖出好長，其狀悽慘，雖是凶殘野獸，也讓我們心中不忍。這時，重新裝填了槍藥的柳勇，對著滿地翻滾的狼補了一槍。因為距離較遠，彈藥出膛呈掃帚狀，狼中彈多處，伸伸腿，終於死停了。」

在捕狼小組長喬飛鵬的語言指點下，隊員柳勇退出三五步遠，托起土槍，對準那匹被洞穿腹部的狼開了槍。幾十顆鐵砂子，均勻地打在狼身上，在狼的皮毛上留下了一片焦糊的洞眼。

「怎麼樣啊？」喬飛鵬得意地笑著，問，「你們覺得，是我的故事讓人信服呢還是你們的故事令人信服？」喬往槍筒裡裝著藥說，「你們儘管人多，但也不要動搶狼的念頭。打獵的行裡有個不成文的規定，當一匹獵物因為大家同時開槍而發生爭執時，那獵物體內留有誰家的彈頭，獵物就歸誰家所有。還有一條規定，那就是，如有人搶奪別人的獵物，獵人可以對掠奪者開槍，以維護自身尊嚴。」

「他媽的，你是個強盜。」藍臉說，「你夜裡會做噩夢的，強取豪奪，你會遭報應的。」

獵頭喬飛鵬笑著說：「輪迴報應，那是騙老太太的鬼話，我不信這個。不過，咱們畢竟有幾分緣分，如果你們願意用你們的驢幫我們把狼馱到縣城去交差，縣長會送給你們一份厚禮，我也會再送你們每人一瓶好酒。」

我沒容他再囉嗦下去，張大嘴，齜出板牙，對著他那顆扁平的腦袋。他匆忙躲閃，反應夠快，頭脫了，但肩膀還在我嘴下，強盜，讓你知道驢的厲害。你們只知道生有利爪和利齒的貓科和犬科動物才會殺生食肉，而我們奇蹄目的驢子只配吃草吞糠，你們是形式主義、教條主義、本本主義、經驗主義，今天，我要讓你知道一條真理：驢子急了也咬人！

我咬住獵頭的肩膀，猛地昂起頭，左右甩動，我感到一團酸臭黏膩的東西，已然留在了我的嘴裡，而那詭計多端、巧舌如簧的傢伙，肩膀殘缺、流血，萎在地上，昏厥過去。

他當然可以對縣長說，肩膀上的皮肉，是在與野狼搏鬥的過程中，被野狼咬掉的。他也可以說，在野狼咬住他的肩膀時，他一口咬住了狼的腦門，至於怎樣在狼的身體上做手腳，那就隨他們的便吧。

主人們見事不好，趕著我們匆匆離開，將狼屍與捕狼人留在沙灘上。

第八章　西門驢痛失一卵　龐英雄光臨大院

一九五五年一月二十四日，是農曆乙未年正月初一。莫言那小子後來把這天當做自己的生日。進入八〇年代後，官員們為了多當幾年官或是為了當更大的官，都把年齡往小裡改，都把學歷往高裡填，沒想到啥官也不是的莫言也跟著湊熱鬧。這是個好天氣，一大早就有鴿群在空中盤旋，悠揚的鴿哨，響過去又響回來。我的主人，停下手中的活兒仰望鴿群，半邊藍臉，煞是好看。

過去的一年，藍家的八畝地，收穫糧食二千八百斤，平均畝產三百五十斤，除此之外，還在溝畔地角收穫大南瓜二十八個，上等苘麻二十斤。儘管合作社對外宣傳畝產四百斤，但藍臉根本不相信。我聽到他多次對迎春說：「就他們那樣的莊稼畝產能收四百斤？騙鬼去吧。」女主人笑著，但笑容難掩擔憂，她勸說：「掌櫃的，別跟人家叫板，人家是成群結隊，咱是獨家單幹，好虎難抵一群狼啊。」「怕什麼？」藍臉瞪著眼說，「有陳區長給咱撐腰呢！」

主人頭戴一頂棕色絨帽，穿著三裱新的棉衣，腰裡紮著青布搭腰，手持一柄木梳，梳理著我身上的毛。主人的梳理讓我身體很舒服，主人的讚揚讓我心裡很舒服。主人說：

「老黑，好夥計，去年你也出了大力，能打這麼多糧食，一半功勞是你的。今年，咱爺們再加把勁，把那個雞巴合作社徹底打敗！」

陽光越來越燦爛，我身上漸漸暖起來。鴿子還在天上盤旋，地下鋪著一層紅白紙屑，那是粉身碎骨的爆竹。昨夜，屯子裡電光雷鳴，響聲連片，此起彼伏，硝煙瀰漫，猶如戰爭爆發。煮餃子的氣味瀰漫到院子裡，還有年糕、糖果的氣味摻雜其中。女主人將一碗餃子放在涼水中過了一遍，倒在槽子裡與穀草攪拌在一起。摸摸我的腦袋，她說：

「小黑，過年了，吃餃子吧。」

我承認，做為一頭驢，能吃上主人家過年的餃子，是很高的禮遇。主人幾乎把我當成了人，當成了他家庭中的一員。自從我大戰二狼後，獲得了主人的加倍愛護，也贏得了一頭驢在高密東北鄉這周遭百里、十八處村屯所能贏得的最高聲譽。儘管那三個該死的捕狼隊員霸去了兩匹死狼，但人們都知道事情的真相。儘管沒人否認韓家的驢也參加了戰鬥，但人們都知道我是鬥狼的主力，韓驢只是個配角，而且還是我救了牠的性命。儘管我早就到了被騸的年齡，我的主人也曾經恐嚇過我，但鬥死雙狼後，主人再也不提這話兒。去年秋天，我跟在主人背後下地，那個背著褡褳、手搖銅鈴、以騸驢閹牛驢馬為業的獸郎中許寶，尾隨在我身後，兩隻眼睛，賊溜溜地往我後腿間瞅。我早就嗅到了他身上那股殘忍的腥臭，我早就知道他不懷好意，這個拿驢卵牛蛋下酒的壞種，注定了不得好死。我警惕著，我準備著，只要他靠近到合適的距離，我就會飛起後蹄，對他的襠間下傢伙。我要讓這個罪惡累累的壞種，落個雞飛蛋打的下場。也許他會轉到我的面前來，那我就啃破他的頭。咬人，是我的長項。這傢伙很狡猾，躲躲閃閃，始終在安全距離外，不給我機會。街道兩邊的閒人，看著倔強藍臉牽著他那匹大名鼎鼎的驢在前頭走，而後頭跟隨著一個劁驢的壞種，都期待著好戲開演。人們七嘴八舌地說：

「藍臉，要給毛驢去勢嗎？」

「許寶，又瞅上下酒菜了？」

「藍臉，萬不能劁，這頭驢能踢死狼，全仗著那一窩卵，一個卵一個膽，這驢卵多，簡直是一窩土豆。」

一群正要上學的小學生，蹦蹦跳跳地尾隨著許寶，唱著現編的快板：

許寶許寶，見蛋就咬！
咬不著蛋，滿頭大汗。
許寶許寶，是根驢屌。
吊兒郎當，不走正道……

許寶立定，瞪著那些頑童，從褡褳中摸出一把亮晶晶的小刀子，氣洶洶地說：

「小雜種們，都給我閉嘴！哪個敢再編排許大爺就騸了他的蛋子！」

頑童們聚在一起，對著許寶傻笑。許寶往前走幾步，他們就往後退幾步。許寶對著他們衝來，他們就一哄而散。許寶追上來打我卵蛋的主意，頑童又聚攏成群，跟在後邊，邊走邊唱：

「許寶許寶，見蛋就咬……」

許寶顧不上去理睬那些纏磨他的頑童，他繞著圈兒，跑到藍臉前方，倒退著走，與藍臉搭話：

「藍臉，老哥們，我知道這驢咬傷了好多人，驢傷了人，既要賠藥費又要賠好話，索性劁了，一刀割落，三天康復，我保牠成為一頭服服貼貼的順毛驢！」

藍臉不理許寶，我心陣陣衝動。藍臉知道我的脾性，緊緊地抓住我的嚼鐵，不給我往前衝的餘地。街上的浮土被許寶的腳後跟踢起，這雜種，倒著走得快捷，大概是經常用這樣方式行路。他一張乾巴小臉，兩隻三角眼，眼下垂著兩個肉泡，門牙間開了一條寬縫，說話間不時有水泡泡從縫裡飛出。

「藍臉，」他說，「我勸你，還是劁了吧，劁了好，劁了好。劁了你就省心多了。給別人劁，我收五元錢，給你劁，分文不取。」

藍臉住腳，冷冷地說：

「許寶，先回家去把你爹劁了。」

「你這人，怎麼這樣說話？」許寶拔高嗓門道。

「嫌我說話難聽？那你就聽聽我的毛驢怎麼說吧。」藍臉笑著道，他鬆開我的轡繩，對我說，「老黑，上！」

我惱怒地嘶鳴著，像爬跨花花驢那樣揚起前蹄，往許寶那顆乾癟的頭腦上砸去。街邊看熱鬧的人發出驚呼，那撥頑童也停止了喧譁。我期待著蹄子擂在許寶腦袋上那種感覺和那種聲音，但期待落空，本應該能看到的那張因驚嚇而變形的小臉沒有看到，本應該能聽到的狗轉節子般的驚叫也沒有聽到，恍惚中似有一條油滑的影子鑽到了我的肚皮下，陰涼的不祥之感在腦子裡一閃現，欲想躲避，為時已晚——胯下一絲冰冷的感覺閃過，隨即是鋒利的劇痛。我感到若有所失，知道中了暗算，急轉身，看到後腿內側有血流下，看到在路邊，許寶用隻手托著一個沾著血跡的灰白卵子，滿面笑容，對著看客炫耀，路邊響起一片喝采聲。

「許寶你這個雜種啊，你把我的驢毀了……」我的主人悲痛地呼喊著，欲撇下我，上前與許寶拚命，但許寶把卵子塞進褡褳，手中又亮出那把亮亮的小刀子，我的主人，就萎軟了。

「藍臉，你不能怨我，」許寶舉手指點著看客，道，「大家有目共睹，連這些小朋友也都看到，是你藍臉縱驢傷人在前，我許寶正當防衛在後。如果不是老許我機警，此時，我這顆頭，已經被驢蹄子敲成血葫蘆了。老藍，你不能怨我。」

「可是，你毀了我的驢……」

「老子本來想毀了你的驢，老子也完全具有毀了你驢的本事，但老子顧念鄉親感情，手下留了情，」許寶說，「實話告訴你，你的驢有三個卵子，我只取了牠一個，這樣，牠的野性會收斂一些，但仍然不失為一頭血氣方剛的公驢。你他媽的，還不感謝我，更待何時？」

藍臉俯身側臉，觀察了我雙腿間的情景，知道許寶此言不謬，心平氣和了許多，但感謝是不可能的，畢竟，這個魔鬼一般的傢伙，在未商量的情況下，以迅雷不及掩耳之勢摘去一顆驢卵。

「許寶，醜話跟你說在前頭，」藍臉道，「要是我的驢有個三長兩短，咱們的事就沒完沒了。」

「除非你用砒霜拌料餵牠，否則我保你驢命百歲！今天，最好不要讓牠下地幹活，拉牠回家，餵牠點精料，飲牠點鹽水，兩天就會收口。」

藍臉口裡不服，但還是遵從了許寶的建議，拉我回家。我的痛苦，略有緩解，但還很強烈，我用仇恨的目光，盯著這個將吃我一卵的雜種，心裡盤算著報仇的方式，但說心裡話，經過這番風雷電閃般的變故，我對這個雙腿羅圈、其貌不揚的小男人，平添了許多敬畏。人世間竟有這般怪物，以取卵子為職業，而且取得出神入化，其下手之狠、出手之準、動作之快，非親歷絕不敢相信也！啊噢～～啊噢～～我的那個卵啊，今晚你就會伴著燒酒進入許寶腸胃，明天就會進茅坑，我的卵、卵。

走到距他們幾十步處，聽到許寶在後邊喊：

「藍臉，知道方才那一手叫做什麼名堂嗎？」

「我日你祖宗，許寶！」藍臉回頭大罵。

眾人的笑聲傳來，笑聲中許寶大喊，得意洋洋的聲嗓：

「好好聽著，藍臉，還有那頭驢，也好好聽著，方才那一手叫做『葉底偷桃』！」

「許寶許寶，葉底偷桃！藍臉藍臉，丟人現眼……」那群出口成章的天才頑童，跟在我們後邊也喊叫著，一直把我們送進西門家大院……

院子裡人氣漸旺，東西廂房裡的五個孩子，穿戴著光鮮衣帽，在院子裡合群蹦跳。藍金龍和藍寶鳳已到了上學的年齡，但還沒有上學。金龍神情憂鬱，一副心事重重的樣子，寶鳳天真無邪，是個美人胚子。他們是西門鬧留下的種子，與我西門驢沒有直接關係，與我西門驢有直接關係的，是韓花花驢所下的那兩個驢駒，只可惜，牠們不滿半歲，就跟著牠們的娘死去。花花之死，是西門驢一大傷心事。花花是吃了有毒草料而死，兩頭驢駒，我親生的孩子，是吃了花花的毒奶而死。驢產雙駒，全屯喜慶；三驢同亡，百家心痛。韓石匠哭成個淚人兒，但肯定有個人在暗中笑，笑者就是下毒者。此事驚動了區裡，專派了有經驗的公安員柳長發前來破案，那人比較笨拙，只會把村裡的人一撥撥叫到村公所，用那套似乎從留聲機裡播放出來的話語盤問，結果自然是不了了之。後來莫言那廝在他的〈黑驢記〉中，把給韓家驢下毒的罪名扣在黃瞳頭上，儘管他編造得嚴絲合縫，但小說家言，絕不可信。

接下來我對你說，與我西門驢同年同月同日生的那個藍解放，也就是你，你知道他是你就行，為了方便我還是說他——他已經五歲有餘，隨著年齡的增長，臉上那塊痣越來越藍。這孩子相貌雖醜，但性格開朗，活潑好動，手腳不閒置，尤其是那張嘴，幾乎一秒鐘也不會閒著。他穿著與同母異父的兄弟藍金龍同樣的衣服，因為個頭不及金龍高，衣服嫌大，下捲褲腿，上挽袖子，看上去有一股匪氣。但我深知這是個心性善良的好孩子，但幾乎不討所有人喜歡，我猜想，大概與他的多言和臉上的藍痣有關。

說完藍解放，接下來說說黃家的兩位千金：黃互助與黃合作。這兩個女孩，穿著同樣的花棉襖，紮著同樣的蝴蝶結，生著同樣白淨的皮膚和同樣嫵媚的細長眼睛。黃、藍兩家，說親不親、說疏不疏的一種複雜關係，大人們在一起，總是彆扭尷尬，迎春和秋香，畢竟都曾經是西門鬧的枕邊人，彼此既是冤家又是姊妹。現在分別嫁人，鬼使神差地又都住在各自住過的房子，但房子的主人換了，時代也換了。與大人的複雜關係相比，孩子們的關係清純簡單。藍金龍性格陰沉，很難接近；藍解放與黃家雙嬌處得極為親密。那兩個女孩子，一口一個解放哥哥叫著，藍解放本是個饞鬼，竟然能省出兩塊糖果，給她們吃。

「娘啊娘，解放把糖給互助、合作吃了。」藍寶鳳悄悄地對母親說。

「既然是分給他的，他願意給誰吃就給誰吃吧！」迎春拍拍女兒的頭，無奈地說。

孩子們的故事，還沒有開始，他們之間的戲，十幾年後將達到高潮，現在，還輪不到他們唱主角呢。現在，有一個重要人物登場。他姓龐名虎，面如重棗，目若朗星。頭戴一頂棉軍帽，身穿一件紮著絎線的棉襖，胸前掛著兩枚勳章，衣袋裡插著一枝鋼筆，手腕上套著一塊銀光閃閃的手錶。他手持雙枴，右腿完好，左腿從膝蓋處沒了。一條黃色的褲腿，在斷腿處隆重地繫了一個疙瘩。雖然只有一隻腳，但那腳上卻穿著一隻嶄新的翻毛皮鞋。他一進大門，所有的人，包括孩子，包括我這頭驢，都肅然起敬，在那個年代，這樣的人，只能是從朝鮮戰場上回來的志願軍英雄。

英雄對著藍臉走來。木枴棒戳著鋪地的方磚，發出「篤篤」的聲響，那條腿落地沉重，彷彿步步生根，另外半條腿上的褲子，悠來盪去。他立在主人面前，問道：

「我如果猜得不錯，你就是藍臉。」

藍臉的臉部肌肉抽搐了一下，等於回答了英雄的問題。

「志願軍叔叔好，志願軍叔叔萬歲！」多嘴饒舌的藍解放跑上前來，無限敬仰地說，「您一定是個英雄，您立過功勞，您找我爹有什麼事？我爹不愛說話，有什麼問題，儘管問我，我是我爹的發言人。」

「解放，閉嘴！」藍臉道，「大人說話，小孩子不許插嘴。」

「沒關係，」英雄寬厚地笑著，「你是藍臉的兒子，名叫解放對嗎？」

「你會算卦嗎？」解放驚訝地問。

「我不會算卦，但是我會相面。」英雄狡猾地說，但他馬上恢復了臉上的莊重表情，用胳膊夾住木枴，伸出一隻手，伸到藍臉面前，說，「夥計，認識認識，我是龐虎，是區裡新來的供銷合作社主任，那個在生產資料門市部賣農具的王樂雲是我的妻子。」

藍臉愣了片刻，伸出手與英雄相握，但從他的困惑的眼神裡，英雄知道他還迷在霧裡。於是，英雄對著外邊喊：

「喂，你們也進來吧！」

一個身體渾圓的小個子女人，抱著一個清秀的女孩子，從大門走進來。女人穿著藍色制服，鼻梁上架著一副白邊眼鏡，一看就知道不是個吃莊戶飯的人。那孩子眼睛很大，兩個腮幫子紅通通的，像深秋的蘋果。這孩子滿臉都是笑意，是一副標準的幸福嬰兒模樣。

「啊呀，原來是這個同志！」藍臉欣喜地叫著，同時回頭對西廂房裡喊，「他娘，快來，來貴客了。」

我自然也認出了她。去年初冬的一件往事被清楚地回憶起來。那天藍臉牽著我去縣城馱鹽，回來的路上，遇到了這個王樂雲。她托著沉重的大肚子，坐在路邊呻吟。她穿著一件藍制服，因為肚子太大，制服下邊的三個釦子敞開著。她戴著一副白邊眼鏡，面皮白淨，一看就知道是個吃公家飯的。她看到我們，如同看到救星，艱難地說：大哥，行行好，救救我吧……你是哪裡的？這是怎麼啦？——我叫王樂雲，是區供銷合作社的，我要去開會，本來還不到日子，可是……可是……我們看到了歪倒在路邊枯草中的自行車，知道了女人面臨的險境。藍臉急得轉圈，搓著手說：我能幫你什麼呢？我該怎樣幫你？——馱我去縣醫院，快。——主人卸下我背上那兩袋鹽，脫下身上的棉襖，用繩子攬在我的背上，然後，搬起女人，放在我背上。同志，你坐穩了。女人手抓著我的鬃毛，低聲呻喚著。主人一手扯著韁繩，一手攬著那女人，對我說：老黑，快跑。我奮蹄，我很興奮，我已經馱過許多東西，鹽，棉花，莊稼，布匹，還從來沒馱過女人。我撒了一個歡，女人的身體搖晃著歪在我主人的肩上。穩住步子，老黑！主人命令著。我明白，老黑明白。我快步疾走，同時努力保持著身體的平穩，宛如行雲流水，這就是驢子的長處。馬只有飛奔，腰背才會平穩，驢善疾走，跑起來反而顛簸。我感到這事兒很莊嚴很神聖，當然也很刺激，這時候我的意識介於人驢之間，我感到有溫暖的液體浸透棉襖並濡濕了我的脊背，也感到從那女人頭髮梢滴下來的汗水落在我的脖子上。我們離開縣城原本只有十幾里路，而且我們走的是一條近路，路兩側荒草沒膝，一隻野兔子倉惶衝撞在我的腿上。好，就這樣到了縣城，進了人民醫院。那年代醫護人員的服務態度真好。主人站在醫院大門口大聲吼叫：快來人哪，救命啊！

我也不失時機地嘶鳴起來。立刻就有一群身披白大褂的男女從屋子裡跑出來，將那女人抬進屋去。那女人一下驢，我就聽到從她的褲襠裡傳出了哇哇的叫聲。回來的路上，主人悶悶不樂，瞅著那件被弄髒的棉衣他嘟嘟囔囔。我知道主人迷信思想很重，錯以為產婦的東西骯髒晦氣。到達與女人相遇的地方，主人皺著眉頭，青藍著臉說：老黑，這算什麼事？一件新棉襖，就這樣報了廢，回家怎麼跟內當家的交代？——啊噢，啊噢，我有點幸災樂禍地大叫著，主人的狼狽相讓我很開心。你這驢，還笑！主人解開繩子，用右手的三根指頭，把那件棉襖從我背上揭下來。棉襖上——嗨，不說了，主人歪著頭，屏住呼吸，捏著因為濕透而變沉重、彷彿一張爛狗皮的棉衣，掄起來，猛力往外一撇，猶如一個大怪鳥，飛到路邊的荒草地裡去了。繩子上也沾了血跡。因為還要綑紮鹽包，不能扔，只好把繩子放在路上，用腳來回地搓著，路上的黃土改變了繩子的顏色。主人只穿著一件鈕釦不全的小褂，胸膛凍得青紫，加上那張藍臉，其相貌頗似閻羅殿裡那些判官。主人從路邊捧了幾捧土，揚撒在我的背上，又撕來乾草搓擦了。搓擦著說：老黑，咱爺們這是積德行善，對嗎？——啊噢，啊噢，我回應著主人。主人將鹽包綑在我背上，看著路邊那輛自行車，說：老黑，按說這車子，應該歸咱們所有，咱們賠上了棉襖，賠上了工夫，但如果咱們貪了這點財，前邊積的德就沒了對不對？——啊噢，啊噢——好吧，咱爺們就好事做到底，送人送到家。主人推著車子，趕著我——其實我也不用他趕——重返縣城，到了醫院門口。主人大聲喊叫：哎，那個生孩子的女人聽著——你的車子，放在門口了——啊噢，啊噢——又有幾個人跑出來。快走，老黑，主人用韁繩抽打著我的屁股說，快跑，老黑……

迎春雙手沾著白麵，從廂房裡跑出來。她的眼睛放著光，直盯著王樂雲懷中那個美麗女孩子，伸出手，嘴裡喃喃著：

「好孩子……好孩子……胖得真喜煞個人啊……」

王樂雲將孩子遞到她手裡，她接過來，抱在懷裡，低下頭，在那孩子臉上嗅著，親著，一連聲地說：

「真香……真香啊……」

孩子不習慣她的親熱，哇哇地哭起來。藍臉呵斥道：

「還不快把孩子還給同志，瞧你那樣，大母狼似的，什麼孩子也被你給嚇哭了。」

「沒關係的，沒關係的。」王樂雲接回孩子，拍著，哄著，孩子哭聲弱了，不哭了。

迎春搓著手上的麵，歉疚地說：

「真是對不起……您看看我這樣子，把孩子的衣裳都沾了……」

「我們都是莊稼人出身，」龐虎說，「沒那麼多講究。我們今天，是特意謝恩來了。如果沒有你老兄幫忙，後果不堪設想！」

「把我送到醫院還不算，又跑了第二趟，把車子送回去，」王樂雲感慨地說，「醫生護士都說呢，打著燈籠也難找藍大哥這樣的好人。」

「主要是驢好，牠走得快，走得穩……」藍臉不好意思地說。

「對對對，驢也好，」龐虎笑著說，「你這頭驢，可是大名鼎鼎啊，名驢！名驢！」

啊噢～～啊噢～～

「嘿，牠能聽懂人話呢。」王樂雲道。

「老藍，我如果送你財物，就是把你看小了，也把咱們的友情給蹧蹋了，」龐虎從口袋裡摸出一個打火機，啪嗒一聲打著火，說，「這是繳獲美國鬼子的，送給你做個紀念，」又從口袋裡摸出一個黃澄澄的銅鈴鐺，說，「這是我讓人從舊貨市場上專門弄來的，送給驢。」

英雄龐虎靠近我的身體，將那鈴鐺，拴在我的脖子上，然後拍拍我的腦袋，說：

「你也是英雄，授一等勳章！」

我晃動了一下腦袋，感動得想放聲大哭，啊噢～～啊噢～～銅鈴發出一串清脆的響聲。

王樂雲拿出一包糖，分給藍家的孩子們，連黃家的互助、合作也有分。「上學了嗎？」龐虎問金龍。解放快嘴，搶著回答：「沒上。」「要上學，必須上學，新社會，新國家，年輕一代，紅色接班人，沒有文化是萬萬不行的。」「我們家沒有入社，是單幹戶，爹不讓我們上學。」「什麼？還單幹？像你這樣有覺悟的人還單幹？這是真的還是假的？老藍，這是真的嗎？」

「是真的！」一個響亮的聲音，在大門口那兒回答。我們看到，洪泰岳，村長、黨支部書記兼合作社社長，依然穿著那身衣服，只是更瘦了，也更精幹了，瘦骨伶仃、大踏步走過來，對著英雄龐虎伸出手，說，「龐主任，王同志，新年好！」

「新年好，新年好！」眾多的人湧進大院，互相祝賀新年，不再說那些老話了，滿嘴新詞兒，時代大變，於此略見一斑。

「龐主任，我們集合，是商量辦高級合作社的問題，把周圍幾個自然村的初級社，合併成一個大社，您是英雄，給我們做個報告。」洪泰岳說。

「我沒準備，」龐虎說，「我是來感謝老藍同志的，他救了我家兩條命。」

「不用準備，您隨便講，就把您自己的英雄事蹟給我們說說就行，大家歡迎。」老洪帶頭鼓掌，引起掌聲一片。

「好，我講講，隨便講講。」龐虎被簇擁到大杏樹下，有人塞到他身後一把椅子，他閃開了，不坐，站著，起高聲，「西門屯的同志們，春節好！今年春節好，明年的春節更好，因為在共產黨和毛澤東同志的領導下，翻身農民走上了合作化的道路。這是一條金光大道，越走越寬廣！」
「可是有人，竟然還頑固地走單幹的道路，要跟我們的合作社競賽，失敗了還不認輸！」洪泰岳打斷英雄龐虎的話，插嘴道，「藍臉，我說的就是你！」

眾人的目光，聚焦在我的主人身上。他垂著頭，玩弄著英雄贈送的打火機。哧嚓——火苗——哧嚓——火苗——哧嚓——火苗。女主人臉上掛不住，搡了一下他，他一瞪眼，說：「回屋去！」

「藍臉是個有覺悟的同志，」龐虎高聲說，「他帶著驢，勇鬥群狼；又帶著驢，救我妻子。他不入社，是一時沒想明白，大家不要強迫命令，我相信，藍臉同志一定會加入合作社與我們一起奔金光大道的。」

「藍臉，這次成立高級社，你要是還不加入，我就給你下跪了！」洪泰岳說。

我的主人，解開我的轡繩，牽著我走向大門。英雄所贈銅鈴，在我頸上，叮叮噹噹地響著。

「藍臉，你到底入還是不入？」洪泰岳喊。

主人在大門外立住腳，回頭，對著院內，甕聲甕氣地說：

「你下跪我也不入！」

第九章　西門驢夢中遇白氏　眾民兵奉命擒藍臉

夥計，我要講述一九五八年了。莫言那小子在他的小說中多次講述一九五八年，但都是胡言亂語，可信度很低。我講的，都是親身經歷，具有史料價值。那時，西門大院裡連你在內的五個孩子，都是高密東北鄉共產主義小學二年級的學生。咱不說大煉鋼鐵、遍地土高爐，這事沒什麼意思。咱也不說集體食堂吃大鍋飯全縣農民大流動，這事你們都經歷過用不著我來囉嗦。咱也不說撤區、撤鄉、村改為大隊，一夜之間全縣實現人民公社化，這事你們都清楚，我說著也沒勁。做為一頭驢，一個單幹戶飼養的驢，在一九五八這個特殊的年份裡，有一些頗為傳奇的經歷，這是我想說的，也是你想聽的吧？我們盡量地不談政治，但假如我還是涉及到了政治，那就請你原諒。

那是五月裡的一個月光皎潔之夜，一陣陣暖風，從田野吹來，風裡全是好氣味：成熟小麥的氣味，水邊蘆葦的氣味，沙梁上紅柳的氣味，被砍倒的大樹的氣味……這些氣味讓我高興，但不足以讓我逃離你們這個頑固不化的單幹著的家庭。實話對你說，吸引我的、讓我不顧一切地咬斷韁繩逃脫的氣味，是從母驢的身上散發出來的。這是一頭健壯的成年公驢的正常的生理反應，我沒有什麼不好意思的。自從被許寶那雜種割去一卵後，我總以為自己已經喪失了這方面的能力，胯間雖還有兩個卵，但這兩個卵似乎是無用的擺設。但那晚上牠們突然從休眠中醒來，牠們發熱、發脹，使腹下那根棒槌像鐵一樣堅硬，一次次地伸出來降溫。人世間那些紅火熱鬧的事對我沒有了吸引力，我腦海裡浮現著一頭母驢的形象：身材勻稱，四肢修長，目光清澈，皮毛光滑。我要與她相會，交配，這是最重要的，其餘都是狗屎。

西門大院的大門已經被摘去，據說是拉到煉鋼的工地上劈成了木柴。因此我一旦咬斷韁繩就等於獲得了自由。其實，幾年前我就已經越牆而出，所以即便有門擋著，我也會飛出去，何況無門。

我在大街上，追隨著那令我神魂顛倒的氣味狂奔。街上的風景很多，我無暇顧忌，那都是些與政治有關的東西。我衝出村莊，奔向國營農場的方向，那裡火光閃閃，把半邊天都映紅了，那是高密東北鄉最大的土高爐，後來也證明，只有這個土高爐煉出了一些真正的鋼鐵，因為國營農場裡人才濟濟，有幾個在這裡勞動改造的右派就是留學海外歸來的鋼鐵工程師。

鋼鐵工程師站在爐邊，一本正經地指揮著那些臨時抽調來煉鋼的農民，火光熊熊，映紅了他們的臉龐。十幾座土高爐，沿著那條寬大的運糧河一字兒擺開，河西是西門屯的土地，河東是國營農場的地盤。高密東北鄉的兩條河流，都注入了這條大河，三條河的交匯處，有沼澤、蘆葦和沙洲，還有方圓幾十里的紅柳叢林。村裡的人，本不與農場的人打交道，但那時天下一統，大兵團作戰。那條最寬的道路上，有牛車，有馬車，有人力車，都載著據說是鐵礦石的一種褐色的石頭；有驢馱子，有騾馱子，都馱著一種名叫鐵礦石的褐色石頭；有老頭，有老太太，有兒童，都背著一種名叫鐵礦石的褐色石頭。車水馬龍人如蟻群，都沿著這條路，向國營農場土高爐群會合。後來的人，說大煉鋼鐵煉出了一堆廢渣是不對的，高密縣的領導精明，充分利用了那幾個右派工程師，煉出了真正的鋼鐵。在集體化的洪流裡，人民公社的人，暫時把單幹戶藍臉忘記，竟讓他逍遙法外好幾個月，當合作社裡的糧食來不及收割爛在地裡時，他卻從從容容地把自家八畝地裡的糧食全部收回，並從無主的荒地裡割了數千斤蘆葦，準備在冬閒時編織葦蓆牟利。既然他們忘記了單幹戶，那單幹戶的驢自然也被忘記。所以，連瘦得只剩下骨頭架子的駱駝也被趕出來馱礦石時，我這頭健壯的公驢，竟可以逍遙自在地去追尋浪漫煽情的氣味。

我奔跑，超越了許多人和畜，其中也包括幾十匹驢，但發出氣息召喚我的那頭母驢卻不見蹤影，那原本強烈而集中的氣味也越來越淡薄，時隱時現，彷彿目標離我越來越遠，除了相信鼻子，我更相信自己的直覺，我不可能背道而馳，我追尋著的母驢應該是馱礦石母驢或是拉車母驢中的一匹，除此之外，在這樣的時代，在嚴密的組織和鐵一樣的命令下，難道還有第二匹逍遙驢躲在某個地方發情？洪泰岳在人民公社成立前，幾乎是吼叫著罵我的主人：我日你祖宗藍臉，你是全高密縣唯一的單幹戶，你是個黑典型，等忙過了這陣，看我怎樣收拾你！我的主人擺出一副死豬不怕開水燙的架式，蔫唧唧地說：我等著。

我跑過運糧河上那座十幾年前被飛機炸斷的、最近剛剛修復的大橋，繞著那些灼熱的火爐子跑了一圈，沒有發現母驢。那些困倦得猶如醉漢一樣的煉鋼人，因為我的出現而興奮起來。他們手持著長長的鐵鉤子和鋼鍬圍上來，想把我擒獲，但這是不可能的。這些人已經晃晃悠悠，無論如何發力也達不到能追上我的速度，即便追上我，手中也沒有能把我擒獲的力氣。他們大呼小叫，完全是虛張聲勢。火光放大了我的威儀，使我的皮毛猶如黑色的綢緞閃閃發光，我相信在這些人的眼睛裡，在這些人一輩子的記憶中，從來沒有看見過、再也沒有看見過像我這樣儀表堂堂的驢。啊噢～～我對著那些試圖包圍我的人衝去，他們四分五裂，有的跌翻在地，有的倒拖鐵鍬奔跑，猶如倉皇逃命的敗兵。只有一個大膽的、頭戴柳條帽的小個子，用鐵鉤子捅著了我的屁股。啊噢～～這狗娘養的，鐵鉤子灼熱，隨即嗅到焦糊氣味，這小子給我留下了一個難以磨滅的烙印。我尥了幾個蹶子，衝出火光，遁入黑暗，踩著泥濘的灘地，鑽進蘆葦叢中。

新鮮的蘆葦和清涼的水氣使我的情緒漸漸穩定下來，屁股上的痛疼有所減輕，但依然很劇烈，其程度遠遠超過被狼咬出的傷口。我踩著鬆軟的淤泥走到河邊，喝了幾口水，水中有一股蛤蟆尿的腥氣，水裡有些疙瘩狀的東西，我知道喝下了蝌蚪。這有點噁心，但沒有辦法。也許蝌蚪具有止痛的療效，那就權當我喝了藥。正當我六神無主、不知何去何從之時，那股已經迷失的氣味又出現了，像一根在風中飄揚的紅絲線。我生怕丟失它，跟著它走，我相信它會把我引導到母驢身邊。遠離了煉鋼爐的火光，月光就明亮起來，河道中有許多蛤蟆在鳴叫，間或還有一陣陣的歡呼聲、敲鑼打鼓聲從遙遠的地方傳來，我知道，那是狂熱的人們在虛構出來的勝利中大發癔症。

就這樣，我追尋著氣味的紅線走了許久，已經將熱火朝天的國營農場高爐群遠遠地拋在了後邊。穿越了一座寂靜無聲的荒涼村莊後，我走上了一條狹窄的田間小路。左邊是一片麥田，右邊是一片白楊樹林。麥子熟透了，雖在涼森森的月光下，但還是散發著焦乾的氣息，偶有小獸在田中奔跑，便有麥穗斷裂或麥粒脫落的窸窣聲響起。楊樹葉子片片發亮，猶如滿樹銀幣。其實我根本無心觀看月下美景，我只是順便對你提起。突然——

那煽情的氣味濃郁如酒，如蜜，如剛從炒鍋裡端出來的麩皮，那假想中的紅線，變成了粗大的紅繩。我奔波半夜，歷盡千辛萬苦終於找到了我的愛情，就如順著藤蔓終於摸到了一顆西瓜。我往前猛跑了幾步，馬上又改換成小心翼翼的步伐。在小路的中央，在月光下，盤腿坐著一個身穿白衣的婦女，沒有母驢的蹤影。但發情母驢濃郁的氣味，是確鑿存在著的啊，難道這裡藏著陰謀與陷阱？難道女人也能發出這種讓公驢發瘋的氣味？我帶著滿腹的疑惑，慢慢地往婦人身前靠攏，離她越近，與西門鬧相關的記憶便越活躍，彷彿幾點火星，燃成了連片的大火，驢的意識變得灰暗，人的情感占據上風。即便不看她的臉，我已經知道了她是誰，除了西門白氏，還沒有一個女人，身上能散出一股苦杏仁的氣味。我的妻啊，你這不幸的女人！

為什麼我把她稱為不幸的女人？因為在我的三個女人中，她的命運最為悲慘，迎春和秋香都嫁了翻身窮人，改變了自己的成分，唯有她，戴著地主分子的帽子，住在西門家祖墳的看墳屋子裡，接收著她的身體不能承擔的勞動改造。那看墳屋子，土牆草頂，低矮狹窄，年久失修，透風露雨，隨時都可能倒塌，一旦倒塌，也就成了埋葬她的墳塋。那些壞分子們，也都參加了人民公社，在社裡邊，受著貧下中農的管制，接受勞動改造，按照常理，現在，她應該跟那些壞分子們一起，在運礦石的隊伍裡，或是砸礦石的工地上，身受著楊七等人的監督，蓬頭垢面，破衣爛衫，如同死鬼，但為什麼她竟穿著潔白的衣衫散發著香氣坐在這個風景如畫的地方？

「掌櫃的，我知道你來了，我知道你會來的，我知道經過了這些年的風風雨雨，見過了背叛和無恥，你就會想到我的忠誠。」她彷彿自言自語，又像是對我傾訴衷腸，聲調幽婉而淒涼，「掌櫃的，我知道你已經變成了一頭驢，但即便你成了驢，你也是我的掌櫃的，你也是我的靠山。掌櫃的，只有你成了驢後，我才感到你跟我心心相印。你還記得你生下來那年的第一個清明節與我相遇的情形嗎？你跟著迎春去田野裡剜野菜，跑過我棲身的看墳屋子，被我一眼看見。我正在偷偷地為公婆的墳塋和你的墳塋添新土，你徑直地跑到我的身邊，用粉嘟嘟的小嘴唇叼我的衣角。我一回頭，看到了你，一頭多麼可愛的小驢駒啊。我摸摸你的鼻梁，摸摸你的耳朵，你伸出舌頭舔我的手，我突然感到心中又酸又熱，悲涼混合著溫暖，眼淚奪眶而出。我朦朧的淚眼，看著你水汪汪的眼睛，我看到倒映在你眼裡的我，我看到了你眼睛裡流露出來的那種熟識的神情。掌櫃的啊，我知道你是冤枉的，我捧起新土，揚到你的墳頂上。我趴在你的墳上，臉貼著黃土，暗暗抽泣。這時，你用小蹄子輕輕地敲著我的屁股，我一回頭，又看到那種神情從你眼裡流露出，掌櫃的，我堅信你已經轉生為驢降生人世，我的掌櫃的，最親的人，閻王爺咋就這麼不公道，讓你投胎為驢呢？又一想，也許這是你自己的選擇，你放心不下我，甘願為驢與我相伴，閻王爺讓你到達官貴人家去投生你不去，為了我你甘願落草為驢啊，我的掌櫃的啊……我悲從中來，無法抑制，不由地放大了悲聲。正在此時，遠處傳來軍號銅鼓鑔鈸聲。迎春在我身後悄聲說：別哭了，人來了。迎春還沒有把良心喪盡，她挎著的筐子裡，用野菜遮蓋著一疊紙錢，我猜到她是偷偷地給你燒紙錢來了。我強把哭聲止住，看到你跟著迎春匆匆隱入黑松林，你三步一回頭，五步一躊躇，掌櫃的，我知道你對我一片深情啊……隊伍逼近了，鼓樂聲鏗鏗鏘鏘，紅旗血紅，花圈雪白，是小學校的師生為他們的烈士掃墓，細雨霏霏，燕子低飛。烈士墓那邊桃花如霞，歌聲如潮，而我的掌櫃的，你的墳前，妻子不敢放聲啼哭……掌櫃的，那晚上你大鬧村公所，咬了我一口。別人以為你是鬧欄發狂，只有我知道你是為我不平。咱家的財寶早已挖出，哪還有財寶在荷灣那邊埋？

掌櫃的，你咬我那一口，我把它當成你送給我的吻，雖然狠了點，但唯有狠才讓我刻骨銘心。感謝你的吻，掌櫃的，你的吻救了我，他們一看我頭破血流，生怕鬧出人命，就放我回家了。我的家，就在你墳前的破屋子裡。我躺在那鋪土坯潮濕的小炕上，盼著早死，死後我也要變成一頭驢，與你做一對驢夫妻……」

杏兒，白杏兒，我的妻，我的親人啊……我喊叫著，但話語出口，仍然是驢鳴。驢的咽喉，使我發不出人聲。我恨驢的軀體，我掙扎著，要用人聲與你對話，但事實無情，無論我用心說出多少深情的話語，發出的依然是「啊噢～～啊噢～～」，我只好用嘴去吻你，用蹄子去撫摸你，讓我的眼淚滴到你的臉上，驢的淚珠，顆顆胖大，猶如最大的雨滴。我用淚水為你洗臉，你平躺在路上，仰望著我，你眼裡也噙著淚，嘴裡念叨不止：掌櫃的啊，掌櫃的……我用牙撕開你的白衣，用嘴唇糾纏著你，陡然間想起了新婚情景，白杏兒羞羞答答，嬌喘微微，果然是大戶人家教育出來的千金小姐，能繡並蒂蓮，能誦千家詩……

一群人吶喊著進了西門家大院，把我從夢境中驚醒，使我的好事不成，使我難圓鴛盟，使我從半人半驢回復成徹頭徹尾的驢。這些人橫眉立目，氣焰囂張，衝進西廂房，把藍臉拖出來，往脖頸子裡插了一面紙糊的小白旗。主人試圖反抗，但那些人不費吹灰之力就把他制服。主人還想囉嗦，那些人說：我們是奉命而來。上邊說了，你非要單幹，那就只好讓你單幹，但大煉鋼鐵、與修水利都是國家大事，每個公民都有義務參加。修水庫時把你忘了，這次你不能再投機了。兩個人押著藍臉往外走，一個人把我從驢棚裡牽出來。這人富有經驗，看來是個慣常與牲口打交道的，他貼著我的脖頸，右手緊緊地握著勒進我嘴裡的嚼鐵，只要我稍有反抗的表示，他手上就會加勁兒，嚼鐵就會煞進我的嘴角，使我呼吸困難，疼痛難忍。

女主人從廂房裡跑出來，試圖把我奪回，她說：

「你們讓我男人去幹活可以，我也可以去砸礦石，去煉鋼鐵，但你們不能拉俺的驢。」

那些人，氣洶洶地、不耐煩地，說：

「女公民，把我們當成什麼了？當成黃皮子拉驢隊啦？我們是人民公社的基幹民兵，是聽從著上級的指示、按政策辦事。你們家的驢是暫時徵用，用完了還會還給你們。」

「我替驢去！」迎春說。

「對不起，上級沒這樣指示我們，我們不敢私自做主。」

藍臉從那兩人的手中掙脫出來，說：

「你們用不著這樣對待我。修水庫，煉鋼鐵，是國家的活兒，我理當去幹，毫無怨言，缺了的工，我一定補上，但我有個要求，你們要允許我跟我的驢在一起。」

「這個嗎，我們說了也不算，你有什麼要求，跟我們的上級去提吧。」

我被那人用高度警惕的方式牽著，藍臉被那兩人用押解逃兵的方式挾著，出了屯，直奔過去的區政府、現在的人民公社所在地，那個紅鼻頭的鐵匠和他的徒弟給我掛上第一副鐵掌的地方。我們路過西門家祖墳的時候，看到一群中學生，在幾個老師的帶領下，正在那裡扒墳拆磚，一個身穿白色孝衣的女人，從看墳的小屋子裡飛出來，向著那些人撲去。她伏在一個學生的身上，似乎是扼住了他的脖子，但隨即就有一塊磚頭拍在她後腦勺上。她的臉雪白，像塗抹了一層石灰，她的聲音尖厲刺耳，令我大受刺激。比鐵水還亮的火焰，在我的心裡燃燒，我聽到人的聲音從我喉嚨裡噴出：

「住手，我是西門鬧！不許扒我的祖墳！不許打我的妻子！」

我猛地豎起前蹄，忍著嘴唇破裂的劇痛，把身邊那人提起來，甩到路邊的淤泥裡。做為一頭驢，我可以漠視眼前的情景，但做為一個人，我不能容忍別人挖我的祖墳，打我的妻子。我衝進人群，咬破了一個高個子教師的頭，把一個彎腰撬墓的學生踢倒在地。學生們四散奔逃，老師們俯身在地。我看一眼在地上打滾的西門白氏，看了一眼黑洞洞的墓穴，轉身往那片黑森森的松林奔去。

第十章　受寵愛光榮馱縣長　遇不測悲慘折前蹄

在高密東北鄉的地盤上瘋跑了兩天之後，心中的怒火漸漸消退，飢餓使我不得不啃食野草和樹皮。這些粗糙的食物使我體會到做一匹野驢的艱難。對香噴噴的草料的思念，又使我漸漸回到一頭平庸的家驢。我開始向村莊靠攏，向有人氣的地方靠攏。

中午時分，在陶家官莊村頭，一棵粗大的銀杏樹下，我看到一輛正在休息的馬車。豆餅拌穀草的濃烈香氣撲鼻而至。那兩頭拉車的騾子，站在一個放在三角支架上的草料笸籮旁，正吃得香甜。

我對騾子，這非馬非驢的雜種，一向心懷鄙視，恨不得把牠們全部咬死，但今天，我不想跟牠們打架，我只想擠到笸籮邊上，分享幾口真正的草料，補一補因瘋跑而消耗太多的身體。

我悄悄地往前走，躡蹄屏息，盡量地不使項下的銅鈴發出聲響。瘸腿英雄掛在我脖子上的銅鈴，增添了我的威風，也給我帶來了麻煩：我一路飛奔，鈴聲串串，像個英雄驢；但同時也使我永遠逃脫不了人們的跟蹤。

銅鈴還是發出了聲響。兩頭個頭比我魁偉的黑騾子猛地揚起頭來。牠們一眼就看穿了我的企圖。牠們用前蹄刨地和噴響鼻對我發出威脅，警告我不要侵入牠們的領地。但美食就在眼前，怎能善罷甘休！我觀察了一下形勢：那頭年長的黑騾，身體在轅裡，基本上無法對我發起攻擊，那頭拉長套的年輕黑騾，受身上輓具和長套的羈絆，也不能對我發起有效的攻擊，只要我躲避了牠們的嘴，就可以搶到食物。

黑騾們暴躁地嘶鳴著，對我發出威脅。你們這兩個雜種，不要如此倡狂，有飯大家吃，休要吃獨食。現在是共產主義時代，我的就是你的，你的就是我的，還分什麼彼此。我瞅了個空子，撲到笸籮前，張口大嚼。牠們咬我，嚼鐵嘩啷啷響。雜種們，要講咬，我比你們內行。我噙下一口草料，張口便咬住了轅騾的耳朵，猛地一頓，一塊耳朵掉下來。然後又在拉長套那個小雜種的脖子上啃了一口，弄了我一嘴鬃毛。頓時亂了套。我叼著笸籮的邊沿，疾速倒退幾步。拉長套的騾子衝上前來，我調腚掀臀，給了牠兩蹄子。一蹄落空，一蹄打在牠的鼻梁上。這傢伙負痛頭觸地面，然後閉著眼轉圈，套繩凌亂，纏在牠的腿上。我抓緊時間吃草料。好景不常，腰裡紮著一條藍包袱、手裡提著長鞭的車夫，從村頭的一個院子裡跑出來，嘴裡大聲吆喝著。我抓緊時間吃料。他揮舞著鞭子衝上來，鞭影如蛇，發出啪啪的脆響。這人身形矯健，雙腿內八字，一看就知道是個趕車的好把式，打的一手好鞭，不可輕視。我不怕棍子，棍子要想打著我那是不容易的。但鞭子變幻不定，難以躲閃，一等的好鞭手，能一鞭打倒一匹烈馬，這是我親眼所見，心有餘悸。不好，鞭影飛過來了。我不得不逃開了。逃出危險地帶，看著那笸籮。車把式追上來，我逃。他不追了，我站住，眼睛還盯著那笸籮。車把式看到了他那兩頭受了傷的騾子，破口大罵。

車把式說他手中如果有槍，就會一槍崩了我。他這樣說我就樂了。啊噢～～啊噢～～，我的意思是說，如果你手中沒有鞭子，我就會衝上去咬破你的頭。他顯然是明白了我的意思，他顯然知道了我就是那匹咬傷多人的惡驢。他始終不敢放下手中的鞭子，也不敢對我太過緊逼。他的目光四處梭巡著，顯然是在尋找援手。我知道他是既怕我又想擒獲我。

遠遠地有人圍上來了。我一嗅氣味就知道他們是那些幾天前一直在追捕我的民兵。儘管我只吃了個小半飽，但這樣的好草料一口頂十口，增添了我的氣力，鼓舞了我的鬥志。我不會被你們圍住的，你們這些兩條腿的笨物。

這時，從遠處那條土路上，一個草綠色的方形怪物，顛顛簸簸、但是速度極快地駛來，屁股後還拖著一溜黃塵。現在我當然知道那是一輛蘇製吉普車，現在別說我認識蘇製吉普，連「奧迪」、「賓士」、「寶馬」、「豐田」全都認識，我連美國的太空梭，俄羅斯的航空母艦都認識，但那時我是一頭驢，一頭一九五八年的驢。這個下邊有四個膠皮輪子的怪物，奔跑的速度，在平坦的道路上顯然比我快，但到了崎嶇的路上它就不是我的對手了。莫言早就說過：山羊能上樹，驢子善爬山。

為了講述的方便，就權當那時候我就認識蘇製吉普車吧。我感到有點恐怖，也感到幾分好奇。在這樣的猶豫狀態中，追捕我的民兵們呈扇面包圍上來，而迎面而來的蘇製吉普，擋住了我前面的道路。在距離我幾十米的地方，吉普車熄了火，先後有三個人，從車上跳下來。當頭的一個，是我的老熟人，他就是當年的區長現在的縣長。幾年不見，這人的形體沒有大的變化，連身上的衣服，似乎也還是幾年前所穿那套。

我對陳縣長沒有惡感，幾年前他對我的高度讚揚還在發揮作用，溫暖著我的心。他的驢販子經歷，也讓我感到親切。總之，這是一個對驢有感情的縣長，我信任他，等待著他的到來。

縣長揮手對身邊人示意，讓他們停止前進，又揚手示意我身後那些急於擒獲我或是打死我立功邀賞的民兵，讓他們停止動作。只有縣長一人，舉起一隻手，嘴裡吹著溫柔悅耳的口哨，對著我慢慢走來。近了，離我三五米遠了。我看到他的手裡托著一塊焦黃的豆餅，散發著撲鼻的香氣。我聽到他吹著一首十分耳熟的小曲，讓我感到心中充滿淡淡的憂傷。我緊張的心情放鬆了，身上繃緊的肌肉也變得鬆弛。我產生了依靠在這個人身邊接受他撫摸的願望。他終於靠在了我的身邊，右手抱住了我的脖頸，左手把那塊豆餅塞到了我的嘴裡。然後他騰出左手摸著我的鼻梁，嘴裡念叨著：

「雪裡站，雪裡站，你是頭好驢，只可惜被那些不懂驢的傢伙給使夾生了。現在好了，你跟我走，我會好好調教你，讓你成為一匹傑出的、溫順又勇敢、人見人愛的驢子！」

縣長斥退了那些民兵，又吩咐蘇製吉普車回縣城。雖然沒有鞍韉，他還是騎到了我的背上。他上驢的動作非常熟練，騎跨的也正是我最能承重的部位。果然是個好騎手，是個懂驢的人。他拍了一下我的脖子，說：

「夥計，走！」

從此我就成了陳縣長的坐騎，馱著這個雖然瘦弱但精力極端旺盛的共產黨人，奔波在高密縣廣大的土地上。在此之前，我的活動範圍沒出高密東北鄉，跟了縣長後，我的足跡北到渤海的沙灘，南到五蓮山的鐵礦場，西至波濤滾滾的母豬河，東邊到達能嗅到黃海腥鹹氣味的紅石灘。

這是我驢生涯中最風光的一段時間。在這段時間裡，我忘了西門鬧，忘了與西門鬧有關的人和事，也忘了與我情感深厚的藍臉。後來想起來，我之所以那樣得意，大概與我潛意識裡的「官本位」有關，驢，也敬畏當官的。陳乃一縣之長，對我摯愛之深，令我沒齒難忘。他親自為我拌料，親自為我梳毛，他在我脖子上套了一個纓絡，纓絡上結著五朵紅絨球，銅鈴上也拴了紅絲絨簇成的穗頭。

縣長騎我下鄉視察，每到一地，人們都給予我最高的禮遇。他們拌最好的草料餵我，用清洌的泉水飲我，用骨製的梳子梳我，在鋪了白色細沙的平展地面上讓我打滾解乏。人們都知道，侍候好了縣長的驢，就會讓縣長格外高興。拍了我的驢屁，就等於拍了縣長的馬屁。縣長是個好人，他棄車騎驢，一是為了節省汽油，二是因為要經常去山區視察礦石開採場，不騎毛驢就只有步行。當然，我知道，這事情的最深層的原因，還在於縣長在多年的驢販子生涯中，培養起了對毛驢的深深的愛。有的男人見了漂亮的女人就眼睛發亮，縣長見了漂亮的毛驢就連搓雙手。我是頭四蹄踏雪、智力不遜人類的毛驢，贏得縣長的好感那是十分正常的。

自從當了縣長的坐騎，韁繩基本上失去了意義。一頭咬傷多人、臭名昭著的倔驢，竟然被縣長短期內調教成一匹俯首帖耳、聰明伶俐的順毛驢，這算一個奇蹟。縣長的祕書小范曾經拍過一張縣長騎著我視察鐵礦場的照片，配了一篇小文章投往省報，竟被省報在顯著位置發表。

我在為縣長所騎的日子裡，曾與藍臉見過一面。那是在一條狹窄的山路上相逢。藍臉挑著兩筐礦石，從山上下來；縣長騎著我，從山下上去。藍臉見了我就丟了扁擔，筐子傾倒，礦石滾下山去。縣長發怒，訓道：

「怎麼搞的？礦石是寶，一塊不能丟，下去撿上來。」

我知道藍臉根本聽不到縣長的話，他雙眼放光，直撲上來，抱著我的脖子，連聲道：

「老黑，老黑，我終於找到你了……」

縣長也認出了藍臉，知道遇上了我的舊主。他回頭看了一眼騎著一匹瘦馬一直跟著我們東跑西顛的范祕書，示意他來解決這個問題。祕書心領神會，跳下瘦馬，將藍臉拉到一邊，道：

「你想幹什麼？這是縣長的驢。」

「這是我的驢，我的老黑，牠從一出生就沒了娘，是我老婆用小米湯把牠養活。牠是我們家的命根子。」藍臉道。

祕書道：「就算確是你家的驢，但如果不是縣長相救，牠早被民兵們打死吃了驢肉。現在，牠承擔著重要的工作，馱著縣長下鄉，為國家節約了一輛吉普車，縣長離不開牠，你的驢能發揮這樣重要的作用，你應該高興才是。」

「我不管。」藍臉執拗地說，「我只知道這是俺的驢，俺要拉回去。」

「藍臉，老朋友，」縣長說，「現在是非常時期，這匹驢走山路如履平地，對我幫助很大，你的驢，就算我們暫時徵用，等大煉鋼鐵告一段落，就把牠還給你。徵用期間，政府會酌情給你一些補貼。」

藍臉還想囉嗦，一個公社幹部上來，將他一把拖到路邊，聲色俱厲地說：

「你他媽的簡直是狗坐轎子不識抬舉，縣長能騎你家的驢，是你家三輩子的造化。」

縣長抬手制止了公社幹部的粗魯行為，說：

「藍臉，就這樣吧，你很有個性，我很佩服你，但同時為你感到惋惜，做為本縣縣長，我希望你盡快牽著驢入社，不要與歷史潮流對抗。」

公社幹部把藍臉推到路邊，為縣長其實是為我讓開了道路。我看到藍臉望著我的眼神，心中感到了一絲愧疚。我在想：這樣做算不算背叛主人另攀高枝？縣長似乎猜到了我的心思，用巴掌拍拍我的頭，安慰道：

「雪裡站，快走，你馱著本縣，遠比跟著藍臉貢獻大，藍臉遲早也會加入人民公社，而一入社，你也就成了集體財產，縣長為了工作騎一頭人民公社的驢子，這不是正大光明嗎？」

正所謂樂極生悲，物極必反。就在我與主人相遇五天後的傍晚，我馱著縣長從臥牛山採礦場回來，一匹橫穿山路的野兔子在我面前跳起，嚇了我一跳，不慎將右前蹄陷入一條石縫。我側歪在地，縣長也一頭栽了下來。縣長的頭碰在路邊石棱上，血流如注，當場昏厥。祕書招呼著人，把縣長抬下山去。幾個農民，試圖把我弄出來，但我的蹄子深深地陷在石縫裡，絕無弄出來的可能。他們強行推我，拉我，我聽到「喀巴」一聲響，從石縫中傳出，一陣劇痛，猛地把我擊昏了。等我清醒過來，發現我的右蹄，連同短骸骨，都留在了石縫裡，從斷腿處湧出來的血，染紅了好大一片路面。我心中一片悲涼，我知道，做為一頭驢，我已經毫無用處，不但縣長不會再要我，即使我的主人，也不會收養一匹徹底喪失了勞動能力的驢，等待我的將是屠宰舖裡那把長刀。他們用長刀割斷我的喉嚨，放完我的血，剝掉我的皮，然後將我分割成一條條的肉，變成美味食品，進入人們的肚腸……如其讓他們屠殺，不如我自己了斷。我側目看看路外側陡峭的山坡，和山下霧騰騰的村莊，啊噢一聲，用力往外滾去——這時，藍臉的一聲哭叫，留住了我。

主人是從山下跑來的。他滿身汗濕，膝蓋處血跡斑斑，顯然是在路上摔了跤。他一見我的慘狀，便放聲大哭：

「我的老黑啊，我的老黑……」

主人抱著我的脖子，幾個前來幫忙的農民，有的掀著我的尾巴，有的搬著我的後腿，我掙扎著站了起來，但當我的斷腿一著地，便劇痛難捱。汗水像小溪一樣從我身上流下，我像一堵朽牆，又一次跌翻在地。

一個農民用同情的腔調議論著：

「廢了。不中用了。不過也不用愁，這驢很胖，賣到屠宰組，會得一筆大錢。」

「放你娘的屁！」藍臉大怒，罵那農民，「如果你的爹傷了腿，也會賣到屠宰組裡去嗎？」

周圍的人都愣了片刻，那說話的農民惱怒地說：

「你這屌人，怎麼這樣說話？這頭毛驢，難道是你的爹嗎？」

那農民揎拳捋袖，欲與藍臉動手打架，被同夥的人拉住勸說：

「算了，算了，不要惹這個瘋子了，他可是全縣唯一的單幹戶、在縣長和專員那裡都掛了號的。」

眾人散去，只餘我與主人。山月彎彎，掛在天邊，此情此景，備感悽慘。主人罵著縣長，罵著那些農民，脫下褂子，撕成布片，包紮纏裹在我的傷腿上。啊噢——啊噢——痛死我啦……主人抱著我的頭，淚珠一串串地落在我的耳朵上。「老黑啊，老黑……讓我說你什麼好呢？你怎麼能相信官家人的話呢？一出事兒他們只顧搶救官兒，把你扔在這裡……如果他們派來石匠，把石縫鑿開，你的腿也許還有救……」主人說到這裡，猛省般地，放下我的頭，跑到那石縫裡，伸手進去，試圖把我的蹄子摳出來。我的主人一邊哭著，一邊罵著，累得哼哼哧哧喘粗氣，終於把我的蹄子摳了出來。捧著我的蹄子，我的主人放聲大哭。看著蹄子上被山路磨得銀光鋥亮的蹄鐵，我也淚如泉湧。

主人鼓勵著我，幫著我終於站起來。由於包裹了厚厚的布片，我的斷腿勉強可以著地，但我的身體悲哀地失去了平衡。健步如飛的西門驢沒有了，只有一匹一步一點頭、一步一側歪的瘸驢。我好幾次都想一頭栽到山下去，結束這悽慘的生命，但主人的愛挽留了我。

從臥牛山採礦場到高密東北鄉的西門屯，路程有一百二十里。如果我腿蹄健全，這點路何足掛齒。但我缺失一蹄，舉步艱難，一路血肉模糊，哀鳴不止。痛疼使我的皮膚不可抑制地顫抖，宛如微風吹過水面形成的細波紋。

走入高密東北鄉地盤，我的斷腿開始散發臭氣，成群結隊的蒼蠅追隨著我，發出震耳欲聾的轟鳴。主人從樹上扯下枝條，綑紮成束，用以驅打蒼蠅。我的尾巴已經無力揮動，腹瀉使我的後半身骯髒無比。主人揮一下樹枝把子就能打死數十隻蒼蠅，但隨即就會有更多的蒼蠅撲上來。我的主人把褲子也脫下來撕破，為我包紮了傷腿。他只穿著一條僅能遮羞的褲頭，腳上卻穿著兩隻厚底的、鞋面上縫著厚厚的破皮子的沉重大鞋，形狀古怪而滑稽。

我們一路上風餐露宿，我吃枯草，主人則從路邊的紅薯地裡撿腐爛的紅薯充飢。我們不走大道走小徑，見到人群就躲避，彷彿兩個從戰場上逃脫的傷兵。那天走進皇甫屯時，正逢屯裡的大食堂開飯，濃郁的香氣襲來，我聽到主人的肚子發出咕嚕嚕的響聲。主人看看我，眼裡流出淚。他用骯髒的胳膊沾沾眼，眼珠子通紅，突然起了高聲：

「他媽的，老黑，我們怕什麼？我們躲什麼？我們做過什麼見不得人的事了嗎？我們光明正大，我們什麼都不怕，老黑你負的是公傷，理應由公家照顧，我照顧老黑，就是為公家出夫！走，我們進村！」

主人牽著我，像引領著一個蒼蠅的軍團，走進了正在開飯的大食堂。露天開飯，羊肉包子。一籠屜一籠屜的包子從廚房裡抬出來，放在桌子上，頃刻便被搶得精光。搶到包子的人，有的用樹棍叉著，歪著頭啃，有的放在手裡來回倒著，嘴裡發出唏唏溜溜的聲音。

我們的闖入，讓所有人注目。我們太狼狽、太醜陋、太骯髒了。我們身上散發著臭氣，我們飢餓勞累，我們讓他們吃驚，也許還有噁心，我們敗壞了他們的胃口。主人揮動著枝條在我身上抽打，受驚的蒼蠅飛舞起來，星散開去，降落到熱氣騰騰的包子上，降落到公共食堂的炊具上，人們都厭惡地發出了噓聲。

一個身穿白色工作服，看樣子像食堂管理員的胖大婦人顛著身跑上來，距我們幾步遠就捂住鼻子，齉聲齉氣地說：

「你們是幹啥的？快走，快走！」

有一人，認出了我的主人，遠遠地嚷著：

「是西門屯的藍臉吧？果然是你這傢伙？你怎麼成了這副模樣……」

主人向那人投去一眼，沒吱聲，牽著我往院子中央走。那裡的人們紛紛躲避。

「他可是高密縣唯一的單幹戶，連昌濰專區都掛了號的！」那人繼續喊，「他的毛驢是神驢，會飛，咬死過兩匹惡狼，咬傷過十幾個人的，可惜，腿怎麼殘了？」

胖大婦女追上來，嚷道：

「快離開這裡，我們不接待單幹戶！」

主人停住腳，聲音悽楚而激烈地喊叫著：

「你這個肥母豬，老子是單幹戶，寧願餓死，也用不著你接待。但老子這頭驢，卻是縣長的坐騎，牠是馱著縣長下山時在石縫裡扭斷了腿，算不算公傷？如果算公傷，你們就有義務接待。」

我的主人第一次用激烈的話罵人，他藍臉泛青，瘦骨嶙峋，彷彿一隻拔光了羽毛的公雞，全身散著臭氣，一聳一聳地往前逼近。那胖大婦人被逼得連連後退，竟掩著臉，嗚嗚地哭著，逃跑了。

有一位身穿舊制服，留著分頭，幹部模樣的人剔著牙走上來，上上下下地打量著我和我的主人，然後說：

「你有什麼要求？」

「我要你們餵飽我的驢，我要你們燒一鍋熱水為我的驢洗澡，我要你們請一位醫生給我的驢包紮傷口。」

幹部對著大廚房喊叫，有十幾個人應聲而出。幹部說：

「按他要求的快去準備。」

他們用熱水沖洗了我的身體。他們讓醫生用碘酒為我的傷口消毒，塗上了藥膏，並包上了厚厚的紗布。他們為我弄來了大麥和苜蓿。

我吃飼料時，那些人端來一盆尚有熱氣的包子，放在我的主人面前。一個伙夫模樣的人悄聲說：

「老哥，吃吧，別強勁了。吃了這頓就不要管下頓，過了今天，就不要管明天，這驢日的歲月，沒有幾天折騰頭了，早折騰完了，早吹燈拔蠟。怎麼，你真的不吃？」

主人佝僂著身體，坐在兩塊摞放在一起的破磚頭上，目光盯著我那條虛虛地支在地上的傷腿，似乎沒有聽到伙夫的密語。我聽到主人飢腸轆轆，我知道又白又胖的包子，對他產生了巨大的誘惑。有好幾次我看到他那隻又黑又髒的手就要向包子伸去，但最終他還是克制住了自己。

第十一章　英雄相助裝義蹄　飢民殘殺分驢屍

我的傷腿結了疤，性命無虞，但喪失了勞動能力，成了廢驢。這期間，公社屠宰組的人幾次上門，想出價買我，用我的肉，改善幹部們的生活，都被我的主人罵走。

莫言在〈黑驢記〉中寫道：

女主人迎春不知從什麼地方撿回一隻破皮鞋，回家涮洗乾淨，在鞋裡邊塞上了棉絮，鞋幫上縫上帶子，綁在殘驢腿上，使牠的身體大致能夠保持平衡。於是，在一九五九年春天的鄉間道路上，出現了一道奇特的風景：單幹戶藍臉推著一輛裝滿糞肥的木輪車，赤著臂膊，滿面飆氣；拉車的驢穿著一隻破皮鞋，低垂著頭，走起來一瘸一拐。木輪車緩慢行進，車軸發出嘎啦嘎啦的刺耳聲響。藍臉弓著腰，把全身的力氣貫注到車把上，殘驢也做出悲壯的努力，要為主人省些力氣。起初，人們側目觀看這對古怪的勞動搭擋，許多人掩口竊笑，但到了後來，就笑不出來了。剛開始有許多小學生跟在車後觀看，有的頑皮孩子還向殘驢投擲石塊，但他們的行為受到了家長的嚴厲喝斥。

春天的地像發酵的麵團，車輪一下子陷到輪轂，我的蹄子也陷進地裡。我們必須把糞肥運到土地的中央。努力！為了讓主人省點勁兒，我使出了全身的力氣。但只走了十幾步，女主人套在我腳上的皮鞋就留在土裡了。斷腿像棍子一樣直往土裡插，痛疼難忍，汗流如注，不是累的，是痛的。啊噢——啊噢——殺了我吧，主人，我已經無用了。我眼睛的餘光看到了主人那半邊瓦藍的臉和凸出的眼球，為了主人的恩情，為了回擊那些冷笑，為了給那些小雜種樹立一個榜樣，我就是爬，也要幫主人把車子拉到地中央。我因身體失衡而前仆，膝蓋著地，啊，膝蓋著地竟比斷肢著地舒服，更能使上力氣，那就讓我跪著拉吧！我跪著，用最快的動作，最大的力氣，前進。我感到輓具勒緊了我的喉嚨，呼吸困難。我知道這勞動的姿態十分醜陋，會讓人們恥笑，那就讓他們笑去吧，只要能把車拉到主人要去的地方，就是勝利，就是光榮！

將車上的糞傾倒在地後，主人撲上來，抱住了我的腦袋。我聽到主人聲音哽咽，語不成聲：

「老黑啊……你真是一頭好驢……」

主人掏出菸袋鍋，裝上菸，打著火，點燃，自己吸了一口，然後把菸袋鍋插到我嘴裡。

「吸一口吧，老黑，吸口解解疲乏。」主人說。

我跟隨主人多年，沾染上了菸癮。我把菸鍋吸得吱吱響，兩道濃煙，從我的鼻孔裡噴出來。

這年的冬天，主人受供銷社主任龐虎腿上新裝義肢的啟發，決心要為我製作一個義蹄。憑藉著幾年前那段友誼，主人和女主人找到龐虎的妻子王樂雲，說明了心情，在王樂雲的幫助下，主人和女主人把龐虎的義肢裡裡外外研究個透徹。龐虎的義肢是到上海一家專為革命殘疾軍人服務的工廠訂做的，我一頭驢，不可能享受到這樣的待遇。即使是那家工廠願意為一頭毛驢製作假蹄子，我的主人也承擔不了昂貴的造價。於是，主人和女主人決定自己動手為我製作一隻假蹄子。他們費了整整三個月工夫，做了毀，毀了再做，最後，做出了一隻從外觀上足可亂真的假蹄子，綁在了我的斷肢上。

他們拉著我在院子裡走了幾圈，感覺比綁一隻破皮鞋好很多。我的步伐雖然僵硬，但瘸的程度大大減輕。主人牽著我，走在大街上，昂頭挺胸，洋洋得意，彷彿示威。我也盡量地往好裡走，努力為我的主人長臉。屯裡的孩子跟在我們身後看熱鬧。我看到了路邊那些人的目光，聽到了他們的議論。他們對我的主人很是佩服。我們與面黃肌瘦的洪泰岳迎面相逢。洪泰岳冷笑著說：

「藍臉，你這是向人民公社示威嗎？」

「不敢，」我的主人說，「我跟人民公社是井水不犯河水。」

「可你走在人民公社的大街上。」洪泰岳低手指指地，抬手指指天，冷冷地說，「可你還呼吸著人民公社的空氣，還照著人民公社的陽光。」

「沒有人民公社之前，這條大街就有，沒有人民公社之前，就有空氣和陽光。」我的主人說，「這些，是老天爺送給每個人、每個動物的，你們人民公社無權獨占！」我的主人深深地吸了一口氣，在街上跺跺腳，仰臉被太陽曬著，說，「好空氣，好陽光，真好！」他拍拍我的肩膀，說，「老黑，你大口喘氣，死勁踏地，讓陽光照著。」

「藍臉，不怕你嘴硬，有你服軟的時候！」洪泰岳道。

「老洪，有本事你把路豎起來，把太陽遮起來，把我的鼻孔堵住。」我家主人說。

「咱們走著瞧！」洪泰岳悻悻地說。

我本來想穿著這隻新蹄子，為主人再賣幾年力氣，但隨之而來的大饑饉，使人變成了凶殘的野獸。他們吃光了樹皮、草根後，便一群餓狼般地衝進了西門家的大院子。主人起初還手持棍棒護衛著我，但人們眼睛裡那種可怕的碧綠的光芒嚇破了他的膽。他扔下棍棒逃跑了。面對著這群飢民，我渾身戰慄，知道小命休矣，驢的一生即將畫上句號。十年前投生此地為驢的情景歷歷在目。我閉上了眼睛，聽到有人在院子裡大喊：

「搶啊，搶啊，把單幹戶的糧食搶走！殺啊，殺啊，把單幹戶的瘸驢殺死！」

我聽到了女主人和孩子們的悲號聲，聽到了爭搶過程中飢民之間的打鬥聲。我感到腦門正中受到了突然一擊，靈魂出竅，懸在空中，看著人們刀砍斧剁，把一頭驢的屍體分解成無數碎塊。

第二部　牛強勁

第十二章　大頭兒說破輪迴事　西門牛落戶藍臉家

「如果我猜得不錯，」我直視著大頭兒藍千歲野氣刺人的目光，試試探探地說，「你做為一頭驢，被飢民用鐵錘砸破腦殼，倒地而死。你的身體，被飢民瓜分而食。這些情景，都是我親眼目睹。我猜想，你的冤魂不散，在西門家大院上空逗留片刻，便直奔陰曹地府，幾經周折，再次投胎。這一次，你轉生為一頭牛。」

「猜得很準，」他用略帶著憂傷的腔調說，「我對你講述了我為驢的一生，就等於把後來的事情告訴了你大半。當牛的幾年裡，我與你幾乎是形影不離，發生在我身上的事，你基本上一清二楚，就用不著我多說了吧？」

我看看那顆與他的年齡、身體相比大得不成比例的腦袋，看看他那張滔滔不絕地講話的大嘴，看看他臉上那些若隱若現的多種動物的表情，——驢的瀟灑與放蕩、牛的憨直與倔強、豬的貪婪與暴烈、狗的忠誠與諂媚、猴的機警與調皮——看看上述這些因素綜合而成的那種滄桑而悲涼的表情，有關那頭牛的回憶紛至沓來，猶如浪潮追逐著往沙灘上奔湧；猶如飛蛾，一群群撲向火焰；猶如鐵屑，飛快地黏向磁鐵；猶如氣味，絲絲縷縷地鑽進鼻孔；猶如顏色，在上等的宣紙上洇開；猶如我對那個生著一張世界上最美麗的臉的女人的思念，不可斷絕啊，永難斷絕……

父親帶我去趕集買牛。時間是一九六四年十月一日。天空清朗，陽光明媚，許多鳥在天上叫，許多螞蚱在路邊，把柔軟的肚子插到堅硬的路面上產卵。我沿途拔螞蚱，用草棍串起，準備回家燒吃。集市上很熱鬧。困難的日子熬過去了。秋天又是個大豐收，人們的臉上喜氣洋洋。父親拉著我的手，直奔牲口市。父親是大藍臉，我是小藍臉。看到我們父子，許多人感歎：這爺兒倆，帶著記號，生怕被別人認了去呢。

牲口市上，有騾子，有馬，有驢。只有兩頭驢。一匹是灰毛的，母驢，耷拉著耳朵，垂頭喪氣，目光昏暗，眼角上夾著黃眵，不用扒嘴看牙口，就知道是匹老驢。另一匹黑驢，公的，騸過了，個頭很大，有點像騾子，生著一張令人厭惡的白臉，白臉驢，絕戶驢，像戲劇舞台上的奸臣，透著陰險與毒辣，誰敢要？趁早送到屠宰組去殺掉，「天上的龍肉，地上的驢肉」，公社幹部們酷愛吃驢肉，新來的書記，最好這一口，他就是給陳縣長當過祕書的那個人，姓范名銅，外號「飯桶」，食量驚人。

陳縣長對驢有深厚感情，范書記對驢肉情有獨鍾。看到這兩頭又醜又老的驢，父親臉色沉重，眼睛裡噙著淚水。我知道他又想到了我們家那頭黑驢，那匹「雪裡站」，那匹上過報紙、做出了全世界的驢都沒有做出的傑出事蹟的驢。不但他思念，我也思念。想起在小學讀書那幾年，這匹驢，帶給我們藍家的三個孩子多少自豪啊！不但我們自豪，連黃互助和黃合作這對雙胞胎姊妹也沾光，雖然父親與黃瞳、母親與秋香關係冷淡，見面幾乎連招呼都不打，但我總感到與黃家姊妹有一種特殊的親近關係，說真心話，對她們，比對我同母異父的姊姊藍寶鳳還要親。

賣驢的人似乎認識父親，兩個人，都對著父親點頭，臉上掛著意味深長的微笑。彷彿是要逃避，也可能是天意，父親拉著我離開驢市走進牛市。我們不可能購買一頭驢了，因為世界上所有的驢與我家曾經有過的那頭驢都無法比較。

驢市冷清，牛市繁榮。形形色色、大大小小的牛。爹啊，怎麼會有這麼多牛？我還以為三年困難把牛都殺光了呢，怎麼一眨巴眼似的彷彿從地縫裡冒出了這麼多牛。有魯南牛，有秦川牛，有蒙古牛，有豫西牛，還有雜交牛。我們進了牛市，幾乎沒有旁顧，就直奔一頭剛剛拴上籠頭不久的小犍。這頭小犍，約莫有一歲年齡，毛色如栗，皮滑如緞，雙眼明亮，透著機靈與頑皮，四蹄矯健，顯示著速度和力量。牠雖然年幼，但身軀已具有一頭大牛的輪廓，彷彿一個嘴唇上生出黑茸毛的少年。牠的媽，是一頭身材修長、尾巴拖地、雙角前罩的蒙古母牛。這種牛步幅大，性子急，耐嚴寒，耐粗放，有野外生存能力，可以拉犁耕地，也可以駕轅拉車。牛的主人是個黃面孔的中年人，嘴唇瘦薄，遮不住牙齒，掉了一粒鈕釦的黑制服口袋裡，插著一枝鋼筆，看樣子像一個生產隊的會計或是保管。在牛主人的身後，立著一個頭髮蓬亂的斜眼睛男孩，與我的年齡相仿，看樣子與我一樣，也是一位失學少年。我們倆互相打量著，感覺到似曾相識。

「買牛嗎？」男孩主動跟我打招呼，然後神祕地對我說，「這頭小牛是個雜種，爹是原產瑞士的西門塔爾牛，媽是蒙古牛，是去農場交配的，人工授精。那頭西門塔爾種牛，體重八百公斤，像座小山。你們要買就買這頭小牛，千萬別買這頭母牛。」

「淘氣，你給我閉嘴！」黃臉男人厲聲訓斥男孩，「再多說話就把你的嘴巴縫起來。」

男孩吐吐舌頭，笑著，躲到男人背後，悄悄地指著那頭母牛彎曲的尾巴，顯然是要提醒我注意。

父親彎下腰，對著那頭小公牛伸出一隻手，彷彿是一個風度翩翩的紳士，在燈光輝煌的舞場上，對著一個珠光寶氣的女士邀舞。也是多年之後，我在許多外國電影中，看到這種場面，便會想起，父親對牛伸出的手。父親的眼睛明亮，閃爍著讓我感動的光彩，我想只有歷盡劫難又不期而遇的親人的眼睛裡，才可能出現這樣的光彩。令人感到驚奇的是，那頭小公牛，竟然搖動著尾巴，走到父親面前，伸出淺藍色的舌頭，舔了一下父親的手，緊接著又舔了一下。父親撫摸著小公牛的脖子，說：

「我要買這頭小牛。」

「要買就買兩頭，我不能讓牠們母子分離。」賣牛男人用不容商量的決絕口氣說。

「我只有一百元錢，我就要這頭小牛！」父親從夾襖深處摸出那沓錢，遞到賣牛男人面前，固執地說。

「五百元，兩頭一起牽走。」賣牛男人道，「我一句話絕不重複兩遍，要就要，不要請閃開，別耽誤了我賣牛。」

「我只有一百元，」父親執拗將錢放在賣牛男子腳前，說，「我就要這頭小牛。」

「收起你的錢！」賣牛男子吼著。

此時，父親蹲在那頭小牛面前，臉上洋溢著感傷的激情，撫摸著小牛，牛主人的話，顯然沒入他的耳。

「大叔，賣給他吧……」男孩說。

「你少廢話！」賣牛男人將母牛的韁繩遞給男孩，說，「牽好！」然後走到小公牛身側，彎腰把父親推開，將小牛搡到母牛身邊，道，「還從來沒見過你這種人，難道要搶嗎？」

父親一屁股坐在地上，目光癡迷，中了邪般地說：

「我不管，反正我要這頭牛。」

現在，我當然明白了父親為什麼要那樣執拗地買那頭小公牛，當時我無法想到這頭小公牛是從西門鬧——驢——轉世而來，我只認為父親因為執迷不悟鬧單幹遭受巨大壓力，精神有些恍惚。現在，我相信牛與父親之間，有一種心靈感應。

最終，我們買到了這頭小公牛，這是命中注定、冥冥中早有安排的。正當父親與那賣牛男人糾纏不清時，西門屯大隊黨支部書記洪泰岳帶著大隊長黃瞳等人也出現在集市上。他們看中了這頭母牛，當然也看中了這頭小公牛。洪泰岳熟練地扒開母牛的嘴巴，道：

「老齊口了，該進屠宰組的貨色。」

賣牛人撇撇嘴，說：「老哥，你可以不買我的牛，但你不能昧著良心說話。這樣的牙，你竟敢說是老齊口？告訴你，我們大隊要不是急錢用，說啥也不會賣，這牛，回去就可配種，明年春天就能生小牛。」

洪泰岳伸出縮在肥大衣袖中的手，想按集市上牛經紀的方式與賣牛人討價還價，但那人擺擺手，說：

「不用這一套，明說，這牛與小牛綑綁在一起賣，兩頭五百元，少一個子兒就免開尊口。」

父親抱住小公牛的脖子，怒沖沖地說：

「這頭小牛我要了，一百元。」

「藍臉，」洪泰岳嘲弄地說，「你不必費這個勁了，回去帶著老婆孩子入社吧，如果你喜歡牛，就安排你當專職飼養員。」洪泰岳看一眼大隊長黃瞳，問，「你說呢，黃瞳？」

「老藍，你的強勁兒我們都領教了，我們都服了你了，你入社吧，為了老婆孩子，也為了我們西門屯大隊的名聲，」黃瞳道，「每次去公社開會，都會有人問：哎，你們屯那個單幹戶還單幹著嗎？」

父親根本不理睬他們，人民公社飢餓的社員們打死我家的黑驢分而食之，又把我家的餘糧哄搶乾淨，這惡劣的行徑，儘管可以理解，但給父親心中造成的創傷卻永難修復。父親多次說，他與那頭驢，不是一般的主人與家畜的關係，而是心心相印，如同兄弟。父親儘管不可能知道黑驢是他的東家西門鬧脫胎投生，但他肯定感受到了這頭驢與他的緣分。洪泰岳他們的話都是老生常談，父親連回答的興趣都沒有，他只是抱著牛頭，說：

「這頭小牛我要了。」

「你就是那個單幹戶嗎？」賣牛人驚訝地問著，「老哥，可真有你的，」他打量著父親的臉和我的臉，恍然大悟地說，「藍臉，果然是藍臉，好，一百元，小牛歸你了！」賣牛人從地上把錢撿起來，點數一下，揣進懷裡，對洪泰岳說，「你們是一屯的，那就讓你們跟著這藍臉兄弟沾點光吧，這頭母牛，三百八十元，便宜你們二十元，拉走吧。」

父親從腰間解下一根繩子，套在小牛脖子上。洪泰岳等人也給蒙古母牛換了新韁繩，將舊韁繩還給主人。賣牲口不賣韁繩，這是規矩。洪泰岳問父親：

「藍臉，跟我們一起走嗎？要不你的小牛會戀牠媽，你牽不回去的。」

父親搖搖頭，牽著小牛就走。小牛竟然順從地跟著我父親前行，儘管蒙古母牛發出哀鳴，儘管小牛也回頭對著牠的媽叫了幾聲，但牠沒有掙扎。當時我想，也許這小牛已經夠大，對牠媽的依戀程度已經很弱，現在我知道，你，西門牛，原本是驢，是人，與我父親的緣分未盡，自然一見傾心，一見如故，一見就不想再分開。

我正要追隨父親而去，那個賣牛的男孩，跑過來對我低聲地說：

「我告訴你，那頭母牛是個『熱鰵子』。」

所謂「熱鰵子」，是指那種夏天裡一勞動就口吐白沫、哮喘不止的牛。我當時弄不明白何為「熱鰵子」，但從男孩的嚴肅神情上，我知道這種牛不是好牛。我至今也鬧不明白那男孩為什麼要把這些話告訴我，我也不知道我與他似曾相識的感覺從何而來。

在回家的路上，父親一直沉默著。我幾次想跟他說點什麼，但看看他那副沉浸在某種神祕思維中的表情，就把這願望壓制下去。不管怎麼說，父親買到了這頭牛，而且也是我十分喜愛的牛，這就是大好的事，父親高興，我也高興。

臨近村子時，父親停下腳步，點燃了一鍋旱菸，抽著，打量著你，突然笑出了聲音。

父親的笑，本來就非常稀少，這樣的笑，更是罕見。我有幾分緊張，生怕他中了邪魔。我問：

「爹，你笑什麼？」

「解放，」父親不看我，直盯著牛的眼，問我，「你看看這小犍的眼睛，像誰？」

我真的吃了一驚，意識到父親的精神出了問題。但我還是遵囑去看小公牛的眼睛。這是兩隻清澈如水的牛眼，黑藍黑藍的，在漆黑的瞳孔裡，我看到了自己的倒影。小公牛彷彿也在看我。牠正在倒嚼，淺藍色的嘴巴不緊不慢地咀嚼著，不時有一團草，像隻老鼠似的，沿著牠的咽喉，滾進牠的肚腹，隨即又有一個新的草團湧上來供牠咀嚼。

「爹，您是什麼意思？」我納悶地問。

「你看不出嗎？」父親說，「牠的眼睛，跟咱們家那頭黑驢的眼睛是一模一樣的啊！」

在父親的提示下，我回憶著那匹黑驢留給我的印象，只是模糊地記著一匹油光光的驢，經常咧著大嘴、齜著白牙、仰著脖子長鳴，但牠的眼睛是個啥樣，無論如何也回憶不起來了。

父親沒有過多地和我糾纏這個問題，但他對我講了幾個與輪迴有關的故事。他說一個人做夢，夢到死去的爹對他說：兒啊，我投胎為牛，明天就要降生。第二天，家中的母牛果然生了一頭小公牛。這人對這頭小公牛格外照顧，一直以「爹」呼之，既不給牠穿鼻環，也不給牠拴韁繩，每逢下地，這人就說：爹，走吧？牛就跟著他下地。幹活累了，這人說：爹，歇會兒吧！牛就歇了。父親說到這裡就停了，我感到很不滿足，就追問：後來呢？父親猶豫了片刻，道：這種事兒不好對小孩子說，但還是說了吧。這頭牛，在那兒耍膪子——後來我明白所謂「耍膪子」就是自淫——正好被這家的女人看到，女人就說：爹啊，您怎麼幹這種事？真不害臊！於是，這頭牛就一頭撞到石牆上，自盡了。嗨！

爹長歎一聲。

第十三章　勸入社說客盈門　鬧單幹貴人相助

「千歲啊，我可不敢再讓你呼我『爺爺』了。」我膽怯地拍拍他的肩膀，說，「儘管現在我是個五十多歲的老男人，而你只是個年僅五歲的兒童，但退回去四十年，也就是一九六五年，那個動盪不安的春天，我們的關係，卻是一個十五歲的少年與一頭小公牛的關係。」他鄭重地點點頭，說：「往事歷歷在目。」於是，從他的眼睛裡，我看到了那頭小牛調皮、天真、桀驁不馴的神情……

你肯定沒有忘記，在那個春天裡，我們的家庭所承受的巨大壓力。消滅最後一個單幹戶，似乎成了我們西門屯大隊，也是我們銀河人民公社的一件大事。洪泰岳動員了村子裡德高望重的老人——毛順山大伯、曲水源老叔、秦步庭四爺；能言善辯的女人——楊桂香大姑、蘇二嫚三嬸、常素花大嫂、吳秋香大嬸；心靈嘴巧的學童——莫言、李金柱、牛順娃。上邊列舉這十人，只是我能回憶起來的，其實還有許多人，他們一撥撥地湧到我家，彷彿前來為女兒說媒或是替兒子求婚，彷彿前來賣弄學問又彷彿前來施展口才。男人們圍著我爹，女人們圍著我娘，學童們追著我哥我姊當然也沒饒過我。男人們的旱菸把我家牆壁上的壁虎都熏暈了，女人們的屁股把我家的炕蓆都磨穿了，學童們把我們的衣裳都扯破了。入社吧，請入社。覺悟吧，別癡迷。不為自己，也為孩子。我想你，那些天，牛眼所見，牛耳所聞，也都與入社有關。當我爹在牛欄裡為你清理糞便時，那些老人，就像忠誠的老兵一樣，把守著牛欄門口，說：

「藍臉，賢侄，入了吧，你不入社，人不高興，連牛也不高興。」

──我有什麼不高興的？我高興著呢，他們哪裡知道我就是西門鬧，我就是西門驢，一個被槍斃的地主，一個被閹割了的毛驢，怎麼可能願意跟這些仇人攪和在一起？我為什麼對你爹表示出那樣的依戀，就因為我知道跟著你爹可以單幹。

女人們盤腿打坐在我家炕上，像一群厚顏無恥、遠道而來的瓜蔓親戚。她們口角上掛著泡沫，像那些路邊小店裡的答錄機，一遍遍地重複著惹我厭煩的話。我惱怒地吼叫著：

「楊大奶子蘇大腚，你們快從我家滾走吧，我煩死你們啊！」

她們一點也不生氣，嬉皮笑臉地說：

「只要你們答應了入社，我們立馬就走，如果不答應，就讓我們的腚，在你們家炕上扎根，讓我們的身體，在你們家抽芽、長葉、開花、結果，讓我們長成大樹，把你們家的房頂撐開！」

女人當中，最讓我討厭的還是吳秋香，她也許依仗著與我母親曾經共事一夫過的特殊關係，對我母親毫不客氣：

「迎春，你跟我不一樣，我是被西門鬧強姦的丫鬟，你是他寵愛的小老婆，你還給他生過兩個孩子，沒給你戴上地主分子帽子，接受勞動改造，已經是萬幸了。這全仗著我看在你對我還不錯的分上，在黃瞳面前為你求了情！你可要知道灰熱還是火熱！」

那些以莫言為首的頑童，原本就嘴皮子發癢，精力過剩，此事得到村裡的支援，又得到學校的鼓勵，可算撈到一個盡興鬧騰的機會。他們興奮，像喝醉了的猿猴一樣上竄下跳。他們有的爬到樹上，有的騎著我家牆頭，舉著鐵皮喇叭筒子，把我家當成一個反動堡壘，發起攻心戰役──單幹是座獨木橋，走一步來搖三搖，搖到橋下淹沒了。人民公社通天道，社會主義是金橋，撥掉窮根栽富苗。──藍臉老頑固，單幹走絕路。一粒老鼠屎，壞了一缸醋──金龍寶鳳藍解放，手摸胸口想一想。跟著你爹老頑固，落後保守難進步——這些順口溜，都是莫言編的，他從小就有這特長。我非常憤怒，恨莫言那小子，你還是我娘的乾兒子、我的乾兄弟呢！每年的大年夜裡，我娘還讓我送一碗餃子給你小子吃呢！什麼乾兒子、乾兄弟，屁！你一點親情也不講，我也對你不客氣。我躲在牆角，摸出彈弓，瞄準騎在樹杈上、瞇縫著眼睛、舉著鐵皮喇叭對著我們家喊叫的莫言那個光溜溜的葫蘆頭，發射了一粒彈丸。莫言一聲慘叫，掉到樹下去了。但過了不到抽一袋菸的工夫，這小子又爬到樹上，額頭上鼓著一個血包，繼續對我們家喊話：藍解放，小頑固，跟著你爹走斜路。膽敢行凶把我打，把你抓進公安局！——我舉起彈弓，瞄準他的頭。他扔掉喇叭筒子，出溜到樹下去了。

金龍寶鳳頂不住了，與爹商量。

「爹啊，咱們還是入了吧。」金龍哥說：「學校裡不把我們當人看。」

「我們前頭走，後邊就有人指著我們說，看，那就是單幹戶的兒女。」寶鳳姊說。

金龍接著說：「爹，看那生產隊的人，在一起幹活，嘻嘻哈哈，打打鬧鬧，很是愉快，哪像你與娘孤孤單單的，縱然多打幾百斤糧食，又有什麼意思？要窮大家一起窮，要富大家一起富。」

爹不吭氣。娘向來不敢逆爹的意思，這次也大著膽子說：

「他爹，孩子們說的有理，咱們還是入了吧。」

爹抽了一袋菸，抬起頭，說：「他們要是不這樣逼我，我也許真就入了，但他們用這樣的方法，像熬大鷹一樣熬我，嗨，我還真不入了。」爹看看金龍和寶鳳，說：「你們兩個，眼見著就要初中畢業了。按說我應該供給著你們繼續上學，上高中、上大學，出國留洋，但我供不起了。前幾年積攢了一點家底，也被他們給搶光了。即便我還能供得起你們，他們也不會讓你們往高裡讀了，並不僅僅因為我是單幹戶，你們明白我的意思嗎？」

金龍哥點點頭，爽朗地說：

「爹，我們明白，我們儘管沒過一天地主少爺、小姐的生活，我們儘管連西門鬧是個白的還是個黑的都不知道，但我們是他的種，我們身上流著他的血，他就像個魔影一樣死死地糾纏著我們。我們是毛澤東時代的青年，出身不能選擇，但道路可以選擇。我們不想跟著你單幹，我們要入社，你們不入，我和寶鳳一起入。」

「爹，謝謝您十七年的養育之恩，」寶鳳對著爹鞠了一躬，說，「原諒我們的不孝吧。我們有那樣一個親爹，如果再不追求進步，這輩子就更無出頭之日了。」

「好，說得好啊，」爹說，「我反覆掂量了，不能讓你們跟著我往黑道上走，你們，」爹指點著我們，說，「你們都去入社，我一個人單幹。我早就發過誓要單幹到底，不能自己掌自己的嘴。」

「他爹，」娘含著眼淚說，「要入還是一家子齊入了吧，你一個人在外邊單幹，這算怎麼一回事？」

「我說過了，要想讓我入社，除非毛澤東親自下令。但毛澤東的命令是『入社自願，退社自由』，他們憑什麼強逼我？他們的官職，難道比毛澤東還大嗎？我就是不服這口氣，我就要用我的行動，試驗一下毛澤東說話算數不算數。」

「爹，」金龍哥用嘲諷的口吻說，「您就不要一口一個毛澤東了，毛澤東這名字，不是我們這些人叫的，要叫毛主席！」

「你說得對，」爹說：「應該叫毛主席。我雖然單幹，也是毛主席的子民。我的土地、房屋，都是毛主席領導下的共產黨分給我的。前天洪泰岳託人帶話給我，說再不入社，就要對我採取強制措施。牛不喝水強按頭？不行，我要上訪，去縣裡，去省裡，去北京。」父親對母親叮囑道，「我走之後，你帶著孩子們去入社。咱家有八畝地，五口人，人均一畝六分，你們帶走六畝四，剩下的歸我。有一盤耬，是土改時分的，你們也帶著去入社，但這頭小公牛，給我留下。這三間廂房，顯然是沒法分了，孩子們都大了，這幾間小屋盛不下了，入了社，你們就可以跟大隊裡申請宅基地蓋房子，等你們蓋好了房子，就搬出去，我死守著這裡，房子不倒，我不離開，房子倒了，我在廢墟上支個窩棚，依然不離開。」

「爹，何必呢？」金龍哥說，「你一個人，與社會潮流對抗，這不是扒著眼照鏡子自找難看嗎？我雖然年輕，爹，但是我也感覺到了，階級鬥爭要起來了。像我們這種根不紅苗不正的人，跟著潮流走也許還能躲過劫難，逆著潮流走，正是拿著雞蛋往石頭上碰啊！」

「所以我讓你們入社，我是雇農，我怕什麼？我已經四十歲了，一輩子沒出過彩，想不到單幹，竟使我成了個人物。哈哈，哈哈哈哈，」爹笑著，眼淚流到了藍色的臉上。「他娘，」爹說，「給我烙點乾糧，我要上訪去。」

娘哭著說：「他爹，我跟了你這麼多年，不能離開你，讓孩子們入社，我跟你單幹。」

爹說：「不行，你的根基不好，入了社有保護，跟著我單幹，他們就有理由把你的根刨出來，這給我也添麻煩。」

「爹，」我大聲喊叫著，「我跟你單幹！」

「胡說！」爹說，「小孩子家，懂什麼！」

「我懂。我什麼都懂。我也討厭洪泰岳、黃瞳那些人。我尤其討厭那吳秋香，她算什麼東西？瞇縫著母狗眼，嘴一抻一咧，像個雞屁眼子，她有什麼資格到我們家裡來冒充進步分子？」母親瞪我一眼：「小孩子家嘴巴別那麼損！」我接著說：「我跟你單幹，你送糞我給你趕著牛拉車。我們的木輪車動靜大，嘎吱嘎吱，不同凡響，好聽。我們鬧獨立，個人英雄主義，爹，我很佩服你，我跟你單幹。學，我也不上了，我天生不是上學的材料，一上課就犯睏。爹，你是半邊藍臉，我是藍臉半邊，兩個藍臉，怎能分開？我的藍臉，屢遭嘲笑。索性讓他們笑個夠，笑死他們。兩個藍臉鬧單幹，全縣唯一，全省唯一，好生神氣！爹，你必須答應我！」

爹答應了我。本來我想跟著爹一起上訪，但爹讓我留下來照顧小公牛。娘從牆洞裡挖出幾件首飾交給爹。可見土改還是不徹底，娘還是隱藏了浮財。爹變賣了首飾做路費，先去了縣城，找到毀了我家黑驢的陳縣長，要求單幹的權利。陳縣長勸說了半天，爹不服，據理力爭。縣長說，從政策上講，你當然可以單幹，但我希望你不要單幹了。爹說，縣長，看在那頭黑驢的分上，你給我開個護身符，說藍臉有權單幹。我把這護身符貼在牆上，就沒人敢整我了。黑驢啊……真是頭好驢，縣長傷感地說，我欠著你驢情呢，藍臉，但這護身符我不能給開。我給你寫封信，介紹一下你的情況，你到省委農村工作部去吧。爹拿著縣長的信，到了省委農村工作部，部長接待了爹。部長也勸爹入社，爹說，我不入，我要單幹的權利。什麼時候毛主席下令不許單幹時我就入，毛主席沒下令，我就不入。農村工作部長被爹的執拗打動，在縣長那封信上批了幾行字：儘管我們希望全體農民都加入人民公社，走集體化的道路，但個別農民堅持不入，也屬正當權利，基層組織不得用強迫命令、更不能用非法手段逼他入社。

這封信簡直就是聖旨，被父親裝在玻璃鏡框裡，懸掛在牆上。從省裡回來後，父親心情很好。母親帶著金龍、寶鳳入社，原來就被集體的土地包圍著的八畝地只剩下三畝二分，狹長的一條，猶如汪洋大海中的一道堤壩。為了更具有獨立性，爹把三間廂房用土坯分隔開來，另開了一個方便之門。新盤了一個鍋灶和土炕，我跟著爹住。除了這間廂房，院子裡緊靠著南牆的牛棚，也歸我們二位藍臉所有。我們有三畝二分地、有小公牛一頭，有木輪車一輛，有一犋木犁，一把鋤頭，一張鐵鍁，兩把鐮刀，一把小钁頭，一柄二齒鉤子，還有一口鐵鍋，四個飯碗，兩個瓷盤，一個尿罐，一把菜刀，一把鍋鏟，還有一盞煤油燈，還有一塊可以敲石取火的火鐮。

儘管我們還缺少一些用具，但我們會慢慢置全的。爹拍著我的頭說：

「兒子，你到底為什麼要跟我單幹呢？」

我不假思索地回答：

「好玩！」

第十四章　西門牛怒頂吳秋香　洪泰岳喜誇藍金龍

一九六五年四月——一九六五年五月間，我爹去省城上訪，金龍、寶鳳帶著我娘加入了人民公社。入社那天，西門家大院裡舉行了隆重的儀式。洪泰岳站在正房台階上講了話，我娘與金龍、寶鳳胸前戴著紙紮的大紅花，連我家那盤耬上也拴了一塊紅布。我哥金龍發表了慷慨激昂的講話，表示了堅決走社會主義道路的決心。我這哥，慣常悶著頭不吭聲，但沒想到講起大話來竟是「博山的瓷盆——成套成套的」。我對他產生了很大的反感。我躲在牛棚裡，抱著你的脖子，生怕你被他們強行拉了去。爹臨走前，反覆地叮囑我：兒子，看好咱的牛，牛在，咱就不發愁，牛在咱就能單幹到底。我對爹保證，我對爹的保證你都聽到了，記起來了吧？我說，爹，你早去早回，有我在就有牛在。爹摸著你頭上剛剛冒出來的角，說，牛啊，聽他的。離麥收還有一個半月，飼草不夠你吃，就讓他牽你到荒草灘上去啃草，對付到麥子黃熟、青草長出，咱們就不愁了。我看到戴著紅花的娘眼淚汪汪，不時地往棚子這邊看。娘其實也不願意走這一步，但又必須走這一步。金龍哥雖然只有十七歲，但已經主意很大，他的話分量很重，娘對他有幾分懼。我感覺到，娘對爹的感情，遠沒有對西門鬧的感情深。嫁給我爹她是不得已。娘對我的感情，也沒有對金龍和寶鳳深。兩個男人的種，不一樣。但我畢竟也是她的兒子，不牽掛也牽掛。莫言帶著一群小學生在牛棚外喊口號：

老頑固，小頑固，組成一個單幹戶。
牽著一頭螞蚱牛，推著一輛木軲轆。
最終還要來入社，晚入不如趁早入……

在這樣的情況裡，我感到有幾分膽怯，但更多的是興奮。我感到眼前的一切就像一場戲，而我扮演著的是反面角色第二號。雖是反面角色，但也比那些正面的群眾角色重要。我覺得我應該出場了。為了我爹的個性，為了我爹的尊嚴，也為了證明我的勇敢，當然也為了你這頭牛的光榮，我必須登台亮相。在眾目睽睽之下，我牽著你走出棚子。我原以為你會怯場，但沒想到你絲毫不懼。你的韁繩其實只是一根細繩，虛虛地拴著脖子，你一掙就可脫，你如果不願意隨我走，我對你毫無辦法。你順從而愉快地跟隨在我的身後，出現在院子裡。我們吸引了眾人的目光。我故意地挺胸昂頭，使自己像條好漢。我看不到自己的模樣，但從人們的笑聲裡，我知道自己很滑稽，像個小丑。你不合時宜地撒了一個歡，吼叫了一聲，聲音綿軟，畢竟還是未成年的牛。然後你就直對著正房門口那些屯子裡的頭腦人物衝去。

誰在那裡？洪泰岳在那裡，黃瞳在那裡，楊七在那裡，還有黃瞳的老婆吳秋香在那裡，她已經取代楊桂香當了婦女主任。我拽著韁繩，不想讓你往那裡去。我只是想拉著你出來亮亮相，讓他們看一看，單幹戶的小公牛，多麼英俊多麼漂亮，用不了多久，這頭牛就會成長為西門屯最漂亮的牛。但你突然發了邪勁，你只用了三分勁，就把我拖拉得像一隻連蹦帶跳的小猢猻。你用了五分力，便把那根韁繩掙斷。我手裡攥著半截繩頭，眼睜睜地看著你直奔那些頭腦人物而去。我以為你要去頂洪泰岳，抑或是去頂黃瞳，但沒想到你徑直地撲向吳秋香。當時我不理解你為什麼要頂吳秋香，現在我當然明白了。她穿著一件醬紫的褂子，一條深藍的褲子，頭髮油光光，油頭上別著一隻化學夾子，蝴蝶形狀，很是妖豔。眾人被這突然的變故弄得目瞪口呆，等反應過來時，你已經將秋香拱翻在地。你拱翻了她還不罷休，又連續地拱她，她哀嚎著，翻滾著，爬起來，想逃又逃不動，笨拙如鴨，屁股肥大，搖搖擺擺，你一頭頂在她的腰上，她發出一聲蛤蟆叫，身體前傾，跌倒在黃瞳眼前。黃瞳轉身就跑，你追。我哥金龍一個箭步上來，騙腿跨到你背上——他的腿竟然那麼長——他摟著你的脖子，身體緊貼著你的脊梁，彷彿一隻黑豹子。你尥蹄子，蹦高，搖頭晃脖子，都無法把他擺脫。你東一頭西一頭亂闖，人們亂成一團，嗚天嗷地。他的手揪著你的耳朵，摳著你的鼻孔，把你制服。其他的人一窩蜂擁上來，將你按在地上，七嘴八舌地嚷叫著：

「給牠扎上鑷鼻！趕快閹了牠。」

我用手中的半截韁繩抽打著他們，高聲叫罵著：

「放開我的牛，你們這些土匪，放開我的牛！」

我的哥金龍——呸！他算什麼哥！——還騎跨在你身上。他面孔灰白，雙眼發直，手指頭摳在你的鼻孔裡。我用半截韁繩抽著他的背，怒罵著：

「你這個叛徒！鬆開手啊你鬆開手！」

我的姊寶鳳攔著我不讓我抽打她的哥，她臉脹得通紅，嘴巴裡發出嗚嗚的哭聲，但立場十分曖昧。我的娘在那裡木著，嘴角哆嗦著喊：

「我的兒啊……都鬆手吧，這是造的什麼孽啊……」

洪泰岳大聲喊叫著：

「快去找根繩子來！」

黃瞳的大女兒互助飛快地跑回家，拖出一根麻繩子，扔在牛前，轉身跳開。她的妹妹合作，跪在那棵大杏樹下，揉著秋香的胸膛，哭咧咧地說著：

「娘啊娘，你不要緊吧……」

洪泰岳親自動手，將小公牛的兩條前腿橫纏豎綁了十幾道，然後架著金龍的胳膊，把他從牛背上拖下來。我的哥雙腿羅圈著，嗦嗦地抖，小臉乾黃，雙手保持著僵硬的狀態。人們迅速地閃開，只餘下我和小公牛。我的牛啊，我英勇的單幹牛，被我們單幹戶家的叛徒給整死了啊！我拍打著牛的屁股，為牛唱著輓歌。西門金龍，你整死了我的牛，我跟你不共戴天！我大聲吼叫著，我不假思索地把「藍金龍」喊成了「西門金龍」，這一招十分毒辣。這一是表示我藍解放與他劃清了界線，二是提醒人們不要忘記了他的出身，他是地主的種子，他身上流淌著惡霸地主西門鬧的血，你們共產黨跟他有殺父之仇！

我看到西門金龍的臉突然變得像一張破舊的白紙那樣，他的身體也如當頭挨了一棒似的搖晃起來。於此同時，僵臥在地上的小公牛猛地掙扎起來。我那時自然不知道你是西門鬧轉生，我當然更不知道面對著迎春、秋香、金龍、寶鳳這些人時你心中的感受有多麼複雜。千頭萬緒是嗎？金龍打了你就等於兒子打了老子是不是？我罵了金龍就等於罵了你兒子是不是？你的心情怎一個亂字了得？亂亂亂，一片亂，心亂如麻，只有你自己能說清。

——我也說不清！

你爬起來，頭分明有些眩暈，腿顯然有些痠麻。你還要撒野，但隨即就被前腿上的繩索羈絆，步伐踉蹌，幾乎跌倒，終於站定。你兩眼發紅，顯然是怒火中燒；呼吸急促，分明是悶氣難平。你的淺藍色的鼻孔裡流淌著暗紅的血，你的耳朵也流血，血色鮮紅。你耳朵上的那個豁子，大概是被金龍咬掉的吧，倉卒中我沒找到那塊耳輪的下落，大概是被金龍嚥到肚子裡去了。周文王被逼吃了親生兒子的肉，吐出幾個肉團子，變成兔子，奔跑而去。金龍吞下你的耳輪，等於兒子吃了爹的肉，但他永遠不會吐出來，只會變成大便拉出來，拉出來又會變成什麼東西呢？

你站在院子當中，準確地說是我們兩個站在院子當中，說不清是勝利者還是失敗者，因此也就說不上我們是蒙受著恥辱還是享受著光榮。洪泰岳拍打著金龍的肩膀說：

「好樣的，小伙子，入社第一天就立了大功！你機智勇敢，臨危不懼，我們人民公社就需要你這樣的好後生！」

我看到金龍的小臉上有了紅暈，洪泰岳的表揚，顯然使他很激動。我的娘走到他身邊，摸摸他的胳膊，捏捏他的肩膀，滿臉的神情表示著兩個字：關切。金龍不領這個情，躲開娘，身體往洪泰岳那邊靠攏。

我用手擦著你鼻子上的血，對著人群大罵：

「你們這些土匪，賠我的牛！」

洪泰岳嚴肅地說：「解放，你爹不在，我就把話對你說。你的牛，撞傷了吳秋香，她的醫療費，你們要承擔。等你爹回來，你立即跟他說，要他給牛扎上鑷鼻，如果再讓牠頂傷了社員，那我們就把牠處死。」

我說：「你嚇唬誰呢？我是吃著糧食長大的，不是被人嚇唬著長大的。國家有政策，當我不知道？

牛是大家畜，是生產資料，殺牛犯法，你們無權殺死牠！」

「解放！」母親嚴厲地呵斥我，「小孩子家，怎麼敢跟你大伯這樣說話？」

「哈哈，哈哈，」洪泰岳大笑幾聲，對眾人道，「你們聽聽，他的口氣多大啊？他竟然還知道牛是生產資料！我告訴你，人民公社的牛是生產資料，單幹戶的牛，是反動的生產資料。不錯，人民公社的牛即便頂了人我們也不敢打死牠，但單幹戶的牛頂了人，我立刻就判處牠的死刑！」

洪泰岳做了一個非常果斷的姿勢，彷彿他的手裡持著一把無形的利刃，只一揮手就能使我的牛身首分離。我畢竟年輕，爹不在，心中發虛，嘴巴笨了，氣勢沒了。眼前出現恐怖圖景：洪泰岳舉起一把藍色的刀，將我的牛斬首。但從我的牛的腔子裡，隨即又冒出一個頭，屢斬屢冒，洪泰岳擲刀逃走，我哈哈大笑……

「這個小子，大概是瘋了！」眾人交頭接耳，議論著我不合時宜的笑聲。

「他娘的，什麼爹就有什麼兒子！」我聽到黃瞳無可奈何地說。

我聽到緩過氣來的吳秋香痛罵黃瞳：

「你還好意思張開你那張臭口！你這個縮頭烏龜，你這個孬種，看到牛頂我，你不救我，反而往前推我，要不是金龍，我今天非死在這個小牛魔王角下不可……」

眾人的目光，再一次投射到我哥臉上。呸，他算什麼哥！但他畢竟與我一母所生，重山兄弟的關係難以擺脫。在眾多注視我哥的目光中，吳秋香的目光有些異樣。吳秋香的大女兒黃互助的目光脈脈含情。現在我自然明白，我哥那時的身架子，已經初具了西門鬧的輪廓，秋香從他身上看到了她的第一個男人，她說自己是丫鬟被姦，苦大而仇深，但事實的真相，並非如此。西門鬧這樣的男人，是降服女人的魔星，我知道在秋香的心目中，她的第二個男人黃瞳，只不過是一堆黃色的狗屎。而黃互助對我哥的脈脈含情，則是愛情初萌的表現。

你瞧瞧，藍千歲——我不太敢呼您為藍千歲——您用一根西門鬧的雞巴，把這個簡單的世界戳得多麼複雜！

第十五章　河灘牧牛兄弟打鬥　塵緣未斷左右為難

就像那頭驢因為大鬧了村公所而引起了村民的普遍關注一樣，你這個西門塔爾牛與蒙古牛交配而生的雜種，也因為在接受我母親與金龍、寶鳳入社的大會上大鬧一場而出名。與你同時出名的是我的重山哥哥西門金龍，人們親眼目睹了他制服你時表現出的英雄身手和臨危不懼的男子漢風度。據後來與我成為夫妻的黃合作說，她的姊姊互助，就是在他跨上牛背的那一瞬間愛上了他。

爹去省城上訪未歸，家中飼草吃光，遵照爹臨走時的囑咐，我每天都將你牽到運糧河灘上放牧。你做驢時，在那塊地方野遊多日，對那裡的地形當不陌生。那年春來晚，雖已是四月，但河中堅冰尚未融盡，河灘上枯草瑟瑟，常有大雁棲息其中，經常可以驚起肥胖的野兔，不經意間就會看到皮毛燦爛的狐狸，像火焰般在蘆葦叢中閃現。

與我家一樣，生產大隊裡的飼草也告罄盡，集體飼養的那二十四頭牛、四頭驢、兩匹馬，也被趕到那裡野放。放牧的人，一個是飼養員胡賓，一個是西門金龍。此時，我的重山姊姊西門寶鳳，已被派到縣衛生局辦的接生培訓班學習接生技術，她將成為村子裡第一個有文化的接生員。我的哥哥姊姊，一入社就受到了重用。你也許要問，寶鳳去學習接生，可以說是受到了重用，但金龍被派放牛，怎能算重用？放牛當然算不上重用，但金龍除了放牛，還兼任了記工員的工作。每天晚上，在大隊的記工房裡，他在油燈下，一筆不苟地把每個社員白天的勞動情況登錄在冊，手握筆桿子，不是重用是什麼？哥哥姊姊受重用，母親的臉上喜色盈盈。她看到我一人牽著牛出走，就發出長長的歎息。畢竟，我也是她親生的兒子。

好，不說廢話，說胡賓。胡賓個頭矮小，撇著外縣口音，每一句話結尾處，都誇張地往上揚起來。他原是公社郵電所所長，因與一現役軍人的未婚妻通姦被罰勞役，刑滿釋放後到西門屯落戶。他的妻子白蓮，原是郵電所設在村子裡的一個電話接轉台的接線員。白蓮粉團大臉，唇紅齒白，嗓音清脆，與諸多公社幹部關係親密。她家窗外，豎著一根杉木桿子，桿上有十八條電線，從窗戶鑽進她家。一個類似於梳妝台的玩意兒，與那些電線相連。我上小學時，在教室裡就能聽到她拖著長腔，像唱歌一樣地喊著：喂，要哪裡？要鄭公屯，請稍等——鄭公屯來了——我們一班無聊的孩子，經常趴在她家窗前，從窗紙的破洞往裡張望，看到她頭戴著耳機，一手攬著孩子餵奶，一手把那些彈性很好的銷子，插入那機器上的洞眼或者從那些洞眼裡拔出。這情形神祕而奇妙，我們天天看，看不厭。村裡的幹部把我們轟走，我們又會聚攏來。我們在這裡不但看到了白蓮工作的狀況，我們還看到了許多小孩子不宜看到的情景。我們看到公社的駐村幹部，與白蓮打情罵俏、動手動腳；我們看到白蓮用唱歌一樣的高調怒罵胡賓。我們也知道白蓮的幾個孩子，為什麼一個一模樣。後來白蓮家的窗戶鑲上了玻璃，裡邊拉上簾子，我們看不到了，就在外邊聽裡邊的動靜。又後來他們在窗戶外邊埋上了電線，通上了電流，莫言那小子被電線吸在窗台上，吱吱叫喚，尿了一褲襠，我用手去拉他，把我也吸上了。我也吱吱叫，但我沒尿褲子。吃了這次虧後，我們再也不敢去聽動靜了。

胡賓戴著一頂護耳栽絨帽，戴著一副礦工們使用的風鏡，內穿破舊制服，外披一件油膩膩的軍大衣，大衣口袋裡裝著一隻懷錶，一本電碼表。讓他放牛，真是委屈了他。但誰讓他雞巴不老實呢？他讓我哥哥去把跑散的牛攏到一起，他坐在向陽的河堤邊，翻著電碼表，口中念念有詞，念著念著，眼中便流出淚水，然後便嗚嗚地哭，然後便大聲吼叫：

「屈死我了啊！屈死我了！就那麼一會兒，連三分鐘都不到，就把前程斷送了啊！」

大隊裡的牛都摘了韁繩，散漫在河灘上，雖然一個個瘦得脊梁如刀，滿身死毛，但初獲自由，眼睛放光，看樣子心情愉快。為了防止你與牠們合在一起，我拉著你的韁繩不敢鬆手。我把你牽到那些乾枯的水穇草邊，想讓你啃吃這些營養大、味道好的草，但你執意不啃，你拖拉著我往河邊跑，那裡去年的蘆葦根根直立，梢上挑著灰白的葉片，彷彿鋒利的刀刃，大隊裡的牛在那裡邊時隱時顯。我的氣力與你相比，微小得不值一提，所以儘管有韁繩，其實我無法改變你的路線，你想到哪裡，就可以把我拖拉到哪裡。此時的你，形體已基本上是頭大牛，你的額頭上，已經冒出了兩根青色的角，形狀如筍，光滑似玉。你的眼睛裡已經不純然是孩童般的單純，增添了不少油滑與陰沉。我被你拖拉到蘆葦地裡，與大隊的牛漸漸逼近。蘆葦搖動，大隊的牛在撕著蘆葦梢上的枯葉，仰著頭吃，咔咔嚓嚓，如嚼鐵片，這不像牛的進食方式倒像長頸鹿的方式啊。我看到了那頭尾巴彎曲的蒙古母牛，你的媽媽。你們的眼神對上了，蒙古母牛叫了一聲，你沒有回應，只瞅著牠，彷彿很陌生又彷彿懷有敵意。我的哥哥手持著一枝皮鞭，啪啪地抽打著那些蘆葦，好像在發洩著心中壓抑的煩惱。自從他入社之後我就沒有跟他說過話，我當然不可能主動跟他說話，他即便主動跟我說話我也決定不理他。我看著他胸前那枝鋼筆在陽光裡閃爍，心中泛起難以言表的情緒。跟著爹單幹，我缺乏深思熟慮，有一時衝動的成分，就像一場戲缺一個角色，表演的衝動使我自告奮勇。表現需要舞台更需要觀眾，但現在既無舞台也無觀眾。我感到寂寞，偷眼看哥，哥不看我，背對著我，一鞭一鞭抽打，蘆葦應聲而折，彷彿他手中所持的不是鞭子而是馬刀。河裡的冰開始融化，冰面坑坑窪窪，露出了藍色的水面，反射著扎眼的光線。河對面就是國營農場的地盤，一大片紅瓦洋房，與村子裡土牆草頂的農舍形成鮮明對照，顯示出財大氣粗的國家氣派。不時有震耳欲聾的轟鳴聲從那邊傳來。我知道春耕即將開始，那是農場的機修隊在檢修機器。我還看到了當年大煉鋼鐵時那些土高爐廢墟，宛如一座座無人祭掃的荒墳。哥停止抽打蘆葦，僵著身體，冷冰冰地說：

「你不要助紂為虐！」

「你不要得意忘形！」我以牙還牙地說。

「從今天開始，我每天要揍你一次，直到你牽著牛入社為止！」他依然背對著我說。

「揍我？」看著他那比我壯碩許多的身體，我有點色厲內荏地說，「你揍一下試試看，哼，你要敢揍我一下，我就讓你死無葬身之地！」

他回轉身，面對著我，微笑著說：

「好吧，我看看你用什麼方式讓我『死無葬身之地』！」

他伸出鞭杆，輕巧地將我頭上的棉帽挑起來，小心翼翼地放在一蓬乾草上，說：

「別弄髒了帽子讓娘不高興。」

然後他就在我頭上擂了一鞭桿子。

這一鞭桿子，擂在我頭上，要說痛吧其實也沒有多痛，在學校時，我的頭經常撞到門框上也經常被同學們拋擲的磚頭瓦片擊中，那些打擊之痛遠勝過這一鞭桿子，但都沒有像這一打擊使我憤怒。我感到頭腦裡轟鳴不止，與運糧河東岸的拖拉機轟鳴聲混成一片，眼前金星星閃爍跳躍。我顧不上多想，扔開牛韁繩，對著他撲上去。他一閃身躲開我，順便在我屁股上踢了一腳。我一個踉蹌，趴在蘆葦上，蘆葦根部有一張蛇皮，幾乎被我吃到嘴裡。蛇皮又名蛇蛻，有藥用功能，有一年西門金龍腿上生了一個茶碗大的毒瘡，痛得哭天嚎地，娘打聽了一個偏方：用蛇皮炒雞蛋吃。娘讓我到蘆葦地裡找蛇皮。我找不到，回去報告。娘罵我無用。爹帶著我去找。我們在蘆葦深處找到了一條足有兩米長的蛇皮。蛇皮非常新鮮，那條剛剛蛻皮的大蛇就在不遠處，對著我們吐著那黑色的分叉長舌。娘用這條蛇皮炒了七個雞蛋，滿滿一盤，顏色金黃，散發著撲鼻的香氣，令我饞涎欲滴。我強忍著不往那裡看，但眼睛自己要往那裡斜。那時你是個多麼仁義的小哥哥啊，你說：弟弟，來，我們一起吃。我說：不，我不吃，這是給你治病的，我不吃。我看到你的淚珠子啪嗒啪嗒滴到碗裡……可如今你竟然打我……我用嘴唇叼起那條蛇皮，把自己想像成一條劇毒的蛇，向著他再次撲過去。

這一次他沒能躲閃開我。我摟住了他的腰，腦袋頂住他的下巴，試圖將他拱倒。他將一條腿狡猾地插在我雙腿之間，雙手抓住我的肩膀，單腿蹦跳著，總不倒。在不經意間我看到了你，西門塔爾牛與蒙古牛交配出的雜種，站在一邊，靜靜地站著，目光是那麼憂鬱和無奈，當時我對你很不滿。我與咬掉你一塊耳朵、摳破了你的鼻子的仇人決鬥，你為什麼不幫我？你只要對準他的脊梁輕輕一頂，就能將他頂倒。如果你稍一用力，就能使他飛起來，他落在地上，我壓在他身上，他就輸了。可是你不動。現在我當然明白了你為什麼不動，因為他是你親生的兒子，而我又是你親密的朋友，我對你那麼友善，為你梳毛，為你趕虻子，為你流眼淚，你是左右為難，難以抉擇，我想你最希望的是我們倆停止決鬥，分開，握手言和，像過去一樣親如兄弟。有好幾次他的腿被蘆葦所絆，幾乎跌倒，但他跳幾下就恢復了平衡。我的力氣即將耗盡，氣喘如牛，胸膛憋悶。倉皇中突覺兩耳劇痛，原來他的雙手從我肩膀上移開揪住了我的雙耳。這時我又聽到胡賓那太監般的聲嗓在旁邊響起：

「好啊！好啊！打！打！打！」

然後是胡賓拍巴掌的聲音。我被痛疼所困又被胡賓分神，當然也有你不助我而帶來的失望，左腿被他的腿一纏，一屁股跌倒，他的身體隨即壓上來。他用膝蓋壓住我的肚子，鈍痛難忍，我感到似乎是尿了褲子啦。他的雙手扯著我的耳朵，將我的頭牢牢地按在地上。我看到了湛藍的天空、潔白的雲朵和刺目的太陽，然後便看到了西門金龍那張棱角分明的瘦長臉，那薄而堅韌的雙唇，唇上黑油油的髭鬚，高聳的鼻梁，兩隻閃爍著陰森森光線的眼睛。這傢伙肯定不是個純黃種人，這傢伙也許與那頭牛一樣是個混血的後代，我從他的臉，便可以想像出那個我未曾謀面但經常被人傳說著的西門鬧的樣子。我想怒罵，但我的耳朵被扯導致我腮上皮膚緊綳使我張嘴困難。我嘴裡發出了一些連我自己也聽不清楚的話語。他扯起我的頭又把我的頭重重地按在地上，然後一字一頓地說：

「你入社不入?!」

「不……我不入……」我的話連同唾沫一同往上噴。

「從今天起，我每天揍你一次，一直到你答應入社為止，而且，我會一次揍得比一次厲害！」

「我回去就告訴娘！」

「就是娘讓我揍你！」

「要入，也得等著爹回來再入！」我妥協地說。

「不行，必須在你爹回來之前入，不但你入，還要牽著這頭牛！」

「我爹待你不薄，你不要忘恩負義！」

「我把你們拉入人民公社，正是報恩的表現。」

在我與西門金龍爭辯時，胡賓繞著我們轉圈。他非常興奮，抓耳撓腮，搓手拍掌，嘴巴裡嘈嘈不休。這個頭頂一摞綠帽子的傢伙，心地邪惡，自命不凡，對所有的人都充滿仇恨，但又不敢反抗，我們兄弟打架，他幸災樂禍，別人的災難和痛苦，成了緩解他心中痛苦的良藥。這時，你發威了。

西門塔爾牛與蒙古牛的後代，低著頭，對準胡賓的屁股一拱，身材瘦小的胡賓就像一件破棉襖一樣飛起來。在距離地面兩米高處平行著飛，然後被地球引力吸引，傾斜著落在蘆葦叢中。落到蘆葦叢中他慘叫一聲，聲音拖得長長的，長而彎曲，像那頭蒙古母牛的尾巴。胡賓爬起來，在蘆葦叢中胡碰亂撞。蘆葦搖動，一片窸窣聲響。我的牛又撲了上去，胡賓又飛起來。

西門金龍鬆開手，跳起來，撿起鞭子，去抽打我的牛。我爬起來，從後邊抱住他的腰，將他的腳搬離地面，將他按在地上。不許你打我的牛！你這個良心被狗吃了的叛徒！你這個六親不認、恩將仇報的地主羔子！地主羔子猛一撅屁股，將我撅到一邊，爬起來，回頭先給了我一鞭，然後去解救胡賓。胡賓連滾帶爬地從蘆葦叢中逃出來，口裡嗚哇怪叫著，像一隻被打瘸腿的狗，其狀狼狽，其貌滑稽。惡人終得惡報，公道自在心中。當時，我感到美中不足的是你應該先懲罰西門金龍後懲罰胡賓，現在我知道你是正確的，虎毒不食親兒啊，此情可諒。你的兒子西門金龍手持皮鞭追上去。胡賓在前邊跑，說跑並不準確。他那件標誌著他的光榮歷史的破舊軍大衣的釦子都在飛行中崩掉了，忽忽閃閃，像死鳥的破翅子。頭上那頂帽子掉了，被牛蹄子踩進泥土裡。救命啊……救命……其實他根本就喊不出這樣的聲音了，但我明白他發出的聲音裡包含著讓人來救他命的意思。我的牛，勇敢的、通人性的牛，在後邊窮追不捨。牛奔跑時低著頭，雙眼反射著火紅色的光，光芒四射，射穿歷史時光，出現在我的眼前。牛蹄子把地上的白色鹼土揚起來，如同彈片，打在蘆葦上，打到我與西門金龍的身上，遠的竟然到達河面，落在融化得汩汩漓漓的水面上，發出噗哧噗哧的聲響。我突然嗅到了清冽的河水的氣味，還有正在迅速地融化著的冰的氣味，還有解凍後的泥土的氣味以及熱烘烘的牛尿的臊氣。母牛尿的臊氣，有發情的氣味，春天就這樣來了，萬物復甦了，交配的季節即將開始了。蟄伏了一個漫長冬天的蛇、青蛙、蛤蟆和許許多多的蟲子也甦醒了，各種各樣的野草野菜也被驚動了，醒過來了，地下的梟裊白氣往上升騰，春天來了。就這樣牛追著胡賓、西門金龍追著牛、我追著西門金龍，我們迎來了一九六五年的春天。

胡賓一個狗搶屎的動作栽到地上。牛用碩大的頭一下一下地頂著他，讓我聯想到鐵匠鍛打鐵器的情景。牛頂一下，胡賓慘叫一聲，聲音漸弱。他的身體彷彿變薄了，變長了，變寬了，像一堆牛屎癱在了地上。西門金龍追上去，揮動鞭子，猛抽你的屁股。鞭梢啪啪響，一鞭一道血痕。但你不回頭，不反抗，我當時企盼著你猛回頭，一下子把西門金龍拋上半空，讓他直接跌落到河中央，將酥脆的冰砸裂，讓他沉入冰窟窿，灌他個半死，凍他個半死，半死加半死就是一死，但最好不要讓他死，他死了我娘會難過，我知道他在我娘心中的位置遠比我重要。我折了幾根蘆葦，在他抽打你的屁股時我抽打他的頭頸。他被我抽煩了，回頭給了我一鞭——哎喲，我的娘啊——這一鞭凶狠毒辣，使我的破棉襖應聲裂開，鞭梢掃著我的腮幫子，隨即滲出血跡。這時，你也掉轉了身體。

我期待著你給他一頭。但你沒有。他可是緊張了，連連後退著。你低沉地吼叫一聲。那眼神，是那樣的悲涼。你那聲吼叫其實是一個父親在呼喚兒子。兒子自然聽不懂。你一步步往前逼，你其實是想上前撫摸兒子，但兒子不懂。兒子以為你要向他發起攻擊，他猛地揮起鞭子抽你。這一鞭打得既凶又準，鞭梢打進了你的眼。你前腿一軟跪在地上，就這樣跪著，眼睛裡的淚水，一串串地往下滴，嘀嗒嗒，淅淅瀝瀝。我驚叫一聲：

「西門金龍，你這個土匪，你把我的牛打瞎了啊！」

他對準你的頭又是一鞭，這一鞭打得更重，你的頰上皮開肉綻，鮮血也是一串串地滴落。牛啊！我撲上去，護住你的頭。我的眼淚滴到你新生的角上。我用我單薄的身體保護著你，西門金龍，你抽吧，你把我的破棉襖抽打破碎如紙片一樣紛紛揚揚吧，你把我的皮肉打碎如泥土飛濺到周圍的枯草上吧，但你不能打我的牛啦！我感到你的頭在我懷裡哆嗦，我抓了一把鹼土抹到你的傷口上，我從棉襖裡揪出一團棉絮擦著你的眼淚。我特別擔心你的眼睛會瞎掉，但正如俗諺所說：「打不瘸的狗腿，戳不瞎的牛眼」，你的眼睛沒瞎。

接下來的一個月內，我們重複著差不多同樣的程序：西門金龍勸我趁著爹沒回家牽牛入社。我不同意，他就打我。他一打我，我的牛就去頂胡賓。胡賓一著急，就往我哥身後躲。我哥與牛一對面，便形成僵持局面，幾分鐘後，大家便各自往後退縮，於是一日無事。這事剛開始時你死我活，到後來變成遊戲。讓我感到揚眉吐氣的是，胡賓對我的牛畏之如虎，他那張刻薄歹毒的嘴，再也不敢那樣張狂。我的牛只要聽到他囉嗦，便低頭長哞，眼睛充血，做奮蹄追擊狀。胡賓嚇得只有躲到我哥身後的分兒。我這重山哥哥西門金龍，再也沒有打過我的牛，他也許感覺到了什麼？你們畢竟是親生父子，心中應有靈犀吧？他對我的打也變成了禮儀性的，因為從那場打鬥之後，我的腰裡就多了一柄刺刀，我的頭上就多了一頂鋼盔，這兩樣寶貝，是大煉鋼鐵那年，我從廢鐵堆裡偷來的，一直藏在牛棚裡，現在派上了用場。

第十六章　妙齡女思春芳心動　西門牛耕田顯威風

西門牛啊，一九六六年春耕時節是我們的幸福歲月。那時候，爹從省城請回的「護身符」還發揮著作用。那時候你已經長成了一頭大牛，我家那個矮小狹窄的牛棚已經委屈了你的身體。那時候生產大隊裡那幾頭小公牛已經被閹。那時候儘管有許多人提醒我爹給你扎上鑷鼻以便於使役，但我爹置之不理。我同意爹的決定，我也堅信我們之間的關係早已超越了農民與役畜的關係，我們不僅僅是心心相印的朋友，我們還是攜手並肩、同心協力、堅持單幹、反抗集體化的戰友。

我與爹那三畝二分地，被人民公社的土地包圍著。這裡臨近運糧河，土質為河潮二性土，土層深厚，土質肥沃，便於耕作。有這樣三畝二分好地，有這樣一頭健壯的公牛，兒子，咱爺兒倆就放開肚皮吃吧，爹說。爹從省城回來後，添了一個失眠的症候，經常是我睡醒一大覺後，還看到爹和衣坐在炕上，脊梁靠著牆壁，吧嗒吧嗒地吸菸。濃重的菸油子味兒，熏得我有些噁心。我問：

「爹，您怎麼還不睡？」

「這就睡，」爹說，「你好好睡吧，我去給牛加點草。」

我起來撒尿——你應該知道我有尿炕的毛病，你做驢、做牛時肯定都看到過院子裡晾曬著我尿濕的被褥。吳秋香只要一看到我娘把褥子抱出來晾曬，就大聲咋呼著叫她的女兒：互助呀，合作呀，快出來看哪，西屋裡解放又在褥子上畫世界地圖啦。於是那兩個黃毛丫頭就跑到褥子前，用木棍指點著褥子上的尿痕：這是亞洲，這是非洲，這是拉丁美洲，這是大西洋，這是印度洋……巨大的恥辱使我恨不得鑽入地中永不出來，也使我恨不得一把火把那褥子燒掉。如果這情景被洪泰岳看見，他就會對我說：解放爺們，你這褥子，可以蒙在頭上去端鬼子的砲樓，子彈打不透，炸彈皮子崩上也要拐彎！——往日的恥辱不可再提，幸運的是，自從跟著爹鬧了單幹之後，尿炕的毛病竟然不治自癒，這也是我擁護單幹反對集體的重要原因。——月光如水，照耀得我們這間小屋一片銀輝，連蹲在鍋台上撿食飯渣的老鼠也變成了銀耗子。隔壁傳來我娘的歎息聲，我知道娘也經常失眠，她還是放心不下我，希望爹帶著我盡快入社，一家人和和睦睦地過日子，但我爹這頑固不化的人，如何能聽她的?!這麼好的月光，驅散了我的睡意，我很想看看黑夜裡牛在棚中的情景，牠是徹夜不眠呢還是像人一樣睡覺？牠睡覺時是臥著呢還是站著？是睜著眼睛呢還是閉著眼睛？我披上棉衣，悄沒聲地溜到院子裡。我赤著腳，地面涼森森的，但並不冷。院子裡月光更濃，那棵大杏樹銀光閃閃，地上有一片暗淡的樹影。我看到爹用篩子篩草，他的身影比白天顯得高大許多，一道月光照著篩子和爹那兩隻把住篩子的大手。唰啦唰啦的聲音傳出來。好像是篩子懸在半空自動搖擺，而爹的雙手則是篩子上的附件。篩子裡的草倒進石槽，隨即響起牛舌捲草的嚓啦聲。我看到了牛明亮的雙眼，聞到了熱呼呼的牛味。我聽到爹說：老黑，老黑，明兒個咱就要開犁了。你好好吃，吃飽了有力氣。明天，咱幹個漂亮的，讓那些趕社會的人看看，藍臉是天下最棒的農民，藍臉的牛也是天下最棒的牛！牛晃動了一下碩大的頭顱，似乎回應了我爹的話。我爹又說，他們讓我給你扎上鑷鼻，放屁！我的牛，就像我的兒子一樣，通人性，我對你好，不把你當牛，當人，人，還有給人扎鑷鼻的嗎？還有人讓我閹了你，更是放屁！我對他們說，回家去把你們的兒子閹了吧！老黑你說我說得對不對？我在你之前養過一頭驢，老黑，那可真是一頭天下第一的好驢，好活，通人性，性子暴烈，如果不是大煉鋼鐵毀了牠，牠現在肯定還活著。不過話又說回來，那頭驢不走，也就沒有你，我在集市上一眼就看中了你。

老黑，我總覺得你是那頭黑驢投胎轉世，咱們兩個有緣分哪！

我爹的臉在陰影中，我看不到。我只能看到他那兩隻把住石槽邊沿的大手，我只能看到那兩隻像藍色的寶石一樣的牛眼睛。牛，剛買到我家時是栗色，但後來牠的毛色愈變愈深，已經接近黑色，所以我爹把牠稱為老黑。我打了一個噴嚏，驚動了我爹。爹慌慌張張地跑出來，彷彿從牛棚裡溜出來的一個賊。

「是你呀，兒子，你怎麼站在這裡？快回屋睡覺去！」

「爹，你為什麼不睡？」

爹抬頭看看天上的星斗，說：

「好吧，我也睡。」

我在迷濛中，感覺到爹又悄悄地爬起來。我心生狐疑，等爹出了屋子後，我也爬了起來。一進院子就感到月光比方才更加明亮，似乎是一些絲綢般的物體在空中飄動著，潔白，光滑，涼爽，似乎可以一把把地撕扯下來披在身上或是團弄團弄塞到嘴巴裡。我往牛棚裡看，此時的牛棚變得高大敞亮，沒有一點點暗影，地上的牛糞也如同潔白的饅頭。但爹和牛都不在牛棚裡，這讓我大感驚奇。我明明是尾隨著爹出了門，眼瞅著他進了牛棚，怎麼轉眼之間就沒了蹤影，不但爹沒了蹤影，連牛也沒了蹤影。他們難道化成了月光？我走到大門口，看到大門洞開，心中豁然開朗，原來是爹與牛出去了。他們深夜裡出去幹什麼呢？

大街上靜悄悄的，樹，牆，泥土，都是銀色，連牆上那些黑色的大字標語也成了耀眼的白色：揪出黨內走資本主義道路的當權派，把「四清」運動進行到底！這大字標語是西門金龍所寫，他確實是個天才，從來沒見他寫大字，但他提著盛滿墨汁的水桶，拿著飽蘸墨水、用麻絲紮成的大筆，直接就往牆上寫。字體飽滿，橫平豎直，勾畫有力，每個字都有懷孕的母羊那麼大，引起觀者的連聲讚歎。我這哥，已經是屯子裡最有文化、最受器重的青年，連四清工作隊裡那些大學生工作隊員也對他頗為欣賞，並與他成了朋友。我哥已經加入了共產主義青年團，聽說他還遞交了入黨申請書，正在積極表現，向黨靠攏，爭取加入共產黨。四清工作隊裡有一個才華橫溢的隊員常天紅，是省藝術學院聲樂系的學生，他教會了我哥西洋的美聲唱法。在那年冬天的許多日子裡，這兩個青年，用比毛驢叫喚還要悠長的聲音，演唱革命歌曲，成為每次社員大會前的保留節目。那個小常，經常在我家院子裡出沒。他生著一頭自然鬈曲的頭髮，小臉雪白，大眼明亮，嘴巴寬闊，鬍茬子靛青，喉結突出，身材高大，與屯裡的青年大不相同。我聽到許多心懷嫉妒的年輕小伙子給他起了一個外號叫「大叫驢」，我哥跟著他學唱，得了一個外號叫「二叫驢」。這兩頭「叫驢」性情相投，親如兄弟，好得恨不得穿一條褲子。

屯子裡的「四清」運動，把所有的幹部都折騰了一遍，民兵連長兼大隊長黃瞳因為挪用了一筆公款被停職，村支書洪泰岳因為在村苗圃裡煮食了大隊飼養場一頭黑山羊被停職，但他們的職務很快就被恢復，只有大隊保管員因為偷生產隊的馬料被真正撤職。運動就是演戲，運動就有熱鬧看，運動就鑼鼓喧天，彩旗飛舞，標語上牆，社員白天勞動，晚上開大會。我這個小單幹戶，其實也是個愛湊熱鬧的。那些日子裡，我真想入社。我想入社後跟在兩個「叫驢」後，滿世界亂竄。這兩頭「叫驢」的極有文化的行為吸引了年輕姑娘的目光，愛情慢慢滋生。我冷眼旁觀，知道我的重山姊姊西門寶鳳死死地愛上了小常，而黃互助與黃合作這一對雙胞胎姊妹，大概是同時愛上了我哥。沒有人愛我。她們也許還把我當成不懂人事的小孩，但她們哪裡知道，我的愛，已經十分濃烈。我偷偷地愛上了黃瞳的大女兒黃互助。

好吧，我言歸正傳，說我上了大街，依然沒有發現我爹與黑牛的蹤影，難道他們飛上了月球？我彷彿看到爹騎在牛背上，牛四蹄踏著雲朵，尾巴像一枝巨大的船槳一樣搖擺著，冉冉升起。我知道這是幻想，爹如果要騎牛奔月，不可能拋下我。我必須在地面上也必能在地面上找到他們。我站住，集中精力，張大鼻孔，搜索氣味，果然被我嗅到了，他們並沒有遠去，他們在東南方向，在頹敗的圍子牆附近，那裡原是片死孩子夼，是屯子裡專扔夭折嬰兒的地方，後來被拉土墊高，成了大隊的打穀場。打穀場平坦如坻，周圍有一圈半人高的土牆，牆邊有許多碌碡和石滾子，有成群結隊的小孩在那裡追逐嬉戲，他們都光著屁股，只穿一件紅色的肚兜兜。我知道這些都是死孩子的精靈，他們每逢月圓之夜就會跑出來遊戲。真是可愛，這些精靈小孩，排著隊伍，從碌碡上跳到石滾子上，又從石滾子跳到碌碡上。他們的領導，是一個紮著一根翹天小辮子的男孩，嘴裡叼著一個亮晶晶的鐵哨子，節奏分明地吹著，那些小孩子的一蹦一跳都和著哨音，煞是整齊。真真好看。我看得入神，幾乎想加入到他們的隊伍裡去。他們跳夠了碌碡石滾，便爬上牆頭，並排坐著，小腿耷拉著，用腳後跟敲打著土牆唱歌：

藍臉大，藍臉小，藍臉好不好？

——好！——藍臉好，藍臉好，藍臉家的糧食吃不了，跟著他單幹好不好？——好！

這群小紅孩的歌唱讓我很受感動，我從口袋裡摸出一把炒黑豆，分給他們吃。他們伸出小手。小手上生著細細的黃毛。我在每個小手裡放上五顆黑豆。他們都是明眸皓齒，長相喜人。於是就響起一牆頭咯嘣咯嘣嚼豆子的聲音，月光中也瀰漫開焦豆的香氣。我看到爹與牛正在打穀場上操練，周遭牆上又來了數不清的小紅孩，我按按口袋，擔心他們都來要黑豆吃怎麼辦。爹穿著緊身的衣裳，兩個肩膀上綴著兩片荷葉般的綠布，頭上戴著一頂鐵皮喇叭般的高帽子，右臉上塗滿紅油彩，與左臉上的藍痣交相輝映。爹在操場當中，大聲吆喝著，那些話我聽不明白，彷彿一大串咒語，但四周牆頭上那些小紅孩兒肯定聽明白了，他們拍巴掌，用腳後跟敲牆，吹著尖厲的口哨，有的還從肚兜裡摸出小喇叭，嗚嘟嘟地吹著，有的還從牆外提上來小鼓，放在雙腿之間，咚咚地敲著。於此同時，我家的牛，兩隻角上掛著紅綢，頭頂上簇著一朵紅綢大花，好像一個新郎，喜氣洋洋地，沿著打穀場邊緣奔跑。牠全身油光閃閃，雙目亮如水晶，四蹄如同四個燈籠，跑得優雅流暢。牠跑到之處，牆上的小紅孩們便發了瘋般的鼓噪吶喊。就這樣一圈一圈又一圈，歡呼聲如浪潮此起彼伏。大約跑了十幾圈。牛進入場地中央，與我爹會合。我爹從口袋裡摸出一塊豆餅塞進牛口，這是獎賞。然後我爹摸摸牛額頭，拍拍牛的屁股，說：請看奇蹟。然後用比那能唱西洋歌曲的「大叫驢」還要高亢嘹亮的嗓門喊著：

「請看奇蹟！」

大頭兒藍千歲用疑惑的目光看著我。我知道他對我的講述產生了懷疑。事隔多年，你也忘記了，也許，我當時看到的，是一個虛幻的夢境，但即便是夢境，也與你相關，或者說，沒有你就沒有這樣的夢。

我爹高聲喊罷，用鞭子抽了一下光溜溜的地面，彷彿抽打在玻璃上一樣，發出清脆的響聲。牛猛地抬起前腿，整個身體也豎了起來，只用兩條後腿支地。做這樣一個爬跨動作並不難，所有的公牛在爬跨母牛時都能做，難得的是牠的前腿和身體就這樣懸在了空中，只用兩條後腿支撐著龐大的身體，一步步地往前走。牠的步態儘管十分笨拙，但已經讓觀者目瞪口呆。我從來沒想過一頭肉身沉重的大牛，竟然可以直立行走，不是走三步五步，也不是走十步八步，而是繞著打穀場走了整整一圈。牠的尾巴拖在地上，兩條前腿蜷曲在胸前，像兩隻發育不全的胳膊。牠的肚皮完全袒露，兩條後腿間那兩個木瓜般的睾丸搖搖擺擺，彷彿牠的直立行走就是為了展示這玩意兒。牆頭上那些喜歡鬧鬨的小紅孩都沉默了，喇叭忘了吹，鼓忘了打，一個個張著嘴，小臉蛋上都是癡呆呆的表情。直至牠走圓一圈，放下身，四蹄著了地，小紅孩們才恢復理智，一片歡呼，一片掌聲，鼓聲、喇叭聲、口哨聲混雜在一起。

接下來的表現更為出奇，牛，低下頭，用平闊的腦門著地，然後用力將後腿翹起。這造型可以與人的倒立類比，但比人的倒立難度要大許多倍。這頭牛足有八百斤重，單用脖頸的力量，把全身的重量支撐，幾乎不可能。但我家的牛完成了這個高難動作。——請允許我再次描繪那兩個木瓜般的睾丸，它們貼在肚皮上，顯得那樣孤立無援而多餘……

第二天上午，你第一次參加勞動——犁地。我們使用的是一張木犁，犁鏵明亮如鏡，是那些安徽翻砂匠鑄造的產品。生產大隊已經把木犁淘汰，使用豐收牌鐵犁。我們堅持傳統，不用那些散發著刺鼻油漆味的工業產品。我爹說既然單幹，就要與公家拉開距離。豐收牌鐵犁是公家產品，我們不用。我們穿土布，我們用自製工具，我們使用豆油燈盞，我們用火石火鐮打火。那天生產大隊出動了九犋牲口犁地，彷彿是要跟我們比賽。河東岸，國營農場的拖拉機也出動犁地。兩台東方紅牌拖拉機，周身塗著紅漆，遠看像兩個紅色的妖魔。它們噴吐著藍煙，發出震耳的轟鳴。生產大隊的九犋鐵犁，每犋用兩頭牛拉，雁陣般排開。扶犁的人都是富有經驗的老把式，一個個繃著面孔，彷彿不是來犁田而是要參加一個莊嚴的儀式。

洪泰岳穿著一身簇新的黑制服來到地頭，他已經蒼老了許多，頭髮花白，腮上的肌肉鬆垮垮地耷拉著，兩隻嘴角下垂。我哥金龍跟在他的身後，左手捏著紙板夾子，右手攥著鋼筆，看樣子像個記者。我實在想像不出他能記錄什麼，難道他要把洪泰岳所講的每一句話都記錄下來嗎？洪泰岳只不過是一個小小村莊的黨支部書記，儘管有過一段革命歷史，但那年代的農村基層幹部都是如此，洪泰岳不應該有那麼大的譜，何況，這傢伙吃了集體一隻山羊，「四清」中險些落馬，可見覺悟並不高超。

爹不緊不慢地、有條不紊地把木犁調整好，又把牛身上的套鎖檢查了一遍。我無事可做，我來是看熱鬧的，我腦子裡縈繞不去的是頭天夜裡我爹與牛在打穀場上表演的特技。看到牛雄壯的身體，更感到昨夜的表演難度之高。我沒有拿此事問爹，我寧願那是實實在在發生過的事，而不是我的夢境。

洪泰岳叉著腰訓話，從金門、馬祖講到朝鮮戰爭，從土地改革講到階級鬥爭，然後他說，春耕生產就是向帝國主義、資本主義和走資本主義的單幹戶發起的第一個戰役。他發揮了敲牛胯骨時練出的長項，講話中儘管謬誤百出，但嗓門巨大，言語連貫，把那些扶著犁把子的農民震唬得呆若木雞。那些牛也呆若木牛。我看到了我家牛的娘——那頭蒙古母牛——牠那彎曲的、既長又粗的尾巴是牠的標誌。牠的目光似乎不時地往我們這邊斜，我知道牠在看牠的兒子。嗨，說到此處，我感到很替你臉紅。

去年春天，在河灘上放牧時，趁著我與金龍打架的時候，你竟爬跨到了蒙古母牛的背上，這是亂倫啊，這是大逆不道啊。做為牛，當然不算什麼，可你不是一般的牛，你的前世曾是一個人啊。當然，也許，這蒙古母牛的前世，也許是你的一個情人，但你畢竟是牠生出來的——這生死輪迴的奧祕，我越想越糊塗。

「你把這事兒，速速給我忘卻！」大頭兒極不耐煩地說。

好，我忘卻了。我回憶起我哥金龍單膝跪在地上，將紙夾子放在另一個支起的膝蓋上奮筆疾書的情景。隨著洪泰岳一聲令下：開犁！扶犁的社員們都將搭在肩膀上的長長的牛鞭揮舞起來，並同時喊出了「哈咧咧咧～～」這漫長的、牛能聽懂的命令。生產大隊的鐵犁隊逶迤前行，泥土像波浪一樣從犁鏵上翻開。我焦急地看著爹，低聲說：爹啊，咱們也開犁吧。爹微微一笑，對牛說：

「小黑啊，咱也幹！」

爹沒有鞭，只是輕輕地說了一句，我們的牛，就猛地往前衝去。犁鏵與土地產生的阻力扽了牠一下。爹說：

「緩著勁，慢慢來。」

我們的牛很著急，牠邁開大步，渾身的肌腱都在發力，木犁顫抖著，大片大片的泥土，閃爍著明亮的截面，翻到一邊去。爹不時地搖提著木犁的把手，以此減少阻力。爹是長工出身，犁地技術高明，但奇怪的是我們的牛，牠可是第一次幹活啊，牠的動作儘管還有些莽撞，牠的呼吸儘管還沒調理順暢，但牠走得筆直，根本不需我爹指揮。儘管我家是一頭牛拉一犁，生產隊是兩頭牛拉一犁，但我們的犁很快就超越了生產大隊的頭犁。我很驕傲，壓抑不住地興奮。我跑前跑後，恍惚覺得我家的牛與犁是一條鼓滿風帆的船，而翻開的泥土就是波浪。我看到生產大隊的那些扶犁社員都往我們這邊看，洪泰岳和我哥徑直對我們走來。他們站在一側，用仇視的目光看著我們。等我們犁到地頭又轉回來時，洪泰岳站在前邊，大聲喊：

「藍臉，停住！」

我家的牛大步前行，目光炯炯猶如炭火，洪泰岳機警地跳到墒溝一邊，他自然知道我家牛的脾氣。他只好跟在犁後對我爹說：

「藍臉，我警告你，犁到你的地邊、地頭時，不許你踐踏公家的地。」

我爹不卑不亢地說：

「只要你們的牛不踩我的地，我的牛就不會踩你們的地。」

我知道洪泰岳是故意刁難，我們這三畝二分地，是插在生產大隊土地中的一根楔子，我們的地長一百米，寬只有二十一米，犁到地頭地邊，調轉牲口時，難免踩到公家的田，但公家如要犁到地邊，也難免踩到我們的地。因此我爹有恃無恐。但洪泰岳說：

「我們寧願丟幾分地不犁，也不會踩到你這三畝二分地上！」

生產大隊土地寬廣，洪泰岳可以說這個大話。但我們呢？我們只有這點土地，我們一點也捨不得丟啊。我爹胸有成竹地說：

「我的地一分一釐也不丟，但也絕不會在公家的地裡留下一個牛腳印！」

「這可是你親口說的！」洪泰岳道。

「是我親口說的。」我爹道。

「金龍，你跟著他們，」洪泰岳道，「只要他的牛蹄踩到公家的地裡——」他說，「藍臉，你的牛蹄如果踩到公家地裡怎麼處置啊？」

「把我的牛腿鏟斷！」我爹斬釘截鐵地說。

爹的話讓我大吃一驚，我家的地與公家的地之間並無明顯分界，只是每隔五十米豎立了一塊石樁，即便是人走，也難保一步不偏，何況是牛拉著犁走。

因為我爹採用的是劈耕——從地中央開犁——方式，短時間內還沒有踩到公田的可能，洪泰岳就對我哥說：

「金龍，你先回屯，把黑板報出了，下午再來監視他們。」

我們回家吃午飯時，那塊掛在西門家院牆上的黑板前，已經圍著一群人觀看。黑板兩米寬三米長，是屯子裡的輿論陣地。我哥才華橫溢，只用了幾個小時，就把它塗抹得琳琅滿目。他用紅、黃、綠三色粉筆，在周邊畫上了拖拉機、向日葵、綠色的植物，還畫上了扶著鐵犁、眉開眼笑的社員與同樣眉開眼笑的集體牛。在黑板報的右下角，他用藍、白兩色粉筆畫了一頭瘦牛和一大一小兩個瘦人。我知道他畫的是我、我爹與我家的牛。中間的文章，大標題是：人歡牛叫鬧春耕。字是花邊仿宋體。正文是楷體。文章的末尾，說：與人民公社和國營農場的熱火朝天、生龍活虎的春耕場面形成鮮明對照的是本屯頑固不化的單幹戶藍臉一家，他們是獨牛拉木犁，牛垂頭，人喪氣，形單影隻，人如拔毛公雞，牛如喪家之犬，悽悽惶惶，正在走向窮途末路。

我說：「爹呀，你看看，他把我們糟蹋成什麼樣子啦！」

爹扛著木犁，牽著牛，臉上掛著冰一樣晶亮和清涼的微笑。

「隨他說，」爹說，「這孩子，真是心靈手巧，畫什麼像什麼。」

人們的目光齊刷刷地落到我們身上。於是都發出了會意的笑聲。事實勝於雄辯，我們的牛雄壯如山，我們的藍臉璀璨，我們心情愉快，工作順利，得意著呢。

金龍遠遠地站著，關注著他的傑作和看他的傑作的人。黃家的互助倚在門框上，嘴巴咬著辮梢，遠遠地看著金龍，那眼神專注而癡迷，可見愛得已經不輕。我的重山姊姊寶鳳背著一個繪有紅十字的皮革藥包從大街西邊走來，她學會了新法接生又學會了打針開藥，成了屯子裡的專職衛生員。黃家的合作騎著自行車從大街東頭歪歪扭扭地馳來，看樣子她是剛剛學會騎車，不能有效操控，她看到倚在矮牆邊上的金龍，嘴裡喊著：不好——不好，車輪卻直對著金龍撞去。金龍腿一分，將車輪夾住，同時順手抓住了車把，那黃合作，就幾乎伏在他的懷裡了。

我看到黃互助一扭頭，大辮子一甩，赤紅著臉，扭動著屁股，往家中跑去。我心中一陣酸麻，對黃互助充滿同情對黃合作充滿恨。黃合作剃了一個像男青年一樣的小分頭。這是公社中學裡興起來的時髦髮型，給她們剃頭的那位男老師，姓馬名良才，打得一手好乒乓球，吹得一嘴好口琴，慣常穿一身洗得發了白的藍制服，頭髮粗壯，眼睛漆黑，臉上有少許粉刺，身上總是散發著一股子清新的肥皂味兒。他看上了我姊寶鳳，經常提著一桿氣槍到我們屯子裡來打鳥，只要他托起槍來，便會有鳥兒墜地。我們屯裡的麻雀，一見到他的身影就沒了命地往天上竄。大隊的衛生室就在原西門家正房的東邊一間，也就是說，這個滿身肥皂味兒的小伙子，只要出現在大隊衛生室裡，就難逃我家人的視線，逃過了我家人的視線，也逃不過黃家人的視線。這小伙子跟我姊套近乎。我姊姊皺著眉頭，忍著厭惡，有一句無一句地與他搭訕著。我知道我姊愛著「大叫驢」，但「大叫驢」隨著四清工作隊撤走，像一條鑽進了密林的黃鼠狼一樣消逝得無影無蹤。我娘知道這門親事斷無成功的可能，唉聲歎氣之餘，就語重心長地開導我姊：

「寶鳳啊，你的心事，娘心裡清楚，但這怎麼可能？人家是省城裡的人，是大學生，才貌雙全，前途無量，人家怎麼可能看得上你？聽娘的話，打消這個念頭吧，起心不要太高，小馬老師是公辦教師，吃國庫糧的，人物標緻，識字解文，吹拉彈唱，還是個神槍手，我看也是百裡挑一，他既然對你有意，你還猶豫什麼？趕快答應下來，你看看黃家姊妹那直勾勾的眼神，到了口邊的肥肉，你不吃，別人可就搶去吃了……」

娘的話說得合情合理，我覺得馬良才與我姊也是很般配的一對。他雖然不能像「大叫驢」那樣引吭高歌，但他把一隻口琴吹奏得猶如百鳥鳴囀，他用一桿氣槍把屯子裡的鳥打得望影而逃，這些都是「大叫驢」不具備的優點。但我的這重山姊姊脾氣倔強，肯定是繼承了她親爹的脾性，她任憑娘把嘴唇說破，回答的總是一句話：

「娘，婚姻的事，我自己做主！」

下午我們還去犁地，金龍扛著一把鐵鍬，一步不落地跟在我們身後。那鐵鍬刃子鋒利，閃著寒光，用它鏟牛蹄，一下子就會鏟斷。我對他這種六親不認的行為極為反感，不時地拿話刺他。我說他是洪泰岳的一條走狗，是忘恩負義的畜生。他置若罔聞，只要我擋了他的道，他就會極不耐煩地鏟起土，對著我劈頭蓋臉地揚起來。我也想抓土揚他，但總是被爹厲聲呵斥。爹彷彿腦後有眼，看得見我的一舉一動。每當我抓起土或者坷垃，爹就吼叫：

「解放，你想幹什麼？」

「我要教訓這個畜生！」我恨恨地說。

爹罵我：「閉嘴，否則我打爛你的屁股。他是你哥，他執行的是公務，你不要妨礙他。」

生產大隊的牲口，犁了兩圈後便氣喘吁吁，尤其那頭蒙古母牛喘得最為厲害，隔著老遠就能聽到牠胸腔裡發出的那頗似性倒錯的母雞學習打鳴的聲音，我想起了幾年前，那賣牛的少年對我說的悄悄話，他說這蒙古牛是個「熱鱉子」，幹不了重活，夏天根本就沒有勞動能力，現在我才知道他言之不謬。

蒙古牛不但喘息不止，而且口吐白沫，樣子十分駭人。後來牠一頭栽倒，翻著白眼，彷彿死牛。生產大隊的牛都停了下來，扶犁的人一齊上前，議論紛紛。「熱鱉子」的說法從一個老農口中冒出，有人說應該去請獸醫，有人冷笑，說獸醫也沒招數治這牛。

犁到地頭後，我爹把牛停住，對我哥說：

「金龍，你不必跟著了，我說過不會在公田裡留下一個牛腳印，你跟著吃這累幹啥？」

金龍鼻子嗤呼了一聲，對我爹的話不屑一顧。我爹又說：

「我的牛不踩公家的地，按說，公家的牛和人也不能踩我家的地，可是你一直在我家地裡走，此刻你就站在我家的地上！」

金龍一愣，然後便像受了驚嚇的袋鼠一般，蹦跳著從我家地裡出來，站在了緊靠著河堤的道路上。我惡毒地喊叫著：「應該把你那兩隻蹄子鏟掉！」

金龍滿臉赤紅，一時語塞。

爹說：「金龍，咱們父子一場，互相擔待著一點，好不好？你追求進步，我不能阻攔，不但不阻攔，而且大力支持。你親爹雖然是地主，但他是我的恩人，批他鬥他，那是形勢所迫，做給人家看的，我對他的感情始終在心裡藏著。我對你，一直當成親生兒子看待，但你要奔自己的前程，我不能阻擋。我只是希望你心裡有點熱呼氣兒，不要讓自己的心冷成一塊鐵。」

「我確實踩了你們的地，」金龍冷酷地說，「你們可以把我的腳鏟掉！」他把鐵鍬猛地往前一投，鍬頭扎進土地，直立在我們中間，接著說，「你們不鏟，那是你們的問題，但如果你們的牛，包括你們，一旦踩了公家的地，不管有意還是無意，我絕不客氣！」

我看著他那張臉，和那兩隻似乎往外噴吐著綠色火焰的眼睛，突然感到脊背發涼，皮膚上爆出了一層雞皮疙瘩。我這個重山哥哥，的確是個非同一般的人物，我知道他說得到做得到，只要我們的腳、蹄越界，他會毫不容情地鏟過來。這樣的人生在和平年代有點可惜，如果他早生幾十年，無論他參加了什麼隊伍，都會成為英雄，如果他當了土匪，勢必是個殺人魔王，但眼下是和平年代，他的狠，他的果敢，他的鐵面無私，似乎沒有太多的用武之地。

爹似乎也吃驚非淺，爹只看了他一眼就把目光慌忙跳開了。爹盯著那柄扎在地裡的鐵鍬說：

「金龍，我說多了，都是屁話，你別往心裡去。為了讓你放心，也為了我胸口這一絲志氣，我要先犁地邊，讓你看看，如果該鏟，就讓你及早鏟了，免得誤了您的工夫。」

爹走到牛身邊，摸摸牠的耳朵，拍拍牠的額頭，用低沉的聲音說：

「牛啊！牛……嗨，不說了，你可要看準那界石，筆直地走，半步也不能歪啊！」

爹調好木犁，對準地界，輕輕地吆喝了一聲，牛便往前走去。哥端著鐵鍬，雙眼瞪得溜圓，盯著牛的四蹄。牛對於身後潛在的危險似乎毫無察覺，牠行進的速度沒有放慢，身體舒展，脊背平穩，穩得完全可以放上一隻盛滿水的碗。爹扶著犁把，雙腳踩著新翻開的犁溝，走成一條直線。這活兒其實全靠牛，牛的雙眼生在兩側，牠如何保持方向的正直，我不得而知。我只看到，翻開的犁溝，把我們的地與公家的地鮮明地分割開，那幾塊界石，正正地立在犁溝的中央。犁到界石時，牛放慢速度，給我爹一個提起犁鏵的機會。牠的蹄印，都踩在我家田地的盡邊，犁了一圈，沒有一蹄越界，讓金龍得不到下手的機會。我爹長長地出了一口氣，對金龍說：

「現在，您可以放心地回去了吧？」

於是金龍就走了。他臨走之前用戀戀不捨的目光看了一眼牛端正明亮的四蹄，我知道他對沒有機會把牛蹄子鏟下來感到十分遺憾。鋒利的鍬刃在他的背後閃爍著銀光，讓我終生難忘。

第十七章　雁落人亡牛瘋狂　狂言妄語即文章

接下來的事兒，是我繼續敘說呢還是由你來說？我徵詢著大頭兒的意見。他眯縫著眼睛，似乎在看我，但我知道他的心思根本不在我的臉上。他從我的菸盒裡抽出一枝菸，放在鼻下嗅著，噘著嘴，不言語，彷彿在思考什麼重大問題。我說，你小小年紀，可不能染上這惡習。如果你五歲就學會吸菸，到你五十歲的時候，那還不得吸火藥？他沒理我的話茬，頭歪著，耳輪微微顫抖，似乎在諦聽什麼。我說，我就不說了吧，都是我們親身經歷過的事情，沒啥好說的了。他說，不，你既然開了頭，就得結尾。我說不知道從何處說起了。他翻翻白眼，道：

「集市，撿熱鬧的說。」

我在集市上觀看過許多場遊鬥，每次都興致勃勃，心中充滿快樂。

在集市上，看到了那位與我爹有交情的陳縣長被遊街示眾，他頭皮刮得烏青——後來他在回憶錄裡寫，刮成光頭是為了防止那些紅衛兵們揪他的頭髮——腰上套著一具用紙殼糊成的驢，在鑼鼓聲中，他節拍分明地奔跑著，舞蹈著，臉上掛著白癡般的笑容。他這樣子，與正月裡扮耍的民間藝人十分相似。因為他曾在大煉鋼鐵期間騎著我家的黑驢到處視察，當時就有人給他起了一個「驢縣長」的綽號。文化大革命一起，紅衛兵們為了增加遊鬥走資派的娛樂性和可視性，吸引更多的觀眾，就把民間藝人家的紙驢給他騎上了。許多老幹部寫回憶錄，回憶到文化大革命時，總是寫得血淚斑斑，把「文革」期間的中國描繪成了比希特勒的集中營還要恐怖的人間地獄，但我們這位縣長卻用幽默而又生動的筆調，寫了他「文革」初期的遭遇。他說他騎著紙驢，在全縣的十八個集市被遊鬥，把身體鍛鍊得無比結實，原來的高血壓、失眠等毛病全都不治而癒。他說他一聽到鑼鼓點就興奮，腿腳就顫抖，就像那頭黑驢見到母驢就彈蹄噴鼻。結合著他的回憶錄，回憶當年他套著紙驢舞蹈的情景，我就明白了他臉上為什麼有那癡癡的笑容。他說他只要一踏著鑼鼓點，搬弄著紙殼驢舞蹈起來，就感到自己漸漸地變成了一頭驢，變成了全縣唯一的單幹戶藍臉家的那匹黑驢，於是他的心思就飄飄盪盪，悠悠忽忽，似乎生活在現實，又恍惚進入了美妙的幻景。他感到自己的雙腳分叉成了四蹄，屁股後生出了尾巴，胸脯之上與紙毛驢的頭頸融為一體，就像希臘神話中那些半人半馬的神，於是他也就體會到了做一匹驢的快樂和痛苦。革命期間的集市，並沒有多少商品交易，集市上熙熙攘攘的人群，大都是來看熱鬧的。已經是初冬時節，人們多半穿上了棉襖，也有一些年輕人為了俏麗穿著單衣。人們的胳膊上都套著一個紅色的袖標。穿著黃色或是藍色的軍便裝單衣的年輕人，胳膊上套上紅色袖標顯得格外神氣，是增色添彩，但那些穿著黑色的、油垢發亮的破棉襖的老人，胳膊上套上紅袖標就顯得不倫不類。一個賣雞的老太太，倒提著一隻雞，站在供銷社門口，胳膊上也戴著一個紅袖標。有人問她：大娘，您也入了紅衛兵？她嘛嘛嘴，說：鬧紅嘛，哪能不入？——您老是哪一派的？是「井岡山」的，還是「金猴奮起」的？——去你娘的，別對我說這些沒用的，要買雞就買，不買滾你娘的蛋！

宣傳車開過來了，是輛從朝鮮戰場上淘汰下來的蘇製嘎斯五一大卡車，久經風吹雨打日曬，原先草綠色的油漆已經黯淡，車頭頂蓋焊上一個鐵架子，鐵架子上綑紮著四個大功率的高音喇叭，車後廂裡固定著一台汽油發電機，車廂兩邊站著兩排穿著仿製軍裝的紅衛兵，都是一隻手把著車廂邊緣，一隻手攥著《毛主席語錄》。他們的臉通紅，也許是凍的，也許是被革命的激情所燃燒。其中一個女的，眼睛有些斜視，嘴角上翹，充滿笑意。大喇叭發出震天動地的聲響，使一個年輕的農婦受驚流產，使一頭豬受驚頭撞土牆而昏厥，還使許多隻正在草窩裡產卵的母雞驚飛起來，還使許多狗狂吠不止，累啞了喉嚨。先是放〈東方紅〉，然後停止。聽到了發電機的轟鳴和喇叭裡發出的尖厲聲響，然後便有一個清脆的女聲響起。這時我攀上了一棵老樹，看到了在車廂正中，擺放著一張桌子，兩把椅子，桌上放著一台機器和一個用紅布包裹著的麥克風，椅子上端正坐著一個頭紮小辮的姑娘，還有一個留著分頭的青年。姑娘我不認識，那男青年是到我們村搞過「四清」運動的「大叫驢」小常！後來我才知道，小常已經分配到縣劇團，並造反當了「金猴奮起」的司令員。我在樹上大聲喊叫著：小常！小常！大叫驢！但我的聲音被喇叭裡的高音淹沒了。

那個姑娘對著麥克風喊叫，喇叭把她的聲音擴大得震耳欲聾，整個高密東北鄉都聽到了這樣的話：走資派陳光第，這個混進黨內的驢販子，反對大躍進，反對三面紅旗，與高密東北鄉頑固地走資本主義道路的單幹戶藍臉結拜兄弟，充當單幹戶的保護傘。陳光第不但思想反動，而且道德敗壞，多次與一頭母驢通姦，致使那頭母驢懷孕，生下了一個人頭驢身的怪胎！

好啊！人群中爆發了一陣歡呼。車上的紅衛兵在「大叫驢」的率領下喊起了口號：打倒驢頭縣長陳光第！——打倒驢頭縣長陳光第!!——打倒姦驢犯陳光第！——打倒姦驢犯陳光第!!「大叫驢」的嗓門，經過高音喇叭的放大，成了聲音的災難，一群正在高空中飛翔的大雁，像石頭一樣噼哩啪啦地掉下來。大雁肉味清香，營養豐富，是難得的佳餚，在人民普遍營養不良的年代，天上掉下大雁，看似福從天降，實是禍事降臨。集上的人瘋了，擁擁擠擠，尖聲嘶叫著，比一群餓瘋了的狗還可怕。最先搶到大雁的人，心中大概會狂喜，但他手中的大雁隨即被無數隻手扯住。雁毛脫落，絨毛飛起，猶如撕破了鴨絨枕頭。雁翅被撕裂了，雁腿落到一個人手裡，雁頭連著一段脖子被一個人撕去，並被高高舉到頭頂，滴瀝著鮮血。許多人按著前邊人的肩膀和頭頂，像獵犬一樣往上躥跳著。有的人被踩倒了，有的人被擠扁了，有的人的肚子被踩破了，有的人尖聲哭叫著，娘啊，娘啊……哎喲，救命啊……集市上的人濃縮成幾十個黑壓壓的團體，翻滾不止，叫苦連天，與喇叭的嘯叫混雜在一起，哎喲我的頭啊……這場混亂，變成了混戰，變成了武鬥。事後統計，被踩死的人有十七名，被擠傷的人不計其數。

有的死者被親屬們抬走，有的拖到屠宰組門前等待認領，有的傷者被親屬們送到醫院或是送回家中，有的自己往路邊爬，有的一瘸一拐地往自己要去的地方走，有的趴在地上大聲哭泣。這是高密東北鄉在文化大革命中第一次死人，後來雖有真正的、計畫周密的武鬥，磚頭瓦片滿天飛，刀槍棍棒一齊舞，但傷亡人數都沒有這次多。

我在大樹上，非常安全。我在大樹上，居高臨下，目睹了事件的全部過程，看清楚了每一個細節。我看到那些大雁是如何墜落下來又怎樣被人們野蠻分解。我看到在這個事件過程中那些貪婪的、瘋狂的、驚愕的、痛苦的、猙獰的表情，我聽到了那些嘈雜的、淒厲的、狂喜的聲音，我嗅到了那些血腥的、酸臭的氣味，我感受到了寒冷的氣流和灼熱的氣浪，我聯想到了傳說中的戰爭。儘管「文革」後編寫的縣誌把雁從天落解釋為大雁得了禽流感，但我始終不渝地認為大雁是被高音喇叭強烈而尖銳的聲音震下來的。

騷亂平息之後，遊街繼續進行。經歷了這場突發事件的人們，行為拘謹了一些，原先萬頭攢動的集市上閃開了一條灰白的道路，道路上有一攤攤的血跡和踩得稀爛的雁屍。風過處，腥氣洋溢，雁羽翻滾。那個賣雞的老婦人，用紅袖標擦拭著鼻涕眼淚在街上蹣跚、哭叫：我的雞啊，我的雞……你們這些遭槍子兒的強盜，還我的雞啊……

嘎斯五一大卡車停在牲口市和木頭市交界處，那些紅衛兵多數下了車，神情倦怠地坐在一堆散發著松脂香氣的木頭上。公社食堂裡那個臉上有麻子的炊事員宋師傅，挑著兩桶綠豆湯前來慰問縣城裡來的紅衛兵小將，桶裡冒著熱氣，綠豆湯的香味兒四溢。

宋麻子把一碗湯捧到汽車前，高舉過頭頂，請車上的司令「大叫驢」和那個擔任播音員的女紅衛兵喝。司令不理睬他，對著話筒，怒氣沖沖地喊：把牛鬼蛇神押上來！

於是，以驢縣長陳光第為首的牛鬼蛇神們，就從公社大院裡歡天喜地地衝出來。正如前邊所述，驢縣長的身體與紙殼驢融為一體，剛出場時，他的頭還是一個人的頭，但舞動片刻，變化發生，就像後來我在電影與電視裡看到的那些特技鏡頭一樣，他的耳朵漸漸長大，聳起，如同熱帶植物肥大的葉片從莖稈上鑽出，如同巨大的灰蛾從蛹裡鑽出身體，灰色的綢緞般閃爍著灰色的高貴光澤，附著一層細長的茸毛，用手摸上去手感肯定極好。然後臉部拉長，雙眼變大，並向兩邊偏轉，鼻梁變寬，並且變白，附著白而短的絨毛，用手摸上去手感肯定極好。嘴巴下垂，分成上下兩片，嘴唇變得肥厚，用手摸上去手感肯定極好。兩排雪白的大牙本來是被驢唇遮掩著的，但是他一看到那些戴著紅袖標的女紅衛兵就把上嘴唇用力翻捲起來，齜出了兩排大白牙。我家養過公驢，我十分清楚驢的習性。我知道驢一旦捲起上嘴唇就要發騷，然後就要把原本隱藏著的碩大的雞巴伸出來展示。但幸虧陳縣長人性尚存，變驢變得還不徹底，所以他儘管捲唇齜牙但雞巴還比較含蓄。緊跟在他身後的是原公社書記范銅，對，就是那個給陳縣長當過祕書、酷愛吃驢肉的人，因為他最愛吃驢的雞巴，紅衛兵們就給他用高密東北鄉盛產的大白蘿蔔刻了一根，其實也沒動多少刀工，蘿蔔頭上用刀子稍旋了幾下，用墨汁塗黑了即可。人民群眾的想像力十分豐富，沒人不知道這根染黑了的蘿蔔象徵何物。這姓范的愁眉苦臉，因身體肥胖而行動遲緩，步伐凌亂而不合鑼鼓點兒，讓牛鬼蛇神隊伍混亂，手持藤條的紅衛兵抽打他的屁股，抽一下他就跳一下，同時哭嚎一聲。便改抽他的頭，他慌忙用手中的仿驢屌去招架，仿驢屌被抽斷，顯出蘿蔔真相，白而脆，汁液豐富。群眾哈哈大笑。紅衛兵也忍俊不禁，把范銅拎出來交給兩個女紅衛兵，逼著他當場把這根斷成兩截的驢屌吃掉。范銅說墨汁有毒不能吃。女紅衛兵小臉通紅，彷彿受到了極大的侮辱。你這個流氓，你這個臭流氓！不用拳打，只用腳踢。變換著姿勢踢。范銅遍地打滾，哀嚎不止。喊叫：小將，小將，別踢了，我吃，我吃……抓起蘿蔔，狠命咬了一口。快吃！又咬了一口，腮幫子撐得老高，無法咀嚼。著急著下嚥，噎得翻白眼。在驢縣長的帶領下，十幾個牛鬼蛇神各出奇招，讓觀眾大飽眼福。敲鑼打鼓拍鈸的，是專業的水平，原本是縣劇團的武場，能敲打出幾十套花樣，鄉村野戲班子那些人，跟他們無法相比。我們西門屯的鑼鼓班子跟他們相比，簡直就是敲著破銅爛鐵嚇唬麻雀的頑童。

西門屯的遊街隊伍從集市的東頭來了。背著鼓的是孫龍，敲鼓的是孫虎，打鑼的是孫豹，拍鈸的是孫彪。孫家四兄弟是貧農的後代，鑼、鼓、鈸、鑔這些能發出巨響的傢伙，理應掌握在他們手中。在他們前邊，是村裡的牛鬼蛇神走資派。洪泰岳躲過了「四清」但沒躲過「文革」。他頭上戴著一頂紙糊的高帽子，背上糊著一張大字報。仿宋字體，剛勁有力，一看就知道是西門金龍的筆跡。洪泰岳手裡還舉著一塊邊緣上綴著銅環的牛胯骨，讓我聯想到他的光榮歷史。他頭上那頂紙帽子與他的頭顱尺寸不符，東倒西歪，必須及時扶正。如果他不能將頭上的高帽子及時扶正，就有一個濃眉高鼻的青年用膝蓋頂他的屁股。這青年就是我的重山哥哥西門金龍。他公開的名字還是叫藍金龍。他聰明透頂，不願改姓，因為一改姓他的出身就會變成為惡霸地主，就會變成人下之人，我爹雖是單幹戶，但雇農的成分不變，雇農，這頂金帽子，在那個年代裡，閃閃發亮，千金難買。

我哥穿著一件真正的軍裝上衣，是從他的好友「大叫驢」小常那裡弄來的。我哥上穿真正的軍裝，下穿藍條絨褲子，腳蹬白塑料底黑口卡嘰布面緊口鞋，腰上紮著一條三指寬的銅釦牛皮腰帶，這樣的腰帶總是紮在英武的八路軍或新四軍軍官的腰上。現在卻紮在我哥的腰上。他高高地挽著袖子，紅衛兵袖標鬆鬆地套在上臂。村民們的紅袖標是用紅布縫成，袖標上的字是用紙板鏤空黃漆漏刷。我哥的袖標是上等的紅綢子，袖標上的字是用金黃色的絲線刺繡。這樣的袖標全縣只有十隻，是縣工藝品廠那位技藝高超的女技師連夜趕製的。她只繡了九隻半袖標就吐血而死。血染袖標，十分悲壯。我哥所戴，就是那只繡了一個「紅」字、沾著血的。剩下的兩個字，是我的姊姊西門寶鳳補繡而成。我哥是去縣「金猴奮起」紅衛兵司令部拜訪他的朋友「大叫驢」時得到這件寶物的。兩隻「叫驢」久別重逢，興奮無比，握手擁抱，行革命時期的致敬禮，然後訴說別後情景及縣裡與村裡的革命形勢。儘管我沒在場，但我知道「大叫驢」肯定會問起我姊的情況，他的腦子裡，肯定還留存著我姊的形象。

我哥是去縣裡取經的。文化大革命興起，屯子裡人都蠢蠢欲動，但不知道這命是如何革法。我哥聰明，能夠抓住問題的根本。「大叫驢」只告訴他一句話：像當年鬥爭惡霸地主一樣鬥爭共產黨的幹部！當然，那些已經被共產黨鬥倒了的地主富農反革命，也不能讓他們有好日子過。

我哥心領神會，身上的血彷彿沸騰了。臨別時，「大叫驢」將這個未完成的紅袖標和一束金黃絲線贈給我哥，說你妹妹心靈手巧，讓她幫你繡完吧。我哥從挎包裡摸出我姊帶給「大叫驢」的禮物：一雙用五彩絲線精心刺繡的鞋墊。我們這裡的姑娘，送給誰鞋墊，就意味著願意以身相許。鞋墊上繡著鴛鴦戲水。紅線綠線，千針萬線，精美圖案，情意綿綿。兩個「叫驢」，面皮都有些發紅。「大叫驢」收下鞋墊，說：請轉告藍寶鳳同志，鴛鴦呀，蝴蝶呀，都是地主資產階級情調，無產階級的審美觀，是青松、紅日、大海、高山、火炬、鐮刀、斧頭，如果要繡，就繡這些東西。我哥莊嚴地點頭承諾，一定把司令的話轉告我姊。司令將身上的軍裝褂子脫下來，鄭重地說：這是我的一位在部隊當指導員的同學送給我的，看看，四個兜兒，貨真價實的軍官服，縣五金公司那個小子，推來一輛全新的「大金鹿」牌自行車，我都沒捨得換給他！

我哥回村後就成立了「金猴奮起」紅衛兵西門屯支隊，軍旗一豎，群起回應。村子裡的年輕人，平日裡就對我哥敬佩得不行，現在總算找到了擁戴的機會。他們占據了大隊部，賣了一頭騾子兩頭牛，換回了一千五百元人民幣。他們買來紅布，趕製袖標、紅旗、紅纓槍，還買來高音喇叭播放機，剩下的錢買了十桶紅漆，把大隊部的門窗連同牆壁，刷成了一片紅，連院子裡那棵杏樹也刷成了紅樹。我爹對此表示反對，被孫虎在臉上刷了一刷子，使我爹的臉半邊紅半邊藍。我爹嘈嘈著罵，金龍冷眼旁觀，置之不理。我爹不知進退，上前問金龍：小爺，是不是又要改朝換代了？金龍雙手扠腰，胸脯高挺，斬釘截鐵般地說：是的，是要改朝換代了！我爹又問：您是說，毛澤東不當主席了？金龍語塞，片刻，大怒：把他的那半邊藍臉也刷紅！孫家的龍、虎、豹、彪，一擁而上，兩個別著我爹的胳膊，一個揪著我爹的頭髮，一個掄起漆刷子，把我爹的整個臉上，塗上了厚厚一層紅漆。我爹破口大罵，那紅漆就流進他的嘴裡，把牙也染紅了。我爹的樣子，實在可怕，那兩隻眼睛，變成了兩個黑洞，睫毛上的漆，隨時都會浸到眼珠上。我娘從屋子裡跑出來，哭叫著：金龍啊，金龍，他是你爹啊，你怎麼能這樣對他？金龍冷冷地說：全國一片紅，不留一處死角。文化大革命，就是要革這些走資派、地主、富農、反革命的命，單幹戶，也不留，如果他還不放棄單幹，堅持走資本主義道路，我們就把他放到紅漆桶裡泡起來！我爹抹一把臉，又抹一把臉，他抹臉是感覺到紅漆要流進眼睛裡了，他抹臉是怕紅漆流進眼睛裡，但可憐他一抹臉反倒把更多的紅漆抹到眼睛裡去了啊！油漆殺眼，疼得我爹蹦高，哇哇怪叫。蹦累了，遍地打滾，身上沾滿了雞屎。我娘和吳秋香養的雞，都被這滿院子的紅色與這個紅臉人嚇得神經錯亂，不敢進窩歸宿，飛到牆頭上，飛到杏樹上，飛到屋脊上，雞爪子上沾了紅漆，走到哪裡就在哪裡留下紅色的爪痕。我娘哀哭不止，大聲喚我：解放啊，我的兒，快去找你姊回來，救救你爹的眼……我端著一桿從紅衛兵手中奪來的紅纓槍，憋了一腔怒火，準備在金龍的身上，扎出幾個透明的窟窿，看看從這個六親不認的傢伙身上，到底會流出什麼樣的液體，我猜想，他的血，應該是黑的。母親的哀求和爹的慘狀，使我不得不暫且放下洞穿西門金龍的念頭，救我爹的眼是頭等大事。我拖著紅纓槍，跑上大街。看到我姊了嗎？我問一個白髮老太婆，老太婆搓著流淚的眼，連連搖頭，似乎聽不懂我的話。我問一個禿頂的老頭兒：見到我姊了嗎？他佝僂著腰，傻傻地笑著，指指自己的耳朵，噢，他是聾子，聽不到任何聲音。看見我姊了嗎？我扯住了一位推車人的肩膀，那人的車子歪倒，簍子裡的卵石摩擦著、光滑著、清脆地響著滾在大街上。他苦笑著搖搖頭，沒有發脾氣，按說他是可以發脾氣的，但是他沒有發，他是屯子裡的富農伍元，吹得好洞簫，嗚嗚咽咽，有高士雅韻，很古的一個人，如你所說，他曾是惡霸地主西門鬧的好友。我往前飛跑，伍元在我身後往簍子裡撿卵石。卵石是往西門大院送的，遵從的是「金猴奮起」紅衛兵西門屯支隊司令西門金龍的命令。我與迎面跑來的黃互助撞了個滿懷，屯裡的姑娘大都剃成了很男性化的小分頭，露著青青的頭皮和白白的脖頸，唯有她還頑固地留著一根大辮子，辮梢還紮著紅頭繩，封建，保守，死性，可以與我爹的堅持單幹不動搖相媲美，但沒過多久，她的大辮子就派上了用場，演革命樣板戲《紅燈記》裡的李鐵梅，她簡直不用化妝，李鐵梅就是這樣一條大辮子啊。連縣劇團裡演李鐵梅的演員都要接續上一條假辮子，但我們的李鐵梅卻是真辮子，每根頭髮都連著頭皮。後來我才知道，黃互助寧死不剪頭髮，是因為她的頭髮上有毛細血管，一剪就往外滲血絲兒，她的頭髮根根粗壯，抓上去肉乎乎的，這樣的頭髮，世所罕見。撞了個滿懷後我問她：互助，看到我姊姊了嗎？她張開嘴又閉上，欲言又止的樣子，很冷淡，很蔑視，很不是個意思。我顧不上她的表情，拔高嗓門：我問你看到我姊了嗎？她問，她明知故問：誰是你姊姊？媽了個巴子的黃互助，你難道不知道誰是我姊姊？如果你連誰是我姊姊都不知道那你連誰是你娘也不知道了。我姊姊，藍寶鳳，衛生員，赤腳醫生。你問的是她？互助小嘴一歪，極端鄙視的口吻，明明醋溜溜但卻裝正經地說：她呀，在小學校裡，與馬良才麻纏呢，快去看看吧，兩條狗，一公一母，一個更比一個浪，這會兒，差不多配上了！她的話讓我大吃一驚，想不到古古典典的互助，竟然說出這樣粗野的話。——都是被「文化大革命」鬧的！大頭兒藍千歲冷冷地說。他的手指又無端地流出血來，我急忙把早就備好的靈藥遞給他，他把手指沾上一些藥，血立即就止住了——她漲紅的臉，圓鼓鼓的胸脯子，使我馬上明白了，她雖然未必暗戀馬良才，但看到馬良才黏乎我姊她心中也不自在。我說，我暫且不理你，改天收拾你，你這個浪貨，戀著我哥——不，他已經不是我哥了，他早就不是我哥了，他是西門鬧留下的壞種。那你的姊也是西門鬧留下的壞種，她說。我被她一語噎住，如同吞下了一塊熱黏糕。她跟他不一樣，我說，她善良，她溫柔，她的心是好的，血是紅的，還有人味，她是我姊姊。她很快就會沒有人味的，她身上有狗腥氣，她是西門鬧與一條母狗交配出來的狗雜種，每逢陰雨天氣就散發狗腥味。互助咬牙切齒地說。我掉轉紅纓槍想捅了她，革命時期，民辦槍斃，夾山人民公社已經把殺人的權力下放到村了，麻灣村一天一夜就殺了三十三人，老的八十八歲，小的十三歲，有的用棍棒打死，有的用鍘刀鍘成兩截。我舉起紅纓槍，對準她的胸膛，她挺起胸膛，往前送：戳吧，你有種就戳死我吧！我早就活夠了，我活得夠夠的了。說著，眼淚就從她好看的眼睛裡滾了出來。這有點莫名其妙，這有點難以捉摸，這個互助，從小跟我一起長大，小時候我們都光著屁股在沙土堆上玩耍，她突然對我雙腿間的小雞雞發生了興趣，回去哭著跟她娘吳秋香要小雞雞，為什麼解放有我沒有，吳秋香站在杏樹下大罵：解放你這個小流氓，再敢欺負互助，小心我把你那雞巴給你剪了去！往事歷歷在目，但一轉眼這互助就變得比河裡的鱉灣還要深不可測。我轉身逃跑，女人的淚，我受不了。女人一哭我的鼻子就酸了。女人一哭我就暈了。這軟弱的脾性害了我一輩子。我說：西門金龍把紅漆倒在我爹眼裡了，我要去找俺姊救俺爹的眼……活該，你們一家，狗咬狗吧……她惡狠狠的話，在很遠處響著。我可算擺脫了這個互助，我有幾分恨她，有幾分怕她，有幾分戀她，儘管我知道她不喜歡我，但她畢竟告訴了我我姊姊在何處。

小學校在村子西頭，靠著圍子牆，單獨的一個大院子，院牆是用墳磚砌的，有許多死人的魂附在牆上，夜裡就出來遊蕩。牆外有大片黑松林，黑松林裡有夜貓子，叫聲淒厲，令人膽寒。這片樹林子，沒被砍掉當了煉鋼鐵的燃料真是奇蹟。完全是因為這林子中有一棵古柏，砍一斧，嘩嘩地流出血來。樹流血，誰見過？就像互助的頭髮，一剪就冒血。看起來凡是能夠保存下來的東西，都有幾分不尋常。

我果然在小學校的辦公室裡找到了我姊姊。我姊姊並沒有與馬良才談戀愛，而是為他包紮傷口。馬良才的頭不知被什麼人打破了，我姊姊把他的頭用繃帶橫纏豎綁，只留著一隻眼睛看路，兩個鼻孔出氣，一隻嘴巴說話、喝水、吃東西。他的樣子很像我們在電影裡看到的被共產黨的士兵打殘了的國民黨士兵。她的樣子很像一個護士，面部沒有表情，彷彿用冰涼光滑的大理石雕成。窗戶上的玻璃全部被打破，碎玻璃全部被孩子們搶光，他們把碎玻璃獻給母親，供她們刮削土豆皮時使用。比較大塊的碎玻璃鑲嵌在自家的木格子窗戶上，可以從裡往外望人，還可以透進陽光。深秋的傍晚的風，從黑松林裡颼進來，夾帶著松針和松油的氣味，將辦公室裡的紙片從桌子上吹落到地上。我姊姊從那隻赭紅色的牛皮藥包裡拿出一隻小瓶，倒出一些藥片，從地上撿一張白紙包了，對他說：每次兩片，每天三次，飯後服。他苦笑一聲說：不必浪費了，沒有飯前飯後了，我不會再吃飯了，我要絕食，向法西斯暴行抗議。我家三代貧農，根紅苗正，他們憑什麼打我？我姊姊用充滿同情的目光看他一眼，低聲說：馬老師，您別激動，激動對您的傷口不好……他猛地伸出兩隻手，抓住了我姊姊的手，語無倫次地說：寶鳳，寶鳳，你跟我好吧，我們兩個好吧……多少年了，我吃飯想著你，睡覺想著你，走路想著你，六神無主，失魂落魄，好多次撞到牆上、樹上，別人還以為我在思考學問，其實我是在想你……這麼多的癡情話語，從被繃帶包圍著的嘴裡溢出來，很顯荒誕，那隻眼睛，奇特地亮，猶如被水浸濕的煤炭。我姊姊用力往外掙脫著雙手，腦袋往外仰著，左右搖擺著，躲避著那張繃帶中的嘴。依了我吧……依了我吧……馬良才狂亂地叨念著。這個傢伙簡直是喪心病狂。我大聲喊叫著：姊姊！然後一腳踹開了那虛掩著的門，挺著紅纓槍衝了進去。馬良才慌忙鬆開我姊姊的手，搖搖晃晃地倒退著，碰翻了一個臉盆架，使半盆污水在方磚地上流淌。殺！我大叫一聲，將紅纓槍戳在牆上。馬良才一屁股坐在一堆爛報紙上，看樣子是嚇昏了。我拔出紅纓槍，對藍寶鳳說：姊姊，爹的眼睛，被金龍指使人刷上了紅漆，現在正痛得滿地打滾，娘讓我找你，我跑遍了全屯，終於找到你了，你趕快回去想辦法，救救爹的眼睛……寶鳳背起藥包子，瞥了坐在牆角上抽搐的馬良才一眼，跟著我就跑。她跑得很快，一會兒就超越了我。藥包子被顛動，敲打著她的屁股，發出嘩啷嘩啷的聲響。星星出來了，在西邊的天際，是那顆燦爛的金星，伴隨著一彎眉月。

我爹滿院子打滾，幾個人都按不住。他用手使勁地揉搓眼睛，發出慘叫，令人毛骨悚然。我哥那些小嘍囉們都悄悄地溜了，只有孫家那四個忠實走狗還在那裡，護衛著我哥。我娘和黃瞳每人拽住我爹的一條胳膊，不讓他搓眼。我爹胳膊上的力氣大得驚人，像兩條遍體黏液的大鯰魚，不時地掙脫出來。我娘氣喘吁吁地罵著：金龍啊，你這個喪了良心的畜生，他雖然不是你的親爹，可你也是他拉扯大的啊，你怎麼能下這樣的黑手……

我姊衝進院子，如同救星從九天降落。我娘說：他爹，你老實吧，寶鳳來了。寶鳳，救救你爹，別讓他的眼瞎了，你爹只是個倔脾氣，不是壞人，待你們兄妹不薄啊……天雖然還沒完全黑透，但院子裡那些紅和爹臉上那些紅都變成墨綠。院子裡一股濃烈的油漆氣味。姊喘著粗氣說：快拿水來！娘跑回家，端出一瓢水。姊說：這哪裡夠！要水，越多越好！姊接過水瓢，瞄準爹的臉，說：爹，你閉眼！爹其實一直緊閉著眼，想睜也睜不開了。姊將那瓢水潑到爹的臉上。水！水！水！姊姊大聲吼叫著，聲音嘶啞，猶如母狼。溫存的姊姊，竟能發出這樣的聲嗓，讓我吃驚非淺。娘從屋子裡提著一桶水出來，腳步趔趔趄趄。黃瞳的老婆秋香，這個唯恐天下不亂、希望所有的人都得怪症候的女人，竟然也從自家提出來一桶水。院子裡更黑了。黑影裡我姊發令：用水潑他的臉！一瓢瓢的水，潑到我爹的臉上，發出響亮的聲音。拿燈來！我姊命令。我娘跑回屋子，端著一盞小煤油燈，用手護著火苗，走得小心，火苗跳動顫動，一股小風吹過，滅了。我娘一腳踩空，趴在地上。小煤油燈一定被扔出去好遠，我嗅到從那個牆角處散漫開的煤油氣味。我聽到西門金龍低聲命令他的嘍囉：去，把汽燈點起來。

除了太陽之外，汽燈是那個時代裡我們西門屯最明亮的光源。孫彪只有十七歲，但卻是屯子裡侍弄汽燈的專家，別人用半個小時才能把汽燈點亮，他十分鐘就能。別人經常把石綿燈網弄破，他弄不破。他經常眼瞅著那白得耀眼的燈網發呆，耳聽著汽燈發出的嘶嘶聲響，他的臉上洋溢著如癡如醉的神情。院子裡一團漆黑，正房裡卻漸漸明亮起來，好像裡面起了火。眾人正詫異著，就見那孫彪，用一根棍子挑著汽燈，像挑著太陽，走出西門屯的紅衛兵司令部。院子裡的紅牆、紅樹，都跟著煥發出光彩，紅得耀眼，紅得如火。我一眼就看遍了滿院子的人。倚在自家門口、像一個封建的大家閨秀一樣玩弄著辮子梢的黃互助。站在杏樹下目光滴溜溜亂轉的黃合作，她的小分頭長長了一些，她從牙齒縫隙不時吐出一個個小泡泡。吳秋香在院子裡來回奔忙著，似乎有滿肚子話要對人說，但沒人與她搭腔。西門金龍雙手扠著腰，站在院子當中，目光嚴肅而深沉，兩道眉毛緊蹙著，似乎在考慮重大問題。孫家三兄弟成扇面狀護衛在西門金龍身後，像三條忠實的走狗。黃瞳手持葫蘆瓢，舀水潑在我爹臉上。水，有的反彈回來，濺落到光裡，有的順著我爹的臉淌下去。我爹已經坐在地上，兩條腿平伸著，兩隻手按著大腿，臉仰著，承接著水潑。他很安靜，不暴跳了，不噪叫了，大概是我姊姊的到來安定了他的心神。我娘在地上爬動著，嘴裡低聲嘮叨著：我的燈呢？我的燈呢……我娘渾身泥水，狀甚悽慘，在汽燈強光照耀下，她的頭髮，呈現一片銀白。我娘還不到五十歲，可已經如此蒼老，我的心中，不由得一陣酸楚。我爹臉上的紅漆似乎薄了些，但依然是滿堂紅，水珠從那上面滾落，如同從荷葉上滾落。院子外邊聚集了很多前來看熱鬧的人，大門外黑壓壓一片。我姊冷靜地站著，宛若一個女將軍。把燈挑過來，我姊說。孫彪小步緊挪，挑燈過來。孫家老二名虎者，可能是領了我哥的旨意，從「司令部」裡，搬出一張方凳飛跑過來，安放在我爹身側兩米處，讓那孫彪將汽燈坐上。我姊打開藥包，拿出棉花和鑷子，用鑷子夾著棉花，放水裡浸濕後，先擦我爹眼睛周圍，然後擦我爹的眼皮，雖小心翼翼，但動作極麻利。然後我姊用一個大號針管，吸了清水，讓我爹睜開眼睛。但我爹的眼睛睜不開了。誰來給他扒開眼睛？我姊問。我娘急著爬上來，拖泥帶水。姊說：解放，你來幫爹扒開眼睛。我不由地往後倒退了幾步，爹的紅漆臉，太恐怖了。快點！姊說。我將紅纓槍插在地上，踩著水和泥，像一隻在雪地裡行走的雞，翹腿躡腳，靠了前。我看看姊，姊正手持針管。我試探著去扒爹的眼，爹發出一聲哀嚎，聲音如刀如刺，嚇得我猛一跳，就到了圈子外。姊怒：你怎麼啦？難道忍心讓爹瞎了嗎？那個倚在自家門口的黃互助輕捷地走了過來。她穿著紅格子外套花襯衫，襯衫的領子翻出來與外套的領子重疊在一起。大辮子在脊梁上翻滾著。許多年過去了，這一幕還記憶猶新。從她家門口到我家牛棚外邊，大約有三十步遠近。這三十步，在僅次於太陽的汽燈照耀下，走得真可謂俏麗多姿，地上的影子是麗人靚影。大家都呆呆地看著她，尤其是我，更呆透了，因為剛才她還用那樣惡毒的語言咒罵我姊，一轉眼間她又自告奮勇充當我姊的助手。她喊了一聲：我來！就像一隻紅胸脯的小鳥一樣飛了過來。她全然不顧地上的泥與水，不怕髒了她那雙精心製作的白布底鞋子。互助心靈手巧是有名的。我姊繡出的花鞋墊好看，互助繡的花鞋墊更好看。院子裡那棵杏樹開花時，她站在樹下，眼看著杏花，手指翻飛，就把樹上的杏花移到鞋墊上去了。鞋墊上的杏花比樹上的杏花更美更嬌豔。她的鞋墊子，一摞摞的，都在枕頭下壓著，不知要送給誰。送給「大叫驢」？送給馬良才？送給金龍？還是送給我？

在賊亮的汽燈光下，她的眼睛亮晶晶，她的牙齒亮晶晶，毫無疑問，她是個美人，是個屁股上翹、胸脯前挺的美人，我只顧跟著我爹鬧單幹，竟然忽略了身邊的美人。就在這短暫的時間裡，她從家門口到我家牛棚這短暫的路途上我就死心塌地地愛上了她。她在我爹身後，彎下腰，伸出纖纖玉手，扒開了我爹的眼睛。我爹哀叫著，我聽到他的眼皮被扒開時發出的細微聲響，劈叭劈叭，彷彿小魚兒在水底吐水泡。我看到爹的眼睛好像一個傷口，有血水從裡面湧出來。我姊瞄準了我爹的眼睛，推動注射器，一股清水，亮得如同銀子，射了進去。慢慢地射進去，我姊把握著力度，太緩衝力不夠，太疾則可能把我爹的眼球洞穿。水進了我爹的眼睛就變成了血，沿著眼瞼慢慢流下來。我爹痛苦地哼哼著。用同樣的準確，同樣的快捷，我姊與互助，這兩個似乎誓不兩立的女人，默契地配合著，沖洗了我爹的另一隻眼睛。然後又輪番沖洗，左眼，右眼，左眼，右眼。最後，我姊往爹的眼睛裡滴了眼藥水，用繃帶蒙上。我姊對我說：解放，把爹弄回家去吧。我跑到爹身後，雙手抄在他的腋下，用力往上提，使他站立，彷彿從地下拔出了一個拖泥帶水的大蘿蔔。

這時，我們聽到，從我家牛棚裡傳出來一種奇怪的聲音，像哭、像笑、又像歎息。這是牛發出的聲音。你當時，到底是哭、是笑、還是歎息？——說下去，大頭兒藍千歲冷冷地說，休要問我——大家都吃了一驚，齊把目光往那裡望，牛棚裡一片光明，牛眼如兩盞放射著藍光的小燈籠，牛身上光芒四射，彷彿刷了一層金色的漆。我爹掙扎著要往牛棚裡去，我爹喊叫著：牛啊！我的牛啊！我只有你一個親人了啊！爹的話絕望至極，讓我們聽著心寒，雖然金龍叛逆，我和姊姊、娘還是心疼著你啊，你怎麼能說出只有牛是你的親人呢？而且，說穿了，這頭牛，身體是牛，但他的心，他的靈魂，卻是西門鬧的，他面對著院子裡這群人，他的兒子，女兒，二老婆，三老婆，以及他的長工和長工的兒子我，那才是恩愛情仇千種的感受萬般的情緒攪成了一鍋糊塗粥。

——事情也許沒這麼複雜，大頭兒藍千歲道，也許我當時是被一口草卡住了喉嚨，才發出了那樣古怪的聲音。但簡單的事情，被你這顛三倒四、橫生枝蔓、黑瞎子掰棒子的敘述，給弄成了一鍋糊塗粥。

那時的世界，本來就是一鍋糊塗粥，要想講得清清楚楚，比較困難。不過，還是讓我拾起前頭的話茬兒：西門屯的遊街隊伍，從集市的東頭過來了。鑼鼓喧天，紅旗招展。被金龍和他的紅衛兵押著遊街示眾的，除了原支部書記洪泰岳之外，還有大隊長黃瞳。除了偽保長余五福、富農伍元、叛徒張大壯、地主婆西門白氏這些老牌的壞人之外，還有我的爹藍臉。洪泰岳咬牙瞪眼。張大壯愁容滿面。伍元眼淚漣漣。白氏蓬頭垢面。我爹臉上的油漆還沒洗淨，雙眼通紅，不斷地淌著眼淚。我爹流眼淚並不是他內心軟弱的表現，是因為油漆傷害了他的角膜。我爹脖子上掛著一塊紙牌子，上面是我哥親筆寫上的大字：又臭又硬的單幹戶。我爹肩上扛著一張木犁，是土地改革時分給他的財產。我爹腰裡紮著一根麻繩子，繩子連結著一根韁繩，韁繩連接著一頭牛。一頭由惡霸地主西門鬧幾經轉世而成的公牛，也就是你。如果你願意，你可以打斷我的話，接著我的話茬，由你來講述接下來發生的事情。我講，是人眼中的世界；你說，是牛眼所見乾坤。也許由你講會更精采。你不講，那我就接著講。你是一頭魁偉的公牛，雙角如鐵，肩膀寬闊，肌腱發達，雙目炯炯，凶光外溢。你的角上掛著兩隻破鞋，這是孫家的那個善於侍弄汽燈的小子胡亂掛上的，只是為了醜化你，並不象徵著你一頭牛也搞破鞋。金龍這混蛋原本想讓我也遊街示眾，但我挺著紅纓槍要和他拚命。我說誰敢讓我遊街我就捅了誰。金龍雖楞，但碰上我這樣的亡命徒，他也避讓三分。我想爹只要跟我一樣硬起來，把大鍘刀摘下來，橫在牛棚門口，誰上來就劈誰，我哥也就軟了。但我爹竟然軟了，順從地讓他們把紙牌子掛到脖子上。我想只要那頭牛發了牛脾氣，誰也無法把破鞋掛在牠角上並拉牠遊街，但牛也順從了。

在集市的中央，也就是供銷社飯店前那片空場上，縣裡的「金猴奮起」紅衛兵總司令「大叫驢」小常和西門屯裡的「金猴奮起」紅衛兵支隊司令「二叫驢」金龍會師，二人握手，致革命敬禮，眼睛裡都放射紅光，心中都盪漾著革命豪情，他們也許聯想到中國工農紅軍在井岡山會師，要把紅旗插遍亞非拉，把世界上受苦受難的無產階級從水深火熱中解放出來。兩支紅衛兵隊伍會師，縣裡的和村裡的。兩批走資派會師，驢縣長陳光第、驢屌書記范銅、打牛胯骨的階級異己分子兼走資派洪泰岳、洪泰岳的狗腿子、娶了地主小老婆的黃瞳。他們也偷偷地觀望，用眼神傳達反動思想。低頭低頭再低頭，紅衛兵把他們的頭按下去按下去，按到不能再低，屁股翹起不能再高，再一用力，撲通跪在地上，揪著頭髮抓著脖領子再拎起來。我爹死不低頭，礙於他跟西門金龍的特殊關係，紅衛兵們手下也就留了情。先是「大叫驢」演講，站在一張從飯店裡臨時抬來的方桌上。「大叫驢」左手抃著腰，右手在空中揮舞，做著變化多端的動作，時而像馬刀劈下，時而如尖刀前刺，時而如拳打猛虎，時而如掌開巨石。動作配合著話語，腔調抑揚頓挫，嘴角溢出白沫，語言殺氣騰騰、空空洞洞，猶如一隻隻被吹足了氣、塗上了紅顏色、形狀如冬瓜、頂端一乳頭的避孕套，在空中飛舞，碰撞，發出嘭嘭的聲響，然後一隻隻爆裂，發出叭叭的聲響。在高密東北鄉的歷史上，曾有一個漂亮的女護士將避孕套吹爆結果眼睛被崩傷，成為一大趣聞。「大叫驢」是天才的演說家，他演講時極力模仿列寧、毛澤東。尤其是伸出右臂，成四十五度角，頭微向後仰，下巴略翹，目光望向高遠處，嘴巴裡喊出：「向階級敵人發起進攻進攻再進攻」時，簡直就是列寧復生，列寧從《列寧在一九一八》裡來到了高密東北鄉，群眾靜默片刻，彷彿被鉗子捏住了咽喉，然後便一片歡呼，幾個有文化的小青年亂喊「烏拉」，沒有文化的喊「萬歲」，萬歲和烏拉雖然都不是獻給「大叫驢」的，但「大叫驢」猶如一隻被吹脹的避孕套飄飄然而不知其所以然。也有人在暗中低罵：這雜種，還真不可等閒視之！說話的人是一個讀過私塾的老者，認識無數的字，經常在理髮館裡，自負地對那些前來理髮的人說：有不認識的字只管問我，如果我答不出，你理髮的錢我出。幾個中學的教師，從字典上找幾個生僻字考他，還真難不住他。有一個教師，生造一個字，畫一個圈，圈裡點一個點，問他，這是什麼字，他冷笑道，想難住我嗎？難不住的，此字念「嘭」，是將一塊石頭，扔到井裡，發出的聲音。中學教師道：差矣，此字是我生造的。他說：所有的字，剛開始時，都是生造的。教師語塞，他臉上出現洋洋得意之表情。「大叫驢」演講完畢，「二叫驢」跳上桌接著演講，但他的演講，是對「大叫驢」的拙劣模仿。

現在我該說你，西門牛，在這個難忘的集日上的表現了。起初，你很溫馴，跟隨在我爹身後，亦步亦趨，但你的光輝形象與你的溫馴表現總讓人、尤其是我感到彆扭。你是一頭血氣方剛的牛，在過去的歲月裡，曾有過不凡的表現，如果當時我就知道你的體內暗藏著西門鬧的狂傲的靈魂和一頭名驢的輝煌記憶，我更會對你的表現感到失望。你應該反抗，應該大鬧集市，應該成為這場狂歡節的主角，就像西班牙鬥牛節上那些牛一樣。但你沒有，你低頭，角掛破鞋，這侮辱性的標誌，不緊不慢地反芻，腸胃中發出咕咕嚕嚕的聲響。就這樣，從凌晨到中午，從清冷到溫暖，陽光暖烘烘的，供銷社飯店裡洋溢出水煎包的香氣。一個身披破棉襖、跛一足、眇一目的少年拖著一條威武的黃犬從集市上經過。這是一個著名的打狗少年，家庭出身赤貧，是個孤兒，政府免費送他上學，但他對學校深惡痛絕，自毀錦繡前程，寧死不讀書，嚮往自由自在的生活，自己不上進，黨也沒辦法。他打狗賣狗肉，過得有滋有味，在那樣的時代，私自屠宰是非法的，不論殺豬，還是屠狗，都是國家的專權專利，但政府對這個打狗少年網開一面，對這樣的人，無論什麼樣的政府，都很寬容。少年是狗族的天敵，他的身體並不高大，腿腳不利索，眼力也欠佳，狗要消滅他並不難，但所有的狗，不論是綿善如羊者還是凶暴如獅虎者，見了他，都夾緊尾巴，身體團結，滿眼恐怖之光，喉發求饒之聲，嗷吽～～嗷吽～～逆來順受地、毫不反抗地讓他把繩索套到頸上，吊在樹杈上勒死，然後拖走，拖回到他那建立在石橋洞裡的居所兼作坊，生熌活剝，就著清悠悠的河水淘洗乾淨，大剁小切，七塊八段，扔到鍋裡，架上劈柴，火焰熊熊，白水翻騰，濃煙從橋洞下冒出，沿著河飄散，肉香瀰漫一條河。一陣邪風颳起來，紅旗獵獵作響，一根旗杆被折斷，那面旗幟，打著旋兒，在空中飛舞，降落在牛頭上，於是你發了狂，這正是我企盼的，也是集市上諸多看熱鬧的人企盼的，這場鬧劇，必須有個大熱鬧收場。

你先是猛烈地搖頭晃腦，欲把遮蓋住你腦袋的紅旗甩開，我有把紅旗蒙在頭上看太陽的經驗，一片血紅，如同海洋，太陽如同沉浸在血海之中，恍然覺得世界末日到了。我不是牛，無法猜測紅旗蒙頭時你的感受，但從你那劇烈的動作上，我可以斷定你感到了大恐怖。你的兩隻鐵角前罩，正是鬥牛的角，如果每隻角上綁上兩把尖刀，又正是衝鋒陷陣、所向披靡的角。連續搖頭擺尾幾十次，紅旗未從角上脫落，你急了，盲目地跑動起來，你的韁繩連接著我爹的腰，你體重將近五百公斤，一身不肥不瘦的膘，年方四歲，正是青春年華，力大無窮，我爹在你的拖拽下，如同貓尾巴上拴著一隻耗子。牛拖著我爹衝進人群，一片鬼哭狼嚎。這時無論我哥的演講多麼精采也沒人理睬了。說到底人們是來看熱鬧的，誰管你革命還是反革命。有人喊叫：扯下牠頭上的紅旗！但是又有誰膽敢上前去扯下你頭上的紅旗，又有誰願意扯下你頭上的紅旗！扯下你頭上的紅旗，好戲就要收場。人們躲閃著，喊叫著，不由自主地擁擠著，老婆哭孩子叫，哎喲娘，踩碎我的雞蛋了！踩死小孩了！碰破我的瓦盆了，你們這些混蛋。方才天上掉大雁時人們是從四處往中間聚攏，現在鬧牛人們是在牛前向前奔跑，向兩邊躲閃，擠壓成團，擠到牆壁上，成了薄餅，擠到賣肉的架子上，與珍貴的豬肉一起臥倒，嘴啃著生肉。牛角鑽到一個人的肋骨間，牛蹄子踩死了一隻小豬。賣肉的人，公社屠宰組那位如皇親國戚一般蠻橫的朱九戒，掄起劈肉的刀，對準牛頭猛劈下去，噹啷一聲巨響，刀刃正中牛角，刀被震飛，半截牛角落在地上。紅旗借著這機會，從牛頭上滑落。這一下似乎把牛砍愣了，牠停住腳步，大聲喘息，肚腹劇烈起伏，口吐白沫，兩眼沁血，斷角處湧出透明汁液，汁液裡有縷縷血絲，此汁液是牛中精華，名為「牛角精」，據說具有強大的壯陽功能，勝過海南島的椰子樹芯十倍。紅衛兵揭露舊省委的當權派中的一個極腐敗分子，雙鬢斑白時討了一個二十歲的少妻，陽不舉，從民間打聽到偏方，便是這牛角精。手下的狗腿子們，強行要各縣及省屬農場進貢未去勢的未交配過的健壯青年公牛，運進一個祕密場所，割角抽精，敲骨咂髓，供這高官食用，果然白髮轉烏，皺紋平復，陰莖與日俱增，直如一挺歪把子機關槍，橫掃千女如捲席。

該說說我爹了，我爹傷未癒，視物本來就一片紅模糊，突遭此變故，一時竟不知天南地北身在何處，只能先是趔趄奔跑，後來乾脆團身抱頭，如同繡球，在牛下翻滾。好在他穿著棉衣，耐得磕碰，沒受什麼大傷害。牛角被砍，牛停腳立住，我爹借機站起來，迅速將腰間麻繩子解開，脫離了與牛的牽連。但我爹隨即就看到地上的半根牛角和牛頭上的慘狀，大叫一聲，幾乎昏暈過去。因為我爹已經說過，此牛是他唯一的親人。親人受此傷害，他心中如何不急，如何不痛，如何不氣？他看到了殺豬人朱九戒那張紅光油光的肥臉，全中國人民肚子裡缺油水的年代裡，只有這些當官的和殺豬的吃得如此油光滿面，如此趾高氣揚，如此洋洋得意，如此享受著共產主義的幸福生活，我爹單幹，本來從不關心人民公社裡的事，但這個人民公社的殺豬人，竟然一刀劈斷我家的牛角，我爹大叫一聲：我的牛啊——昏暈過去。我知道，我爹如果不是及時地昏暈過去，他要做的第一件事就是撿起那把沉重的厚背砍刀，奮力向殺豬人那顆胖大的頭顱劈去，接下來的後果將不堪設想。我爹雖然暈了，但牛甦醒了。牛角被砍斷，其痛疼可以想像。牛哞吼一聲，低著頭，猛力往前，朝著那胖大的屠戶衝去。在那一瞬間，吸引了我目光的，是牛肚皮上的臍口，那裡有一束長約二十釐米的毛兒，宛如一枝狼毫巨筆，搖擺抖動，起承轉合，彷彿在書寫著梅花篆字。當我的目光離開這枝神筆時，我看到，牛歪著頭，把那隻未被斬斷的鐵角，斜著刺入了朱九戒肥大的肚子。牛頭不停地拱動著，牛角沒到根部，然後牠猛一甩頭，如一座肉山委地，朱九戒肚子上那個窟窿裡，咕嘟咕嘟地湧出了一團團米黃色的脂肪。

當眾人逃散後，我的爹甦醒過來。我爹甦醒過來的第一件事就是撿起那柄大砍刀，護衛著獨角牛，不言語，但那決絕的姿態，鮮明地向圍攏上來的紅衛兵們表示：誓與牛共存亡。紅衛兵看著朱九戒那滿肚子脂肪，回憶起這人倚仗著權勢橫行霸道的惡劣行徑，心中其實都高興得不行。於是，我爹得以牽著牛，提著刀，如同一條劫了法場的好漢，一步步走回家。此時，燦爛的陽光跑了，灰色的雲團來了，一片片雪花，在小北風裡飛舞著，降落到高密東北鄉的大地上。

第十八章　巧手整衣互助示愛　大雪封村金龍稱王

在那個三日一場小雪、五日一場大雪的漫長冬季裡，我們西門屯通往公社與縣城的電話線被大雪壓斷，那時縣裡的有線廣播使用的是電話線路，電話不通，廣播也就成了啞巴。道路被雪封住，報紙更沒人來送。西門屯成了與世隔絕之地。

你應該記得那年冬天的大雪。我爹每天早晨，都要牽著你到屯外去遛彎。如果碰上晴天，太陽冒紅時，覆蓋著冰雪的大地一片輝煌。我爹右手牽著韁繩，左手提著那把從殺豬人那裡搶來的大砍刀。

你們的嘴巴和鼻孔裡噴吐著粉紅色的熱氣，你嘴邊的毛上、我爹的鬍子和眉毛上，都結著霜花。你們迎著太陽向原野走去，地上的雪，被你們踐踏，發出咯咯吱吱的響聲。

我的重山兄弟西門金龍，憑著一股革命熱情，充分發揮了他的想像力，領導孫家四兄弟──「四大金剛」──和一大群閒得無聊的毛頭小子──蝦兵蟹將──當然也有許多愛看熱鬧的成年人，獨立自主地把文化大革命進行到了第二年春歸大地之時。

他們在那棵大杏樹上用木板搭了一個平台。杏樹的枝杈上拴上數千根紅布條，猶如滿樹繁花。每天晚上，孫家老四名彪者就爬上平台，鼓著腮幫子吹號集合群眾。那是一隻很美的小銅號，號把上拴著紅色纓絡。孫彪初得了這隻號時，天天鼓著腮幫子練吹，聲音如同牛叫。到了春節前夕，他已經吹得很好。號聲婉轉抒情，多是民間流行的曲調。這是一個天才少年，學什麼成什麼。我哥指揮人在平台上架設了一門紅銹斑斑的土砲，還在大院的圍牆上挖出了數十個射擊孔，射擊孔旁邊堆著卵石。雖然沒有火器，但每天都會有手持紅纓槍的少年站在槍眼旁邊嚴陣以待。每隔幾個小時，金龍就會爬上平台，用一架自製的望遠鏡向四處張望，儼然是一個觀察敵情的高級將領。天氣嚴寒，他的手指凍得猶如剛從冰水中洗出來的胡蘿蔔；腮幫子通紅，恰似兩個深秋的蘋果。為了保持風度，他只穿著那件軍裝上衣和那條單褲，高高地挽著袖子，只是頭上多了一頂土黃色的假軍帽。他的耳朵上起了凍瘡，流膿淌血；鼻子通紅，不停地流鼻涕。他的身體狀況不佳，但精神極佳；兩隻眼睛，始終放射著灼熱的光彩。

我娘看他凍成了這樣，連夜給他縫了棉襖，為了保有司令的風度，棉襖是讓互助幫助裁剪成軍服樣式。衣領上還用白絲線勾上了花邊。但我哥拒絕穿棉衣。他嚴肅地說：娘，你不要婆婆媽媽的了，敵人隨時都會進攻，我的戰士們都在趴冰臥雪，我能自己先穿上棉衣嗎？我娘往四周一看，發現我哥的「四大金剛」和那些鐵桿嘍囉們，也都穿著用染黃土布製成的假軍裝，一個個流著清鼻涕，鼻頭凍得如山楂果兒。但那些小臉上，都是神聖莊嚴的表情。

每天上午，我哥都會站在平台上，手拿著鐵皮捲成的喇叭筒子，對著台下的嘍囉，對著前來看熱鬧的村民，對著被冰雪覆蓋的村莊，拖著從「大叫驢」那裡學來的偉人腔調，發表演說，號召革命小將們，貧下中農們，擦亮眼睛，提高警惕，堅守陣地，堅持到最後一分鐘，等待到明年春暖花開時，與常總司令率領的主力部隊會師。他的演說，不時被劇烈的咳嗽打斷，他的胸腔裡發出雞鳴般的聲音，咽喉裡嚓啦啦地響，我們知道那是痰湧了上來，但司令站在平台上往下吐痰顯然大殺風景，於是我哥就令人噁心地把湧上來的痰強嚥下去。我哥的演講，除了被他自己的咳嗽打斷之外，還不時地被台下的口號聲打斷。領頭喊口號的是孫家老二名虎者，他嗓門洪亮，略有文化，知道應該在哪些地方喊口號才能最得力地營造出熱火朝天的革命氣氛。

有一天，大雪飄飄，猶如半空中撕開了一萬隻鵝毛枕頭。我哥爬上平台，舉起喇叭，剛要喊叫，突然搖晃起來，鐵皮喇叭脫手，掉在平台上，彈落在雪地，緊接著，我哥一頭就栽了下來，發出沉悶的一聲巨響。眾人愣了片刻，然後齊聲尖叫，圍上去，七嘴八舌地問候：司令怎麼啦，司令怎麼啦……我娘哭喊著從屋子裡撲出來，天氣寒冷，我娘披著一件破舊的羊皮襖，身體龐大，看上去如同一個糧食囤子。

這件皮衣，是「文革」前夕我們屯那個當過治保主任的楊七，從內蒙古販來的那批破皮衣中的一件。皮衣上沾著牛糞和羊奶乾漬，散發著撲鼻的羶氣。楊七販賣皮衣，涉嫌投機倒把，被洪泰岳派民兵押送到公社派出所管教，皮衣被鎖進大隊倉庫，等候公社前來處理。「文革」爆發，楊七開釋回家，跟著金龍造反，成為批鬥洪泰岳時最英勇的鬥士。楊七極力巴結我哥，妄想擔當西門屯紅衛兵支隊的副司令，遭到我哥的拒絕，我哥斬釘截鐵地說：西門屯紅衛兵支隊實行一元化領導，不設副職。我哥內心裡瞧不起楊七。楊七獐頭鼠目，眼珠子骨碌碌亂轉，滿肚子壞水，屬於流氓無產者一類，破壞性極大，只能利用，但不能重用。這是我哥躲在他的司令部裡與他的親信密談時說的話，是我親耳聽到的。楊七謀職不成，情緒低落，勾結著鎖匠韓六撬開大隊倉庫，把他那批皮襖搬了出來，擺在大街上拍賣。風高雪猛，房簷下的冰掛猶如鋸齒獠牙，正是穿皮衣的天氣。屯裡的人聚集街頭，翻弄著那些骯髒的皮衣，羊毛脫落，耗子屎滾出，腥臊爛臭，污染了冰雪和空氣。楊七巧舌如簧，把一件件爛皮襖說成皇上穿過的輕裘。他撿起一件黑山羊皮的短襖，拍打著油膩的光板子，發出啪啪聲響：聽一聽，看一看，摸一摸，穿一穿。一聽如同銅鑼聲，二看如同綾羅緞，三看毛色賽黑漆，穿到身上冒大汗。這樣的皮襖披上身，爬冰臥雪不覺寒！這樣一件八成新的黑山羊皮襖，只要十元錢，跟白撿有什麼區別？張大叔，穿上試試，哎喲我的個親娘舅，這皮襖，簡直是那蒙古裁縫比量著您的身體做的，添一寸則長，減一寸則短。怎麼著，熱不熱？不熱？您摸摸腦門子，汗珠子都冒出來了，還說不熱！八塊？八塊不行，不是看在老街坊的面子上，十五塊我也不賣！就八塊錢？大叔，讓我說您句什麼好呢？去年秋天我還抽了您兩鍋子旱菸，欠著您的人情呢！欠情不還，寢食不安。得了吧，九塊錢，賠本大甩賣，九塊錢，您穿走，回家先找條毛巾把頭上的汗擦擦，別閃了風感了冒。就八塊？八塊五！我讓讓您長長，誰讓您大我一輩呢？換了別人，我一個大耳刮子把他搧到河裡去！就八塊，嗨，碰上您這樣的生古角色，天王老子也沒脾氣，天王老子都沒脾氣，我楊七有啥脾氣？算我輸給您一玻璃管子鮮血，我是O型血，跟白求恩大夫一個血型，八塊就八塊吧，張老漢，這次你可欠下我的情了。點數著那幾張黏糊糊的鈔票：五塊，六塊，七塊，八塊，好，皮襖是您的了。快穿回家給老婚子看看吧。我擔保您在家裡坐半個時辰，您家房頂上那厚厚的雪就化了，遠看您熱氣騰騰，您家院子裡，雪水淌成了小河，您家房簷上那些冰淩子，噼哩啪啦地就掉下來了。這件皮襖，小綿羊羔皮，瞧，外邊還掛著緞子裱兒，這可是內蒙古最漂亮的那個姑娘貼肉穿過的小皮襖，把鼻子靠近嗅嗅，什麼味？一股大閨女味兒！藍解放，回家去把你那個單幹戶老爹的錢包摸來，把這件皮襖買回家，送給你那個重山姊姊寶鳳，她要穿上這樣一件小羔皮，背著藥箱子出診，想想看，那是什麼派頭？漫天的飛雪，在距離她頭頂三尺處就化了！這樣的羔皮，簡直就是一個小火爐子，把雞蛋包在裡邊，用不了一袋菸工夫就熟了。十二塊錢，藍解放，看在你姊給我老婆接過生的分兒上，這件小羔皮，半價賣給你，換了別人，沒有二十五塊錢，連一根毛也拔不走。怎麼？不想買？哈哈，藍解放，我一直把你當小孩，其實你也是大小伙子了，看看，嘴唇上冒出鬍子來了，下邊呢？男孩十七八，屌毛鬍子一起紮。男孩十七八，雞巴如牛角！我知道你對黃家那對姊妹花有意思，但新社會新國家，一夫一妻是國法，互助合作你只能選一，不可能同時娶倆。如果是西門鬧的年代當然可以，西門鬧一夫三妻，外邊還有相好的。臉紅什麼？噢，牽扯到你娘了，沒事沒事，你娘也是受害者。你娘養大你不容易，我看，你就把這件小羊羔皮襖買回去孝敬你娘吧。你娘是個善良人，想當年身為西門家的姨太太，叫化子上門都是她親自打發，出手大方，一次兩個白麵餑餑。這事兒上點年紀的人都知道。如果是買給你娘，我再落落價，十塊錢，小點聲，別讓他們聽到，十塊錢，跑著回家拿錢，我給你留住這件。小老弟，要是換上金龍那個雜種來買，我一百也不賣。什麼支隊司令，這是關著大門起國號，自己封自己！老子稀罕他那個破副司令？老子自封為天下兵馬大元帥，橫掃千軍如捲席！人群外一聲吶喊：紅衛兵來了！

我哥金龍在前雄赳赳，「四大金剛」兩旁護衛氣昂昂，後邊簇擁著一群紅衛兵鬧嚷嚷。我哥腰間多了一件兵器，從小學校體育教師那裡徵來的發令槍，鍍鎳的槍身銀光閃閃，槍身的形狀像個狗雞巴。「四大金剛」也都紮著皮帶，用生產大隊裡那頭剛剛餓死的魯西牛的皮製成，生牛皮，半乾不濕，帶著牛毛，散著腥氣。「四大金剛」的牛皮腰帶上懸掛著四枝盒子槍，是我們村戲班子演戲用過的，是巧手木匠杜魯班用榆木雕刻而成，外面刷了黑漆，形象十分逼真，如果落到土匪手裡，完全可以用來劫道。孫龍腰間懸掛那枝，後部被掏空，安裝了一根彈簧，一根撞針，裝上黃色火藥製成的火帽，可以發出比真槍還要清脆的響聲。我哥那枝槍，使用火藥紙，一勾扳機，連發兩響。在「四大金剛」背後，那些嘍囉們，都扛著紅纓槍，槍頭子都用砂輪打磨得鋥亮，鋒利無比，扎到樹裡，費很大的勁才能拔出來。我哥率領隊伍，快速推進。大雪潔白，紅纓豔麗，形成一幅美麗圖畫。隊伍距離楊七的爛皮貨拍賣場所約有五十米時，我哥從腰間拔出發令槍，對空擊發，叭！叭！兩股白煙在空中飄散。我哥下令：衝啊，同志們！一群紅衛兵就端著紅纓槍，口喊殺殺殺，響聲震雲霄，路上的雪被踩成泥漿，發出噗哧噗哧的聲響，轉眼間就衝到眼前。我哥做了一個手勢，紅衛兵就把楊七和十幾個想買皮襖的人包圍在核心。

金龍狠狠地瞪了我一眼，我也狠狠地瞪了他一眼。我其實內心寂寞，很想加入他的紅衛兵。他們神祕而莊嚴的行動，激動著我的心。尤其是「四大金剛」那四枝駁殼槍，儘管是假的，但十分神氣，令我心癢。我求姊姊幫我向金龍轉達我想加入紅衛兵的願望。他對我姊說：單幹戶是革命的物件，沒資格加入紅衛兵，只要他牽著牛加入人民公社，我馬上吸收他，並委任他為小隊長。他的話聲音很大，不用姊姊轉達我也聽得清清楚楚。但入社尤其是牽著牛入社，不是我一個人說了算的事。因為自從那天集市上出事之後，爹就沒說過一句話。他的眼睛直直地，臉上的表情癡呆蠻橫，提著把大砍刀，彷彿隨時都要跟人拚命。牛被砍去半隻角，也變得癡癡呆呆，陰沉著眼睛，斜著看人，肚腹起伏，低沉鳴叫，彷彿隨時都會用那根獨角將人開膛破肚。爹和牛所居牛棚，成了大院裡一個無人敢進去的角落。我哥領著紅衛兵在院裡天天折騰，敲鑼打鼓，試驗土砲，鬥壞人喊口號，我爹和牛，似乎都充耳不聞。

但我知道，只要有人，膽敢侵入牛棚，必將引出一場血案。在這種狀況下，要我拉牛入社，爹答應了牛也不會答應。我跑到大街上看楊七拍賣皮襖，實在是閒得無聊。

我哥抬起胳膊，用發令槍指著楊七的胸脯，打著哆嗦命令：把投機倒把分子抓起來！「四大金剛」奮勇上前，用駁殼槍從四個角度抵著楊七的腦袋，齊聲喊：舉起手來！楊七冷笑著說：爺們，弄了幾塊榆木疙瘩來嚇唬誰呢？有本事你們就摟火，老子甘願壯烈犧牲殉河山！孫龍勾了一下扳機，一聲巨響，一股黃煙騰起，駁殼槍把子被震斷，孫龍的虎口被震出了血，空氣中瀰漫著硝磺氣味。楊七突受驚嚇，小臉乾黃，半晌，才打著牙巴鼓，看著胸前棉衣上被火藥燎出的窟窿，說：爺們，你們還動了真格的了！我哥說：革命不是請客吃飯，是暴力。楊七道：我也是紅衛兵。我哥說我們是毛主席的紅衛兵，你是雜牌紅衛兵。楊七還要爭辯，我哥讓孫家四兄弟把他押回司令部批鬥，然後又命令紅衛兵，將楊七擺在路邊草垛上的皮襖全部沒收。

批鬥楊七的大會連夜舉行，院子裡點上了一堆劈柴，劈柴是強迫村裡的壞人把自家的桌椅板凳劈碎送來。有許多珍貴的紫檀、花梨木家具就這樣毀掉了。院子裡每天晚上都點著篝火鬥人，把房頂上的雪全都烤化了。地上流淌著烏黑的泥漿。我哥知道村裡能徵集的劈柴有限，突然心生一計，喜上眉梢。他曾經聽屯子裡闖過關東的虎疤臉馮駒說，松柏含油脂，鮮木頭也能點燃。於是我哥就派紅衛兵押著屯子裡的壞人去小學校後面砍松樹。一棵棵的松樹，被屯子裡那兩匹瘦馬拉著，拖到司令部外的大街上。

鬥楊七，批判他搞資本主義，批判他辱罵革命小將，批判他妄圖成立反動組織，拳打腳踢一頓，轟出大院。那批皮襖，被我哥分發給值夜班的紅衛兵。自從革命潮起，我哥就一直和衣睡在原大隊辦公室，即現在的司令部裡。「四大金剛」和十幾個親信嘍囉一直陪著他。他們在辦公室裡打了一個地舖，地鋪上鋪了麥秸草和兩張葦蓆。有了這幾十件皮襖，他們夜裡就舒坦多了。

讓我們接著前面扔下的話頭說：我娘披著一件大皮襖，猶如一個糧食囤子移動出來。那件羊皮襖是我哥發給我姊穿的，因為我姊首先是紅衛兵們的醫生，然後才是屯裡的醫生。我姊孝順，把這件皮襖給我娘禦寒。我娘撲到我哥跟前，跪下，托著我哥的脖子哭叫：我的兒啊，你這是怎麼啦？我哥滿臉青紫，嘴唇乾裂，耳朵上流膿淌血，彷彿是個烈士。你姊呢？你姊呢？我姊去給陳大福老婆接生去了。我娘哭嚎著：解放，好兒子，快去叫你姊姊回來……我看看金龍，看看那些群龍無首的紅衛兵，心中湧起了一陣酸楚。畢竟我與他是一母所生，他耀武揚威，我有幾分妒，但更多的是感到敬佩，我知道他是個天才，他死了，是我不情願的。我飛跑出院子，在大街上，往正西方向，疾竄兩百米，然後往北拐進一條胡同，急跑一百米，臨近河堤，第一個院子，三間草屋，一圈土牆，就是陳大福家的院落。

陳大福家那條瘦骨伶仃的小公狗對著我狂吠，我撿起一塊磚頭，猛地砸了過去。磚頭砸中狗的腿，狗哭叫著，三條腿跳回家。陳大福拖著一根大棒虎虎地出來：誰打我的狗？——我打你的狗！我橫眉豎眼地說。一見是我，這個黑鐵塔般的漢子頓時軟了，五官塌了架子，擠出一個曖昧模糊的笑容。他為什麼怕我？因為他有把柄抓在我的手裡。他和黃瞳的老婆吳秋香在河邊的柳樹叢中弄事被我看見過，吳秋香滿臉通紅彎著腰跑了，連河邊的洗衣盆和棒槌都不要了，一件花格子衣服順著河水往下漂。陳大福繫好褲帶，威脅我：你要是敢說，我就砸死你！我說：只怕沒等到你砸死我，黃瞳就先把你砸死了。他馬上軟了，好言撫慰我，說要把他老婆的娘家侄女說給我做老婆。我腦子裡立馬就浮現出了個黃頭髮、小耳朵、唇上沾著黃鼻涕的女孩形象。我說，呸，我才不稀罕你老婆那黃毛侄女，我寧願打一輩子光棍也不會討那樣的醜老婆！嗨，小子，眼眶還挺高，但我非把這個醜丫頭說給你不可！我說你找塊石頭把我砸死吧。他說，爺們，咱倆訂個君子協定，你看到的事，不要對任何人說，我老婆的侄女，也不說給你當老婆。如果你違犯了，我馬上就讓我老婆帶著她侄女跑到你家炕頭上坐著，我讓那醜丫頭說你已經強姦了她，看你怎麼辦！我一想，要是那又醜又傻的丫頭坐在了我家炕頭上，口口聲聲地說我強姦了她，這事兒還真有點麻了煩。雖然俗言道「身正不怕影子斜，乾屎抹不到牆皮上」，但這種事，又如何辨別清楚。於是我就與陳大福訂下了君子協定。時間長了，從陳大福對待我的態度上，我悟到他其實更怕我，所以我敢用磚頭砸瘸他家的狗腿，所以我才敢對他那樣蠻橫地說話。我說：我姊姊呢？我要找我姊姊！——爺們，他說，你姊姊正在給我老婆接生呢。我看著院子裡那五個階梯般的鼻涕丫頭，嘲他道：你老婆真能，像母狗一樣，一窩一窩地下。他齜著牙說：爺們，別這樣說話，這樣說話傷人心，你現在還小，等你長大了就知道了。我說：我沒空與你磨牙了，我要找我姊姊。我對著他家的窗戶大喊：姊姊，姊姊，娘讓我來叫，金龍快要死了！這時屋子裡傳出響亮的嬰啼，陳大福火燒屁股般躥到窗前，大聲問：什麼什麼？屋子裡傳出一個女人微弱的聲音：帶丫把的。陳大福雙手捂著臉，在窗前的雪地裡轉起圈來，一邊轉一邊哭：嗚～～嗚～～老天爺，你這次開了眼了，我陳大福有了接續香火的了～～我姊姊風風火火地跑出來，著急問我怎麼回事。我說，金龍要死了，從平台上一頭栽下來，就伸了腿了。

我姊分撥開眾人，蹲在金龍身旁，先伸出手指試試他的鼻孔，又摸摸他的手，然後摸摸他的額頭，站起來，威嚴地說：快把他抬到屋裡去！「四大金剛」把我哥抬起來，往辦公室走。我姊說，抬回家，放到熱炕上！他們立即改變方向，把我哥抬到了我娘的熱炕頭上。我姊斜著眼看黃家互助和合作。她們的眼裡都飽含著淚水，她們的腮上都起了凍瘡。她們的面皮都很白，紫紅的凍瘡，像熟透的櫻桃一樣鮮豔。

我姊解開我哥腰間那條白天黑夜都不解的牛皮帶，把皮帶連同皮帶上的發令槍扔向牆角，有一隻出來看熱鬧的小耗子被砸個正著，尖叫一聲，鼻孔流血而死。我姊把我哥的褲子往下褪，露出了半個青紫的屁股，成群的蝨子熙熙攘攘。我姊皺著眉頭，用鑷子敲開安瓿，將藥水吸進針管，然後，胡亂地戳到我哥屁股上。我姊給我哥連打了兩針，又給我哥掛上吊瓶。我姊技術好，扎靜脈一針見血。這時，吳秋香端著一盆薑湯進來，要給我哥往嘴裡灌。我娘用目光徵詢我姊的意見，我姊不置可否地點點頭。吳秋香就給我哥灌薑湯。用一隻湯匙子往嘴裡灌。她的嘴隨著我哥的嘴巴開合而翕動，這是一種典型的母親表情，我見過很多給小孩子餵食時的母親，當孩子張開大口時，她的嘴巴也下意識地跟著張開，小孩子嘴巴咀嚼時，她的嘴也跟著咀嚼。這是真情流露，無法偽裝，於是我就知道，吳秋香已經把我哥當成她的孩子了。我知道吳秋香對我哥我姊的感情比較複雜，我們兩家人也是那種雞毛拌韭菜亂七八糟的關係，能讓吳秋香的嘴巴跟著我哥嘴巴翕動的，不是因為我們兩家的特殊關係，而是因為，她已經看出了她那兩個女兒的心思，她也看到了我哥在這場革命中表現出的才華，她已經打定主意把兩個女兒中的一個嫁給我哥，讓我哥做她的乘龍快婿。想到此我心中一陣麻辣燙，早已不把我哥的死活放在心上。對吳秋香我一直沒有好感，但自從發現她彎著腰從柳叢裡溜跑之後，反而對她有了幾分親近之情，因為從那件事之後她每次與我見面，臉上都會突然地紅一紅，眼睛躲避著我的目光。我注意到她腰肢靈活，耳朵很白，耳垂上有顆紅痣。她的笑聲低沉，有磁性。有一天晚上，我在牛棚裡幫我爹餵牛，她悄悄地溜進來，塞給我兩個熱呼呼的雞蛋，然後把我的頭摟到她的胸脯上揉搓著，低聲說：好兒子，你什麼都沒看到，是不是？——牛在黑暗中用角撞柱子，牛眼如炬。她受了驚，把我推到一邊，轉身溜走了。我追尋著星光下她油滑的背影，心裡湧起難言的感受。

我坦白，吳秋香把我的頭摟在她懷裡揉搓時，我的小雞巴硬了，我感到這是大罪，精神一直被此事折磨。我對黃互助的大辮子頗為癡迷，由迷戀她的辮子到迷戀她的人。我想入非非，希望吳秋香把留分頭的合作嫁給金龍，把大辮子的互助嫁給我。但她很可能會把大辮子互助嫁給我哥。儘管互助比合作早出生不過十分鐘，但早出來一分鐘也是姊，要嫁自然是先嫁姊。我愛著吳秋香的女兒黃互助，但吳秋香在牛棚裡抱過我，用她的奶子揉我的臉，使我的雞巴硬起來，我們倆已經不清不白，她絕不可能把女兒嫁給我——我感到痛苦、憂慮、罪疚，再加上跟著胡賓放牛時，從這個老流氓嘴裡聽到過的許多錯誤的性知識，什麼「十滴汗一滴血，十滴血一滴精」啦，什麼「男孩一旦射過精個頭就再也不會長」啦，烏七八糟念頭糾纏著我，我感到前途灰暗，看看金龍高大的身材，看看自己瘦小的身軀，看看互助豐滿高䠷的身軀，我絕望，連死的心都有了。當時我想，我要是一頭沒有思想的公牛有多麼好啊，當然，現在我知道了，公牛，也是有思想的，不但有思想而且思想還極為複雜，你不但考慮人世的事，還要考慮陰間的事，不但考慮今世的事，還要考慮前世和來生。

我哥大病初癒，面色灰白，支撐著出來領導革命。趁他昏迷不醒的那幾日，我娘把他身上的衣裳剝下來放在開水裡煮了，蝨子被煮死了，但那件「的確良」美麗軍裝卻變得縐縐巴巴，彷彿被牛咀嚼後又吐了出來。那頂偽軍帽，褪色起縐，恰似一頭閹牛的卵囊。我哥一見他的軍裝和軍帽成了這模樣就急了。他暴跳如雷，兩股黑色的血從鼻孔裡噴出來。娘，你還不如殺了我利索，我哥看著他的軍裝軍帽說。娘十分歉疚，面紅耳赤，有口難辯。我哥發過脾氣，悲從中來，淚如泉湧，爬到炕上，用被子蒙著頭，不吃飯不喝水，叫不答，喚不應，連續兩天兩夜。娘從屋裡走到屋外，又從屋外走到屋裡，嘴巴上急出了一串串燎泡，嘴裡反來覆去地念叨著：嗨，老糊塗了！嗨，老糊塗了！姊姊看不過去了，一把掀了被子，顯出了一個形容枯槁、鬍子扎煞、眼窩深陷的哥。哥，我姊氣不憤地說：不就是一件破軍裝嗎？難道為了這麼一件衣裳讓娘為你上吊？哥坐起來，目光呆滯，長歎一聲，未曾開言淚兩行，說：妹妹，你哪裡知道這件衣服對於我的意義！俗言道『人憑衣衫，馬靠雕鞍』，我能發號施令，壓服壞人，靠的就是這件軍裝。姊說，事已如此，不可挽回，難道你趴在炕上裝死，就能讓那件軍裝復原？哥想了想：好吧，我起來，我要吃飯。娘聽說我哥要吃飯，忙得團團轉，擀麵條，炒雞蛋，香氣滿了院子。

我哥狼吞虎嚥時，黃互助羞羞答答地進了門。我娘興奮地說：閨女，雖說是一家院裡住著，你可是有十年沒進大娘的家門了。娘上上下下地端詳著互助，眼神裡透出親熱。互助不看我哥，也不看我姊，也不看我娘，雙眼盯著那件揉成一團的軍裝，說：大娘，我知道你把金龍哥的軍裝洗壞了，我學過裁縫，懂一點布料的知識，你們敢不敢「死馬當成活馬醫」，把這軍裝交給我，讓我試試，看能不能把它整好。——閨女，我娘一把抓住互助的手，眼裡放著光說，好閨女親閨女，你要是能把你金龍哥的軍裝復了原，大娘我給你三跪九叩首！

互助只拿走了那件軍裝，那隻偽軍帽，被她一腳踢到牆角上的老鼠洞邊。互助走了，希望來了。我娘想去看看互助用何妙法復原我哥的軍裝，但走到杏樹就沒有勇氣再往前走，因為那黃瞳，在他家門口，用一把十字鎬，噼哩啪啦地劈一個老榆樹根盤。木片橫飛，猶如彈片。更可怕的是黃瞳那張小臉上那副不陰不陽的表情。他是屯裡的二號走資派，「文革」初起時被我哥修理過，現在已經靠邊站，肚子裡肯定窩著火，恨不得把我哥燒烤了。但我知道這廝心裡也是矛盾重重，他在社會上混了幾十年，慣於察顏觀色，不會看不出他那兩個寶貝閨女對我哥的情意。我娘讓我姊去探聽消息，我姊嗤之以鼻。我不太清楚我姊和黃家二女的關係，從黃互助罵我姊那些咬牙切齒的話裡可以聽出她們之間怨仇很深。娘讓我去看一看，說小孩子臉皮厚。娘還把我當成小孩子，真是我的悲哀。我心裡確也想知道黃互助用何法修復我哥的衣服，便避避影影地往黃家靠攏，但一看到黃瞳劈樹根時那股邪勁，我的腿先自軟了。

第二天上午，黃互助挾著一個小包袱到了我家。我哥興奮地從炕上蹦下來，我娘嘴唇亂哆嗦但說不出話來。互助面色沉靜，但得意的神情從嘴角眉梢上溢出。她將包袱放在炕上，揭開，顯出疊得板板整整的軍裝和平放在軍裝上的一頂新軍帽。那軍帽雖然也是用染黃的白布仿製而成，但做工精細，幾乎可以亂真。尤其顯眼的是，她用紅絨線在軍帽的前臉上，繡上一顆五角紅星。她將軍帽遞給我哥，接著抖開軍裝，雖然還能看出一些緺痕，但基本上恢復了原狀。她低眉垂眼，粉紅著臉，抱歉地說：大娘煮得時間太長了，只能恢復成這樣了。天哪，這偉大的謙虛猶如重錘，猛擊我娘和我哥的心臟。我娘的眼淚咕咕嘟嘟地冒了出來。我哥情不自禁地抓住了互助的手。她讓他抓了一會兒，便慢慢地掙脫了，側著身子坐在炕沿上。我娘掀開櫃子，拿出了一塊冰糖，用斧頭砸碎，讓互助吃。互助不吃，我娘就硬往人家嘴裡塞。她含著冰糖，對著牆壁說，你穿戴上看看，有沒有不合適的，可以改。我哥脫掉棉襖，穿上軍裝，戴上軍帽，紮上牛皮腰帶，掛上發令槍，司令員又虎虎有生氣，似乎比先前更顯氣派。她像一個裁縫，更像一個妻子，在我哥身前身後轉著，扽扽衣角，扯扯領子，又轉到面前雙手正正帽子，有些遺憾地說：帽子緊了一點，但只有這塊布料了，將就著吧，明年開了春，到縣裡扯了幾尺細布，再給你縫一頂。

我知道我徹底沒戲了。

第十九章　金龍排戲迎新年　藍臉寧死守舊志

自從與黃互助好上之後，我哥身上的野性大大收斂。革命改造社會，女人改變男人。在大約一個月的時間裡，他沒有組織那種拳打腳踢的批鬥會，卻組織了十幾次革命現代京劇演唱會。黃互助一改羞羞答答的作派，變得大膽潑辣，熱情奔放。想不到她竟然有一條那樣好的嗓子，想不到她竟然能演唱那麼多的樣板戲片段。她唱阿慶嫂的唱段，我哥就唱郭建光的唱段。她唱李鐵梅的唱段，我哥就唱李玉和的唱段。他們兩人真是珠聯璧合，一對金童玉女。——我不得不承認，我對黃互助的幻想，是癩蛤蟆對天鵝肉的幻想。許多年後，莫言那小子對我袒露心聲，說他也對黃互助有幻想。大癩蛤蟆想吃天鵝肉，想不到小癩蛤蟆也想吃天鵝肉。——一時間，西門家大院裡，胡琴與笛子合奏，男腔與女調共鳴。革命的指揮中心，蛻變成一個文藝俱樂部。天天批鬥打人，一片鬼哭狼嚎，初始還覺刺激，日久便覺心煩。我哥突然變換革命形式，令人耳目一新，眾人的臉上，都洋溢著喜氣。

會拉胡琴的富農伍元，被吸收進樂隊。有過豐富的歌唱經驗的洪泰岳，也被吸收進來。他敲打著那塊光榮的牛胯骨，充當了樂隊的指揮。那些在街上義務清除積雪的壞人，也都一邊鏟雪一邊跟著大院裡傳出的音樂哼哼。

新年前夕，我哥與互助頂風冒雪進了一趟縣城。他們雞叫二遍就動身，第二天傍晚才回來。去時他們徒步，回來時卻乘坐著一台洛陽造「東方紅」牌鏈軌拖拉機。拖拉機馬力巨大，本來是用來牽引犁鏵犁地或是牽引收割機割麥的，現在卻成了縣城紅衛兵的交通工具。有了這樣的交通工具，再大的風雪、再泥濘的道路也難以阻擋。拖拉機沒有走那座搖搖欲塌的石橋，而是從結冰的河道裡駛過，翻過河堤，進入屯子，沿著屯中央的大道，飛快地駛向我們大院。它無牽無掛，掛著高檔；加足油門，跑得飛快；強大的鏈軌壓得雪泥四濺；車後留下兩道深深的溝壑。車頭上的煙囪裡，一圈圈的青煙，強勁地衝上去，猶如一扇扇飛起的銅鈸，旋轉，碰撞，鏗鏗鏘鏘，激起一串串回聲，嚇得麻雀和烏鴉尖聲驚叫，飛到不知哪裡去。眾人眼見著我哥和互助從拖拉機駕駛室跳下來。然後又有一個面孔瘦削、神情憂鬱的青年人跳下來。此人留著短促的平頭，鼻梁上架著一副黑邊眼鏡，腮上的肌肉不時抽搐，耳朵凍得通紅，身著一套洗得發了白的藍制服棉衣，胸前佩戴著一枚碩大的毛主席像章，鬆鬆垮垮地、不是在大臂上而是在小臂上套著一個紅袖標。一看這架式，就知此人是一個見過大場面的老牌紅衛兵。

我哥讓孫彪趕緊吹號集合群眾。吹緊急集合號。其實也用不著吹號了，屯裡的人，能走的都來了。圍著拖拉機，眼睛不夠用，嘴巴忙著，議論這力大無窮的龐然大物。有懂行的人指點著說：這傢伙，焊上個頂蓋、裝上門大砲就是坦克！天已擦黑，西邊有晚霞，彤雲一片，明天還將有雪。我哥緊急發令，點汽燈點篝火，將有大喜事發布。下完命令我哥又趕緊與那老紅衛兵說話。黃互助跑回家，讓她娘燒了兩碗荷包蛋。邀請那人和始終坐在車裡的駕駛員進屋吃蛋。擺手謝絕。讓他們進辦公室取暖也不去。不知深淺的吳秋香帶領著黃合作，端著熱氣騰騰的荷包蛋出來了。嬌聲拿情，像電影裡的壞女人。老紅衛兵拒絕，臉上有厭惡之情。金龍低聲呵斥她們：快端回去，像什麼樣子！

汽燈出了問題，往外噴黃火，冒黑煙。篝火燃起來，火光熊熊，新鮮的松樹枝幹，滋滋地冒著油，散發著撲鼻的香氣。我哥爬上平台，在抖動的火光中，情緒激昂，神采飛揚，宛如一隻活捉了錦雞的豹子。我哥說，我們在縣城受到了縣革命委員會副主任常天紅同志的親切接見，向他彙報了我們屯的革命形勢。常副主任對我們的革命工作很滿意。我哥說，常副主任委派縣革委政工組副組長羅京濤同志前來指導我們屯的革命工作並宣布我們西門屯革命委員會成員名單。同志們啊，我哥大喊，連我們銀河公社都沒成立革命委員會，我們屯的倒先成立了。這是常副主任偉大的創舉，是我們屯的莫大光榮，下邊請羅組長上台講話，並宣布名單。

我哥跳下，想扶持那羅副組長上台。羅副組長拒絕上台，站在距篝火約有五米遠的地方，半邊臉燦爛半邊臉陰暗，從衣兜裡掏出一張摺疊成方塊的白紙，抖開，用低沉嘶啞的聲音念道：

茲任命藍金龍為高密縣銀河公社西門屯大隊革命委員會主任，黃瞳、馬良才為副主任……

一團濃煙被風吹到羅副組長面前，他躲閃著那煙，連任命的日期都沒念，就將那紙遞給我哥，說聲再見，胡亂地與我哥握握手，轉身就走。我哥被羅副組長的行動搞得有些愣，一時無話可說，就那麼咧著嘴，跟隨著，看著那人跳上拖拉機，鑽進駕駛室。拖拉機隨即發出轟鳴，就地轉圈掉頭，向來路馳去。在它身後，留下一個大坑。我們目送著拖拉機，看到車前那兩盞電眼，射出兩道強烈的白光，把我們的大街，照成一條明亮的胡同；車後的兩盞小燈，宛如兩隻通紅的狐狸眼睛……

革命委員會成立後第三天的傍晚，安裝在杏樹上的大喇叭咯啦啦地響了一陣，突然放出了震耳欲聾的〈東方紅〉旋律。音樂完畢後，一個撇腔拿調的女聲廣播本縣新聞。新聞的第一條就是熱烈慶祝本縣第一個村級革命委員會——銀河公社西門屯大隊革命委員會成立。她說西門屯大隊革委會領導班子，由藍金龍、黃瞳和馬良才同志組成，體現了「三結合」的革命原則。群眾仰臉傾聽，一個個默不作聲，但從心裡佩服我哥，年紀輕輕，就當了主任，不但自己當了主任，還拉扯著即將成為老岳父的黃瞳和一直與他姊姊黏黏糊糊的馬良才當了副主任。

又過了一天，一個身穿綠色制服的小伙子，背著一大捆報紙、信件，氣喘吁吁地進了我們的院子。這是一個新來的郵遞員，滿臉稚氣，眼睛裡閃爍著好奇的神采。他放下報紙、信件，又從郵袋裡摸出一個方方正正、貼著掛號籤條的小木盒子，遞到我哥手裡。然後他掏出本子和筆，讓我哥簽收。我哥手捧木盒，看看落款，對身邊的互助說：是常副主任寄來的。我知道這常副主任就是「大叫驢」小常，這小子造反有功，當了縣革委的副主任，主管宣傳和文藝，他的這些事，是我哥對我姊嘮叨時被我聽到的。我注意到了我姊聽我哥談論小常時臉上顯出的複雜表情。我知道我姊對小常情深意切，但小常的飛黃騰達為她的戀愛設置了障礙，一個多才多藝的藝術學院學生和一個美貌的農村姑娘戀愛，也許還有可能，但一個二十多歲就當了縣級領導幹部的人，和農村姑娘結婚的可能性幾乎是零，無論她貌如西施還是色比嬋娟。我哥當然也知道我姊的心事，我聽到他勸我姊：你就實事求是一點吧，馬良才起初保皇，後來逍遙，但他為什麼當了副主任？你難道不明白常副主任的良苦用心嗎？我姊執拗地問：是他安排了馬良才當副主任？我哥點頭默認。他的意思是讓我嫁給馬良才？我哥道：這不是明擺著的事嗎？我姊說：他親口對你說讓我嫁給馬良才嗎？我哥道：這還用他說嗎？大人物的意思，難道還要明說？暗示一下，你自己領會！我姊說：不，我要去找他，他說讓我嫁給馬良才，我回來就嫁！談到此處，我姊的眼睛裡已經盈滿了淚水。

我哥用一把銹剪刀撬開了那個木盒子，揭開一層舊報紙，兩層白色封窗紙，一層黃色縐紋紙，顯出一層紅綢布，揭開紅布，顯出了一個如同茶碗口大的瓷製毛主席大像章。手捧像章，我哥眼淚汪汪，不知是被像章上毛主席的慈祥笑容感動，還是被小常的深情厚誼感動。我哥捧著像章，讓在場的人們瞻仰。氣氛很神聖很莊嚴。輪番瞻仰完畢，我的準嫂子黃互助小心翼翼地將像章別在我哥的胸脯上，像章分量沉重，把我哥的軍裝褂子墜得下垂。

春節前夕，我哥他們排演了全部的《紅燈記》，鐵梅自然是互助，如前所述，她的大辮子正好派上了用場，李玉和原是我哥，因我哥嗓子倒了倉，唱出來彷彿貓叫，只好把這個主角讓給馬良才。憑良心而論，馬良才比我哥更像李玉和。我哥當然不願扮演鳩山，更不願扮演王連舉，只好扮演了那個跳車送密電碼的交通員，出場一次就壯烈犧牲。為革命犧牲，倒也合我哥的脾胃。其他的角色，被那些年輕人一搶而光。在那個冬天裡，屯子裡的人對演戲發生了濃烈興趣。每晚排練，在革委會辦公室裡，汽燈白亮，屋子裡人擠人，連梁頭上都坐著人。許多看熱鬧的，趴在窗戶上，趴在門縫上，往裡瞅，剛瞅幾眼就被後面的人扯到一邊去。合作也爭了一個角色，演鐵梅家的鄰居桂蓮姊。莫言天天黏在金龍屁股後邊，哼唧著要角色。我哥吼他：滾蛋，別來搗亂。莫言巴眨著小眼說：司令，給個角吧，我有表演天才。說著就在雪地上拿大頂，翻跟斗。我哥說實在沒有角色了。莫言說：加個角兒嘛。我哥想了想，說：那就當小特務吧。李奶奶是主角之一，有大量的台詞大段的唱腔，沒文化的姑娘難當重任，算來算去，只有我姊可擔當，但我姊態度冷淡，一口回絕。

屯子有個男子，生天花落了滿臉疤痕，姓張名有才，嗓子極其洪亮，自告奮勇扮演李奶奶，被我哥一口回絕。但他的嗓子實在好，熱情又極其高，富有文藝才能的馬良才副主任與我哥商量：主任，群眾的革命積極性只能保護不能打擊，我看就讓他演田大媽吧。於是就讓他演田大媽。田大媽有四句唱詞：窮不幫窮誰幫窮，兩個苦瓜一根藤，幫助姑娘脫風險，逃出虎口奔前程。他一開口，幾乎把房蓋掀了，窗戶上的白紙被震，發出嗡嗡的響聲。

李奶奶的人選沒著落，看看年關將近，正月裡就要演出，常副主任打來電話，說很可能會來指導排練，扶植我們屯成為普及革命樣板戲的典型。我哥既興奮又焦急，嘴上起了瘡，嗓子更啞了。我哥又動員我姊，說了常副主任要來指導的事，我姊眼淚湧出，哽咽著說：我演。

從「文革」初起，我這個小單幹戶，就感到備受冷落。屯子裡那些瘸的瞎的，都參加了紅衛兵，但我不是。他們鬧革命鬧得熱火朝天，我只能熱眼旁觀。那年我十六歲，正是上天入地、翻江倒海的年齡，被生生地打入另冊，自卑，恥辱，焦慮，嫉妒，渴望，夢想，多少種感覺匯聚心頭。我曾鼓足勇氣，厚著臉皮，向與我有深仇大恨的西門金龍求情，為了加入革命洪流，我低下了高貴的頭。他一口就回絕了我。現在，戲班的誘惑讓我再一次低下高貴的頭。

他從大門西側那個用玉米秸子做屏障的臨時公共廁所出來，雙手扣著褲釦，臉上沐浴著紅太陽的光輝。白雪覆蓋的房頂，炊煙裊裊上升。牆頭上羽毛華麗的大公雞和羽毛樸素的老母雞，夾著尾巴跑過的狗，場面樸實又莊嚴，正是說話的好時機。我急忙迎上去，擋住他的去路。他吃了一驚，厲聲道：你想幹什麼？我張口結舌，耳朵發燒，哼唧了半天，從牙縫裡艱難地擠出一個「哥」字——打我跟著爹單幹後這還是第一次這樣稱呼他——我支支吾吾地說：哥……我想加入你的紅衛兵……我想演那個叛徒王連舉……我知道這個角色沒人願演，人們寧願演鬼子，也不願演叛徒。他眉毛上揚，把我從頭看到腳，又從腳看到頭，用極蔑視的口吻說：你沒有資格！……為什麼？我急了，說，為什麼連呂禿子和程小頭都可以演鬼子兵，為什麼連莫言都可以演小特務，我反倒沒有資格？——呂禿子是雇農子弟，程小頭的爹被還鄉團活埋了，莫言家雖是中農，但他奶奶掩護過八路軍傷病員，你是單幹戶！知道不？哥說，單幹戶比地主富農還要反動，地主富農都老老實實地接受改造，單幹戶卻公然地與人民公社對抗。與人民公社對抗就是與社會主義對抗，與社會主義對抗就是與共產黨對抗，與共產黨對抗就是與毛主席對抗，與毛主席對抗就是死路一條！牆上的雄雞撕肝裂膽地長啼一聲，嚇得我幾乎尿了褲子。哥四下裡看看，見遠近無人，壓低了聲音對我說：平南縣也有一家單幹戶，運動初起時，被貧下中農吊在樹上活活打死，家庭財產全部充公。你和爹，如果不是我變相保護，早就命喪黃泉了。你把這事悄悄跟爹說，讓他那榆木腦袋開開縫，抓緊時間，牽牛入社，融入集體大家庭，讓爹把罪行全部推到劉少奇頭上，受蒙蔽無罪，反戈一擊有功。如再執迷不悟，頑抗到底，那就是螳螂擋車，自取滅亡。告訴爹，讓他遊街示眾，那是最溫柔的行動，下一步，等群眾覺悟了，我也就無能為力了。如果革命群眾要把你們倆吊死，我也只能大義滅親。看到大杏樹上那兩根粗枝了嗎？離地約有三米，吊人再合適不過。這些話我早就想對你說，一直找不到機會，現在我對你說了，請你轉告爹，入了社天寬地闊，皆大歡喜，人歡喜牛也歡喜，不入社寸步難行，天怒人怨。說句難聽的，你如果繼續跟著爹單幹，只怕連個老婆也找不到，那些瘸腿瞎眼的，也不願嫁給一個單幹戶。

哥一席長談，讓我膽戰心驚，用當時流行的話說，是深深地觸及了我的靈魂。我望望杏樹上那兩根向東南方向伸展開的粗枝，腦海裡立即浮現出我與爹——兩個藍臉——被吊在上邊的悽慘景象。我們的身體被拉得很長，在寒風中悠來盪去，脫了水，失去了大部分重量，猶如兩根乾癟的大絲瓜……

我到牛棚去找爹。這裡是他的避難所，也是他的安樂窩。從那次在高密東北鄉歷史上留下了濃重一筆的集市遊鬥後，我爹幾乎成了啞巴、呆瓜。爹才四十多歲，已經滿頭白髮。爹的頭髮本來就硬，變白後更硬，一根根直豎著，像刺蝟的毛。牛站在槽後，低著頭，缺了半隻角，威風大減。一縷陽光，照耀著牛頭，使牠的眼，像兩塊憂傷的水晶，深深的紫色，潤得讓人心痛。我家那頭性情猛烈的公牛，變成了另外一頭牛。我知道公牛去勢後性情會大變，我知道公雞被拔光翎毛後性情會大變，沒想到砍斷一隻角後，公牛的性情也會大變。牛看到我進棚，瞅我一眼，目光便低了，似乎牠已經看穿了我的心事。爹坐在牛槽旁邊的一個草墩子上，背靠著一條裝滿穀草的麻袋包，雙手抄在棉襖袖筒裡，正在閉目養神，陽光又一縷，也恰好照在他的臉上和頭上。白頭髮有些發紅，髮間有一些麥草棍兒，彷彿他剛從麥草堆裡鑽出來。他的臉，紅漆基本褪盡，只有邊角上殘留著一些星星點點。那半邊藍臉，又現顯出來，顏色更加深重，如同靛青。我摸摸自己臉上的藍痣，感覺如同摸著一塊粗糙的皮革。這是我醜陋的標誌。幼時人們稱呼我「小藍臉」時，我不以為恥，反以為榮；漸漸長大之後，如果誰再敢稱我「藍臉」，我就會與誰拚命。我曾聽人說，正是因為我們的藍臉，我們才單幹，而且還有人說我們爺兒倆，白天躲著不見人，到了晚上，才出來耕作。我們確實有過幾次借著明月光下地勞動的經歷，但那與我們臉上的藍痣無關。這些人把我們單幹，歸結為因為我們的生理缺陷導致的精神變態，這是放屁。我們單幹，完全是出自一種信念，一種保持獨立性的信念。金龍的一席話動搖了我的信念，其實從一開始我就不是那麼堅定，我跟爹單幹是圖熱鬧。現在，更大的、更高級的熱鬧在召喚我。當然，哥所說的平南縣單幹戶的悲慘下場也讓我膽寒，那兩根杏樹枝……還有，更讓我憂慮的，是哥所說的女人的事，完全正確，哪怕是一個瘸腿瞎眼的女人，也不會嫁給單幹戶。何況我還是一個藍臉的單幹戶。我甚至有點後悔跟著爹單幹了。我甚至有點恨爹鬧單幹了。我厭惡地盯著爹的藍臉，確鑿地恨爹不該把他的藍臉遺傳給我。爹，你這樣的人，根本就不應該結婚，結了婚也不應該生子！

「爹，」我大聲喊，「爹！」

爹緩緩地睜開眼睛，直瞪著我。

「爹，我要入社！」

爹顯然早就知道了我的來意，因為他的臉上根本看不出表情變化。他從懷裡摸出菸具，裝了一鍋菸，叼在嘴裡，用火石和火鐮打出火星，濺到高粱稈芯兒做成的火媒上，吹旺，點著菸，吧嗒吧嗒，猛吸幾口，兩股白煙，從他的鼻孔裡，直直地噴出來。

「我要入社，我們牽著牛，一起入社吧……爹，我受夠了……」

爹猛然睜大眼睛，一字一頓地說：

「你這個叛徒！要入，你自己入去，我不入，牛也不入！」

「為什麼，爹？」我委屈又懊惱地說，「天下大勢，已經到了這種地步，平南縣那家單幹戶，在運動初期就被革命群眾吊在樹上打死了。我哥說他拉你遊街是變相保護你。我哥說，下一步，鬥臭了地、富、反、壞、走資派，就要鬥爭單幹戶。爹，金龍說了，大杏樹上那兩根粗樹杈，就是替咱們爺兒倆預備的啊，爹！」

爹將菸袋鍋子放在鞋底上磕磕，站起來，抓起篩子為牛篩草。我看著他微駝的背，和那段赭紅色的粗壯脖頸，油然憶起很小的時候，騎著他的脖子，去集市上買柿子吃的情景。我心中一陣酸楚，動情地說：

「爹，社會變了，陳縣長被打倒了，給咱們開『護身符』的那個部長肯定也被打倒了。咱們再堅持單幹，已經毫無意義。趁著金龍當了主任，咱趕緊入社，既給他臉上增了光，咱自己也光彩……」

爹悶著頭篩草，根本不理我的茬兒。我漸漸地惱上來，說：

「爹，怪不得人家說你是茅坑裡的石頭又臭又硬。對不起您了，爹，我不能陪著你一條死路走到黑，你不為我著想，我要自己救自己。我大了，要闖社會，娶老婆，走光明大道，你好自為之吧。」

爹將篩子裡的草倒進牛槽，摸摸牛那隻斷角，轉過臉，看著我，他臉上很平靜，和緩地對我說：「解放，你是我的親兒，爹當然希望你好。眼前這塊形勢，爹也看透了。金龍這小子，胸膛裡那顆心，比石頭還硬；血管裡的血，比蠍子尾巴還毒；為了他的『革命』，他什麼都能幹出來。」爹仰起頭，在光線中眯著眼，困惑地說，「老掌櫃的心地良善，怎麼能生出這麼一個歹毒的兒子呢？」爹眼裡有了淚，說，「咱們有三畝二分地，分給你一畝六分，你帶著去入社。這犋木犁，是土改時分給我們家的『勝利果實』，你也扛走，那一間屋子，歸你。你把能帶走的都帶走，入社後，願意跟你娘他們合夥就去合夥，不合夥你就單挑門戶。爹什麼都不要，只要這頭牛，還有這個牛棚……」

「爹，為什麼，到底為什麼？」我帶著哭腔喊，「你一人單幹下去，到底有什麼意義？」

爹平靜地說：「是沒有什麼意義了，我就是想圖個清靜，想自己做自己的主，不願意被別人管著！」

我找到金龍，對他說：

「哥，我跟爹商量好了，入社。」

他興奮地將雙手攥成拳頭，在胸前碰了一下，說：

「好，太好了，又是一個文化大革命的偉大成果！全縣唯一的單幹戶，終於走上了社會主義道路。

這是特大喜訊，我們要向縣革委報喜！」

「但是爹不加入，」我說，「我一個入，帶著一畝六分地，扛著那犋木犁，還有一盤耬。」

「怎麼搞的？」金龍的臉陰沉下來，冷冷地說，「他到底想幹什麼呢？」

「爹說，他沒想幹什麼，他就是一個人清靜慣了，不願意聽別人支派。」

「簡直是個老混蛋！」哥將拳頭猛地擂到那張破舊的八仙桌子上，差點沒震翻桌上的墨水瓶。

黃互助安慰道：「金龍，你不要著急。」

「我怎能不急？」金龍低聲道，「我原準備春節前向常副主任、向縣革委獻上兩份厚禮，一份是我們屯子排成了《紅燈記》，一份是我們消滅了全縣唯一、也許是全省、全國唯一的單幹戶，洪泰岳沒做到的，我做到了，這樣，我上上下下都樹立了威信。可是，你入他不入，等於還是留下一個單幹戶！不行，走，我跟他說！」

金龍氣哄哄地走進牛棚，這也是他多年沒踏足之地。

「爹，」金龍說，「儘管你不配我叫爹，但我還是叫你一句爹。」

爹擺擺手說：「別叫，千萬別叫，我擔當不起。」

「藍臉，」金龍說，「我只說一句話，為了解放，也為了你自己，你們倆一起入社。我現在說了算，入社之後，絕不讓你幹一天重活，如果輕活也不想幹，那您就歇著，您也這麼大年紀了，該享點清福了。」

「我沒有那福氣。」爹冷淡地說。

「你爬上平台往四下裡望望，」金龍說，「您望望高密縣，望望山東省，望望除了台灣之外的全國二十九個省、市、自治區，全國山河一片紅了，只有咱西門屯有一個黑點，這個黑點就是你！」

「我真他娘的光榮，全中國的一個黑點！」爹說。

「我們要抹掉你這個黑點！」金龍說。

爹從牛槽下摸出一條沾著牛糞的麻繩子，扔在金龍面前，說：

「你不是要把我吊到杏樹上嗎？請吧！」

金龍猛地往後一跳，彷彿那不是一條繩子而是一條毒蛇。他齜牙咧嘴，雙手攥成拳頭又鬆開，雙手插到褲兜裡又拔出來。他從上衣兜裡摸出一枝菸——當了主任後他開始抽菸——用一個金黃色的打火機點燃。他蹙著眉頭，顯然是在思考。他思考一會兒，將菸頭扔在地上，用腳撚碎。他對我說：

「你出去，解放！」

我看看地上的繩子，看看金龍瘦高的身體和爹粗壯的身體，盤算著這兩個人動起手來誰勝誰負的問題以及一旦他們打起來我是袖手旁觀還是出拳相助以及如果出拳相助我應該助誰的問題。

「有什麼話你就說，有什麼本事你就使出來！」爹說，「解放不要走，就在這裡看著、聽著。」

「那也好，」金龍說，「你以為我不敢把你吊到杏樹上嗎？」

「你敢，」爹說，「你什麼都敢。」

「你不要打斷我的話，」金龍說，「我是看在娘的面子上，放你一馬。你不入社，我們也不強求，從來就沒有無產階級向資產階級求情的事。」金龍說，「明天，我們就召開大會，歡迎藍解放入社，土地要帶上，木犁帶上，耬帶上，牛也要帶上。我們要給解放披紅戴花，給牛披紅戴花。那個時候，這牛棚裡，只剩下你一個人。外邊敲鑼打鼓，鞭炮齊鳴，面對著空了的牛棚，你心裡會很難受。你是眾叛親離，老婆與你分居，親生兒子也離你而去，唯一不會背叛你的牛也被強行拉走，你活著還有什麼意思？如果我是你，」金龍踢了一腳那條繩子，看一眼牛棚上的橫梁說，「我要是你就把繩子搭到梁上，自己把自己吊死！」

金龍抽身而走。

「你這個歹毒的雜種啊——」爹跳了一下，罵一句，便頹然地萎在牛槽前的草堆裡。我心中湧起無限的酸楚，金龍的歹毒讓我感到驚心動魄。我突然感到爹非常可憐，而我的背棄又是那麼可恥，簡直是為虎作倀，助紂為虐。我撲到爹身前，抓著他的手，哭著說：

「爹，我不入社了，我寧願打光棍也跟你在一起，單幹到底……」

爹抱著我的頭，嗚咽了幾聲，然後便把我推開。爹擦擦眼睛，把腰桿子挺直，說：「解放，你已經是個男子漢了，說出口的話就不要收回。你去入社吧，犁扛走，耬扛走，牛——」爹望了一眼牛，牛也正望著爹——「你也拉走！」

「爹，」我驚叫著，「你真要按他指的那條路走？」

「放心吧，兒子，」爹忽地從穀草中站起來，說，「誰指的路，爹都不走，爹走自己的路。」

「爹，您可千萬不要上吊……」

「怎麼會呢？」爹說，「金龍還是有幾分良心的，他完全可以組織人把我弄死，像平南人弄死他們的單幹戶一樣，但他心軟了。他希望我自己死。我一死，這個全縣、全省、全中國的黑點就自行抹掉了！但是我偏不死，他們要弄死我我沒法子抗拒，但想要我自己死，那是癡心妄想！我要好好活著，給全中國留下這個黑點！」

第二十章 藍解放叛爹入社 西門牛殺身成仁

我帶著一畝六分地、一張犁、一架耬、一頭牛，加入了人民公社。當我把你從牛棚裡牽出來時，院子裡鞭炮齊鳴、鑼鼓喧天。一群頭戴著灰色仿軍帽的半大孩子，在硝煙和紙屑中搶奪那些截了信子的鞭炮。莫言誤把沒截信的鞭炮搶在手裡，一聲響亮，虎口震裂，齜牙咧嘴，活該活該。我幼時被鞭炮炸破手指，爹用麵糊為我治療的情景驀然湧上心頭。我回頭望了一眼爹，心中頗為不忍。爹坐在那堆鍘碎的穀草裡，眼前擺著那根彎曲的繩子。我憂心忡忡地說：

「爹，您千萬要想開啊……」

爹對著我，厭煩地揮了兩下手。我走進陽光中，把爹留在黑暗裡。互助將一朵紙紮的大紅花掛在我的胸前，微笑著看了我一眼。她的臉上散發著「葵花」牌雪花膏的香氣。合作把一朵同樣大的紙花掛在半截牛角上。牛擺了一下頭，紙花被甩落地。合作誇張地尖叫一聲：

「牛要牴人啦！」

她轉身就跑，撲進我哥的懷裡。我哥冷著臉將她推開，徑直走到牛前，拍拍牠的腦門，摸摸那根完好的角，又摸摸那根半截的角。

「牛啊，你走上光明大道了，」我哥說，「歡迎你！」

我看到牛眼裡光芒一閃，似乎是火焰，但其實是淚花。我爹的牛，猶如被拔光了鬍鬚的老虎，威風盡失，溫順如貓了。

我如願以償地加入了我哥的紅衛兵組織，並在《紅燈記》中扮演了王連舉。每當李玉和義正詞嚴地斥責我「你這個叛徒」時，我馬上就會聯想到爹對我的斥責。我越來越感到，我的入社，是對爹的背叛。我非常擔心爹一時想不開尋了短見，但爹沒有懸梁也沒有跳河，他從那間屋子裡搬出，睡在了牛棚裡。他在牛棚的角落裡壘了一個土灶，用一個鋼盔權充鐵鍋。在後來的漫長歲月裡，沒有牛拉犁耕田，他就用鋤頭刨地。一個人無法使用那輛獨輪車往地裡運糞，他就用扁擔籮筐搬運。沒有耬播種，他就用小钁刨出溝，用葫蘆頭做成播種器點播。從一九六七年至一九八一年，我爹那一畝六分地，像一枚眼中釘，如一根肉中刺，插在人民公社廣闊的土地中央。我爹的存在，既荒誕，又莊嚴；既令人可憐，又讓人尊重。在七〇年代的一段時間裡，重新當了支部書記的洪泰岳還動過幾次消滅最後一個單幹戶的念頭，但每次都被我爹頂回來。我爹每次都把那根繩子扔到他的面前，說：

「把我吊到大杏樹上吧！」

金龍原以為依靠著我的入社和成功地排演了一台革命樣板戲，就可以使西門屯成為全縣的典型，而一旦西門屯成了全縣的典型，他這個帶頭人就可以飛黃騰達。但事情並沒有像他設想的那樣發展。先是他與我姊日夜企盼著的小常並沒有乘坐著拖拉機前來指導排戲，不久後又傳來小常因為亂搞男女關係被撤職的消息。小常一倒，我哥的靠山就倒了。

清明過後，東風漸起，陽光和暖，陽氣上升，向陽處的積雪融化殆盡，道路翻漿，遍地泥濘。河邊的柳樹開始泛綠，院子裡那棵大杏樹上，也顯出了花的微弱信息。在這些日子裡，我哥焦躁不安，如同一隻關進籠中的豹子，在院子裡上躥下跳。杏樹上那個木板高台，是他停留最多的地方。他站在那上邊，依靠著黑色的樹杈，一枝接一枝地吸菸。因為過量吸菸得了喉炎，便不停地咳嗽，清理喉嚨，並毫無教養地往樹下吐痰，猶如一攤攤鳥屎從天而降。我哥的目光，迷茫而空洞；我哥的神情，寂寞而惆悵；我哥的處境，孤獨而可憐。

隨著天氣的逐漸轉暖，我哥的處境愈加艱難，他還想繼續排演他的革命大戲，但群眾已經不聽指揮。幾個出身赤貧的老農，對著呆在杏樹上抽菸的我哥說：

「金龍司令，您是不是該安排一下農活了？人誤地一時，地誤人一年。工人鬧革命，國家發工資；農民要活命，只能靠種地啊！」

說話間，就見我爹挑著兩籮筐牛糞，從大門口走出去。新鮮的糞味兒，在初春的天氣裡讓農民們精神振奮。

「種地也要種革命的地，不能只顧埋頭生產、不看革命路線！」我哥將嘴角的菸頭吐掉，從杏樹上一躍而下，落地時沒有站牢，狠狠地跌了一跤。老農們上前將他扶起來，他齜牙咧嘴，捽開那些老人的手，說，「我馬上去公社革委接受指示，你們都靜候著，不要輕舉妄動。」

我哥換上了一雙高筒雨靴，準備蹚著泥漿路去公社。行前，他站在大院牆外那個臨時廁所裡小解，與正在那裡的楊七不期而遇。因為那批羊皮襖的事，楊七與我哥結下了仇，但表面上，楊七還是笑嘻嘻的。

「西門司令官，這是去哪裡？看您這打扮，不像紅衛兵，倒像日本憲兵。」楊七笑嘻嘻地問我哥。

我哥捏著生殖器，抖著，鼻孔裡嗤哼了一聲，表示他對楊七的極端蔑視。楊七依舊笑嘻嘻地說：「小子，你的靠山倒了，我看，你也蹦達不了幾天了。知趣點，把位子讓出來吧，讓給懂生產的人；唱戲，唱不出窩窩頭來。」

我哥冷笑一聲，道：「我這個主任，是縣革委直接任命的，要撤我，也得縣革委撤，公社革委都沒有這個權力！」

也是合當有事，正當我哥氣洶洶地對楊七說話時，他胸前那枚巨大的陶瓷像章，掛鉤脫落，掉進茅坑當中。我哥怔了。楊七愣了。等我哥清醒過來慌忙想跳下茅坑撿像章時，楊七也清醒了。他一把揪住我哥胸前的衣服，大聲嚷叫著：

「抓反革命啊！抓現行反革命啊！」

……

我哥與村裡那些地、富、反、壞和走資派洪泰岳等人一起，成了勞動管制物件。

我入社後，被安排在大隊飼養棚餵牲口。原來的飼養員方六大爺和刑滿釋放分子胡賓，成了我的師傅。飼養棚裡集中飼養著全大隊的牲畜，有黑色的瞎馬一匹，原是軍馬，瞎眼後退役，屁股上的烙印可以證明牠的軍馬身分。有灰騾子一頭，性情暴躁，喜歡咬人，與牠打交道，必須時刻提防。這一馬一騾，專門拉屯裡那輛膠皮軲轆大車。剩下的全是牛，共有二十八頭。我家的牛因為初來乍到，沒有槽位，只好在馬槽與牛槽之間，臨時為牠支起半片汽油桶權充槽子。

當了飼養員，我把舖蓋從家裡搬到飼養棚那舖大炕上。我終於離開了這個讓我愛恨交加的大院子。我搬到飼養棚去睡，也是為爹騰地方。自從我宣布入社之後，爹就一個人睡在牛棚裡。牛棚雖好，畢竟是牛棚，房屋再破，畢竟是房屋。我對爹說，您搬回屋裡去睡吧。我還說，您放心，我會照顧好那頭牛。

飼養棚裡有大量的碎草，那舖炕，被燒得像烙餅的鏊子一樣滾燙。方六大爺的五個兒子，跟著他在大炕上睡。方家貧寒，沒有被子，五個兒子，赤條條五根肉棍，滿炕打滾兒。天明的時候，我的被窩裡，竟然鑽進了兩個光腚孩子。

炕太熱，燙得皮肉生痛，我翻來覆去，狀如烙餅。月亮從破窗戶照進來，照著滿炕的光腚小子，他們也打滾，但他們在打滾中鼾聲如雷。方六大爺的鼾聲古怪，猶如一台雞毛磨禿的風箱，發出乾澀枯燥的聲音。胡賓睡在大炕盡頭，他緊緊地捲著一個被筒兒，防止方家小子們侵入。這人古怪，連睡覺時都戴著風鏡，月亮照在他臉上時，賊光閃閃，猶如毒蛇。

半夜時，馬和騾子不停地彈蹄子，噴響鼻，騾子項下的銅鈴發出清脆的聲響。方六大爺的鼾聲停止，一個滾爬起來，順便拍了拍我的腦袋，大聲說：

「起來，餵牲口！」

這是第三次添加草料，馬不得夜草不肥，牛不得夜草不壯。我跟隨著方六大爺披衣下炕，看著他點亮燈盞，跟著他進入牲口棚深處。騾子和馬興奮地搖頭晃腦，臥在欄裡的牛，也一個個地站起來。

方六大爺為我示範。其實根本用不著他為我示範。我多少次見過我爹給我家的驢和牛添加夜草的情景。我抓起篩子，先為騾馬篩出穀草，倒入槽中，騾馬拱動著草，並不吃，牠們等待著料和水。方六大爺看著我篩草的熟練動作，沒有吭聲，但我知道他很滿意。他從料缸裡，舀了一鐵瓢泡好的豆餅倒進食槽。尖嘴騾子搶吃豆餅，方六大爺用料叉猛打牠的嘴巴，牠負痛昂頭。抓緊時間攪拌，穀草的香氣與豆餅的香氣混合在一起。騾馬大口地吞吃草料，發出嚓啦嚓啦的響聲。騾子的眼睛在油燈照耀下，藍悠悠的。但騾子的眼睛遠不如牛眼深邃。我家的牛，牠很孤獨，就像一個從外校轉來的小學生。牛們都往這邊歪著頭，等待著新草。我家的牛所處的位置很好，牠第一個得到新草。那夜餵的是鍘碎的豆稈混合著鍘短的紅薯蔓兒，這是一等的牛草，營養豐富，氣味芳香，而且，豆稈上偶爾還會有未脫盡的豆粒。我哥領導著社員們革命時，飼養棚的工作照樣進行。由此可見方六大爺是個老實農民，他從來沒在西門家大院裡出現過，胡賓卻像個眼鏡蛇一樣，經常在大院周圍轉來轉去。大院的牆上，經常出現揭露我哥老底的大字報。大字報上的字很有功力，我哥一看就知道是胡賓的手筆。我用簸箕將飼草分發到各個牛槽之中，牛們埋頭吃草，聲音連成一片。我在我家的牛前逗留片刻，趁著方六大爺不注意，又添半簸箕草到牠的槽裡。我摸摸牠的腦門，摸摸牠的鼻子，牠伸出多刺的舌頭舔舔我的手。牠是全屯二十八頭牛中唯一還沒扎鼻環的，不知道牠能否逃過這一劫。

你沒逃過這一劫，在大杏樹含苞待放的日子裡，春耕開始了。方六大爺領著我和胡賓一大早就把牛拉到院子裡，用掃帚掃去了牠們身上的泥巴和死毛，好像要向人們展示漫長冬天裡的勞動成果。

雖然是楊七揭發了我哥的罪行，使我哥的主任被擼，並被戴上了現行反革命的帽子，但主任的紗帽並沒有落在他的頭上。公社革委任命黃瞳為我們屯的革命委員會主任。黃瞳當了多年的生產大隊隊長，領導生產是行家裡手。他站在打穀場邊，如同一位調兵遣將的大帥，給社員們派活。家庭成分好的社員，都被派去幹一些輕鬆活兒，那些壞人，都派去使牛耕地。我哥與偽保長金五福、叛徒張大壯、富農伍元、燒酒鍋掌櫃田貴、走資派洪泰岳等人站在一起。我哥滿臉怒氣。洪泰岳面帶嘲諷的笑意。那些已經被改造了多年的壞人們，一個個神情默然。開春耕田，是他們的老活兒，誰使用哪犋犁，誰使用哪兩頭牛都有定規。他們從倉庫裡扛出犁，拿出套索，便各自去牽自己的牛。牛也認識他們。方六大爺叮囑他們：牛歇了一冬，筋骨疲了，第一天，悠著點，順上套就行。方六大爺幫洪泰岳搭配好了牲口，一頭渤海黑閹牛，配上一頭魯西高轅牛。洪泰岳熟練地喝牛上套，雖說當了多年的書記，畢竟是農民出身，動作倒也內行。我哥，學了別人的樣兒，把犁子擺正，套索順好，賭氣地噘著嘴，對方六大爺說：

「我用哪兩頭牛？」

方六大爺打量著我哥，彷彿是自言自語，但其實是說給我哥聽的，年輕人，錘鍊錘鍊也好。他從拴牛柱上牽來那頭蒙古蛇尾母牛，這頭牛，與我哥其實很熟，幾年前那個初春，我們在河灘上放牧時，牠的瞳孔裡經常映出我哥的倒影。母牛很順從地站在我哥身邊，牠正在反芻，一大團回嚼過的草，順著牠的咽喉，咕嚕一聲就滾了下去。我哥將套索搭在母牛肩上，母牛積極地配合著他。方六大爺往拴牛柱這邊掃了一眼，目光落在我家那頭牛身上。他好像第一次發現了這頭牛的好處似的，兩眼放光，嘴巴發出「嘖嘖」的響聲，說：

「解放，把你家這頭牛拉過來，讓牠和牠媽配套。」

「其實，牠完全可以拉獨犁，」方六大爺在牠身邊轉著圈說，「看看看，頭寬，額平，嘴大，眼明，前肩高一掌，犁地啪啪響，前腿直如箭，力量大無限，後腿彎似弓，行走快如風。只可惜缺了半隻角，要不真是挑不出丁點毛病。金龍，這牛歸你使了，這是你爹的命根子，你愛惜著點。」

金龍接過牛繩，發布命令，想讓牛依令進退，到達將套索上肩的最佳位置，但牛低垂著頭，只管慢吞吞地回嚼。金龍扯緊韁繩，想迫牠前進，但牛紋絲不動。因為我家的牛沒扎鼻環，任金龍怎麼扯拉，牛頭猶如磐石。正是因為牛的強勁，導致了一場扎鼻酷刑。西門牛啊，你本來是可以避免這酷刑的，如果你像在我爹手下那樣精通人性、聽從使喚，你很可能成高密東北鄉古往今來第一個沒扎鼻環的牛。但你不聽指揮，幾個人也拖不動你。方六大爺道：

「牛不扎鼻環如何使喚？難道藍臉有一套驅牛魔咒不成？」

西門牛啊，我的朋友，他們將你的四條腿用繩子拴住，在繩子中間插上一根木棍，絞動木棍，繩子收緊，你的身體團縮，終於站立不穩，跌翻在地。據方六大爺說，給一般的牛扎鼻環，根本不用這般力氣，他們怕你，他們都知道你的英猛歷史，生怕你一旦野性發作而不可收拾。你跌翻在地後，方六大爺讓人把一根鐵條燒得通紅，用鉗子夾著遞過來。好幾個精壯漢子按著你的頭，把你頭上那根獨角都按到地裡。方六大爺用手指扒開你的鼻孔，找到了你鼻梁間隔處最薄的地方，然後讓人把燒紅的鐵條捅進去。猛地捅進去，攪動著擴大那洞口，一股焦黃的煙冒出來，一股燒糊了皮肉的氣味漫出來，你發出哞哧哞哧的沉悶聲響，按著你頭顱的男人們使出了吃奶的力氣，絲毫不敢放鬆。用燒紅的鐵條捅你鼻孔的人是誰？正是我哥金龍。那時，我不知道你是西門鬧轉世，所以我根本無法理解你當時的心情。用燒紅的鐵條將你的鼻梁捅上一個窟窿、並將一個「凸」字形的銅鼻環穿在你鼻梁上的人，竟是你的親生兒子，你當時的心中，到底有何感想呢？

扎好了鼻環後，他們把你拖到了田野裡。春天的大地萬物復甦，處處洋溢著生命的氣息。西門牛啊，我的朋友，你在這美好的季節裡，表演了一場悲壯的戲劇，你的倔強，你忍受肉體痛苦的能力，你寧死不屈的精神，在當時令人們嘖嘖稱奇，你的故事，至今還在西門屯民眾口中流傳。我們這些人，當時就感到你不可思議，直到今天，他們依然感到你是一個傳奇，即便是知道了你的奇特身世的我，也感到你的行為超出了我的理解能力，你完全可以奮起抗爭啊，用你偉岸的身軀，用你蘊藏在那全身的筋骨肌肉中的力量，像你在西門大院大鬧入社典禮那次那樣，像你在河灘地裡怒頂胡賓那次那樣，像你在集市上大鬧批鬥會那樣，把妄圖役使你的人，那些人民公社的社員，一個個頂起來，使他們輕飄飄地飛起，沉重地落下，在春天喧騰騰的土地裡，砸出一個又一個深坑。使那些凶狠殘忍的人，骨頭斷裂，內臟震動，嘴巴裡發出青蛙一樣的叫聲，就算金龍是你的兒子，但那也是你為驢為牛之前的往事，六道輪迴之中，多少人吃了父親，多少人又姦了自己的母親，你何必那麼認真？又何況，金龍是那樣的變態，那樣的凶狠，他把自己政治上的失意，被監督勞動的怨恨，全部變本加厲地發洩到了你的身上，就算他不知道你曾經是他的親生父親，不知者不怪罪，但對待一頭牛，也不能那樣的凶狠啊！西門牛啊，我不忍心對你描述他施加到你身上的暴行，你已經在牛世之後又輪迴了四次，陰陽界裡穿梭往來，許多細節也許都已經忘記，但那日的情景我牢記不忘，假如那日的整個過程是一株枝繁葉茂的大樹，我不但記得住這株樹的主要枝杈，連每一根細枝，連每一片樹葉都沒有忘記。西門牛，你聽我說，我必須說，因為這是發生過的事情，發生過的事情就是歷史，複述歷史給遺忘了細節的當事者聽，是我的責任。

那天你一到地頭，就臥在了地上。耕地的人都是屯裡的老把式，都是親見過你獨自一個拉著犁子健步如飛、使犁鏵翻開的泥土猶如波浪的人。見你竟然臥地罷工，都感到好奇，又感到疑惑。這頭牛，這是怎麼啦？那天我爹也在地裡勞動，我爹沒了牛，就用一柄大钁頭，刨著他那狹長的一畝六分地。我爹彎著腰，專心致志，目不斜視，一钁頭接著一钁頭。有人說：「這牛，戀舊呢，還想跟著藍臉單幹呢！」

金龍撤後幾步，將搭在肩頭的使牛大鞭扯下，掄圓，猛地抽到牛背上。你的背上隨即鼓起了一道白色的鞭痕。你是正當盛年的牛，皮結實柔韌，富有彈性，抗打，如果換一頭年老體弱的老牛或是骨骼未發育好的小牛，金龍這一鞭，保準會使牠皮開肉綻。

金龍其實算個能人，只要他想幹的事情，就會比別人幹得漂亮。能把長達四米的使牛大鞭打好的人，屯子裡也就是幾個人，但金龍一上手就很內行。鞭子抽在你身上，沉悶的響聲傳向四野。我想我爹肯定聽到了金龍鞭打你的聲音，但他彎腰低頭，刨地不止。我知道我爹對你的感情很深，你受這樣的鞭撻，他心中一定難過，但他只顧刨地，沒有衝上來護衛你。我爹啊，也是在忍受鞭撻啊。

金龍連抽了你二十鞭，累得氣喘吁吁，額頭冒汗，但你臥在地上，下巴觸著地面，緊閉著雙眼，流著滾滾的熱淚，眼淚使你臉上的皮毛變得顏色很深。你不動一動，一聲不吭，皮膚上那些搐動的波紋說明你還活著，如果沒有這證明，說你是條死牛保準沒有人懷疑。我哥罵罵咧咧地走到你面前，在你的腮幫子上踢了你一腳，說：

「你給我起來！你給我起來！」

但你緊閉著眼睛，一動不動。金龍狂暴地吼叫著，兩腳輪番踢著你的頭，你的臉，你的嘴巴，你的肚腹，遠遠地看起來，他好像一個手舞足蹈的神漢在跳大神。你任憑他踢，紋絲不動。在他瘋狂地踢你的過程中，那頭站在你身側的蒙古蛇尾母牛，也就是你的媽，渾身打著哆嗦，彎曲的尾巴僵硬，猶如凍僵了的大蛇。我的爹在他的地裡，用更加迅速的動作，刨著深厚的大地。

另外的那些使牛漢子，犁完了一圈轉了回來。見金龍的牛還在原地打臥，都感到奇怪，逐一圍攏上來。心地良善的富農伍元說：

「這牛，是不是得了什麼病？」

一貫偽裝進步的田貴說：「渾身是膘，油光水滑，去年還給藍臉拉獨犁，今年臥地裝死，這牛，是反對人民公社呢！」

洪泰岳瞄一眼埋頭刨地的我爹，冷冷地說：「真是有什麼樣的主人，就有什麼樣的牛！物肖其主啊！」

「打，不信打不起來牠！」叛徒張大壯提議，眾人回應。

於是，七八個使牛漢子，站成一個圓圈，都將長鞭下肩，鞭子長長地順在身後，鞭桿緊握在手中。正要開打，那條蒙古母牛如同一堵朽牆，撲地便倒。但牠倒地之後隨即就四條腿緊著蹬踢，馬上又站起來。牠渾身顫抖，目光畏縮，彎曲的尾巴緊緊地夾在雙腿間。眾人笑了，有人說：

「看，還沒開打，把這一頭嚇癱了。」

我哥金龍，解下蒙古母牛，牽到一邊。那母牛如獲大赦，站在一邊，還是抖，但目光寧靜多了。

西門牛啊，你還是那麼靜臥著，彷彿一道沙梁。使牛漢子們拉開架式，一個接著一個，比賽似的，炫技般的，揮動長鞭，打在你身上。一鞭接著一鞭，一聲追著一聲。牛身上，鞭痕縱橫交叉，終於滲出血跡。鞭梢沾了血，打出來的聲音更加清脆，打下去的力道更加凶狠，你的脊梁、肚腹，猶如剁肉的案板，血肉模糊。

從他們打你時，我的眼淚就開始流淌，我哭喊著，哀求著，想撲上去救你，想伏在你的背上，分擔你的痛苦，但我的雙臂，被雲集在此看熱鬧的人緊緊拽住，他們忍受著我腳踢、牙啃的痛苦，不放鬆我，他們要看這流血的悲劇，我不明白，這些善良鄉親，這些叔叔大爺，這些大哥大嫂，這些小孩子們，為什麼都變得這樣心如鐵石……

他們終於打累了，揉著痠麻的手脖子，上前察看。死了嗎？沒死。你緊緊地閉著眼睛，腮上有被鞭梢撕裂的血口子，血染紅了土地。你大聲喘息，嘴巴扎在泥土裡。你的肚腹劇烈顫抖，彷彿臨產的母牛。

從來沒見過這樣倔強的牛，那些打你的人，發自內心地感歎著。他們臉上的表情都有些不自然，都有些羞愧之意。如果他們打的是一頭猛烈反抗的牛，他們會心安理得，但他們打的是一頭逆來順受的牛，這就使他們心中生出疑惑，許多古老的道德準則，許多神鬼的傳說，在他們心裡翻動起來。這還是頭牛嗎？這也許是一個神，也許是一個佛，牠這樣忍受痛苦，是不是要點化身陷迷途的人，讓他們覺悟？人們，不要對他人施暴，對牛也不要；不要強迫別人幹他不願意幹的事情，對牛也不要。

那些打牛的人，似乎都動了惻隱之情，勸說金龍罷休，但金龍不罷休，他性格中與牛相同的那一面，猶如毒辣的火焰熊熊燃燒，燒紅了他的眼睛，使他的五官都變化了位置。他嘴巴歪斜著，噴吐出臭氣，身體打著顫，腳步輕飄飄，猶如一個醉漢。他不是醉漢，但他喪失了理智，邪惡的魔鬼控制了他。就像牛要用寧死也不站起來證明自己的意志、捍衛自己的尊嚴一樣，我哥金龍，要不惜一切代價，動用一切手段把牛弄起來以證明自己的意志，捍衛他的尊嚴。這真是不是冤家不聚頭，真是倔的碰上了更倔的。我哥他，把蒙古蛇尾母牛牽到西門牛前邊，把連接著西門牛新扎銅鼻環的韁繩拴在了蒙古母牛套索後邊的橫棍上。老天爺哪，我哥是要用一牛之力，牽拉西門牛的鼻子啊。誰都知道，牛鼻子是牛身上最脆弱的地方，牛之所以能夠被人役使，就是因為鼻子上被鑽了孔拴了環。無論多麼蠻橫的牛，一旦被控制了鼻子，頃刻間就會變得服服貼貼。西門牛，你趕快起來吧，你已經忍受了一般牛無法忍受的痛苦，現在起來，也不會辱沒你的英名啊，但是你不起來，我知道你不會起來的，如果你起來了，你就不是西門牛了。

我哥對著那頭渾身顫抖的蒙古蛇尾母牛的屁股猛擂了一拳，那母牛，腰桿子扭動著往前躥去。繩套被抻緊，那鼻環自然被抻緊，你的鼻子，嗚呼，西門牛啊！金龍，你這個傷天害理的魔鬼，放了我的牛吧！我掙扎著，但那些抓住我的人彷彿成了冰涼的石頭人。西門牛的鼻子被拉得長長的，猶如一塊灰白的膠皮。我的滋潤的、猶如淡紫色苜蓿花瓣的西門牛之鼻啊，眼見著就要被撕裂了。蒙古蛇尾母牛啊，你退縮啊，你反抗啊，你難道不知道臥在地上的西門牛是你親生的兒子嗎？你不要助金龍做惡啊，你抗暴吧，將你的生著兩隻鋒利罩角的頭歪一下，就可以頂在金龍的胸脯上，就可以中止這場暴行啊！但是那蒙古蛇尾母牛，這個無心肝的畜生，在金龍的打擊下，使出全身的力氣往前衝。西門牛的頭被迫昂起來，但牠的身體依然不動，我看到他的兩條前腿似乎要屈起了，但那是我的錯覺，你沒有要站起來的意思。你的鼻孔裡發出嬰兒啼哭般的聲音，這聲音令我心肝欲裂，嗚呼，西門牛。然後，西門牛的鼻子，伴隨著一聲脆響，從中間豁開。昂起的牛頭，沉重地砸在地上。蒙古蛇尾母牛前腿撲地跌倒，但牠隨即就爬了起來。

西門金龍，你就此罷休吧。但是他不罷休。他已經徹底瘋了。他像一匹受了傷的狼一樣哀嚎著，跑到溝邊，扛來了幾捆玉米秸稈，架在了牛的屁股後邊，這個惡徒，他想燒牛嗎？是的，他想燒牛。

他點著了火，白煙升起，散發出一股清香，這是燃燒玉米秸稈特有的香氣。人們都屏住了呼吸，都瞪大了眼睛，但沒人上前制止這暴烈的行為。嗚呼，西門牛。嗚呼，寧願被燒死也不站起來為人民公社拉犁的西門牛。我看到，我爹扔掉了钁頭，趴在地上，雙手深深地插進泥土，臉也扎在了泥土裡，渾身抖著，猶如瘧疾發作。我知道我爹與牛忍受著同樣的酷刑。

牛的皮肉被燒焦了，臭氣發散，令人作嘔，但沒人嘔。西門牛，你的嘴巴拱到土裡，你的脊梁骨如同一條頭被釘住的蛇，擰著，發出叭叭的聲響。套在牛身上的套繩被燒斷，這是集體財產，不能損壞，一個人跑上去，把槐木製成的鎖頭從牛肩上解下來扔到一旁，跳著腳踩滅了繩索上的火。火焰漸漸熄滅，白煙還在繚繞，臭氣瀰漫四野，連天空中的鳥兒都逃避到遠處。嗚呼，西門牛，你的後半截，已經被燒得慘不忍睹了。

「我要燒死你……」金龍嗷叫著，又往玉米秸垛那邊跑去，依然沒人攔截他，人們存心要金龍把孽做大，連覺悟很高、一向教導人們要愛護集體財產的洪泰岳也冷眼旁觀，其實，入了社的西門牛也是集體財產啊，牛是大家畜，是重要的生產資料啊，屠殺耕牛是嚴重的罪行啊，人們，為什麼忍著這罪行發生而不制止呢？

金龍又拖著幾捆玉米秸稈跌跌撞撞跑過來，我這重山哥哥，已經半瘋了。金龍，金龍，如果你知道牛是你爹轉世你作何感想呢？西門牛，西門牛，親生兒子用這樣殘暴的方式對待你你作何感想？嗨，茫茫人世，積累了多少恩怨情仇。但就在這時候，令人震驚的事情發生了，西門牛，你抖抖顫顫地站立起來，你肩上沒有套索、鼻孔裡沒有銅環、脖子上沒有繩索，你做為一頭完全擺脫了人類奴役羈絆的自由之牛站立起來。你艱難地往前走，四肢軟弱，支撐不住身體，你的身體搖搖晃晃，你的被撕裂的鼻子滴著藍色的血，黑色的血匯集到你的肚皮上，像凝滯的焦油一樣滴到地上。總之你體無完膚，一條體無完膚的牛能夠站起來行走是個奇蹟。是一種偉大的信念支撐著你，是精神在行走，是理念在行走。看熱鬧的群眾都睜大了眼睛，張大了嘴巴，沒有聲音，雲雀的一串尖叫，在雲端裡，是那樣的悽楚、悲涼。牛，一步步地向我爹走去。牛走出了人民公社的土地，走進全中國唯一的單幹戶藍臉那一畝六分地裡，然後，像一堵牆壁，沉重地倒下了。

西門牛死在我爹的土地上，牠的表現，令在文化大革命的浪潮中暈頭轉向的人們清醒了許多。西門牛啊，你的事蹟，成了傳奇，成了神話。你死之後，曾有幾個人，想把你的肉吃掉，但當他們拿著刀子趕來時，看到我爹雙眼流出的血淚和他滿嘴的泥土，便悄悄地溜了。

我爹把你埋在了他的土地中央，堆起一個巨大的墳頭，這就是如今成為高密東北鄉一景的「義牛之塚」。

做為一頭牛，你很可能流芳百世。

第三部　豬撒歡

第二十一章　再鳴冤重登閻羅殿　又受瞞降生母豬窩

擺脫了牛的皮囊，我不屈的靈魂，在藍臉那一畝六分地上空盤旋。做牛的一世，又是如此悲壯。為驢之後，閻王曾當堂宣判我轉世為人，可我竟從那頭蛇尾母牛的產道裡鑽出來。我急於去面見閻王，斥責他耍弄了我；但我又久久地在藍臉上空盤旋，不忍離去。我看著那頭牛血肉模糊的身體，看著趴在牛頭上痛哭哀嚎的藍臉那顆雪白的頭顱，看著我那身材高大的兒子西門金龍那張表情癡呆的臉，看著我的妾迎春所生的那個小藍臉，看著小藍臉的朋友莫言那張沾滿了鼻涕和眼淚的髒臉，還有那許許多多的似曾相識的面孔。隨著靈魂脫離牛體，牛的記憶逐漸喪失，西門鬧的記憶重新明晰，我是一個本不該死卻被槍殺了的好人啊，連閻王也不得不承認我是被槍殺了的好人，但這錯誤難以挽回。閻王冷淡地問我：

「是的，錯了，你自己說，想怎麼辦？我沒有權力讓你做為西門鬧重生，你已輪迴兩遭，應該清楚，西門鬧的時代早已結束，西門鬧的子女都已長大成人，西門鬧的屍骨已經腐爛成泥，西門鬧的案卷，早已焚化成灰，陳年舊帳，早已一筆勾銷。你為什麼不能忘記這些不愉快的往事，去享受幸福的生活呢？」

「大王殿下，」我跪在閻羅大殿冰冷的大理石地面上，痛苦地說：「殿下，我也想忘記過去，但我忘不了。那些沉痛的記憶像附骨之蛆，如頑固病毒，死死地纏繞著我，使我當了驢，猶念西門鬧之仇；做了牛，難忘西門鬧之冤。這些陳年的記憶，折磨得我好苦啊，殿下。」

「難道那比蒙汗藥還要峻烈千倍的孟婆忘魂湯，竟然對你沒有作用嗎？」閻王不解地問，「你是不是沒喝那湯就衝下了望鄉台？」

「殿下，實話實說，為驢時我確實沒喝那老婆子的湯，但為牛時，那兩個鬼差揑著我的鼻子硬給我灌了一碗，怕我嘔吐，他們還用破布堵住了我的嘴巴。」

「這倒奇了，」閻王對身邊的判官說，「難道孟婆子也敢造假？」

判官們搖頭否定閻王的猜測。

「西門鬧，你要知道，我對你已經忍無可忍，如果每個鬼魂都像你這樣難纏，那我這閻王殿就徹底亂了套。念你前世為人時多有善舉，為驢為牛時又吃了不少苦頭，本殿這次法外開恩，安排你到一個遙遠的國度去投胎，那裡社會安定，人民富足，山明水秀，四季如春。你的父親現年三十六歲，是那個國家裡最年輕的市長。你的母親，是一個溫柔美麗的歌唱演員，獲得過多次國際性大獎。你將成為這兩個人的獨生兒子，一出生就是掌上明珠。你的父親官運亨通，四十八歲時就會當上省長。你的母親，中年之後會棄藝從商，成為一家著名化妝品公司的老闆。你爹的車是奧迪，你娘的車是寶馬，你的車是奔馳（編註：賓士）。你這一輩子享不盡的榮華富貴，交不完的桃花紅運，足可以抵消你前幾次輪迴所受的那點痛苦和委屈，」閻王用手指敲敲案桌，略加停頓，眼睛仰望著大殿黑黝黝的穹窿，意味深長地說：「這樣安排，你總該滿意了吧？」

但是，閻王老子又一次耍弄了我。

這次投生，一出大廳他們就用黑布蒙上了我的眼睛。在望鄉台上，夾帶著地獄腥臭的陰風，吹得我周身涼徹。那個老婆子啞著嗓子痛罵我在閻王那裡告了她的刁狀。她用一柄邦硬的烏木勺子，響亮地敲打著我的腦殼，然後扯著我的耳朵，一勺一勺地往我嘴裡灌湯。那種湯味道古怪，似乎是用蝙蝠的糞便和胡椒熬成。「灌死你這頭笨豬，竟敢說我的湯裡摻假！灌死你，灌死你，灌死你的記憶，灌死你的前生前世，讓你只記得泔水和糞便的味道！」在這刁婆子折磨我時，押送我的鬼差始終牢牢地抓住我的胳膊，並發出幸災樂禍的冷笑。

跌跌撞撞地走下這高台後，我被鬼差們挾持著，腳不點地地奔跑，速度極快，彷彿凌空飛行。我腳踩著軟綿綿的東西，彷彿踩著雲絮。我幾次想開口問訊，但剛一張嘴，就有一隻毛茸茸的爪子將一丸腥臭難聞的東西塞進口中。我突然嗅到了一股酸溜溜的氣味，彷彿是陳年的酒糟，抑或是發酵的豆餅，這正是西門屯大隊飼養棚裡的氣味啊，天啊，當牛時的記憶猶存，難道我還是一頭牛，前邊發生的一切都是夢境？好像要擺脫夢魘一樣我拚命掙扎著，嘴巴裡發出吱吱的聲音。我被自己的聲音嚇了一跳，定睛一看，發現在身體周圍，蠕動著十幾個肉團子。肉團子裡有黑，有白，有黃，有黑白相間成花。在肉團子前面，橫臥著一頭白色的母豬。我聽到一個極其熟悉的女子聲音在驚喜地喊叫：

「第十六個！老天爺，我們的老母豬一胎生了十六隻小豬！」

我用力眨巴眼睛，將眼睛裡的黏液排除，這時，雖然我還沒看到自己的形象，但我知道自己已經投胎為豬，在我面前那些顫抖著、蠕動著、吱吱亂叫的小傢伙，都是我的哥哥姊姊，看到了牠們的形象，我也就知道了自己的形象。我的心中充滿怒火，恨老奸巨猾的閻王又一次耍弄了我。我憎恨豬，這骯髒的畜生。我寧願再次為驢、為牛，也不願意做一隻在糞便上打滾的豬。我絕心絕食餓死，好盡快地趕赴陰曹地府找閻王算帳。

那是個炎熱的日子，根據豬圈牆邊那幾株葉片肥大、尚未開花的向日葵，我判斷這應該是農曆六月裡的一天。豬圈裡有成群的蒼蠅飛舞，豬圈上空有成群的蜻蜓盤旋。我感到自己的四肢很快堅硬起來，眼睛的視力也迅速提高。我看清了那兩個為母豬接生的人：一個是黃瞳的大女兒互助，一個是我的兒子西門金龍。一看到兒子那張熟悉的臉，我就感到周身的皮膚緊繃、腦殼子膨脹生痛，彷彿有一個碩大的人體、彷彿有一個狂野的靈魂、被禁錮在這小小的豬體裡。憋屈啊憋屈，痛苦啊痛苦，讓我釋放，讓我伸展，讓我把這骯髒的、可憎的豬的軀殼撐破、脹開，恢復我堂堂男兒西門鬧的形狀，但這一切顯然是不可能的。我雖極力掙扎但還是被黃互助一隻手就托了起來。她用手指撥弄著我的耳朵說：

「金龍，這隻小豬好像在抽瘋。」

「抽牠娘的，反正老母豬也沒那麼多奶頭，死幾個正好。」金龍帶著幾分恨意說。

「不，一個也不能死。」黃互助把我放在地上，用一塊柔軟的紅布，揩擦著我的身體。她動作輕柔，我很舒服。我不由自主地發出哼哼聲，這可惡的豬的聲音。

「生了嗎？生了多少隻？」一個人的高聲大嗓在豬圈外響起，這熟悉的聲音讓我絕望地閉上了眼睛。我不但聽出了洪泰岳的聲音，而且從他的聲音裡知道他已經官復了原職。閻王啊閻王，你花言巧語，說讓我投胎異國的官宦之家做貴公子，卻把我扔在西門屯的豬圈裡當豬娃子！這是百分之百的欺騙，陰謀，無恥，奸詐！我用力一打挺，從黃互助手裡掙脫，跌落在地上。我聽到自己發出一聲尖叫，然後就昏了過去。

等我醒過來時，發現自己正臥在一堆肥大的葫蘆葉片上，在我的上方，一棵杏樹繁茂的枝葉遮擋了強烈的陽光。我嗅到了碘酒的氣味，看到了在我周圍散亂著一些亮晶晶的安瓿。我感到耳朵上、屁股上都有痛處，我知道他們適才搶救過我。他們不讓我死。我腦子裡突然出現了一個俏麗的面容，給我打針的肯定是她，果然是她，我的女兒西門寶鳳。她學的本是人醫，卻經常為畜生治病。她穿著淺藍色方格半袖襯衫，面色蒼白，目光憂悒，一副心事重重的樣子，這是她的一貫表情。她伸出涼森森的手指，摸摸我的耳朵，對旁邊的人說：

「沒有什麼問題，可以把牠放進圈裡去吃奶了。」

這時，洪泰岳湊了上來，用粗糙的大手摸著我光滑如綢緞的皮毛，說：

「寶鳳，你不要以為讓你給豬治病是屈了你的才！」

「書記，我沒有這樣想，」寶鳳收拾著藥箱子，不卑不亢地說，「在我的心裡，畜生和人沒什麼區別。」

「能有這種認識就好，」洪泰岳道，「毛主席號召大養其豬，養豬就是政治，把豬養好，就是向毛主席表忠心。金龍，互助，你們聽明白了嗎？」

黃互助諾諾連聲，金龍肩膀斜靠在柿子樹幹上，歪著腦袋抽那種九分錢一包的劣質香菸。

「金龍，我問你呢！」洪泰岳不快地說。

「我不是在側耳聆聽嗎？」金龍歪著頭說，「難道您還要我把毛主席有關養豬的最高指示一條一條地背給您聽嗎？」

「金龍，」洪泰岳撫摸著我的背脊說，「我知道你心裡一直有氣，但你要知道，太平屯那個李仁順，用印有毛主席寶像的報紙包了一條鹹魚，就判了八年，現在還在沙灘農場勞改，你的事，比他嚴重得多！」

「我是無意的，跟他的性質不一樣！」

「如果你是有意的，就該槍斃你！」洪泰岳惱怒地說，「知道我為什麼保你？」洪泰岳看一眼黃互助，說，「是互助，還有你娘，跪在我面前為你求情！當然，最主要的，我對你有個基本判斷，你雖然血統不好，但從小是在紅旗下長大，『文革』前就是我們的培養物件，你是初中生，有文化，我們幹革命需要有文化的人。你不要覺得讓你養豬是屈了你的材料，在當前這種形勢下，養豬是最光榮、最艱巨的崗位，把你安排在這裡，是黨對你的考驗，是毛主席的革命路線對你的考驗！」

金龍扔掉菸頭，站直了身體，垂著頭，聽著洪泰岳的訓斥。

「你們的運氣很好——無產階級不講運氣，我們講形勢，」洪泰岳托著我的肚皮，把我高高舉起，說，「我們屯的母豬一胎生了十六隻豬娃，這在全縣、全省都少見。縣裡正在尋找大養其豬的典型，」洪泰岳降低了調門，神祕地說，「典型，明白嗎？典型的意義，明白嗎？大寨修梯田成為典型，大慶鑽石油成為典型，下丁家種果樹是典型，徐家寨組織老太太跳舞成為典型，我們西門屯養豬為什麼不能成為典型？你藍金龍前幾年排演樣板戲，強拉著解放和你爹的牛入社，不也是想當典型嗎？」

金龍抬起頭，眼睛閃爍著興奮的光彩，我知道這兒子的秉性，知道他那天才的頭腦一旦運轉起來就會怪招迭出，創造出在今天看起來荒唐可笑但在那個時代裡卻能贏得一片喝采的事蹟。

「我已經老了，」洪泰岳道，「這次重新站起來，只求能把屯裡的事情幹好，不辜負革命群眾和上級的信任，但你們不一樣，你們年輕，前途無量。好好幹，幹出成績來是你們的，出了問題我兜著。」洪泰岳指指那些正在杏樹林裡掘坑築牆的社員們說，「我們要在一個月內，興建二百間花園式豬圈，實現一人五豬的目標，豬多肥多，肥多糧多，手中有糧，心裡不慌，深挖洞，廣積糧，不稱霸，支援世界革命，每一頭豬，都是射向帝修反的一顆砲彈。所以，我們的老母豬一胎生了十六隻豬娃，實際上是生了十六顆射向帝修反的砲彈，我們的這幾頭老母豬，實際上是向帝修反發起總攻的幾艘航空母艦！現在，你們該明白我把你們這些年輕人放在這崗位的重要意義了吧？」

我耳朵聽著洪泰岳的豪言壯語，眼睛卻一直盯著金龍。幾經轉世之後，我與他的父子關係，逐漸淡化成一種記憶，如同譜牒上模糊的字跡。洪泰岳的話如同峻猛的興奮劑，刺激著金龍的大腦，使他心跳血熱，使他摩拳擦掌。他搓著手走到洪泰岳面前，腮上那兩條肌肉習慣性地抽動著，帶動著那兩輪又薄又大的耳朵微微顫抖，我知道這是他發表長篇大論的前兆，但這次他沒有發表長篇大論——人生路上的挫折顯然使這傢伙成熟了──他從洪泰岳手裡將我接了過去，緊緊地抱在胸前，使我親切地感到了他那顆野心瘋狂跳動，他低下頭在我耳朵上吻了一下──這一吻，在日後的典型材料中，被拔高成養豬模範藍金龍先進事蹟中的一個重要細節：為了搶救初生下來的窒息小豬，藍金龍對小豬施行了口對口人工呼吸，使幾乎死定了的、遍體紫疳的小豬重獲生命，並發出吱吱的叫聲，小豬得救了，但藍金龍卻因為過分疲倦而昏倒在豬棚裡──斬釘截鐵般地說：

「洪書記，從今之後，公豬就是我的爹，母豬就是我的娘！」

「這就對了！」洪泰岳欣喜地說，「我們需要的就是能把集體的豬當成爹娘伺候的青年。」

第二十二章　豬十六獨占母豬乳　白杏兒榮任飼養員

儘管這些狂熱的人，賦予了豬那麼多光輝燦爛的意義，但豬畢竟還是豬。不管他們對我施以何等的厚愛，我還是決定以絕食來終結為豬的一生。我要去面見閻王，大鬧公堂，爭取做人的權利，獲得體面的再生。

他們把我抱回豬棚裡時，那頭老母豬已經躺在一攤碎草上，四腿伸展，肚腹前緊密地擠著一排小豬。每個小豬叼著一個奶頭，發瘋般的吮吸，發出呱唧呱唧聲響。那幾隻沒有搶占到奶頭的小豬，焦急地尖叫著，從吃奶小豬的縫隙裡，死命地往裡鑽。有的小豬鑽進去，有的小豬被擠出來，有的爬到母豬的肚子上，跳著腳尖叫。母豬閉著眼睛，哼哼著，那樣子讓我感到可憐又感到可憎。

金龍把我交到互助的手裡，彎下腰，把一隻正在吃奶的小豬拖了出來。那小傢伙的嘴巴把母豬的奶頭抻得像一根猴皮筋一樣。空出來的奶頭立即就被另一頭小豬噙在嘴裡。

金龍將那些霸住奶頭死不放的傢伙一個個拖出來，放到圈牆的外邊——這些傢伙在外邊哭鬧不止，用尚不流暢的語言罵著人——母豬的肚腹前，只留下十隻小豬，餘出兩隻有效奶頭。它們已經被其他的小豬嚼得腫脹發紅，看到它們的樣子我就感到噁心。金龍把我從互助懷裡接過去，將我放在母豬腹前。我緊緊地閉上了眼睛，耳邊，那些令我感到恥辱的兄弟姊妹們嘴裡發出的嗞咂聲使我的腸胃攪動，欲嘔無物。我說過，我要死，我絕不能把那骯髒的豬奶子噙進嘴巴。我知道，一旦噙住畜類的奶頭，身上的人性就會喪失多半，就不可救藥地滑進畜類的深淵。只要噙住了母豬的奶頭，我就會被豬性擒獲，豬的性情，豬的愛好，豬的欲望便會隨著乳汁灌注到我的血液裡，使我成為一頭僅僅是殘存著一點人類記憶的豬，完成這次骯髒、恥辱的輪迴。

「吃啊，吃啊！」金龍托著我的身體，將我的嘴巴觸到一隻肥大的奶頭上，我的那些可恥的兄弟姊妹們吃奶時留下的黏液沾到我的嘴巴上，令我噁心。我死死地閉著嘴巴，緊緊地咬住牙關，抵抗著奶頭的撩撥。

「這頭笨豬，奶頭放到嘴邊也不知道開口。」金龍罵著我，在我的屁股上輕輕地拍了一掌。

「你的動作太粗暴了！」互助說著，把金龍搡到一邊，接過我的身體，用柔軟的手指，輕輕地搔著我的肚皮，極度的舒服，使我哼哼起來，想不哼哼都不行，雖然我發出的還是豬的聲音，但聽起來已經不是那麼刺耳。互助呢呢喃喃地對我說，「小寶貝，豬十六，你這個小傻瓜，不知道媽媽的奶好吃，嚐一嚐，來，嚐一嚐，不吃奶你怎麼能長大呢？」從她的絮叨中，我知道自己在十六個豬娃中排行第十六，也就是說我是最後一個從老母豬的肚子裡鑽出來的，儘管我有不平凡的經歷和洞察陰陽兩界、橫跨人畜兩道的智慧，但在人的眼睛裡，我只能是一頭豬。這是多麼巨大的悲哀，但更大的悲哀還在後頭。

互助用母豬的奶頭撩撥著我的嘴唇和鼻孔。我感到鼻孔發癢，猛然打了一個噴嚏。我從互助的手上知道她吃了一驚，接著便聽到她哈哈大笑。「想不到豬也會打噴嚏，」她說，「十六，豬十六，你會打噴嚏就應該會吃奶啊！」她握住母豬的奶頭，對準我的嘴巴，輕輕地擠了幾下，一股溫熱的液體，噴到了我的唇邊，我不由地吧咂了幾下舌頭，嗚呀，上帝，想不到豬的乳汁，我的豬媽媽的乳汁，竟是如此的甜美、芳香，猶如絲綢，猶如愛情，頃刻間讓我忘記了恥辱，頃刻間改變了我對周圍環境的印象，頃刻間使我感到這橫躺在碎草上為我們這一群兄弟姊妹們哺乳的豬媽媽是那樣高尚、聖潔、莊嚴、美麗，我迫不及待地將那隻奶頭搶到嘴裡，幾乎把互助的手指也噙住了。然後一股股的乳汁便濡濕了我的口腔進入我的腸胃，然後我便感到力量和對於母豬媽媽的熱愛在每分每秒中增長，然後我聽到互助和金龍歡喜拍手而笑，我用眼睛的餘光看到他們年輕的臉膛猶如盛開的雞冠花，看到他們的手緊緊地攥在一起，儘管我腦子裡電光石火般地閃現出一些歷史的記憶碎片，但此時我唯願忘卻，我閉上眼睛，體驗著一頭豬娃吃奶的快樂。

在接下來的日子裡，我成了十六個豬娃中最霸蠻的一個。我的食欲大得讓金龍和互助吃驚，我在吃的方面表現出了極大的天賦。我總是能用最迅速最準確的動作，搶占到母豬媽媽肚腹中央那個泌奶量最大的奶頭。我那些愚蠢的兄弟姊妹們只要噙住奶頭便會閉上眼睛，我卻自始至終圓睜著雙眼。我在瘋狂地吮吸那個最大的奶頭時，會用身體把另一隻奶頭遮蔽住。我眼睛警惕地看著兩側，每當有哪個可憐巴巴的傢伙妄圖上來搶食時，我的屁股就會用力擺過去，把牠撞到一邊。我總是能用最快的速度把鼓脹的奶頭嘬癟，然後再去搶別的奶頭。我很驕傲，當然也有些微的慚愧，在那些日子裡，我自己吃下的乳汁，比三隻小豬吃到的乳汁總量還多。我的奶沒有白吃，對人類來說，我用快速增長的身體對他們進行了回報。我表現出來的智慧、勇氣和日漸雄偉的身體，讓他們對我另眼相看。我於是明白，做為一頭豬，就是要瘋吃、瘋長，人類喜歡的就是這個。當然，把我生下來的豬媽媽也活該倒楣，我對牠奶頭的眷戀令牠不勝厭煩。即使牠站著進食時，我也會鑽到牠的腹下，仰起頭叮住一個奶頭。兒子啊，兒子，我的豬媽媽對我說，你讓媽媽進點食吧，媽媽不進食，哪有乳汁餵你們啊！你難道沒有看到媽媽的身體已經瘦弱不堪，媽媽的後腿已經站立不穩了嗎？

出生七日後，金龍和互助就把我的兄弟姊妹們捉走八隻，放到旁邊的豬舍裡，用小米粥餵養。負責餵養我那八個哥、姊的是一個女人，因為土牆間隔，我看不到她的形象，但能聽到她的聲音。她的聲音那樣熟悉，那樣悅耳，但我卻回憶不起她的容貌和名字。每當我想集中精力打開記憶通道時，一陣濃重的睡意便會襲來。能吃能睡能長肉，這是好豬的三大標誌，我全都具備。有時候，隔壁那個女人充滿母愛的嘮叨聲也會成為我的催眠曲。她每天六次給那八隻小豬餵食，香噴噴的玉米粥或是小米粥的氣味溢過牆來。我聽到我那些哥、姊們歡快地叫著、吃著，聽到那個女人滿嘴「小心肝兒、小寶貝兒」地嘮叨著，便知道這女人心地善良，她把小豬當成了自己的孩子。

出生一個月後，我的身體已經比我那些哥、姊們大出了不止一倍。母豬媽媽的十二個有效奶頭，基本上被我獨霸。偶有一個餓瘋了的小傢伙不顧死活地衝上來叼住一個奶頭，我用嘴巴拱著牠的肚子輕輕一掀，就使牠翻滾到母豬身後的牆角上。母豬媽媽有氣無力地呻吟著說：十六啊十六，你讓牠們也吃一點好不好？你們都是我身上掉下來的肉，餓著哪個我也心疼啊！我對媽媽的話感到反感，不予理睬，我用瘋狂的吮吸使牠直翻白眼。後來，我發現自己的兩隻後腿，竟可以像毛驢的蹄子一樣靈活有力地彈起來。這樣，就根本不需要我吐出奶頭、騰出嘴巴對付那些搶食者，只要看到牠們圍攏上來，小眼通紅，口裡發出尖叫，我就會弓起身體，飛揚後腿——有時是一條，有時是兩條——將我的像瓦片一樣堅硬的蹄子蹬到牠們的頭上。這些挨了打的傢伙只好滿懷著嫉妒和仇恨，轉著圈子嚎叫，詈罵，餓急了就舔一點母豬槽邊的殘渣剩食。

這種情況很快就被金龍和互助發現，他們請來了洪泰岳和黃瞳，站在土牆外邊觀察著。我知道他們悄沒聲地不想讓我發現，我也就佯裝沒有發現他們。我用特別誇張的動作吃奶，把母豬媽媽囓得呻吟不絕，我用靈巧的單腿踢和威武的雙腿踢，把我那些個可憐的兄、姊整得吱哇亂叫，遍地打滾。我聽到了洪泰岳興高采烈的聲音：

「媽的，這哪裡是豬！簡直是匹小毛驢兒！」

「是的，竟然會打蹄子！」黃瞳附和著說。

我吐出乾癟的奶頭，站起來，大搖大擺地在棚子裡散步，我仰起頭，對著他們叫，我頓著喉嚨，發出「哐哐」的聲音，讓他們更加吃驚。

「把那七隻小豬也挪出去吧，」洪泰岳說，「這個傢伙，留做種豬，母豬的奶全給牠一個吃，把胚子發壯。」

金龍跳進豬圈，嘴巴裡發出「囉囉」的聲音，彎著腰，向那些小傢伙靠攏。母豬媽媽昂著頭，向金龍示威。金龍身手敏捷，轉眼間就把兩隻小豬倒提在手中。母豬媽媽衝上去，被金龍一腳踢退。那兩個小傢伙在金龍手中倒懸著，咧著嘴，尖聲哭叫。互助費勁地接過一隻小豬，另一隻小豬被黃瞳接過去。聽聲音我知道牠們都被放到隔壁豬舍裡，與先前被分出去的那八個蠢貨合在了一群。我聽到那八個小混蛋齊咬這兩個小混蛋，心中只感到快意，毫無同情。金龍只用了洪泰岳吸完一枝菸的工夫，就把七個蠢貨全部抓了出去。隔壁的豬舍裡，一片混亂，八個先到的，與七個後來的，廝咬成一團。只有我一個，在這邊悠閒聽音。我斜著眼看看豬媽媽，知道牠心中悲涼，但又如釋重負。牠畢竟是一頭普通的豬，不會像人類那樣煽情。看，牠已經把失去一批兒女的痛苦忘卻，站在槽邊鬧食了。

食物的氣味飄了過來，很快逼近。互助提著一桶飼料到達圈門。她戴著一片白色的遮胸巾，巾上繡著「西門屯大隊杏園養豬場」的鮮紅字樣。她還戴著兩隻白色套袖，一頂白色軟帽，那樣子很像糕點店裡的麵案師傅。她用鐵勺子舀著飼料往食槽裡倒。母豬媽媽昂著頭，前蹄站在槽裡。飼料落在牠的臉上，看上去像一攤攤的黃屎。這飼料散發著酸溜溜的腐敗氣味，令我極端厭惡。這就是西門屯大隊的高級知識分子藍金龍和黃互助共同研製的糖化飼料，用雞屎、牛糞、綠色植物，加上麴種混合在大缸裡發酵而成。金龍提起桶，將桶中的飼料全部倒進食槽。母豬無可奈何地吃著。

「只吃這種飼料嗎？」洪泰岳問。

「前幾天每次加兩勺豆餅，」互助說，「從昨天起，金龍說不加豆餅了。」

洪泰岳探身進圈，觀察著母豬，說：「為了保證這頭小種豬的發育，要給這頭母豬開小灶，加足料。」

「大隊倉庫裡的飼料糧已經不多了。」黃瞳道。

「不是還有一倉玉米嗎？」洪泰岳問。

「那是戰備糧！」黃瞳道，「動用戰備糧要報請公社革委批准。」

「我們養的是戰備豬！」洪泰岳道，「真要打起仗來，解放軍不吃肉，如何能打勝仗？」見黃瞳還在猶豫，洪泰岳堅定地說，「開倉，出了問題我負責。下午我就去公社彙報請示，大養其豬，是壓倒一切的政治任務，諒他們也不敢攔擋。重要的是，」洪泰岳神祕地說，「我們要把豬場擴大，把豬的存欄數提高，到時，縣裡糧庫的糧食，就是我們豬場的糧食。」

黃瞳和金龍的臉上浮起會心的笑容。此時，小米粥的香氣由遠漸進，到了隔壁豬圈門前停止。洪泰岳道：

「西門白氏，從明天起，這頭母豬也歸你餵養。」

「是，洪書記。」

「先把這桶米粥倒在母豬槽裡一半。」

「是，洪書記。」

西門白氏，西門白氏，這是個多麼熟悉的名字啊，我用力思索著，回憶這個名字與我的關係。一個親切的面孔，出現在豬圈前方。我一看到那張飽經滄桑的大臉，全身如通了電流一般震顫不止，於此同時，記憶的閘門被猛然拔開，往事如潮湧至。我大叫一聲：「杏兒，你還活著！」但我的話一出喉嚨，就變成了一聲長長的、尖厲的嚎叫。這聲音不但把圈前那些人嚇了一跳，也讓我自己大吃一驚。於是我無限悲哀地又回到了現實，回到了現在，現在，我早已不是什麼西門鬧，我是一頭豬，是圈裡這頭白色母豬的兒子。

我努力計算著她的年齡，但葵花的香氣使我迷糊起來。葵花正在盛開，主稈粗壯如樹，葉片烏黑胖碩，花盤大如臉盆，花瓣宛如金子鍛造，葉片和莖稈上的白色芒刺足有一釐米，這一切構成了凶悍霸蠻的印象。儘管我算不清她的準確年齡，但我也知道她已經年過半百，因為她的雙鬢上已經出現了白的髮絲，她那兩隻細長的眼睛周圍，爬滿了密密麻麻的皺紋，那一口曾經潔白整齊的牙齒也變成了土黃的顏色並且磨損嚴重。我恍然覺得，在過去的許多年頭裡，這個女人是依靠吃草為生。她吃的是乾燥的穀草和堅硬的豆秸，咀嚼時會發出咯咯嘣嘣的響聲。

她用一柄木勺子舀著米粥，慢慢地往食槽裡倒。老母豬前腿扶著圈門立起來，迎接那美味的食品。隔壁那些傻傢伙被美味誘惑，發出一片震耳欲聾的叫聲。

在母豬和隔壁小豬呱嗒呱嗒的吃食聲中，洪泰岳嚴肅地對西門白氏訓話。他的話聽起來冷酷無情，但他的眼神裡明顯地流露出一些曖昧的溫情。西門白氏在陽光下垂手而立，她頭上那些白的髮絲像銀子一樣閃閃發光。透過圈門寬大的縫隙，我看到她的雙腿在微微顫抖。

「我的話你聽明白了嗎？」洪泰岳嚴厲地問。

「放心吧，洪書記，」西門白氏低聲但是異常堅定地說，「我一輩子沒有生養，這些豬娃，就是我的親生兒女！」

「這就對了，」洪泰岳滿意地說，「我們需要的就是能把集體的豬娃當成親生兒子來撫養的女人。」

第二十三章　豬十六喬遷安樂窩　刁小三誤食酒饅頭

哥們兒，或者是爺們兒，你好像有點厭煩了，我看到你那浮腫的眼皮已經遮住了你的眼球，從你的鼻子裡，似乎還發出了鼾聲——大頭男孩藍千歲用刻薄的腔調對我說——如果對豬的生活不感興趣，那我就給你講述狗的生活——不，不，不，我非常感興趣，您知道，您為豬的歲月裡，我並沒有時刻在您身邊。起初我在養豬場工作，但並沒有負責餵養您，後來，我與黃合作一起，被派到棉花加工廠工作，對您成就赫赫大名的過程，多半是道聽塗說。我非常願意聽您講述，我想知道您經歷的一切，連一個細節也不放過。您千萬不要在乎我的眼皮，當我的眼皮遮住了眼球時，那正是我聚中了全部精力聽您講述的標誌。

接下來的事情，極其紛紜複雜，我只能揀要緊的、熱鬧的說給你聽，大頭男孩道，儘管西門白氏對我的母豬媽媽進行了精心的餵養，但我還是用瘋狂的吮吸——簡直就是榨取——導致了牠的後癱。牠的兩條後腿像兩根枯萎的老絲瓜拖在身後，用兩條前腿勉強支撐著前半身，在豬圈裡爬行。此時我的身體已經與牠的身體相差無幾。我皮毛光滑，像抹了一層蠟；皮膚粉紅，散發著香氣。可憐的母豬媽媽皮毛骯髒，後半身沾著屎尿，散發著臭氣。每當我要叼牠的奶頭時，牠就沒命地嚎叫，眼淚從三角形的眼睛裡湧出來。牠拖著殘廢的身體爬行著，躲著我，求著我：兒子，好兒子，饒了媽媽吧，你把媽媽的骨髓都吸乾了，你難道看不到媽媽的慘狀嗎？你已經長大成豬，完全可以獨立進食了。但我置牠的哀求於不顧，一嘴將牠拱翻，同時把兩個奶頭噙在嘴裡，在母豬媽媽挨刀般的尖叫聲中，我感到昔日能分泌出甘美乳汁的乳房，已經像廢舊的膠皮一樣枯燥無味，那裡邊能夠分泌的，只有極少量又腥又鹹的黏液，這已經不是乳汁而是毒藥。我厭惡地一拱，就使牠翻了一個筋頭。牠哀嚎著，怒罵著：十六啊，你這個喪盡天良的畜生啊，你是個惡魔，你的爹不是豬，而是一匹狼……

因為母豬的後癱，西門白氏受到了洪泰岳的訓斥。她含著眼淚辯解：「書記啊，不是我不盡心，是這頭小豬太厲害，你沒看過牠吃奶的樣子，如狼似虎啊，別說是一頭母豬，就是一頭母牛，也會被牠吸癱……」

洪泰岳扶著圈牆往裡看，我心血來潮，前腿一舉，直立起來。我沒有想到，直立起來，用兩隻後腿支撐身體，這個只有那些馬戲團裡久經訓練的豬才能做的動作，我做起來竟是這般輕鬆自如。我把兩隻前蹄搭在牆頭上，腦袋幾乎觸到洪泰岳的下巴。他吃了一驚，身體後撤，瞅瞅周圍無人，低聲對西門白氏說：

「錯怪你了，我馬上派人來，將這個豬王弄出來單獨飼養。」

「我早就跟黃副主任說過，但他說要等您回來研究……」

「這個笨蛋，」洪泰岳道，「這麼點小事都不敢做主！」

「大家都敬奉著您呢，」白氏抬頭看了洪泰岳一眼，慌忙低下頭，喃喃道，「您是老革命，為人正派，處事公道……」

「行了，這些話你以後不要再說，」洪泰岳揮揮手，緊盯著白氏泛起紅潮的臉膛，說，「你還住在那兩間看塋屋子裡嗎？要不你就搬到飼養棚裡來吧，跟黃互助她們住在一起。」

「不啦，」白氏說，「我出身不好，又老又髒，別讓年輕人討厭……」

洪泰岳用勁兒盯了白氏幾眼，把頭扭了，目光盯著那些肥大的葵花葉片，低聲道：

「白氏，白氏，你要不是地主該有多好……」

我「哐哐」地叫著，表達著心中複雜的情感。說實話，我那時並沒有特別強烈的醋意，但洪泰岳與白氏之間那種日漸微妙的關係讓我本能地感到不悅。這事兒自然沒完，最終的悲劇結果你儘管知道，但我還是會詳盡地講給你聽。

他們將我轉移到了一間特別寬大的豬舍裡。離開誕生地時我最後看了一眼萎在牆角、癡癡呆呆的母豬，心中毫無悲憫之感。但不管怎麼說，我通過牠的產道來到陽世，從牠的乳房裡榨取營養長大了自己的身體，牠對我有養育之恩，我應該報答牠，但我實在想不出拿什麼報答牠，最後，我將一泡尿撒在牠的食槽裡，據說，年輕公豬的尿含有大量激素，對因哺育過度而癱瘓的母豬，有奇特的療效。

我的新居是一排獨立圈舍中最寬敞的一間，距離那二百間新建成的豬舍有一百米遠。我的房子後邊是一棵大杏樹，半個樹冠籠罩在圈舍的上空。圈舍是敞開式的，後簷長，前簷短，陽光可以無遮攔地照射進來。圈舍的地面全部用方磚鋪就，角落有洞，洞上架鐵箅子方便糞便流出。在我的臥室牆角，有一堆金黃色的麥秸，散發著清新的氣息。我在新居裡轉來轉去，嗅著新磚的氣味，新土的氣味，新鮮梧桐木的氣味，新鮮高粱稈的氣味。我很滿意。與老母豬那低矮、骯髒的居所相比，我的新居，是真正的高尚住宅。這裡通風透氣，採光良好，所有的建築材料都是環保型的，絕對沒有有害氣體。瞧那梁檁，是新砍下來的梧桐樹幹，茬口雪白，滲著苦澀的汁液。充當房笆的高粱秸稈也是新鮮產物，汁液未枯，散發著酸甜的氣味，嚼起來味道肯定很好。但這是我的屋，我不會為了滿足口腹之欲而自拆房屋，但咬一截嚐嚐滋味也不是不可以。我可以輕鬆地直立，僅用兩條後腿支撐身體，像人一樣行走，但這一手絕活，要盡量地保守祕密。我預感到自己降生在一個空前昌盛的豬時代，在人類的歷史上，豬的地位從來沒有如此高貴，豬的意義從來沒有如此重大，豬的影響從來沒有如此深遠，將有成千成億的人，在領袖的號召下，對豬頂禮膜拜。我想在豬時代的鼎盛期，有不少人會產生來世爭取投胎為豬的願望，更有許多人生出人不如豬的感慨。我預感到生正逢時，從這個意義上想閻王老子也沒虧待我。我要在豬的時代裡創造奇蹟，但目前時機尚未成熟，還要裝愚守拙，韜光養晦，抓緊時機，強壯筋骨，增加肌肉，鍛鍊身體，磨練意志，等待著那火紅的日子到來。因此，人立行走的奇技，絕不能輕易示人，我預感到此技必有大用，為了不至荒疏，我在夜深人靜時堅持練習。

我用堅硬的嘴拱了一下牆壁，牆壁上隨即出現了一個窟窿。我用後蹄踏了一下地面，一塊方磚裂成兩半。我直立起來，嘴巴觸到了房笆，輕輕一咬，一截高粱秸就落在嘴裡。為了不讓他們發現蹤跡，我將那高粱秸嚼碎吞下，連一點渣滓都不吐。我在院子裡——姑且算做院子吧——直立起來，前蹄搭在了一根鋤柄粗細的杏樹杈上。通過這一番偵探試驗，我心中有了底數。這間看起來——對一般的豬來說是堅固牢靠的華舍，對我來說，簡直是紙糊成的玩具，我用不了半點鐘，就能將它夷為平地。當然我沒有那麼愚蠢，在時機沒有到來之前，我不會自毀居所。我不但不毀它，我還要好好愛護它。我要保持衛生，保持整潔，定點大小便，克制鼻子發癢想拱翻一切的欲望，給人們留下最為美好的印象。要做霸王，先做良民。我是一頭博古通今的豬，漢朝的王莽就是我的榜樣。

最讓我高興的是，我的新舍裡竟然通了電源，有一盞一百瓦的燈泡懸掛在最高的梁頭上。後來我知道新建的二百間豬舍都通了電源，但它們的燈泡只有二十五瓦。電源開關的拉線緊貼著牆壁垂懸。我抬起一隻蹄子，將那線夾在蹄爪的中縫裡，輕輕一拽，啪噠一響，燈泡白亮，真是好玩，現代化的春風，跟著文化大革命的東風，終於吹進了西門屯。趕快拉滅，別讓那些人知道我會開燈。我知道這些人在豬舍裡安電燈是為了監視我們的行動，當時我就想像一種設備，安裝在豬舍裡，那些人只要待在舒適的房間裡，就可以把我們的活動一覽無餘。後來，這種設備果然出現了，這就是如今各大工廠、車間、教室、銀行甚至公廁普遍安裝的閉路電視監控系統。但我對你說，即使他們當時就有了這種設備，在我的舍裡安裝了攝像頭，我也會用豬屎糊上，讓他們看得滿眼豬屎。

我搬進新舍已是深秋季節，太陽光線裡紅色增多白色減少。紅色的太陽把杏樹的葉子全部染紅，不亞於香山的紅葉——我當然知道香山在哪裡，我當然知道紅葉象徵著愛情，紅葉上還可以題詩——每天的傍晚和清晨，太陽落下和升起的時候，也是養豬人吃早飯和晚飯的時候，豬舍裡異常安靜，我便直立起來，將兩隻前爪蜷在胸前，從大杏樹上摘下紅葉，塞進嘴裡嚼著。杏葉清苦，纖維豐富，能降低血壓，清潔牙齒。我咀嚼著杏葉，類似今日那些咀嚼著口香糖的時髦青年。我往西南角上望去，一排排豬舍，整整齊齊，宛如軍營，幾百棵杏樹將豬舍掩映，在通紅的夕陽或者朝陽的照耀下，杏葉燦爛，如火如霞，是無比美好的景象。那時人們衣食拮据，對大自然的美景還比較麻木，如果那些杏樹和豬舍保留到今天，完全可以吸引城裡人下來欣賞紅葉，春天可以搞個杏花節，秋天就搞個紅葉節，讓他們吃在豬圈睡在豬舍，真正體會鄉野風情。扯遠了，對不起。我是一頭想像力豐富的豬，腦子裡有許多莫名其妙的幻想，我經常被自己幻想出來的情景嚇得屁滾尿流或者逗得哈哈大笑。屁滾尿流的豬隨處可見，但哈哈大笑的豬唯我一頭，這事兒後面還會提到，暫且不表。

就在那些杏葉鮮紅的日子裡的一天，大概是農曆的十月初十吧，就是十月初十，沒錯，我相信自己的記憶，十月初十的凌晨，太陽剛剛升起，很大很紅很柔軟的時候，久未露面的藍金龍回來了。這傢伙帶領著當年在他鞍前馬後侍奉過的孫家四兄弟，外加大隊會計朱紅心，僅用了五千元錢，就從沂蒙山區買回了一千零五十七頭豬。每頭平均不到五元，實在是便宜得驚人。當時我正在我的高尚住宅裡晨練：用兩隻前爪攀住那根探到我的院子裡來的杏樹枝杈，做引體向上的練習。杏樹枝杈柔韌結實，彈性強大，借著這勁兒，我的身體不時地離開地面，沾著白霜的紅色杏葉紛紛飄落。我的這行為一舉三得，一是鍛鍊了身體，二是體驗了身體暫時脫離地球引力的快樂，三是落在地上的杏葉，都被我用爪子撥拉到臥處。我為自己準備了一個鬆軟溫暖的床位。我預感到即將到來的是一個嚴寒的冬季，我要做好禦寒取暖的準備。就在我攀著樹杈屁顛兒樂著的時候，我聽到一陣馬達的轟鳴，抬眼看到，從杏園外邊那條土路上，開來了三輛拖著掛斗的汽車。汽車風塵僕僕，彷彿剛從沙漠裡鑽出來，車頭上落著厚厚的塵土，以至於難以分辨汽車本來的顏色。汽車顛顛簸簸地開進杏園，停在那片新豬舍後邊的空地上。空地上散亂著磚頭瓦片，還有一些沾著泥巴的麥草。三輛汽車像三個尾大不掉的怪物，折騰了半天才停妥當。這時，我看到，從第一輛車的駕駛棚裡，鑽出了蓬頭垢面的藍金龍，從後邊那輛車的駕駛棚裡，鑽出了會計朱紅心和孫家老大孫龍。然後從第三輛車上的車廂裡，站起了孫家三兄弟和小鬼一樣的莫言。這四個小子的頭臉上塵土很厚，活像秦始皇的兵馬俑。這時候，我聽到從車廂裡和掛斗裡，發出了豬的哼哼聲，哼哼聲漸漸變大，變成了齊聲尖叫。我心中興奮無比，知道豬的紅火日子已經開始。這時我還沒看到這些沂蒙山豬的形象，僅僅聽到了牠們的叫聲，僅僅嗅到了牠們屎尿的古怪氣味。但我預感到這是一群醜陋的傢伙。

洪泰岳騎著一輛嶄新的「大金鹿」飛馳而來，那時自行車還是緊俏物資，每個大隊的支部書記才可以憑票購買一輛。洪泰岳將自行車支在空地的邊上，緊靠著一棵被砍去了半邊樹冠的杏樹，連鎖都沒上，可見他的興奮非同一般。他像迎接遠征歸來的戰士一樣，張開雙臂跑向金龍，你不要以為他要擁抱金龍，那是外國禮貌，大養其豬時代的中國人還不興這一套。洪泰岳張開的雙臂在到達金龍面前突然下垂，他伸出一隻手，拍拍金龍的肩膀，說：

「買到了嗎？」

「一千零五十七頭，超額完成任務！」金龍說著，身體便搖晃起來。洪泰岳沒來得及扶他，他就一頭栽到地上。

隨著金龍的暈倒，孫家四兄弟和挾著一隻人造革黑色皮包的會計朱紅心也搖晃起來，只有莫言還精神抖擻，他揮舞著胳膊，大聲喊叫著：

「我們殺回來了！我們勝利了！」

紅通通的太陽照著他們，使場面顯出幾分悲壯。洪泰岳招呼著大隊裡的幹部和民兵，把這幾個勞苦功高的買豬人，連同三個司機，扶的扶，抬的抬，都弄到了飼養員居住的那排房屋裡。洪泰岳大聲吩咐著：

「互助，合作，找幾個婦女，擀麵條，煮雞蛋，慰勞他們，其餘的人，都來卸車！」

車掛斗後邊的擋板剛打開，我就看到了這些可怕的東西。牠們哪裡是豬！牠們怎麼配叫豬！牠們七大八小，毛色混雜，身上無一例外地沾著骯髒的糞便，散發著刺鼻的惡臭。我慌忙夾起幾片杏葉，堵塞了鼻孔。我原以為他們會弄來一群美麗的小母豬與我作伴，使我這個未來的豬王享盡豔福，沒想到竟弄來一群野狼與野豬雜交出來的怪物！我原本想再也不看牠們，但牠們那侉裡侉氣的外地口音又讓我感到好奇。老藍，儘管我有一顆人的靈魂，但畢竟還是一頭豬，你不能對我期望過高。好奇之心，人皆有之，何況一頭豬？

為了減輕牠們的尖叫對我耳膜的刺激，我揉爛兩片杏葉，團成球兒，堵住耳朵。後腿發力，前腿舉起，我把住那兩根杏樹杈兒，取得了一個開闊的視野，將新建豬舍旁邊那片空場上的景物盡攝眼底。我知道自己肩負重任，在七〇年代的高密東北鄉歷史上將扮演重要角色，我的事蹟，最終將被莫言那小子寫進經典，我要愛護自己的身體，我要保護自己的視力、嗅覺、聽力，這些，都是我創造傳奇的必要條件。

我將前爪和下巴放在樹杈上，藉以減輕兩條後腿承受的壓力。樹杈因我的壓迫而下垂，並微微顫抖。一隻啄木鳥貼在樹皮上，歪著腦袋，用黑色的小眼睛，好奇地看著我。我不懂鳥語，無法與牠交流，但我知道我的形狀讓牠感到了驚奇。我透過疏朗的杏樹葉子，看到那些從車上卸下來的傢伙，一個個頭昏眼花、腿腳發軟的可憐樣子。有一隻嘴如柱籠、兩耳尖削的母豬，可能是因為年老體弱、不堪旅途顛簸，一下車就暈了過去。牠側臥在沙地上，翻著白眼，嘴裡吐著白沫。還有兩隻模樣略微周正些的小母豬，看樣子極像一母所生，都弓著脊梁，在那裡嘔吐。牠們倆的嘔吐，像病毒性感冒一樣迅速傳染，使半數的豬，弓起了嘔吐時的脊背。其餘的那些傢伙，有歪著的，有趴著的，有借著杏樹粗糙的樹皮蹭癢的，發出「咯嚓咯嚓」的聲響，天哪，多麼粗糙的皮膚！是的，牠們身上有蝨子，有癲癬，我要保持警惕，與牠們拉開距離。有一隻黑色的公豬，引起了我的注意。這傢伙瘦而精幹，嘴巴奇長，尾巴拖地，鬃毛密集而堅硬，肩膀闊大，屁股尖削，四肢粗大，眼睛細小但目光銳利，兩隻焦黃的獠牙，從唇邊伸出來。這傢伙基本上就是一頭未經馴化的野豬。所以，當眾豬因長途坐車體力不支醜態百出時，這傢伙卻悠閒地散步看景，宛如一個抱著膀子吹口哨的小流氓。幾天之後，金龍為牠起了一個響亮的名字：刁小三。刁小三是當時流行的革命樣板戲《沙家濱》中的一個反面人物，對，就是那個搶了少女包袱還要搶人的壞種，我與刁小三的戲很多，按下不表。

我看到，在洪泰岳的指揮下，社員們將那些豬捉進那五排二百間豬舍。捉豬的過程紛亂而嘈雜。那些智商低劣的傢伙，在沂蒙山區被野放慣了，不知道進了豬舍就可以過上養尊處優的幸福生活，牠們把進豬舍當成了上屠場，牠們放聲痛哭，牠們尖聲嚎叫，牠們胡碰亂撞，牠們四處逃竄，牠們都使出了最後的力氣，做困獸之鬥。那個在牛時代裡幹了許多壞事的胡賓，被一頭發了瘋的白豬撞中小腹，仰面跌倒後，費勁坐起來，面色灰白，頭冒冷汗，捂著肚皮哼哼，這個倒楣蛋，心地陰暗，自視才高，什麼事都想摻和，但吃虧的總是他，真是既可恨又可憐。你大概還記得我做為一頭牛時，在運糧河廣大的河灘上，修理這老小子的情景吧？幾年不見，他更老了，門牙脫落，說話漏風，但我做為一頭豬卻只有半歲，正是青春年華、黃金歲月。莫道輪迴苦，輪迴也有輪迴的好處。還有一頭豁了半個耳朵、鼻子上扎著一隻鐵環的閹公豬，暴怒之下，咬傷了陳大福的手指。這個曾與秋香有染的壞蛋，誇張地大聲嚎叫，彷彿整隻手都被公豬咬掉而不僅僅傷了一個手指。與這些無用的男人形成對照的是那些行動遲緩的中年婦女，有迎春，有秋香，有白蓮，有趙蘭，她們都彎著腰，伸著手，嘴裡發出「囉囉」的聲音，臉上帶著友善的笑容，向那些被逼到牆角的豬靠攏。儘管這些沂蒙豬身散惡臭，但這些女人臉上卻沒流露出絲毫厭惡之意。她們的微笑是那麼真誠。豬們雖然還是發出驚懼的「哐哐」聲，但卻沒有逃竄。女人的手伸過去了，不避污穢地觸到了牠們的身體，她們為牠們搔癢。豬禁不住搔癢；人架不住吹捧。牠們的鬥志頃刻之間便被瓦解，一個個瞇縫起眼睛搖搖晃晃地軟在了地上。女人們順勢把這些被溫情俘虜了的豬抱起來，一邊在牠們的腿縫裡搔著，一邊就把牠們送到了豬舍裡。

洪泰岳對女人們大加讚賞，對那些粗野蠻幹的男人冷嘲熱諷。他對坐在地上哼哼不止的胡賓說：「怎麼，雞巴被豬咬掉了嗎？看看你這熊樣，起來，躲到一邊去，別在這裡丟人現眼！」他對慘叫不止的陳大福說：「還有你，哪裡像個男人，即便是咬掉了兩個指頭，也用不著這樣哭嚎！」陳大福攥著手指道：「書記，我這是公傷，公家要給我醫療費和營養費！」洪泰岳道：「你回家等著吧，等著國務院和中央軍委派直升飛機來接你去北京治傷，沒準中央首長還會接見你呢！」陳大福道：「書記，你用不著諷刺我，我雖然傻，但好話壞話還是能聽出來的！」洪泰岳啐了陳大福一臉唾沫，又對準他的屁股踹了一腳，罵道：「滾你媽的蛋！你傻，你偷雞摸狗時怎麼不傻？你爭競工分時怎麼不傻？」說著，又踢了陳大福一腳。陳大福躲閃著，喊道：「共產黨還打人啊？」洪泰岳道：「共產黨不打好人，對你這樣的二流子，除了打別無良藥可治，你最好躲到我的眼界外邊去，看見你我心裡就憋悶！二小隊的記工員來了沒有？今天早上，參加抓豬的人都記半個工，但胡賓和陳大福不記！」「憑什麼？」陳大福拔高嗓門吼叫著。「憑什麼？」胡賓尖著嗓子吼叫著。「什麼也不憑，我看著你們倆不順眼！」「工分，工分，社員的命根，」陳大福忘記了手上的傷，將那傷手，攥成一個拳頭，在洪泰岳眼前揮舞著，喊叫，「你扣我工分，想把我的老婆孩子餓死嗎？我今天晚上就帶著老婆孩子睡到你家裡去！」洪泰岳輕蔑地說：「你以為我老洪是被人嚇唬著長大的嗎？老子革命幾十年，什麼樣的難纏貨色都見過，你這一套癩皮狗戰法，對付別人也許有效，在老子面前不靈！」胡賓原本也想跟著陳大福吵嚷，但他的老婆白蓮，用沾滿豬屎的胖手，搧了他一個嘴巴子，然後陪著笑臉對洪泰岳說：「書記，你別跟他一般見識。」胡賓窩著嘴，一副想哭不敢哭的憋屈樣子。洪泰岳說：「起來吧，難道還指望著四人轎來抬你嗎？」於是胡賓委屈著爬起來，跟在身高馬大的白蓮身後，縮著脖子，回家去了。

在鬧鬧鬨鬨中，一千零五十七頭沂蒙山豬，絕大多數被捉了進去，只有三頭，尚未歸舍。一頭土黃色的母豬死了，一頭黑色間白花的小豬也死了。另有一頭，就是那隻黑色的野豬刁小三，鑽到汽車底下，死活也不出來。基幹民兵王臣，從飼養棚裡扛來一根梧桐杆子，想把牠捅出來，但杆子剛伸進去，就被刁小三咬住。豬和人僵持著，形成拔河的狀態。我雖然看不到車底下的刁小三，但完全可以想像出牠的模樣。牠咬住杆子，鬃毛直豎，雙眼放出綠色的凶光。這基本上不是一頭家豬，而是一匹野獸。這頭野獸在後來的歲月裡，教會了我很多。牠先是我的敵人，後是我的謀士。正如前面所說，我與刁小三的故事，將在後面的篇章裡，濃墨重彩地渲染之。

那身材魁梧的民兵與車廂下的刁小三較勁，正好是勢均力敵，木杆子偶有進退，也是在方寸之間。眾人都看得呆了。洪泰岳側歪著身子，往汽車底下望去。許多人都學著老洪的樣子側歪著身子往汽車底下看去。我看著那些人的怪樣子，努力想像著車底下那頭豬，那個桀驁不馴、流裡流氣的好漢。終於有人覺悟，上前來幫王臣的忙。我對這些人產生了不屑之感。公平角力，一對一嘛，幾個人對付一頭豬，算什麼人呢！我擔心著車下的豬隨時都會被那杆子拽出來，像從泥土裡拕出一個巨大的蘿蔔，但隨即就聽到「喀吧」一聲脆響，只見那幾個拕著杆子的男人往後跌倒，疊成一堆。杆子斷去一截，茬口雪白，顯然是被刁小三咬斷了。

眾人不由地喝起采來。世間的萬物就是這樣，小壞小怪遭人厭恨，大壞大怪被人敬仰。那刁小三的行為，雖然還算不上大壞大怪，但已經明顯地超越了小壞小怪的程度。又有人將杆子捅了進去，但車底下傳出的「喀吧」聲嚇得那人扔掉杆子就跑了。眾人議論紛紛，有建議用土槍打的，有建議用扎槍攮的，有建議用烈火燒的。這些野蠻的建議都遭到了洪書記的否定。洪書記神色沉重地說：「都是些比屎還臭的主意，我們要『大養其豬』，不是大養死豬！」於是又有人建議派一個膽大的女人鑽進車底去給牠搔癢癢，再凶的公豬，也知道尊重女性吧？再凶的豬，被女人一搔癢，也會野性頓消吧？主意是好主意，但派誰進去，立即就成了問題。此時還擔任著革命委員會副主任、但其實一點權力也沒有的黃瞳道：「重賞之下，必有勇婦！誰能鑽進去把這頭野豬降服了，獎給三個勞動日的工分！」洪泰岳冷冷地說：「那就讓你老婆鑽進去！」吳秋香避到人後，罵黃瞳道：「你多嘴多舌，自找難看！別說是三個勞動日的工分，就是三百個勞動日的工分，老娘也不進去！」正為難間，只見西門金龍，從杏園盡頭那五間養豬人的宿舍兼煮飼料的屋子裡走出來。初出門時黃家雙嬌一邊一個攙扶著他，走了幾步後，便將二女推開。二女並肩跟隨著他，如同他的兩個美女保鏢。在他們身後，還跟隨著身背藥箱的西門寶鳳與藍解放、白杏兒、莫言等一干人。我看到了西門金龍那張風塵僕僕的嚴肅面孔，看到了藍解放、白杏兒等十幾個人挑著的豬飼料木桶，雖然用杏葉堵著鼻孔我也嗅到了飼料的香氣。那是用棉子餅、紅薯乾、黑豆屑兒與紅薯葉兒混合熬成的糊狀物。在金色的陽光照耀下，木桶裡冒著乳白的蒸氣，那香味兒就隨著蒸氣擴散開來。我還看到，那幾間屋子裡，蒸氣像雲團一樣從門口洶湧而出。這一干人，雖然七長八短，但在那個早晨卻平添了許多莊嚴色彩，彷彿是一群為前線的戰士送飯的支前隊伍。我知道那些已經差不多餓成了夾板的沂蒙山豬馬上就該大快朵頤了，牠們的幸福生活其實已經開始了。儘管我出身高貴，不屑與你們為伍，但既然已投生為豬，也只好入鄉隨俗，視你們為同類，兄弟姊妹們，讓我祝福你們吧，祝你們身體健康胃口好！祝你們盡快適應這裡的生活，為社會主義多拉屎多撒尿多長膘，按他們的說法，一頭豬就是一座小型化肥廠，豬身上全是寶：肉是美味佳餚，皮可製革，骨頭可熬膠，鬃毛可製刷子，連我們的苦膽都可入藥。

看到金龍來到，眾人齊聲道：好了，好了！解鈴還需繫鈴人。既然金龍能把這頭野豬從沂蒙山拉來，就有辦法把牠從汽車底下弄出來。洪泰岳遞給金龍一枝菸，並親自為他點著火。書記敬菸，高級禮遇，非同小可。金龍嘴唇發白，眼圈發青，頭髮凌亂，看上去十分疲憊。這次沂蒙山購豬，他勞苦功高，在社員中樹立了威信，並重新贏得了洪書記的信任。書記的敬菸，看來也讓他受寵若驚。他將抽了半截的香菸放在一塊磚頭上——那菸隨即就被莫言撿了去抽——脫掉那件已經褪色發白、肩膀和袖口都打了補丁的舊軍裝，顯出一件紫紅色的翻領運動衫，胸前用白漆印著「井岡山」三個毛體大字，把袖子捋上去，彎腰就要往車下鑽。洪泰岳一把拉住他，說：

「金龍，不要蠻幹，這頭豬，基本上是瘋了。我不希望你傷了牠，更不希望牠傷了你。你與牠，都是我們西門屯大隊的寶貴財富。」

金龍蹲下身，往車下張望著。他撿起一塊沾滿白霜的瓦片擲進去，我猜想那刁小三一張口就咬住了那瓦片，「咯嘣咯嘣」嚼碎，小眼睛凶光四射，讓人不寒而慄。金龍站起來，嘴唇一抿，腮上浮起笑意。我十分熟悉這小子的這副表情，只要他的臉上出現這樣的表情，就說明他已經有了主意，而且多半是妙不可言的主意。他貼近洪泰岳的耳朵說話，彷彿怕被車底下的刁小三聽到。其實他是多慮了，我相信除了我之外，這地球上的豬，都聽不懂人類的語言，而我能聽懂人類的語言，是一個極個別的例子，因為那望鄉台上的孟婆湯，對我不起作用，否則我也如那些輪迴中的芸芸眾生一樣，一碗湯灌下去，什麼前生來世，都會忘卻得乾乾淨淨。我看到洪泰岳臉上也綻開了笑容，他拍著金龍的肩膀，笑著說：

「小子，虧你想得出來！」

用了大約抽半枝菸捲的時間，西門寶鳳手捧著兩個雪白的饅頭跑過來。我看到那饅頭被泡漲了，散發著濃郁的酒香。我馬上就明白了金龍的詭計，他是想讓刁小三醉倒，失去反抗能力。如果我是刁小三，我自然不會上當。但刁小三畢竟是一頭豬，野勁兒十足，但智商顯然不高。金龍把浸了酒的饅頭扔到車下。我心中暗暗念叨著：哥們，千萬別吃，一吃就中了人家的計了！但刁小三顯然是把酒饅頭吃了，因為我看到金龍和洪泰岳等人臉上都洋溢著陰謀得逞後的喜氣。接著我又看到，金龍拍著巴掌說：「倒也，倒也！」這語言是從古典小說學來的，古典小說裡那些強人，在酒裡加上蒙汗藥，騙著人家喝下去後，就拍著巴掌說「倒也，倒也」，於是那些人就倒了。金龍鑽到車下，把醉得搖頭晃腦的刁小三拖了出來。刁小三哼哼著，失去了反抗能力，任由人們把牠抬起來，扔到與我的新舍只隔著一道牆的豬舍裡。這兩間豬舍是獨立房屋，是專為種公豬準備的，他們把刁小三放進來，顯然也是把牠當成種公豬來培養的。我感到這是一個荒誕的決定。我四肢強健，身體修長，粉皮白毛，短嘴肥耳，是豬中的英俊少年，培養我做種豬，是天經地義之事，可這刁小三——牠的容貌體態諸位已經知曉——這樣的劣種，能配出什麼樣的後代？——事隔多年之後，我才明白金龍和洪泰岳的決定是對的。在上個世紀七〇年代，物資貧乏，豬肉供應嚴重短缺，那時候人們最喜歡吃的是那種入口就化的肥肉，可現在，生活水平大大提高，人們的嘴巴越來越刁，已經不滿足於吃家養的東西，更喜歡吃野味，刁小三交配出來的後代，都可以當成天然野豬出售。這些都是後話，暫不提它。

當然，做為一頭智慧超群的豬，我不會忘記保護自己。當我看到他們抬著刁小三往這邊運動時，馬上就猜到了他們的意圖。我及時地將兩條腿從杏樹杈上拿下來，然後悄悄地趴在牆角那一堆乾草和枯葉中裝睡。我聽到他們把刁小三扔到隔壁時發出的沉重聲響，聽到刁小三的哼哼聲，我也聽到了洪泰岳與金龍等人對我的誇獎。我悄悄地睜開一條眼縫，看到牆外那些人。太陽已經升起很高了，他們的臉上都如敷了金粉一樣燦爛。

第二十四章　慶喜訊社員燃篝火　偷學問豬王聽美文

爺兒們，或者是哥兒們，大頭兒藍千歲用北京痞子般的口吻對我說，接下來讓我們共同回憶那個燦爛的深秋，那個燦爛的深秋裡最燦爛的日子。那一天，杏園裡紅葉如丹，天空中萬里無雲，高密縣第一次、也是最後一次「大養其豬」現場會在我們西門屯大隊杏園養豬場召開。這次會議在當時被譽為創造性的工作，省報發表過長篇通訊，與這次會議有關的幾個縣、社幹部，被提拔到更高一層的位置上，這次會議載入高密史誌、更成為我們西門屯歷史上的光榮。

為籌備這次會議，西門屯大隊的社員，在洪泰岳的帶領下，在金龍的指揮下，在駐隊幹部、公社革委副主任郭寶虎的指導下，已經沒日沒夜地準備了一個星期。幸好時當農閒，地裡已沒有莊稼，全村忙會也不至於誤了農時，但即便是三秋大忙季節也沒有關係，那年頭政治第一，生產第二，養豬就是政治，政治就是一切，一切都為政治讓路。

從得到全縣養豬現場會要在這裡召開的消息那一刻起，整個村莊便沉浸在一種節日的氣氛當中。先是大隊支部書記洪泰岳在高音喇叭裡，用興奮的腔調宣布了這個喜訊，接著全屯的百姓便自發地走上街頭。那時刻已經是晚上的九點多鐘，國際歌的旋律已經在喇叭裡播放完畢，往常的日子裡，社員們即將上炕睡覺，村西頭王家那一對新婚夫婦就要開始性交，但喜訊激動了人們的心，改變了人們的生活。你為什麼不質問我：一頭豬，在杏園深處的豬圈裡，如何能知道村子裡的情況？實不相瞞，那時候，我已經開始了夜間跳出豬圈、視察豬舍、與那些沂蒙山來的母豬打情罵俏、然後漫遊村莊的冒險生涯，村子裡全部祕密，盡在我掌握之中。

社員們點燃燈籠火把走上街頭，幾乎每個人的臉上都帶著笑意。社員們為什麼如此高興？因為在那個年頭裡，只要哪個村莊成了典型，就會有巨大的利益滾滾而來。人們先是聚齊在大隊部的院子裡，等待著支部書記和大隊的頭面人物出場。洪泰岳身披著夾襖，站在明亮的汽燈光芒裡，發自內心的喜悅使他的臉光彩奪目，猶如一面用砂紙打磨過的銅鏡。他說：社員同志們，全縣「大養其豬」現場會在我們屯召開，是黨對我們的關懷，也是黨對我們的考驗，我們一定要盡最大的努力，籌備好這個會議，並藉這次會議的東風，把養豬工作推向一個新的高峰，我們現在只養了一千頭豬，我們還要養五千頭豬，養一萬頭豬，等我們養到兩萬頭豬時，我們就進京去向毛主席他老人家報喜！

書記講話完畢，人群還聚著不散，尤其是那些正當青春佳期、精力無處發洩的青年男女，恨不得上樹下井，殺人放火，與帝修反決一死戰，這樣的夜晚如何入睡?!孫家四個兄弟，沒經書記許可就衝進辦公室，把那套封存日久的鑼鼓家什從櫃子裡拿出來，從來就不甘寂寞的莫言，雖然處處招人厭，但他臉皮厚，不在乎，事事都摻和，他搶先把鼓背在身上。其餘的年輕人又從櫃子底下翻出了鬧「文革」的彩旗，於是，一支鑼鼓喧天、彩旗招展的隊伍就上了街，從街東頭遊行到街西頭，又從街西頭遊行回街東頭，嚇得槐樹上的老鴰狂叫驚飛。最後，遊行隊伍會聚到杏園養豬場中央。在我的豬舍西側、在那二百間沂蒙豬舍北邊，在那塊曾經醉倒過沂蒙野豬刁小三的空地上，用那些因建豬舍而砍伐的杏樹枝杈，莫言膽大妄為地點起了一堆篝火。火苗子熊熊，生出獵獵風聲，散發著燃燒果枝的特有香氣。洪泰岳起初還想訓斥莫言，但看到青年人繞著火堆又跳又唱的熱烈情景，他自己也忍不住地跳了起來。人們歡天喜地，圈裡的豬驚心動魄。莫言不斷地往篝火裡添加樹枝，火光照耀得他的臉光彩奪目，宛如廟裡新刷了油彩的小鬼。我雖然還沒正式加冕為豬王，但已經在群豬中樹立了威信。我用最快的速度，向每排豬舍中的頭一間豬舍中的豬傳達了消息。我對第一排第一間豬舍中的那五頭豬中最聰明的母豬藍菜花說：

「告訴大家，不要害怕，我們的好日子來了！」

我對第二排第一間豬舍中那六頭豬中最為陰險的閹豬野狼嗥說：

「告訴大家，不要害怕，我們的好日子來啦！」

我對第三排第一間豬舍中那五頭豬中最美麗的小母豬蝴蝶迷說：

「告訴大家，不要害怕，我們的好日子來啦！」

蝴蝶迷睡眼惺忪，憨態可掬，我情不自禁地吻了一下牠的腮幫子，使牠發出了一聲尖叫。然後我便克制著幸福的心跳，跑到第四排第一間豬舍對著那裡邊那四頭號稱「四大金剛」的閹公豬們說：

「告訴大家，不要害怕，我們的好日子來了！」

四大金剛迷迷糊糊地問我：「你說什麼？」

「大養其豬現場會要在我們這裡召開，我們的好日子就要來了！」我大聲吼叫著，疾跑歸舍，在沒有稱王之前，不願意讓人們知道我夜晚出遊的祕密。儘管他們知道了也攔不住我——我已想好了起碼三條自由出入豬舍的妙計——但還是裝愚守拙為高。我疾跑，盡量躲避著篝火的光芒，但幾乎無處躲避，這一把沖天大火，把整個杏園都照亮了，我看到奔跑中的我——未來的豬王——渾身發亮，如同穿著貼身的綢緞，像一道流光溢彩的閃電，在接近豬王之舍時飛身躍起，用兩隻靈巧得可以私刻公章、偽造美元的前爪抓住杏樹下垂的枝杈，身體線條流暢宛如紡錘，借著樹枝的彈性和身體的慣性，超越了牆頭、降落在我的窩裡。

我聽到一聲尖叫，感覺到蹄爪戳在了一個富有彈性的東西上。定睛一看，不由怒火中燒。原來，趁著我不在，隔壁那個野雜種——沂蒙山豬刁小三，正舒坦地趴在我的繡榻上睡覺。我的身體頓時癢了起來，我的目光頓時凶了起來。我看到牠醜陋、骯髒的身體，臥在我精心布置的窩裡。可憐啊，這些金黃的麥秸草！可惜啊，這些鮮紅的、散發著清香的杏葉！這個雜種玷污了我的床鋪，把身上骯髒的蝨子和癩癬皮屑留在我的床鋪上，而且我敢斷定牠這樣幹絕對不是第一次。怒火在胸中燃燒，力量在頭顱上聚集，我聽到了自己的牙齒相錯發出的刺耳的聲響。而那個傢伙，竟然厚顏無恥地微笑著，對著我點點頭，然後若無其事地跑到杏樹下去撒尿。我是一頭富有教養、講究衛生的豬，我撒尿的地點固定在豬舍西南方的牆角上，那裡有個洞口，通向舍外，我每次都是準確地瞄準那個洞口，讓尿液從洞中流出，幾乎不在舍內留下一點痕跡。而杏樹下邊，是我從事健身運動的地方，那裡地面光潔，猶如大理石板，我每次攀著樹杈在那裡做引體向上的運動時，蹄爪與地面接觸，都會發出清脆的響聲，可這樣一個美妙的地方，竟讓這個雜種一泡臊尿給蹧蹋了！士可忍也，孰不可忍也！這是當時流行的一句古語，現在已經很少聽人引用，每個時代有每個時代的流行話語。我運足力氣，以氣功大師頭撞石碑的勇氣，對準了那雜種的屁股，準確地說是對準了那雜種的兩個碩大的睾丸，猛地撞了過去。巨大的反彈力使我倒退兩步，後腿一軟，屁股坐在地上。於此同時，我看到，那雜種屁股高高翹起，一股稀屎躥了出來，而牠的身體就如一發砲彈，呼嘯著撞到牆上，然後又反彈回來。這一切都發生在一瞬間，半似夢幻半似真實。最真實的情景是，這雜種像一具死屍般橫臥在牆下，那裡正是我排泄糞便的場所，那裡才是你這樣的臭皮囊躺臥的地方。那雜種渾身抽搐，四肢抱攏，脊梁像發威的野貓一樣弓起，眼睛翻著，只見白眼不見青眼，像一個對勞動人民極度蔑視的資產階級知識分子。我感到有些頭暈，鼻子有些痠麻，眼睛裡沁著淚水，這一下使出了我吃奶的力氣，如果不是撞在這雜種身上，我懷疑自己會穿牆而出，在土牆上留下一個圓形的洞口。我冷靜之後感到有些懼怕，這雜種不經許可污我香窩的惡行固然可憎可恨，但牠犯下的確也不是死罪，教訓牠一下是可以的，但將牠置於死地顯然是過分了。當然，即便是西門金龍、洪泰岳等人判斷出刁小三係我所殺，也不會把我怎麼樣，他們還指望著我的小雞巴為他們繁殖豬娃呢。何況刁小三是死在我的舍裡，用上海的說法是牠撈過了界，是牠自尋死路。人的領土神聖，需要用熱血和生命來保衛，豬的領土難道就不神聖了嗎？動物都有自己的邊界，老虎、獅子、狗，無一例外。如果是我跳到牠的舍裡咬死了牠，那是我的過錯，可是牠跑到我的臥榻上來睏覺，在我的健身場地撒尿，死了是咎由自取。這樣翻來覆去地想想，我心中也就坦然了。唯一讓我心感歉疚的是：我是在牠小便時，從牠的背後發起了突然襲擊，儘管這不是有意選擇的時機，但畢竟不夠光明正大，一旦傳播出去會影響我的聲譽。我斷定這雜種是必死無疑了，說實話我不想牠死，因為我感到這個雜種身上有一種蓬蓬勃勃的野精神，這野精神來自山林，來自大地，就像遠古的壁畫和口頭流傳的英雄史詩一樣，洋溢著一種原始的藝術氣息，而這一切，正是那個過分浮誇的時代所缺少的，當然也是目前這個矯揉造作、扮嫩偽酷的時代所缺乏的。我生出惺惺相惜之感，含著眼淚，到牠身邊，舉起蹄爪，在牠粗糙的肚皮上撓了一下。這傢伙的肚皮抽搐了一下，鼻孔裡發出一聲哼哼。竟然牠還沒死！我心中驚喜，又撓，牠又哼哼。哼哼著牠的黑眼珠出來了，但牠的身體還癱軟著不能動彈。我估計牠的睾丸遭受了毀滅性的撞擊，而這個部位，恰是所有雄性動物的致命死穴，屯裡那些富有經驗的潑辣女人跟男人搏鬥時，總是彎腰去撈那個地方，一旦撈到手，男人就成了女人手中的泥巴，想塑成啥樣就是啥樣。我想這雜種即便死不了也廢了，難道兩個撞碎的雞蛋還能復原嗎？

我從《參考消息》上得知，未交配過的雄性動物的尿液具有起死回生之功效，中國古代醫學家李時珍的《本草綱目》對此雖有記載但並不全面。那個時代，《參考消息》是唯一還能說點真話的報紙，其餘的報紙、廣播，全是假話空話。我從此就迷上《參考消息》，說實話，我之所以夜夜出行，一個重要原因就是要去大隊部裡偷聽莫言朗讀《參考消息》，這份報紙也是莫言那個小子最愛讀的，這小子那時頭髮焦黃，兩耳凍瘡，身上穿著破棉襖、腳上穿著破草鞋，小眼如縫，貌極醜陋，但就是這樣一個寶貨，竟然胸懷祖國，放眼世界，為了獲得閱讀《參考消息》的權利，他主動向洪泰岳請求，得到了夜間義務值守大隊部的工作。

大隊部，也就是西門家大院的正廳裡，安裝著一台老式的搖把子電話機，牆上懸掛著兩塊巨大的乾電池。房間裡有一張西門鬧時代的三屜桌，牆角有一張三條腿搖一條腿斷的破床，但那桌子上有一盞玻璃罩子燈，這是當時罕見的光源，莫言那小子就在那桌前在那燈下夏天忍受著蚊蟲冬天忍受著寒冷閱讀《參考消息》。

西門家大院的大門，在大煉鋼鐵的年代裡被劈成柴火燒了爐子，從此這個大門就像沒了牙齒的老頭嘴巴一樣，醜陋地敞開著。這為我夜間潛行入院提供了方便。

歷經三次轉世，西門鬧的記憶，已經逐漸淡漠，但當我看到趁著月夜出門耕作的藍臉那笨拙如熊的身影時，當我聽到迎春因骨節疼痛發出的痛苦呻吟時，當我聽到秋香與黃瞳的爭吵打罵聲時，心中還是煩躁不安。

儘管我識字很多，但很難得到親自閱讀的機會。莫言那小子整晚上拿著《參考消息》看，翻來覆去看，一邊看一邊念叨出聲，有時候還閉著眼背誦，這小子實在是精力過剩，無聊之極，竟然背誦《參考消息》，他小眼通紅，額頭被燈煙子熏得烏黑，得著公家不要錢的燈油，他沒命地熬。就是從他嘴裡，我，成為了七〇年代地球上最有文化、最博學的一頭豬。我知道美國總統尼克松（編註：尼克森）帶著大批隨員，乘坐著塗抹成銀、藍、白三色的「七六年精神號」座機降落在北京機場，我還知道毛澤東主席在他擺滿了線裝書的書房裡接見了尼克松，在座的除了翻譯之外，還有國務院總理周恩來和國務卿亨利．基辛格（編註：季辛吉）。我知道毛澤東幽默地對尼克松說：你們上次選舉時，我投了你一票！尼克松也幽默地說：您這是兩害相權取其輕！我還知道美國宇航員乘坐「阿波羅十七號」飛船登上了月球，宇航員在月球進行了科學考察，採集了大量岩石標本，插上美國國旗，然後撒了一泡很大的尿，因為月球的引力很小，那些尿液，像黃色的櫻桃一樣飛濺起來。我還知道美國飛機一夜之間差不多把越南給炸回到了「石器時代」，我還知道中國贈送給英國的大熊貓芝芝，因病久治無效，於一九七二年五月四日在倫敦動物園不幸去世，享年十五歲。我還知道日本國一批高級知識分子中流行喝尿療法，沒結婚的童年男子的尿價格昂貴，勝過瓊漿玉液……我知道的實在是太多，不能一一盡數。更重要的是，我不是那種為學而學的笨蛋，我是學了就用、勇於實踐的模範，在這一點上，西門金龍那小子有點肖我，畢竟，幾十年前，我是他的親爹。

我將一泡童子豬尿，對準刁小三那張咧開的大嘴滋了進去。我看著牠那焦黃的獠牙想：雜種，老子這是為你洗牙呢！我的熱尿流量很大，儘管我有所控制，但還是濺到了牠的眼睛裡，我想：雜種，我這是給你上眼藥呢，這尿殺菌消毒，效果不亞於氯黴素。刁小三這雜種，吧嗒著嘴，把我的尿嚥下去，哼哼聲大起來，牠的眼睛也睜開了，果然是起死回生的神奇液體，等我的尿撒完，片刻，牠就坐了起來，站了起來，試著走了兩步，身體的後半部分左右搖擺，猶如在淺水中艱難擺動的大魚尾巴。牠將身體靠在牆上，搖晃著腦袋，似乎大夢方醒的樣子，然後牠就罵起來：

「西門豬，我肏你姥姥！」

這雜種竟然知道我是西門豬，這讓我大大地吃了一驚。輪迴多次，說實話我也不太經常地能把自己與多年前那個倒楣蛋西門鬧聯繫在一起了，這屯裡的人們，更不會有人知道我的出身和來歷，可這沂蒙山來的野雜種竟然叫我西門豬，這真是一個難以破解的謎。我的長處是：凡是百思不得其解的事情，就索性遺忘了它！西門豬就西門豬，西門豬是勝利者，而你刁小三是失敗者。我說：

「姓刁的，我今天，是輕輕地給了你一點顏色看，你不要因為喝了我的尿就好像受了侮辱，你要感謝我的尿，如果沒有我的尿，你現在已經停止了呼吸。如果你現在停止了呼吸，就無法看到明天的盛典，而做為一頭豬看不到明天的盛典，那就等於白活了！所以你不但要感謝我，你還要感謝日本那些創造了喝尿療法的知識分子，你還要感謝李時珍，你還要感謝夜夜苦讀《參考消息》的莫言，如果沒有這些人，你此刻已四肢僵硬血液凝固，那些寄生在你身上的蝨子因為吸不出血而紛紛從你身上逃離。蝨子看起來蠢笨，其實行動極為快捷，民間流傳著蝨子會飛的說法。其實蝨子無翅如何能飛，牠能借助風力快速移動是事實的真相。你要是死了，蝨子就會飛到我身上，那我就倒了楣，一個滿身蝨子的豬是當不了豬王的。從這個意義上我也不希望你死，我要把你救活，請你帶著你的蝨子滾回到你的窩裡去，你從哪裡來的還回到哪裡去。」

「小子，」刁小三咬牙切齒地說，「咱們倆的事還沒完。總有一天，我要讓你知道沂蒙山豬的厲害。我要讓你知道老虎是從來不吃窩窩頭的，我還要讓你知道土地爺的雞巴是石頭的。」

關於土地爺雞巴的問題，可以從莫言那小子的小說〈新石頭記〉裡尋找答案，那小子在這篇小說裡描寫了一個膝下無子的石匠，為了積德行善，用一塊堅硬的青石，雕刻了一座土地爺的神像，安放在村頭的土穀祠裡。土地爺係用石頭雕成，土地爺的雞巴做為土地爺身上一個器官，自然也是石頭的。第二年，石匠的妻子就為石匠生了一個肥頭大耳的男嬰。村子裡的人都說石匠是善有善報。石匠的兒子長大後，成了一個性格暴躁的匪徒，他打爹罵娘，行同禽獸。當石匠拖著一條被兒子用棍棒打斷的殘腿在大街上爬行時，人們心中不由地感慨萬千，世事變幻莫測，所謂善惡報應之事，也是一筆難以說清的糊塗帳。

對於刁小三的威脅，我一笑置之。我說我恭候著，隨時準備應戰，一山不容二虎，一個槽頭上難拴兩頭叫驢，土地爺爺的雞巴是石頭的，但土地奶奶的那話兒也不是泥巴。一個豬場裡，只能有一個豬王。咱們兩個，遲早要有一場生死搏鬥，今天這場不算數，今天是噁心對噁心，下流對下流，下次咱們堂堂正正一搏，為了公正、透明、讓你敗得口服心服，我們可以選幾頭辦事公道、熟知競賽規則、知識淵博、品德高尚的老豬充當裁判。現在，請君離開我的宿舍——我舉起一隻前爪，做了個恭請的姿勢。我蹄上的甲殼，在篝火映照下閃閃發光，彷彿用上等玉石雕琢而成。

我原以為那野雜種會用一種令我驚奇的方式離開我的華舍，但牠的表現令我大失所望。牠窄起身子，從豬舍門口的鐵柵欄縫裡擠了出去。牠的頭極艱難地擠過去，晃動得鐵柵欄門「哐哐」作響，頭出去了，身體自然也能擠出去。不用看我也就知道，牠會用同樣的方式，鑽過鐵柵欄門，回到牠自己的宿舍。鑽洞入門，這是狗貓的伎倆，一頭堂堂正正、自命不凡的豬，絕對不應該採用這種方式。既然做了豬，要麼就吃了睡，睡了吃，為主人積肥，為主人長肉，然後被主人送進屠場。要麼就像我這樣，玩出點花樣來，讓他們不見則已，一見驚魂。所以從刁小三像條癩皮狗一樣從鐵柵欄間鑽出去後，我已經從精神上把牠看小了。

第二十五章　現場會高官發宏論　杏樹梢奇豬炫異能

非常抱歉，直到現在，我還沒有講到那次養豬現場會的盛況。為了開這次會，全屯的社員準備了一週；為了講述這次盛會，我鋪墊了整整一章。

先讓我從豬場的牆說起。豬場的牆，新刷了石灰，據說石灰可以消毒。白色的牆上，寫滿了紅色的大字標語。標語內容與養豬有關，與世界革命有關。寫標語的人，除了西門金龍還能是誰？在我們西門屯，最有才華的兩個青年人，一個是西門金龍，另一個就是莫言。洪泰岳的評價是：金龍是堂堂正正之才，莫言是歪門邪道之才。莫言比金龍小七歲。金龍大出鋒頭的時候，莫言猶如一隻肥大的竹筍在地下積蓄力量。那時候沒有人把這小子當成一回事。他相貌奇醜，行為古怪，經常說一些讓人摸不著頭腦的鬼話，是個千人厭、萬人嫌的角色。連他自家的人也認為這孩子是個傻瓜。他的姊姊曾經指點著他的臉質問母親：娘啊娘，他真是你生出來的嗎？是不是我爹早起撿糞時從桑樹棵子後邊撿來的棄嬰？莫言的哥哥姊姊都是身材挺拔、面容清秀的青年，其質量絕不亞於金龍、寶鳳、互助、合作。

母親歎著氣說：生他的時候，你爹夢見一個拖著大筆的小鬼，進了我家的廳堂，問他來自何處，他說來自陰曹地府，曾給閻王老子當過書記員。你爹正納悶著，就聽到內室傳出響亮的嬰啼，接生奶奶出來報告：掌櫃的大喜，貴府太太生了一個公子。這些話，我估計大半是莫言的媽媽為了改善莫言在村子裡的地位而編造，類似的故事，在中國的民間演義中比比皆是。現在你去我們西門屯——現在的西門屯已經變成了鳳凰城的經濟開發新區，昔日的良田裡矗立著一座座不中不西的建築物——莫言是閻王爺的書記員投胎轉世的說法大行其盛——上世紀七〇年代是西門金龍的時代，莫言要露出頭角還得等待十年。現在，我的眼前出現了為籌備養豬大會西門金龍拿著刷子往白牆上塗抹標語的情景。金龍戴著藍色的套袖白色的手套，黃家的互助為他提著紅漆桶，黃家的合作為他提著黃漆桶。空氣中瀰漫著濃重的油漆氣味。屯子裡的標語從來都是用廣告粉書寫，這次使用油漆，是因為縣裡撥來了充足的會議經費。金龍寫字時十分有派，大刷子蘸紅漆寫出字的主題，小刷子蘸黃漆勾出字的金邊。紅字金邊，格外奪目，猶如當今美女粉面上的紅唇藍眼。許多人都圍在後邊看金龍寫字，讚美聲不絕於耳。與吳秋香是好朋友、比吳秋香還風騷的馬六老婆嬌滴滴地說：

「金龍大兄弟啊，嫂子要是年輕二十歲，拚了命也要當你的老婆，當不了大老婆也要當小老婆！」

有人在旁邊插嘴說：「當小老婆也輪不到你！」

馬六老婆用她的水汪汪的眼睛盯著互助與合作，說：

「是啊，有這對天仙似的姊妹花，當小老婆也輪不到我。大兄弟，該把這兩朵花採了吧？再拖下去，小心被別人嚐了鮮！」

黃家姊妹滿臉赤紅，金龍也有些羞臊，他舉起漆刷子，威脅道：

「閉嘴，你這浪貨，小心我用漆刷子把你那嘴封了！」

說到黃家姊妹與金龍的關係，我知道你藍解放心裡不是個滋味，但既然翻出歷史舊帳，這些事又不能不說，即便我不說，莫言那小子也不能不寫，從他那些臭名昭著的書裡，西門屯的每個人，都能找到自己的影子。好了，標語書寫完畢，那些未被殺掉的杏樹幹上也刷了石灰，杏樹的枝條上，也由那些猴子般的小學生爬上去紮上了彩色的紙條。

任何運動如無學生參加就顯得一片清冷，學生摻乎進來，熱鬧勁兒就來了。即便是飢腸轆轆，節日的氣氛也很濃很濃。在馬良才和那個新調來的紮大辮子、講普通話的年輕女教師率領下，西門屯小學的一百餘名學生，像集群開會的松鼠，在杏樹上躥上跳下。在我的豬舍正南方約五十米處，有兩棵樹幹間距約五米但樹冠幾乎連接在一起的大杏樹，幾個玩得興起、甩了破棉襖、光著脊背、只穿著破棉褲、褲襠處露出的爛棉花宛如新疆細毛羊骯髒尾巴的生猛男孩，玩起了猴子盪鞦韆的遊戲。他們扯著這杏樹梢頭的柔韌枝條盪來盪去，獲得巨大慣性後，一鬆手，就如小猴，彈射到那杏樹的梢頭。於此同時，那杏樹上的孩子也用同樣的方式飛到這杏樹上。

好，咱們繼續說開會的事。所有的杏樹都被打扮成了頭紮彩紙條的老妖精，在豬場中間那條南北貫通的道路兩邊，每間隔五米，插一面紅旗。在那片空地上，壘土成台，台側用葦蓆遮擋，兩邊懸掛紅布，正中扯起橫幅，上邊自然有字，這種會場，凡中國人沒有不知道的，因此不必細說。

我要說的是，為這次會議，黃瞳趕著一輛驢拉的雙輪車，去公社所在地的供銷社雜品門市部，買回了兩口博山造大缸和三百個唐山造瓷碗，還有十把鐵勺子，十斤紅糖，十斤白糖。這也就是說，會議期間，人們可以在我們杏園豬場免費喝到糖水。我知道這次採買，黃瞳又從中剋扣了利頭。因為我看到他向大隊保管和會計交貨交帳時，神色慌亂。另外這傢伙在路上一定偷吃了不少糖，儘管他把糖的分量不夠的原因推到供銷社頭上，但這小子躲在杏樹後低頭吐酸水的情景，說明了大量的糖正在這小子胃中發酵冒泡。

我還要說的是西門金龍的一個大膽狂想。因為養豬現場會的主角其實是豬，因此豬的面貌決定會議的成敗。就像金龍對洪泰岳說的那樣，即便把杏園豬場用語言美化成鮮花，但如果豬不好看，也難以服眾。因為大會的重頭戲是全體與會代表參觀豬舍，如果豬舍裡的豬不好看，那這會就失敗了，而我們西門屯想藉豬成為全縣、全省乃至全國典型的想法也就泡了湯。洪泰岳復出之後，顯然是把金龍當成接班人來培養的，尤其是金龍沂蒙山購豬之後，他的話分量明顯加重。金龍的建議得到了洪書記的大力支持。

金龍的設想是把那些骯髒的沂蒙山豬統統用鹼水洗三遍，然後用理髮推子為牠們剪去長毛。於是又派黃瞳和大隊保管去買來了五口大鍋，二百斤食鹼，五十套理髮用具，還有一百塊當時價格最貴、氣味最芳香的羅鍋牌香皂。但這計畫實施起來難度之大超出了金龍的想像。你想想那些沂蒙山區來的豬，是那麼的刁鑽油滑，要給牠們洗澡修毛，除非先用尖刀捅死牠們。在現場會召開的前三天開始實施這計畫，但折騰了整整一個上午，連一頭豬也沒收拾好，大隊保管的屁股還被豬咬去了一塊肉。

計畫不能實行是金龍的一塊心病，在會議召開前兩天，他突然一拍額頭，如夢初醒般地說：「我怎麼這麼傻呢？真是的，我怎麼這樣傻呢？」金龍想起了不久前用浸酒的饅頭麻翻了凶狠如狼的刁小三的事。他立刻去向洪書記彙報，洪書記也恍然大悟。於是趕緊去供銷社買酒。醉豬，自然用不著好酒，那些五毛錢一斤的薯乾酒足矣。饅頭讓各家去蒸，後來又把讓各家蒸饅頭的命令撤銷，對付這些能把石頭吞下去的豬，哪裡還用得著白麵饅頭，玉米麵窩頭足矣！連玉米麵窩頭也用不著，把酒直接倒到牠們日常食用的糠菜參半的飼料裡就行了。於是，就在飼料鍋旁擺上大酒缸，每桶飼料裡攙上三瓢酒，插上根燒火棍攪和攪和，就由你藍解放等一干人擔到豬舍前，倒進食槽裡。那一天杏園豬場裡酒氣熏天，酒量小的豬不用進食，嗅著這味就醉了。

我是種豬，在不久的將來要承擔特殊的勞動，幹我那活沒有一副好身板是不行的，這道理養豬場場長西門金龍比誰都明白，因此，從一開始我就享受著吃小灶的特殊待遇。我的飼料中沒有棉籽餅，因為棉籽餅含有一種名叫棉酚的物質，能夠毒殺雄性動物的精蟲。我的飼料是由豆餅、薯乾、麩皮和少量的優質樹葉混合而成，氣味芳香，營養豐富。這樣的飼料別說餵豬，餵人也完全可以，隨著時代的發展和觀念的變化，人們認識到，當年我吃的飼料才是真正的健康食品，其營養價值和安全性遠遠超過雞鴨魚肉和精糧細米。

他們竟然也在我的精美飼料裡攙上了一瓢酒，平心而論，我的酒量還是不錯的，雖不敢說是千杯不醉，但每次喝上五百毫升不足以影響我思維的清晰和行動的敏捷。我絕不會像隔壁的刁小三那樣窩囊，兩個蘸了酒的饅頭吞下去，頃刻就醉成了泥一攤。但一瓢酒足有兩斤，攙在我那半桶精美飼料裡，吃下去後，約有十幾分鐘，就出了效果。

他奶奶的，我的頭暈暈乎乎，四條腿軟綿綿的，整個身子輕飄飄的，腳底下彷彿踩著棉花，感到地面下降，身體上升，房屋歪歪斜斜，杏樹左右搖擺，平日裡那些沂蒙豬難聽的嚎叫竟然像動聽的民間小曲一樣在耳邊繚繞。我知道喝高了。隔壁的刁小三喝高了就翻著白眼睡覺，鼾聲如雷，臭屁如鼓。可是我喝高了竟想跳舞、唱歌。我畢竟是豬中之王，喝醉後也保持優雅風度。我忘記了要隱藏自己的特長，竟然在眾目睽睽之下，一個縱身跳，彷彿地球人登陸月球，彈跳力劇增。我一個縱身跳就將自己已經相當雄偉的身體擱置在了杏樹的枝杈上，兩根枝杈正好架住我的四條腿，使我的身體上下顫悠。杏樹質材柔韌，彈性極好，如果是楊柳枝杈，必將被我壓折。我就這樣趴在樹上，如同漂浮在波濤洶湧的海水上。我看到了藍解放等人挑著豬食桶在杏園裡穿梭奔跑，我看到在豬舍外臨時支起的鍋裡，熱水冒著粉紅的蒸氣，我看到我隔壁的刁小三已經醉得四爪朝天，開了牠的膛牠也不會哼哼一聲。我看到黃家的美麗姊妹和莫言的姊姊等人都穿著胸前印著紅色的「杏園豬場」仿宋體字樣的潔白工作服，手持理髮工具，正在接受那位從公社駐地請來的專給公社幹部理髮的林師傅的訓練，林師傅頭髮粗硬，猶如豬鬃，面孔瘦削，手頭上骨節粗大，一口十分難懂的南方話，說得那些跟他學藝的姑娘們滿臉困惑。我還看到在那個用葦蓆圍起的戲台上，大辮子普通話女老師，正在耐心地排演節目。我們很快就會知道這個節目名叫《小豬紅紅進北京》，這是當時流行的一種演唱，借用了民間小曲〈盼情郎〉的旋律，載歌載舞，扮演小豬紅紅的是村裡最漂亮的一個女孩，其餘的都是男孩，他們的臉上都帶著憨態可掬的小豬面具。我看到孩子們跳舞，聽到孩子們唱歌，身上的藝術細胞發癢，我的身體抖動，連帶著杏樹枝條嘩嘩作響，我張開喉嚨歌唱，想不到發出的一聲豬叫，這聲音把我自己也嚇了一大跳。我原來以為自己是完全可以用人類的語言放聲歌唱的，但想不到竟然發出豬的聲音，這令我感到沮喪，當然我也沒有完全喪失信心，我見過會說人語的八哥鳥，也聽說過會說人話的狗和貓，而且，努力回想起來，在我前兩世當驢做牛的時候，似乎也曾在某些關鍵的時刻，用粗大的嗓門，發出了振聾發聵的人類的聲音。

我的叫聲引起了那些正在學習使用理髮工具的女人們的注意。先是莫言的姊姊發出一聲驚叫：「看啊，公豬上了樹！」那個混雜在人群裡、一直想進豬場工作但遲遲沒有得到洪泰岳批准的莫言瞇著眼說：「美國人早就上了月球，豬上樹有什麼大驚小怪！」但他的話淹沒在女人們的驚叫聲中，沒被任何人聽到。他又說：「南美洲熱帶雨林中有一種野豬，在樹杈上築巢，牠們雖是哺乳動物，但身上生著羽毛，生出來的是蛋，孵化七天後，小豬才破殼而出！」但他的話依然淹沒在女人的驚叫聲中，沒被任何人聽到。我突然產生了想與這個小子結成親密朋友的願望，我想對他高喊：「哥們兒，只有你理解我，哪天得空，我請你喝酒！」但我的叫聲也淹沒在女人們的驚叫聲中。

女人們在西門金龍的率領下，喜氣洋洋地衝上前來。我抬起左邊的前爪，對她們揮揮，我說：「你們好！」她們聽不懂我的話，但她們領會了我對她們的友好表示，於是她們一個個彎腰捧腹地大笑起來。我冷冷地說：「笑什麼？嚴肅點！」她們聽不懂我的話，依然嘻嘻哈哈。西門金龍皺著眉頭說：「這傢伙，果然有些道行，但願後天現場會時，你也能像現在這樣趴在樹上！」他拉開豬舍的鐵柵欄，對著身後的人說：「來吧，先從這傢伙開始！」他到了杏樹下，頗有教養地搔搔我的肚皮，使我舒坦得欲仙欲死。他說：「豬十六，我們要給你洗澡，剪毛，把你打扮成全世界最漂亮的豬，希望你能配合我們，給其他的豬做出表率。」他對著身後的人做了一個手勢，四個民兵一擁而上，不由分說，每人扯住我一條腿，把我從樹上拖下來。他們動作粗野，手上力氣很大，使我筋骨痛疼，難以掙脫。我惱怒地大罵著：「你們這些孫子，你們不是上廟燒香，你們是在糟蹋神靈！」他們把我的怒罵當成了耳邊風，就這樣仰面朝天地拖著我，把我拖到鹼水大鍋旁邊。他們抬起我將我扔到鍋裡。一種從靈魂深處生發出來的恐懼使我產生了神奇的力量，我就著食物吃下去的那兩瓢酒漿頃刻之間變成了冷汗。我猛地清醒了，我想起了在新屠宰法實行之前，豬皮是連同豬肉一起被人吃掉的，那時候，被殺死的豬就是扔到這樣的鹼水鍋裡屠戮去毛，用刀子刮得乾乾淨淨，然後摘去頭蹄，開膛破肚，掛到架子上賣肉。我的四蹄一蹬就從大鍋裡跳了出來，我的動作快得讓他們大吃一驚。但很不幸的是我從一口鍋裡跳出來，竟然跌落在另一口更大的鍋裡。鍋裡的溫熱的水猛然間淹沒了我的身體。我的身體馬上就感到了難以言表的舒適，舒適瓦解了我的意志。我已經沒有力量跳出這口鍋。女人們圍上來，她們在西門金龍的指揮下，用粗毛刷子搓洗我的皮膚，我舒坦地哼哼著，眼睛半睜半閉，幾乎睡了過去。後來，民兵們把我從鍋裡抬出來，涼風吹過我的身體，我感到慵懶無力，大有飄飄欲仙之感。女人們在我身上大動刀剪，把我的腦袋修成了板寸，把我的鬃毛修成了板刷。按照金龍的構想，女人們應該在我的肚腹兩邊剪出兩朵梅花圖案，但結果刮成了光板。金龍無奈，用紅漆在我身上寫上了兩條標語，左邊肚皮上寫著「為革命配種」，右邊肚皮上寫著「替人民造福」。為了點綴這兩條標語，他用紅漆黃漆在我身上畫上梅花、葵花，使我的身體成了一個宣傳欄。他畫完了我，退後兩步，欣賞著自己的傑作，臉上帶著幾分惡作劇的笑容，當然更多的是滿意的神情。圍觀的人們齊聲喝采，都誇獎我是一頭美麗的豬。

如果能把杏園豬場裡所有的豬，都像收拾我一樣收拾一番，那每一頭豬都將成為一件鮮活的藝術品。但這件工作出奇的麻煩。單為豬洗鹼水澡一項就無法落實。而現場會又迫在眉睫，無奈何金龍只好修改自己的計畫。他設計了一種筆畫簡單但藝術效果頗佳的臉譜，教給二十個心靈手巧的男女青年，然後發給他們每個一個漆桶兩枝排筆，讓他們趁著那些豬醉酒的時機，為牠們勾畫臉譜。白豬使用紅漆，黑豬使用白漆，其他顏色的豬使用黃漆。青年們起初還認真勾畫，但畫過幾頭後便浮皮潦草起來。儘管是深秋天氣空氣清爽，但豬舍裡還是惡臭逼人。在這樣的環境裡工作，誰的心情也不會愉快。女青年們原本就辦事認真，雖心情不快也不會過分胡鬧，男青年們就不管那一套了。他們用排筆蘸著油漆在豬身上糊塗亂抹，使許多白豬身上紅漆斑斑，彷彿剛中了一梭槍彈。黑豬畫上了白臉譜，都彷彿成了老奸巨猾的奸臣。莫言那小子混跡於男青年當中，用白油漆為四頭瓦刀臉的黑豬各畫上了一副寬邊眼鏡，還用紅油漆為四頭白母豬染了蹄爪。

「大養其豬」現場會終於開始了。既然攀樹絕技已經暴露，那我就不客氣了。為了讓豬們在會議期間保持安靜，給與會代表留下美好印象，飼料裡的精料比例提高了一倍，攙酒的數量也增加了一倍。所以當大會開始時，所有的豬都醉得如同死豬。整個杏園豬場裡瀰漫著酒香，金龍厚顏無恥地說這是他試驗成功的糖化飼料的味道，這樣的飼料使用精料很少，但營養價值奇高，豬吃了不吵不鬧，不跑不跳，只知道長膘睡覺。因為多年來影響生豬生產的關鍵問題是缺少糧食，糖化飼料的發明，從根本上解決了這個問題，為人民公社大力發展養豬事業鋪平了道路。

金龍在講台上侃侃而談：「各位領導，各位同志，我們可以莊嚴地宣布，我們試製的糖化飼料，填補了國際空白，我們用樹葉、雜草、莊稼秸稈製成糖化飼料，其實也就是把這些東西轉化成精美的豬肉，為人民群眾提供了營養，為帝修反掘下了墳墓……」

我懸臥在杏樹杈上，小風從我的肚皮下颼颼颳過。一群膽大包天的麻雀降落到我的頭上，用堅硬的小嘴，啄食著我大口吞食時迸濺到耳朵上的飼料。牠們的小嘴啄食時觸及到我血管密布、神經豐富因之格外敏感的耳朵，麻酥酥的，略微有些痛，彷彿在接受耳針療法，感覺很舒服，一陣濃重的睏意襲來，眼皮像用糖漿黏住了。我知道金龍這小子希望我在樹杈上鼾然大睡，我睡著了就可以由他那張能把死豬說活了的油嘴胡說八道，但我不想睡覺，在人類漫長的歷史上，為豬召開的盛會，這大概是第一次，今後會不會再有也很難說，我如果在這樣的歷史盛會召開之際睡過去，那將是三千年的遺憾。做為一頭養尊處優的豬，如果想睡覺，今後有的是機會，但眼下我不能睡。我晃動耳朵，使牠們與我的臉頰相拍，發出啪啪的響聲，我這樣一說，眾人都會明白我的耳朵是那種典型的豬耳朵，而不是沂蒙山豬們那種聳立在頭頂的狗耳朵，當然，現在有許多都市狗的耳朵也像兩隻破襪子一樣耷拉著，現代人閒得無聊，把許多根本不相干的動物弄到一起雜交，弄出了一些莫名其妙的怪物，這是對上帝的公然褻瀆，總有一天他們要接受上帝的懲罰。我抖動耳朵驅趕走麻雀，伸爪從樹枝上摘下一片紅得如血的杏葉，放到嘴裡嚼著。苦澀的杏葉，作用猶如菸草，使我睏意頓消，於是我就耳聰目明地、居高臨下地觀察、聆聽著現場會的全景全聲，將一切錄入我的腦海，勝過當今性能最佳的機器，因為那機器只能記錄下聲音和圖像，但我除了記錄下聲音和圖像之外，還記下了氣味以及我的心理感受。

你不要與我爭論，你的腦子，被龐虎的小女兒給弄亂了，你現在雖然只有五十歲出頭，但目光呆滯，反應遲鈍，顯然是老年癡呆症的前兆，因此你不要固執己見，與我進行無謂的爭辯。我可以負責任地對你說，「大養其豬」現場會在西門屯召開時，西門屯還沒有通電，是的，正如你所說，那時候屯前的田野也確實有人在栽埋水泥電線桿，但那是通往國營農場的高壓線路，那時國營農場劃歸濟南軍區，番號是生產建設兵團獨立營，營連幹部是現役軍人，其餘的全是青島和濟南下放來的知識青年，這樣的單位，當然需要電，而我們西門屯通電，是十年之後的事。也就是說，「大養其豬」現場會召開期間，每到夜晚，西門屯大隊除了豬場之外，完全是一團漆黑。

是的，我前邊說過，我的豬舍裡安裝了一隻一百瓦的燈泡，我還學會了用蹄爪開燈關燈，但那是我們杏園豬場自己發的電。按照當時說法，那叫「自磨電」，用一個十二馬力的柴油機，拉著一個電動機，就把電磨出來了。這是西門金龍的發明。此事你若不信，可去問莫言，他當時曾異想天開，做了一件著名的壞事，這事兒我馬上就會講到。

會場舞台兩側的兩根立柱上，懸掛著兩個巨大的喇叭，將西門金龍的講話放大了起碼有五百倍，我猜想整個高密東北鄉都能聽到這小子吹牛皮的聲音。舞台的後側是主席台，六張從小學校搬來的課桌拼成一張長桌，上邊蒙著紅布。桌後六條也是從小學校搬來的長凳，凳上坐著身穿藍色或者灰色制服的縣、社官員，從左邊數第五個人身穿一套洗得發了白的軍裝，此人是剛從部隊轉業回來的一個團級幹部，是縣革委生產領導小組負責人。右邊數第一人，是西門屯大隊支部書記洪泰岳，他新刮了鬍子，新理了髮，為了掩蓋禿頂，戴一頂灰色仿軍帽。他的臉紅光閃閃，彷彿一隻暗夜中的油紙燈籠。我猜想他正做著升官美夢，大寨人陳永貴就是他夢中的榜樣，如果國務院成立一個「大養其豬」指揮部，沒準會調他去擔任副總指揮。那些官員們有胖有瘦，他們的臉都向著東方，正對著紅日，因此一個個紅光滿面，瞇著眼睛。其中一個黑胖子戴著一副那年頭比較少見的墨鏡，嘴裡叼著一枝香菸，看樣子像個強盜頭子。西門金龍是坐在舞台前部那張同樣蒙著一塊紅布的桌子後邊講話，桌子上擺著一個用紅綢包裹著的麥克風，那年頭這玩意兒屬於高科技，令人望之生畏，那個生性好奇的莫言曾利用一個機會躥上舞台對著麥克風學了兩聲狗叫，於是狗叫聲從喇叭裡擴散出來震盪了杏園並擴展到無邊的原野，這效果的確令人醒脾神往。莫言這小子在一篇散文裡描寫過這件事。也就是說，「大養其豬」現場會上，催動喇叭和麥克風的電流，不是來自國家的高壓電線，而是來自我們杏園豬場的柴油機拉著的那台發電機。那條長五米、寬二十釐米的環形膠皮帶，把柴油機和發電機連接在一起，柴油機轉動，發動機就跟著轉動，電流也就源源不斷產生出來。這事物的確神奇無比，別說屯裡那些智力低下的人感到驚奇，就連我這樣一頭智力非凡的豬，也感到大惑不解。是啊，這看不見的電流，到底是什麼玩意兒？它到底是怎樣產生，又是怎樣消逝的？劈柴燃燒之後，還會留下灰燼；食物消化之後，還會留下糞便；電呢？電變成了什麼？說到此處，我就想起了西門金龍在杏園豬場東南角那兩間緊靠著一棵大杏樹、用紅色磚頭壘起的機房裡安裝機器的情形，他白天努力工作，晚上還挑燈夜戰，因為此事太多玄妙，吸引了諸多好奇的村民，我前邊所提到的那些人物差不多都在現場，討厭鬼莫言總是擠在最前邊，不但看，而且還多嘴多舌，引起金龍的反感，有好幾次，黃瞳擰著他的耳朵把他拖出室外，但用不了半個小時，他又擠到了最前邊，頭往前探著，口水幾乎滴落到金龍沾滿機油的手背上。

我是不敢擠進屋去看熱鬧的，也無法攀上這棵大杏樹，因為這棵狗娘養的杏樹主幹高約兩米而且光滑，而它的所有枝杈又都如大西北的白楊樹那樣攏著上長，猶如火炬形狀。但天可憐我，在這房屋的後邊有一個巨大的墳墓，墓裡埋葬著一頭捨身救兒童的義犬，義犬色黑，雄性，牠跳進波濤滾滾的運糧河裡救上了一位落水女童，自己卻力竭身亡。

我站在黑狗墳頭，正對著機房的窗口，因是匆匆建起的房子，尚未安裝窗子，因此我可以將室內的情景一覽無餘。室內汽燈雪亮，室外一團漆黑，就像當時流行的階級鬥爭話語：敵人在明處，我們在暗處。想怎麼看就怎麼看，只有我看他們，但他們看不到我。我看到金龍時而翻著那本油污的機械手冊，時而皺著眉頭用鉛筆在一張舊報紙的空白處計算。洪泰岳抽出香菸點燃，抽了一口，然後插到金龍嘴裡。洪書記尊重知識，尊重人才，是那個年代少有的明白幹部。還有黃家姊妹，不時用小手絹為金龍擦汗。我看到黃合作為金龍擦汗時你無動於衷，但只要黃互助為金龍擦汗你就滿臉醋意。你是一個不自量力的傢伙，也是個敢想敢幹的傢伙，後來的事實證明，你臉上的藍痣不但沒有影響你勾引婦女，甚至成了你勾引婦女的通行證。九〇年代後期縣城裡的民謠是這樣唱的：

> 別看鬼臉半邊藍，情人眼裡賽天仙。
> 老婆孩子全不要，縣長私奔下長安。

我提到這話頭沒有嘲諷你的意思，我是敬重你哩。一個堂堂的副縣長，竟然敢不辭而別與情人私奔，靠打工賣苦力過活，你是天下獨一份兒！

閒話少說，機器安裝完畢，試發電成功。金龍在西門屯實際上成了第二號實權人物。儘管你對這個同母異父的哥哥成見很深，但還是跟著他沾了光，如果沒有他，你能當上飼養班班長？如果沒有他，你能撈到第二年秋天去棉花加工廠當合同制工人的機會？如果沒有在棉花加工廠當合同制工人的機遇，能有你後來的官運？你落到今天這地步，不能怨別人，只能怨自己，只能怨你自己做不了自己雞巴的主。嗨，我說這些話幹啥呢？這些話讓莫言寫到他的小說裡好了。

大會按程序往下進行，一切都很順利，金龍介紹完先進經驗後，由縣生產指揮部那個穿舊軍裝的官員做總結發言。這人雄赳赳走到前台，站著講話，沒有講稿，即席發揮，才華橫溢，氣度非凡。一個祕書模樣的人弓著腰從後台跑到前台，把那個麥克風的脖子擰直，並盡量地拔高，但依然達不到與官員嘴巴齊平的高度，於是這祕書急中生智，把桌後的方凳放在桌子上，又把麥克風放在方凳上，這小伙子真是機靈，十幾年後被提拔成縣委辦公室主任與這件事有直接關係。頃刻之間，這生產指揮部的前團職軍官洪大的嗓門如滾雷一樣傳遍了四面八方！

「每一頭生豬，都是一顆射向帝修反反動堡壘的砲彈……」官員揮舞著拳頭，極富煽動力的喊著。他的聲嗓和動作，讓我這頭見多識廣的豬，聯想到了一部著名電影中的鏡頭。當然我也聯想到，如果真能被安裝到砲筒中發射出去，在空中飛行的感覺，是不是也會是暈暈乎乎、顫顫悠悠呢？而如果是一頭肥豬，突然降落到帝修反的碉堡裡，還不把那些壞蛋樂死？

時間已是上午十點多，這負責人的講話絲毫沒有打住的意思。我看到在會場的邊緣，那兩輛草綠色的吉普車旁，兩位戴著白手套的司機斜倚著車棚，一個悠閒地抽菸，另一個無聊地看錶。那時候的吉普車，其尊貴程度絕對勝過了如今的「奔馳」「寶馬」，那時的一塊手錶，其尊貴程度也絕對勝過了如今的鑽石戒指。手錶被陽光照耀得炫目，吸引了許多年輕人的目光。在那兩輛吉普車的後邊，是數百輛整齊擺放的自行車，那時的自行車，是縣、社、村基層幹部的坐騎，象徵著身分和地位，十幾個手持步槍的基幹民兵，排成一道半圓形的防線，看護著這些寶貴財富。

「我們要乘文化大革命的浩蕩東風，落實偉大領袖毛主席『大養其豬』的最高指示，學習西門屯大隊的先進經驗，把養豬工作提高到政治高度……」那生產指揮部領導人揮舞胳膊，做著強勁有力的姿勢，慷慨有力地演說著。他的嘴角掛著亮晶晶的泡沫，好像被稻草繩綑綁住的螃蟹。

「發生了什麼事情？」隔壁的刁小三從牠的尿窩裡呆頭呆腦地站起來，仰著那粗長的嘴巴，瞇縫著被酒精燒紅的眼睛，向我發問。我懶得搭理這蠢貨。這蠢貨也試圖舉起前爪，將下巴擱在牆頭上觀望外邊的情景，但酒精使牠喪失了平衡身體的能力。牠剛剛站起來，後腿就酥軟，身體跌在屎尿中。這個不講衛生的傢伙，把牠的糞便拉在豬舍的每個角落，與這樣的髒豬為鄰，真是我的不幸。我看到牠的頭上沾著白漆，那兩根齜出唇外的獠牙卻塗著黃漆，彷彿鑲了兩顆暴發戶的金牙。

我看到一個油滑的黑影從聽會的人群中擠出來——聽會的人非常多，雖說「萬人大會」有些誇張，但三五千人總是有的——他先溜到那兩口安放在杏樹下的博山造大瓷缸裡，探頭往缸裡看，我知道這小子是想喝糖水了，但缸裡的糖水早被前來開會的人喝光。人們喝水根本不是因為口渴，而是為了吃糖。糖，這甜蜜的物資，是當時的緊缺商品，憑票供應，吃一口糖，大約比現在與心愛的女人做一次愛還要幸福。西門屯大隊領導人為了向全縣樹立自己的良好形象，專門召開了全體社員大會，宣布了現場會期間的注意事項，其中一項就是嚴禁本屯社員，不論是大人還是孩子，都不得到大缸邊去喝糖水，有膽敢違反者，扣一百工分。外村人爭喝糖水的醜態讓我為他們感到羞恥。我更為西門屯人高度的覺悟或者說是克制能力感到驕傲。儘管我看到了許多西門屯人眼瞅著外村人喝糖水時那種複雜的目光，儘管我知道西門屯人看到外村人暢灌糖水時心裡的複雜情緒，但我還是欽佩他們，他們忍住了，不容易。

但現在，終於有一個小子忍不住了，不用我點名道姓你也猜到了他是誰。他就是我們西門屯建屯一百五十年歷史上最饞的小孩，是，就是莫言，就是那個現在猴子戴禮帽裝紳士的莫言。這小子把上半截身體探到缸裡，好像一匹乾渴的馬，急於喝到缸底的水，但他的脖子太短而缸又太深，於是他就找來一把白色的鐵勺子，用一隻胳膊，努勁把大缸拉得傾斜，使缸裡殘存的糖水匯聚在一側，然後他伸出勺子去舀。他一鬆手大缸沉重地恢復原位，從他小心翼翼地端著勺子的姿勢，我知道他有所收穫。他將勺子舉到嘴邊或者是用嘴靠近了勺子邊，然後他慢慢地揚起脖子。從他臉上那表情我就知道這廝嚐到了糖的滋味過上了片刻的甜蜜生活。他用勺子刮光了大缸裡最後一滴糖水，勺子刮著粗糙的缸底，發出「嚓嚓啦啦」的令我牙碜的聲響，這聲響聽上去比高音喇叭裡的聲音還刺耳，折磨著我的神經，我盼望有人來制止這小子給西門屯人丟臉的行為，這小子的行為如果再持續幾分鐘，我就有從樹杈上掉下去的可能。我聽到許多豬都被這聲音驚動了，它們醉意朦朧地喊叫著：「別刮啦，別刮啦，牙碜死我們啦！」那小子把兩口大缸掀翻在地，人鑽到缸裡，大概是用舌頭舔缸底吧？一個人能饞到這種程度也算一個奇蹟。終於，那小子從缸裡站出來了，我看到他破衣服上明晃晃的，我嗅到身上散發著甜絲絲的氣味，如果是春天，會有蜜蜂，或者是蝴蝶圍著他飛舞，但那時是初冬，蜜蜂蝴蝶俱不見，只有十幾隻胖大的蒼蠅，圍著他飛動，發出嗡嗡的聲音，有兩隻還落在了他骯髒、糾結猶如爛氈片一樣的頭髮上。

「……我們要以十倍的熱情、百倍的努力，推廣西門屯的先進經驗，各公社、各大隊，第一把手要親自抓，工、青、婦、群眾組織要全力配合。要繃緊階級鬥爭這個弦，加強對地、富、反、壞、右分子的管制和管理，尤其要提防暗藏的階級敵人的破壞活動……」

莫言臉上帶著幸福的表情，吹著口哨，搖搖晃晃地向那兩間機房走去。我的注意力被他吸引，目光追隨著他。我看到他進了機房，柴油機在飛速運轉，馬力帶介面處的鐵銷子與飛輪摩擦，發出節奏分明的咔噠聲。電從這裡產生，然後催響喇叭做功：

「各大隊的保管員要嚴格控制農藥的管理和使用，防止階級敵人偷竊農藥後向豬飼料裡投毒……」

值班看守機器的焦二仰靠在牆邊曬著太陽睡著了，使莫言得以實施了他的破壞計畫。他解開腰帶，把破褲子褪到腚下，雙手捧著小雞巴——直到這時我還猜不到這小子想幹什麼——瞄住飛速轉動的馬力帶。一股白亮的尿液落到馬力帶上。一聲怪響，馬力帶跌在地上，宛若一條巨大的死蟒。高音喇叭突然啞了。柴油機空轉，發出尖厲高亢的鳴叫。會場，連同數千聽眾，彷彿一下子沉到了水底。官員的演講聲，變得微弱而單調，彷彿從水底傳上來的鯽魚吐泡泡的聲音。這可是一件大殺風景的事情，我看到洪泰岳站了起來，我看到西門金龍從人群中站出來，邁開大步向機房跑去。我知道莫言闖下了大禍，有好果子等著他吃呢！

闖了禍的莫言不知回避，傻乎乎地站在馬力帶前，臉上掛著一種很納悶的表情。我猜他小子一定在考慮，為什麼撒上一點尿，馬力帶就會突然脫落呢？西門金龍跑進機房，第一件事就是在莫言的頭頂搧了一巴掌，第二件事是對準莫言的屁股踢了一腳，第三件事是他彎腰抓起馬力帶，先掛在電動機的轉輪上，然後拖著，抻著，把馬力帶的另一端，往柴油機的飛輪上掛。看著掛上了，但他剛一鬆手，馬力帶就脫落了。之所以掛不住帶是因為莫言那泡搗亂破壞的尿。金龍用一根鐵棍逼住馬力帶，使它無法脫落，然後他彎著腰，將一塊黑亮的皮帶蠟抵在皮帶上，皮帶旋轉，蠟被磨短，獲得了摩擦力，終於不掉帶了。金龍訓斥莫言：

「是誰讓你這樣幹的？」

「是我自己……」

「為什麼要這樣幹？」

「我想給皮帶降降溫……」

生產指揮部的領導人因喇叭停電情緒受到了打擊，匆匆結束了他的演講，一陣紛亂之後，西門屯小學漂亮的女教師金美麗登台報幕。她用不甚標準但聽起來清新可喜的普通話向台下的觀眾更主要的是向那十幾位移到了舞台兩側就座的官員宣布：「西門屯小學毛澤東思想宣傳隊文藝演出現在開始！」此時電流已經開始供應，高音喇叭裡不時傳出錐子般的尖叫，尖叫聲直上天空，似乎要刺死空中飛行的小鳥。為了今天的演出，金美麗老師剪去了長辮子，梳了一個當時頗為流行的「柯湘」頭，更顯得英姿颯爽，精幹漂亮。我看到舞台兩側那些官員們，都把目光投向金美麗。有的注視金美麗的頭，有的注視金美麗的腰，銀河公社第一書記程正南的目光一直盯在金美麗的屁股上，十年之後，經過千辛萬苦，金美麗終於成了時任縣政法委書記的程正南的妻子，兩人年齡相差二十六歲，在當時頗遭非議。但放在現在，誰還會去非議。

金老師報完幕就退到舞台兩側，那裡放著一把為她預備的椅子，椅子上放著一架漂亮的手風琴，琴鍵上的琺瑯質在陽光照耀下閃閃發光。椅子旁邊，直立著馬良才。馬良才手握一枝竹笛，臉上表情十分莊嚴。金老師將手風琴套上肩頭，安坐入位，手風琴拉開，放出美妙音樂，於此同時，馬良才的笛子也奏出了清脆歡快、穿雲裂石般的美妙聲音。一個小過門奏罷，一群革命的小胖豬，邁動著肥胖的小短腿，胸前都戴著繡著黃色「忠」字的紅布兜兜，連滾帶爬地躥上了舞台。這些都是小公豬，又傻又憨，吱哇亂叫，缺少思想，不夠深刻，需要一個領袖人物率領，這時，那個名叫「紅紅」的小母豬穿著小紅鞋翻著筋斗上了台。這孩子的媽是一個富有藝術細胞的青島知青，基因很好，學啥像啥學啥會啥。她的上台引起了一片掌聲而那群小公豬的上場只引起一陣怪笑。我看著這群小豬心中無比歡喜，古往今來，還從來沒有一頭豬登上過人類的舞台，這是歷史性的突破，是我們豬的光榮和驕傲，為此，我在杏樹上舉起一隻前爪，遙遙地向編導了這舞蹈的金美麗老師致以革命的敬禮！我也要向馬良才致以敬禮，他的橫笛，吹得的確不錯。我還要向小豬紅紅的媽媽致以敬禮，這女子能與農民結婚並繁殖出了優良的後代值得尊敬，她把自己身上的舞蹈基因遺傳給女兒值得尊敬，她站在舞台後邊為女兒們幫腔伴唱更值得尊敬。她是雄渾圓潤的女中音——莫言那小子後來在一篇小說裡寫她是女低音，遭到了許多懂音樂人的嘲笑——她的聲音出喉，在空中飛舞，猶如一條沉甸甸的彩綢——我們是革命的紅小豬，從高密來到天安門——這樣的歌詞用今天的眼光看顯然是不妥的，但在當時卻是十分正常的。我們西門屯小學這個節目是參加過全縣會演的，而且是得到了最佳表演獎的；我們這群小豬演員是受到過昌濰地區最高領導陸書記接見的，陸書記抱著小豬紅紅的照片是在省報上刊登過的。這是歷史，而歷史是不容篡改的——那小母豬在舞台上倒立著行走，兩隻穿著小紅鞋的腳高高地舉著，並且不斷地打著拍子。所有的人，都熱烈地鼓掌，台上台下一片歡騰……

演出勝利結束，接下來是參觀。孩子們表演結束，下邊輪到老子表演了。自從轉生為豬以來，平心而論，金龍對我不薄，即便沒有多年前曾為父子的特殊關係，我也要好好表現，逗領導開心，為金龍增光。

我稍微活動了一下身子，感到頭暈，眼花，耳朵裡嗡嗡響。十幾年後我約著縣城裡一群狗兄弟、狗姊妹們在天花廣場舉行盛大月光party，喝了四川的五糧液，貴州的茅台，法國的白蘭地，英國的威士忌，才猛然明白，當年在大養其豬現場會那天，我頭痛眼花耳鳴的原因。原來不是我酒量不海，而是那種劣質薯乾白酒惹的禍！當然，我也必須承認，那時的人雖然已經很不講道德，但還沒有壞到用工業酒精勾兌白酒害人的程度。正像後來我轉世為狗時那位在市政府賓館看門、見多識廣、出口成章的朋友德國黑蓋狼狗所總結的那樣：五〇年代的人是比較純潔的，六〇年代的人是十分狂熱的，七〇年代的人是相當膽怯的，八〇年代的人是察言觀色的，九〇年代的人是極其邪惡的。請原諒我總是急於把後來發生的事情提前來講，這是莫言那小子的慣用伎倆，而我不慎受到了他的影響。

莫言自知犯了嚴重錯誤，老老實實地站在機房裡，等待著金龍前來懲罰。看機器的焦二睡醒後回來，看到莫言站在那裡，開口便罵：「狗小子，你站在這裡幹什麼？想搞破壞嗎？」「是金龍大哥讓我站在這裡的！」莫言理直氣壯地說。「什麼金龍大哥，他還不如我褲襠裡的雞巴！」焦二狂傲地說著。「那好，」莫言道，「我這就去告訴金龍。」「你給我回來！」焦二伸手揪住莫言的衣領，把他拽了回來，在這個過程中，莫言破棉襖上那三顆鈕釦不翼而飛，棉襖敞開，露出了瓦罐般的肚皮。「你要敢跟他說，我就要了你的命！」焦二攥起拳頭，在莫言面前晃動著。「要我不說，除非要了我的命！」莫言毫不示弱地說。

去他們的吧，焦二莫言，都是我們西門屯的下等貨色，讓他們兩個在機器房鬧去吧。現在，浩浩蕩蕩的參觀隊伍，在金龍的引領下，已經來在了我的豬舍前面。根本不用金龍開口介紹，參觀者就樂了。他們見慣了臥在地上的豬，但絕沒見過趴在樹杈上的豬；他們見多了寫在牆壁上的紅色標語，但絕對沒見過寫在豬肚皮上紅色標語。縣、社幹部們哈哈大笑，後邊那些生產大隊的幹部們跟著傻笑。穿舊軍裝的生產指揮部負責人目光盯著我，嘴巴卻在問金龍：

「是牠自己爬到樹上去的嗎？」

「是的，是牠自己爬上去的。」

「能不能讓牠表演一下，」負責人道，「我的意思是說，讓牠先從樹上下來，然後再讓牠爬到樹上去。」

「雖然有一些難度，但我盡力試一下，」金龍道，「這頭豬智力非凡，蹄腿矯健，但個性倔強，一般情況下都是我行我素，不喜歡聽人擺布。」

金龍用樹枝輕輕地戳著我的腦袋，用溫情的、充滿了協商性的腔調對我說：

「豬十六，醒醒，別睡了，下樹撒泡尿吧！」

明明是要我表演上樹絕技給這群官員們看，卻說是讓我下樹撒尿，這公然的謊言讓我心中大為不快，當然我也理解金龍的良苦用心。我會讓他滿意，但不能俯首帖耳，不能他吩咐我幹什麼我就幹什麼，那樣我就不是一頭有個性的豬，而是一條為取悅主人遍地打滾的哈巴狗。我吧咂了幾下嘴，打了一個長長的哈欠，翻了一個白眼，伸了一個懶腰，引來一片笑聲和議論：「嘿，這哪裡是豬，簡直是個人嘛，牠什麼都會！」這些傻瓜，以為我聽不懂你們的話嗎？老子懂高密話，懂沂蒙山話，懂青島話，老子還從那個幻想著有朝一日出國留洋的青島知青嘴裡學會了十幾句西班牙語呢！我大吼了一句西班牙語，這些笨蛋，都愣了神，然後便哈哈大笑。我讓你們笑，笑死你們，為人民省下小米。不是讓我下樹撒尿嗎？撒尿用不著下樹，站得高，尿得遠。為了逗一個惡趣，我改變了定點撒尿的良好衛生習慣，就那樣舒坦地趴在樹上，將那憋了許久的尿，時緊時緩、時粗時細地撒了下來。傻瓜們大笑不止。我瞪圓眼睛，一本正經地說：「笑什麼？嚴肅點！我是一顆射向帝修反反動堡壘的砲彈，砲彈撒尿，說明裡邊的火藥受潮，你們還笑得出來！」這群傻瓜大概是聽懂了我的話，一個個笑噴了，一個個笑流了。那穿舊軍裝的大幹部也一改他的面孔，鐵板一樣的臉上綻開了星星點點的微笑，好像散了一層金黃色的麩皮，他指點著我說：

「真是一頭好豬，應該授給牠一塊金質獎章！」

我雖然一直淡薄名利，但出自高官之口的奉承還是讓我得意忘形，我想向那頭在舞台上表演倒立的小豬紅紅學習，就在這顫顫悠悠的杏樹枝上，拿一個大頂，動作高難，但一旦完成，必將轟動。我用兩隻前爪，牢牢地把住杏樹杈子，兩條後腿支起，屁股往高裡翹，頭往下低，夾在兩根樹杈之間。力量不夠，早晨吃得太多，肚腹沉重。我用力按壓樹杈，使它動起來，顫起來，想借它的力氣，完成這個高難動作。好，起！我看到了大地，兩條前腿承受著巨大的壓力，全身的血都湧到了腦袋上，眼珠子痛疼，彷彿要從眼眶中迸出來，堅持，堅持，堅持十秒鐘就是勝利。我聽到了一片掌聲，我知道成功了。很不幸，我左邊的前爪一滑，身體失去了平衡，眼前一黑，感覺到腦袋撞在硬物上並發出一聲悶響，接著我就昏了過去。

它奶奶的，都是劣質白酒惹的禍！

第二十六章　刁小三因妒拆豬舍　藍金龍巧計度嚴冬

一九七二年的冬天，對於杏園豬場的豬來說，是一場真正的生死考驗。儘管養豬現場會後，縣裡調撥了兩萬斤飼料糧做為對西門屯大隊的獎勵，但縣裡撥下來的僅僅是個數字，最終還要在公社革委的督促下，由公社糧管所那個狂喜歡吃老鼠肉的姓金人送外號金耗子的所長具體落實。這位耗子所長把那些在倉庫邊角積壓多年的黴變薯乾和高粱以次充好發往我們的豬場，數量上也大打了折扣。這批霉爛糧食中摻雜的老鼠屎足有一噸，使我們杏園豬場整整一個冬天都籠罩在一股奇特的臊臭之下。是的，在養豬現場會前後，我們吃香的喝辣的，過了一段地主資產階級般的腐朽生活。但現場會開完不到一個月，大隊裡的糧庫就頻頻告急，天氣也日漸寒冷，看起來很浪漫的白雪帶來了徹骨的寒冷，我們陷入了飢寒交迫之中。

那年冬天的雪，大得有點邪乎，這不是我故意渲染，而是真實存在。縣氣象局有記錄，縣誌上有記載，莫言的小說《養豬記》裡也曾提及。

莫言從小就喜歡妖言惑眾，他寫到小說裡的那些話，更是真真假假，不可不信又不可全信。《養豬記》裡所寫，時間、地點都是對的，雪景的描寫也是對的，但豬的頭數和來路卻有所篡改。明明是來自沂蒙山，他卻改成了五蓮山；明明是一千零五十七頭，他卻改成九百餘頭；但這都是細枝末節，對一個寫小說的人寫到小說裡的話，我們沒有必要去跟他較真。

儘管我對那群沂蒙山豬從心底裡透著蔑視，與牠們同類，是我的恥辱，但我畢竟與牠們同了類，「兔死狐悲，物傷其類」，沂蒙山豬接二連三的死亡，使杏園豬場籠罩著沉重的悲劇氣氛。為了保存體力，減少熱量揮發，在那些日子裡，我減少了夜間巡遊的次數。我用蹄爪將那些因為使用日久而破碎了的樹葉和成了粉末的乾草扒攏到牆角，地面上留下一道道蹄印，猶如精心編織的網路圖案。我臥在這堆碎草爛葉的中央，用兩隻前爪托著腮，看著紛紛揚揚的大雪，嗅著降雪時特有的清冷氣息，心中浮現著一陣陣悲涼情緒。說實話，我不是一頭多愁善感的豬，我身上多的是狂歡氣質，多的是抗爭意識，而基本上沒有那種哼哼唧唧的小資情調。

北風呼嘯，河道中巨冰開裂，發出驚天動地的響聲，梆梆梆梆，猶如命運在深夜裡敲門。豬舍前部的積雪，幾乎與被積雪壓彎的杏樹杈連在一起，杏園裡不時響起樹枝被積雪壓斷時發出的清脆響聲，而隨著這清脆聲響，總是有一陣沉悶的聲響，那是樹上的積雪隨之塌落時發出的聲音。在那樣的暗夜裡，我的眼界所及，全是白茫茫的一片。因為柴油短缺，早已停止磨電，所以即便我把那根燈繩扽斷也扽不來一線光明。這樣白雪覆蓋的暗夜，應該是產生童話的環境，應該是產生夢想的時刻，但飢餓和寒冷，粉碎了童話和夢想。我必須講良心話，也就是說，在豬飼料最為短缺的時候，在沂蒙山豬們依靠著漚爛的樹葉子和從棉花加工廠買來的棉籽皮苟延殘喘的日子裡，西門金龍還是在我的飼料中，保證了四分之一比例的精料，那精料當然也只是黴變的薯乾，但總比豆葉和棉籽皮好。

我臥著，苦熬漫漫長夜，時而在夢中，時而在現實中。天上偶爾會露出幾顆星星，星光璀璨，宛如女王胸脯上的鑽石。我無法睡得安寧，因為那些沂蒙山豬在死亡線上掙扎的聲音，讓我感到無比的淒涼。回首往事，淚水盈滿了我的眼睛。淚珠一旦流到腮毛上，片刻之間便凍成了珍珠。隔壁的刁小三也在哀嚎，牠現在該自食不講衛生的惡果了。牠的窩裡沒有一點乾燥之處，到處是屎尿結成的冰坨子。牠在窩裡奔跑嗥叫，發出狼一樣的叫聲，與曠野裡真正的狼嗥遙相呼應。牠不斷地高聲咒罵，咒罵世道的不公。每當開飯之時，我就聽到牠破口大罵。牠罵洪泰岳，罵西門金龍，罵藍解放，更罵那個專門負責給我們餵食的白氏杏兒，那個早已與泥土同化的惡霸地主西門鬧的未亡人。白氏總是擔著兩桶飼料來餵我們。她的小腳在兩邊積雪成牆的小路上蹣跚著，她穿著破棉衣的身體在雪中的小路上扭動著。她頭上蒙著一條藍色的圍巾，口鼻中噴出的熱氣，在眉毛和頭髮上結成了白霜。她的雙手粗糙，皮膚開裂，像燒過的枯木。她擔著食桶行進時，把手中的長柄勺子當成了枴棍。食桶中熱氣微弱，但氣味洶湧。從氣味上就可以清晰地辨別出飼料的優劣。總是前邊的桶裡盛著屬於我的食物，總是後邊的桶裡裝著屬於刁小三的食物。

白氏放下擔子，用勺子撥去土牆上厚厚的積雪，然後探身進來，用勺子清理我的食槽。然後她雙手費力地把食桶提起來，隔著土牆，把黑乎乎的飼料，倒進我的槽裡。這時候我總是迫不及待地搶食，以至於黏糊糊的食料落在我的頭、耳上。然後她就會用勺子刮去我耳上的和頭頂上的食料。食物並不可口，尤其不能細嚼，因為一細嚼，腐敗的氣味就會布滿口腔和咽喉。在我大口吞嚥時發出的「呱嗒呱嗒」的響聲裡，白氏總是要感慨萬端地表揚我：

「豬十六啊，豬十六，你真是一頭不挑食的好豬啊！」

白氏總是在餵過我之後才去餵刁小三。觀看我的瀟灑吃相似乎讓她心中幸福。如果不是刁小三的瘋狂嚎叫我想她很可能忘記了餵牠。我忘不了白氏低頭看我吃食時的溫存目光，她對我的好我當然明白，但我不願意往深裡去想，畢竟事過多年，人畜異路。

我聽到刁小三咬住了她的勺子，我看到了刁小三前爪扶牆站立伸出牆頭的猙獰面孔。牠獠牙鋸齒，眼睛血紅。白氏敲打著牠的長嘴，猶如敲著一個木頭梆子。她將屬於刁小三的食料倒進刁小三的食槽。她低聲咒罵：

「你這頭髒豬，窩裡吃窩裡拉，怎麼還不凍死你這惡鬼！」

刁小三只吃了一口就罵起來：

「西門白氏，你這個偏心的刁婆子！你把精料全加到豬十六的桶裡，我的桶裡，全是爛樹葉子！我操你們這些王八蛋的親娘！」

罵著罵著，刁小三就嚶嚶地哭起來了。而西門白氏，根本不理會牠的罵，挑起空桶，拄著勺子，搖搖擺擺地走了。

刁小三把著牆頭望過來，對著我發牢騷，骯髒的口水，滴到我的豬舍裡。我對牠嫉恨的目光視而不見，只管低頭疾吃。刁小三道：

「豬十六，這是什麼世道？為什麼一樣的豬兩樣待遇？難道就因為我是黑色你是白色嗎？難道就因為你是本地豬我是外地豬嗎？難道就因為你模樣漂亮我相貌醜陋嗎？而且，你小子也未必就比我漂亮到哪裡去……」

對這樣的蠢貨，我能對牠說什麼呢？世界上從來就沒有那麼多公平之事，官長騎馬，難道士兵也要騎馬嗎？是的，在蘇聯紅軍布瓊尼元帥的騎兵軍裡，官長騎馬士兵也騎馬，但官長騎的是駿馬，士兵騎的是爛馬，待遇還是不一樣的。

「總有一天，我要把他們統統咬死，我要撕開他們的肚皮，把他們的腸子拖出來……」刁小三將兩隻前爪搭在把兩間豬舍間隔開來的土牆上，咬牙切齒地說：「哪裡有壓迫，哪裡就有反抗，你信不信？你可以不信，但是我堅信不疑！」

「你說得很對，」我想我沒必要得罪這個傢伙，便順著牠說，「我相信你的膽量和能力，我等待著你幹出驚天動地的事情。」

「那麼，」牠流著涎水說，「把你槽中剩下的食物，賞給兄弟吃了吧？」

我看著牠貪婪的目光和骯髒的嘴巴，心中產生了極度的厭惡，牠在我心目中的形象本來就很低，現在更低到了淤泥裡。我心中盤算著，讓牠的髒嘴污染我的食槽，那是我極不情願的，但當面駁回這個已經十分卑微的要求，似乎又很難開口。我支吾著：

「老刁，其實，我的食物，跟你的食物，並沒有什麼區別……你這是兒童心理，總以為別人盤子裡的蛋糕是最大的……」

「媽拉個巴子的，你以為老子真傻嗎？」刁小三氣急敗壞地說，「瞞得了老子的眼睛，瞞不過老子的鼻子！其實連老子的眼睛也瞞不了，」刁小三彎腰從自己的食槽裡挖起一塊飼料，用爪子舉著，摔在我食槽的邊沿上，與我食槽中殘餘的飼料成為鮮明的對照，「你自己看看，你吃的是什麼，我吃的是什麼？媽的，都是一樣的公豬，憑什麼兩樣待遇，你『為革命配種』，難道老子是為反革命配種嗎？人，被他們分成了革命和反革命的，難道豬也分成了階級嗎？這完全是私心雜念在作怪，我看到了西門白氏看你的目光，簡直像一個女人看自己的老公！她是不是想讓你給她配種啊？你要給她配上種，明年一開春，她就會生出一群人頭豬身，或者豬頭人身的小怪物，那才是美妙無比！」刁小三惡毒地說。惡意的誹謗舒緩了牠心頭的鬱悶，牠奸邪地笑起來。

我用前爪挑起牠摔過來的那坨飼料，用力甩到牆外。我輕蔑地說：「我本來正在考慮答應你的請求，但你這樣侮辱我，對不起，刁兄，我寧願把剩下的食物扔到屎裡，也不會給你吃。」我用爪子挖起食槽裡的食物，扔到我定點排泄大便的地方。我回到乾燥的窩裡趴下，悠閒地說，「閣下，如果你想吃，那麼，請吧！」

刁小三眼睛放出綠光，牙齒咬得格格響，他說：「豬十六，古人曰：出水才看兩腿泥！咱們騎驢看帳本，走著瞧！三十年河東，三十年河西！陽光輪著轉，不會永遠照著你的窩！」說完了這些話，牠猙獰的臉便從牆頭上驀地消失。我聽到牠在隔壁焦躁地轉圈子，並不時地用腦袋撞鐵門子，用爪子搔牆壁。後來，我聽到隔壁發出了一種怪異的聲音，猜了許久，我才明白：這小子，一半是為了取暖，一半是為了發洩，竟然立起來，用嘴巴，撕扯著舍頂上的高粱秸稈，連我的豬舍頂部，都受到了牽連。

我前爪扶著牆探過頭去，對牠的破壞行為表示抗議：「刁小三，不許你這樣搞！」

牠咬住一根高粱秸，用力地拽著，拽下來後，用獠牙截成片斷。「奶奶的，」牠說，「奶奶的，要完蛋，大家一起完蛋！世道不公，小鬼拆廟！」牠直立起來，叼住一根高粱秸稈，藉著身體下落的重力，猛地往下一扽，豬舍頂部，頓時出現一個窟窿，一片紅瓦，落在地上，跌成碎片，成團的雪，紛紛落下，落在牠的頭上，牠晃動著頭顱，眼睛裡的綠色凶光碰到牆上，如同玻璃的碎片。這小子，顯然是瘋了。這小子的破壞活動還在繼續，我仰臉看著自己的舍頂，心急如焚，團團旋轉，有心想跳過牆去制止牠的破壞行為，但與這樣一頭瘋豬搏鬥，結果必定是兩敗俱傷，情急之中，我尖聲嚎叫，發出的聲音，竟然與防空警報相似。學唱革命歌曲，拿捏著嗓子模仿，但總是似是而非，情急之下的嚎叫，竟然逼真了防空警報。那還是我幼年時的記憶，為了防止來自帝修反的突然襲擊，在全縣範圍內舉行過防空演習。遍布全縣每個村莊、機關的高音喇叭裡，先是放出低沉轟鳴之聲。這就是敵人的重型轟炸機在高空飛行時的聲音，一個奶聲奶氣的播音員說——接著響起尖厲的扎人耳膜的呼嘯——這是敵人的飛機開始俯衝——接著響起了鬼哭狼嚎之聲——請全縣革命幹部、貧下中農仔細辨聽，這就是國際通用的防空警報，一旦聽到這種聲音，大家要立即放下手中的工作，躲到防空洞裡，如無防空洞可躲，就雙手抱頭就地臥倒——我像一個學戲多年終於找準了調門的票友一樣，沉浸在愉悅之中。我轉著圈嗥叫著。為了使警報聲傳送到更遠的地方，我猛地躥上了杏樹枝杈，樹上的積雪如同麵粉，如同棉絮，細密地或者稀疏地、鬆軟地或者沉重地落在地上。雪中的杏樹細枝呈現紫紅的顏色，光滑硬脆，彷彿傳說中的海底珊瑚。我攀援著樹杈上升，到了杏樹的頂端，我已經將杏園豬場的情景以及整個村莊的情景納入眼底。我看到炊煙裊裊，我看到千樹萬樹猶如巨大的饅頭，我看到眾多的人從被積雪壓得彷彿隨時都要坍塌的小屋裡跑出來。雪是白的，人是黑的。雪深沒膝，人走得艱難，一個個左右搖晃，身體踉蹌。他們都被我發出的警報驚動。西門金龍、藍解放等人是最早從那五間熱氣騰騰的房子裡鑽出來的。他們先是轉著圈，仰起頭往天上觀望——我知道他們在尋找帝修反的轟炸機——然後便臥倒在地，雙手抱著腦袋——一群烏鴉呱呱叫著從他們頭頂上飛過去。這群烏鴉，巢穴架設在運糧河東岸的楊樹林子裡，雪掩大地，覓食困難，牠們每天都要飛來杏園豬場與我們搶食吃。——後來他們都爬了起來，抬頭望望雪後初晴的天空，低頭看看冰封雪掩的大地，終於找到了警報的發源地。

藍解放，現在我必須說到你了。你舉著馬車夫使用的竹節長鞭奮勇地衝過來。林間小路上因豬食滴瀝而結成的冰坨子使你連跌兩跤。一跤前仆，狀如惡狗搶屎；一跤後仰，恰似烏龜曬肚。陽光嬌豔，雪景美麗異常，烏鴉翅膀上都彷彿塗了金粉。你的半邊藍臉也熠熠生輝。在西門屯眾多的人物中，你始終算不上主角，除了莫言經常與你在一起嘀嘀咕咕之外，幾乎沒人答理你。就連我這頭豬，也沒把你這個所謂的飼養班班長放在眼裡。但是現在，當你拖著長鞭奔跑而來時，我驚訝地發現，你已經是個身體瘦削的青年。我事後掐爪一算，你已經二十二歲了，的確是個大人了。

我抱著樹枝，迎著彤雲縫隙中的太陽，張大嘴巴，又發出一輪曲折迴旋的防空警報。聚攏到杏樹下的人都氣喘吁吁，臉上掛著哭笑不得的尷尬表情。一個王姓老者憂心忡忡地說：

「國要敗，出妖怪啊！」

但老者的話隨即就被金龍給堵了回去：

「王大爺，小心舌頭啊！」

王大爺自知失語，用巴掌搧著自己的嘴說：「讓你胡說，讓你胡說！藍書記，您大人不見小人的怪，饒我小老兒一個初犯！」

金龍此時已經被納新為共產黨員，並擔任了黨支部委員和共產主義青年團西門屯大隊支部書記，正是心高氣盛之時。他對著王大爺揮揮手，說：

「知道你看過《三國演義》之類的邪書，觸景生情，賣弄學問，否則，憑這一句話，就可以打你個『現行』！」

氣氛頓時嚴肅起來。金龍不失時機地發表演說，說越是惡劣的天氣，越是帝修反發動突然襲擊的最佳時機，當然也是屯子裡暗藏的階級敵人搞破壞的最佳時機。金龍接著讚揚了我做為一頭豬的高度覺悟，「牠雖然是一頭豬，但是覺悟比許多人還要高！」

我得意非凡，竟然忘記了發警報的原因。就像一個歌星受到台下的追捧而興致大發一樣，我又一次頓喉高鳴，但一腔未畢，就看到藍解放揮舞著長鞭衝到樹下，眼前鞭影一閃，耳朵梢一陣劇痛，頭重腳輕的我，一頭栽到樹下，半截身體扎到雪裡。

等我從雪裡掙扎出來時，看到雪上血跡斑斑，我的右耳被打開一個足有三釐米長的豁口。這豁口伴隨我度過了後半生的輝煌歲月，也使我對你藍解放始終心存芥蒂。儘管後來我也明白了你為什麼出手那樣狠毒，從理論上我原諒了你，但感情上總是疙瘩難解。

我雖然挨了重重一鞭，留下了終身殘疾，但隔壁的刁小三更是倒了大楣。我爬到樹上學發防空警報，多少還有些可愛的成分，但刁小三咒罵社會，拆毀房屋，則是純粹的破壞行為。如果說解放鞭打我還遭到了許多人反對的話，那解放用皮鞭把刁小三打得血跡斑斑，則受到了眾人一致讚揚。「打，打死這個雜種！」這是眾人的異口同聲。刁小三起初還凶猛蹦跳，把鐵柵欄上手指粗的鋼條都撞斷了兩根，但一會兒就筋疲力盡。幾個人推開鐵門子，拖著牠的兩條後腿，將牠從舍裡拖到外邊的雪地上。解放恨猶未消，雙腿呈馬步叉開，腰微彎，頭略斜，一鞭一道血痕。他的瘦長的藍臉抽搐著，因牙根緊咬腮上凸起幾個疙瘩硬肉，打一鞭罵一句：「騷貨！婊子！」左手累了換右手，這小子還是左右開弓。起初那刁小三在地上打滾，幾十鞭下去，就直挺挺地，如同一塊死肉了。解放還不罷休。眾人都知道他是藉打豬而發洩心中積怨，無人敢上前攔他。眼見著刁小三性命不保。金龍上前，揚手攥住他的手腕，冷冷地說：「你，夠了！」刁小三的血，弄髒了聖潔的雪地。我的血是紅的，牠的血是黑的。我的血是神聖的，牠的血是骯髒的。為了懲罰牠的過錯，人們在牠的鼻子上扎上兩個鐵環，還在牠的兩條前腿之間，拴上了一根沉甸甸的鐵鏈子。在後來的歲月裡，這小子拖著鐵鏈在豬舍裡來回走動，發出嘩啦啦的響聲，而每當村子中央的高音喇叭裡播放革命樣板戲《紅燈記》中李玉和的著名唱段「休看我戴鐵鐐裹鎖鏈鎖住我雙腳和雙手鎖不住我雄心壯志沖雲天——」時，我就對隔壁這個宿敵莫名其妙地生出敬意，好像牠成了英雄而我是出賣英雄的叛徒。

是的，正像莫言那小子在〈復仇記〉中寫的那樣，臨近春節時，杏園豬場也到了最危急的時候，飼料完全吃光，那兩垛爛豆葉也消耗乾淨，剩下的所謂飼料，就是那一堆與積雪混攪在一起的霉爛棉籽皮。情況緊急，而此時，洪泰岳又偏偏重病臥床不能理事，千斤重擔落在了金龍身上。金龍此時，感情正遭遇了一場巨大的麻煩，他比較愛著的，應該是黃互助，這感情還是從她幫助他修復了那件軍裝上衣開始的，而且兩人早就有了夫妻之實，而黃合作又對他頻頻進攻，於是他跟她又有了雲雨之情。隨著年齡的漸長，黃氏雙嬌都提出了與金龍結婚的要求。而洞悉了這其中祕密的，除了我這頭無所不知的豬，再就是藍解放。我是超脫的，但藍解放因為酷愛黃互助而黃互助不愛他深陷在痛苦與嫉妒之中。這也是你將我一鞭從樹上打下來然後又像一個凶殘的劊子手毒打刁小三的根本原因。現在回首往事，你是不是也會感到，當初讓你痛苦萬端的情感，與後來的事情相比，顯得有點微不足道呢？而且，世事難料，姻緣天定，命中注定是你的人，終究是你的人。這不，黃互助終究還是跟你睡在了一個床上了嗎？

那些日子裡，每天早晨，都有凍僵的豬屍，從豬舍裡拖出。我每夜都被那些因為同舍的豬死去而痛哭的沂蒙山豬們吵醒。我每天早晨都會從鐵柵欄的縫隙中看到，藍解放，或是其他的餵豬人，拖著豬的屍體向那五間房屋行進。這些死豬，都瘦得如同骨架，豬腿無一例外地伸得筆直。我看到那頭脾氣暴躁的「野狼嗥」死了，生性淫蕩的「藍菜花」也死了。起初是每天死三至五頭，到了臘月下旬，每天增至五到七頭。臘月二十三日那天，竟然拖出了十六頭豬屍。我粗粗地計算了一下，截止到大年除夕，已經有二百餘頭豬命歸西天，牠們的靈魂，是去了陰曹地府還是去了天堂，我無法知道，但牠們的屍體，都被堆放在房屋的背陰處，而且不斷地被西門金龍他們煮食，卻是我至今難以忘卻的記憶。

一群人在燈下，圍著爐火熊熊的鍋灶，看著在鍋裡翻騰的被剁得支離破碎的豬屍的情景，已經被莫言在《養豬記》中描寫得淋漓盡致，他寫了燃燒果枝時散發出的香氣，寫了豬的肢體在滾水中翻騰時散發出的腥穢之氣，還描寫了那些飢餓的人大口吞吃死豬肉時的令今天的人感到噁心之極的情景。莫言那小子是這地獄情景的親歷者，他筆下那些在微弱的燈光和強烈的灶火光輝映下的明暗對比強烈的人臉和人臉上那些複雜曖昧的表情，有十分強烈的畫面感。他調動了他全部的感覺來描寫這場面，彷彿使我們聽到了火苗嗶剝之聲、沸水翻滾之聲、人們喘息之聲，彷彿使我們嗅到了死豬的腐敗之氣，從門縫中鑽進來的雪夜清冷之氣，還有這些人夢囈般的對話。

我只說一點補充莫言那小子的疏漏：就在杏園豬場的豬瀕臨全部餓死的時候，也就是那個除夕的夜晚，當辭舊迎新的鞭炮零落地響起時，金龍抬手拍了一下自己的額頭，說：

「有了，杏園豬場有救了！」

死豬之肉，偶爾吃一次，尚可下嚥，第二次聞到那味兒就要嘔吐。金龍下令把豬的屍體變成了豬的糧食。我最初是從食料的氣味中感到了異常，然後便深夜裡潛出豬舍，偷窺了豬飼料作坊，探知了全部的祕密。我承認，對豬這種相對愚蠢的動物來說，食自己的同類，算不了什麼驚心動魄之事，但對我這樣一顆奇異的靈魂，就產生了許多的痛苦聯想。但求生的本能很快便抵消了精神的痛苦。其實我是自尋煩惱：如果我是一個人，那麼人食豬肉天經地義；如果我就是一頭豬，那麼別的豬吃起同類屍體來津津有味，我又有什麼孫子可裝？吃吧，閉著眼吃吧。學拉防空警報之後，我的飲食與所有的豬同樣，我知道這並不是他們要對我進行懲罰，而是因為豬場裡確實沒有精料存在。我的脂肪日漸減少，大便祕結，小便赤黃。我比那些豬略微好一點的，就是夜間還可以偷著溜出去，到村子裡撿一點爛菜幫子吃，但爛菜幫子也不是常有的。也就是說，如果不吃金龍為我們調製的特殊飲食，連我這頭智力超群的豬，也無法熬過長冬，進入暖春。

金龍用豬的屍體和馬糞、牛屎、粉碎的紅薯藤蔓配製成的特殊飼料，挽救了豬的生命，這其中包括刁小三，也包括我。

一九七三年春天，大批的飼料糧調撥下來，杏園豬場恢復了生機。在此之前，六百餘頭沂蒙山豬，化成了蛋白質、維生素以及其他各種維持生命必需的物質，延續了四百頭豬的生命。讓我們集體嚎叫三分鐘，向這些悲壯犧牲的英雄們致敬！在我們的叫聲中，杏花綻放，杏園豬場裡月光如水，花香撲鼻，一個浪漫的季節，緩緩地拉開了大幕。

第二十七章　醋海翻騰兄弟發瘋　油嘴滑舌莫言遭忌

那天晚上月亮在太陽還沒有落山時，就迫不及待地升了起來。在紅色霞光的映照下，杏園裡的氛圍溫馨而多情。我預感到這樣的夜晚將會有重大的事情發生。我抬爪搭上樹杈，就近嗅著杏花，偶一抬頭，看到一個像車輪那麼大的、銀白色的、彷彿用錫箔剪成的月亮，從杏樹的縫隙中升了起來。剛開始我不敢相信那就是月亮，當它漸漸地放出光輝之後我才相信那果真就是它。

那時的我還是一頭童趣盎然的豬，發現了奇異事物，總是按捺不住地興奮，總是想把這奇異與其他豬共同分享，這一點與莫言十分相似。他在一篇題名〈杏花爛漫〉的散文裡寫道，有一個中午，他發現西門金龍和黃互助相跟著爬上了一顆花朵盛開的大杏樹，搞得杏花瓣兒如雪片般紛紛降落。他急於讓人前來與他一起觀賞樹上的浪漫，便匆匆忙忙跑到飼料加工房，把正在午睡的藍解放搖醒，他寫道：

……藍解放猛地坐起來，揉著通紅的眼睛，問：「什麼事？」我看到炕上的蘆蓆在他臉上硌出的清晰印記，神祕地說：「哥們兒，跟我走。」我引領著藍解放繞過那兩頭公豬居住的獨立房屋，進入杏園深處。暮春天氣，萬物慵懶，豬都在酣睡，連那頭喜歡裝神弄鬼的公豬也不例外。成群蜜蜂，嗡嗡嚶嚶，抓緊花期，不顧疲勞，辛勤勞動。畫眉鳥兒在花枝間閃動著亮麗的身影，並不時發出裂帛般的淒然啼聲。藍解放不高興地嘟噥著：「你他媽的，到底要讓我看什麼？」我用食指輕壓嘴唇，示意他噤聲。我壓低嗓門對他說：「蹲下，跟我來。」我們蹲著，慢慢地往前移動。我們看到兩隻土黃色的野兔在杏樹間追逐；一隻拖著長尾巴的豔麗野雞，撲棱著翅膀，咯咯鳴叫著，飛到荒塚後邊的灌木叢中。我們繞過那兩間曾經做過發電機房的屋子，前邊就是杏林最茂密處。幾十棵要兩個人才能合抱的大杏樹，樹冠龐大，在空中幾乎連結成一片。枝條上花朵纍纍，顏色有深紅、粉紅和雪白，遠遠看上去，彷彿團團彩雲。因為這些樹太大，根系過於發達，再加上村民們對大樹的崇拜心理，所以逃過了五八年大煉鋼鐵、七二年大養其豬的劫難。我親眼見到西門金龍和黃互助像兩隻松鼠一樣沿著那棵樹幹有些傾斜的老杏樹爬了上去，但現在卻沒有了他們的身影。微風起處，樹冠輕搖，熟透的花瓣猶如雪片，紛紛落下，地下如積瓊瑤。「你到底想讓我看什麼？」藍解放提高了聲嗓，並攥起拳頭，藍臉父子的執拗和暴躁在我們西門屯、乃至高密東北鄉都是大大有名的，我可不能惹這位小爺生氣。我說：「我親眼看到他們爬到樹上去了……」「誰們？」「金龍和互助啊！」我看到藍解放的脖子猛地往上抻了一下，彷彿有一個隱形人對準他的心臟部位猛擊了一拳。接著我看到他的耳朵微微抖動，半邊藍臉，宛如翠玉，在陽光下熠熠生輝。他似乎在猶豫，在鬥爭，但一股邪魔般的力量驅使他走到那株大杏樹下……他仰起臉來……半邊臉藍如翠玉……他發出了一聲哀嚎，猛地撲倒在地上……花瓣紛紛落下，彷彿要把他掩埋……我們西門屯的杏花是遠近聞名的，進入九〇年代後，每年春天，都有城裡的人，開著車子，帶著孩子，慕名來看杏花……

在文章的結尾，莫言寫道：

我想不到這件事會讓藍解放那樣痛苦。人們把他從杏樹下抬到炕上，用筷子撬開他緊咬的牙關，往他嘴裡灌薑湯，使他甦醒過來。人們逼問我，他到底在樹上看到了什麼，竟魔成了這樣。我說，我說是那頭公豬，帶著那頭名叫「蝴蝶迷」的小母豬，在樹上騷情……人們狐疑地說，那也不至於吧？解放甦醒後，在飼料室的炕上像毛驢一樣打滾。他嚎哭的聲音像那頭公豬學拉的防空警報。他捶自己的胸膛，揪自己的頭髮，抓自己的眼睛，撕自己的腮幫子……為了防止他自殘，善良的人們，不得不用繩子把他的雙手綑了起來……

我急於想把日月同輝的美麗天象告訴人們，但養豬場被突然瘋掉的藍解放弄得一團混亂。大病初癒的洪書記聞訊趕來。他拄著一根柳木棍子，面色蒼黃，眼窩深陷，下巴上的鬍鬚花白蓬亂，這場大病，使這個咬釘嚼鐵的共產黨員變成了一個老人。他站在炕前，用手中的棍子搗著地面，彷彿要從地下搗出水來。刺眼的電燈光芒使他的臉色愈顯煞白，也使得平躺在炕上不停嚎叫的藍解放臉相更加猙獰。

「金龍呢？」洪泰岳氣急敗壞地問。

屋子裡的人面面相覷，看樣子都不知他的下落。末了還是莫言怯生生地說：

「他大概在發電屋裡……」

人們這才想起，這可是從去年冬天停止發電之後的第一次發電，金龍的用意，實在是令人困惑。

「你去把他給我叫來！」

莫言像隻油滑的耗子一樣溜走了。

這時候，我聽到從屯子的街道上，傳來了一個女人悲涼的哭聲。這哭聲使我的心緊縮起來，大腦缺氧，片刻空白，隨後，往事如潮水，洶湧襲來。我蹲在飼料室前那堆疊摞得很高的杏樹根盤和枝條上，思想著雲遮霧掩的過去，觀察著紛亂複雜的現世。去年冬天死去的那些沂蒙山豬的白骨，堆放在飼養室房前的一個籮筐裡，被月光照著，閃爍著星星點點的綠，並散發著絲絲縷縷的臭。我很快看到，一個彷彿舞蹈著的人，迎著此刻已經如水銀般澄澈的月亮，拐上了杏園豬場的小路。她仰著臉，臉如一扇使用多年的水瓢閃爍著古舊的黃光，嘴巴因為嚎哭而張開，宛如一個黑色的老鼠洞口。她的雙臂彎曲著懸在胸前，雙腿羅圈，襠間能鑽過一隻狗，雙腳呈外八字，身體左右搖擺的幅度比她前進的步幅還要大。她就這樣姿態醜陋地奔跑著。儘管這一切都與牛時代裡的迎春大不相同了，但我還是一眼就認出了她。我努力回憶迎春的年齡，但人的意識被豬的意識團團包圍著，最終混為一體，成為既興奮又悲傷的情緒。

「我的兒啊，你這是怎麼啦……」透過破爛的窗戶，我看到迎春撲到炕前，哭喊著，伸手推動藍解放的身體。

藍解放的雙手被綁，無法動彈，便用雙腳猛蹬牆壁，使那本來就不結實的間壁牆搖搖晃晃，灰色的牆皮，像雜合麵的大餅，一片片地跌落下來。屋子裡，眾人慌亂不堪。洪泰岳又下命令：

「拿繩子，把他的腿綁起來！」

一個也在豬場工作的老男人呂扁頭，拖著一條麻繩子，笨拙地爬上炕去。藍解放的兩條腿猶如瘋馬的蹄子，胡踢亂蹬，使呂扁頭無法下手。

「綁啊！」洪泰岳大聲喊叫。

呂扁頭俯身壓向解放的雙腿——迎春撕扯著呂扁頭的衣服哭叫：放開我的孩子——快上去幫他的忙！洪泰岳喊叫——解放大罵著：畜生，你們這些畜生！你們這些豬！——把繩子穿過去啊！——孫家老三孫豹衝進來——快上炕幫他！——繩子繞住了解放的雙腿，把呂扁頭的緊緊摟住解放雙腿的胳膊也纏了進去，繩子被抽緊——鬆鬆繩子，讓我抽出胳膊——解放的腿撲騰，繩子飛舞如狂蛇——哎喲我的親娘……呂扁頭身體後仰，跌到炕下，順勢砸倒了洪泰岳——孫家老三畢竟年輕力壯，他一屁股坐在解放的肚子上，不顧炕下迎春的抓撓、痛罵，疾速有力地將繩子抽緊，使解放的兩條腿失去了反抗能力——炕下，呂扁頭捂著鼻子，黑色的血從他的指縫裡滴下來。

爺們兒，我知道你不願意承認這些事，但請相信我絲毫沒有撒謊。一個人，在瘋狂狀態下會產生超人的力量，會做出近乎神奇的舉動，那棵老杏樹上至今還留有幾個雞蛋大小的疤瘤，那都是當年的你在瘋狂狀態下用頭碰的。頭的硬度，在正常狀態下，根本不能與杏樹的粗幹相比，但人一旦瘋了，頭也就變硬了——這就是神話傳說中的共工頭撞不周山令天柱折地維缺的原因——你撞得杏樹劇烈搖晃，杏花如鵝毛大雪紛紛飄落。巨大的反彈力使你仰跌在地：你額頭鼓起了一個大包，可憐的杏樹老皮剝落，露出了白色的內裡……

被綁住手腳的藍解放身體扭動，身體裡好像有巨大的能量在洶湧奔突，彷彿武俠小說中所描述的，那些吸入了別人超強內力而又無法容納的武功低下者，其狀痛苦萬端，於是張開的嘴巴和嘴巴中發出的哀嚎就成了唯一的排泄通道。有人試圖往他的嘴裡注入一點涼水，藉以澆滅他心中的邪火，但嗆了他的喉嚨，引起他劇烈的咳嗽。一股血，呈霧狀，從他的嘴巴和鼻孔裡噴出來。

「我的兒啊……」迎春嚎哭著暈了過去。

女人，有的可以坦然喝血，有的見血就暈。

正在此時，西門寶鳳背著藥箱匆匆而入。她有很好的醫務工作者的氣質，並不因為炕下躺著昏厥的母親，炕上躺著噴血的弟弟而驚慌失措。她已經是個經驗豐富的「赤腳醫生」。她臉色蒼白，目光憂鬱。她的手無論冬夏，都像冰一樣涼。我知道她的內心也為情感所苦。她痛苦的病根就是那個「大叫驢」常天紅，這是歷史事實，我曾親眼見到，莫言的小說裡也有蹤可尋。她打開箱子，拿出一個扁扁的鐵盒，抽出一根閃閃發光的銀針，對準迎春的「人中」穴，又準又狠地刺了一下，迎春呻吟了一聲，睜開了眼睛。寶鳳示意人們，將被綑綁成一捆樹棍子模樣的解放往炕邊拖了拖。她既沒摸他的脈，也沒聽他的心臟；沒試他的體溫也沒量他的血壓；彷彿一切俱在她的意料之中；彷彿她要治療的不是藍解放，而是她自己。她從藥箱捏出兩支安瓿，夾在手指的縫裡，然後用鑷子敲破，用針管吸光瓶中藥液，將針管舉起，對著明亮的電燈，推動針管，亮晶晶的水珠從針尖射出。這個畫面很神聖很莊嚴很經典很常見，那些宣傳畫上，那些電影電視中，常常有這樣的畫面和鏡頭，幹這種活兒的人被稱為白衣天使，戴著白帽子穿著白大褂戴著大口罩瞪著大眼睛翻捲著長睫毛。在我們西門屯，西門寶鳳不可能戴上白帽子大口罩，也不可能穿著白大褂，她穿著一件大翻領的藍華達呢上衣，一件白襯衣的領子翻在藍褂子的領上。這是當時的時尚，青年男女們總是突出表現層層疊疊的衣領，如果因為家貧買不起多層次的內衣，就買那種幾毛錢一個的假領子。這個晚上寶鳳的外衣裡邊穿著的確是襯衣而不是假領。她的蒼白的臉色和憂鬱眼神也很符合小說家筆下的正派人物肖像。她用酒精棉球，輕描淡寫地擦了擦藍解放的胳膊上那塊發達的肌肉，一針扎下去，不到一分鐘，注射完畢，針頭拔出來。她注射的部位不是常見的屁股而是胳膊，這可能與藍解放被人用繩子綑綁的特殊情況有關。對藍解放這種因精神遭受強烈刺激，內心巨大痛苦的人而言，別說在他的胳膊上扎一針，即使卸去他一條胳膊，他也不會哼一聲。

當然，這是俺極度誇張的說法。這樣的說法，在當時的語境裡，也算不上什麼大話。當時的人，包括你藍解放，不也是動不動就口出豪言壯語，什麼「泰山壓頂不彎腰」，什麼「砍頭只當風吹帽」，什麼「粉身碎骨也心甘」嗎？莫言那小子，更是說這種牛皮大話的行家裡手。後來他成了所謂的作家之後，對這種語言現象有所反思。他說：「極度誇張的語言是極度虛偽的社會的反映，而暴力的語言是社會暴行的前驅。」

寶鳳給你注射了安神鎮靜的藥物之後，你慢慢地安靜下來。你的眼睛直直地盯著虛空，但鼻腔和咽喉裡發出了鼾聲。眾人緊張的神情，都鬆弛了，猶如受了潮濕的鼓皮或者鬆了把子的琴弦。我也不由自主地鬆了一口氣。你藍解放又不是我的兒子，你是死是活、是瘋是傻與我有屁相干？但我還是鬆了一口氣。畢竟，我想，你是從迎春的肚子裡鑽出來的孩子，而迎春的肚子，曾經是我的遙遠的前身西門鬧的財產。我想我真正應該關心的是西門金龍，那才是我的親生。想到此我披著幽藍的月光往發電機房奔跑，杏花瓣兒紛紛飄落，宛如月光的碎屑。在柴油機發了瘋般的轟鳴中，整個杏園都在顫抖。我聽到那些已經漸漸恢復了元氣的沂蒙豬們有的在說著含混不清的夢話，有的在竊竊私語。我看到黑色的刁小三，披著幽藍、涼爽的月光外套，坐在豬群之花「蝴蝶迷」的柵欄門前，前爪夾著一個橢圓形的、用紅色塑料鑲著邊的小鏡子，反射著月光，照進豬舍，一定是照在蝴蝶迷塗脂抹粉的腮幫子上。這小子齜著牠那兩根漫長的獠牙，臉上掛著愚蠢的笑容，色情的哈喇子，像透明的蠶絲，從牠的下巴上流了下來。我感到醋意大發，怒火中燒，耳朵上的血管子蹦跳如爆豆，不由自主地想衝上去與刁小三拚命。但理智之光在暴躁的時刻照亮了我心頭。是的，按照動物界的習慣，交配權的鬥爭就是你死我活的肉搏，勝者去交歡，敗者靠邊站。但我畢竟不是一頭一般的豬，刁小三也不是頭愚蠢的畜生，我們倆之間必有一戰，但時機尚未成熟。杏園裡已經有了母豬發情的騷味，但不濃烈，交配的季節尚未到來，因此，就讓刁小三這小子先在那裡騷情著吧。

發電機房裡，懸掛著一盞二百瓦的白熾燈泡，光線刺目，不敢直視。我看到西門金龍那小子，屁股坐在鋪了一層紅磚的地面上，背靠著牆壁，兩條長腿，筆直地伸出，赤著腳，翹著大腳丫子。暴跳如雷的柴油機上震落的油珠滴到他的腳趾甲上和腳背上，猶如黏稠的狗血。他敞著懷，露出紫紅的背心。頭髮披散，眼睛發紅，有瘋癲之狀，很酷。在他的身側，有一個翠綠的酒瓶子，酒瓶子上的標籤說明這是那個時代裡高密東北鄉人所能喝到的最高級的白酒：景芝白乾。景芝白乾，用高粱釀造，醬香型，六十二度，勁道峻烈，猶如紅鬃烈馬，一般的人，半斤即可放倒。一般的人，輕易捨不得也喝不起這樣的優質白酒。金龍喝這樣高級的白酒，說明他的內心痛苦到極點，他大概是想醉死算球，因為老子看到，這兒子的腿邊歪倒著一個喝乾了的酒瓶子，手中握著的瓶子裡，也只剩下小半瓶了。兩斤點火就會熊熊燃燒的景芝白乾下了肚，這兒子，死不了也要落個半傻。

莫言那小子，立正站在西門金龍身側，眯縫著小眼，說：「西門大哥，別喝了，洪書記叫你去訓話呢！」

「洪書記？」金龍乜斜著眼說，「洪書記算個雞巴?!他找我訓話，我還要找他訓話呢！」

「金龍大哥，」莫言壞壞地說，「你和互助姐在杏樹上弄事，被解放哥看到了，他馬上就瘋了，十幾個壯小伙子都按不住他，指頭粗的鐵棍，被他一口就咬斷了。你還是去看看他吧，他畢竟還是你的同胞兄弟。」

「同胞兄弟？誰是他的同胞兄弟？你小子跟他才是同胞兄弟呢！」

「金龍大哥，」莫言說，「去不去是你的事，反正我把話捎到了。」

莫言說完了話，但並沒有走的意思。他伸出一隻腳，把那個倒在地上的酒瓶子往眼前一撥，然後以非常迅捷的動作彎腰把酒瓶子撿了起來，瞇著眼睛往瓶子裡看——他的眼前一定是一片綠色——他將酒瓶中殘存的酒倒進嘴巴，吧咂著口舌，嘖嘖有聲，連聲誇讚：「景芝白乾，好酒，果然名不虛傳！」

金龍將手中的瓶子舉起來，仰著脖子，將瓶中酒，咕嘟咕嘟，倒進喉嚨——屋子裡瀰漫開濃烈的酒香——他將手中的酒瓶對著莫言擲去。莫言舉瓶相迎。兩瓶相碰，響聲清脆，碎片紛紛落地。屋中酒氣更濃。「滾！」金龍大吼著，「你他媽的滾！」莫言連連倒退。金龍撿起身邊的鞋子、螺絲扳手等物對著莫言投擲，並罵：「你這個奸細，小人！滾開，不要讓我看到你！」莫言連連躲閃著，嘴裡嘟囔著：「瘋了，那個沒好，這個又瘋了！」

金龍搖搖晃晃站起來，身體前仰後合，彷彿一尊挨了巴掌的不倒翁。莫言跳到門外的月光裡，月光塗在他的光頭上，使他的頭宛如一個碧綠的西瓜。我躲在杏樹後邊，觀察著這兩個怪誕的傢伙。我擔心金龍撲到那飛速旋轉的馬力帶上被絞成肉醬，但這樣的事情沒有發生。他跨過了馬力帶，又跨回馬力帶，嘴裡嚎叫著：「瘋啦～～，瘋啦～～都他娘的瘋了～～」他從牆角上抄起一把掃帚投出來。又把一隻盛過柴油的鐵皮水桶投出來。濃烈的柴油味在月光中散發，與杏花的香氣混合在一起。金龍歪歪斜斜地跳到柴油機邊，低下頭去，彷彿要跟那個飛速轉動的機輪對話。小心啊，兒子！我心中喊叫著，渾身的肌肉繃緊，做好了隨時衝進去救他的準備。他低著頭，鼻尖幾乎觸著那飛速轉動的馬力帶，兒子啊，小心啊，再靠近一釐米，你的鼻子就沒了。但是並沒有發生這樣的悲慘事故。金龍伸出一隻手，按著柴油機的油門。他把油門按到了底。柴油機像一個被捏住了睾丸的男人一樣發了瘋地嚎叫著，機體抖動劇烈，油星四濺，煙筒裡黑煙滾滾，固定在木底座上的螺帽抖動著，彷彿隨時都會脫落飛去。於此同時，那電盤上標誌著發電量的指標飛速上升，迅速越過極限，那隻大度數的燈泡，射出白得扎眼的光芒，然後便發出一聲爆響，灼熱的玻璃碎片四散飛揚，有的碰到牆壁上，有的碰到房樑上。後來我才知道，與發電機房裡這隻大燈泡同時爆炸的，還有養豬場裡的所有燈泡。與發電機房同時沉入黑暗的，還有養豬場裡的所有亮著燈泡的房間。我後來還知道，受到爆炸聲的驚嚇，蹲在蝴蝶迷門外耍流氓的刁小三把小鏡子塞到嘴裡，匆忙竄回了牠的豬舍。牠身影油滑，彷彿一匹抹了油的狸貓。柴油機更猛烈地嚎叫幾聲，然後斷了氣。我聽到斷裂的馬力帶抽打著牆壁發出的巨響，還聽到西門金龍發出的一聲哀嚎。我的心猛地往下一沉——完了！我想，西門金龍，我的兒子，小命十有八九十是報銷了！

黑暗慢慢消失，月光湧進屋去。我看到那被爆炸聲嚇得趴在地上屁股翹得高高猶如一隻受了驚嚇顧頭不顧腚的鴕鳥的莫言，慢慢地從地上爬起來。這小子既好奇又懦弱，既無能又執拗，既愚蠢又狡猾，既幹不出流芳百世的好事，又幹不出驚天動地的壞事，永遠是一個惹麻煩、落埋怨的角色。我知道他所有的醜事，也洞察他的內心。這小子爬起來，像一條畏首畏腳的狼，鑽進被月光照亮的發電機房。我看到西門金龍側歪在地，被窗欞分割的月光分割了他，彷彿一具被砲彈攔腰打斷的屍體。一縷月光照耀著他的臉，當然也照耀著他凌亂的頭髮，幾道藍熒熒的血，猶如蜈蚣，從頭髮根裡爬到他的臉上。莫言那小子，弓下腰，張著嘴，伸出兩根烏黑如豬尾巴棍兒的手指，抹了一點血，先放在眼前看，繼而放在鼻下嗅，然後又伸出舌頭舔。這小子，到底想幹什麼？這小子行為古怪，莫名其妙，連我這頭智慧過人的豬，也猜不透他的心思。他難道能從西門金龍的血裡看出、嗅到、嚐出西門金龍的死活？還是要用這複雜的方法判斷沾在他手指上的是真正的血還是紅色顏料？正當被他的古怪行為導致我胡思亂想之時，這小子如夢初醒般地驚叫一聲，就地蹦了一個高，然後尖叫著，跑出發電機房，幾乎是興高采烈地喊叫著：

「快來看啊，快來看，西門金龍死啦……」

他也許看到了在杏樹後藏頭露尾的我，也許根本沒有看到。月光下的杏樹和斑駁的杏花製造出令人目眩的光芒。西門金龍的突然死亡也許是這小子有生以來最先發現的、最值得向人們傳播的大事。他不屑於對著杏樹訴說。他邊跑邊嚎，中途還因為踩在一堆豬屎上摔了個嘴啃泥。我尾隨著他。相對於他笨拙的步伐，我就是一個練過草上飛的武俠高手。

屋子裡的人聞聲而出，月光使他們顯得面色青黃。屋子裡沒有解放的嚎叫之聲，說明他已經被藥物麻翻。寶鳳用一塊酒精浸過的棉球按著腮幫子，那是被適才炸裂的燈泡碎片割出的傷口。這傷口痊癒後，留下了一個隱約可見的淺淺的白疤痕，記錄著這個混亂不堪的夜晚。

人們跟隨著莫言，有的跌跌撞撞，有的歪歪斜斜，有的慌慌張張，總之是一團混亂地往機房這邊跑來。莫言在頭前引路，一邊跑，一邊歪著身子對身後的人誇張地、炫耀地描述著他看到的情景，我感覺到了，無論是西門金龍的親屬，還是與西門金龍沒有血緣關係的人，都對這貧嘴碎舌的小子感到了厭惡。閉上你的臭嘴吧！我往前疾馳幾步，隱身在一棵樹後，用嘴巴從泥土中拱出一塊瓦片——因太大咬成兩半——用右前爪的趾縫夾起來，後腿用力，站起做人立狀，然後覷著莫言那張明晃晃的彷彿刷了一層桐油的臉瞄了個親切，隨即身體前撲，使前蹄獲得慣性，順勢把瓦片擲出。但我忘記了計算提前量，我擲出的瓦片沒有打中莫言的臉，卻正中了迎春的額頭。

正應了兩句俗語：「屋漏偏遇連陰天」，「黃鼠狼單咬病鴨子」。瓦片與迎春的臉撞擊時發出的聲音令我心頭一凜，古舊的記憶被瞬間啟動：迎春啊，我的賢妻！今天晚上，你是天底下最不幸的人。兩個兒子，一個瘋了，一個死了，女兒臉上也受了傷，而你又受到了我狠命一擊！

我痛苦至極，發出一聲長長的嗥叫。我把嘴扎到地上，悔恨交加使我把那塊沒及投出的瓦片咬得粉碎。我看到，就像電影裡慣用的高速攝影拍攝出的畫面一樣，迎春嘴裡發出的慘叫像一條銀蛇在月光中飛舞，而迎春的身體卻像一團人形的棉絮一樣往後倒去。你們不要以為俺是一頭豬就不懂得什麼叫高速攝影，呸，這年頭，誰還不能當個導演呢！配上一個濾光鏡，高速攝影，推，拉，全景，特寫，天地變化，那瓦片與迎春的額頭碰撞的瞬間破裂成數片，飛向不同的方向，血珠子隨後飛起。搖，展示眾人張大的嘴巴和驚愕的目光……迎春躺在地上。娘啊！這是西門寶鳳的喊叫。她顧不上自己臉上的傷口，壓扁的棉球落在地上。她跪在迎春身側，藥箱子摔到一邊。她用右胳膊攬住迎春的脖子，看著迎春額頭上傷口，娘啊，你這是怎麼啦……是誰幹的？洪泰岳怒吼著，朝瓦片飛來的方向撲過來。我沒有躲閃，儘管我可以轉瞬之間消逝得無影無蹤。這事我辦得笨拙，儘管是好心辦了壞事，但我也甘願受懲罰。儘管是洪泰岳先起意搜捕暗中扔瓦片傷人的壞蛋，但最先跑到杏樹後邊發現我的卻並不是他。他已經老了，骨節生了銹，失去了敏捷和靈活。最先躥到樹後發現了我的依然是那討厭的莫言，他那野貓一樣靈活的身體和他那幾近病態的好奇心配合得無比默契。是牠幹的！他驚喜地對身後蜂擁而至的人們宣告著他的發現。我僵硬地坐著，喉嚨裡發出低沉的嗚嚕，表示著我的悔恨之意，準備接受人們的懲罰。我看到眾人那些被月光照亮的臉上都浮現出困惑的表情。我敢肯定是牠幹的！莫言對眾人說，我親眼看到過牠用爪子夾著一根樹枝在地上寫字呢！洪泰岳重重地拍了一下莫言的肩膀，嘲諷地說：

「爺們，你看沒看到過牠用爪子夾著小刀，給你爹刻了一枚圖章，刻的還是梅花篆字？」

莫言不識好歹，還想饒舌辯解，孫家老三狗仗人勢地撲上來，擰著他的耳朵，用膝蓋頂著他的屁股，把他擒到了一邊，低聲對他說：

「夥計，閉上你那張烏鴉嘴吧！」

「怎麼會讓公豬跑出來呢？」洪泰岳不滿地喝斥著，「誰負責飼養公豬？責任心太差，應該扣工分！」

西門白氏顛著小腳，扭秧歌似的從鋪滿月光的小道上跑來。道上的杏花瓣被她的小腳踢起來，宛如輕薄的雪片。沉澱在意識深處的記憶猶如水底的泥沙，渾濁翻騰；我感到自己的心，一陣陣揪痛。

「把豬趕到圈裡去！太不像話了！太不像話了！」洪泰岳吼叫著，重濁地咳嗽著，向那發電機房走去。

我想是對兒子的牽掛使昏暈的迎春迅速清醒過來。她掙扎著要站起來。「我的娘啊……」寶鳳喊叫著，一手攬著迎春的脖頸，一手打開藥箱。黃家的互助心領神會地、神色冷漠地用鑷子夾了一塊酒精棉球遞給她。「我的金龍啊……」迎春一胳膊把寶鳳撥開，手按了一下地，從地下長起來，動作凶猛，身體搖晃，顯然是頭暈，她哭喊著金龍，一溜歪斜地奔向機房。

第一個衝進發電機房的，不是洪泰岳，也不是迎春，而是黃家的互助。第二個跑進發電機房的，依然不是洪泰岳和迎春，而是莫言。雖然他被孫家的老三擒到一邊受了些皮肉之苦，雖然他被洪泰岳冷嘲熱諷，但他渾然不覺似的、從孫老三鐵鉗般的手指下掙脫之後，便一溜煙兒似的躥進了機房。黃互助後腳剛進屋，他前腳便跨進了門檻。我知道那天晚上其實最受委屈的是合作，而處境最尷尬的是互助。她與金龍在那棵歪脖子老杏樹上行浪漫之事，引發了解放的癲狂。在繁花如綴的樹冠裡做愛，本來是富有想像力的大美之事，但因為莫言這個討厭鬼給攪得一塌糊塗。這人在高密東北鄉實在是劣跡斑斑，人見人厭，但他卻以為自己是人見人愛的好孩子呢！人闖入被月光照徹的機房，猶如青蛙跳入寧靜明亮的池塘，一聲響亮，激起了瓊屑碎玉。黃互助一見躺在月光中、額頭有血的金龍，情從心發，悲從中來，一時也就顧不上羞澀和矜持，宛如一匹護崽的母豹子，撲到金龍的身上……

「他喝了兩瓶景芝白乾，」莫言指點著地上的酒瓶子碎片說，「然後把柴油機油門按到最大，『叭』，燈泡爆炸了。」在濃重的酒氣和柴油氣味中，莫言連說帶比畫，其狀滑稽，像個手舞足蹈的小丑。「把他弄出去！」洪泰岳吼道，嗓子有破鑼音。孫豹拃著他的脖子，使他幾乎腳不點地出了機房。他還在解說，彷彿不把他看到的情景說出來就會憋死一樣。你們說，人傑地靈的高密東北鄉怎麼會生出這樣一個壞孩子？「然後『啪』的一聲悶響，馬力帶斷了，」莫言被孫豹拃著脖子還忘不了補充細節，「馬力帶是從介面處斷的，我估計，一定是介面處的鐵銷子抽到了他的腦袋上。當時，柴油機瘋了，每秒轉速八十圈，產生的力量大無邊，沒把他的腦漿子抽出來就是不幸之中之大幸！」聽聽，他竟然半文半白，彷彿一個飽讀詩書的鄉儒。「去你的『之大幸』吧！」臂力過人的孫豹把莫言舉起來，用力往前擲出。即使是在空中飛行這短暫的瞬間他的嘴巴裡還是喋喋不休。

莫言跌落在我的面前。我以為會把這小子跌得支離破碎，沒想到他打了一個滾就坐了起來。他在我面前放了一個長長的臭屁，令我好生煩惱。他對著孫豹的背影喊叫著：「孫老三，你不要以為我在編瞎話。我說的都是我親眼所見，就算略有誇張，也總是八九不離十。」孫家老三根本不答理他，他就轉過臉對我說：「豬十六，你說我說得對不對？你別跟我裝傻，我知道你是一頭成了精的豬，你除了不會說人話，什麼都會。洪書記說你能刻篆字圖章——他用這諷刺我，我明白——其實，我知道刻個篆字圖章根本難不住你，給你一套工具，我看你能修理手錶。我早就注意你了。我在大隊部值班時就發現了你的才華，我每天晚上大聲朗讀《參考消息》其實就是讀給你聽的。我們兩個是心心相印的老朋友。我還知道，你的前世曾經是人，你與西門屯的人有千絲萬縷的聯繫。我說得對不對？如果我說得對你就點點頭。」我看著他那張骯髒的小臉上那種似乎洞察一切的狡猾表情，心中暗忖：可不能讓這小子信口胡咧咧了。茅廁裡說話，牆外有人聽。如果讓屯裡人都知道了我的身世和祕密，那一切就不好玩了。我嘴巴裡哼哼著，趁著他不注意，在他肚皮上猛咬了一口。——我留有餘地，不想毀了他的性命——我預感到這個小子對於高密東北鄉的重要意義，咬壞了他，閻王老子不會饒了我——如果我盡興地咬，會把他的腸子咬斷——我使了三分勁兒，隔著他那汗臭的小褂子，在他的肚皮上留下了四個出血的牙印。這小子慘叫一聲，慌亂之中在我的眼睛上撓了一爪子，便掙脫跑開了。其實是我故意鬆了口，如果我不鬆口，他怎能掙脫？他的爪子戳了我的眼睛，眼淚汪洋而出。我半是清明半是朦朧地看到他失魂落魄地逃到離我十幾米遠的地方，撩起褂子看肚皮上的傷口。我聽到他嘟嘟噥噥地罵我：「豬十六，你這個陰險毒辣的傢伙，竟敢咬你大爺。總有一天我要讓你知道我的厲害。」我心中竊笑。看到這小子從地上抓了幾把混合著杏花瓣兒的泥土，按在肚皮的傷口上。他的嘴裡念念有詞：「土是土黴素，花是花骨朵兒，消炎，解毒，咄，好了！」然後他就放下衣襟，沒事人兒一樣，往發電機房那邊溜去。這時，白氏幾乎是連滾帶爬地到了我的面前。我看著她出了汗的臉，聽著她氣喘吁吁地說：

「豬十六啊豬十六，你怎麼跑出來呢？」

她拍打著我的頭說：「聽話，回你窩裡去吧，你跑出來，洪書記怪我。你知道，我是地主婆，成分不好，洪書記照顧我才讓我餵你，你千萬別給我惹禍啊……」

我心中紛亂如麻，眼淚落地，「啪啪」響。

「豬十六，你哭了？」她有些訝異，但更多的是悲傷，摸著我的耳朵，她仰著臉，似乎是對著月亮說，「掌櫃的，金龍一死，咱們西門家，就徹底地敗了……」

當然，金龍沒有死，金龍死了，這戲也就演到頭了。他在寶鳳的救治下甦醒過來，然後便大哭大鬧，大蹦大跳，眼睛如血，六親不認。「不活了不活了我不活了……」他抓撓著自己的胸脯，「難受啊難受死我啦娘啊……」洪泰岳上前，抓住金龍的肩膀，搖晃著，怒吼：「金龍！這像什麼樣子?!你算什麼共產黨員?!你算什麼團支部書記?!你真讓我失望！我替你臉紅！」迎春撲上去，剝開洪泰岳的手，擋在金龍面前，對著洪泰岳吼叫：「不許你這樣對待我的兒子！」然後她轉過身，抱住比自己整整高出一頭的金龍，撫摸著他的臉，呢喃著：「好孩子，別怕，娘在這裡，娘護著你呢……」黃瞳搖搖頭，目光躲閃著眾人的眼神，貼著牆邊鑽出機房，倚著牆，用一塊白紙，熟練地捲了一枝菸。劃火點菸的瞬間我看到這個小男人下巴上凌亂的黃鬍子。金龍推開迎春，推開那些試圖上前阻攔他的人，斜著膀子衝出來，月光像淺藍的紗幕一樣纏在他的手臂上，使他的傾倒顯得那麼柔軟。他倒在地上，像勞動過後的驢子一樣打起滾來。「娘啊，難受死我啦，再來兩瓶吧，再來兩瓶吧，再來兩瓶……」「他是瘋了還是醉了？」洪泰岳嚴厲地詢問寶鳳。寶鳳嘴角抽動一下，臉上浮起冷笑一樣的表情，說：「應該是醉了。」洪泰岳看看迎春、黃瞳、秋香、合作、互助……無奈地搖搖頭，好像一個軟弱無力的父親，長歎一聲，道：「真是不爭氣啊……」然後，他便搖搖晃晃地走了。他沒有往那條通向村莊的小路上走，而是斜著走進了杏林，鋪滿杏花瓣兒的地上，留下了一串淺藍色的腳印。

金龍還玩著他的驢打滾兒的把戲。吳秋香唧喳著：「快去弄點醋來灌灌他。合作，合作呢，回家拿醋去。」合作摟著一棵杏樹，臉貼在樹皮上，好像變成了樹幹的一部分。「互助，互助你去！」但互助的身影，已經與遠處的月色融為一體。洪泰岳走後，眾人紛紛走散，連寶鳳也背上藥箱走了。迎春喊叫著：「寶鳳啊，給你哥打上針吧，他的五臟六腑，都要被燒酒燒壞了啊……」

「醋來了，醋來了！」莫言提著一瓶醋飛奔而來。他的腿真是快。他的心腸真是熱。他真是聽到風就下雨的傢伙。他對著眾人表功般地說：「我敲開了小賣部的門，劉中光那貨要現錢，我說這是洪書記要的醋，你記到帳上吧，他二話沒說就給灌了一瓶子……」

孫家老三好不容易才把滿地打滾的金龍按住。金龍連踢帶咬，其瘋狂的勁頭兒不亞於適才的解放。

秋香把醋瓶子插到他的嘴裡，往裡倒。一聲怪叫，從他的喉嚨裡發出，宛如不慎吞嚥了毒蟲的公雞，他的青眼沒了，眼眶裡全是白眼，月光下看得分明。「你這個狠心的，把我兒子灌死了啊……」迎春哭叫著。黃瞳拍打著金龍的背。一口酸臭撲鼻的液體從金龍嘴巴和鼻孔裡噴了出來……

第二十八章　合作違心嫁解放　互助遂意配金龍

兩個月過去了，不但藍解放和西門金龍兩兄弟的瘋症未癒。黃家姊妹的神經好像也有些不正常了。按照莫言小說裡的說法，你藍解放是真瘋，西門金龍是裝瘋。裝瘋是塊通紅的遮羞布，往臉上一蒙，所有的醜事，一古腦兒遮掩了。人都瘋了，還有什麼好說的呢？那時節，西門屯養豬場聲名遠揚。趁著麥收前的短暫空閒，縣裡又要組織新一輪參觀學習西門屯養豬經驗的活動。不但本縣的人要來，外縣的人也要來。在這樣的關鍵時刻，金龍和解放的瘋，等於砍去了洪泰岳的左膀右臂。公社革委又打來電話，說軍區後勤部也將派一個代表團前來參觀學習，地縣兩級領導親自陪同。洪泰岳召集村裡的頭頭腦腦開會商量對策。莫言小說裡說洪泰岳滿嘴燎泡，眼珠子布滿血絲。還說你藍解放躺在炕上，兩眼發直，不時哭泣，像一條切斷了腦神經的鱷魚；眼淚渾濁，彷彿豬食鍋沿上的蒸餾水。而在另一間屋裡，金龍呆坐著，彷彿一隻吃過砒霜又救活了的雞，見到人來，就抬起頭，咧著嘴嘿嘿癡笑。

按照莫言小說裡的說法，就在西門屯大隊裡的頭頭腦腦們一個個垂頭喪氣、束手無策的時候，他胸有成竹地走進了會議室。他的話不能全信，他寫到小說裡的那些話更是雲山霧罩，追風捕影，僅供參考。

莫言說他一踏進大隊的會議室，黃瞳就往外轟他。他不但沒有走，反而縱身一跳，屁股坐在桌子沿上，兩條小短腿像架上的絲瓜一樣悠來悠去。此時已經升任了民兵連長兼治保主任的孫豹跳起來，上前擰住了他的耳朵。洪泰岳擺擺手，示意孫豹放開他。

「爺們，您老人家是不是也瘋了？」洪泰岳嘲諷道，「咱們西門屯什麼樣的風水，養育了您這樣的傑出人物？」

「我沒有瘋，」莫言在他的那部臭名昭著的《養豬記》裡寫道，「我的神經像葫蘆蔓子一樣堅韌粗壯，吊著十幾個葫蘆在風雨中打鞦韆都不會斷，所以全世界的人都瘋了我也不會瘋，」他寫道，「我幽默地說，『但是你們的兩員大將卻瘋了。我知道你們正為這事兒焦急，你們抓耳撓腮，像一窩困在井裡的猴子。』」

「是的，我們的確為這事焦急，」莫言寫道，「洪泰岳說，『我們連猴子都不如，我們是幾隻陷在泥坑裡的驢。您有什麼高招呢，莫言先生？』」莫言寫道，「洪泰岳雙手抱拳，作了一個揖，彷彿是一位舊小說中禮賢下士的明主，但其本意卻是對我的諷刺和嘲弄。對付嘲弄和諷刺，最有效的方法就是裝傻，讓他的機智變成對牛彈琴對豬歌唱。我伸出一隻手指，指點著洪泰岳那件五冬六夏都不換洗的制服褂子上那個鼓鼓囊囊的口袋。『什麼？』洪泰岳低頭看自己的褂子，『菸，』我說，『你褂子口袋裡裝著的菸，琥珀牌菸捲兒。』琥珀牌菸捲兒，時價每包三角九分，與當時最有名的大前門牌菸捲兒等價齊名，這樣的菸捲兒，連公社書記也捨不得常抽。洪泰岳無奈地掏出菸捲，散了一圈。『你這小子，眼睛有透視功能嗎？放在我們西門屯，真是屈了你的材料。』我抽著菸，做出十分老練的姿態，吐了三個煙圈，一根煙柱，然後說，『我知道你們都瞧不起我，你們都以為我是一個狗屁不懂的小孩子，其實我已經十八歲，我已經是成年人，我個頭小，娃娃臉，但我的智慧，西門屯無人可比！』」

「『是嗎？』洪泰岳笑著環顧眾人，『我還真不知道你已經十八歲了，我更不知道你還智慧超人。』

眾人訕笑。」莫言寫道，「我抽著菸，有條有理地對他們講說，金龍和解放的病情，都是因情而起，這樣的病，無藥可醫，只能用古老的方式禳解之，那就是讓金龍和互助結婚，讓解放和合作結婚，俗話說就是『沖喜』，準確地說是『喜沖』，以喜沖邪。」

讓你們兄弟與黃家姊妹同一天結婚的主意，是不是莫言出的，我們沒有必要糾纏。但你們的婚禮，確是同一天舉行，婚禮的過程也是我親眼所見。雖然是倉卒行事，但洪泰岳坐鎮指揮，私事當成公事辦，調動了村裡的諸多巧手女人幫忙，所以這婚禮辦得還算是熱鬧，隆重。

婚禮的日期是那一年的陰曆四月十六，十五的月亮十六圓。好大的月亮，好低的月亮，在杏園裡流連不去，彷彿是特為參加婚禮來的。月亮上那幾枝羽箭，是遠古時代那個因為女人發了瘋的男人射上去的。幾面星條小旗是美國的宇航員插上去的。大概是為慶祝你們的婚禮，豬場為豬們改善了伙食，散發著酒糟味兒的紅薯葉裡，添加了高粱和黑豆混合粉碎而成的雜合麵兒。豬們吃得腸滿肚圓，個個心情舒暢，有的臥在牆角睡覺，有的趴在牆頭上唱歌。刁小三呢？我悄悄地扶著牆頭站起來往牠窩裡一看，發現這小子把那面小鏡子嵌在牆上，右爪夾著不知從哪裡撿來的半截紅色塑料梳子，梳理著脖子上的鬃毛。這傢伙最近身體狀況很好，腮幫子上鼓出了兩坨肉，使那個長嘴顯得短了些，猙獰的面相得到了部分改善。梳子與牠粗糙的皮膚接觸，發出膩人的響聲，並有一些麩皮般的皮屑飛起來，在月光中浮游，宛如日本伊豆半島地區秋天的雪蟲。這傢伙一邊梳毛，還一邊對著那面小鏡子齜牙咧嘴，如此臭美，說明牠正在戀愛。但我斷定牠是單相思，別說年輕貌美的蝴蝶迷不會瞧上牠，連那些生過幾窩小豬的老母豬也不會對牠感興趣。刁小三從那面小鏡子裡發現了偷窺的我，哼了一聲，不回頭，說：

「哥們，不用看！愛美之心，人皆有之，豬也皆有之。老子梳妝打扮，光明正大，怕你怎的？」

「如果把那兩顆伸出唇外的獠牙拔掉，您會更美。」我冷笑著說。

「那是不可能的，」刁小三嚴肅地說，「獠牙雖長，也是父母所生，不敢毀傷，孝之始也。這是人的道德準則，對豬同樣適用。而且，也許有的母豬，偏偏喜歡我這兩顆獠牙呢？」

刁小三經多見廣，學問龐雜且口才極好，跟牠磨牙鬥嘴，根本占不到便宜。我訕訕而退，一個飽嗝溢上來，口中不是滋味。前爪扶枝直立，張嘴撕下幾顆青黃的杏子咀嚼著，口水盈盈，牙根發酸，舌頭上有些甜味。看著這將樹枝壓低的纍纍果實，我心裡優越感陡增。再過十天半月，當杏子黃熟時，刁小三，你就在一邊嗅味吧，饞死你這雜種。

吃罷青杏後，我臥著，養精蓄銳同時思考問題。時光荏苒，不覺麥收將至。南風洋洋，草木葳蕤，正是交配的大好時機。空氣中洋溢著母豬發情的騷味兒。我知道他們選了三十頭年輕健康、品貌端正的母豬，做為繁殖小豬的工具。被選中的母豬都單圈餵養，飼料中精料的比例大大提高。牠們的皮膚日漸滑膩，眼神日漸騷情，盛大的交配活動即將開始。我清楚地知道自己在豬場中的地位。在這場交配大戲中我是A角，刁小三是B角。只有當我筋疲力盡時，才會讓刁小三出來拉拉幫套。但養豬人並不知道我跟刁小三都不是凡豬。我們思維複雜，體能超常，翻越圍牆如履平地。在無人監督的夜間，我與刁小三有同樣多的交配機會。必須按照動物界的規矩，在交配前把刁小三打敗。一方面讓那些母豬明白牠們全部屬於我，另一方面，要從生理上和心理上把刁小三徹底摧毀，讓牠見到母豬就陽痿。

我考慮問題時，巨大的月亮就歇息在東南方向那棵歪脖子老杏樹上。你知道那是一棵浪漫的杏樹。杏花爛漫時，西門金龍與黃互助、黃合作在那上邊做愛，導致了嚴重的後果。但任何事情都有兩個方面。這異想天開的樹上交配一方面導致了你的瘋狂；另一方面，卻帶來了這棵杏樹空前的大豐收。這是一棵多年來每年只是象徵性地結幾顆杏子的老樹，今年碩果纍纍，枝條都被壓低，幾乎接近了地面。

為了防止樹杈子被壓斷，洪泰岳吩咐人在樹下支起架子。一般的杏子，要到麥收之後才能成熟，這棵杏樹，品種獨特，現在已經色澤金黃，香氣撲鼻。為了保護這棵樹上的杏子，洪泰岳命令孫豹派民兵日夜看守。民兵們背著土槍在杏樹周圍巡邏。孫豹命令民兵：有膽敢偷杏者，只管開槍，打死勿論。所以，儘管我對這棵浪漫樹上的果子垂涎欲滴，但也不敢冒險。被民兵們用塞滿了鐵砂子的土槍打一傢伙，那可不是鬧著玩的。多年前的記憶難以忘卻，使我見到這種土槍就膽戰心驚。刁小三詭計多端，自然也不會輕舉妄動。碩大的月亮顏色如杏，坐落樹頭，使那些低垂的樹枝更低垂。有一個半瘋的民兵竟然對著月亮開了槍。月亮抖了抖，毫髮無傷，更柔和的光線發射出來，向我傳遞著遠古的信息。我耳邊響著舒緩的音樂，看到有一些身披樹葉和獸皮的人在月光下舞蹈。女人裸著上身，乳房飽滿，乳頭上翹。又有一個民兵開了一槍，一道暗紅的火焰噴出，成群的鐵砂子，如同一群蒼蠅，向月亮撲去。月亮暗了一下，臉色變白。月亮在杏樹梢頭跳動幾下，便慢慢上升。在上升的過程中，它的體積漸漸變小，光線卻越來越強。升到距離地面約有二十丈了，它懸在那裡，眷戀不捨地凝望著我們的杏園和豬場。我想月亮是專門來參加這場婚禮的，我們應該用美酒和金杏招待它，使它把我們杏園做為一個停泊點，但那兩個魯莽的民兵竟開槍對它射擊，雖然傷不了它的身體，但傷了它的心。即便是如此，每年的陰曆四月十六日，高密東北鄉西門屯村的杏園裡，也是地球上最佳的賞月地點。這裡的月亮又大又圓，而且是那樣的多情而憂傷。我知道莫言那廝寫過一篇夢幻般的小說，題目叫做〈撐杆跳月〉，他寫道：

……在那個古怪歲月的奇特日子裡，我們在養豬場裡為四個瘋子舉行盛大的婚禮。我們用黃布縫成的衣服把兩個新郎打扮得像兩根蔫唧唧的黃瓜，用紅布縫成的衣服把兩個新娘打扮得像兩個水靈靈的蘿蔔。菜嗎，只有兩種，一是黃瓜拌油條，二是蘿蔔拌油條。本來有人建議殺一頭豬，但洪書記堅決不同意。我們西門屯以養豬聞名全縣，豬是我們的光榮怎麼能殺？洪書記是正確的。黃瓜拌油條和油條拌蘿蔔足以讓我們大快朵頤。酒的質量比較差，是那種散裝的薯乾酒，用容積五十公斤的氨水罐裝來整整一罐。負責去買酒的大隊保管員偷懶，沒將氨水罐子刷乾淨，倒出的酒裡有一股刺鼻子的氣味。沒有關係，農民跟地裡的莊稼一樣，對肥料親切，有氨水味兒的酒，我們更喜歡。這是我平生第一次享受成人的禮遇，在十桌宴席上，我被安排在首桌，我的斜對面，端坐著洪書記。我知道這禮遇來自我的錦囊妙計，那天我闖入大隊部發表了一通見解，牛刀小試脫穎而出，他們再也不敢小瞧我。兩碗酒落肚，我感覺地面在上升，身體裡似乎蘊藏著無窮無盡的力量。我衝出酒宴，進入杏園，看到一個直徑足有三米的金黃大月亮，穩穩地坐落在那棵結滿了金杏的著名杏樹上。那月亮分明是來找我約會的。這既是嫦娥奔過的那個月，又不是嫦娥奔過的那個月；這既是美國佬登過的那個月，又不是美國佬登過的那個月。這是那顆星球的魂魄。月亮，我來了！我腳踩雲團般地奔跑著，順手從井台旁邊抄起那根拔水用的、輕巧而富有彈性的梧桐杆子。平端在胸前，如同騎在駿馬上的武士端著一桿長槍。我可不是去刺月亮，月亮是我的朋友。我要借助這杆子的力量飛上月亮。我在大隊部義務值班多年，熟讀了《參考消息》，知道蘇聯的撐竿跳運動員布勃卡已經越過了六點一五米的高度。我還常到農業中學的操場上去玩耍觀景，親眼看到過體育教師馮金鍾為那個很有跳高潛質的女生龐抗美示範，親耳聽到受過科班訓練、因膝蓋受傷而被省體工大隊淘汰到我們農業中學來當體育教師的馮金鍾老師為原供銷社主任現第五棉花加工廠廠長兼黨總支書記龐虎和原供銷社土產雜品公司售貨員現第五棉花加工廠食堂會計王樂雲的生著兩條長腿、彷彿仙鶴的女兒龐抗美講解過撐竿跳高的動作要領。我有把握躍到月亮上去。我有把握像龐抗美那樣手持長竿飛速奔跑插竿入洞身體躍起一瞬間頭低腳高棄竿翻轉瀟灑地落到沙坑裡那樣降落到月亮上。我無端地想到那歇息在杏樹梢頭的月亮應該是柔軟而富有彈性的，而一旦我落上去，身體就會在上邊彈跳不止，而月亮，就會載著我緩緩上升。那些婚宴上的人們，會跑出來向我與月亮告別。也許那黃互助會飛奔而來吧？我解下腰帶對著她搖晃，期望著她能追上來抓住我的腰帶，然後我會盡最大力量把她拔上來，月亮載著我們升高。我們看到樹木和房屋逐漸縮小，人變得像螞蚱一樣，似乎還隱隱約約地能聽到下面傳上來的喊叫聲，但我們已經懸在澄澈無邊的空中……

這絕對是一篇夢話連篇的小說，是莫言多年之後對酒後幻覺的回憶。那天晚上，發生在杏園豬場的一切，沒有比我更清楚的了。你不用皺眉頭，你沒有發言權，莫言這篇小說裡的話百分之九十九是假話，但唯有一句話是真的，那就是：你和金龍穿著用黃布縫製的假軍裝，像兩根蔫唧唧的黃瓜。婚宴上發生了什麼事你說不明白，杏園裡發生的事你更不清楚。如今那刁小三說不定早就輪迴轉生到爪哇國裡去了，即便他轉生為你的兒子也不能像我一樣得天獨厚地對那忘卻前世的孟婆湯絕緣，所以我是唯一的權威講述者，我說的就是歷史，我否認的就是偽歷史。

那天晚上莫言只喝了一碗酒就醉了，沒容他借酒狂言，就被虎背熊腰的孫豹拎著脖子拖出來，扔到那個腐爛的草垛邊，趴在冬天死去的那些沂蒙山豬的閃爍著綠色磷光的骨殖上沉沉睡去，撐杆跳月亮，大概就是這孫子那時做的美夢。事實的真相是——你耐心聽我說——那兩個也許沒撈到參加婚宴的民兵對著月亮開了槍，把月亮打飛了。成群的鐵砂子沒擊落月亮，但卻把樹上的杏子擊落了許多。金黃的杏子噼哩啪啦地降落下來，在地上鋪了厚厚一層。許多杏子被打碎了，汁液四濺，香甜的杏子味與芬芳的火藥味混在一起，格外地誘豬。我因為民兵們野蠻的舉動而惱怒，還在那兒滿懷憂傷地望著逐漸升高的月亮發呆呢，就感到眼前黑影一閃，腦子裡也如電光石火般一閃，馬上明白了，也馬上看清了，黑色的刁小三躍出圈牆，直奔那棵浪漫杏樹而去。我們之所以不敢去吃那棵杏樹上的杏子是因為我們懼怕那兩個民兵手中的土槍，而民兵們開了槍，起碼半個小時裝填不上火藥，而這半個小時，足夠我們飽餐一頓。刁小三，真是一頭冰雪聰明的豬啊，我稍一分神就可能被牠超越。沒什麼好後悔的。我不甘落後，沒用助跑就躥出了豬圈。刁小三直奔杏子而去，我是直奔刁小三而去。頂翻了刁小三，樹下的落杏就是我的。但接下來發生的事情讓我備感慶幸。正當刁小三即將吃到杏子而我又即將頂到刁小三的肚皮時，我看到那個右手只有三根半手指的民兵，扔出了一個紅色的、迸濺著金黃色火花、滴溜溜滿地亂轉的東西。不好，危險！我後腿用力蹬地，克制著身體前衝的巨大慣性，就像緊急煞住了一輛開足馬力奔馳的汽車；事後我才知道後肘被磨出了血；然後我打了一個滾，脫離了最危險的區域。我在驚惶中看到，刁小三那雜種竟然像狗一樣地叼住了那滴溜溜亂轉的大爆竹，然後猛一甩頭。我知道牠是想把這大爆竹回敬給那兩個民兵，但很遺憾這爆竹是個急信子，就在刁小三甩頭的瞬間它轟然爆炸，彷彿從刁小三嘴裡噴出了一個炸雷，放射出焦黃的火焰。老實說，在這危急的關頭，刁小三反應敏銳，處置果斷，具有久經沙場的老戰士才具有的冷靜頭腦和勇敢精神，我們在電影上經常看到那些老兵油子把敵方投擲過來的手雷投擲回去，這個壯舉，卻因為爆竹引信太短成了一場悲劇。刁小三連哼都沒來得及哼一聲就一頭栽倒了。濃烈的硝煙香氣瀰漫在杏樹下，並漸漸地往四周擴散。我看著趴在地上的刁小三，心中情感複雜，有敬佩有哀傷有恐懼也有幾分慶幸，坦白地說還有那麼幾絲幸災樂禍，這不是一頭堂堂正正的豬應該產生的情緒，但它產生了我也沒有辦法。那兩個民兵轉身就跑，跑了幾步後又猛然地停步轉身，彼此張望著，臉上的表情都是麻木而呆滯，然後他們就不約而同地、慢慢地向刁小三靠攏。我知道這兩個蠻橫的小子此時心中忐忑不安，正如洪泰岳書記所說，豬是寶中之寶，豬是那個年代的一個鮮明的政治符號，豬為西門屯大隊帶來了光榮也帶來了利益，無端殺害一頭豬，而且是擔負著配種任務的公豬——儘管是替補角色——這罪名實在是不小。當這兩個人站在刁小三面前，神色沉重，惶惶不安地低頭觀察時，刁小三哼了一聲，慢騰騰地坐了起來。牠的頭像小孩子手中玩耍的撥浪鼓一樣晃動著，喉嚨裡發出雞鳴般的喘息聲。牠站起來，轉了一個圈，後腿一軟，又一屁股坐在地上。我知道牠頭暈目眩，嘴巴裡痛疼難忍。兩個民兵臉上露出喜色。一個說：「我根本沒想到這是一頭豬。」另一個說：「我以為這是一匹狼。」一個說：「想吃杏還不好說嗎？咱摘一筐送到你圈裡去。」另一個說：「您現在可以吃杏了。」刁小三恨恨地罵著，用民兵們聽不懂的豬語：「吃你媽的個×！」牠站起來，搖搖晃晃地往窩的方向走。我有幾分假惺惺地迎上去，問牠：「哥們，沒事吧？」牠冷冷地斜我一眼，啐了一口帶血的唾沫，含混不清地說：「這算什麼……奶奶個熊……老子在沂蒙山時，拱出過十幾顆追擊砲彈……」我知道這小子是瘦驢拉硬屎，但也不得不佩服牠的忍耐力和勇氣。這一下炸得實在不輕，牠是滿嘴硝煙，口腔黏膜受傷，左邊那根猙獰的獠牙也被崩斷了半根，腮幫子上的毛，也燒焦了不少。我以為牠會採用笨拙的辦法，從鐵柵欄縫隙中鑽進牠的窩，但是牠不，牠助跑幾步，凌空躍起，沉重地落在窩中的爛泥裡。我知道這小子今夜將在痛苦中煎熬，無論那母豬發情的氣味多麼濃烈，蝴蝶迷的叫聲多麼色情，牠也只能趴在爛泥裡空想了。兩個民兵彷彿道歉似的，將幾十個杏子，投到刁小三的窩裡，對此我不嫉妒。刁小三付出如此沉重的代價，吃幾個杏子也是應該的。等待我的不是杏子，而是那些像盛開的花朵一樣的母豬，牠們笑咪咪的嘴臉，像被圖釘釘住了腦袋的豆蟲一樣頻頻扭動的小尾巴，才是地球上最美味的果實。等到後半夜，眾人睡去時，我的幸福生活就可以開始了。刁兄，抱歉了。

刁小三的受傷使我免除了後顧之憂，可以放心去參觀那盛大的婚宴。月亮在三十丈的高度上，有些冷漠地看著我。我舉起右爪，給了受到委屈的皎皎明月一個飛吻，然後尾巴一擰，流星般迅速地到了養豬場北邊、緊靠著村中道路的那一排房屋前。這排房屋有十八間，從東往西依次是養豬人住宿休息處，飼料粉碎處、飼料煮蒸處、飼料倉庫、豬場辦公室、豬場榮譽室……最西頭那三間房子被布置成了兩對新人的居室。中間一間是共用的堂屋，兩側是他們的洞房。莫言那小子在小說中說：「寬敞的大屋子裡擺開了十張方桌，方桌上擺著用臉盆盛著的黃瓜拌油條和油條拌蘿蔔，房梁上掛著一盞汽燈，照耀得房間裡一片雪亮……」

這小子又在胡編，那房間長不過五米，寬不過四米，如何能擺開十張方桌？別說是西門屯，就是在整個的高密東北鄉，也找不到一個能擺開十張方桌、供一百個人共進晚餐的廳堂。

婚宴其實是擺在那排房屋前邊那塊長條形的狹窄空地上。空地的邊角上堆著腐爛的樹枝，發霉的爛草，有黃鼠狼和刺蝟在裡邊安家落戶。婚宴使用的桌子，只有一張是方桌。這就是那張邊沿上雕花的花梨木方桌，安放在大隊辦公室裡，桌上放著一部搖把子電話機，兩個乾涸的墨水瓶和一盞玻璃罩子煤油燈。這桌子後來被發達了的西門金龍掠為己有——洪泰岳認為這是惡霸地主的兒子向貧下中農反攻倒算——安放在他寬大明亮的辦公室裡，當成了傳家之寶——嗨，這兒子，不知該誇還是該罵——好好好，後話按下不表——他們從小學校裡抬來了二十張黑面黃腿的長方形雙人用課桌，桌面上布滿紅藍墨水污漬和小刀子刻上去的污言穢語，還搬來了四十條紅漆刷過的長板凳。長桌擺成兩排，長凳排成四排，擺在這房前空地上，彷彿布置了一個露天教室。沒有汽燈，更沒有電燈，只有一盞鐵皮風雨燈，擺在西門鬧花梨木方桌的中央，放射著渾濁的黃光，吸引來成群的飛蛾，碰撞得燈罩子啪啪響。其實這完全是多餘的擺設，因為那晚上的月亮距離地球非常之近，放出的光輝，完全可以讓女人繡花。

男女老少約有百人，分成四排，對面而坐。面對著美味佳餚和美酒，人臉上的表情以興奮和焦灼為主。但他們還不能吃。因為那方桌後，洪書記正在發表演說。有一些嘴饞的孩子，悄悄地把手伸到盆裡，捏一塊油條塞進嘴裡。

「社員同志們，今晚，我們為藍金龍、黃互助、藍解放、黃合作舉行婚禮，他們是我們西門屯大隊的傑出青年，為我們西門屯大隊養豬場的建設做出了突出的貢獻，他們是革命工作的模範，也是實行晚婚的模範，讓我們以熱烈的掌聲，向他們表示熱烈的祝賀……」

我躲在那一堆腐爛樹枝後，靜靜地觀察著這個婚禮。月亮本來是想參加婚禮的，但無端受了驚嚇，只能寂寞地觀察，它的光芒，使我能夠看清每個人臉上的表情。我的目光，基本上注視著那張方桌周圍的人，偶爾斜一下眼，瞥瞥那兩排長桌後的人。方桌的左側長凳上，坐著金龍和互助。方桌的右側長凳上，坐著解放和合作。方桌的南側，坐著黃瞳和秋香；我看不到他們的臉，他們背對著我。方桌的正面，也就是這場盛大宴會的最尊貴的位置上，洪泰岳站著講話；迎春垂首而坐。她的臉上神情，說不清是喜是憂。她的心情複雜，這也在情理之中。我突然感到，這宴會的主桌上缺了一個重要的人物，那就是我們高密東北鄉大名鼎鼎的單幹戶藍臉。他是你藍解放的親生父親，也是西門金龍名義上的父親，金龍的正式名字是藍金龍，用的是他的姓氏。兩個兒子結婚，父親不在場，這如何能說得過去！

在為驢、為牛的歲月裡，我與藍臉幾乎是朝夕相處，但為豬之後，竟疏遠了老朋友。往事如潮湧上心頭，我突然萌發了想見一見他的念頭。洪泰岳講完話後，一串自行車鈴響，三個騎車人出現在結婚現場。來者是誰？當年的供銷社主任現在的第五棉花加工廠廠長兼總支書記龐虎。第五棉花加工廠是縣商業局和棉麻公司聯合在高密東北鄉建立的新廠，距離西門屯大隊只有八里路，他們工廠打包樓頂上那盞碘鎢燈放出的光芒在我們西門屯後邊的河堤上清晰可見。同來的另一位是龐虎的夫人王樂雲，多年不見，她已經胖得上下一般粗，面色紅潤，油光閃閃，可見營養極為充足。另一個同行者，是一個身材高挑的年輕姑娘，我一眼就認出她就是那位被莫言在小說裡描寫過的龐抗美，也就是驢時代裡那個差一點生在路邊草窩裡的女孩。她穿著一件紅色細格子襯衣，梳著兩根毛刷般的短辮子，胸脯上別著一枚白底紅字的牌牌，那是農學院的校徽。工農兵大學生龐抗美是農學院畜牧專業的學生，她站在那裡，比她的爹高半個頭，比她的媽高一個頭，亭亭玉立，猶如一棵楊樹。她的臉上掛著矜持的微笑。她有理由矜持，在那個時代裡，像她這種家庭出身和社會地位的年輕姑娘，就像月宮裡的嫦娥一樣高不可攀。她也是莫言那小子的夢中情人，在他的許多小說裡，這個長腿的女人變換著不同的名字頻頻出現。原來這一家三口是專程前來參加你們的婚禮的。

「恭喜！恭喜！」龐虎和王樂雲滿臉堆笑，對著眾人說，「恭喜！恭喜！」

「啊呀呀！」洪泰岳停止了他的演說，從凳子前跳出來，向前急走兩步，緊緊地抓住龐虎的手，上下左右地使勁搖晃著，激動地說：「龐主任——不不不——是龐書記、龐廠長，您可真是稀客啊！早就聽說您在我們高密東北鄉掛帥建廠，不敢去打擾您……」

「老洪，你老兄不夠意思啊！」龐虎笑著說，「村子裡辦這麼大的喜事，也不捎個信給我，是怕我來喝你們的喜酒吧？」

「哪裡的話，您這樣的貴客，用八人的大轎，只怕都抬不來呢！」洪泰岳說，「您的到來，真使我們西門屯——」

「蓬蓽生輝……」坐在第一排長桌盡頭的莫言響亮地說。他的話引起了龐虎的注意，尤其是引起了龐抗美的注意，她驚訝地抖了一下眉毛，專注地盯了莫言一眼。眾人的目光也都聚焦到他的臉上。

他得意地咧著嘴，齜出一口金黃色的大牙，那模樣實在是難描難畫。這小子，絕不放過一個表現自己的機會。

藉著這機會龐虎把自己的手從洪泰岳手中掙脫。掙脫出來的龐虎雙手熱情地伸向迎春。經過多年的保養，拉大栓扔炸彈的英雄鐵手已經變得白皙肥厚。迎春手忙腳亂，心裡的激動和感謝使她嘴唇哆嗦話不成句。龐虎抓住迎春的手搖撼著說：「老嫂子，大喜了！」

「喜喜喜，大家都喜……」迎春眼裡噙著淚花回答。

「同喜，同喜！」莫言插嘴道。

「老嫂子，怎麼沒看到藍大哥呢？」龐虎的目光，掃描著那四排端坐在長桌前後的人。他的問話讓迎春張口結舌，讓洪泰岳滿面尷尬。莫言不失時機地插嘴道：

「他呀，大概正藉著月光鋤他那一畝六分地呢！」

坐在莫言身邊的孫豹大概是踩了莫言的腳，莫言誇張地尖叫：「你踩我幹什麼？」

「閉上你的臭嘴，沒人把你當啞巴賣了！」孫豹惡狠狠地低聲說著，伸手在莫言的大腿根上擰了一把。莫言慘叫一聲，小臉煞白。

「好好好，」龐虎高聲喊叫著打破僵局，然後探著身伸出手向四個新人祝福。金龍咧著嘴傻笑，解放咧著嘴想哭，互助、合作表情漠然。龐虎招呼女兒和妻子，說，「把禮物拿過來。」

「看看您，龐書記，您來了，就讓我們蓬蓽生了輝，還破費什麼？」洪泰岳說。

龐抗美捧著一個玻璃鏡框，邊角上用紅漆寫著「祝賀藍金龍黃互助結成革命伴侶」，鏡框裡鑲著一張毛主席身穿長衫、手提包袱、雨傘、去安源鼓勵礦工造反的畫像。王樂雲捧著一個同樣規格的玻璃鏡框，邊角上用紅漆寫著「祝賀藍解放黃合作結成革命伴侶」，鏡框裡鑲著一張毛主席穿著呢子大衣站在北戴河海灘上的照片。本來是應該由金龍或是解放起身接禮，但這兩個小子坐著不動。洪泰岳只好敦促互助、合作起身接禮。這兩姊妹神志還算清醒，接了鏡框，黃互助對著王樂雲深深鞠了一躬，抬起頭來時，眼睛裡已是淚水盈盈。她穿著紅褂子紅褲子，長長的大辮子又粗又黑，垂到膝蓋之下，辮梢上紮著紅頭繩。王樂雲愛憐地摸著她的辮子，說：「捨不得剪？」

吳秋香終於得了說話的機會，道：「她大姨，不是捨不得剪，咱這閨女的頭髮跟別人不一樣，剪斷之後，往外滲血絲兒。」

「這也真是奇怪，怪不得這頭髮摸上去肉膩膩的，敢情是通著血脈呢！」王樂雲道。

合作從龐抗美手中接過鏡框，沒有彎腰鞠躬，只是白著臉，低聲道了一個謝。龐抗美友好地對她伸出手，說：「祝你幸福。」她握著抗美的手，把臉別到一側，帶著哭腔道：「謝謝……」

合作留著當時流行的「柯湘」頭，腰身苗條，膚色黧黑，按我的看法，她勝過互助。你藍解放能娶上她真是便宜了你，感到委屈的應該是她而不是你。你千好萬好，臉上那塊巴掌大的藍痣，就能把人嚇死。你應該到閻羅殿上去為閻王爺站班，而不是到人間來當官，可是你竟然當上了官，可是你竟然看不上合作。這世界上的事兒，真是無法子理喻。

接下來的事情是洪泰岳張羅著讓龐虎一家三口就座。「你們，」洪泰岳指著莫言所在的那個位置，用不容置疑的口吻說，「你們擠一擠，騰出一條凳子。」場面有些混亂，夾雜著因為擁擠而發出的抱怨之聲。莫言將騰出的凳子搬過來。圍繞著方桌的四條長凳由規整的四邊形擴展成多邊形，莫言不失時機地賣弄：「有不速客三人來敬之大吉。」前志願軍英雄大概不能很好地理解這話的意思，目光直直，神情愕然。大學生龐抗美露出驚喜的目光，問：「啊，你讀過《易經》？」「不敢說才高八斗，很無奈學富五車！」莫言大言不慚地與龐抗美對話。「行了，爺們，你就別在孔夫子門前念《三字經》了，當著大學生的面，竟敢轉文。」洪泰岳說。「他確實有點意思。」龐抗美點著頭說。莫言還想囉嗦，得到洪泰岳暗示的孫豹弓著腰撲上來，貌似友好地捏住莫言的手腕子，笑著說：「喝酒喝酒。」

喝酒喝酒喝酒！早就饞得猴急的人迫不及待地站起來，端著酒碗，碰撞出清脆聲響。然後便亂紛紛坐下，抄起筷子，瞄準了他們各自早都瞄好的目標。與黃瓜、蘿蔔相比，油條是高檔食品，於是就出現了幾雙筷子同時伸向一塊油條的情景。莫言之饞，天下聞名，但那天晚上表現得還算優雅。究其原因，全在龐抗美，雖然屈居下席，但他的心在那張主桌上。他的眼不時地往那邊看，大學生龐抗美勾去了他的魂，正如他自己在那些亂七八糟的文章裡寫的那樣：

從看到龐抗美那一刻起，我的心一下變大了。原先被我視為天仙美女的互助、合作、寶鳳，突然間都變得粗俗不堪。只有跳出高密東北鄉，才有可能找到像龐抗美這樣的姑娘。她們身體修長，臉龐俏麗，牙齒潔白，嗓音清脆，身上散發著淡雅的香氣……

如前所述，莫言只喝了一碗酒就醉了，孫豹拤著脖子將他扔到雜草堆裡，與豬骨頭一起親近。主桌那邊，金龍咕嘟嘟灌了半碗酒，呆滯的目光隨即活泛起來。迎春擔心地念叨著：「兒啊，你少喝點吧。」洪泰岳卻胸有成竹地對他說：「金龍，過去的一切，到現在畫上句號；新的生活，從現在開始。接下來的戲，你要給我唱好。」金龍說：「這兩個月來，我腦子裡彷彿有個通道被堵住，迷迷糊糊，現在突然清醒了，通暢了。」他端著酒碗與龐虎夫婦相碰。「龐書記，王阿姨，謝謝你們來參加我的婚禮，謝謝你們送給我們的寶貴禮物。」然後與龐抗美相碰：「抗美同志，您是大學生，高級知識分子，歡迎您對我們豬場的工作給予指導。您千萬別客氣，您學的是畜牧專業，如果說不懂，這地球上的人，就沒有幾個懂的了。」金龍的裝瘋賣傻到此結束。解放的瘋症待會兒就好。金龍恢復了操控局面的能力，把該敬的酒都敬了，把該謝的人都謝了，最後他畫蛇添足般地端碗敬祝合作與解放幸福圓滿，白頭到老。黃合作把鑲嵌著毛主席畫像的鏡框塞到藍解放懷裡，站起來，雙手端起大酒碗。月亮往高處跳了一丈，身體收縮一下，灑下一片水銀般的光輝，使月下的畫面分外清晰。黃鼠狼們從草堆裡抻出頭來，觀看著月下奇景，刺蝟們大著膽兒在人腿下尋找食物。說時遲那時快，黃合作把一大碗酒徑直地潑到了金龍的臉上，然後將碗丟在桌子上。這突然的變故讓所有的人都吃了一驚。月亮又往高處跳了一丈，地面上的月光像水銀一樣流淌。合作掩面而泣。

黃瞳：「這孩子……」

秋香：「合作，你這是幹什麼?!」

迎春：「嗨，你們這些不懂事的孩子啊……」

洪泰岳：「龐書記，來來來，我敬你一杯。他們鬧了點小矛盾。聽說棉花加工廠要招收一批合同制工人，我替合作和解放求個情，給他們換個環境，都是優秀青年，應該讓他們出去鍛鍊鍛鍊……」

黃互助端起自己面前的酒對著妹妹潑過去：「你幹什麼你？」

我還從來沒看到黃互助發過這麼大的火兒，我還從來沒有想到黃互助竟然也會發火兒。她掏出小手絹，擦拭著金龍的臉。金龍把她的手推開，但她的手又舉起來。嗨，我這頭聰明的豬，被西門屯這些女人給弄糊塗了。莫言那小子從亂草堆裡爬起來，像一個腳下綁上了彈簧的晃蕩孩兒，歪斜跳躍到桌邊，端起一碗酒，高舉過頭，不知他是模仿李白還是模仿屈原，大聲喊叫，聲音極其嘹亮：

「月亮，月亮，我敬你一碗酒！」

莫言把碗中的酒對著月亮潑上去，空中宛如拉開一道青色的水簾。月亮猛地往下一沉，然後便冉冉上升，升到平常的高度，如同一個銀盤，冷漠地望著人世。

這邊已經曲將終人即散，今夜要幹的事情還有很多，時間寶貴，不敢滯留。我想去看看老朋友藍臉。我知道他有月夜勞作的習慣。我想起為牛時聽他說過的一句話：牛啊，太陽是他們的，月亮是我們的。我閉著眼也能找到被人民公社的土地重重包圍著的那一長條土地。這一畝六分像大海中的礁石一樣永不沉沒的私有土地。藍臉做為一個反面典型已經名聞全省，為他當過驢和牛是我的光榮，反動的光榮。「只有當土地屬於我們自己，我們才能成為土地的主人」。

在前去探望藍臉之前我順便拐回居所。我行蹤詭祕，可謂無聲無息。刁小三呻吟不絕，說明牠傷得的確不輕。兩個民兵坐在杏樹下抽菸，吃杏。我在杏樹的陰影裡跳來跳去，感到身輕如燕，收發自如。只用了十幾個躥跳我便出了杏園。一條注滿清水、寬約五米的溝渠橫在我的面前。水平如鏡，月亮在水中注視著我。儘管出生之後我從沒下過水，但我本能地具有游水技能。為了不使水中的月亮受到驚擾，我決定飛越溝渠。我往後退了大約有十米光景，深深呼吸幾口，讓肺裡充滿氧氣，然後我跑，我疾跑，溝渠邊沿上那道泛白的土壟是最佳起跳點，我的前爪踏著那道硬硬的所在，後腿用力蹬地，身體凌空，猶如一枚出膛的砲彈。我感到水面上有清涼的風拂著我的肚皮，月亮在水中一眨眼兒，我的身體就降落在溝渠對岸了。溝邊潮濕的泥土使我的後腿感覺有些不爽，這是美中不足。我穿過那條南北向的寬闊土路，路邊的楊樹上葉片閃爍。我沿著一條東西向的土路向東奔跑，土路兩邊叢生著紫穗槐。我又躍過一條溝渠，沿著一條土路往北跑。跑到河堤，沿著河堤下的土路再往東跑。從我身邊，不時地閃過生產大隊土地裡的玉米、棉花，還有大片即將成熟的小麥。我昔日主人的土地近在眼前。我看到了被生產大隊的土地夾在中間的那一長條土地。左邊是生產隊的玉米，右邊是生產隊的棉花。藍臉的土地上種的是那種無芒小麥。這是一個已經被人民公社淘汰的低產晚熟品種。藍臉不用化肥，不用農藥，不用良種，不跟公家犯事。他是一個古老的農民標本。用現代的觀點看他生產的糧食才是真正的綠色糧食。生產隊大量噴灑農藥，把害蟲驅趕到他的土地上。我看到他了。老朋友，好久不見，一向可好？月亮，請低一些，多給一些光，讓我看得更清楚。月亮緩緩低落，如同一個巨大的氣球。我屏住呼吸，向前靠攏，悄悄潛入了他的麥田。這是他的土地。這麥子儘管品種古老，但長得委實不錯。麥穗齊著他的肚臍。麥穗無芒，月光中現出焦黃的顏色。他穿著那件補滿補丁、我非常熟悉的老土布對襟褂子，腰間紮著一根白色的布帶子，頭上戴著一頂用高粱篾片編成的斗笠。他的臉大部分在斗笠的陰影裡，即便是在陰影裡我也能看到他那熠熠生輝的半邊藍臉，和那兩隻眼睛射出的憂傷而倔強的光芒。他手裡拿著一根長長的竹竿，竹竿上綁著紅色的布條。他揮動著竹竿，竿上的布條像牛尾巴一樣掃拂著麥穗，那些毒蛾子，拖著孕滿卵子的沉肚子，撲撲棱棱地飛起來，降落到生產隊的棉花田裡或是玉米地裡。他用這種原始而笨拙的方式保護自己的莊稼，看起來是與害蟲對抗實際上是與人民公社對抗。老朋友，我當驢當牛時可以與你同甘共苦，但我現在成了人民公社的種豬，已經無法幫你了。我原本想在你的麥田裡解一泡大便為你的土地增添一點有機肥料，但又一想萬一讓你的腳踩到，豈不是好事變成壞事？我也許可以咬斷人民公社的玉米，拔出人民公社的棉花，但玉米和棉花並不是你的對頭。老朋友，你慢慢熬著吧，千萬別動搖。你是偌大中國土地上唯一的單幹戶，堅持下去就是勝利。我抬頭看看月亮，月亮對我點點頭，猛然升高並快速地往西移動。時間不早我該回去了。正當我要鑽出麥田時，我看到迎春提著一個竹籃子匆匆而來。麥穗掃著她的腰身，發出窸窣之聲。她臉上的表情是那種因事耽擱了給在土地裡勞作的丈夫送飯的妻子的表情。他們雖然分居但是沒有離婚。他們雖然沒有離婚但早已經沒有了床笫之歡，對此我心中略感安慰。這想法很有幾分無恥，一頭豬，竟然關心男女之事，但我畢竟曾經是她的丈夫西門鬧。她身上散發著酒氣，在這格外清涼的田野空氣裡。

她在距離藍臉兩米的地面站定，看著機械地揮動著竹竿驅蟲的藍臉微駝的後背。竹竿來回揮動，激起颼颼的風聲。毒蛾翅膀被露水潮濕，肚子沉重，飛行笨拙。他肯定知道背後有人來，而且我相信他也知道來者是迎春，但他並沒有立即停止，只是將揮舞竹竿的頻率和步速漸漸慢了下來。

「他爹……」迎春終於開口了。

竹竿橫掃了兩下後，僵在空中。人不動了，宛如一個嚇唬鳥雀的稻草人。

「孩子們結了婚，我們完了心事了。」迎春說完，長長地歎息一聲。「我給你帶來了一瓶酒，再怎麼不好也是自己的兒子。」

「唔……」藍臉嗚嚕一聲，手中的竹竿又揮了兩下。

「龐主任帶著他媳婦和女兒來了，還送給他們每家一個鏡框，鑲著毛主席……」迎春略微提高嗓門，感動地說，「龐主任現在升了棉花加工廠廠長了，他答應把解放和合作調到他廠裡當工人去，是洪書記提的詞兒。洪書記對金龍、寶鳳和解放都很好，其實也是好人啊，他爹，咱還是順應了吧。」

手中的竹竿又猛烈地揮舞起來，有一些飛行中的毒蛾被竹竿梢頭的布條掃中，哀鳴著落到地上。

「好了，好了，算我說得不好，你別生氣，」迎春道，「你就這樣吧，大家夥兒也都習慣了你。畢竟是兒子們的喜酒。我深更半夜、大老遠地送來，你喝一口，我就走。」

迎春從竹籃裡摸出一個在月光下閃閃發光的酒瓶，拔開塞子，向前跟幾步，從側後，遞到他的面前。

竹竿又一次停止擺動，人僵在那裡。我看到淚水在他眼眶裡閃爍，他將竹竿豎起來，倚靠在肩上，將斗笠掀到腦後，望了望偏西的明月，月亮自然也哀傷地望著他。他接過酒瓶，但沒有回頭，說：

「也許你們都是對的，只有我一個錯了，但我發過血誓，錯也要錯到底。」

「他爹，等寶鳳也出了嫁，我就退社與你作伴。」

「不，要單幹就徹底單幹，就我一個人，誰也不需要，我不反共產黨，更不反毛主席，我也不反人民公社，不反集體化，我就是喜歡一個人單幹。天下烏鴉都是黑的，為什麼不能有隻白的？我就是一隻白烏鴉！」他把瓶中的酒對著月亮揮灑著，以我很少見到的激昂態度、悲壯而蒼涼地喊叫著：「月亮，十幾年來，都是你陪著我幹活，你是老天爺送給我的燈籠。你照著我耕田鋤地，照著我播種間苗，照著我收割脫粒……你不言不語，不怒不怨，我欠著你一大些感情。今夜，就讓我祭你一壺酒，表表我的心，月亮，你辛苦了！」

透明的酒漿在空中散開，如同幽藍的珍珠。月亮顫抖著，對著藍臉頻頻眨眼。這情形讓我感動萬分，在萬眾歌頌太陽的年代裡，竟然有人與月亮建立了如此深厚的感情。藍臉將瓶中殘存的酒，倒進自己嘴裡，然後，將瓶子舉到肩後，說：

「行了，你走吧。」

藍臉揮動竹竿前行，迎春跪在地上，雙手合十，高高舉起，對著月亮。月光溫和，照耀著她婆娑的淚眼、花白的頭髮和顫抖的雙唇……

對這兩個人的愛，使我不計後果地站立起來。我相信他們心有靈犀，能夠感覺到我是誰，不至於把我當成妖怪。我的兩隻前爪按著柔軟富有彈性的麥穗，沿著麥壟走到他們面前。我雙爪合抱，對他們作揖，嘴巴出聲，向他們問候。他們呆呆地看著我，有幾分驚訝，有幾分納悶。我說：我是西門鬧。我分明聽到人的聲音從我的喉嚨裡發出，但他們竟然毫無反應。良久，迎春發出了一聲尖叫。藍臉拄著竹竿對我說：

「豬精，你如果想咬死我，那你請便，但我求你不要糟蹋我的麥子。」

我感到無限的悲哀湧上心頭，人畜異路，溝通困難。我放下前爪鑽出麥田，沮喪的情緒控制了我。

但當我漸漸地逼近杏園時，情緒又亢奮起來，天下萬物，各有所司，生老病死，悲歡離合，都是規律使然，不可逆轉，既然現在我身為公豬，那就把公豬的責任承擔起來。藍臉用他的頑固不化使自己卓然不群，我公豬十六，也要用我的大智大勇和超常體能，幹出驚天動地之事，以豬的形體，擠進人的歷史。

進入杏園之後我便把藍臉、迎春拋棄腦後。因為我看到，刁小三已經把蝴蝶迷勾引得情欲大發，那另外二十九頭母豬，已有十四頭跳出了圈舍，另外那十五頭，或碰撞圈門，或望月哼叫，一場盛大交配的序幕已經緩緩拉開，A角尚未露面，而B角，竟然搶先登了場。奶奶的，這怎麼可以！

第二十九章　豬十六大戰刁小三　草帽歌伴奏忠字舞

刁小三背靠著那棵著名的杏樹，左爪托著盛著黃杏的草帽。牠不時地用右爪夾起一顆杏子，準確地投入口中。牠吧咂著嘴，吃掉果肉，把果核吐到幾米外的地方。牠的瀟灑姿態，使我懷疑這雜種是否因叼咬爆竹受過重傷。在一棵距離刁小三五米遠的瘦弱杏樹下，蝴蝶迷一爪舉著小鏡子，一爪舉著半截塑料梳子，搔首弄姿，賣弄風騷。母豬啊，你的弱點就是貪圖小利！一隻小鏡子，半截破梳子就讓你豬皆可夫。在十幾米外的地方，那十幾頭越牆而出的母豬，吱吱地浪叫著，向這邊張望。刁小三不時地把草帽中的杏子投擲過去。每一隻杏子的到達，都會引起母豬們的哄搶。三哥，三哥，不要只盯著蝴蝶迷，我們也愛你，我們都願意為你傳宗接代。母豬們用淫蕩的話語挑逗著刁小三，即將要妻妾成群的感覺令牠得意忘形，飄飄欲仙。牠抖著腿兒，嘴巴裡哼著小曲，托著草帽，跳起舞來。那十幾頭母豬和著刁小三的曲子，有的團團旋轉，有的滿地打滾。牠們素質低下，醜態百出，令我鄙夷。

而此時，蝴蝶迷將鏡子和梳子放在樹根，擺動著屁股，扭動著尾巴，向刁小三靠攏。臨近刁小三時，蝴蝶迷突然掉頭，高高地撅起屁股。我一縱身，像非洲沙漠裡的跳羚一樣，降落在蝴蝶迷和刁小三之間，使牠們即將實現的好事變成一場幻夢。

我的出現，立刻使蝴蝶迷情欲大減。牠掉過頭來，倒退到瘦弱杏樹下，用紫色的舌頭將幾片因蟲蛀而發紅脫落的杏葉捲到嘴裡，津津有味地咀嚼著。水性楊花，見異思遷，正是母豬天性，原本無可指責，這樣才能保證攜帶著最優秀基因的精子進入牠的子宮與牠的卵子結合，孕育出傑出的後代。這道理很簡單，凡豬都懂，智商甚高的刁小三焉能不懂。牠將爪上托著的草帽連同草帽中剩餘的杏子一古腦地對著我扣過來，同時咬牙切齒地罵道：

「狗娘養的，你壞了我的好事！」

我一抽身，眼明爪快地抓住了草帽的邊緣，後腿蹬地就便直立，身體快速旋轉，然後左腿生根般立定，身體連同懸空的右腿，閃電般地旋轉了一個半圓，藉著巨大的慣性，如同一個訓練有素的鐵餅運動員將手中的鐵餅拋出那樣將爪中的盛著杏子的草帽撇出去。金色的草帽劃著美麗的弧線飛向已經遠去的月亮，一首動人的草帽之歌的旋律在空中轟然響起：啦啦啦～～啦呀啦啦呀啦～～媽媽的草帽飛啦～～媽媽的草帽飛向了月亮～～啦呀啦啦呀啦～～在那群母豬的歡呼聲中——已經不僅僅是那群母豬了，豬場裡的數百頭豬，能跳的都跳了出來，不能跳的也都扶著牆頭站起來，向這邊張望著——

我四蹄著地，平靜但卻是斬釘截鐵般地說：

「老刁，不是我存心要壞你的好事，而是為了我們後代的基因優良——」

我後腿猛蹬地面，身體騰起，直衝刁小三而去。當我對著刁小三躍起之時，刁小三也對著我衝過來。我們在距地約有兩米高的空中相遇，嘴巴與嘴巴響亮地碰撞在一起，我感受到了刁小三嘴巴的堅硬，並且還嗅到了牠嘴裡那股腥甜的氣味。我鼻子痠麻，耳朵裡回響著草帽之歌，從空中跌落地面。我打了一個滾爬起來，舉爪抹了一下鼻子，爪上沾著藍色的血跡。我低聲罵道：

「你奶奶個熊！」

刁小三打了一個滾爬起來，舉爪抹了一下鼻子，爪上沾著藍色的血跡。牠低聲罵道：

「你奶奶個熊！」

啦呀啦～～啦呀啦啦呀啦～～媽媽送我的草帽丟了～～草帽之歌在空中迴旋，月亮翻滾而回，停在我們頭上，起起伏伏，好像在氣流中顛簸的飛船，草帽繞著它優雅旋轉，宛若一顆月球衛星。啦呀啦～～啦呀啦啦呀啦～～媽媽的草帽丟了～～豬們有的拍爪子，有的跺腳，合著節拍，齊唱草帽之歌。

我撿了一片杏葉，嚼爛，吐出來，用爪夾起，堵住流血的鼻孔，準備發起第二個回合的進攻。我看到，刁小三兩個鼻孔都在流血，藍色的血，滴到地上，泛著鬼火般的光澤。我心中暗喜，第一個回合，看起來是打了一個平手，但其實是我略占了上風。我只有一個鼻孔流血，牠是兩個鼻孔流血。我知道，這是那個威力不亞於雷管的爆炸物幫了我的忙，否則，我的鼻子，還真不是牠那隻在沂蒙山區拱慣了石砬子的鼻子的對手。刁小三眼睛賊溜溜地轉動著，似乎是在搜尋杏葉，孫子，你也想用杏葉堵住流血的鼻孔嗎？我不會給你這個機會的！我嗚嗚地叫著，眼睛如同錐子，刺向牠的眼睛，同時，將全身的肌肉繃緊，蓄積著巨大的力量，猛然躍起——

狡猾的刁小三沒有躍起與我迎頭相撞，而是泥鰍般往前一躥，使我撲了個空。我的身體在空中滑行，直接鑽到那棵歪脖子杏樹的樹冠裡。我聽到耳畔一陣「咔嚓咔嚓」的亂響，身體伴隨著一根茶碗口般粗細的杏樹杈子，跌落在地下。我頭先著地，然後是脊梁著地。翻了一個滾爬起來，頭暈目眩，嘴巴裡全是泥土。啦呀啦～～啦呀啦啦呀啦～～母豬們拍爪歌唱。這些母豬們並不是我的「粉絲」，牠們都是些隨風草，誰勝了牠們就會把屁股調向誰。勝者為王。刁小三得意地人立起來，拱爪對眾豬謝采，並飛吻，儘管牠的鼻子還往外滴著骯髒的血，儘管那些骯髒的血使牠的胸脯一片污穢，但母豬們還是對牠喝采。刁小三更加得意，竟然大模大樣地走到樹下，走到我身邊，用嘴咬住那根被我的身體砸折、結滿了果實的杏樹杈子，從我的屁股下拖走。太倡狂了！這孫子！但是我頭暈。啦呀啦～～啦呀啦啦呀啦～～我眼睜睜地看著牠拖著綴滿金杏的沉重的樹杈子倒退著前進。急退幾步，停下來歇息幾秒鐘，然後繼續行進。杏樹杈子與地面摩擦發出嘩嘩啦啦的響聲。啦呀啦～～啦呀啦啦呀啦～～三哥，好樣的～～我感到火燒心頭，恨不得撲上去……但依然頭暈。刁小三把那根結滿杏子的樹杈子拖到蝴蝶迷面前。站直身體，右腿後撤半步，彎腰，伸出右前爪，彷彿一個戴著白手套的紳士，對著那樹杈子畫了一個半圓：請吧，小姐……啦呀啦啦呀啦……牠又對著那十幾頭母豬和更遠處那些被閹過的公豬們招手。群豬歡呼，一哄而上，頃刻間將那根樹杈子分解得七零八落。有幾頭大膽的閹豬竟試圖往杏樹下靠攏，這時我站了起來。我看到一頭搶到了一段綴滿了杏子的小樹杈的小母豬，得意地晃動著腦袋，肥大的耳朵搧著腮幫子，發出「啪啪」的聲響。刁小三轉著圈飛吻，一隻陰險的老閹豬，將前爪噙在嘴裡，吹出了一聲尖厲的呼哨。豬們都安靜下來。

我努力安定心神。我知道，如果僅憑蠻勇，接下來將吃更大的苦頭。吃苦頭還是小事，重要的是這些母豬都將成為刁小三的妻妾，五個月後，豬場裡就會添上幾百隻長嘴尖耳的小妖精。我扭動著尾巴，活動著筋骨，將嘴巴裡的泥土咳出去，並順便撿拾了幾顆杏子。地上鋪著厚厚一層杏子，這都是方才被我的身體砸下來的。杏子已經熟透了，滋味香甜，果肉如蜜。啦呀啦～～啦呀啦啦呀啦～～媽媽的草帽繞著月亮旋轉，時而金黃色，時而銀白色。吃了幾顆杏子後，我的心沉靜下來。杏子的汁液讓我的口腔和咽喉感覺很舒服。不著急，我索性慢慢地吃一頓。我看到刁小三用前爪夾著一顆杏子送到蝴蝶迷嘴邊，蝴蝶迷忸忸捏捏地不肯吃。俺娘說過，不能隨便吃男豬的東西，蝴蝶迷嬌滴滴地說。你娘胡說八道，刁小三硬把那顆杏子塞到蝴蝶迷的嘴裡，然後，趁機在蝴蝶迷的耳朵上親了一個響亮的吻。後邊群豬起鬨：Kiss一個！Kiss一個！啦呀啦～～啦呀啦啦呀啦～～牠們大概已經把我忘記了。牠們大概以為勝負已分，而我已經甘拜下風。牠們大多是與刁小三一起從沂蒙山來的，內心裡還是偏向牠。奶奶個熊，是時候了！我運足力氣，直奔刁小三而去，我的身體凌空而起，刁小三故技重演，從我肚皮下油滑地逃脫。小子，我要的就是這個。我穩穩地降落在瘦弱杏樹下，也就是蝴蝶迷的身邊，與刁小三置換了位置。我抬起前爪，狠狠地在蝴蝶迷腮幫子上抽了一傢伙，然後就勢把牠撲倒。蝴蝶迷尖聲哭叫。我知道刁小三會掉頭猛撲過來，而我的那兩個巨大的睾丸、也是我全身最薄弱最珍重的部位正處在牠的攻擊之下，如果被牠撞上一頭或咬上一口，那一切都結束了。這是一招凶險的棋，類似於破釜沉舟，我用兩眼的餘光盡量地往後看著，拿捏著分寸和時機。我看到這頭凶獸張開的大嘴，口中噴濺出的血沫子，兩眼射出的凶光，啦呀啦～～啦呀啦啦呀啦～～千鈞一髮之際，我的後腿猛地翹起，前爪按著蝴蝶迷的身體，用的是倒立的力道，刁小三彷彿一枚呼嘯的砲彈，貼著我的肚皮前衝，我下落的身體，正巧騎在了牠的脊背上。沒容牠有任何反抗，我的兩隻前爪，就準確而凶狠地摳住了牠那兩隻凶光四射的眼睛……啦呀啦～～啦呀啦啦呀啦～～媽媽的草帽飛上了月亮～～帶走了我的愛情和理想～～這一招確實歹毒了些，但事關大局，也就顧不上那些偽善的說教了。

刁小三馱著我胡碰亂撞，終於將我從牠背上顛下來。牠的兩個眼窩裡流出了藍色的血。牠捂著眼睛，遍地打滾，一邊打滾一邊嚎叫：

「我看不見了……我看不見了……」

啦呀啦～～啦呀啦～～群豬悄無聲息，一個個神情肅然。月亮飛升而去，草帽飄然落地，草帽之歌戛然而止，只有刁小三的淒厲慘叫在杏園裡迴盪。那些閹公豬們都夾著尾巴回到了圈舍，那些母豬，在蝴蝶迷的率領下，圍成一個圓圈，齊刷刷地掉了頭，把牠們的屁股，獻媚於我。牠們的嘴巴，嘈嘈切切地嘟囔著：主人，親愛的主人，我們都屬於您，您是我們的大王，我們是您的賤妾，我們準備好了，要做您孩子的母親……啦呀啦～～啦呀啦啦呀啦～～落地的草帽被打滾的刁小三壓成了薄餅。我腦海裡一片空白，耳邊似乎還有草帽之歌的嫋嫋餘音，而這嫋嫋餘音也終於如同沉入深潭的珍珠，一切恢復正常，月光如水，寒意襲來，我不由地打了一個寒顫，皮膚上起了一層雞皮疙瘩。江山就這樣打下來了嗎？就這樣稱王稱霸了嗎？難道我真的需要這麼多母豬？說實話，當時我已經沒有了與牠們交配的興趣，但牠們高高翹起的屁股，如同不可摧毀的圓城，緊密地包圍著我，使我無法脫身。我欲乘風離去，但高處似有一個威嚴的聲音提醒我：豬王，你沒有權利逃脫，就像刁小三沒有權利與牠們交配一樣，與牠們交配是你的神聖職責！啦呀啦～～啦呀啦啦呀啦～～草帽之歌彷彿珍珠從水底緩緩升起，是的，帝王沒有家事，帝王的雞巴上有政治。我應該忠於職守，與母豬們交配；我必須履行職責，把我的精液，射進牠們的子宮，不論牠們是美還是醜，不論牠們是白還是黑，不論牠們是處女豬還是曾被別的公豬爬跨過。複雜的問題是選擇，牠們同樣迫切、同樣灼熱，究竟應該先跟哪一個交配，或者說，應該先臨幸哪一頭？我迫切地感到應該有一頭閹豬幫助處理這些事情。閹豬會有的，但現在已經來不及了。月亮即將履行完它今晚的職責，戀戀不捨地隱沒在西邊，從杏樹的梢頭，露出半個通紅的臉龐。東邊的天際，已經呈現出鯊魚肚皮一樣的銀白色。黎明將至，晨星格外璀璨。我用硬鼻拱了一下蝴蝶迷的屁股，示意已經選定了牠做第一個臨幸對象。牠嬌聲嬌氣地哼哼著：大王啊……大王，妾身終於盼到這一時刻……

我暫時地忘記了身前事，也不去顧忌身後事，做為一頭純粹的公豬，我舉起前爪，爬跨到母豬蝴蝶迷的背上……啦呀啦～～啦呀啦啦呀啦～～草帽之歌轟然響起。在急管繁弦營造出的背景音樂的烘托下，一個雄渾的男高音拔地而起，直沖雲霄：媽媽的草帽，飛到月亮上去了～～載著我的愛情和我的理想～～這些竟然全無妒意的母豬互相咬著尾巴，圍成一個圓圈，在草帽之歌的伴奏下，圍著我和蝴蝶迷跳舞。先是杏園中鳥聲陣陣，然後是紅霞似火。我的第一次交配圓滿結束。

當我從蝴蝶迷背上跨下來時，正看到西門白氏挑著一擔食料，拄著長柄勺子搖擺而來。我盡了最後的力氣跳越圍牆回到我的舍，等待著白氏的餵食。黑豆和麩皮使我的口水大量分泌。我餓了。圍牆外邊探進來白氏被霞光映照得紅通通的臉膛。她的眼睛裡含著淚花，感慨萬端地對我說：

「十六啊，金龍和解放結了婚，你也結了婚，都長大了……」

第三十章　神髮救治小三活命　丹毒襲擊群豬死亡

那年的八月，天氣格外悶熱，雨水頻繁，似乎天漏。豬場旁邊的溝渠裡秋水漫溢，土地被水泡脹，像麵團一樣發起來。幾十棵老杏樹不耐水澇，葉片脫落乾淨，可憐巴巴地等死。豬舍裡那些充當梁檁的楊木和柳木，萌發出長長的枝條；充當房笆的高粱秸稈上，生滿了灰白的黴點。豬糞豬尿在發酵，豬場裡瀰漫著霉爛的氣味。本該準備下蟄的青蛙們，竟然又開始了交配，入夜之後，田野裡蛙聲陣陣，吵得豬難以入睡。不久又在遙遠的唐山發生了一次強烈的地震，地震的餘波傳導到此地，使十幾間基礎不牢的豬舍倒塌。我的宿舍的梁檁，也發出了咯咯吱吱的響聲。又發生了一次隕石雨，巨大的流星，攜帶著隆隆巨響，閃爍著灼目的強光，劃開漆黑的夜幕，轟然墜地，使地表為之顫抖。而這個時候，我那二十多頭懷孕的母豬，一個個大腹便便，奶頭腫脹，進入了臨產之期。

刁小三依然住在我的隔壁，與我鬥爭之後，右眼全瞎，左眼僅有微弱視力。這是牠的不幸，為此我深表遺憾。春天那些日子裡，有兩頭母豬經我交配多次而不孕，我曾想請牠與這兩頭母豬交配，也算是我向牠致以歉意。沒想到牠卻陰沉地說：

「豬十六啊，豬十六，士可殺而不可辱！我刁小三敗了就是敗了，請你自重，不要用這種方式侮辱我！」

牠的話，深深地觸動了我，使我對這個昔日的競爭對手，不得不刮目相看。我對你說，自從戰敗之後，刁小三變得非常深沉，過去那些貪嘴、饒舌的毛病一掃而光。正所謂禍不單行，更大的一場不幸又將降臨到牠的頭上。這件事可以說與我有關，也可以說與我無關。那兩頭母豬與我交配數次而不懷孕，豬場的工作人員要刁小三與牠們交配。刁小三坐在牠們身後，沉默著，毫不動情，如同冰冷的石雕。於是，豬場工作人員便以為刁小三已經失去了性能力。為了改善退役公豬的肉質，往往要將其閹割，這是你們人類無恥的發明。刁小三就遭受了這樣的酷刑。閹割，對於尚未發育的小公豬而言，是一場幾分鐘就可完成的小手術，但對於刁小三這樣的成年豬——牠在沂蒙山肯定有過熾烈如火的羅曼史——則是命懸一線的大手術。十幾個民兵把牠按倒在那棵歪脖子杏樹下。刁小三的掙扎空前劇烈，最少有三個民兵的手被牠咬得血肉模糊。他們每人扯牠一條腿，使牠仰面朝著天，脖子上橫壓上一根木槓子，槓子的兩端各有一個民兵壓住。牠的嘴裡給塞上了一塊鵝蛋般大的光滑卵石，使牠吐不出來也嚥不下去。持刀行凶的是一個頭頂光禿、只有兩鬢和枕部餘下一些花白雜毛的老傢伙。我對此人，有天然的仇恨，聽人召喚他的名字，才猛然憶起他就是我前兩世的宿敵許寶。這傢伙已經老了，並且患上了嚴重的哮喘病，稍一活動就咻咻喘息。別人抓刁小三時，他遠遠地站著袖手旁觀。別人將刁小三制服之後，他才趨步向前。他的眼裡閃爍著職業性的興奮光芒。這個該死而不死的傢伙手法利索地將刁小三的睪丸割出來，然後從他的兜囊裡抓出一把乾石灰，胡亂撒上，便提著那兩個碩大如芒果的淺紫色玩意跳到一邊去。我聽到金龍問他：

「寶叔，要不要縫上幾針？」

許寶喘息著說：「縫個球啊！」

民兵們發聲喊，四散跳開。刁小三慢慢地爬起來，吐出口中的卵石，巨大的痛苦使牠渾身哆嗦，背上的鬃毛像毛刷子一樣直立著，後面的傷口血流如注。刁小三沒有呻吟，更沒有哭泣，緊咬著牙關，牙齒錯動，發出咯咯的響聲。那許寶站在杏樹下，用一隻血手，托著刁小三的睪丸，端詳著，掩不住的喜色，從他臉上那些深深的皺褶裡流溢出來。我知道這凶殘的傢伙好吃動物的睪丸。做驢時的記憶驀然湧上心頭，我想起他曾用「葉底偷桃」的絕戶技，取走過我一丸，並用辣椒爆炒而食。我幾次想跳牆而出，咬掉這孫子的睪丸，為刁小三報仇，為我自己報仇，也為毀在了他手裡的那些公馬、公驢、公牛、公豬們報仇。我對人還從來沒有產生過怕的感覺，但我不得不坦率地承認，我怕許寶這個雜種，他天生就是我們這些雄性動物的剋星。他身上散發出來的不是氣味，也不是熱量，而是一種令我毛骨悚然的信息，對，就是所謂的「場」，生死場，閹割場。

我們的刁小三艱難地走到那棵杏樹下，用肚腹的一側靠著樹幹，慢慢地萎頓下去。血像小噴泉一樣往外噴湧，染紅了牠的後腿，也染紅了牠身後的土地。大熱的天氣裡牠像篩糠般顫抖，牠已經喪失了眼睛，因此看不到牠的眼神。啦呀啦～～啦呀啦啦啦呀啦～～草帽之歌的旋律緩緩響起，只不過歌詞遭到了大幅度篡改：媽媽～～我的睪丸丟了～～你送給我的睪丸丟了～～我的眼睛裡盈滿了淚水，我第一次體會到「物傷其類」的深沉痛苦，並為自己與其爭鬥時有欠高尚的手段感到歉疚。我聽到金龍罵老許寶：

「老許，你他媽的怎麼搞的？是不是把牠的血管切斷了？」

「爺們，別大驚小怪，這種老公豬都這樣。」許寶冷漠地說。

「你是不是給牠處理一下？這樣淌血，很快就會死掉的。」金龍憂心忡忡地說。

「死掉？死掉不是正好嗎？」許寶皮笑肉不笑地說，「這傢伙，多少還有些膘，少說也能出兩百斤肉。公豬肉，老是老了點，但總比豆腐好吃！」

刁小三沒有死，但我知道牠確曾想到過死。一個公豬，遭受這樣的酷刑，肉體痛苦，精神更加痛苦。不僅是痛苦，而且是巨大的恥辱。刁小三傷口流血很多，收集起來應該有兩臉盆，這些血都被那棵老杏樹吸收，以至於第二年這棵樹上結出的杏子，金黃的果肉上布滿了鮮紅的血絲。大量失血使牠的身體乾癟萎縮，我跳出圈舍，站在牠的面前，想安慰牠，但根本找不到一句合適的語言。我從廢棄的發電機房頂上扯下一段番瓜藤蔓，摘了一個嬌嫩的番瓜，叼到牠的面前，我說：

「刁兄，你吃點吧，吃點東西也許好一點……」

牠側歪著頭，用左眼裡那點殘餘的視力望著我，從緊咬的牙縫裡，擠出嘶嘶的話語：「十六老弟……今天的我就是明天的你……這就是我們公豬的命運……」

說著，牠就垂下了頭，身上的骨頭架子，彷彿一下子渙散了。

「老刁，老刁！」我大聲喊叫著，「你不能死啊，老刁……」

但老刁不再回答，我的眼裡，終於流出了一串串熱淚。這是悔恨交加的淚水。我反思，我懺悔，從表面上看，刁小三是死在老許寶那個雜種手裡，但實際上牠是死在我的手裡。啦呀啦～～啦呀啦啦啦呀啦～～老刁，我的好兄弟，你安心地走吧，願你的靈魂早日到達冥府，願閻王替你安排一個好的輪迴去處，祝你轉世為人。你毫無牽掛地去轉世，遺留的仇恨我替你去報，我要以許寶之道還治許寶之身……

正在我浮想聯翩之時，寶鳳在互助的引領下，背著藥箱子，急匆匆而來。而此時，金龍也許正坐在許寶家那把搖搖欲碎的紅木太師椅上，用許寶的拿手好菜——辣椒炒豬蛋——下酒。女人的心，總是比男人良善。你看那互助，竟是滿頭的汗水，滿眼的淚水，好像刁小三不是一頭面相可憎的公豬，而是一個與她血肉相連的親人。此時已是農曆的三月光景，距離你們結婚的日子已近兩個月。此時你與黃合作已經到龐虎的棉花加工廠上班一個月。棉花剛剛開花坐桃，距離新棉上市還有三個月。

——這段時間裡，我——藍解放——跟著棉花檢驗室主任與一群從各個村莊和縣城抽調來的姑娘在那個廣闊的院子裡割除荒草，鋪設垛底，為收購棉花做準備。第五棉花加工廠占地一千畝，周遭用磚頭砌起圍牆。砌牆所用磚頭，是墳墓裡扒出來的。這也是龐虎節約建廠經費的一個高招：新磚一毛錢一塊，墳磚三分錢一塊。在很長一段時間裡，這裡的人都不知道我與黃合作是已婚夫妻。我住在男宿舍，她住在女宿舍。像棉花加工廠這種季節性的工廠，不可能為已婚職工特設單間。即便有夫妻房，我們也不會去住，我感到我們的夫妻關係形同兒戲，很不真實。彷彿一覺醒來，有人對我們說：從今之後，她就是你的妻子，你就是她的丈夫。這非常荒誕，簡直無法接受。我對互助有感覺，對合作沒感覺。這是我一生痛苦的根源。初入棉花加工廠那天上午，我就看到了龐春苗。她那時將滿六歲，白牙紅唇，雙眼如星，肌膚亮麗，水晶人兒似的十分可愛。她正在棉花加工廠大門口練習倒立。她頭上紮著紅綢子蝴蝶結，海軍藍短裙，潔白的短袖襯衫，白色短襪，紅色塑料涼鞋。在眾人的慫恿下，她身體前傾，雙手按地，兩條腿舉過頭頂，身體彎成弧形，用兩隻手在地上行走。眾人一起鼓掌歡呼。她的媽王樂雲跑上去扳著她的腿將她倒過來，說：寶貝寶貝，不傻了。她意猶未盡地說：我還有好多勁呢……

這情形又活靈活現地出現在我眼前，但時光已經流逝了將近三十年……那時候，就算是諸葛亮再世，劉伯溫重生，也算不出許多年後，我藍解放竟然為了愛情拋官棄家，與這個小女孩相約私奔，成就了高密東北鄉歷史上一樁巨大的醜聞。但我堅信醜聞總有一天會轉化成美談。我的朋友莫言，在我們最困難的時候，對我們做出過這樣的預言……

嗨，大頭兒藍千歲拍了一下桌子，像法官拍了一下驚堂木，把我從回憶中驚醒，你的腦子，不要開小差，聽我說，你那點破事，往後有的是時間供你遐想、回味、訴說，現在，你集中精力，聽我的，聽我說我為豬時的光榮歷史！我說到哪兒啦？對，你姊姊寶鳳與你嫂子——嫂子就是嫂子——互助急如風來到歪脖子杏樹下搶救因手術後大出血瀕臨死亡的刁小三。曾幾何時，一提起那棵歪脖子浪漫樹你就會口吐白沫昏過去，現在，即便是把你放到那棵樹下，你也如一個久經戰陣、傷疤累累的老兵憑弔舊戰場一樣喟然長歎了吧？在時間這個偉大的醫生面前，無論多麼深刻的痛苦，都會結疤平復。媽的，我那時是一頭豬，玩什麼深沉啊！

話說寶鳳和互助來到樹下，為刁小三診治。我站在一邊，像個老朋友一樣淚流滿面。起初她們與我一樣以為刁小三已經死亡，但經過檢查，發現這小子還有微弱心跳，但確實已經瀕臨死亡。於是，寶鳳擅作主張，把藥箱裡本該給人使用的藥品給刁小三注射上，強心劑、止血靈、高濃度葡萄糖什麼的，統統用上了。特別應該一提的是寶鳳為刁小三縫合傷口。寶鳳的箱子裡沒有醫用縫合針和醫用縫合線，互助靈機一動，從胸前衣襟上拔下一根針——你知道那些已婚的女人們胸前衣襟上或者腦後髮髻上總是有針別著——有針沒線，互助略一思索，臉微微一紅，說：

「用我的頭髮當線行不？」

「你的頭髮？」寶鳳驚訝地問。

「我的頭髮長，」互助說，「我的頭髮上有血脈。」

「嫂子，」寶鳳感動地說，「嫂子，你的頭髮，應該去縫合金童玉女，用在一頭豬上，實在是可惜了。」

「妹妹，瞧你說的，」互助也頗為激動地說，「我的頭髮，跟牛尾馬鬃一樣，一文錢不值，如果不是有那毛病，我早就一頓剪刀喀嚓了。我的頭髮，不能剪，但可以拔。」

「嫂子，真的沒事嗎？」

寶鳳還在疑問著，互助已經拔下了兩根頭髮。這是世間最神奇、最珍貴的頭髮，當時就長約一百五十釐米，呈暗金色——這髮色在那個年代裡被視為醜陋，放在現在就是高貴和美麗了——比常人的頭髮要粗壯許多，可以清楚地用眼睛感受到它的沉重。互助將一根頭髮引入針孔，然後遞給寶鳳。寶鳳用碘酒清洗了刁小三的傷口，然後，用鑷子夾著針，用針牽引著互助的神奇頭髮，縫合了刁小三的傷口。

互助和寶鳳注意到了淚流滿面的我。她們對我的重情重義頗為感慨。互助拔下兩根頭髮，縫合刁小三的傷口使用了一根，另一根互助隨手拋掉後，被寶鳳撿起來，用紗布包好後放進藥箱。姑嫂二人觀察了一會刁小三，說生死由牠吧，我們已經盡了心，說完便結伴而去。

不知是藥物發揮了作用，還是互助那根頭髮發揮了作用。刁小三的傷口不流血了，心跳恢復了正常。白氏為牠端來半盆純精料熬成的稀粥。牠跪在地上，慢慢地喝了。刁小三沒有死，這是個奇蹟。互助對金龍說全靠著寶鳳的高超醫術，但我卻隱隱約約地感覺到，是互助那根神奇的頭髮發揮了作用。

術後的刁小三並沒有像人們希望的那樣暴飲暴食，迅速地被催成一個胖子——閹豬肥胖之日，就是被屠宰之時——牠的飲食非常有節制，而且我還知道，牠每天夜裡都在豬舍裡做俯臥撐，一直做到汗流浹背，渾身的毛都像水洗過的一樣。我對牠心懷敬意而又略感忌憚。我猜不透這個遭受了奇恥大辱、死裡逃生、白天沉思冥想夜晚鍛鍊身體的兄弟到底想幹什麼。但我清楚地知道，牠是一個勉從豬舍暫棲身的英雄。牠原本就是一個英雄的胚子，許寶那一刀，使牠大徹大悟，加速了牠英雄化的進程。我想牠絕不會貪圖安逸，在豬圈終老一生。牠心中，必有一個偉大計畫，這個計畫，就是逃離豬場……但一頭幾近全盲的豬，逃離豬場後，又能幹些什麼呢？好吧，放下這些疑問，接著說那年八月裡的事。

就在我那些母豬即將生產前不久，也就是一九七六年八月二十日前後，在諸多的不尋常現象發生後，一場來勢凶猛的傳染病襲擊了豬場。

先是有一頭名叫「碰頭瘋」的閹豬咳嗽、發燒、不吃食物，接著與牠同圈飼養的四頭閹豬染上了同樣的病症。飼養員並沒在意，因為以「碰頭瘋」為首的這幾頭閹豬一直是豬場裡最令人厭惡的角色，牠們都屬於那種永遠長不大的小老豬，遠遠地看，牠們與那些出生三到五個月、正常營養狀態下正常發育的小豬差不多，但近前一看，就會被牠們枯槁的毛髮、粗糙的皮膚、老奸巨猾的猙獰面相嚇一大跳。牠們飽經世故，每一個都有豐富的閱歷。牠們在沂蒙山時，大概每隔兩個月就被轉賣一次。因為牠們食量巨大，但體重永不增長。牠們是糟蹋飼料的老妖精，牠們彷彿沒有小腸，只有從咽喉到胃、從胃到大腸這樣一條直直的通道，無論多麼精美的飼料吃下去，不到一個小時就被牠們惡臭熏天地拉了出來。牠們似乎永遠處在飢餓之中，牠們瘋狂嗷叫，小眼發紅，食欲得不到滿足就用頭碰牆，碰鐵門子，越碰越瘋，直到口吐白沫昏厥過去，醒來之後繼續碰。那些買了牠們的人家，養牠們兩個月，一看牠們體重依舊，惡習多多，便匆匆將牠們弄到集市上，廉價出售。有人也發出過這樣的疑問：為什麼不宰了牠們吃肉？你是見過這些「碰頭瘋」的，無需我多說，但如果讓那些提出疑問的人見一見這些「碰頭瘋」，他們肯定不會再提殺了牠們吃牠們肉的事。這樣的豬，這樣的豬身上的肉，比廁所裡的瘦蛤蟆還讓人噁心。於是這些小老豬們，便藉以延長了牠們的生命。牠們在沂蒙山區被賣來賣去，最後被金龍買來，便宜，確實便宜。而且你也不能說牠不是一頭豬。在西門屯大隊杏園養豬場的生豬存欄數中，牠們都響噹噹地頂著一個數字。

這樣的豬咳嗽發燒不思飲食，飼養員怎會在意？負責為牠們供應飲食、並為牠們打掃圈舍的飼養員，又是我們前面反覆提到過、後面還要反覆提到的莫言先生。他用盡心計，轉著圈子拍馬屁，終於成了豬場的飼養員。他的《養豬記》為他贏得了廣泛的名聲，他能寫出這樣的作品與他在我們杏園豬場當飼養員這段經歷絕對有關。據說著名導演白哥曼想把《養豬記》搬上銀幕，可他到哪裡去弄這麼多豬呢？現在的豬，我見過，就像現在的雞鴨一樣，被配方飼料和化學添加劑毒害得半癡半呆，絕對弱智，哪裡有我們當時那些豬的風采？我們有的腿蹄矯健，有的智力非凡，有的老奸巨猾，有的能言善辯，總之是各個臉譜生動，各個性格鮮明，這樣的一批豬，地球上再也找不到了。現在，那些五個月便長到三百斤的白癡，做群眾演員都不夠格啊。所以，我想，白哥曼拍《養豬記》的事，多半要化為泡影。是是是，甭你提醒，我知道好萊塢，也知道數碼特技，但那些玩意兒，一是成本昂貴，二是技術複雜，最重要的是，我永不相信，一頭數碼豬，能再現出我豬十六的當年風采。就是刁小三，就是蝴蝶迷，就是這些「碰頭瘋」們，他們數碼得了嗎？

儘管莫言現在依然以農民自居，動不動就要給國際奧林匹克委員會寫信，讓人家在奧運會增設一個鋤地比賽專案，然後他好去報名參賽。其實這小子是在嚇唬人，即便奧會增設了鋤地專案，他也拿不到名次。騙子最怕老鄉親，他可以矇法國人美國人，可以矇上海人北京人，但他小子矇不了咱故鄉人。他在老家養豬時那點破事，咱們不都如數家珍嗎？那時咱家雖然是豬，但腦子跟人也差不多。咱家這種特殊的狀況，反而得到了瞭解社會、瞭解村莊、瞭解莫言的更多便利。

莫言從來就不是一個好農民，他身在農村，卻思念城市；他出身卑賤，卻渴望富貴；他相貌醜陋，卻追求美女；他一知半解，卻冒充博士。這樣的人竟混成了作家，據說在北京城裡天天吃餃子，而我堂堂的西門豬……嗨，世上難以理喻之事多多，多談無益。莫言養豬時，也不是個好飼養員，沒讓他小子飼養我，真是我的福氣；讓白氏餵養我，真是我的福氣。我想無論多麼優秀的豬，被莫言餵上一個月，也多半要瘋了。我想也幸虧這些「碰頭瘋」們都是從苦海裡熬出來的，否則，如何能忍受莫言的餵養方式？

當然，從另一個方面來觀察，莫言在養豬場工作之初，出發動機還是好的，這人生性好奇，而且喜歡想入非非。他對這些「碰頭瘋」們一開始並無特別的惡感，他認為這些豬之所以只吃飼料不長肉是食物在牠們腸胃裡停留時間過短，如果能延長食物在牠們腸胃裡的停留時間，就會使食物中的營養被吸收。這想法似乎抓住了問題的根本，接下來他就開始試驗。他最低級的想法是在豬的肛門上裝上一個閥門，開關由人控制，這想法當然無法落實，然後他便開始尋找食物添加劑。無論是中藥或是西藥裡，都能找到治療腹瀉的藥物，但這些東西價格昂貴，而且又要求人。他最初將草木灰攪拌在食物裡，這讓「碰頭瘋」們罵口不絕，碰頭不止。莫言堅持不動搖，「碰頭瘋」們被逼無奈，只好吃。我曾聽到他敲著飼料桶對「碰頭瘋」們說：吃吧，吃吧，吃灰眼明，吃灰心亮，吃灰還你們一副健康腸胃。吃灰無效後，莫言又嘗試著往飼料裡添加水泥，這一招雖然管用，但險些要了「碰頭瘋」們的性命。牠們肚子痛得遍地打滾，最後拉出了一些像石頭一樣的糞便才算死裡逃生。

「碰頭瘋」們對莫言恨之入骨，莫言對這些無藥可治的傢伙深惡痛絕。那時因為你和合作去了棉花加工廠，他已經很不安於位。他將一桶飼料倒進食槽，對那些咳嗽、發燒、哼哼不止的「碰頭瘋」們說：妖精們，怎麼啦？想絕食？想自殺？好啊，你們死了才好！你們根本不是豬，你們不配叫豬，你們是一群浪費人民公社寶貴飼料的反革命！

第二天，這些「碰頭瘋」們就嗚呼哀哉。牠們的屍身上，布滿了銅錢大的紫色瘢塊，圓睜著眼睛，一副死不瞑目的模樣。如前所述，那年的八月陰雨連綿，悶熱潮濕，蒼蠅蚊子成群結隊。等公社獸醫站的獸醫老管坐著木筏子渡過洪水暴漲的河流來到杏園豬場時，「碰頭瘋」們的屍體已經膨脹如鼓，並散發出撲鼻的惡臭。老管穿著高筒膠皮雨靴和膠皮雨衣，戴著口罩，站在豬圈牆外，往裡一望，說：「急性丹毒，趕快焚燒掩埋！」

豬場的人——當然逃不了莫言——在老管的指揮下把五頭「碰頭瘋」拖出圈，拉到杏園的東南角上，挖了一個坑——只挖了半米深，地下水就洶湧地冒出來——扔下去，倒上煤油，點火焚燒。那正是多颱東南風的季節，攜帶著惡臭的濃煙籠罩著豬場並飄向村莊——這幫混蛋，選擇的焚屍地點欠妥——我將嘴巴扎到泥裡，抵擋了那世間最可怕的氣味。事後我才知道，就在焚屍的前一個夜裡，刁小三已經跳出豬圈，泅過溝渠，逃向東方廣闊的原野，豬場被嚴重毒化的空氣，沒對牠的健康造成任何影響。

接下來的事情，你肯定聽聞，但你沒有目睹。病毒迅速蔓延，豬場的八百餘頭豬，包括那二十八頭臨產的母豬，幾乎無一倖免地被傳染。我沒染病，是我的免疫力強大，也與白氏在我的飼料裡添加了大量的大蒜有關。她念念叨叨地對我說：十六啊，十六，不要怕辣，大蒜百毒不侵。我深知這病的厲害，為了活命，辣怕什麼？在那些日子裡，與其說我吃的是成桶的飼料，不如說我吃的是成桶的蒜泥！我被辣得眼淚汪汪，大汗淋漓，口腔黏膜受損，就這樣我幸運地躲過了一劫。

眾豬染病之後，又有幾個獸醫渡河過來。其中還有一個身體粗壯結實滿臉粉刺的女性，人稱她為于站長。她作風剛硬，指揮若定。她在豬場辦公室裡往縣裡打電話的聲音隔著三里路都能聽到。幾個獸醫在她的指揮下給母豬們打針放血。傍晚時據說有一艘汽艇沿河而下，送來了急需的藥物。就是這樣，染病的豬大部分還是死了，煊赫一時的杏園豬場土崩瓦解。死豬的屍體堆積如山，無法焚燒，只好挖坑埋掉。坑也無法挖深，半米就出水。無計可施的人們，在獸醫們走後，便趁著夜色，用平板車，將那些死豬，拉到河堤，傾倒到滾滾的河水中。死豬們順流而下，不知所終。

豬屍處理完後，已是九月初頭，又是幾場大雨過後，那些空曠的豬舍，因建造時太過將就，基礎不牢，被水泡軟，一夜之間，倒塌大半。我聽到金龍在北邊那排房子裡，大聲地哭嚎。我知道這小子野心勃勃，還指望著在那場因雨而推遲的軍區後勤部參觀團的活動中顯露才華而藉機攀升呢，這一下全完了，豬死舍倒，一片廢墟。面對如此景象，回憶當時煊赫時光，我心中也頗為慘然。

第三十一章　附驥尾莫言巴結常團長　抒憤懣藍臉痛哭毛主席

九月九日這天，發生了一件不亞於山崩地裂的大事，你們的毛主席因病醫治無效，不幸去世。當然我也可以說是我們的毛主席，但那時我是一頭豬，這樣說有不敬之嫌。因為村子後邊那條大河決堤，洪水漫溢，沖斷了電線桿子，使村裡的電話成了擺設，有線廣播大喇叭成了啞巴，毛主席去世的消息是金龍從收音機裡聽到的。金龍的收音機是他的好朋友常天紅所贈。常天紅曾被當時的軍管委員會治安小組以流氓罪逮捕，後來又因證據不足無罪開釋。轉來轉去，他被安排在縣貓腔劇團當了副團長。他是音樂學院高材生，當了劇團副團長，正是專業對口。他工作熱情高漲，除了把八個樣板戲全部移植成貓腔外，還配合形勢，以我們杏園豬場養豬事蹟為素材，自編自導了一齣新戲《養豬記》——莫言那小子在他的小說《養豬記》後記中曾提到過此事，並說他參與了編劇，我斷定此事多半是他瞎忽悠。為創作貓腔《養豬記》，常天紅到我們豬場體驗過生活是真的，莫言像個跟屁蟲一樣跟在常天紅身後也是真的，但參與編劇是假的——在這部革命現代貓腔中，常天紅調動了他天馬行空般的想像力，讓豬上場說話，讓豬分成兩派，一派是主張猛吃猛拉為革命長膘積肥的，一派是暗藏的階級敵豬，以沂蒙山來的公豬刁小三為首，以那些只吃不長肉的「碰頭瘋」們為幫兇。豬場裡，不但人跟人展開鬥爭，豬跟豬也展開鬥爭，而豬跟豬的鬥爭是這齣戲的主要矛盾，人成了豬的配角。常天紅在大學裡學的是西洋音樂，對西方歌劇尤為擅長，他不僅在戲的內容上做了大膽創新，而且在唱腔設計上，也對貓腔的傳統旋律進行了大膽而猛烈的改革。他為劇中正面一號主角豬王小白設計了一大段詠歎調，那可是真正的華彩樂章——我始終覺得我就是那豬王小白，但莫言在他的小說《養豬記》後記裡說，豬王小白是個象徵，象徵著一種蓬勃向上、健康進步、追求自由、追求幸福的力量。——真是能忽悠，真是敢忽悠——我知道常天紅為此劇付出了大量精力，他想把此劇搞成土洋結合、浪漫與現實交相輝映、嚴肅的思想內容與生動活潑的藝術形式相得益彰的樣板，如果毛主席晚死幾年，中國也許就會多出一個樣板戲。第九個樣板戲：高密貓腔《養豬記》。

我記起常天紅在一個月光之夜，在那棵歪脖子杏樹下，手捧著畫滿了小蝌蚪的貓腔《養豬記》總譜，為金龍、互助、寶鳳、馬良才（此時他已是西門屯中心小學校長）等一干年輕人試唱公豬小白的大段詠歎調的情景。莫言那小子也在場。他左手提著常天紅的用紅綠兩色塑料頭繩編織套套著的玻璃瓶子，瓶子裡泡著兩顆保護嗓子的膨大海。他隨時準備擰開蓋子遞上瓶子為常天紅潤喉。他右手拿著黑油紙扇，向常天紅的後背殷勤搧風。——巴結諂媚之狀令人噁心——他就是用這種方式參與了貓腔《養豬記》的創作。

大家都記得，屯子裡的人曾經給常天紅起過一個外號：「大叫驢」，這是侮辱斯文。時間過去了十幾年，西門屯的人眼界漸開，對常天紅的歌唱藝術有了新的認識。這次來體驗生活、創作新戲的常天紅，較之十幾年前，有了巨大的變化。他身上原先那些讓屯裡人甚覺厭惡的虛浮驕橫之態蹤影無存，現在的他目光憂鬱、面色蒼白、下巴上有堅硬鬍鬚、雙鬢有些許白髮，活脫脫一個俄羅斯十二月黨人或義大利燒炭黨人。眾人都用崇拜的目光看著他，等待著他的演唱。我將前肘拐在顫悠悠的杏枝上，左爪托著下巴，觀看著杏樹下這迷人的夜景，欣賞著這些可愛的年輕人。我看到寶鳳左手搭在她嫂子互助的左肩上，下巴靠在她嫂子互助的右肩上，專注地盯著常天紅迎著月光的瘦削臉膛和那一頭天生鬈曲的頭髮——那頭髮理成了當時最流行的「螺絲旋床大分頭」樣式——她的臉雖在陰影裡，但目光灼灼，流露出深深的痛苦和無奈。因為，連我們豬場裡的豬都知道，常天紅和龐虎的女兒、大學畢業後分配到縣生產指揮部工作的龐抗美確定了戀愛關係，聽說國慶節就要結婚。常天紅在我們豬場體驗生活期間，龐抗美已經來過兩次。她體態健美、明眸皓齒、性格開朗、熱情大方、絲毫不擺知識分子和城裡人的臭架子，給我們西門屯的人和牲畜都留下了美好的印象。因為她在生產指揮部是負責畜牧口的，所以她來時總是要視察生產隊的飼養棚，去看一看那些騾、馬、驢、牛。我猜想寶鳳也知道龐抗美才是真正般配她常大哥的人。龐抗美好像也知道寶鳳的心思。我看到，有一天傍晚，抗美和寶鳳在歪脖子杏樹下聚談良久，最後是寶鳳伏在抗美肩頭上低泣，而抗美也含著眼淚，撫摸著寶鳳的頭髮以示安慰。

常天紅試唱的《養豬記》華彩唱段有三十多句台詞。第一句台詞是「今夜星光燦爛」，第二句是「南風吹杏花香心潮澎湃難以安眠」，第三句是「小白我扶枝站遙望青天」，第四句是「似看到五洲四海紅旗招展鮮花爛漫」，第五句是「毛主席發號召全中國養豬事業大發展」，接下來就連了片：「一頭豬就是一枚射向帝修反的砲彈我小白身為公豬重任在肩一定要養精蓄銳聽從召喚把天下的母豬全配完……」

我感到常天紅唱的就是我，我感到不是他在歌唱而是我在歌唱，唱出了我的心聲，唱的就是我的心聲。我的左蹄彈動，合著節拍，心潮激盪，周身發熱，睾丸發緊，長鞭出鞘，恨不得立即就與那些母豬們交配，為革命交配，為人民造福，消滅帝修反，拯救地球上那些還在水深火熱中掙扎的受苦人。今夜星光燦爛～～啊星光燦爛～～幕後幫腔伴唱，豬和人都難以入眠。常天紅嗓音洪亮，據說能唱上去三個八度，高音區輝煌燦爛，像鑽石一樣熠熠生輝。他的身體穩定，沒有小歌星們那些多餘的動作。起初，我們還注意辨別他唱出的歌詞，但唱到後來，歌詞已經失去意義，我們陶醉在他的聲音裡。儘管世間有種種樂器，儘管地球上有許多能發出美妙聲音的動物，譬如俄羅斯小說中常常提到的夜鶯，譬如大洋深處那些求偶的雄鯨，譬如中國老頭鳥籠中的畫眉，牠們的聲音確實都很美妙，但都無法與常天紅的嗓子相比。莫言那小子對西洋音樂一無所知，後來進了城大概去聽過幾次音樂會，看過幾部音樂家傳記，掌握了一星半點音樂知識，便在他的文章裡，把常天紅的歌喉與義大利的帕瓦羅蒂相提並論。我沒見過帕瓦羅蒂演唱，沒聽過他的唱片，我既不想見他也不想聽他，我始終堅信，常天紅的歌喉是世界第一，世界級的大叫驢。他在樹下歌唱時，樹上的葉子都微微顫抖，他唱出的音符像彩綢一樣在空中飛舞，昆山玉碎鳳凰叫，公豬迷狂母豬舞。如果毛主席晚死幾年，這戲肯定能火。先在縣裡火起來，再到省裡火起來，然後進北京，在太廟前搭台子演唱。那樣常天紅就出大名了，高密縣就留不住他了，他跟龐抗美的婚姻也就有點懸。但這戲沒有演成實在是可惜，這一點莫言倒是說了幾句我同意的話。他說這個戲是特殊的歷史時期的產物，帶著荒誕但又莊嚴的色彩，是一個活生生的後現代的標本。不知這劇本是否還在？不知那厚厚一沓子總譜是否還在？

說了這麼多，常天紅編戲唱戲，與故事的發展沒有直接關係，我要講的是那台收音機。青島市第四無線電器材廠生產製造的紅燈牌半導體收音機，是常天紅送給金龍的禮物，雖然沒說是結婚禮物，其實也是結婚禮物。雖說是用常天紅的名義送的，但收音機卻是去青島出差的龐抗美幫助買回來的。雖說是送給金龍的禮物，但卻是由龐抗美親手交給黃互助，並教會了她安裝電池、開關、選台的方法。做為一頭夜晚經常出窩遛彎的豬，我在當天晚上就見到了這件寶貝。金龍在他們結婚時大宴賓客的地方擺上了一張桌子，點燃一盞馬燈，將收音機放在桌子正中，選擇了一個聲音最響亮、音質最清楚的台，讓豬場的男男女女圍攏觀賞、聽音。這玩意兒是一個長五十釐米、寬三十釐米、高三十五釐米的長方形的大傢伙。正面是一層金燦燦的絨布，絨布上有一個紅燈商標，殼子看上去像一種棕色的硬木。做工精緻，造型優美，看到的人都想上前去摸摸。但誰敢上前去摸？如此精密的機器，想必價格不菲，摸壞了就賠不起。只有金龍用一塊紅綢布擦拭它的邊框。眾人圍攏，離著三米遠，聽著從那裡邊傳出一個女人尖細的歌唱聲：山丹丹開花喲紅豔豔～～她唱什麼，他們並不關心，他們關心的是這個女人如何能藏在這個匣子裡唱歌呢？我當然不會如此愚昧無知，電子知識嗎，咱家還是多少瞭解一點的。咱家當時不但知道地球上有許多收音機，而且還有了比收音機高級許多的電視機，咱家還知道美國人登月、蘇聯人發射宇宙飛船，而第一次被發射到太空去的是一頭豬。「他們」是指豬場裡那些人，當然不包括莫言，他從《參考消息》裡上知了天文下知了地理。還有牠們，那些隱身在草垛後邊的黃鼠狼、刺蝟們，牠們也被這方匣子裡發出的聲音迷住了。我聽到一個身腰纖細的母黃鼠狼對身邊的公黃鼠狼說：那個在匣子裡唱歌的，會不會是一匹像我這樣的黃鼠狼呢？——就你？呸！公黃鼠狼不屑地說。

九月九日下午兩點鐘的情景大致是這樣的：咱們先說天，天上雖然還有大團的烏雲，但已基本晴朗。風向西北，風力四—五級。西北風是開天的鑰匙，北方的農民都知道。西北風驅趕著大團大團的烏雲向東南方向狂奔，杏園裡不時投下烏雲的暗影。咱們再說地：地上水氣蒸騰，許多馬蹄般大的癩蛤蟆在杏園裡爬行。然後我們說人：十幾個豬場工作人員，抬著稀釋過的石灰水，噴灑沒倒塌的豬舍。豬幾乎死光，豬場前景暗淡，養豬人的臉上都陰沉沉的。他們用石灰水刷了我的牆壁，還刷了垂到我舍前的杏樹枝杈。石灰能殺死豬丹毒嗎？屁，鬧著玩唄！從他們的談話中，我知道連我在內，豬場的豬，只剩下七十餘頭。自從鬧丹毒以來，我也不敢胡亂遛達，生怕染上病毒。我很想知道，活下來的這七十餘頭豬，都是些什麼樣的品種。這些豬裡邊，是不是有與我一母所生的同胞？有沒有像刁小三那樣的野種？正當我胡思亂想之時，正當養豬人為豬場的前途胡亂猜測之時，正當一隻被埋在地下的死豬因太陽曝曬肚皮發出沉悶響聲之時，正當一隻連見多識廣的我都沒見過的拖著彩色尾巴的大鳥從低空中飛過降落到那棵因水澇落光了葉子的歪脖子杏樹上時，正當西門白氏指著那隻站在杏樹枯枝上、尾巴幾乎拖垂到地面的美麗大鳥、因興奮嘴唇顫抖著說出「鳳凰」二字時，金龍抱著他的收音機，從他的洞房裡，跌跌撞撞地跑出來。他面色如土，一副丟魂落魄之態，他瞪著眼、啞著嗓子對我們說：

「毛主席死了！」

毛主席死了，這不是胡扯嘛，這不是造謠嘛，這不是惡攻嘛，說毛主席死了你不是自己找死嗎？毛主席怎麼可能死？不是說毛主席最少也能活到一百五十八歲嗎？無數的疑問和質問在初聽到這個消息的中國人心頭盤旋，連我這頭豬，心中也感到無比的困惑和震驚。但我們從金龍那鄭重的表情和滿眼的淚水中，知道他沒有撒謊也不敢撒謊，收音機裡，中央人民廣播電台那個嗓音淳厚的播音員，用略帶些鼻腔共鳴音的凝重腔調，向全黨全軍全國各族人民報告毛主席的死訊。我看看烏雲滾滾的天，看看那些脫光葉子的樹，看看七倒八歪的豬舍，聽著從田野裡傳來的一陣陣不合時宜的蛙鳴和間或響起的死豬肚皮爆炸的聲音，嗅著腥氣、臭氣、霉爛氣，回憶起過去幾個月內接二連三地發生的離奇事件，想想刁小三的突然失蹤和牠曾經說過的那些玄奧的話，我明白，毛主席確鑿無疑地是死了。

接下來的情形是：金龍雙手端著收音機，彷彿孝子端著父親的骨灰盒，神色凝重地向村子走去。豬場裡的人都扔下手中的工具，神色肅穆地跟隨著他。毛主席的去世，不僅僅是人的損失，也是我們豬的損失。沒有毛主席就沒有新中國，沒有新中國就沒有西門屯大隊杏園養豬場，沒有西門屯大隊杏園養豬場也就沒有我豬十六！所以我跟著金龍他們走上街頭，是名正言順的深情舉動。

那時刻全國的廣播電台自然都是一個聲音，那時節各個廣播電台的設備都處在良好狀態，那時節金龍自然把收音機的音量旋鈕扭到了盡頭。紅燈牌收音機用四塊電容量一．五伏的乾電池做為電源，喇叭功率是十五W，在沒有任何機械化噪音的寧靜村莊裡，這聲音能夠傳遍全村。

金龍每遇到一個人，就會用那種我們見過和聽過的一成不變的姿態和聲嗓沉痛宣布：「毛主席死了！」聽到這消息的人有的目瞪口呆，有的齜牙咧嘴，有的搖頭晃腦，有的捶胸頓足，然後都轉到金龍的背後，乖乖地排在隊伍的後頭。臨近村子中央時，我的身後已經排開了一條長長的隊伍。

洪泰岳從大隊部裡出來，看到此種情景，剛要發問，金龍便對他說：「毛主席死了！」洪泰岳第一反應是舉起拳頭去搗金龍的嘴巴，但他的拳頭在空中停住，他的目光掃了一眼幾乎全部到齊的全屯的男女老幼，看了一眼金龍懷中的那台因為音量過大而瑟瑟發抖的收音機，然後他收回拳頭，猛擂自己的胸膛，同時發出一聲淒厲的嚎叫：「毛主席啊……您老人家走了……我們的日子可怎麼過下去啊……」

收音機裡放出了哀樂。這緩慢、沉痛的音樂一響起，先是黃瞳的女人吳秋香帶頭，然後全村的女人跟著，放聲嚎哭起來。女人們哭暈了，不避泥水，一屁股坐在地上，有的用雙手拍打著地面——地面很快被拍出水來——有的仰著臉用小手帕捂著嘴巴，有的捂著眼睛，發出各種各樣的哭聲。哭著哭著就帶了彩頭：

「我們是地，毛主席是天啊～～毛主席一死，可就塌了天啦～～」

在哀樂聲和女人們的哭聲裡，男人們有的放了悲聲，有的無聲流淚。連那些地主、富農、反革命分子們，聽到這消息後，也跑了來，遠遠地站著，悄悄地流淚。

我畢竟身在畜生之道，受到環境的感染，雖然也是一陣陣鼻酸眼熱，但神志還比較清醒。我在人空隙裡行走著、觀察著、思考著，在中國近代歷史上，還沒有一個人的死能像毛澤東的死一樣，產生如此強烈的影響。有許多死了親娘都不流一滴眼淚的人，也為毛澤東的死哭紅了眼睛。但事情總是有例外，在西門屯一千多口人中，連那些按說跟毛澤東有仇的地主、富農都為他的死啼哭落淚時，當所有正在勞動的人聽到這個消息都把手中的工具扔掉時，卻有兩個人既沒有放聲大哭，也沒有默默流淚，而是在幹著自己的事情，為自己未來的生活做準備。

這兩個人，一個是許寶，一個是藍臉。

許寶混跡於人群中，跟隨著我穿來穿去。起初我並沒有在意他的跟蹤，但很快我就發現了他的眼睛裡有貪婪、凶狠的光芒在閃爍。當我意識到他的目光始終死死地盯著我那兩顆木瓜般大小的豐碩睾丸時，我感到了前所未有的震驚和憤怒。在這樣的時刻，許寶竟然在打我睾丸的主意，可見毛主席之死沒讓他感到悲痛。我想我要是能把許寶的企圖告訴那些正在為毛主席之死而悲痛的人，許寶也許當場就會被憤怒的群眾打死。只可惜我無法發出人的聲音，只可惜人們只顧痛悼，誰也沒有注意許寶。也好，我想，許寶，我承認我曾經怕過你，對你那快如閃電的手法現在我也畏懼三分，但既然連毛主席這樣的人物都死了，我豬十六也就把自己的生死置之度外了。我等著你，許寶，你這雜種，今晚，咱們不是魚死，就是網破。

另一個沒有為毛澤東之死流淚的人是藍臉。當別人都在西門家大院內外悲號時，他卻一個人，坐在西廂房那間小屋的門檻上，用一塊青色的磨刀石，磨一把生滿紅銹的鐮刀。「嚓啦嚓啦」的磨刀聲，令人牙磣也令人心寒，不合時宜又充滿暗示。忍無可忍的金龍將收音機塞到他妻子黃互助懷裡，當著全村人的面，跑到藍臉面前，彎腰將他手中的磨刀石奪出來，用力砸在地上。磨刀石斷成兩截。金龍咬牙切齒地說：

「你還算個人嗎?!」

藍臉瞇縫著眼睛，打量著因暴怒而全身發抖的金龍，提著鐮刀，慢慢地站起來，說：

「他死了，我還要活下去。地裡的穀子該割了。」

金龍提起牛棚旁邊一個爛透了底子的破鐵桶，對著藍臉撇過去。藍臉也不躲閃，任憑那鐵桶砸在他的胸脯上，然後又落到他的腳上。

金龍氣紅了眼，抄起一根扁擔，高高舉起，要往藍臉頭上砸。幸虧被洪泰岳架住，才免了藍臉頭破血流。洪泰岳不滿地說：

「老藍，你也太不像話了！」

藍臉的眼睛裡慢慢地湧出淚水，他雙腿一彎，跪在地上，悲憤地說：

「最愛毛主席的，其實是我，不是你們這些孫子！」

眾人一時無語，怔怔地看著他。

藍臉以手捶地，嚎啕大哭：

「毛主席啊～～我也是您的子民啊～～我的土地是您分給我的啊～～我單幹，是您給我的權利啊～～」

迎春哭著走到他的面前，欲拉他起身，但他的膝蓋彷彿生了根。

迎春腿一軟，跪在了藍臉面前。

迎春頭上插著一朵白菊花，一隻黃色的大蝴蝶，如同一片枯葉，從杏樹上飄下來，起起伏伏，最終落在了那菊花上。

頭插白菊，追悼最親的人，這是屯裡風俗。女人們紛紛跑到迎春門前，從那墩白菊上，摘下花朵，插到頭上。她們大概都希望那隻大蝴蝶能飛到自己頭上，但它落到迎春頭上後，翅膀並攏，再也沒有動。

第三十二章　老許寶貪心喪命　豬十六追月成王

我悄悄地離開西門家大院，離開了那群圍著藍臉不知所措的人們。我看到隱在人群裡的許寶那邪惡的眼睛。估計這老賊現在還不敢尾隨前來，我還有充足的時間做好迎戰的準備。

豬場裡已經空無一人，天近黃昏，餵食時間已到，那七十餘頭倖存的豬因為飢餓發出吱吱的鬧食聲。我很想打開鐵柵欄放牠們出圈，又怕牠們糾纏著我問東問西。夥計們，你們鬧吧，你們叫吧，我暫時顧不上你們，因為，我看到了躲在歪脖子杏樹後邊許寶那油滑的身影。其實，更確切地說我是感受到了從這個殘忍的老傢伙身上散發出來的那股子肅殺之氣。我的腦子快速運轉，考慮著對策。躲在豬窩裡，占據一個牆角，讓牆壁成為保護睾丸的屏障顯然是最好的選擇。我趴著，裝傻，但胸有成竹；觀望著，等待著，以靜制動。許寶，來吧，你想取走老子的睾丸回去下酒，老子想咬碎你的睾丸為被你殘害過的牲畜復仇。

暮色漸濃，地面上升起潮濕的霧靄。那些豬餓過了勁兒，不再叫了。豬場裡靜悄悄的，只有陣陣蛙鳴，從東南方向襲來。我感到那股煞氣漸漸逼近，知道這老小子要動手了。短牆外露出他那張像油污核桃一樣的小乾巴臉，臉上沒有眉毛，眼上沒有睫毛，嘴巴上沒有鬍鬚。他竟然對著我微笑。他一笑，我就想撒尿。但他奶奶的，無論你怎麼笑我也要憋住這泡尿。他打開圈門，站在門口，對我招著手，嘴巴裡發出「囉囉」的呼叫聲。他想騙我出圈舍。我馬上猜到了他罪惡的計畫：他想趁我出圈門那一霎，順手摘走我的睾丸。孫子哎，你想得美，你的豬十六老爺，今天絕不受誘惑。按既定方針辦，豬舍塌頂不動彈，美食投到眼前不貪饞。許寶掏出半塊玉米麵窩窩頭扔到圈門口。孫子哎，撿起來你自己吃了吧。許寶在門外花招施盡，我趴在牆角紋絲不動。這老小子恨恨地罵：

「媽的，這豬，成了精啦！」

如果許寶就此罷手而去，我有沒有勇氣追上去與他搏鬥？很難說，說不清，不必說，而且問題的關鍵是，許寶沒有走，這個吃睾丸成癮的雜種，被我後腿之間那兩顆巨丸吸引，不顧泥水淋漓，竟然彎著腰進了我的圈舍！

憤怒與恐懼交織，猶如藍色與黃色混雜的火焰，在我的腦海裡燃燒。報仇雪恨的時刻到了。我咬緊牙關，克制著衝動，盡量保持冷靜。老小子，來吧。近一點，再近一點。把敵人放進家裡來打，敢打近戰，敢打夜戰，來呀！他在距離我三米遠的地方徘徊，扮鬼臉做怪相，引誘我上當，孫子，你休想。你前進啊，你上來啊，我只是一頭笨豬，不會對你構成任何危險。許寶大概也感到他高估了我的智商，便放鬆了警惕，慢慢向我靠攏。他大概是想上前來轟趕我吧，總歸是他彎著腰到了我的面前，距離我只有一米，我感到身上的肌肉緊繃，猶如強弓拉成了滿月，箭在弦上，如果發起進攻，哪怕他腿腳靈動如跳蚤，也讓他難以逃避。

在那一瞬間，好像不是我的意志命令身體，而是身體自動地發起了進攻，這猛烈的撞擊，正著了許寶的小肚子。他的身體輕飄飄地飛起來，腦袋在牆上碰撞一下，跌落到我平常定點大小便的地方。他人已落地，哀鳴還在空中飄盪。他已經喪失了戰鬥力，像個死屍一樣躺在我的糞便裡。為了那些受他殘害的朋友們，我還是決定執行計畫：以其人之道，治其人之身。我有點厭惡，也有些不忍，但既已動了念頭就要進行到底。於是我在他那兩腿之間狠命地咬了一口。但我的嘴裡感覺到空空蕩蕩，似乎只咬破了那條薄薄的單褲。我咬住他的褲襠用力一撕，褲子破裂，顯出了可怕的情景，原來這個許寶，竟是個天生的太監。我心中頓覺一片茫然，也就明白了許寶的一生，明白了他為什麼對雄性動物的睪丸懷有那樣的仇恨，明白了他何以練出了這樣一手取卵絕技，明白了他為什麼那樣貪食睪丸。說起來這也是個不幸的傢伙。他也許還迷信吃什麼補什麼的愚昧說法，指望著石頭結瓜、枯樹發芽吧。在沉重的暮色中，我看到有兩道紫色的碧血，像兩條蚯蚓一樣從他的鼻孔裡爬出。這傢伙，難道會這麼脆弱，頂這麼一下子，就死翹翹了嗎？我伸出一爪，放到他鼻孔下試探，沒有出氣，嗚呼，這孫子真死啦。我旁聽過縣醫院醫生對村民們宣講急救法，見過寶鳳急救一個溺水的少年。便依樣畫葫蘆，擺正這孫子的身體，用兩隻前爪按壓他的胸膛，我按啊按啊，使上全身的力氣，聽到他的肋骨巴巴地響，看到更多的血，從他的嘴巴和鼻孔裡湧出來……

我站在圈門口思索了片刻，做出了一生中最大的決定：毛主席已死，人的世界必將發生巨大變革，而在這時候，我又成了一頭負有血債的殺人兇豬，如果待在豬場，等待我的，必是屠刀和湯鍋。我彷彿聽到一個遙遠的聲音在召喚：

「兄弟們，反了吧！」

在逃入原野之前，我還是幫助那些在瘟疫中倖存的同夥們頂開了圈門，把牠們釋放了出來。我跳到高處，對牠們喊：

「兄弟們，反了吧！」

牠們迷茫地看著我，根本不理解我的意思。只有一頭身體瘦小、尚未發育的小母豬——身體純白，腹部有黑花兩朵——從豬群裡跑出來，對我說：「大王，我跟你走。」餘下的那些傢伙，有的轉著圈子找食吃，有的則懶洋洋地回到圈舍，趴在泥裡，等待著人們前來餵食。

我帶領著小母豬向東南方向前進。地很軟，一腳下去，陷沒到膝。我們身後留下四行深深的腳印。到達那道水深數丈的渠道時，我問小母豬：

「你叫什麼名字？」

「牠們叫我小花，大王。」

「為什麼叫你小花？」

「因為我肚皮上有兩塊黑花，大王。」

「你是從沂蒙山來的嗎，小花？」

「我不是從沂蒙山來的，大王。」

「不是從沂蒙山來的，那你是從哪裡來的？」

「我也不知道我是從哪裡來的，大王。」

「牠們都不跟我走，你為什麼要跟我走？」

「我崇拜你，大王。」

看著這頭頭腦純潔、沒心沒肺的小花豬，我心中有幾分感動，又有幾分淒涼。我用嘴巴拱了一下牠的肚子，以示友愛，然後說：

「好吧，小花，現在，我們已經脫離了人的統治，像我們的祖先一樣，獲得了自由。但從此以後就要風餐露宿，要忍受種種苦難，你如果後悔，現在還來得及。」

「我不後悔，大王。」小花堅定地說。

「那麼，好極了，小花，你會游泳嗎？」

「會，大王，我會游泳。」

「好！」我抬起前爪拍了一下牠的屁股，然後便率先跳下了溝渠。

溝渠裡的水溫暖柔軟，泡在裡邊非常舒服。我本想泅渡溝渠之後走陸路，但下水之後改變了主意。溝渠裡的水從表面上看似乎凝滯不動，但下去後才知道，水以每分鐘起碼五米的速度往北流淌。北邊，就是那條滔滔的運糧大河，那條為滿清政府運送過糧米的大河，那些為皇帝的后妃們運載著荔枝樹的木船也曾在這大河上航行，溝渠裡的水就流向這條大河。河道兩岸，曾經有拉縴的漢子們弓腰抻腿，腿上的腓腸肌繃得像鋼鐵一樣硬，汗水滴落土地。「哪裡有壓迫哪裡就有反抗」，這是毛澤東說的。「馬克思主義的道理千頭萬緒歸根結柢就是一句話：造反有理！」這也是毛澤東說的。游泳在這樣溫暖的溝渠裡，因為水的流動和身體的浮力，所以毫不費力。只要輕輕划動幾下前爪，我感到身體就像鯊魚一樣快速向前。我回頭看了一眼小花，小傢伙緊緊地跟隨著我，四條小腿在水裡緊著撲騰，仰著頭，小眼放光，鼻孔咻咻出氣。

「怎麼樣啊，小花？」

「大王……沒事……」因為與我對話牠的鼻孔進了水，牠打著噴嚏，有些腳爪混亂。

我伸出一條前腿到牠肚皮下，輕輕地往上挑著牠，使牠的身體大部分露出了水面。我說：「小傢伙，好樣的，咱們豬，都是天生的游泳健將，關鍵是，別緊張。為了不讓那些可惡的人發現我們的蹤跡，我決定，不走陸路走水路，你能堅持？」

「大王，我能堅持……」小花豬氣喘吁吁地說。

「好，來，爬到我的背上！」我對牠說，牠不肯，還逞強。我潛到牠的身下，身體上浮，牠已經騎在我的背上了。我說：「摟緊我，無論碰到什麼情況都不要鬆爪！」

我馱著小花，沿著杏園豬場東側那條溝渠，進入運糧大河。大河向東流，波濤洶湧。西邊天際，火燒雲，彩雲變化多端，青龍白虎獅子野狗，雲縫中射出萬道霞光，照耀得河水一片輝煌。因為兩岸均有決口，河水已經明顯下落，河堤內側，兩邊露出淺灘，淺灘上茂密的紅毛柳子，柔軟的枝條都向著東方倒伏，顯示著被湍流沖擊過的痕跡。枝條和葉片上，掛著一層厚厚的泥沙。儘管水勢消退，但一旦進入其中，依然感到河水滔滔，氣勢浩大，驚心動魄。尤其是被半天火燒雲映照著的大河，其勢恢弘，不親歷者，如何能夠想像！

我對你說，藍解放，想當年本豬那次大河之遊，是高密東北鄉歷史上的一次壯舉。你小子當時在河的上游，對岸，為了保護你們那棉花加工廠不被河水淹沒，你們也都上河堤守護。我馱著小花順流東下，體驗著唐詩的博大意境。泛波中流。浪頭追逐著我們；我們被浪頭追逐；浪頭追逐著浪頭。大河啊，你何以有如此巨大的力量，你裹挾著泥沙，浮動著玉米、高粱、番薯的藤蔓，還有被連根拔出的大樹，奔向東海，一去不復返。你把我們杏園豬場的許多頭死豬擱淺在紅柳叢中，讓牠們在那裡膨脹、腐爛、散發臭氣，看到牠們，我更感到與小花的順流而下是對豬的超越、對丹毒的超越，也是對已經結束的毛澤東時代的超越。

我知道莫言在他的小說《養豬記》裡描寫過那些被投擲到河裡順流而下的死豬。他寫道，「一千多頭杏園豬場的死豬，排成浩蕩的隊伍，在水中腐敗著，膨脹著，爆炸著，被蛆蟲啃吃著，被大魚撕扯著，一刻也不停流，最終消逝在浩瀚東海的萬頃波濤之中，被吞食，被融解，轉化成種種物質，進入物質永生不滅的偉大循環之中……」不能說這小子寫得不好，只能說這小子錯過了機會，如果他看到，我，豬王十六，馱著小花，在暗金色的河流中，逐浪而下的情景，他就不會去描寫死的，而會歌頌活的，歌頌我們，歌頌我！我就是生命力，是熱情，是自由，是愛，是地球上最美麗的生命奇觀。

我們順流而下，迎著那輪農曆八月十六日的月亮，與你們結婚那天夜裡大不一樣的月亮。那晚上的月亮是從天上落下來的，這晚上的月亮是從河水中冒出來的。這月亮同樣是胖大豐滿，剛冒出水面時顏色血紅，彷彿從宇宙的陰道中分娩出來的赤子，哇哇地啼哭著，流淌著血水，使河水改變顏色。那月亮甜蜜而憂傷，是專為你們的婚禮而來，這月亮悲壯蒼涼，是專為逝世的毛澤東而來。我們看到毛澤東坐在月亮上——他肥胖的身體使月亮受壓而成橢圓——身上披著紅旗，手指夾著香菸，微仰著沉重的頭顱，臉上是若有所思的表情。

我馱著小花順流而下，追逐著月亮追逐著毛澤東。我們想距離月亮近一些，以便能夠更清楚地看到毛澤東的臉。但我們走月亮也走，無論我多麼用力地划水，使我的身體像貼著水面滑行的魚雷一樣迅速，但與月亮的距離始終不變。小花在我背上，用後腿踢著我的肚子，嘴裡連聲喊叫著：「加油啊，加油！」好像我是牠胯下的一匹馬。

我發現，追趕月亮的，不僅僅是我與小花。在這條大河上，有成群的金翅鯉魚、青脊白鱔、圓蓋大鱉……諸多的水族都在追趕。鯉魚在游動中不時地藉著水勢躍出水面，扁平的身體在月光下大放光彩，宛若一件件珍寶。鱔魚們在水面上蜿蜿游動，體如爛銀，水如冰，牠們彷彿在水面上滑行。而那些大鱉們依仗著扁平身體所產生的浮力和鱉甲周圍柔韌的裙邊，依仗著生著肥厚蹼膜的四肢強有力地划水所產生的推力，就使牠們看似笨拙的身體，像氣墊船一樣在水面上快速滑行。有好幾次我感覺到那些紅色的鯉魚已經飛到月亮上，落在了毛澤東身邊，但定睛一看，才知是錯覺。無論這些水族如何施展牠們各自的長項盡力追趕，與月亮的距離也是絲毫沒有變化。

在我們順流而下時，大河兩邊那些不久前被洪水淹沒過的紅柳上，成群結隊的螢火蟲都點燃了牠們屁股後邊的綠燈籠，使河水兩邊的灘塗上綠光翻滾，猶如在紅色河流的兩邊，還有兩條水面高出許多的綠色河流。這也是難得一見的人間奇蹟，可惜莫言那小子沒有看到。

我在後來轉生為狗的日子裡，曾親耳聽莫言對你說過，要把他的《養豬記》寫成一部偉大的小說，他說要用《養豬記》把他的寫作與那些掌握了偉大小說祕密配方的人的寫作區別開來，就像汪洋大海中的鯨魚用牠笨重的身體、粗暴的呼吸、血腥的胎生把自己與那些體形優美、行動敏捷、高傲冷酷的鯊魚區別開來一樣。我記得你當時勸他寫點高尚的事，譬如寫寫愛情，寫寫友誼，寫寫花朵，寫寫青松，寫養豬幹什麼？豬，能跟「偉大」二字聯繫上嗎？當時你還當著官，雖然暗中已經和龐春苗上過床，但表面上還道貌岸然，所以你對莫言那樣說。我恨得牙根發癢，非常想跳起來咬你一口，讓你閉上你那張高尚的嘴，但礙於咱們多年的情面，我忍著沒有下口。其實，高尚不高尚，不在乎寫什麼，而在於怎麼寫。而所謂的「高尚」，也沒有統一的標準。譬如你一個有婦之夫把一個比你小二十多歲的黃花姑娘搞大了肚子然後掛印棄家攜女私奔，連縣城裡的狗都罵你卑鄙，但莫言那小子卻說你棄官私奔的行為十分高尚。所以，我當時就認為莫言如果看到我們與水族們在大河中追趕月亮、追趕毛澤東的情景，並把這情景寫到他的《養豬記》裡，他的野心，很有可能就會實現。真是可惜，他沒能目睹一九七六年西曆九月九日也就是農曆八月十六日晚上滔滔運糧河上和河兩邊柳叢中以及堤壩上的美妙情景，他的《養豬記》因此也只能是一本被極少數人欣賞而被大多數正人君子所不齒的書。

在高密東北鄉與平度縣交界處，有一個名叫吳家沙嘴的河心洲把大河中分成兩股，一股流向東北方向，一股流向東南方向，繞了一個圈子後，二股水又在兩縣屯附近重新合流。這河心洲面積約有八平方公里，沙洲的歸屬，高密、平度屢起爭執，後來乾脆劃歸省軍區生產建設兵團，兵團在沙洲上建過養馬場，後建制撤銷，沙洲便淪為紅柳叢生、蘆葦沒人的荒涼之地。月亮載著毛澤東漂到此地，便猛然躍起，在紅柳叢上停頓了一下，然後便快速地飛升，抖落下來的河水如同一陣急雨。河水急劇分流，少數反應敏銳的水族順流而去，大部分卻因為慣性和離心力——其實還有月亮的物質引力和毛澤東的心理引力——徑直地飛起來，然後跌落在紅柳梢頭和蘆葦叢中。請你想像一下這情景吧：湍急的河水突然分成兩半，從這道中間的空隙裡，成群結隊的紅鯉魚、白鰱魚、圓蓋大鱉，以極其浪漫的姿態飛向月亮，但到達那個臨界點後，又被地球引力拉回，雖然是劃著亮閃閃的美麗弧線，但也是相當悲慘地跌落下來。多數被跌得鱗缺鰭斷、腮裂蓋碎，成為守候在那裡的狐狸和野豬的食物，只有極少數，依靠超強的體力和上乘的運氣，彈跳掙扎回到水裡，向東南或者往東北漂游而去。

我因為身軀沉重再加上背負著小花，所以儘管也在那一瞬間騰空而起，但升到大約三米的高度便開始下降。彈性極其豐富的紅柳樹冠起到了很強的緩衝作用，使我們沒有受傷。對於那些狐狸來說，我們是龐然大物，牠們吃不了我們；對於那些身體前部極其發達、屁股尖削的野豬來說，我們應該是牠們的近親，牠們不會吃同類。降落到這沙洲，我們是安全的。

因為得到食物極容易，因為食物的營養極其豐富，那些狐狸和野豬，都胖得不成體統。狐狸吃魚，本屬正常；但當我們看到十幾頭野豬在那裡吃魚時，心中頗感訝異。牠們已經吃刁了嘴巴，只嚼魚腦，只吃魚子，那些肥美的魚肉，連嗅也不嗅。

野豬們警惕地看著我們，漸漸地圍攏過來。牠們都目露凶光，長長的獠牙在月亮下顯得慘白可怖。小花緊緊地貼著我的肚皮，我感受到牠的身體在劇烈地顫抖。我攜著小花，後退著，後退著，盡量地不使牠們成扇面包抄過來的隊形合攏。我清點著牠們，九頭，一共九頭，有公有母，體重都在二百斤左右，都是僵硬笨拙的長頭長嘴，都是尖削的狼耳朵，都是長長的鬃毛，都是油光閃閃的黑色，牠們的營養狀況太好了，牠們的身體都煥發著野性的力量。我體重五百斤，身體長大如一艘小船，從人、驢、牛轉世而來，有智慧有力氣，單打獨鬥，牠們都不是我的對手，但要我同時對付牠們九個，我必死無疑。我當時想的是，後退，後退，後退到水邊，我掩護，讓小花逃命去，然後，我再與牠們鬥智鬥勇。牠們吃了那麼多魚腦、魚卵，智力已經與狐狸接近。我的意圖自然瞞不了牠們。我看到有兩頭野豬，從我的側翼，往後包抄過來，牠們想在我退到河水之前就把包圍圈合攏。我猛然意識到，一味退讓，反而死路一條，必須大膽出擊，聲東擊西，撕開牠們的包圍圈，到沙洲中心廣闊的地段去，學習毛澤東的游擊戰術，調動牠們，逐個擊破。我蹭了一下小花，向牠傳達我的意圖。牠悄聲說：

「大王，你自個跑吧，不要管我了。」

「那怎麼可以，」我說，「我們相依為命，情同兄妹，有我在就有你在。」

我對著正面逼來的那頭公豬猛然衝去，牠倉皇後退，但我的身體突拐一彎，撞向了東南方向那頭母豬。牠的頭與我的頭撞在一起，發出瓦罐破碎般的聲響，我看到牠的身體翻滾到一丈遠的地方。包圍圈被撕開一個豁口，但我的後部，已經感受到牠們咻咻的鼻息。我高叫一聲，向東南方向飛奔而去。但小花沒有跟上來。我急煞蹄，猛轉身，去接迎小花，但可憐的小花，親愛的小花，唯一願意追隨我的小花，忠心耿耿的小花，已被一頭凶悍的公豬咬住了屁股。小花的慘叫聲令月色如雪，我高聲吼叫著：「放開牠——！」不顧一切地撲向那公豬。「大王——快跑，不要管我——」小花大叫著。——聽我說到這裡，你難道一點都不感動嗎？你難道不覺得，我們，雖然是豬，但行為也很高尚嗎？——那傢伙咬著小花的屁股，連連地蠶食進去，小花的哭聲讓我幾近瘋狂，什麼幾近瘋狂，就是他媽的瘋狂了。但斜刺裡撲上來的兩頭公豬擋住了我解救小花的道路。我無法再講什麼戰略戰術，對準其中的一頭，猛撲上去。牠不及躲閃，被我在脖子上狠狠地咬了一口。我感到牙齒穿透牠堅韌的硬皮，觸及到了牠的頸骨。牠打了一個滾逃脫；我滿口都是腥臭的血和刺癢的鬃毛。當我咬住那廝的脖子時，另一頭豬在我的後腿上咬了一口。我像騾馬一樣將後腿猛往後踢——這是我當驢時學會的技巧——後腿蹬在牠的腮幫子上。我掉轉頭猛撲這廝，牠吼叫著逃竄了。我後腿痛疼難忍，被那廝啃去了一塊皮，鮮血淋漓，但此時，我顧不上自己的腿，騰跳起來，帶著呼哨的風聲，撞向了那個咬我小花的壞種。我感到在我的猛烈撞擊下，那壞種的內臟都破碎了，牠哼都沒有哼一聲就倒地死去。我的小花奄奄一息。我用前爪把牠扶起來，牠的腸子從被撕破的肚子裡禿嚕禿嚕地冒出來。我實在想不出辦法對付這些熱烘烘、滑溜溜、散發著腥氣的東西。我基本上是四肢無措。我感到心中痛疼，我說：

「小花，小花，我的小親疙瘩，我沒有保護好你……」

小花用力地睜開眼睛，眼光藍白陰涼，艱難地喘息著，嘴裡吐著血和泡沫，說：

「我不叫你大王……叫你大哥……行嗎？」

「叫吧，叫吧……」我哭著說，「好妹妹，你是我最親的人……」

「大哥……我幸福……我真的好幸福……」說完，牠就停止了呼吸，四腿繃直，猶如四根棍子。

「妹妹啊……」我哭泣著，站起來，抱著必死的決心，像烏江邊上的項羽，一步步逼向那些豬。

牠們結成團體，驚惶但是有條不紊地退卻著，我猛然撲上去，牠們就四散開來，把我圍在核心。我不講戰術，頭撞，口咬，鼻掀，肩撞，完全是拚命的打法，使牠們個個受傷，我自己也傷痕累累。當我們轉戰到沙洲中間地帶，在軍馬場廢棄的那排瓦房的斷壁殘垣前，我看到在一個半截埋在泥土裡的石馬槽邊，坐著一個熟悉的身影：

「老刁，是你嗎？」我大聲喊叫著。

「老兄，我知道你會來的，」刁小三對我說罷，然後轉頭對著那些野豬，說，「我當不了你們的王，牠，才是你們真正的王！」

那些野豬們猶豫了片刻，便齊齊地將兩個前爪跪在地上，嘴巴拱著地面喊叫：

「大王萬歲！萬萬歲！」

我本來還想說點什麼，但事情發展到如此地步，還有什麼可說的呢？我糊糊塗塗地就成了這沙洲上的野豬王，接受著野豬們的朝拜，而人間那個王，坐在月亮上，已經飛升到距離地球三十八萬公里遠的地方，龐大的月亮縮得只有一隻銀盤大，而人間之王的身影，即使用高倍的望遠鏡，也很難看清了。

第三十三章　豬十六思舊探故里　洪泰岳大醉鬧酒場

「日月如梭，光陰似箭」，我在這荒無人煙的沙洲上充當豬王不覺已是第五個年頭。

起初，我試圖在沙洲上推行一夫一妻制，我原想這體現了人類文明的改革會引起一片歡呼，但沒想到卻遭到了強烈的反對。不但母豬們反對，連那些分明占便宜的公豬，竟然也嘟嘟噥噥地表示不滿。為此我困惑不解，去向刁小三問疑，牠趴在我們特意為牠搭建的能夠遮風擋雨的草棚裡，冷冷地說：

「你可以不當王，但當了王就必須按規矩辦事。」

我只好默認這殘酷無情的叢林規矩，閉著眼，想像著小花豬，想像著蝴蝶迷，想像著一匹形象模糊的母驢，甚至想像著幾個更加模糊的女人的影子，與那些母野豬胡亂地交配。能逃脫盡量逃脫，能偷工減料盡量地偷工減料，但就是這樣，幾年下來，沙洲上也多出了幾十隻五彩斑斕的雜種，牠們有的毛色金黃，有的毛色青黑，有的身上布滿斑點，如同那些經常在你們的電視廣告裡露面的斑點狗。

這幫雜種大致還保持著野豬的身體特徵，但智慧明顯地比牠們的母親高了一個層次。隨著這批雜種的長大，我已經無法完成如此繁重的交配。每到母豬的發情期我便與牠們玩起蒸發遊戲。豬王不在，欲火中燒的母豬們只好降格以求。於是，幾乎所有的公豬都得到了交配的機會。出生的後代更加形形色色：有的如羊，有的似狗，有的像猞猁，最可怕的是，有一頭雜種母豬，竟然生出了一隻鼻子長長、彷彿小象的怪物。

一九八一年四月，正是杏花盛開、母豬發情的時期，我從大河分叉處游到了南岸。河水上層溫暖，下層冰涼。在上層溫水與下層涼水的交匯處，有一群群的洄游魚類逆流而上，牠們那種為了返回母河、不怕艱難險阻、不畏流血犧牲、勇往直前的精神讓我深受震動，我佇立淺灘，看著牠們努力擺動尾鰭、奮勇前行的灰白色身影，沉思良久。

往年裡玩蒸發，從沒離開過沙洲。沙洲上草木繁茂、在東南部還有一道隆起的沙嶺，沙嶺上生長著數萬株碗口粗的馬尾松樹，松樹下生長著茂密的灌木，要找個藏身之地，實在是易如抬爪。但今年，我突發奇想——其實也不是奇想而是一種迫切的內心需要，我感到我必須回一趟杏園豬場，回一趟西門屯，彷彿是要去赴一個多年前就確定了的、不容更改的約會。

與母豬小花結伴逃離豬場算來已將近四年，但即便是蒙上眼睛我也可以回到杏園豬場，因為暖洋洋的西風裡有杏花的香氣，因為那裡畢竟是我的故鄉。我沿著河堤頂部那條雖然狹窄但十分平坦的道路西行。河堤的南邊是廣闊的原野，河堤的北邊是連綿起伏的紅柳叢。河堤兩邊的斜坡上，生長著枯瘦的紫穗槐，紫穗槐上爬滿瘋狂的瓜蔞藤蔓，藤蔓上白花簇簇，散發著類似丁香的沉悶香氣。

月亮當然很好，但與我對你重墨濃彩地描繪過的那兩個月亮相比，這一晚上的月亮高高在上，顯得有點心不在焉。它不再降低高度、變化顏色陪伴我，追逐我，而像一個坐在高轅的馬車上、頭上戴著插滿羽毛的帽子、臉上罩著潔白的面紗、匆匆趕路的貴婦。

到達藍臉那一畝六分頑固土地時，我立住了追趕著月亮匆匆西行的蹄爪。我向南看，看到藍臉土地兩側西門屯大隊的土地裡，栽滿葉片肥大的桑樹，桑樹下，有幾個藉著月亮採桑的女人。這情景讓我心中一動，我知道毛澤東之後的農村，已經發生了變化。藍臉的土地上，種植的依然是麥子，依然是那古老的品種。兩側土地裡的桑樹發達的根系顯然霸去了他土地的營養，起碼有四壟麥子受到了明顯的影響：低矮纖弱，麥穗瘦小如蒼蠅。這很可能又是洪泰岳整治藍臉的陰招，看你單幹戶如何抵擋。我看到，月亮下，桑樹旁，一條人影在晃蕩。他深挖溝，光脊梁，誓與人民公社爭短長。他在自家土地與生產大隊的桑樹間，挖出了一條窄而深的溝，許多黃色的桑根被他用鋒利的鐵鍬斬斷。這件事，似乎非同尋常。在自家土地上挖溝，原本無可厚非，但斬斷生產隊的樹根，又有破壞集體財產之嫌。我遙遠地看著老藍臉黑熊般笨拙的身體和莽撞的動作，心中一時茫然。如果等兩邊的桑樹長成參天大樹，單幹戶藍臉的土地就會成為不毛之地。很快我就知道，我的判斷全是錯誤。此時，生產大隊已經土崩瓦解，人民公社已經名存實亡。農村改革已進入分田到戶階段。藍臉土地兩側的土地，已經分到了個人名下，植桑還是種糧，完全由個人做主。

我的腿把我帶到杏園豬場，杏樹猶在，但豬舍已經蕩然無存。雖然沒有了標誌物，但我一眼就看見了那棵歪脖子老杏樹。杏樹的周圍，立起了一圈保護的木柵欄，柵欄上釘著一塊牌子，牌子上寫著「朱絲金杏」。看到這牌子我就想起了刁小三的熱血澆灌這杏樹根的情景。沒有牠的血，杏子裡就不會有血絲；沒有牠的血，這棵樹上的杏子就不會成為果中珍品，每年都被縣政府高價收購。而且，我後來還知道，這棵樹上的杏子，使代替洪泰岳擔任了大隊黨支部書記的金龍，與縣裡、市裡的領導建立了親密關係，為他後來的發達富貴鋪平了道路。我當然也看到了那棵曾把樹杈垂到我的圈舍裡的老杏樹，儘管我的圈舍已經不存在。當年我趴著睡覺或者想入非非的地方，現在種植著落花生。我猛地站立起來，前爪扶住那兩條我當年幾乎每天都扶的樹杈。這動作，讓我分明地感受到，我的身體比當年龐大了，笨重了，由於長期不做人立狀，這一技巧，也明顯地生疏了。總之，這天晚上，我在杏園裡徘徊遊蕩，故地重遊，心中不時湧起懷舊情緒，而這種情緒，說明我已經進入了中年。是的，做為一頭豬，可以說我已經飽經滄桑。

我發現，當年的兩排供飼養員工作和居住的房屋，已經改成了養蠶房。我看到養蠶房裡電燈明亮，知道國家的電流通到了西門屯。我看到在那層層疊疊的蠶架前，白髮蒼蒼的西門白氏在彎腰工作。她端著用剝了皮的紅柳枝條編成的畚箕，畚箕裡盛著肥厚的桑葉。她將桑葉撒向白花花的蠶床，立刻便有細雨般的聲音響起。我看到你們結婚的洞房也改成了蠶房，這說明，你們此時都已經有了新的住處。

我沿著屯中那條拓寬了一倍、並鋪敷了瀝青路面的道路西行。街道兩邊那些低矮的泥牆草屋不見了，一排排同樣高度、同樣寬度、整齊畫一的紅瓦房出現了。在路北邊一座二層小樓前的一片空地上，大約有一百餘人，多半是老婆孩子，圍著一台二十一英寸的日本產松下牌電視機，觀看一部電視連續劇《大西洋底來的人》。那是一個手指和腳趾間生有蹼膜的英俊青年的神奇故事。他能夠像鯊魚一樣在水中優雅地游泳。我看到西門屯的老婆孩子聚精會神地盯著那小小螢屏，並不時地發出「嘖嘖」的感歎聲。電視機安放在一張紫紅色的方凳上。方凳安放在一張方桌上。方桌旁坐著一個頭髮花白的老頭，胳膊上套著一個紅色的、寫著「治安」字樣的袖標，雙手拄著一根細長的木棍，面對著觀眾，目光犀利，彷彿一個監考的老教師。我當時不知道他是誰——

「伍方，富農伍元的大哥，原國民黨第五十四軍軍部電台上校台長，一九四七年被俘，解放後以歷史反革命罪被判無期徒刑，發配大西北勞改，不久前被釋放回家，因年老失去勞動能力，家中又無親屬照顧，享受『五保戶』待遇，並每月從縣民政部門領取十五元生活補助……」我插言道。

連續幾天來大頭兒的講述猶如開閘之水滔滔不絕，他敘述中的事件，似真似幻，使我半夢半醒，跟隨著他，時而下地獄，時而入水府，暈頭轉向，眼花撩亂，偶有一點自己的想法但立即又被他的語言纏住，猶如被水草纏住手足，我已經成為他的敘述的俘虜，為了不當俘虜，我終於抓住一個機會，講說這伍方的來龍去脈，使故事向現實靠攏。大頭兒憤怒地跳上桌子，用穿著小皮鞋的腳踩著桌面。住嘴！他從開襠褲裡掏出那根好像生來就沒有包皮的、與他的年齡顯然不相稱的粗大而醜陋的雞巴，對著我噴灑。他的尿裡有一股濃烈的維生素B的香氣，尿液射進我的嘴，嗆得我連連咳嗽，我感到剛剛有些清醒的頭腦又懵了。你閉嘴，聽我說，還不到你說話的時候，有你說話的時候。他的神情既像童稚又像歷經滄桑的老人。他讓我想到了《西遊記》中的小妖紅孩兒——那小子嘴巴一努，便有烈焰噴出——又讓我想起了《封神演義》中大鬧龍宮的少年英雄哪吒——那小子腳踩風火輪，手持點金槍，肩膀一晃，便生出三個頭顱六條胳膊——我還想到了金庸的《天龍八部》中的那個九十多歲了還面如少年的天山童佬，那小老太太的雙腳一跺，就蹦到參天大樹的頂梢上，像鳥一樣地吹口哨。我還想到我的朋友莫言的小說《養豬記》中那頭神通廣大的公豬——

老子就是那頭豬——大頭嬰兒回到他的座位上，氣勢洶洶但又頗為得意地說。我後來當然知道那老頭兒是富農伍元的哥哥伍方，我還知道已經接任了大隊黨支部書記的金龍安排他在大隊辦公室看守電話並負責每天晚上把全屯唯一的那台彩色電視機搬出來供社員們觀看。我還知道退休的洪泰岳對此事甚為不滿，找到金龍理論。洪泰岳披著褂子，趿著鞋子，有幾分落魄江湖的樣子——據說他自從卸任黨支部書記後就是這模樣。當然不是他自願交班讓賢，是公社黨委以年齡為由逼他卸任。此時的公社黨委書記是誰？是龐虎的女兒龐抗美，全縣最年輕的黨委書記，一顆燦爛的政治新星。我們後邊還有許多講到她的機會。據說洪泰岳沾著八分酒到了大隊部——就是眼前這棟新蓋的二層小樓——負責看門的伍方對著他點頭哈腰，好像偽保長見到了日本軍官。他用鼻子輕蔑地哼了幾聲，昂首挺胸進了樓，據說他指著坐在樓下大門口那個忠於職守的看門人的光禿禿的頭頂，怒斥金龍：

「爺們，你這是嚴重的政治錯誤！那是個什麼人？國民黨的上校台長，本該槍斃他二十次，留他一條狗命，就是寬大處理。可是你，竟然讓他享受『五保』，你的階級立場，站到哪裡去了？」

據說，金龍掏出一枝相當高級的進口香菸，用一個彷彿純金打造的、燃燒丁烷的打火機點燃，然後，把點燃後的香菸插到洪泰岳嘴巴裡，好像他是一個雙手殘廢不能自己點菸的人。金龍將洪泰岳按坐在那張當時還很少見的旋轉皮椅上，而他自己，則一抬屁股坐在辦公桌上。他說，洪大叔，我是您親手培養起來的，是您的接班人。無論什麼事，我都想按您的老路走。但世道變了，或者說時代變了。讓伍方享受「五保戶」待遇，這是縣裡的決定。他不但享受「五保戶」的待遇，他每月還可以從民政部們領取十五元生活補助金。爺們，您氣吧？但我告訴您千萬別氣，這是國家政策。您氣也沒用。據說洪泰岳氣勢洶洶地說：那我們革命幾十年不是白革了嗎？金龍跳下桌子，把那轉椅撥動半圈，讓洪泰岳的臉對著窗戶外邊被燦爛的陽光照亮的一片嶄新的紅瓦房頂，說：爺們，這話可千萬別出去說。共產黨鬧革命，其目的並不是為了推翻國民黨，打跑蔣介石，共產黨領導人民鬧革命的根本目的是為了讓老百姓過上豐衣足食的好日子。國民黨蔣介石擋了共產黨的路，所以才被打倒。所以，爺們，咱們都是老百姓，別想那麼多，誰能讓咱過得更好咱就擁護誰。據說洪泰岳怒道：你這是胡說，你這是修正主義！我要到省裡去告你！據說金龍嘻笑著說：爺們，省裡哪有閒工夫管咱們這一級的破事？依我看，只要缺不了您的酒喝，少不了您的肉吃，缺不了您的錢花，您就不要發牢騷、管閒事了。據說洪泰岳執拗地說：不行，這是線路問題，中央肯定出了修正主義。您就睜大眼睛看著吧，這一切，才是剛剛開了頭，接下來的變化，很可能就像毛主席詩歌裡說的那樣，是「天翻地覆慨而慷」呢！

我在圍觀電視的人群後待了約有十分鐘時間便往西跑去，你知道我要去的地方在哪裡。我沒敢沿著道路前進，我知道咬死許寶的事情早已使我名揚高密東北鄉，如果讓他們看到我的身影必將有一場大亂。不是我鬥不過他們，我是怕萬般無奈的情況下傷害了無辜；不是我怕他們，而是我怕麻煩。我沿著道路南側那排房屋的陰影西行，很快到達西門家大院。

大門敞開，院子裡那棵老杏猶在且繁花似錦，花香溢出牆外。我隱身在門側的陰影裡，看到杏樹下擺開了八張蒙著塑料布的方桌，一盞臨時拉出的電燈掛在杏樹杈上，把院子照耀得燦若白晝。桌旁圍坐著十幾個人。我認出了他們，都是當年的壞人。有偽保長余五福，有叛徒張大壯，有地主田貴，有富農伍元……另外一張桌子邊上，坐著那個頭髮已經花白了的原治保主任楊七和孫家的兩個兄弟孫龍和孫虎。他們的桌子上已是杯盤狼藉，酒也都有了八分。後來我知道，楊七此時從事著販賣竹竿的事兒——他原本就不是個正經莊稼人——他把井岡山的毛竹用火車運到高密，再用汽車從高密運到西門屯，然後整批賣給正在籌建新學校的馬良才，這是一筆大生意。一下子就使楊七成了萬元戶。所以，他是以本屯首富的姿態坐在杏樹下喝酒的。他穿著一件灰色的西服，紮著一條大紅的領帶，挽著袖子，露出腕上的電子手錶。他原本瘦削的小臉上，腮上有兩坨疙瘩肉垂了下來。他從一個暗金色的進口美國菸盒裡掏出一枝菸扔給正在啃醬豬蹄的孫龍，又掏出一枝扔給正在用餐巾紙擦嘴的孫虎，然後捏扁空菸盒，對著東廂房喊叫：

「老闆娘！」

老闆娘脆快地答應著跑出來。嘿，原來是她！原來是吳秋香，她竟然當了老闆娘。我這才看到在大院大門口東側牆上，用石灰刷白了一片，上面用紅漆寫著：秋香酒館。秋香酒館老闆娘吳秋香，已經跑到楊七背後。她臉上塗著粉，粉臉上帶著笑，肩膀上搭著毛巾，腰間紮著藍布圍裙，顯得很精明很強幹很熱情很專業也很阿慶嫂。世道真的變了，改革了，開放了，西門屯變樣啦。吳秋香眉開眼笑地問楊七：

「楊老闆啊，有什麼吩咐？」

「罵誰呀？」楊七瞪著眼說，「俺只是一個販竹竿的小販子，擔不上老闆的尊名。」

「別謙虛了，楊老闆，一萬多根竹竿，一根賺十元，您就是十萬元戶啦，腰纏十萬元，還不是老闆，那咱們高密東北鄉誰還敢稱老闆呢？」吳秋香誇張地說著，伸出一個指頭戳戳楊七的肩膀，「看這身行頭，從頭到腳，置辦齊全了，少說也得千元吧？」

「你這老娘們，就咧開血盆大口吹吧，早晚把我吹得像當年杏園豬場那些死豬一樣，『嘭』一聲爆炸了，你就痛快了。」楊七道。

「好了，楊老闆，你一分錢也不趁，你窮得叮噹響，行了吧？我還沒開口向你借錢呢，就先把門封上了，」吳秋香噘著嘴，佯嗔道，「說吧，要點什麼？」

「哈，生氣了？你千萬別噘嘴，你一噘嘴我就想撅雞巴！」

「去你娘的！」吳秋香用那條油膩膩的毛巾，在楊七腦袋上抽了一下，「快說，要什麼！」

「給盒菸，良友。」

「就要一盒菸？酒呢？」吳秋香瞅瞅已經面紅耳赤的孫虎和孫龍，道，「這兩個兄弟，好像還沒喝中吧？」

孫龍硬著舌頭道：「楊老闆請客，咱還是省著點吧。」

「孫子，你這不是罵哥哥嗎？」楊七一拍桌子，佯怒道，「哥哥雖不趁十萬元，但請二位老弟喝酒的錢，那還是有的！再說了，二位老弟那『紅』牌辣椒醬已經行銷天下，咱總不能永遠支著兩口大鐵鍋露天炒做吧？下一步啊，二位老弟，我要是你們，就蓋上二十間寬大漂亮的廠房，支上兩百口大鍋，招上二百個工人，上電視台做上二十秒鐘的廣告，讓『紅』牌辣椒醬紅出高密，紅出山東，紅遍全中國，那時候，二位老弟就要雇人數錢了。你們這兩個大富翁，老楊俺可是提前巴結上了！」楊七擰了一把吳秋香的屁股，說：「老相好的，再來兩個小黑罈！」

「小黑罈，檔次太低了吧！」吳秋香道，「請這樣的大富翁喝酒，最次也得『小老虎』吧！」

「奶奶的，吳秋香，真能順著竿兒爬啊，」楊七有幾分無奈地說，「那就『小老虎』吧！」

孫龍孫虎兄弟交換了眼神，孫虎道：「哥，楊大老闆的主意，聽上去可真不賴。」

孫龍有些結巴地說：「我好像看到那些人民幣，樹葉子一樣，從天上嘩啦嘩啦地往下落呢。」

「二位兄弟，」楊七道，「劉玄德為什麼要抬著禮物三顧茅廬請那諸葛亮？他是吃飽了閒著沒事幹嗎？不，他是去請教安邦定國之策。諸葛亮一席話給劉玄德指明了方向，從此天下三分。老楊我這番話，對你們二位，就是一次隆中對！將來發大了，別忘了謝軍師！」

「買大鍋，蓋廠房，雇工人，把買賣做大，可是，錢在哪裡？」孫虎道。

「找金龍幫你們貸款呀！」楊七一拍大腿，道，「想當初金龍在這杏樹上搭平台鬧革命時，你們哥兒四個，可是他的忠實走狗啊。」

「老楊，什麼話一到你嘴裡就變了味了，什麼『忠實走狗』？那叫『親密戰友』！」孫虎道。

「好好好，親密戰友，」楊七道，「反正，你們兄弟，在他面前還是有面子的。」

「老楊，」孫龍巴結著問，「這貸款，終歸是要還的吧？賺了，當然好，賠了呢？拿什麼還？」

「你們真是豬腦子！」楊七道，「共產黨的錢，不花白不花。賺了，咱想還他們也許不要；賠了，他要咱們沒錢。再說了，這『紅』牌辣椒醬，注定了是要往死裡發的一個牌子，除非你炒辣椒時不燒柴火燒人民幣，否則，往哪裡賠？」

「那就求金龍幫咱們貸款？」孫虎問。

「貸。」孫龍答。

「貸到款就買大鍋、招工人、蓋房子、做廣告？」

「買、招、蓋、做！」

「這就對了！你們這兩個榆木腦袋終於開了竅了！」楊七拍著大腿說，「二位老闆蓋廠房所需的木料，老哥負責供應。井岡山毛竹，堅韌挺直，百年不腐，價錢只有杉木檁條的一半，是真正的價廉物美，你們蓋二十間廠房，用檁條四百根，如果用毛竹，每根少說也便宜三十元，僅這一筆，我就給你們省下一萬二千元！」

「繞了這麼一個大圈子，原來是賣毛竹啊！」孫虎道。

吳秋香提著兩瓶「小老虎」、捏著兩盒「良友」菸走過來，互助右手端著一盤黃瓜蒜泥拌豬耳朵，左手端著一盤油炸花生米隨後跟著。吳秋香將酒蹾在桌上，將菸放在楊七面前，嘲諷道：「不必害怕，這兩盤菜，是我送給孫家兄弟下酒的，不算在你帳上。」

「吳老闆，瞧不起老楊？」楊七拍拍鼓鼓囊囊的衣兜，說，「老楊大錢不趁，但吃盤黃瓜的錢還是有的。」

「知道你有錢，」秋香道，「但這兩盤菜是我巴結孫家兄弟的，你們這『紅』牌辣椒醬我看能火。」

互助微笑著，將那兩盤菜放在孫家兄弟面前。他們慌忙站起來，忙不迭地說：「嫂子，還麻煩您親自動手……」

「閒著沒事，過來幫個手……」互助微笑著說。

「老闆娘，別光照顧大老闆啊，也招呼一下我們啊！」那一桌上，伍元捏著那張用塑料套了膜的簡易菜譜，搧打著一隻白色的飛蛾說，「我們點菜。」

「你們自己喝著，一定要喝足，別給他省酒錢，」秋香為孫家兄弟斟滿杯，斜著一眼楊七，說，「我過去招呼一下那些壞蛋。」

「這些壞蛋，吃盡了苦頭，也該著他們過幾年人日子啦。」楊七道。

「地主、富農、偽保長、叛徒、反革命……」吳秋香指點著桌子周圍那些人，半玩笑半認真地說，「西門屯的壞蛋，差不多全齊了，怎麼？你們聚會，想幹什麼？想造反？」

「老闆娘，別忘了，你也是惡霸地主的小老婆呢！」

「我跟你們不一樣。」

「什麼一樣不一樣，」伍元道，「你說那些稱號，那些黑帽子，鐵帽子，晦氣帽子，都是過去的事了。我們現在，跟大家一樣，是堂堂正正的人民公社社員呢！」

余五福道：「摘帽一年了。」

張大壯道：「不受管制了。」

田貴還是有幾分膽怯地往楊七那邊瞅了一眼，低聲道：「不挨藤條抽啦。」

「今天是我們摘帽、恢復公民身分一週年，對我們這些受了三十多年管制的人來說，是大喜的日子，」伍元道，「我們聚在一起，喝兩盅，不敢說是慶祝，就是喝兩盅……」

余五福眨巴著發紅的眼睛，說：「做夢也沒有想到的事情，做夢也沒想到……」

田貴眼裡夾著淚說：「……我那孫子，去年冬天竟然當上了解放軍，是解放軍啊……過春節時，金龍書記親手把『光榮人家』的牌子掛在我家門口……」

「感謝英明領袖華主席啊！」張大壯說。

「老闆娘，」伍元道，「我們這些人，都是草包肚子，吃什麼什麼香，你就照量著給我們置辦上點就行了，我們都是吃了晚飯來的，肚子不餓……」

「是該好好慶祝慶祝，」秋香道，「按道理說，我也算是地主婆呢，但幸虧我跟著黃瞳沾了光。另外，說千道萬，咱們老洪書記是個好人，擱在別村，我和迎春都逃脫不了。我們三個，就苦了他們大娘……」

「娘，你嘮叨這些幹什麼呀！」端著茶壺茶碗的互助從背後蹭了一下秋香，笑臉對著那些人，道：「各位大叔、大伯，先喝茶！」

「你們信得過我，我就替你們做主啦。」秋香道。

「信得過，信得過。」伍元道，「互助，你是書記夫人，親自給我們端茶倒水，倒回四十年去，做夢也不敢想。」

「那還用倒回四十年？」張大壯嘟噥著，「倒回兩年去也不敢想……」

我說了這麼久，你要不要說兩句？發幾句牢騷？發幾點感慨？大頭兒道。我搖搖頭，道：解放無言。

藍解放，我對你不厭其煩地描繪那個夜晚西門家大院的情景，向你轉述我做為一頭豬聽到的和看到的，其目標是要引出一個人，一個重要的人，洪泰岳。西門屯大隊新蓋了辦公樓後，原大隊辦公室——西門鬧家的五間正房，就成了金龍和互助的住房。而且，金龍在宣布屯裡的所有壞分子摘帽的同時，也宣布他不再姓藍而改姓西門。這一切，都暗含著意味，讓忠誠的老革命洪泰岳大惑不解。此刻他正在大街上轉悠，電視劇已經播完，嚴守規章的伍方不理那些年輕人的嘮叨，堅決地關機，並把機器搬回屋去。一個略有些歷史知識的年輕人低聲恨罵：老國民黨，共產黨怎麼不把你斃了呢？對這些歹毒的話，老伍方充耳不聞，他耳朵並不聾。月光太明亮，氣候太宜人，無所事事的年輕人在街上閒逛，有的打情罵俏，有的蹲在路燈下打撲克。有一個嗓門像公鴨的嚷嚷著：善寶今天進城抓獎，中了一輛摩托車，該不該讓他請我們喝酒?!——該，太該了，發了橫財不散財，必有災禍天上來。走啊，去秋香酒館，善寶！——幾個人上去把蹲在路燈下打撲克的善寶拉起來。善寶掙扎著，對著那些拉扯他的人像螳螂一樣出拳。他滿臉惱怒地罵道：王八蛋才中了獎，王八蛋才抓了一輛摩托車！——看嚇得那樣，你是寧願當王八蛋也不願承認中獎啊！——我要中了獎……善寶咕噥著，突然大聲叫起來：老子中了獎了，老子中了一輛轎車，氣死你們這些雜種！說罷就背靠著電線桿蹲下去，氣沖沖地說：不玩了，回家睡覺，明日一大早還要進城去領獎呢！眾人齊聲笑起來。還是那公鴨嗓子提議：咱們也別為難善寶，他老婆是鐵算盤子。咱們湊分子吧，每人兩塊錢去鬧鬧吳秋香，這樣的好夜晚，有老婆的回家睡覺，沒老婆的回家幹什麼？扳飛機操縱桿？游擊隊拉大栓？——走啊，沒老婆的跟我來啊，找吳秋香啊，秋香好心腸啊，摸摸奶，捏捏腿，扳過臉來親個嘴！——洪泰岳自從退休之後，漸漸地染上了藍臉的症候：白天在家裡悶著，只要月亮一出來就出門。藍臉是藉著月光幹活，他是藉著月光在屯子裡晃悠。走過大街串小巷，像一個舊時的巡夜人。——金龍說：老支書，覺悟高，夜夜為咱當保鏢——這當然不是他的本意，他看不慣啊，他憂心忡忡啊，他憋屈得慌啊！他總是一邊晃悠一邊喝酒，用一個扁平的、據說是八路軍用過的水壺，身上披著破軍裝，腰間紮著牛皮武裝帶，腳蹬草鞋、腿紮綁腿，完全是一副八路軍武工隊的打扮，只是屁股後邊缺少一枝盒子槍。他走兩步，喝一口，喝一口，罵兩聲。一壺酒喝完，月已平西，他也醉得東倒西歪，有時能晃悠回家睡覺，有時，就隨便歪在草垛邊上或廢棄不用的碾盤上，直睡到紅日升起。有好幾次，早起趕集的人看到他靠在草垛上睡著，鬍鬚眉毛上都結著冰霜，他臉色紅潤，全無寒冷畏縮之態，呼嚕聲響亮又香甜，使人不忍驚醒他的夢。偶爾的，他也會心血來潮、晃悠到屯東田野裡，去與藍臉磨牙鬥嘴。他當然不敢站在藍臉的地裡，他總是站在別人家的地裡，與藍臉爭競。藍臉手中有活忙著，不多接他的話茬，任他一個人，喋喋復喋喋，滔滔復滔滔。但只要藍臉一開口，總有一句像石頭一樣堅硬或像尖刀一樣銳利的狠話扔出來，頂他個張口結舌，氣他個頭暈腦脹。譬如在實行「聯產到勞責任制」階段，洪泰岳對藍臉說：

「這不是復辟資本主義嗎？你說，這不是物質刺激嗎？」

藍臉甕聲甕氣地說：「好戲還在後頭呢，走著瞧吧！」

當農村改革到了「包產到戶責任制」階段時，洪泰岳站在藍臉地邊上，跳著腳罵：

「他媽的，人民公社，三級所有，隊為基礎，各盡所能，按勞分配，這些，統統不要了嗎？」

藍臉冷冷地說：「早晚要單幹。」

洪泰岳說：「你做夢。」

藍臉道：「走著瞧。」

當改革到「大包幹責任制」時，洪泰岳喝得酩酊大醉，嚎啕大哭著來到藍臉的土地邊。他怒氣沖沖地罵著，好像藍臉是這翻天覆地的重大改革的決策人：

「操你活媽藍臉，真讓你這混蛋說中了，什麼『大包幹責任制』？不就是單幹嗎？『辛辛苦苦三十年，一覺回到解放前』啊，我不服，我要去北京，去天安門廣場，去毛主席紀念堂，給毛主席哭靈，向毛主席訴說，我要告他們，我要告你們，鐵打的江山啊，紅色的江山啊，就這樣改變了顏色了啊……」

洪泰岳悲憤交加，神志昏亂，遍地打滾，忘記了界線，滾到了藍臉的土地上。其時藍臉正在割豆，驢打滾一樣的洪泰岳把藍臉的豆莢壓爆，豆粒迸出，發出「劈劈叭叭」的響聲。藍臉用鐮刀壓住洪泰岳的身體，嚴厲地說：

「你已經滾到我地上了，按照咱們早年立下的規矩，我應該砍斷你的腳筋！但是老子今天高興，饒過你！」

洪泰岳一個滾兒，滾到旁邊的土地上，扶著一棵瘦弱的小桑樹站起來說：

「我不服，老藍，鬧騰了三十多年，反倒是你，成了正確的，而我們，這些忠心耿耿的，這些辛辛苦苦的，這些流血流汗的，反倒成了錯誤的……」

藍臉口氣和緩地說：「分田到戶不是也有你一份嗎？有沒有敢少分給你一分一釐？沒有，沒人敢。你那每年六百元老幹部退休金，不是按月發給你嗎？你那每月三十元榮軍補助，敢有人扣下不發給你嗎？沒有，沒人敢。你沒吃虧，你幹的好事兒，共產黨都折成了錢，一筆一筆，按月發給你呢。」

洪泰岳說：「這是兩碼事，我不服的是，你老藍臉，明明是塊歷史的絆腳石，明明是被拋在最後頭的，怎麼反倒成了先鋒？你得意著吧？整個高密東北鄉，整個高密縣，都在誇你是先知先覺呢！」

「我不是聖賢，毛澤東才是聖賢，鄧小平才是聖賢，」藍臉激動不安地說，「聖賢都能改天換地，我能幹什麼？我就是認一個死理：親兄弟都要分家，一群雜姓人，硬捏合到一塊兒，怎麼好得了？沒想到，這條死理被我認準了。」藍臉眼淚汪汪地說，「老洪，你這條老狗，瘋咬了我半輩子，現在，你終於咬不到我了！我是癩蛤蟆墊桌腿，硬撐了三十年，現在，我終於直起腰來了！把你的酒壺給我——」

「怎麼，你也想喝酒？」

藍臉一步跨出自己的土地，從洪泰岳手裡奪過扁酒壺，揚起脖子，喝了個壺底朝天，然後，把那壺猛地撇了出去，跪在地上，對著明月，悲喜交集地說：

「老夥計，你看到了，我熬出來了。從今之後，我也可以在太陽底下種地啦……」

——這些事都不是我親眼所見，而是來自道聽塗說。由於此地出了個寫小說的莫言，就使許多虛構的內容與現實的生活混雜在一起難辨真假。我對你說的應該是我親身經歷、親眼所見、親耳所聞的東西，但非常抱歉的是，莫言小說中的內容，總是見縫插針般地擠進來，把我的講述引向一條條歧途。我們知道，莫言有一部知名度不高的小說《後革命戰士》，小說發表後沒沒無聞，我估計讀過此書的人不會超過一百個，但此書的確塑造了一個極具個性的典型人物。「老鐵」，一個被抓丁當了國民黨士兵、隨即又被解放軍俘虜並參加了解放軍接著受傷復員回鄉的人。這樣的人以千百萬計，是貨真價實的小人物。但這個小人物總認為自己是個大人物，總以為自己的一行一動都影響到國家命運甚至歷史進程。當四類分子被摘帽和右派分子被改正時，當農村實行包產到戶時，他都要穿上他的軍裝去上訪，上訪回來就在村裡宣布他受到了某個大人物的接見，大人物告訴他中央出了修正主義，發生了路線鬥爭。村裡人都把「老鐵」叫做「革命神經病」。毫無疑問，莫言小說中這個人物，與洪泰岳很相似，莫言沒有直寫其名，顯然是給他留下面子。

我說過，我躲在西門家大院門外的暗影裡偷窺著大院裡的情景。我看到，已經基本上喝醉了的楊七，端著一碗酒，前仰後合，搖到那群昔日的壞蛋桌旁。這桌上的人，因為聚會的理由奇特，特容易地勾起了對往昔悽慘歲月的回想，一個個心情亢奮，很快進入酒不醉人人自醉的狀態。看到昔日的治保主任、這個代表著無產階級專政用藤條抽打他們的人，一時都有些吃驚，也有些惱怒。楊七到了桌邊，一手扶著桌沿，一手端著酒碗，舌根發硬、但吐字還算清楚地說：

「各位兄弟、爺們，我楊七，當年，多有得罪諸位的地方，今日，楊七我，向你們賠禮道歉了……」

他將那碗酒往嘴裡倒，但多半倒到了脖子裡。被酒濡濕的領帶纏著他。他想拉鬆領帶，但想不到越拉越緊，自己把自己勒得臉色青紫，好像因為痛苦無法排解、要用這種方式自殺謝罪。

昔日的叛徒張大壯，人甚寬厚，便起身勸解楊七，並幫他把那條領帶解下來，掛在樹杈上。楊七的脖子青紅，眼睛發直，說：

「爺們，西德總理勃蘭特，冒著大雪，跪在猶太人死難者紀念碑前，替希特勒的德國認罪、贖罪，現在，我，楊七，當年的治保主任，跪下，向你們認罪，贖罪！」

他跪著，電燈強光照得他臉色發白，掛在杏樹杈上那條領帶猶如一柄滴血的劍懸在他的頭頂。頗有象徵意味。這場面雖有幾分滑稽，但讓我心中頗為感動。這個粗暴乖戾的楊七，竟然知道勃蘭特跪地贖罪，竟然良心發現向當年被自己打過的人道歉，讓我無法不對他刮目相看。我模模糊糊地想起，關於勃蘭特跪地的事，似乎曾聽莫言朗誦過，又是一條來自《參考消息》的消息。

這幫昔日壞蛋的領頭人伍元，急忙把楊七拉起來。楊七抱著桌子腿，死活不起，竟嚎啕起來：「我有罪啊我有罪，閻王爺讓鬼卒用鞭子抽我……哎喲，痛死我了……痛死我了……」

伍元道：「老楊，都是過去的事了，我們都忘了，你何必還掛在心上？再說啦，那是社會逼的，你楊七不打我們，也會有李七劉七打我們，起來吧起來吧，我們也熬出了頭，摘了帽，您也發了財。如果你良心不安呢，就把你賺的那些錢，捐出來修座廟吧。」

楊七哭著吼：「我不捐，我好不容易掙幾個錢，憑什麼要捐出來修廟？……我請你們打我，我當年揍過你幾下，你就還我幾下，不是我欠你們的帳，是你們欠我的帳……」

正當此一片紛亂之時——因為剛剛有一群年輕人湧進院子，看著楊七耍寶，跟著起鬨——我看到洪泰岳一步三搖地從遠處走過來。從我身邊走過時，我嗅到了他身上那股子濃烈的酒氣。這是我逃亡多年之後第一次近距離地觀察這個西門屯大隊的昔日最高領導。他的頭髮全白了，但那些粗壯的髮絲還是那樣倔強地直立著。臉浮腫著，牙齒也掉了幾顆，顯出了幾分蠢相。他跨入大門那一瞬間，院子裡那些喧鬧不休的人齊刷刷地閉著嘴，可見人們對這個統治西門屯多年的人物，還是心懷幾分畏懼。但立刻便有年輕人調笑起來。

「嗨，老洪大爺，去給毛主席哭靈回來了？見到省委書記了吧？中央出了修正主義，你們怎麼辦？……」

吳秋香急忙迎出來——那些昔日的壞蛋們也都條件反射般地站起來，因動作匆忙，老田貴面前的碗筷都被拂到了地上——老書記啊，她熱情而親暱地喊叫著，挽住了洪泰岳的胳膊，這情景讓我驀然回想起當牛時在打穀場邊看過的一部電影裡，那個暗藏的階級敵人的騷老婆勾引革命幹部的情景。也讓在座的年輕人回想起來革命樣板戲裡的地下共產黨阿慶嫂接待雜牌軍司令胡傳魁的情景，因為他們怪腔怪調地模仿著那齣戲裡阿慶嫂的台詞：胡司令，是哪陣風把您吹回來的？——洪泰岳顯然不習慣吳秋香這過分的熱情，他掙脫胳膊，因用力過猛，險些摔倒，秋香趕緊上前扶他，這次他沒有掙脫，被扶到一張乾淨的桌子邊坐下。因為是條凳，沒有靠背，洪泰岳隨時都有前傾與後跌的危險，有眼力見兒的互助急忙搬來一把椅子，安排他坐穩。他一條胳膊放在桌子上，側著身，眼睛盯著樹下的眾人，目光迷濛，暫時還沒形成焦點。秋香習慣性地用毛巾擦拭著洪泰岳面前的桌面，親切地問：

「老書記啊，您來點什麼？」

「我來點什麼……我來點什麼……」他眨巴著沉重的眼皮，猛地一拍桌子，把那隻坑坑窪窪的老革命水壺猛地往桌子上一蹾，怒沖沖地吼叫著，「你說我來點什麼?!酒！再給我摻上二兩槍藥！」

「老書記啊，」秋香陪著笑臉，「我看您喝得也差不多了，酒，就不喝了，明天咱再接著喝，今天，我讓互助給您熬一碗鯽魚醒酒湯，您熱熱呼呼地喝下去，然後回家睡覺，您看好不好？」

「什麼醒酒湯？你以為老子醉了嗎？」他盡力地瞪著腫脹的眼皮——眼角夾著兩團黃色的眼屎——不滿地吼叫著，「老子沒醉，老子即便是醉了骨頭醉了肉，心裡也像這天上的明月，亮堂堂的，明鏡一樣，想騙我，哼，沒門！酒，酒呢？你們這些資本主義的小業主，小商小販，就像三九天的大蔥，根枯皮乾心不死，一旦氣候合適，馬上就發芽開花。你們不就是認錢嗎？只認錢不認路線，老子有錢！酒來！」

秋香對互助使了一個眼色。互助端著一個白碗，匆匆出來，道：

「老書記，您先喝點這個。」

洪泰岳喝了一口，咈地噴了，用袖子抹抹嘴，蹾著那鋁皮水壺砰砰響，大聲喊叫，有幾分淒涼，有幾分悲壯：

「互助，想不到你也糊弄我……我要喝酒，你給我喝醋。我的心早就被醋泡起來了，啐出口的唾沫比醋都酸，你還讓我喝醋，金龍呢？金龍那個兔崽子呢？你把他給我叫來，我要問問他，這西門屯，還是不是共產黨的天下？」

「好啊！」那些原本就想鬧事取樂的年輕人，聽到洪泰岳大罵金龍，不由地喝起采來。他們說：「洪大爺，老闆娘不給你酒喝，我們給你喝！」一個小伙子怯生生地將一瓶酒提過來，放到洪泰岳面前。

「咄！」洪泰岳大吼一聲，嚇得那小伙子像受了驚嚇的袋鼠一樣，猛地躥到一邊去。洪泰岳指著翠綠的啤酒瓶子，鄙視地說，「這也算是酒？呸，馬尿！要喝還是喝——我要的酒呢？」他真正惱了，將那瓶啤酒橫掃到桌下——砰然一響，四座皆驚——「我的錢是偽鈔嗎？常言道『店大欺客』，沒想到你們這小小的街頭酒館也欺負客人——」

「老書記啊，」秋香提著兩個小黑壇忙不迭地跑過來，「閨女不是心疼你嗎？您老既然沒喝足，這還不好說嗎？什麼錢不錢的，咱這酒館，就是為了方便您老喝酒才開的，您放開量喝吧！」

吳秋香擰開小黑罈的蓋子，把罈中的酒，倒進洪泰岳那把鋁皮酒壺，遞給他，說：

「喝吧，要不要點下酒物？豬耳朵？柳葉魚？」

「去去去，」洪泰岳揮手轟開吳秋香，手哆嗦著——哆嗦得非常厲害，如果用這樣的手去端酒杯，會把杯中的酒全部灑光——猛地抓住了那酒壺，低著頭，長長地吸了一口，抬起頭，深呼吸一次，接著又長長地吸了一口，然後，他長出一口氣，緊張著的身體，猛然地鬆弛了，臉上的那些老皮老肉，也都垂掛下來，兩滴黃澄澄的淚水，從他的眼睛裡流下來。

從他進了院子那一刻起，就成了眾人的注目的焦點。在他妙語連珠般地表演著時，所有的人——包括那跪在地上的楊七——都基本保持著一個固定的姿勢，咧開嘴巴，入神地看著他。只有當他一個人專注地開始進酒時，那些人才活泛起來。

「你們，一定要打我，把我當初打你們的統統還給我……」楊七哀號著，「你們要是不打我，就不是人做的，你們不是人做的，就是馬配的，驢日的，公雞母雞配出來的，從蛋殼裡鑽出來的扁毛畜生……」

這真是你方唱罷我登場，楊七的表演，逗引得那撥無聊青年哈哈大笑。有一個調皮的傢伙，悄悄地溜過去，將半瓶啤酒，沿著那條懸掛在樹上的紅領帶，慢慢地倒下去。酒液沿著領帶三角形的角，一線串珠般地流淌到楊七的頭上。於此同時，被楊七虛構出來的發家致富的宏偉藍圖激動得酒興大發的孫龍孫虎兄弟竟然鳴天嗷地地划起拳來：「哥倆好啊——紅辣椒啊，八匹馬啊，十萬元啊——」

「你們不打我，你們就是那頭咬死許寶的公豬和馬戲團裡的母狗熊雜交出來的怪物，」楊七狂妄地叫囂著，「誰也甭想叫我起來，我要把這地跪出水來。」

壞蛋們的召集者伍元，在萬般無奈之下，說：「楊七，七大老爺，七祖宗，俺們都敗了，行不？您當年打我們，那是代表政府管教我們，如果沒有您打我們，我們哪能改造好？我們能脫胎換骨，重新做人，全仗著您那根小藤條抽打著呢！起來起來，」伍元對壞蛋們說，「來來來，我們合夥敬七老爺一杯，感謝他的教育之恩。」壞蛋們紛紛端起酒碗，欲敬楊七，但楊七抹了一把那滿臉的啤酒沫子，執拗地說：「別來這一套，這一套對付我根本不靈，你們不打我，我絕不起來，殺人償命，借債還錢，你們欠著我的打，就該還我。」

伍元看看左右，無奈地說：「七大老爺，既然您這麼拗，我們不打你，看來是不行了。那就由我當代表，斗膽搧您一巴掌，咱們的帳，就算全了了。」

「一巴掌不行，」楊七道，「當初我抽了你們，少說也有三千藤條，今天，你們要抽我三千巴掌，少一巴掌也不行。」

「楊七啊，你這雜種，你真把我逼瘋了，我們這些老難友們的好好的一個聚會，被你攪得七零八落，你這哪裡是向我們道歉？你這是變了一套法兒欺壓我們啊……老子今天也豁出去了，哪怕你楊七是天上的星宿，我也要搧你一巴掌……」伍元往前一探身，抽了楊七那張梨形的臉龐一巴掌。

一聲響亮，楊七的身體晃了晃，幾近翻倒，但他立刻又挺直了。「打呀！」他凌厲地叫喚著，「這才一巴掌呢，還早著呢，你們不打夠三千巴掌你們就不是人養的。」

這時候，悶聲喝酒的洪泰岳把酒壺重重地蹾在桌子上。他站起來，身體在大幅度搖擺中保持著平衡，他的右手的食指，堅硬而筆直地指向這桌上的那幾個昔日的壞蛋，彷彿一尊安裝在隨波起伏的帆船上的砲口：

「反了你們！你們這些地主、富農、叛徒、特務、歷史反革命，你們這些無產階級的敵人，竟然也敢像人一樣，坐在這裡喝酒。你們，都給我站起來！」

洪泰岳雖已卸任數年，但餘威猶在，他的氣指頤使、他的聲色俱厲，讓這些剛摘帽不久的壞人條件反射般跳起來，汗水順著其中幾個人的臉膛，成串地流下來。

「你——」洪泰岳指著楊七，用更加憤怒的腔調，喝斥，「你這個叛徒，你這個軟骨頭，你這個向階級敵人屈膝投降的敗類，也給我站起來！」

楊七想站起來，但當他的腦袋碰撞到那條懸掛在樹杈上的濕漉漉的領帶時，雙腿就像沒了筋骨似的軟癱下去，他的屁股往後蹭幾蹭，順勢靠在了杏樹上。

「你們，你們，你們——」洪泰岳像站在一艘在風浪中顛簸的小船上，身體搖擺不定胡亂指點著露天餐桌旁的人，開始了他的演說，他的演說，與莫言小說《後革命戰士》中那個「革命神經病」的演說幾乎一樣，「你們這些壞蛋，不要得意忘形！你們看看這天——」他欲抬手指天，幾乎跌倒，「這天下，還是我們共產黨的，只不過暫時出現了幾片烏雲。我告訴你們，誰給你們摘了帽子，那是不算數的，那是暫時的，用不了多久，還要給你們戴上，給你們戴上鐵帽子，鋼帽子，銅帽子，用電焊焊在你們頭上，讓你們戴到死，戴到棺材裡去，這就是我，一個真正的共產黨人給你們的回答！」他指點著靠在杏樹上已經打起呼嚕的楊七，罵道，「你這個變節分子，不但向階級敵人屈膝投降，你還投機倒把，挖集體經濟的牆角，」他側身指著吳秋香，「還有你，吳秋香，當初看你可憐，沒給你戴帽子，可你剝削階級本性不改，一有合適氣候，就要生根發芽。我告訴你們，我們共產黨，我們毛澤東的黨員，我們經歷了黨內無數次路線鬥爭的考驗，我們經過了階級鬥爭暴風驟雨鍛鍊的共產黨人，布爾什維克，是不會屈服的，是永遠也不會屈服的！分田到戶，什麼分田到戶，就是要讓廣大的貧下中農重吃二遍苦重遭二遍罪！」他高高地舉起拳頭，喊叫著，「我們不會停止鬥爭，我們要打倒藍臉，砍倒這面黑旗！這是西門屯大隊有覺悟的共產黨員和貧下中農的任務！這是暫時的黑暗，這是暫時的寒冷……」

一陣馬達聲響，兩綹刺目的白光，從東邊傳過來射過來。我急忙將身體緊緊地貼靠在牆邊，以免被人發現。車聲停，燈光熄滅，從這輛草綠色的舊吉普車裡，跳下了金龍、孫豹等人。此種汽車，現在如同垃圾，但在八〇年代初的鄉村，卻是那麼跋扈和僭越。由此可見，金龍這個農村黨支部書記，非同小可，他後來的發達那時即已顯出端倪。

洪泰岳的演說，實在是太精采了，令我入迷，令我心潮激盪。我覺得西門家大院就是一個話劇舞台，那大杏樹，那桌椅板凳，就是舞台上的道具和布景，而所有的人，都是忘情表演的演員。演技高超，爐火純青啊！老洪泰岳，國家一級演員，像電影中的偉大人物一樣，把他的一隻胳膊舉起來，高呼著：

「人民公社萬歲！」

金龍昂然進門，孫豹等人緊隨其後。眾人的目光，都投射到西門屯現任最高領導身上。洪泰岳手指著金龍，怒斥道：

「西門金龍，我瞎了眼。我以為你生在紅旗下，長在紅旗下，是我們自己的人，但沒想到，你血管裡流淌的還是惡霸地主西門鬧的毒血，西門金龍，你偽裝了三十年啊，我上了你的當了……」

金龍對著身邊的孫豹等人使了一個眼色，他們急忙上去，一邊一個架住了洪泰岳的胳膊。洪泰岳掙扎著，罵著：

「你們這些反革命，地主階級的孝子賢孫，狗腿子、貓爪子，我永遠不屈服！」

「行了，洪大叔，戲演得差不多了。」金龍把那把扁酒壺掛在洪泰岳脖子上，說，「回家睡覺去吧，我已經跟白大娘說好了，找個日子給你們結婚，您就等著和地主階級同流合污吧！」

孫豹等人架著洪泰岳朝外走去，洪泰岳雙腿像兩根大絲瓜一樣拖拉著，但他還是掙扎著扭轉頭，對金龍吼叫著：

「我不服！毛主席託夢給我了，說中央出了修正主義……」

金龍笑著對眾人說：「你們，也該散了吧？」

「金龍書記，讓我們這些『壞蛋』們共同敬您一杯……」

「金龍……大哥……，書記，我們要大幹『紅』牌辣椒醬，紅遍全球，您幫我們貸上十萬元……」孫龍結巴著說。

「金龍啊，累了吧？」秋香以格外的親熱對這賢婿說，「我讓互助給你煮一碗龍鬚麵……」互助低著頭站在廂房門口，那頭神奇的頭髮，高高地盤在頭頂。她的神情和髮式，猶如一個幽怨的宮女。

金龍皺著眉頭說：「這飯館，不要開了。這院子，要恢復當年的原狀，大家都搬出去。」

「那可不行，金龍，」吳秋香著急地說，「我的生意火著呢。」

「在這小小屯子裡，能火到哪裡去？要火，到鎮上去開，到縣裡去開！」

這時，西廂房北邊的那個門口裡，走出了抱著嬰孩的迎春。這嬰孩，就是你藍解放與黃合作的兒子藍開放。你還說和合作沒有感情，沒有感情孩子怎麼生出來的？難道那時候就有了試管嬰兒?!呸，你這虛偽的傢伙。

「他姥姥啊，」迎春對秋香說，「求求你關門吧，每夜吵鬧，油煙酒氣，讓你外孫子也不得好睡啊。」該出場的，差不多都來了。還缺藍臉，他也來了。他用鐵鍬，背著一捆桑樹的根，進了大門，誰也不看，走到吳秋香面前，說：

「你家地裡的桑樹，把根扎到我的地裡了，我斬斷了它們，還給你們。」

「哎喲，你這個老倔頭子啊，你說你還能幹出什麼事兒呀！」迎春吃驚地叫著。

一直仰躺在一張竹躺椅上睡覺的黃瞳走過來，打著哈欠說：

「不嫌累你就把那些桑樹全刨了去，這年頭只有笨豬才靠農業吃飯呢！」

「散了！」金龍皺著眉頭，轉身走進西門家那堂堂的正房。

人們悄無聲息地散了。

西門家大院的門沉重地關閉。屯子裡靜悄悄地，只有我和無家可歸的月亮還在悠逛。月光像涼森森的沙土，落在了我的身上……

第三十四章　洪泰岳使性失男體　破耳朵乘亂奪王位

莫言在他的《養豬記》中詳細地描寫了我咬去洪泰岳睾丸，使他變成廢人的情景。他寫我是趁著洪泰岳蹲在一棵歪脖子杏樹下解手時，從背後偷襲了他。他甚至煞有介事地寫了月光，寫了杏花香氣，寫了藉著月光採集花粉的蜜蜂，他還寫了一個看上去十分漂亮的句子，說「月光下，杏園內彎曲的小路宛如一條流淌著牛奶的小河」。這小子把我寫成了一頭具有吃人睾丸怪癖的變態豬，簡直是以小人之心度君子之腹。想我豬十六英雄半生、堂堂正正，怎麼可能去偷襲一個正在拉屎的人。他寫時不嫌齷齪，我讀著都覺噁心。他還寫我在那個春天裡，在高密東北鄉流竄做案，咬死了農民十幾頭黃牛，而且用的都是卑鄙下流的方法。他寫我總趁著黃牛大便時，一口咬住牠們的肛門，把牠們的腸子拖出來。他寫道：「那些灰白腸子彎彎曲曲地布滿現場，上面沾滿泥沙……那些極端痛苦的牛，瘋狂地拖著腸子沿街奔跑，最後倒地而死……」這小子，調動著他邪惡的想像力，把我描寫成一個十足的惡魔。其實，蹧蹋這些黃牛的罪魁禍首，是從長白山地區流竄過來的一頭變態老狼，牠行蹤詭祕，每次都不留下足跡，所以，牠的罪行，就被當時的人，統統地算到我的頭上。後來，那頭老狼流竄到我們吳家嘴沙洲上，沒用我親自上陣，就被我那些凶猛兒孫們，先踩成一張薄餅，然後撕成了碎片。

事實的真相是，那天晚上，我與孤獨的月亮作伴，在西門屯的大街小巷流連忘返。當我們又一次悠晃到杏園時，看到了洪泰岳。他彷彿是從那個義犬塚裡鑽出來的。他站在那棵歪脖杏樹下撒了一泡長尿。扁平的酒壺掛在他的胸前，他的身上散發著酒氣，這個原本就酒量不凡的人，現在成了一個不折不扣的酒鬼。用莫言的話說，他是「借杯中之物，澆胸中塊壘」。他撒完尿，嘴裡嘈嘈雜雜地罵著：

「放開我，你們這些狗爪子們……你們想綑住我的手腳，堵住我的嘴巴，沒門兒！你們把我剁成肉醬，也難粉碎我這顆共產黨人的鋼鐵之心！兔崽子們，你們信不信？你們不信，反正我信……」

被他的語言所吸引，我和月亮跟隨著他，在杏園裡遊蕩，從一棵樹，到另一棵樹。如果有哪棵杏樹不慎撞了他，他就對杏樹施以老拳，並吹鬍子瞪眼地訓斥：

「媽的，連你都敢碰我，我讓你嚐嚐無產階級鐵拳的厲害……」

他悠蕩到那養蠶室，用拳頭擂響了門板。門板拉開，燈光瀉出來，與月亮的光輝混合在一起。我看著白氏明亮的臉。她是端著一畚箕桑葉前來開門的。清新的桑葉氣味和秋雨般的蠶吃桑葉聲與燈光同時瀉去。她大睜著眼睛，看樣子十分驚訝：

「洪書記……怎麼會是您……」

「你以為會是誰？」洪泰岳看樣子想努力保持身體的平衡，但他的肩膀總是碰撞到那層層疊疊的蠶床上。他用一種十分古怪的腔調說，「聽說你也摘了地主『帽子』了，我來祝賀你……」

「那還不多虧了您……」白氏放下畚箕，撩起衣襟沾了沾眼睛，說，「那些年，要不是您照顧，我早就被他們打死了……」

「你這是胡說！」洪泰岳氣洶洶地說，「我們共產黨人，始終對你實行革命的人道主義！」

「俺明白，洪書記，俺心裡明白……」白氏語無倫次地說著，「俺早就想對你說，但那時俺頭上有『帽子』，不敢說，現在好了，俺摘了『帽子』。俺也是社員了……」

「你想說什麼？」

「金龍託人對俺說過了，讓俺照顧你的生活……」白氏羞澀地說，「俺說只要洪書記不嫌棄俺，俺願意侍候他到老……」

「白杏啊，白杏，你為什麼是地主呢？」洪泰岳低聲嘟噥著。

「俺已經摘了『帽子』了，俺也是公民，是社員了。現在，沒有階級了……」白氏喃喃道。

「胡說！」洪泰岳又激昂起來，一步步對著白氏逼過去，「摘了『帽子』你也是地主，你的血管子裡流著地主的血，你的血有毒！」

白氏倒退著，一直退到蠶架前。洪泰岳嘴裡說著咬牙切齒的話，但曖昧的深情，從他的眼睛流露出來。「你永遠是我們的敵人！」他吼叫著，但眼睛裡水光閃爍，他伸手抓住了白氏的奶子。白氏呻吟著，抗拒著：

「洪書記，俺血裡有毒，別沾了您啊……」

「我要專你的政，告訴你，摘了『帽子』你也是地主！」洪泰岳雙手箍住白氏的腰，同時把噴發著酒氣的鬍子拉碴的嘴巴扎到白氏的臉上，高粱秸稈搭起來的蠶架在兩個人的壓力下，轟然倒塌，白色的蠶，在他們身上蠕動，有的被壓死，沒被壓死的，繼續吃桑葉……

就在這一刻，月亮被一團雲遮住，朦朧當中，西門鬧時代的往事，不分甜酸苦辣，一古腦兒地湧上心頭。做為一頭豬，我是清醒的，但做為一個人，我是迷糊的。是的，我死去多年了，不論是屈死還是冤死，不論是該死還是不該死，白氏都有權利和另外的男人幹那事，但我不能容忍洪泰岳一邊罵著她一邊幹她，這是侮辱，不但是對白氏的侮辱也是對西門鬧的侮辱。彷彿有幾十隻螢火蟲在我的腦海裡飛翔，後來匯集起來，變成了一團火，熊熊燃燒，在我的眼睛裡，一切都如碧綠的磷火，蠶是綠的，人也是綠的。我撲上前去，本只想把他從白氏身上拱開，但他的睾丸碰到了我的嘴，我實在找不到一個不咬掉它們的理由……

是的，這一時之怒，後患無窮。白氏當夜就縊死在蠶房的梁頭上。洪泰岳被送到縣醫院搶救脫險，但從此變成了一個性格暴戾的怪物。更麻煩的是，我成了一頭可怕的凶獸，被他們越傳越神，說我有虎的凶猛，狼的殘忍，狐狸的狡猾，野豬的蠻勇，並由此展開了一個興師動眾、耗資巨大的獵豬行動。

莫言那小子寫我咬傷了洪泰岳後，繼續在高密東北鄉流竄做案，禍害農民的耕牛，並說很長一段時間裡，老百姓都不敢拉「野屎」，生怕被拖腸而死。如前所述，這是他胡編亂造。事實的真相是，我一時迷糊咬殘洪泰岳後，便連夜趕回了吳家嘴沙洲。幾頭母豬膩上來，我厭煩地把牠們拱到了一邊。我預感到這事情不會就此罷休，便去找刁小三商量對策。

我將事情的經過大致描述了一遍，刁小三歎息道：

「十六兄，看來，愛是難以忘記的，我早就看出，白氏與你，有一種心心相印的東西。現在，事情已經發生，就不要去考慮對錯，讓我們，跟他們轟轟烈烈地鬧一場吧！」

接下來的事情，莫言描寫得比較準確，刁小三讓我召集了全體的青壯野豬，聚合到松林前的沙丘上。老刁像一個久經考驗的老帥，追述我們的祖先與人類、與虎豹做鬥爭的光榮歷史。老刁把我們祖先發明的一招傳授給我們。牠說：

「大王，你告訴孩兒們，到松樹上去蹭松油，蹭上松油後就到沙土裡打滾；然後再去蹭松油，蹭完了松油再去打滾……」

就這個樣，一個月之後，我們身上，都披上了一層刀槍不入的金黃色的鎧甲，碰到石頭上，碰到樹幹上，發出「喀嚓喀嚓」的聲響。剛開始我們感到身體有些笨拙，但很快便習以為常。老刁還為我們講授了一些作戰常識，譬如如何潛伏，如何發起突襲，如何圍攻，如何撤退等等。牠講得頭頭是道，彷彿身經百戰。我們感歎不止，說老刁您的前生一定是個軍事家。老刁冷笑不止，讓我們莫測高深。那匹作惡多端的老狼糊糊塗塗地泅渡到沙洲上，牠剛開始大概沒把我們放在眼裡，但當牠一口咬下去，發現我們的皮肉竟然堅韌如鐵、難以損傷時，當時就蔫了。我的子孫們把牠——已經說過了：先是踩成餅，然後撕成片。

八月裡，秋雨連綿，河水暴漲，只要是月光皎潔之夜，依然有大量的魚鱉因追趕月亮而跌落沙灘。這正是我們大量進食、儲存營養的好時機。因為沙洲上野獸的日漸增多，對食物的爭奪也日漸激烈。野豬群與狐狸群為爭奪地盤發生了惡鬥，依仗著身上那層黃沙與松油黏合而成的鎧甲，我們最終把狐狸從捕食的黃金地盤趕跑，獨占了把大河中分的那塊三角狀的尖嘴。在與狐群大戰中，我的後代也多有受傷致殘者。因為我們的耳朵和眼睛無法掛上松油黃沙鎧甲。那些狐狸們，總是在決鬥的關鍵時刻從屁股眼裡噴出一股臭氣。這臭氣撲鼻刺眼，實在毒辣之極。體魄健壯的豬還能支撐，但體力較弱的豬當場就被打翻在地。這時狐狸就會跑上來，用牠們尖利的牙齒咬破豬們的耳朵，用牠們鋒利的爪子摳破豬們的眼球。後來，在刁小三的調度下，我們將隊伍分成兩撥，一撥衝鋒格鬥，一撥預備待命。當狐狸釋放毒氣，反撲上來廝咬時，預備隊鼻孔裡塞著辟邪驅穢的艾蒿奮勇衝上。因為我們的軍師刁小三知道，狐狸不可能連續放屁，牠們的第一屁氣味濃烈，第二屁就淡薄無力。當然那些被屁熏暈的豬也奮勇作戰，寧願眼珠被摳出、耳朵被咬破，也死抱著敵人不放，為第二撥衝上來的預備隊創造了殲敵的機會。幾場大戰過後，沙洲上的狐狸死傷過半，沙灘上到處是牠們破碎的屍體，茂密的紅柳梢頭，懸掛著幾條被甩上去的肥大蓬鬆的狐狸尾巴。飽食饜足的蒼蠅棲止紅柳，使柔軟的枝條變色變粗低垂，彷彿結滿果實的灌木枝條。經過與狐狸的大戰，洲上的野豬群成了一支富有戰鬥力的隊伍。這是一次卓有成效的實戰練兵，也是人豬大戰的序幕。

儘管我和老刁預感到高密東北鄉人會發起獵豬行動，但中秋節過後半個月，依然沒有動靜。老刁選派了幾個機靈的小野豬泅過河流去打探消息，但牠們都如羊肉包子打狗般有去無還。我估計這些小傢伙多半中了人的圈套，被他們逮住剝皮開膛剁成肉餡包子。那時候，人們的生活水平已有大幅度提高，吃膩了家豬肉的人們開始追求野味。所以，這年深秋的獵豬運動，打著一個冠冕堂皇的「翦滅豬魔為民除害」的旗號，實際上是一場滿足權貴們口腹之欲的野蠻狩獵。

就像許多重大事件的開始就像遊戲一樣，這場持續半年之久的人豬大戰開始時也像遊戲。那是國慶節假期的第一天上午，豔陽高照，秋高氣爽，沙洲上洋溢著野菊花的香氣，還有松樹釋放出的松脂香氣，還有艾蒿釋放出的草藥香氣。不好的氣味當然也有很多，咱家就不說了。長期的和平使我們頭腦中繃緊的弦早就鬆弛了，野豬們飽食終日，無所用心，有的在樹叢中捉迷藏，有的在高坡上看風景，也有的在談情說愛，有一隻爪巧的小公豬扯下柔軟的柳條編成圓環，環上遍插野花，套到小母豬的脖子上，那小母豬搖著小尾巴，靠在小公豬身上，幸福得像一塊即將融化的巧克力糖。

就是這樣一個美好的日子裡，十幾艘船從河上漂來。船上都插著紅旗，領頭的那艘鐵殼機動船上還有一套鑼鼓，被敲打得喧天動地。起初，沒有一頭豬會認為這是一場屠殺的前奏，還以為是工廠、機關的共青團或者工會組織的秋遊活動。

我與刁小三站在沙丘上，看著這些船靠上尖沙灘，又看到各船上的人大呼小叫地下船登陸。我不時地低聲向刁小三報告著看到的情況，刁小三歪著頭，直豎著耳朵，聆聽著遠處的動靜。大約有一百人，我說，看樣像旅遊的。有人吹響了哨子。「他們集合在沙灘上，好像在開會。」我說。吹哨人說話的聲音斷斷續續地隨風飄來。他說要人們排成一隊，刁小三對我複述著那人的話，拉網掃蕩，輕易不要開槍，把牠們逼到水裡去。——怎麼，他們還有槍？我驚訝地問。——這是衝著我們來的，刁小三說，發信號，集合隊伍。——你來吧，我說，昨天吃魚時被魚刺扎了喉嚨，你來。刁小三深吸一口氣，仰起頭，半張開嘴，從喉嚨深處，發出一陣高亢尖厲、猶如防空警報一樣的嗷叫聲。沙洲上樹枝搖擺，荒草波動，許多野豬，大的，小的，老的，少的，從四面八方往沙丘上會合。狐狸們受了驚動，花面獾也受了驚動，野兔子也受了驚動，牠們有的胡亂奔跑，有的鑽進巢穴，有的原地轉圈觀望。

因為身上都沾過松油黃沙，所有顏色基本一致，一片黃褐色，仰起的頭顱，咧開的大嘴，齜出的大牙，亮晶晶的小眼，兩百餘頭野豬，是我的隊伍，多半和我沾親帶故，都期待著，興奮，惴惴不安，蠢蠢欲動，磨牙頓爪。我說：

「孩兒們，戰爭爆發了。他們手中有槍，我們的戰術是，鑽空子，捉迷藏，不要被他們趕著往東走，鑽到他們背後去！」

一頭性格暴烈的公豬跳出來，大聲道：

「我反對！我們要結成團體，正面突破，把他們趕下河！」

這頭公豬，本名不詳，外號「破耳朵」。牠體重約有三百五十斤，碩大的腦袋上沾著厚厚一層松油黃沙，半個耳朵缺失，是與狐狸大戰時的英雄。牠咬肌發達，牙齒鋒利，我記得牠一口把一隻狐狸的腦袋咬得四分五裂的情景，這是我的一個最有力量的挑戰者，與我沒有血緣關係，是沙洲土著野豬中的領袖，想當初與我大戰時牠還沒長大，現在牠長大了。我早就說過對豬王地位並不留戀，但把王位傳給這個殘忍凶狠的傢伙我又不情願。刁小三站出來為我仗腰：

「服從大王的命令！」

「大王讓我們投降，難道我們也要投降嗎？」「破耳朵」不滿地嘟噥著。

我聽到許多豬跟著「破耳朵」嘟噥，心中十分沉重，知道這支隊伍已經很難帶了，不制服「破耳朵」隊伍非分裂不可，但大敵當前，無暇處理內政。我嚴厲地說：

「執行命令，散開！」

多數豬執行了我的命令，鑽進了樹棵、草叢，但有四十多頭豬，顯然是「破耳朵」的死黨，牠們跟隨著「破耳朵」，大模大樣迎著人群走上去。

那些人聽訓完畢，便排開一字長蛇陣，由西向東，步步推進。他們有的戴著草帽，有的戴著帆布旅行帽；有的戴著墨鏡，有的戴著近視眼鏡；有的穿著夾克衫，有的穿著西服；有的穿著皮鞋，有的穿著旅遊鞋；有的提著銅鑼邊走邊敲，有的口袋裡裝著鞭炮邊走邊放；有的手提著木棍邊走邊抽打著前邊的野草，有的端著土槍邊走邊咋呼……不全是青壯年，還有鬢髮斑白、目光犀利、腰背佝僂的老頭；不全是男人，還有十幾個嬌滴滴的姑娘。

「砰——叭——」這是那種雙響、俗名「二踢腳」的鞭炮爆炸時發出的聲音，地上一團黃煙，空中一團白煙。

「鐺……」這是銅鑼聲，是一面破鑼，川劇團裡使用的那種。

「出來吧，出來吧，再不出來就開槍啦……」這是持木棍者的吶喊聲。

這支混亂的隊伍，不像來圍獵，倒像是一九五八年那些嚇唬麻雀的。我認出了第五棉花加工廠裡的人，因為我認出了你藍解放。此時你已經轉為正式工人，當了棉花檢驗組的組長。你老婆黃合作也已轉正，當了食堂的炊事員。你挽著鐵灰色夾克衫的袖子，露出閃閃發光的手錶。你老婆也在隊伍裡，她大概是來運野豬肉回去給職工們改善生活吧。還有公社機關的人，供銷社的人，高密東北鄉所有村莊的人。那個脖子上掛著鐵皮哨子的，顯然是這次行動的總指揮，他是誰？西門金龍。從某種意義上說他是我的兒子，那麼從某種意義上說，這場人豬大戰也是父子之間的戰爭。

那些人們的大呼小叫驚動了紅柳上的鸛鳥，牠們成群結隊地驚飛起來，樹上無數的巢穴在顫抖，空氣中飄散著細小的鳥毛。他們仰臉看鳥，情緒更加興奮。有幾隻狐狸從洞裡逃出來，像火焰般滾到深草裡。洋洋得意的人群推進了約有一千米，便與「破耳朵」率領的敢死隊迎頭相逢了。

人群中發出尖叫：「豬王！」散漫的隊形便一團混亂地收攏了。豬的隊伍與人的隊伍相隔約有五十米，都定了腳，猶如古老的兩軍對陣。「破耳朵」蹲在豬隊的最前端，身後簇擁著二十幾頭凶猛的公豬。人的隊伍，西門金龍站在最前端，他手裡端著一桿鳥槍，脖子上除了掛著那隻鐵哨子外，又多了一架灰綠色的望遠鏡。他一手持槍，一手端起望遠鏡，我知道「破耳朵」猙獰的相貌和囂張的氣焰猛然撲到了他的眼前，使他受到了猛烈的驚嚇。「敲鑼！」我聽到他驚慌地喊叫著。「吶喊！」他又說。他還是想用這種嚇唬麻雀的方法，敲鑼吶喊，使豬群受驚嚇，使牠們向東跑，把牠們趕到河裡去。後來我們知道，在沙洲盡頭兩水重會的水面上，錨著兩艘用十二馬力柴油機做動力的鐵殼船，每艘船上都有一個由經驗豐富的獵戶和復員軍人組成的戰鬥小組。當年那三個獵狼人也在其中。曾被西門驢咬傷過肩膀的喬飛鵬已經老得口中無牙，柳勇和呂小坡卻正當壯年。這些人個個都是神槍手，他們使用的武器是六九式國產全自動步槍，每個彈匣可以壓進十五發子彈，有連發功能。這種槍性能良好，準確度很高，弱點是子彈的穿透力較弱，在五十米的近距離內，它勉強可以穿透我們身上的防護鎧甲，但超過一百米，殺傷力便喪失殆盡。這次大戰中，有部分野豬竄到了沙洲盡頭，有十幾頭豬頭部中彈身亡，但大多數豬全身而還。

人的隊伍裡破鑼齊鳴，吶喊連天，但只是虛張聲勢，不敢前進。「破耳朵」長嗥一聲，奮勇當先，發起了攻擊。人群裡大概有十幾枝鳥槍，但只有金龍慌忙中開了一槍，成群的鐵砂子全都打到了一棵紅柳上，擊毀了一個無辜的鳥巢，擊傷了一個倒楣的鷯鳥，連一根豬毛都沒碰著。從豬們發起攻擊那一刻，金龍的隊伍便掉頭逃竄了。驚叫的人群中，女人們的驚叫尤為尖銳。女人們的驚叫聲中，黃合作的叫聲尤為悽慘。她奔跑中被絆倒，翹起的屁股被「破耳朵」咬了一口。從此她成了一個「半腚人」，走起路來，身體可憐地歪斜著。野豬衝進人群，胡碰亂撞。人聲如鬼哭狼嚎。混亂中也有刀槍棍棒落到野豬身上，但基本上是難以傷損豬們的皮肉。只有一個人慌亂中將一根梭標捅到了一隻獨眼公豬的咽喉裡，使牠受了重傷。解放本來已經逃到了船上，但看到合作身受重傷，便奮勇地從船上跳下，持一柄三齒糞叉，衝上沙灘營救。你一手扶著合作，一手拖著糞叉撤退，表現得相當勇敢。你的行為為你贏得了崇高的聲譽，也讓我深感欽佩。金龍定神之後，從別人手中奪過一桿筒很短但口徑很大的土槍，招呼了幾個膽大的上來接應。他大概是受到弟弟勇敢精神的激勵，心裡有了勇氣，手中便有了準頭，他瞄準「破耳朵」開了火，轟隆一聲巨響，一團火光猛然撲到「破耳朵」肚子上。那些鐵砂子無法穿透牠的肚子上厚厚的鎧甲，卻引起了熊熊的火焰。「破耳朵」先是帶著火逃竄，然後便躺在地上打滾把火壓熄。主將受傷，群豬跟著退下。那桿土槍在發射時木托被炸碎，金龍的臉被火藥噴得一團漆黑，雙手虎口被震裂，鮮血淋漓。

這場由「破耳朵」違抗命令造成的戰鬥，應該是豬群占了上風。人群逃亡時脫落的鞋子、草帽、棍棒等物，都在證明著豬群的勝利。為此「破耳朵」氣焰更為囂張，大有隨時逼宮之勢，豬群中擁護「破耳朵」者明顯已超過半數。牠們跟在「破耳朵」後邊，拖著人遺下的物件，當做戰利品，在沙洲上遊行，慶賀。

「老刁，怎麼辦？」在一個月明星稀之夜，我悄悄地鑽進刁小三築在沙丘上的洞穴，向這位老謀深算的兄長請教，「要不，我自動退位，讓『破耳朵』為王吧。」

刁小三趴著，下巴放在前爪上，那只有殘存視力的眼睛在黑暗中閃爍著微弱光芒。洞外傳來河水因受樹根阻擋發出的響亮聲音。

「老刁，你說吧，我聽你的。」

牠長長地出了一口氣，眼睛裡那點微弱的光芒消逝了。我拱了牠一下，牠的身體軟軟的，沒有反應。「老刁！」我驚叫著，「你死了嗎？你可不能死啊……」

但老刁確鑿地死了，任我千呼萬喚也不會生還了。我眼裡流出了熱淚，心中感到沉重的悲哀。

我走出刁小三的洞口，看到月光下閃爍著一大片綠色的眼睛。在豬群的前邊，蹲坐著目露凶光的「破耳朵」。我沒有恐懼，心裡反而感到一陣異樣的輕鬆。我看到河水猶如波動的水銀，閃爍著耀眼的光芒，我聽到草木間無數的秋蟲，合奏出紛繁多變的音樂，我看到螢火蟲交織成一條條綠色的綢帶，在樹林間搖曳，我看到月亮已經西行到第五棉花加工廠的上空，在它的肚腹下邊，棉花加工廠皮棉打包車間樓頂上那盞碘鎢燈閃爍著璀璨光芒上下跳動，宛若月亮剛產下的一個綠蛋，我還聽到鍛壓機床廠的電動錘打擊鋼鐵時發出的急促而有節奏的沉悶聲響，彷彿重拳，一下下地撞擊著我的心臟。

我冷靜地走到「破耳朵」面前，說：

「我的親密朋友刁小三死了，我也萬念俱灰，我願意讓出王位。」

「破耳朵」大概想不到我會說這樣的話，牠本能地往後退了幾步，防備我發起突然襲擊。

我逼視著「破耳朵」的眼睛，說：

「當然，如果你非要用爭鬥的方式奪得王位的話，我也願意奉陪到底！」

「破耳朵」與我對視良久，顯然牠也在權衡利弊，我超過五百斤的體重，我那岩石般堅硬的頭顱，我那滿口鋼銼鐵鑽般的利齒，顯然也讓牠心懷忌憚。終於，牠說：

「和了吧！但請你立刻離開沙洲，並且永遠不得返回。」

我點點頭表示同意，舉起爪對著芸芸眾豬揮揮，轉身便走。我走到沙洲南部，走進河流。我知道身後不遠處有起碼五十頭為我送行的野豬，知道牠們眼睛裡都飽含著淚水，但我沒有回頭。我一個猛子潛到河底，奮力向對岸潛游，我閉著眼睛，讓淚水與河水混為一體。

第三十五章　火焰噴射破耳朵喪命　飛身上船豬十六復仇

半個月後，沙洲上的野豬遭遇了滅頂之災。對此，莫言的《養豬記》中有詳細描寫：

一九八二年的一月三日，由經驗豐富的老獵人喬飛鵬任顧問、由參加過對越自衛還擊戰並榮立過戰功的復員軍人趙勇剛為隊長的獵豬小分隊，乘坐著機動船，吵吵嚷嚷地登上了沙洲。他們沒有像一般的狩獵小分隊那樣隱蔽潛行，他們甚至有點故意張揚。他們有資本張揚。他們全隊十人，配備了七枝「五六」式衝鋒槍和七百發特製的穿甲彈。這種子彈雖然打不透坦克的鋼板，但打穿野豬的肚皮綽綽有餘，哪怕牠們肚皮上滾上的松油、黃沙比大餅還厚。最讓獵豬小組有恃無恐、躍躍欲試的還不是這槍這彈，而是三具火焰噴射器。這玩意形狀古怪，乍一看彷彿是人民公社時期農民們噴灑藥粉時使用的噴粉器。前部是一根長長的尖嘴鐵管和擊發裝置，後邊是一個圓滾滾的鐵筒。使用者是三個經過戰火考驗的復員兵，為了防止被烈焰燒傷，他們的前胸和臉部戴著石綿布製成的厚厚的防護器具。

莫言寫道：

小分隊喧鬧的登陸自然引起了野豬們的注意。「破耳朵」新王登基，巴不得與人大戰一場樹立權威。牠聽到報告後興奮得小眼發紅，立即以尖聲嚎叫糾集起隊伍。二百餘頭野豬，像武俠小說中那些邪門教派裡的嘍囉們一樣，齊聲尖叫，類似於山呼萬歲。

接下來莫言描寫了殘酷而激烈的屠殺場面，令我不忍卒讀。畢竟，畢竟我也是一頭豬過。他寫道：

……跟第一次戰鬥的場面類似，這邊是豬的隊伍，「破耳朵」照舊蹲在陣前，身後如雁翅般排開一百餘頭豬的梯隊，還有兩隊豬，每隊約五十頭，從兩翼快速包抄，很快就成了三面包圍之勢，而獵豬小隊後面即是滔滔大河。這樣的陣勢似乎已經穩操勝券，但那十個人，好像沒有覺察到危險。他們三人在前，面東，對著正面的大隊野豬和豬王「破耳朵」。左右各二人：面南、面北，對著側翼的豬群。那三個扛著火焰噴射器的人，站在最後，左顧右盼，顯得很是悠閒。他們說說笑笑地往東推進。豬的包圍圈漸漸縮小。當距離豬王「破耳朵」約有五十米時，趙勇剛一聲令下，七枝衝鋒槍同時向三面開火。槍機都在連發位置上。先是三發點射，又是三發點射，然後一梭子彈全部傾瀉而出。「噠噠噠，噠噠噠，噠噠噠噠噠噠噠……」這樣的速射武器射速之快、威力之大超出了豬們的想像。七枝槍，一百四十發子彈在不到五秒鐘的時間裡悉數射出，三面豬隊中，最少有三十頭豬中彈癱倒。牠們中彈的部位，基本上都是頭顱，穿甲彈穿透顱骨後，彈頭便在顱腔內炸開。這些豬都死相甚慘，有的腦漿迸裂，有的眼球迸出。「破耳朵」憑著豬王的本能在槍響時低下頭，一串子彈把牠的那隻好耳朵打成了碎片。牠哀嚎一聲，對著獵豬小組飛撲上來，而此時，後邊那三位身背火焰噴射器的隊員以久經訓練的熟練動作前衝三步，撲地臥倒，同時擊發，三溜火光，三條火龍，向著他們各自的前方噴出，並發出一種類似於一百隻白鵝拉稀的合聲。那火龍前端一團黏糊糊的烈焰，迎面包裹了豬王「破耳朵」，火焰轟然騰起，約有三米多高，豬王「破耳朵」消逝了，只有一團火焰在奔跑，在滾動，大約二十秒後，便停止運動，就地燃燒。南、北兩面，領頭的野豬遭到了與「破耳朵」完全相同的命運。因為這些野豬，身上都沾著厚厚的松油，是極易燃燒之物，凝固燃劑只要有一點濺到牠們身上，便會引燃牠們的身體。幾十頭豬身上著火，奔跑，尖叫，只有極聰明的就地打滾，不聰明的亂竄。牠們鑽進柳叢，鑽進草窩，引發火災。沙洲上濃煙滾滾，焦臭熏天。沒中槍彈、沒被火燒的野豬們完全被嚇傻，喪失理智，無頭蒼蠅一樣亂撞。獵豬隊員們托著衝鋒槍，立姿，用一個個準確的點射，送野豬們見閻王……

莫言寫道：

這場瘋狂的屠殺，用環保的眼光來評價，顯然過分。讓野豬如此慘死，也嫌過火。怪不得當年蜀相諸葛亮在火燒藤甲軍之後喟然長歎，潸然淚下。我二〇〇五年訪問韓國與朝鮮的板門店，看到在三八線兩側那寬約兩公里的無人區內，成群的野豬在那裡追逐打鬧，樹木上鳥巢纍纍，白鷺成群飛翔林表，想起當年我們在吳家嘴沙洲上組織的這場大屠殺，心中甚覺內疚，儘管殺死的是作惡多端的野豬。這場屠殺因為使用了火焰噴射器，最後引起了野火，將沙洲上大片的馬尾松林、紅柳樹叢燒盡，荒草更是在劫難逃。沙洲上的其他生物，長翅膀的多半飛了，不長翅膀的，有的鑽洞避難，有的跳水逃命，大半還是被燒烤而死……

那天，我在運糧河南岸的紅柳叢中，目睹了沙洲上的濃煙和烈火，聽到了爆豆般的槍聲與野豬們發瘋的叫嗥，我當然更嗅到了西北風吹送來的令我窒息的混合氣味。我知道，如果我不是讓出豬王之位，必將與野豬們同遭此難，但奇怪的是，我並不為此感到慶幸，我覺得，如其苟且偷生，還不如與野豬一起葬身火海。

劫難之後，我泅水過河上了沙洲，看到一片片被燒成焦樁的樹木，看到那些被燒成焦炭的豬屍，看到環沙洲水邊那些被泡漲的動物屍體。我一陣陣地憤怒，一陣陣地痛苦，最後，痛苦與憤怒交織在一起，像一條雙頭毒蛇，齧咬著我的心……

我沒有想過要復仇，使我痛苦萬端的是一種焦灼的情緒。這情緒使我一刻也不能平靜，彷彿一個心理素質欠佳的士兵在大戰之前那種狀態。我順著大河逆水而上。游累了便潛入河流兩側的茂密的柳叢，時而在河的左側，時而在河的右側。我沿著一條氣味的蹤跡前進。那氣味由燃燒柴油的氣味、焦糊豬屍的氣味混合而成，有時也混進辛辣的菸草氣味和劣質的白酒氣味。當我追趕著這氣味走了一天之後，我的腦子裡才漸漸地出現了那艘罪惡累累的機動船的形象，好像是濃霧散盡之後出現的風景。

那是一艘長約十二米的船。船頭的鋼架上，固定著一台二十馬力的柴油機，柴油機帶動一個螺旋槳做功。這是一個笨拙而簡陋的鋼鐵怪物。它載著那幾個獵人逆流上行。獵豬小組一共十人，其中那六個在縣城裡有工作的復員士兵完成任務後已經乘公共汽車先期回城，船上的人，是隊長趙勇剛、獵人喬飛鵬、柳勇和呂小坡。隨著人口暴增、土地銳減、植被破壞、工業污染等諸多因素的綜合絞殺，高密東北鄉地盤上連野兔野雞也難見蹤影，職業的獵人早已改行，這三人是例外，當年他們掠驢之功靠那兩匹狼名揚全縣，這次獵豬，更使他們成為眾口傳頌的英雄、媒體追蹤的焦點。他們載著刁小三的屍體，做為這次狩獵活動的一個樣板物，沿河上行，目的地是百里之外的縣城。對這種時速最快可達十公里的鐵殼機動船來說，到達縣城，即便是勻速行駛，凌晨出發，傍晚也可抵達。但他們把這次航行，當成了一次誇功的遊行。每到一個臨河的村鎮，他們就靠岸停泊，讓當地的老百姓前來參觀那所謂的豬王的屍體。他們把刁小三的屍體抬上岸，放在一個空闊之地，供村民們近距離地觀看。一些有照相機的富庶人，還抓緊時機，讓自己的家人以及芳鄰好友與豬王合影留念。縣報與縣電視台的記者，一直緊密追蹤報導。那種盛狀，使記者們的筆端都帶上了輕狂的感情。什麼「萬人空巷」啦，什麼「觀者如堵」啦。獵豬隊中的呂小坡曾對隊長趙勇剛提出過賣票參觀的設想：參觀者收費一元，合影者收費二元，摸著獠牙合影者收費三元，騎在豬身上合影者五元，與獵豬小組成員及豬王屍體合影者十元。他的提議讓喬飛鵬和柳勇頗為心動，但卻遭到了趙勇剛的拒絕。這人身高一米八，細腰闊肩，雙臂長過常人，左足微跛，面孔瘦削，神情堅毅，看上去像一個真正的男子漢。每到一地，獵豬小組的人都會受到當地幹部的盛情接待。席間，觥籌交錯；桌上，珍饈羅列。總是由喬飛鵬講述獵豬經過，總是由柳勇、呂小坡補充細節，每一次講述都在添油加醋，每一次講述都縮小著事實與小說的距離，每一次，趙勇剛都是悶著頭喝酒，醉酒後，總是冷笑不止，讓人莫名其妙。

以上關於酒桌上的描寫，自然又是來自莫言的小說。我無法在光天化日之下上岸跟蹤他們，我只能在河中追隨他們。

屬於他們的那個最後的夜晚寒風凜冽，幾近全圓的月亮面孔青白，好像因水銀中毒而死者的面孔，同樣青白而陰森的光輝照耀著凝滯的水面。河水的流速明顯減緩，河邊淺水處已結了薄薄的冰層，泛著讓人驚懼的刺目的藍光。我蹲在右岸的紅柳叢中，透過葉片凋零的赤裸裸的枝條，注視著那探到水中的用圓木搭建的簡易碼頭，注視著靠在碼頭邊上的鐵殼船。這裡是高密縣的第一大鎮，鎮名驢店，因百年前驢販子聚居而得名。鎮政府那棟三層小樓裡燈火輝煌，樓牆外貼著紫紅色的瓷磚，好像塗了一層厚厚的豬血。招待獵豬英雄的宴會正在小樓內一個寬敞的房間裡進行，不時有勸酒的聲音傳出。鎮辦公樓前面的廣場上——連西門屯都修建了廣場，鎮上當然要有廣場——燈火通明，人聲喧囂，我知道這是鎮上的百姓在欣賞刁小三的屍體，我還知道，必有保安手持警棍為豬屍站崗，因為盛傳用野豬鬃毛製成牙刷可以令黑牙變白，那些為黑牙所苦的年輕人都覬覦著豬王的鬃毛。

估計是二十一點左右的光景，我的等待有了結果。先是有十幾個精壯漢子，用一扇門板四根槓子，抬著刁小三的屍體，吆吆喝喝地向碼頭走來。兩個身穿紅衣的妙齡女子，挑著紅紙燈籠，在前邊為他們引導，後邊一個白鬍子老者，用蒼涼的嗓音、簡單的旋律、枯燥的歌詞，協調著他們的步伐。

「豬王哎——上船啊——豬王哎——上船啊——」

刁小三的屍體散發著臭氣，看上去已經硬梆梆的，因為氣候寒冷才沒使牠腐敗瓦解。牠被安頓在船上，使鐵殼船的吃水明顯下降。其實，我想，在我豬十六、「破耳朵」、刁小三三豬之中，牠才是真正的豬王。牠雖然死了，但彷彿活著，趴在船上，依然威風凜凜。青白的月光更增添了牠的威儀，彷彿牠隨時都可以躍身大河或是縱身登陸。

那四個已經喝得搖搖晃晃的獵人，終於出現了。他們在鎮上幹部的架扶下朝碼頭走來。也有兩個紅衣少女挑著紅燈籠在他們面前引路。我已經靠攏到距離木碼頭只有十幾米的地方，他們身上的酒氣和菸味已經毒化了我面前的空氣。我的心，此時反而平靜了，十分地平靜，彷彿眼前的一切都與我毫無關係。我看著他們上船。

他們上船，與送行的人客套，說一些虛偽的道謝之辭，碼頭上的人也用同樣虛偽的話回贈他們。他們坐定了。柳勇用一根繩子拉動柴油機的飛輪，試圖讓柴油機工作，大概是因為天寒，機器難以發動，只好點火烘烤。用一團棉絮蘸著煤油引火，火焰焦黃，擠走月光，照見喬飛鵬黃色的臉，臉上癟進去的嘴，照見呂小坡腫脹的臉和通紅的肥鼻，照見趙勇剛冷笑著的臉。照見我的朋友刁小三那顆殘缺的獠牙。我心愈加平靜，宛若神像前的老僧。

柴油機終於發動起來，可惡的聲音在河上衝擊空氣和月光。船在慢慢移動。我是踩著河邊的薄冰大搖大擺地走上木碼頭的，彷彿一頭家豬從送行的人們身邊走過。少女手中的燈籠在慌亂中燃成了兩團火，為我的縱身一跳烘托了壯烈的氣氛。

我沒有想什麼，就像莫言那小子鸚鵡學舌般說過的那樣，我只有動作，只有行動，只有對周圍環境的近乎麻木的、變形的、誇張的、不倫不類的生理性感受，沒有思想，沒有情感，腦子裡一片空白。我輕輕一跳，真的是輕輕一跳，就像傳統京劇《白蛇傳》開篇最浪漫的一場，化為美女的白蛇輕盈跳船那樣。我耳邊似乎響起由京胡演奏的輕鬆浪漫的過門，似乎聽到了表示船被震動時的那一聲鑼響，似乎進入了一個與杭州西湖有關但卻與高密東北鄉這條大河無關的浪漫故事，將被人演繹，將被人傳唱，將被人在傳唱中演繹，將被人在演繹中傳唱。是的，那一刻我沒有思想只有感覺，而感覺幾近夢境，夢境折射現實。我感到船體猛然下沉，在河水幾乎漫過船舷時又緩慢上升，船體周圍，不是水，而是青藍的玻璃碎屑向四面飛濺出去，無聲的，即便有聲也隔著很遠很遠，像一個人、一頭豬在深深的水底所聽到的，從岸上傳下來的聲音。你是莫言的密友，請告訴他這個小說祕訣：每逢重大情節，對所描寫人物缺少準確的把握和有力的表現手段時，就讓他把所有的人物摁到水裡去寫。這是個無聲勝有聲的世界，這是個無色勝有色的環境，是的，就權當一切都是在水底發生的。如果他聽我的話，他就是一個偉大作家。因為你是我的朋友，我才對你說；因為莫言是你的朋友也就是我的朋友，我才讓你把我的話對他說。

船猛烈傾斜，刁小三似乎要站立起來。月亮像處在這種時刻的小說家一樣，腦子裡一片空白。那位正彎腰發動機器的柳勇一頭扎到河裡，同樣濺起藍白的彷彿玻璃碎屑的水。柴油機跳動著，黑煙噴吐，聲音非常微弱，不錯，好像我的耳朵裡灌滿了水。呂小坡身體搖晃著，嘴巴大張，吐出氣流和酒精分子，往後仰倒，半截身體在船裡，半截身體在船外，腰部正好擱在堅硬的鋼板船舷上，然後他就大頭朝下扎到河水中，河水飛濺，無聲，依然猶如青藍的玻璃碎屑。我在船上跳動著，我五百斤的體重使小船大搖大擺。那個多年前就與我有過關係的獵豬隊顧問喬飛鵬，雙腿一軟，跪在船底，連連叩頭，狀甚滑稽。我沒有思想，更沒去從腦海深處追尋那些陳穀爛糠，我一低頭又一抬頭，就把他扔到了船外。沒有聲音，河水如碎玻璃濺起。只有趙勇剛，這個生著好漢臉相的人，持一根木棍子——散發著也許是新鮮松木的香氣，我不去想——對準我的腦袋就擂。我聽到一聲響，似乎是從頭腦深處傳導到耳鼓的。那根棍斷成了兩截，一截落水，一截在他手中。我無暇去顧及頭痛與否，我盯著他手中那半截挑著月光猶如挑著化開的綠豆澱粉的棍子。棍子對著我戳過來，戳到我的嘴裡。我咬住了它。他拽著它。用力。他的力量真大。我看到他漲紅的臉宛如一盞與月光抗衡的燈籠。我一鬆口，類似奸計，實則無意，他仰面朝天跌到河裡去了。這時，所有的聲音、所有的顏色、所有的氣味都轟然而來。

我縱身跳下河，濺起數米高的浪花。河水冰涼而黏稠，猶如窖藏多年的酒漿。我一眼就看全了那四個在水面沉浮的人。柳勇、呂小坡，本來就醉得四肢無力頭腦不清，此刻已經無需我幫他們死亡。趙勇剛，很像條漢子，假如他能掙扎上岸，就讓他活著吧。喬飛鵬在我身邊撲騰，紫色的鼻子露出水面，咻咻出氣，令人厭憎。我用爪子敲了一下他的禿頭，他不動了，頭鑽下水，屁股浮了上來。

我順流而下，河水與月光混合成的銀白液體，猶如臨近冰點的驢奶。後邊，船上的柴油機發瘋般狂叫，岸上一片驚呼之聲。有一個聲音在喊叫：

「開槍啊，開槍！」

獵豬小組的槍，早就被那六個先期進城的復員士兵帶走，和平時期，為了消滅野豬，動用如此先進的武器，決策者日後受到了處分。

我猛然潛入水底，像一個偉大小說家那樣，把所有的聲音都扔到了上面和後面。

第三十六章　浮想聯翩憶往事　奮不顧身救兒童

三個月後，我死了。

那是一個下午，沒有太陽。在西門屯後邊的河道裡，灰白的冰面上，有一群孩子在嬉戲。有十幾歲的孩子，有七、八歲的孩子，還有幾個三、四歲的孩子。他們有的坐在木扒犁上疾行，有的用鞭子抽打著木陀螺玩耍。我蹲在樹叢中，看著這些西門屯的後代。我聽到一個親切的聲音在岸上喊叫：

「開放啊——改革啊——鳳凰啊——歡歡啊——寶貝們，回家啦——」

我看到站在對岸的那個蒼老的女人，陰風吹拂著她頭上那條藍色的圍巾。我認出了她，是迎春。這是我臨死前的一個小時，幾十年來的往事倒海翻江般地湧上心頭，使我忘記了自己的豬身體。我知道開放是藍解放和黃合作的兒子，改革是西門寶鳳與馬良才的兒子，歡歡是西門金龍和黃互助抱養的兒子。鳳凰是龐抗美和常天紅的女兒。我知道鳳凰實際上是西門金龍的種子，播種的地點是杏園裡那棵著名的浪漫樹下。杏花盛開月光皎潔的時候，西門金龍將時任公社黨委書記的龐抗美頂在杏樹幹上，把我們西門家的基因優良的種子播進高密縣第一美人的子宮。據莫言那小子的小說所說，當金龍撩起龐抗美的裙子時，龐抗美雙手扯住了金龍的耳朵，低沉但是嚴厲地說：我是黨委書記！金龍把她的身體用力擠壓到樹幹上，說：幹得就是你這個書記，別人用金錢賄賂你，我用雞巴賄賂你！然後龐抗美就癱軟了。杏花如雪，落在他們身上。二十年後，龐鳳凰成為絕代美人是無奈的事：種好地好，播種時的環境充滿詩情畫意，她不美，天理難容！

孩子們玩興正濃，不肯上岸，那迎春，竟戰戰兢兢地走下河堤來。此時，河面冰層坼裂，孩子們落入冰河之中。

我此時不是豬，我是一個人，不是什麼英雄，就是一個心地善良、見義勇為的人。我跳入冰河，用嘴叼住——用嘴叼我也不是豬——一個女孩的衣服，游到尚未塌陷的冰面附近，把她舉起，扔上去。迎春返回河堤，對著村莊大叫。謝謝你，迎春，我最愛的一個老婆——我感到河水不冷，甚至還有些溫暖，周身血脈流暢，游動起來快捷有力。我並沒有特意去營救這三個與我有千絲萬縷聯繫的小崽子，我是遇到哪個救哪個。此時我的腦子不空白，我想了許多，許多。我要與那種所謂的「白癡敘述」對抗。我像托爾斯泰小說《安娜．卡列尼娜》中的安娜．卡列尼娜臥軌自殺前想得一樣多，我像莫言的小說《爆炸》中那個挨了父親一記響亮耳光後的兒子想得一樣多，我像「文革」前夕那部著名小說《歐陽海之歌》中的歐陽海躍上鐵軌、奮推驚馬即將被火車撞死的一瞬間裡想得那樣多。一日長於百年，一秒鐘勝過二十四小時。我咬住一個小男孩的棉褲把他甩上冰面。我想起了許多年前看著迎春一手攬著一個孩子，一個孩子叼著她一個乳頭吃奶時的甜蜜情景，那股令人心醉神迷的嬰兒身上特有的奶香味彷彿就溶解在冰河之中。我把一個、又一個孩子拖上冰面。孩子們往前爬著，聰明的孩子們，非常正確，往前爬，千萬不要試圖站起來啊。我叼住這群孩子中最胖的那個小子的腳，把他從水底拖上來。上浮時他嘴裡吐出成串的氣泡，彷彿一條魚。上浮的瞬間我猛然想起縣長陳光第，他與驢獨處時，眼中充滿溫情。這胖孩子剛上冰面又把冰壓塌了，我用嘴拱著他柔軟的肚子，四蹄奮力划水——四蹄划水我也是人——頭努力上揚，把他拋到遠處，感謝冰，沒有塌陷。巨大的慣性使我墜入水底，我的鼻孔進水，嗆了。浮上水面，我咳嗽，我喘息。我看到一群人，從河堤上奔下來。愚蠢的人們，千萬別下來啊！我再次潛入水底，拖上一個孩子。一個圓臉的孩子，一出水，他的臉上就彷彿結了冰，好像掛了一層透明的糖漿。我看到那些被我救出的孩子在冰上爬著。有哭聲，哭，說明他活著。孩子們，都哭起來吧。我想到幾個女孩一個跟著一個，爬到西門家大院中那棵杏樹上的情景，最上邊那個女孩竟然放了一個屁，一片笑聲，然後她們從樹上滑下來，笑成一團，我馬上就看到了她們的笑臉，寶鳳的笑臉互助的笑臉合作的笑臉。我潛入水底，追趕那個已經被河水沖遠了的男孩。我們上方，是厚厚的冰層，水底氧氣匱乏，我感到胸膛像要爆炸一樣。我拖著他上浮，猛撞冰面，沒有撞破。再撞，還沒有撞破。急忙回頭，逆流上行，上行，浮出水面時，我感到眼前一片血紅。是夕陽嗎？我把這孩子，已經窒息的孩子勉強地推上冰面。一片血紅中我看到，那些人，有金龍，有互助，有合作，有藍臉，還有許多……都像血人一樣，那麼紅，手持著長竿，繩子，鐵鉤子，擁上前來，他們在冰面上爬著，向孩子靠攏……真聰明，好人們，我此時對他們心懷感激，連那些整治過我的人都感激。我想到躲在一片金枝玉葉的珍奇樹林裡看一個彷彿搭建在雲端裡的戲台上的神祕演出的情景，戲台上樂聲繚繞，一個身穿荷花瓣兒連綴成的彩衣的女旦在咿咿呀呀地唱，我真的好感動啊，不明白為什麼感動。我感到身體很熱，水很溫暖，是那麼舒適，我想著，慢慢地沉入水底。兩個似曾相識的藍面鬼卒微笑著說：

「哥們，你又來了！」

第四部　狗精神

第三十七章　老冤魂輪迴為狗　小嬌兒隨母進城

兩個鬼卒扯著我的胳膊，把我從冰河裡提上來。我怒沖沖地說：「你們這兩個混蛋，快帶我去見閻王，我要跟這條老狗算帳！」

「嘿嘿，」鬼卒甲笑嘻嘻地說，「多年不見，脾氣還是如此暴躁！」

「正所謂『貓改不了捕鼠，狗改不了吃屎』！」鬼卒乙嘲諷地說。

「放開我，」我惱怒地說，「你們以為，我自己就找不到那條老狗嗎？」

「息怒，息怒，」鬼卒甲道，「咱們也算老朋友了，多年不見，真還有點想念呢。」

「我們這就帶你去見那條老狗。」鬼卒乙道。

二鬼拖著我，在西門屯大街上狂奔，我感到涼風撲面，有一些輕薄的雪花，像羽絨般黏到臉上。在我們身後，一片片枯葉，貼著地面翻滾。路過西門家大院時，二鬼猛然停住腳步，鬼卒甲扯著我的左臂與左腿，鬼卒乙扯著我的右臂和右腿，把我抬起來，前後悠動著，像悠動一根撞鐘的圓木。他們同時撒手，使我飛一般地向前躥去，我聽到二鬼齊喊：

「見你的老狗去吧！」

我感到腦袋嗡地一聲響，就如真的撞到了鐘上，眼前一片漆黑，神志暫時昏迷。等我醒來時，不用我說你也猜到了，我變成一條狗，降生在你母親迎春的狗窩裡。這個流氓閻王，為了避免我鬧他的公堂，竟然採取了如此卑鄙的措施，簡化了輪迴轉生的程序，幾乎是直接地把我送進了狗的子宮，然後讓我跟隨著前面那三條小狗，從狗的陰道裡鑽了出來。

那狗窩實在是簡陋之極：房簷下用碎磚頭壘了兩道短牆，短牆上橫放著幾根木棍，木棍上鋪上一層瀝青油氈紙。這就是我那狗娘的窩——沒辦法，從牠的腚裡鑽出來，就得叫牠為娘——也是我童年時期的窩，窩裡塞上一簸箕夾雜著雞毛的樹葉，這就是我們的被褥。

雪紛紛揚揚地下大了，地面很快被覆蓋，在房簷下那盞電燈的照耀下，狗窩裡充滿光明。我看到雪花從油氈紙的縫隙露下來。寒冷刺骨，禁不住哆嗦。我往狗娘溫暖的懷抱裡擠，我的哥哥姊姊們也往狗娘的懷抱裡擠。幾次轉生，使我懂得了一個樸素的道理：入鄉隨俗。生在豬圈裡不吃豬奶就要被餓死，生在狗窩裡不往狗娘懷裡擠很可能被凍死。我們的狗娘，是條白色的大狗，但兩個前爪和尾巴尖兒卻是黑的。

毫無疑問，我們的娘是一匹雜種，但我們的爹，卻是孫氏兄弟家那匹凶猛的純種的從德國進口的狼狗。此狗後來我見過，牠身材高大，黑背，黑尾，肚腹和腿爪則是甘草黃色。牠——就算是我們的爹吧——被一根粗重的鐵鏈子，拴在孫氏兄弟「紅」牌辣椒醬加工廠的院子裡，面前的食盆裡，擺放著顯然是從宴席上撤下來的食物：有整隻的燒雞，有整條的魚，還有一個完整的青色鱉蓋。但牠都視而不見。牠生著兩隻金黃色的布滿血絲的眼睛，兩隻尖削的耳朵，臉上布滿陰險而凶殘的表情。

爹是純種，娘是雜種，我們四個，是徹頭徹尾的雜種。儘管長大後我們體態相貌各異，但剛出生後卻區別不大。大概只有迎春，才能記住我們的出生次序。

你的娘迎春端著一盆骨頭湯來餵我的狗娘。湯盆裡的騰騰熱氣，在她面前繚繞；雪花兒猶如白蛾，在她頭上飛舞。因我初出生視力不佳，看她的臉有些模糊。但我嗅到了她身上那獨特的、彷彿揉爛的香椿樹葉的氣味，濃烈的豬骨湯的氣味也蓋不住它。我的狗娘小心翼翼地舔著骨頭湯，發出「呱嗒呱嗒」的聲響。你的娘拿起掃帚，清掃著狗窩頂上的雪，發出「嚓啦嚓啦」的聲響。窩頂上的雪被清除，天光從縫隙透下來，寒冷也透下來，你的娘好心辦了壞事。她是農民，難道不知道雪是麥苗的被子？既然知道雪是麥苗的被子，難道還聯想不到狗窩頂上的雪也是狗的被子？這個愚蠢的女人，在餵養孩子方面經驗豐富，但缺少自然科學知識。如果她像我一樣博學多才，知道愛斯基摩人就住在雪堆成的屋子裡，知道北極探險隊裡那些拉雪橇的狗夜裡就鑽到雪窩裡禦寒，她就不會掃去我們窩頂的雪，我們也就不會在清晨的時候，凍得奄奄待斃。當然，我們如果不被凍得奄奄待斃，也就不會享受到去她的熱炕頭上取暖的隆重待遇。

你的娘把我們抱上她的熱炕頭，嘴裡不停地嘮叨著：

「寶貝們，小可憐們……」

她不但把我們抱上了熱炕頭，還把我們的狗娘放進了屋。

我們看到，你的爹藍臉，蹲在灶門口燒火。外邊風狂雪驟，煙囪抽勁超猛，灶膛裡火焰熊熊，發出嗚嗚的聲響，一點煙也不外溢，室內散發著燃燒桑樹枝條時的奇香。他的臉色如古銅，白髮上閃爍著金黃的光澤。他身穿厚厚的棉衣，抽著旱菸，已經是一個幸福大爺的模樣。自從分田到戶後，農民自家做自家的主，實際上恢復到了當年單幹的狀態。在這種情況下，你爹與你娘，又吃在一個鍋裡，睡在了一個炕上。

炕頭非常溫暖，我們凍僵的身體很快緩過來。我們在炕上爬動。從我的狗哥狗姊身上，我知道了自己的模樣，這跟我初生為豬時的情況一樣。我們動作笨拙，毛茸茸的，應該非常可愛。炕上有四個小孩，都三歲左右。一女三男。我們四條小狗，三公一母。你娘驚喜地說：

「他爹，你說巧不巧啊，就像對應著生的一樣！」

藍臉不置可否地哼了一聲，從灶膛中掏出一個燒焦的桑螵蛸，掰開，兩排螳螂卵冒著白氣散著香氣。「誰尿床？」你爹問，「誰尿床吃了它。」

「我尿床！」兩個男孩和一個女孩相跟著說。

唯有一個男孩不吭聲。他生著兩扇肥嘟嘟的耳朵，瞪著兩隻大眼，咕嘟著小嘴，好像生氣的模樣。你當然知道，他是西門金龍與黃互助領養的孩子，據說孩子的父母是一對高中一年級的學生。金龍錢能通神，勢力廣大，買通了一切，疏通了一切。為此互助還提前幾個月用海綿充起了假肚子，但屯裡人都知道真相。這孩子名叫西門歡，暱稱歡歡，被西門金龍夫婦視為掌上明珠。

「尿床的不說，不尿床的瞎吆喝。」迎春說著，將那熱螵蛸放在雙手裡來回倒著，用嘴巴吹著，然後遞給西門歡，說，「歡歡，吃了它。」

西門歡從迎春手裡挖過螵蛸，看都沒看，就扔到炕下，恰巧落在我們的狗娘面前。狗娘毫不客氣地吃了它。

「這孩子！」迎春對著藍臉說。

藍臉搖搖頭，說：「誰家的孩子肖誰！」

四個孩子，好奇地看著我們四個小狗，不時地伸出小手觸摸我們。迎春道：

「每人一個，不多不少，正好。」

——四個月後，西門家院子裡那棵杏樹蓓蕾初綻的時候，迎春對西門金龍黃互助夫婦、西門寶鳳馬良才夫婦、常天紅龐抗美夫婦、藍解放黃合作夫婦說：

「把你們叫來呢，就是讓你們把自家的孩子帶回去。這一是呢，我們倆都大字不識，把孩子放這裡，只怕耽誤了他們的前程；二是呢，我們都上了大歲，頭也白了，眼也花了，耳也聾了，牙也鬆了，吃了大半輩子苦，該讓我們過兩天省心日子啦。常同志和龐同志呢，把孩子放在這兒讓我們帶，是我們的造化，但我跟你藍大伯商量了，鳳凰是金枝玉葉，還是讓她進城裡的幼稚園吧。」

最後那一刻，頗像一個隆重的交接儀式：四個孩子，並排站在炕東頭；四頭小狗，並排蹲在炕西頭。迎春抱起西門歡，在他臉上親一口，轉身遞給互助，互助將西門歡抱在懷裡。迎春從炕上抱起狗老大，摸摸牠的頭，遞到西門歡的懷裡，說：

「歡歡，這是你的。」

迎春抱起馬改革，在他的臉上親一口，轉身遞給寶鳳，寶鳳將馬改革抱在懷裡。迎春從炕上抱起狗老二，摸摸牠的頭，遞到馬改革懷裡，說：

「改革，這是你的。」

迎春抱起龐鳳凰，端詳著她紅撲撲的、粉嘟嘟的小臉，眼裡含著淚花，在她的兩個腮幫子上各親了一口，然後轉身，依依不捨地遞給龐抗美，說：

「三個禿小子，也抵不上一個小仙女。」

迎春從炕上抱起狗三姊，拍拍牠的頭，摸摸牠的嘴，捋捋牠的尾巴，然後把牠送到龐鳳凰的懷裡，說：

「鳳凰，這個是你的。」

迎春抱起半邊小臉也藍著的藍開放，摸摸他那鮮明的印記，長歎一聲，老淚縱橫地說：「苦命的孩子啊……你怎麼也……」

她把藍開放遞給合作，合作緊緊地抱著兒子，因為屁股曾被野豬咬殘，重心不穩，身體傾斜。你藍解放試圖把藍臉三世接過來，但合作拒絕了。

迎春從炕上抱起我，狗小四，遞到藍開放的懷裡，說：

「開放，這個是你的，狗小四，最聰明。」

在這個過程中，老藍臉始終蹲在狗窩邊，用一塊黑布蒙著老白狗的眼睛，並用手撫摸著牠的腦袋，安定著牠的神經。

第三十八章 金龍狂言說壯志 合作無語記舊仇

我幾乎要從那把籐椅上跳起來，但我克制住了自己。我點燃一枝菸，慢慢地吸著，平定了自己的情緒。我偷眼看著大頭兒那雙藍幽幽的眼睛，從中看到了那條在我家中生活了十五年、與我的前妻和兒子相依為命的狗、那冷漠仇視的神情。但一轉眼間，又發現那眼神與我死去的兒子藍開放的眼神十分相似，同樣的冷漠，同樣的仇視，同樣的對我不肯原諒。

……那時我已經調到縣供銷社，擔任了政工科科長，說起來我也算是個舞文弄墨的人，經常在省報的中縫裡發表點小文章，綽號「中縫將軍」。莫言那時已經被借調到縣委宣傳部報導組幫助工作，雖然還是農村戶口，但野心勃勃，狂名洋溢全縣。他日夜寫稿，頭髮蓬鬆，身上菸臭撲鼻，每逢下雨，便把身上衣服脫下來拿出去淋著，並寫打油詩自樂：二十九省數我狂，敢令天公洗衣裳。我的前妻黃合作對這個邋遢鬼頗有好感，每次來了，都菸茶招待。我家的狗和我的兒子對他好像有仇。每次他來，狗就狂跳暴叫，頸上的鎖鏈被扽得嘩啷啷響。我兒子有一次偷偷地解開了狗的鏈條，狗如閃電撲上去，莫言急中生力，如一個飛簷走壁的慣偷，縱身跳到了我家廂房的頂上。我調到縣供銷社不久，合作也被調到縣社所屬的車站飯店。她的工作是炸油條。她的身上，似乎永遠都帶著油煙的味道，逢陰雨天氣，這股氣味就更加濃重。我從來沒有說黃合作是個不好的女人，我永遠也不會說黃合作有什麼不好的地方。當我和她鬧離婚時，她流著淚質問我：我到底有什麼地方不對？我的兒子也質問我：爸爸，我媽媽哪一點對不起你？我的父母罵我：兒子，你還沒當大官呢，合作哪點配不上你？我岳父岳母罵我：藍解放，你這個藍臉的小畜生，你撒泡尿當鏡子照照去！我的領導也語重心長地勸我：解放同志，人要有自知之明啊！是的，我承認，黃合作沒有一點錯誤，而且她也綽綽有餘地配得上我。但是我，我就是不愛她。

那天，母親分了孩子分了狗，時任縣委組織部副部長的龐抗美讓她的司機為我們合影。我們四對夫妻、四個孩子、四條狗，聚集在西門家大院的杏樹下，看起來一團和氣，但實際上各懷鬼胎。這張照片被洗印多張，曾經掛在六個家庭的牆上，但現在，大概一張也找不到了。

合影之後，龐抗美和常天紅要我們擠他們的車走，我正猶豫著，但合作卻以要在娘家住一夜的理由拒絕了。等龐抗美的轎車駛遠時，她卻抱起孩子和狗，執意要走。任誰勸也不聽。那條老母狗從我父親懷裡掙脫出來，眼上蒙著的黑布，鬆退到脖子上，像一個黑色的項圈。牠直衝合作而來，我來不及反應，狗牙已經深深地咬進了她右邊的屁股。她慘叫一聲，幾乎跌倒，但她硬撐著沒有跌倒。她還是要走。寶鳳跑回去拿藥箱給她處理傷口。金龍把我拉到一邊，遞給我一枝菸，自己也點上一枝，煙霧籠罩著我們的臉。我看到金龍皺著眉頭，捲起上唇，堵住一隻鼻孔，讓一股濃煙，從另一隻鼻孔裡噴出來。儘管我見過無數次他抽菸的樣子，但這種樣子，還是第一次見到。扮完了這個怪相，他深深地看我一眼，用很難分清是同情還是嘲諷的口吻說：

「怎麼，過不下去了嗎？」

我不看他那張臉，我看著大門外街道上那兩條追逐著的狗，還看著那空曠的廣場上一個騎著紅色摩托車的人在兜風。在那破敗的舞台上，一幫人正在咋咋呼呼地懸掛橫幅，橫幅上寫著「南國女郎霹靂勁舞」八個歪歪斜斜的大字。我冷冷地說：

「沒有啊，很好啊！」

「那就好，」他說，「其實一切都是陰差陽錯。不過，你也算是有頭有臉的人物了，女人嘛，就那麼回事兒……」他用左手的拇指撚撚食指和中指，又用雙手在雙耳上方比畫了一個烏紗帽翅的樣子，說，「只要有了這個，她們招之即來。」

我似乎明白了他的暗示，竭力不去想從前的事。

寶鳳攙扶著合作對我走來，我兒子一手抱著狗小四，一手拽著合作的衣角並仰臉看著她的臉。寶鳳將一盒狂犬疫苗遞給我，說：

「回家放在冰箱裡，盒上有詳細說明，記住，一定要按時注射，萬一……」

「謝謝你，寶鳳，」合作道，她用冷冰冰的目光看我一眼，說，「連狗都嫌我了。」

吳秋香手持一根棍子，追打那條老狗。老狗鑽進窩裡，齜著牙，眼睛碧綠，對著秋香發威。背已駝得很厲害的黃瞳站在杏樹下，指著我爹和我娘大罵：

「你們藍家的人六親不認，狗也不認親屬！你們趕快把牠勒死，不勒死牠，我就放火把狗窩燒了。」

我爹持一把磨禿了的竹掃帚，用力捅進狗窩，老狗發出悽慘的叫聲。

我娘顛顛地跑上來，滿懷歉意地說：

「開放他娘啊，真是對不起你了，這老狗，是護牠的崽子呢，不是成心咬你的……」

不顧兩家母親和寶鳳、互助的挽留，合作執意要走。金龍抬腕看看手錶，說：

「第一班公共汽車已經過去了，第二班還要等兩個小時。如果不嫌我的車破，我送你們一趟吧。」

互助斜他一眼，不跟任何人打招呼，拉著孩子的手，身體傾斜著向村後走去。我們的兒子開放，抱著他的小狗，頻頻地回頭示意。

我爹追上來，與我並肩走著。隨著年齡的增長，他那半邊藍臉的顏色已不如年輕時那樣鮮明，西斜的陽光照著他的臉，更顯出了他的蒼老。我看看前邊走著的妻子、兒子和狗，站住，說：

「爹，你回去吧。」

「嗨，」爹歎息一聲，垂頭喪氣地說，「早知道這痣能傳給下輩，我當年還不如光棍著好。」

「爹，您千萬別這麼想，」我說，「我沒有覺得有什麼不光彩的。開放如果抱怨，等大一點就給他做個換皮手術，現在科學這麼發達，有辦法的。」

「金龍和寶鳳，畢竟隔了一層，我現在最牽掛的，就是你們家了。」爹說。

「爹，放心吧，您自己照顧好自己。」

「這三年，是我這輩子過得最好的日子，」爹說，「家裡有三千多斤麥子，還有幾百斤雜糧，就是三年顆粒不收，也餓不著我和你娘。」

金龍的吉普車從東邊蹦跳著開過來，我說，「爹，回吧，有了空我就回來看你。」

「解放，」爹停頓了一下，目光盯著地面，悲涼地說，「你娘對我說過，人生一世，誰跟誰結夫妻，是命中注定的，」爹又停頓了一下，說，「你娘讓我勸你不要起異心，你娘說，在官場上混事的人，『休了前妻廢後程』，這是老輩子的經驗，你要往心裡去。」

「我明白，爹。」我看著父親既醜陋又莊嚴的臉，心中頓覺一陣酸楚。我說，「你跟俺娘說吧，讓她放心。」

金龍在我們身邊停下車。我拉開車門，坐在副駕駛的位置上。

「勞你堂堂的——」我說，金龍一歪頭，把嘴叼著的菸頭從車窗吐出去，打斷我的話，說，「堂堂個雞巴！」我不禁噴笑，說，「待會當著我兒子，你說話注意點。」他哼一聲，道，「其實也無所謂，男人，就應該讓他從十五歲開始學習性交，這樣，就不會為了女人的事哼哼唧唧。」我說，「那就從西門歡開始吧，看能不能培養出個大人物。」他說，「光培養也不行，還要看他是不是這塊料。」

吉普車開到合作與開放身邊，停住，金龍探出頭，說：

「弟妹，賢侄，上車吧！」

開放抱著狗，合作牽著開放，雖身體歪斜，但頭昂著從車旁走過。

「嘿！這點個性！」金龍在方向盤中央敲了一下——吉普車發出一聲短促的鳴叫——眼睛看著前方，不側目，對我說，「夥計，心裡要有數啊，她從來就不是一盞省油的燈。」

車緩緩追到他們身側，金龍又敲了一下喇叭，探出頭去說：

「他二姨，是不是嫌姊夫的車破啊？」

合作依然是那樣昂昂地走著，目光辣辣的，直盯著前方。她穿著一條淺灰色褲子，左邊塌陷，右邊渾圓，有一團血漬或者是碘酒滲出來。我確實很同情她，但我的心中也確實充滿了對她的厭惡。她那剪短的頭髮後露出的青白的脖頸，她那沒有耳垂的瘦耳朵，她腮上那顆有一長一短兩根黑毛的瘊子，以及她身上那股子混合了油條製作全過程的氣味，都讓我厭惡。

金龍將車開到前面的道路中央，推開車門，跳下去，扠著腰站在車旁，臉上顯出賭氣的神情。我猶豫了片刻，也推開車門下車。

就這樣僵持著，我想如果黃合作有傳說中的法術，她會變成巨人，踏著我，踩著金龍，踩扁吉普車，徑直地走過去。她不會拐彎。西邊的太陽正照著她的臉。兩道在眉心處幾乎連成一線的濃密得過分的眉毛，單薄的嘴唇，兩隻不大的黑眼睛裡似乎就要湧出淚水。我同情她，覺得她真是不容易，但充溢我心中的依然是厭惡。

金龍有幾分懊惱的臉陡然變得嬉皮笑臉，他又改變了稱謂，說：

「弟妹，知道坐這樣的破車委屈了你，知道你瞧不起我這個農民，知道你寧願走回縣城也不願坐我的車，但你能走，開放不能走啊，就算看在賢侄的面子上，給他大伯我一個台階下。」

金龍走上前，彎腰抱起開放和狗小四。合作撕扯了幾下，但開放與狗已經在他的懷裡了。金龍拉開吉普車的後門把開放和狗塞進去，開放在車裡喊著「媽媽」，帶著幾分哭腔。狗小四「汪汪」地叫著。我拉開另一邊的車門，恨恨地看著她，用嘲諷的口吻說：

「請吧，先生！」

她猶豫著，金龍依舊嬉皮笑臉地說：

「歡歡他姨，要不是當著歡歡他姨夫的面，我就把你抱到車上了。」

合作的臉猛地漲紅了。她瞅了金龍一眼，眼神是那麼複雜。我當然知道她想起了什麼。我對她心懷厭惡的理由其實與她和金龍有過那種事無關，就像我絕對不會厭惡我愛上了的一個有夫之婦與她丈夫曾經有過的關係那樣。她竟然上了車，但不是從我這邊上的而是從金龍那邊上的。我用力關上車門。金龍在那邊也關了車門。

車啟動，隆隆前行。我從金龍那側的後視鏡裡看到她緊緊摟著兒子兒子緊緊摟著狗，心中懊惱無比，不由得嘟噥一句：

「戲也太過了！」

此時吉普車正行駛在那座狹窄的小石橋上。她猛然拉開了車門就要往下跳。金龍左手扶住方向盤，右手反回去，抓住了她的頭髮。我也猛地探過身去，扯住了她的胳膊。孩子哭，狗叫。車到橋頭。金龍騰出手來對準我的胸膛捅了一拳，罵道：

「混蛋！」

金龍跳下車，用衣袖沾沾額頭上的汗，踹了一腳車門，罵道：

「你也是混蛋！你可以死，他可以死，我也可以死，但開放呢？他一個三歲的孩子，有什麼過錯？」

開放在車裡大哭，狗小四狂叫。

金龍雙手插在褲兜裡原地轉了兩圈，嘴唇打著「吐嚕」噴出一口氣。他拉開車門，探進身，用手絹擦擦開放臉上的淚和鼻涕，哄著說：「好了，大小伙子，不哭了。等你下次回來，大伯用桑塔納轎車去接你。」他順手在狗小四頭上拍了一掌，罵道：

「狗娘養的，你他媽的叫喚什麼?!」

吉普車一路飛馳，將一輛輛馬車、驢車、四輪拖拉機、手扶拖拉機、騎自行車的人、步行的人，統統甩在了後邊的煙塵裡。那時候西門屯通縣城的公路，僅路中央鋪了寬約五米的一道瀝青，路兩邊還是砂土。現在，西門屯特別開發區通縣城的路已經擴展到雙向八車道混凝土路面。路兩邊栽著修剪整齊的冬青木，每間隔十米，還有一棵寶塔狀的刺松。上下道中間的隔離帶，栽著一叢叢黃色和粉紅的玫瑰。吉普車顫抖不止，發出吱吱嘎嘎的響聲。金龍賭氣般地開著快車，不時用手敲打方向盤，汽笛時而短促如狗叫，時而尖厲如狼嚎。我緊緊地抓著前邊的鐵槓，幽了一默：

「夥計，車輪螺絲擰緊了沒有？」

「放心吧，」金龍說，「咱是世界級賽車手。」說著，車速明顯減緩。車過驢店後，公路便一直傍著大河蜿蜒，河中的流水，被映照得一片金黃。一艘塗成藍白兩色的小快艇順流而下。金龍說：

「開放賢侄啊，大伯我野心勃勃，要讓高密東北鄉成為人間福地，要讓我們西門屯變成河邊明珠，要把你們那破縣城變成我們西門屯的郊區，你信不信？」

開放不語。我回頭說：「大伯問你話呢！」但這小子已經睡著了，口水流在狗小四頭上。那狗小四，眼睛迷迷瞪瞪的，大概是頭暈了吧！合作側臉看著河流，把生著瘊子的那邊臉對著我，噘著嘴，好像還在生氣。

臨近縣城時，我們看到了洪泰岳。他騎著一輛破自行車——還是「大養其豬」時的舊物——頭戴一頂破草帽，弓著腰，晃動著肩膀，一上一下奮力蹬車，汗水濕了背後的衣服，衣服上沾滿黃土。

「洪泰岳。」我說。

「早看到了，」金龍說，「大概又要到縣委去告狀了。」

「告誰？」

「逮著誰告誰。」金龍略一停頓，笑著說，「他跟我們家那位老頭子，其實是一枚硬幣上的正反兩面，」金龍拍了一下喇叭，從他身邊一閃而過，又說，「泰岳難為兄，藍臉難為弟，難兄難弟！」

我回頭，看到洪泰岳的車子擺了幾擺，但沒有跌倒。他馬上就變小了。一陣罵聲尖細地追上來：「西門金龍！我日你祖宗！你這個惡霸地主的狗崽子……」

「他罵我的話，我都背熟了。」金龍笑著說，「其實是個可愛的老頭兒！」

在我們家門前，金龍停下車，但沒有熄火，他說：

「解放，合作，咱們都扔了三十數四十了，活到今天，總算明白了點事兒，那就是，跟誰過不去都可以，千萬別跟自己過不去！」

「至理明言。」我說。

「屁，」他說，「我上個月去深圳結識了一個漂亮姑娘，她有一句掛在嘴邊的話，『你不可改變我！』

我說，『我改變我自己！』」

「什麼意思？」我說。

「那你就糊塗著吧！」他讓吉普車像撞紅布的蠻牛一樣掉轉了車頭，伸出一隻戴上了白線手套的手，對我們抓了兩下，動作古怪而稚拙，然後便跑了。鄰居大娘家一隻黃雞鑽到他的車下，被壓成了肉餅。他似乎毫無覺察。我從地上揭起黃雞，去敲大娘的門，無人應門。我想了想，掏出二十元錢，戳到雞爪上，把雞從門檻下塞進去。那時候縣城裡還可以養雞、養鵝，我家的前鄰，隔出半個院子，鋪了一層砂石，養了兩隻鴕鳥。

合作站在院子裡，對兒子說也對狗說：

「這就是咱們家。」

我從皮包裡摸出那盒狂犬疫苗，遞給她，冷冷地說：

「趕快放到冰箱裡，三天注射一次，千萬不要忘記。」

「你姊姊說得了狂犬病必死無疑？」她問。

我點點頭。

「那你不正好稱心如意了嗎？」她說著，一把將狂犬疫苗抓過去，轉身進了廚房，冰箱在那裡。

第三十九章　藍開放喜看新居　狗小四懷念老屋

在你們家的第一夜，我享受了很高的禮遇。我是一條狗，卻住在了人的房屋。你兒子一歲時即抱回西門屯，由你的娘餵養，其間從沒回來過，他與我一樣，對這個家既感到陌生又感到好奇。我跟在他的身後，在房子裡跑來跑去，很快便熟悉了這房屋的結構。

這是一個相當不錯的家。相對於西門屯藍臉家房簷下那個狗窩，簡直是個宮殿。進門是一個方方正正的大廳，地面上鋪著「萊陽紅」大理石，蠟光閃閃，腳在上邊打滑。你兒子一進門就被地面迷住了，他低頭看著自己的影子，我也看到了自己的影子。然後他便像在河面上溜冰一樣打起滑來。冰的感覺讓我模模糊糊地回憶起西門屯村後那條浩瀚的大河，碧玉般透明的冰面，目光穿透冰面可以看到緩緩流動的河水和水中動作遲緩的游魚，一頭巨大的豬的形象慢慢地在紅色大理石的地面出現，我感到恐怖，彷彿牠要吃掉我。我趕緊抬起頭，不看牠。我看到四周是用橘紅色櫸木板做成的牆裙。我看到雪白的牆壁，雪白的天花板，淺藍色的枝形吊燈，猶如一串鈴蘭花苞的形狀。我還看到，正面的牆上，懸掛著一副巨大的照片：一片樹林，一池綠水，兩隻天鵝，池邊是一片金黃色的鬱金香。東邊一間，是一間狹長的書房，書架遮住一面牆，但架上只有幾十本大小不一的書。牆角有一床。與床相連的是書桌與椅子。地面是柞木的，上面刷著一層透明的油漆。從門廳往西，是一條走廊，迎面是一個房間，右側是一個房間，房間裡都有床，都鋪著柞木地板。門廳後面，是一個廚房。

太闊氣了，太牛了，這是我當時的想法。但過不了多久，當我見識了狗三姊主人的家，才知道什麼叫現代裝修，什麼叫富麗堂皇。儘管你們這個家，也算是我的家吧，與別人家比較，顯出了寒磣，但我還是喜歡這裡。狗不嫌家貧嘛，何況根本也算不上貧。四間正房，兩間東廂，三間西廂，半畝大的院子，四棵粗大的梧桐，院中一口泉眼旺盛的井，這房子、這院子都說明你藍解放混得不錯，你官雖不大，但本領不小，是個人物。

既然咱是一條狗，不論大小，就得履行狗的職責，那就是，每到一個新地兒，就得擠出點尿來，留下點印記。一方面呢，說明這是咱家的地盤；一方面呢，萬一咱出遠門迷了路，嗅著這味兒，就可以找回來。

咱的第一泡尿呢，是滋在了右邊門框上。咱翹起右後腿，滋，滋，兩下，芳香四溢。省著點，使用這香水的地兒多著呢。咱的第二泡尿滋在了客廳的牆裙板上，還是兩下，氣味依舊，省著點兒。第三泡尿滋在你藍解放的書架上。剛滋了一下，就被你踢了一腳，把剩餘的一「滋」硬憋了回去。從此之後，十幾年的漫長歲月，這一腳都讓我難以忘卻。雖然你是這家的男主人，但我從來沒把你當成主人，後來甚至把你當成了仇敵。我的第一主人，自然是那半個屁股的女人。第二主人，是那半邊藍臉的男孩。你他媽的，在我心中，呸，什麼玩意兒。

你老婆在走廊裡放了一個筐子，筐中鋪上幾張報紙，你兒子又放上一個皮球，算是我的窩。這當然很好，竟然還有玩具，咱也貴起來了。但好景不常，在這窩裡只睡到半夜，就被你搬著筐把我扔到西廂房的煤堆旁邊。為什麼呢？因為我在黑暗中，想起了西門屯的狗窩，想起狗娘溫暖的懷抱，想起了那個慈祥老太太身上的氣味。我禁不住就哼哼起來，眼淚汪汪。連你的兒子睡在你老婆的懷裡半夜裡還起來找奶奶呢。人狗是一理嘛。你兒子已經三歲，老子才出生三個月，憑什麼？連娘都不許想啦。何況我不僅思念我的狗娘，我還思念你的人娘呢！但說這些都沒用，半夜時分你推開門，端著筐子就把我扔到煤堆旁邊，你還罵我：狗雜種，再叫就掐死你！

其實你根本就沒睡，你躲在書房裡，桌上裝模裝樣地擺著一本《列寧選集》，就你這滿腦袋資產階級腐朽思想的傢伙還看《列寧選集》？啊——呸！這是你小子的一貫伎倆，你用這種方法逃避和我的女主人睡覺。你一枝接一枝抽菸，把你那書房熏得牆壁發黃，彷彿裝修時使用的別樣塗料。

燈光從你書房的門縫透出來，穿過客廳，從走廊的門縫透進來，菸味伴隨著燈光。我雖然在哭，但同時也在履行一條狗的職責。我記住了你身上那股隱藏在菸臭裡的以苦澀為基礎的綜合氣味，我記住了你妻子身上那股被油腥和碘酒掩蓋著的以酸辛為基調的氣味，你兒子身上那股綜合了你們夫妻氣味的、苦澀酸辛的氣味我早就很熟悉了。在西門屯時，我閉著眼睛也能把他的鞋子從那一堆鞋子裡叼出來。但你小子竟敢把我從房子裡搬到廂房的煤堆裡。做為一條狗，誰願意跟人住在一屋裡啊？聞你們的腳丫子味？聞你們的屁味？聞你們腋下的狐臊？聞你們嘴裡的酸臭？但那時我還小，你怎麼著也讓我在屋裡待一夜，也算你仁慈，可你小子——！咱們這仇，就是那時結上的。

廂房裡黢黢的，但對一條狗來說，這光線足夠辨別事物。煤的氣味濃烈，夾雜著硝煙氣味、挖煤工人的汗水味兒，還有血腥的味兒。都是亮晶晶的大塊好煤，那時供銷社管物資，要啥有啥。能燒上這樣的大塊良煤的都不是一般家庭。我跳出筐子，走到院子，嗅著洶湧而上的井水氣味，嗅著梧桐花兒的氣味，嗅著西南牆角上的廁所氣味，嗅著那一塊小小的菜地裡的韭菜氣味和菠菜氣味，嗅著東廂房裡的酵母味兒，蒜汁香腸味兒，已經變質的餿飯味兒，還有各種各樣的木材、鐵器、塑膠、電器發出的味兒。我在四棵梧桐樹上都「滋滋」了，在大門上也「滋滋」了，在該「滋滋」的地方都「滋滋」了。這裡成了咱家的地盤了，咱離開母親的懷抱，來到一個陌生之地，今後的日子，就靠自己了。

咱在院子裡轉圈，熟悉環境。路過正房門時，因情感一時脆弱，撲上去，用爪子搔了幾下門，嘴裡發出幾聲狺狺的哀叫，但這種脆弱感情很快就被克服了。

我回到西廂房那筐裡，感到自己已經長大了。我看著半個月亮爬上來，紅紅的臉膛，像一個怕羞的農村大姊。星空深邃無邊，四棵大梧桐上，那些淺紫色的繁花，在渾濁的月光下，像活著的蝴蝶，彷彿隨時都會翩翩起舞。我聽著後半夜的縣城裡那些神祕陌生的聲音，嗅著那複雜的氣味，感到自己已經置身於一個廣大的新世界中，對明天，我充滿期待。

第四十章　龐春苗揮灑珍珠淚　藍解放初吻櫻桃唇

在六年的時間裡，從縣供銷社政工科長到縣供銷社黨委副書記再到縣供銷社主任兼黨委書記再到主管文教衛生的副縣長，我確實蹦躂得不慢。儘管有種種議論，但我問心無愧。儘管先任組織部長後任主管組織工作的副書記的龐抗美是我爹用毛驢把她娘馱到縣醫院生出來的，儘管我同父異母的哥哥西門金龍與她的關係非同一般，儘管我與她爹她娘她妹妹都很熟識，儘管我兒子與她女兒是同班同學，儘管我家的狗與她家的狗是一母所生，儘管有這麼多的儘管，但我藍解放當上副縣長，完全靠的是我自己。我自己的努力，我自己的才華，我自己營造的同僚關係和我自己奠定的群眾基礎，向冠冕堂皇裡說，當然還有組織的培養和同志們的幫助，但我沒走她龐抗美的門子。她好像也對我沒有好感。在我上任之後不久，一次在縣委大院裡不期而遇，看看左右無人，她竟然說：

「醜八怪，我投了你反對票，但你還是當上了。」

我彷彿當頭挨了一棒，一時張口結舌。我四十歲，肚腩已經鼓了，頭頂毛也疏了。她也是四十歲，但身體依然那麼苗條，皮膚依然那麼光滑，臉上一片青春，歲月在她身上似乎沒留下任何痕跡。我怔怔地望著她的背影，看著她剪裁得體的咖啡色套裙，棕色的半高跟皮鞋，繃得緊緊的小腿和細腰翹臀，心中紛亂如麻。

如果不發生與龐春苗的事，我也許還能往上躥躥，到異地去當個縣長，或者書記，最不濟也退到人大、政協，掛個副職，吃喝玩樂，步入晚年，不至於像現在這樣，聲名狼藉，創傷累累，躲在這小院裡，苟且偷生。但是我不後悔。

「知道你不後悔，」大頭兒說，「從某種意義上說呢，你也算條漢子。」他嘻嘻地笑起來，我家那條狗的表情從他臉上洇出來，就像底片在顯影液裡顯出影像一樣。

當莫言那小子帶著她第一次出現在我的辦公室裡時，我才猛然地意識到，歲月流逝得有多麼快捷。我一直覺得跟龐家的人很熟很熟，似乎經常見面，但努力回憶，她留在我腦海裡的印象，竟然還是那個在第五棉花加工廠大門口倒立行走的女孩。

「你，竟然這麼大了……」我像個長輩一樣，上下打量著她，感慨萬端地說，「那時候，你這樣，這樣，就把腿舉起來了……」

她白白的臉上浮起紅暈，鼻尖上一片汗珠。那天是一九九〇年七月一日，星期日。氣溫很高，我的辦公室在三層，敞開的窗戶，正對著一棵法國梧桐枝葉繁茂的樹冠，樹上蟬鳴如雨。她穿著一件紅色的裙子，領口雞心狀，蕾絲花邊。小脖子細細的，鎖骨處凹陷進去，脖子上拴著一根紅繩，繩端碧綠的小小的一塊也許是玉。她大大兩隻眼，小嘴，口唇豐滿。不施粉黛，兩顆門牙似乎有些擠，很白。腦後竟然拖著一條古典的大辮子，這讓我心中產生異樣的感覺。莫言那小子曾經寫過一篇題名〈辮子〉的小說，寫一個縣委宣傳部的副部長與一個在新華書店賣連環畫的姑娘搞婚外戀的故事。故事的結局很怪誕，與我們大不相同，但顯然他是以我們的戀情為故事原型。跟寫小說的人交朋友，弄不好就成了素材。他奶奶的，這小子。

「快坐快坐，」我一邊張羅著倒茶，一邊說：「真是太快了，小春苗，一轉眼就成了亭亭玉立的大姑娘了。」

「藍叔叔，您別客氣，剛才在街上，莫老師請我喝了汽水。」她拘謹地坐在沙發邊緣上，說。

「錯了錯了，」莫言那小子說，「藍縣長跟你大姊同年出生，藍縣長的母親還是你大姊的乾娘呢！」

「亂講，」我把一盒中華菸扔到莫言面前，說，「什麼乾娘、濕娘，我們從來不搞這一套庸俗關係。」我將一杯龍井茶放在她面前，說，「隨便叫，別聽這個烏鴉嘴的——你好像在新華書店工作？」

「藍縣長，」莫言將那盒菸掖進口袋，從我菸盒裡抽出一枝菸，說，「太官僚主義了吧？龐春苗小姐，新華書店少兒讀物部售貨員，業餘文藝骨幹，會拉手風琴，能跳孔雀舞，會唱抒情歌，還在省報副刊上發表過散文呢！」

「是嗎？」我驚訝地說，「那放在新華書店不是可惜了嗎？」

「誰說不是呢，」莫言道，「我對她說，『走，咱們找藍縣長，讓他把你調到縣電視台。』」

「莫老師，」她臉脹得通紅，看看我，說，「我沒有那意思……」

「你今年才二十歲吧？」我說，「應該考大學去，考藝術院校。」

「我什麼都不會……」她低著頭說，「鬧著玩的，我考不上的，一進考場就緊張，暈過去了……」

「沒有必要上大學，」莫言道，「藝術家都不是大學培養出來的，譬如我！」

「你的臉皮越來越厚了，」我說，「自吹自擂，難成大器。」

「我這叫恃才傲物，狂放不羈！」

「要不要我把李錚叫來？」我說。

李錚是市精神病院的主治醫生，我們的朋友。

「不鬧不鬧，說正事，」莫言道，「沒當著外人面，斗膽不呼縣長，叫大哥，藍大哥，你真的要多關心一下我們這個小妹妹。」

「當然，」我說，「不過，有龐書記在那兒，我想效力，怕都輪不上吧？」

「這就是春苗妹妹的可愛之處了，」莫言道，「她從來不求她大姊。」

「好了，」我說，「候補作家，最近又寫什麼小說了？」

莫言滔滔不絕地開始講述他正在寫著的小說，我裝出側耳恭聽的樣子，心裡想著的全是與龐家有關的事。對天發誓那會兒我根本沒把她當成女人，以後的很長時間裡也沒有，當時我只是充滿好感地看著她，有那麼一點點滄桑感，安在牆角的落地式電風扇無聲地搖動著頭顱，把她身上那股清新的氣味吹過來，讓我感到心曠神怡。

但兩個月後，事情突然發生了變化。依然是一個星期日的下午，依然是很熱的天氣，窗外梧桐樹上的蟬聲已經絕跡，有兩隻喜鵲在梢頭跳躍、噪叫。喜鵲是吉祥鳥，牠們的到來讓我感到一種幸福的預兆。她來了，一個人，烏鴉嘴莫言在我幫助下去一個大學的作家班學習，可以解決學歷，回來我會幫助他「農轉非」。這期間她來找過我幾次，送過我一筒黃山猴魁茶，說是她爸爸去黃山旅遊時老戰友送的。我說你爸爸身體好嗎，她說好著呢，爬黃山不用枴棍。我深表驚訝和佩服，耳畔似乎響起了他走路時假肢發出的「吱嘎」聲。我對她說起調她去電視台的事，我說只要你想去，那很簡單，一句話的事。我說並不是我的話有那麼大的力量，真正的力量是你姊姊的地位。她著急地辯白：你不要聽莫言老師瞎說，我真的沒那意思。她說我哪裡也不去，我就在新華書店賣小人書。有孩子來買小人書時我就賣小人書，沒孩子買小人書我就看小人書，我感到很滿足。

新華書店就在縣政府馬路斜對面，直線距離不超過二百米，每天我一開窗，就可以居高臨下地看到這個二層的陳舊建築。「新華書店」，四個毛體大字，因紅漆剝落，遠看好像缺胳膊少腿。這姑娘的確與眾不同，當許多人挖空心思、動用種種卑劣手段想與大權在握的龐抗美攀上關係時，她卻在逃避。她完全可以不費吹灰之力換一個收入豐厚的輕鬆工作，但她不。有這般家庭背景的女孩會這樣胸無大志嗎？會這樣安分守己嗎？重要的問題是，她既然無所求，三番兩次地來找我幹什麼？這樣的青春年華，應該是戀愛的季節。她長得確實算不上美麗，不是濃妝豔抹的牡丹、芍藥，但她異常清新，人淡如菊，追她的年輕人會少嗎？她何必與我一個四十歲的、半邊藍臉的醜男人交往？如果她沒有一個甚至也能掌握我的升遷命運的姊姊，一切都可以理解；但她有這樣一個姊姊，一切都不可理解了。

兩個月內她來過六次，這是第七次。前幾次她都是坐在第一次坐過的位置上，都是穿著那件紅裙子，坐得都是那麼虛，神情始終拘謹。莫言陪著來過兩次，莫言走後，她自己來。莫言在時，一張嘴橫掃千軍，想冷場都辦不到。莫言不在，場面就有些尷尬。無奈我就從書架上拿那幾本文藝方面的書給她看。給她一本，她翻翻，說這本看過了。再給她一本，她翻翻，說這本也看過了。我說那你就自己找一本沒看過的吧。她抽出一本農村讀物出版社出版的《家畜常見病防治手冊》說這本沒看過。我啞然失笑，說你這丫頭，真逗，那你就看這本吧。我拿出一摞傳閱文件，一目十行地瀏覽著。偷眼看她，屁股很實地坐在沙發上，背也靠實落了，雙腿並攏支起，將那本《家畜常見病防治手冊》放在膝蓋上，極其入神地讀著，一邊讀還一邊低聲地念出來。這是鄉間那些文化不高的老農讀書的方式。我悄悄地笑了。偶爾有人到辦公室來找我，見一個年輕姑娘在，臉上便有些尷尬，但當我對他們說這是龐書記的妹妹時，他們的神情馬上便變得必敬必恭。我知道他們心裡怎麼想。他們絕不會想藍縣長與龐春苗有什麼曖昧之事，他們想的是藍縣長與龐書記關係非同一般。我必須承認，雖然並不是因為她我才週末不回家，但她的出現使我更不想回家了。

這一次她沒有穿那件紅裙子，我想也許是我曾經跟她開過的玩笑起了作用。我上次看著她的裙子對她說：「春苗，我昨天給龐大叔打電話了，讓他給你買件新裙子。」她紅著臉說：「你怎麼能這樣呢？」我趕緊說：「逗你玩呢。」這次她穿著一條深藍色牛仔褲，上身穿一件白色半袖小衫，依然是雞心領、領邊蕾絲針織什麼的，脖子上還是紅繩綠玉。她依舊坐在那個位置上，臉白得不對勁，目光發直。我急忙問：怎麼啦？她看我一眼，撇撇嘴，「哇」地一聲就哭了起來。這個星期日，辦公樓裡有人加班。我手足無措，慌忙把門打開。她的哭聲像一群鳥，飛到走廊裡。我急忙又把門關上。又把窗關上。在我的一生中還從來沒碰到過這樣的棘手問題，我搓著手，像一隻初被關進鐵籠的焦躁猴子，一邊轉圈，一邊低聲勸解：「春苗春苗春苗，別哭別哭別哭……」她肆無忌憚地哭著，聲音更加響亮。我又想拉開門，馬上又意識到絕對不能開門。我坐在她身邊，出汗的右手抓著她冰涼的右手，左胳膊從她背後攬過去，左手拍打著她的肩頭，連連勸解：「別哭別哭，有什麼事跟大哥說，在這高密縣城裡，什麼人這麼大膽，竟敢欺負我們春苗姑娘？告訴大哥，大哥去把他的頭擰轉一百八十度……」但她只是哭。閉著眼哭，大張著嘴巴，像個任性的小女孩。珍珠般的淚珠，一串串地滾出來。我跳起來，然後再坐下。星期天下午一個年輕女人在副縣長辦公室放聲大哭，這算什麼事呢？我後來想，如果當時我手邊有那種治療跌打損傷、肌肉痠痛的傷濕止痛膏，我就會揭下一帖，封住她的嘴巴。後來我想，如果我當時能下狠心，像個綁匪一樣，把臭襪子揉成團，塞進她的嘴巴，事情也會朝著另外的方向發展。但我當時採用了從某種角度來說是最愚蠢的方法而從另外一種角度來看又是最聰明的方法：我抓著她一隻手，扳著她的肩膀，用我的嘴，堵住了她的嘴……

她的嘴很小，我的嘴很大，就像茶杯扣住酒盅一樣嚴絲合縫。她的哭聲猛烈地衝進我的口腔，激得我雙耳深處一陣轟鳴，隨即又短促地響了一下，她不哭了。這時，我被一種平生從未體驗過的奇異感覺擊垮了。

我雖然已經結婚生子，但說來似乎撒謊，十四年的婚姻生活中，我與她性交（我只能這麼說，因為根本就沒有愛）總共十九次，接吻嗎，勉強算一次吧。那還是看過一場外國電影之後，受電影中此類如癡如醉的鏡頭影響，我摟住她，對她伸過嘴去。她的頭扭來扭去，卓有成效地躲避著我，後來總算在慌亂中碰上了，但我的感覺是犬牙交錯，充滿敵意，而且，一股從她嘴裡散發出來的腐肉般的臭氣，熏得我頭腦子裡「嗡嗡」地響了一聲。我立即鬆開了她，從此再也沒動過這種念頭。在那屈指可數的十幾次性交中，我總是盡量地避著她的嘴巴。我曾經勸說她去醫院看看牙科，她冷冷地看著我，說：為什麼？我牙齒好好的，為什麼要去看牙科？我說：你嘴巴裡好像有臭味。她惱怒地說：你嘴巴裡有大糞。

我後來對莫言說過，那天下午的吻，是我的驚心動魄、觸及靈魂的初吻。我用力吮吸著、品咂著她豐滿而小巧的雙唇，彷彿要把她全部吸到我的腹中一樣。我這才明白了莫言小說中的那些陷入狂熱戀愛中的男人總是對女人說「我恨不得把你吞了」的道理。她在我的嘴吻著她的瞬間，全身突然僵硬如木雕，肌膚冰涼，但很快她就鬆軟了，瘦骨伶仃的身體似乎膨脹起來，柔軟得如同沒有骨頭，灼熱得如同火爐。起初我還睜著眼睛，但馬上就閉上了。她的嘴唇在我嘴裡膨脹著，她的嘴巴張開了，一股猶如新鮮扇貝的鮮味兒布滿我的口腔。我無師自通地把舌頭探進她的嘴裡，去逗引她的舌頭，她的舌頭與我的舌頭勾搭在一起，糾纏在一起。我感到她的心臟像小鳥一樣在我胸前撲騰，這時她的雙手已經摟住了我的脖子。我把天下事忘到了腦後，只有她的唇、她的舌、她的氣味、她的溫度、她的呻吟，占據了我全部的身心。這樣的過程持續了不知多久，後來被電話鈴聲打斷。我鬆開她去接電話，腿一軟竟跪在了地上。我感到身體已經失去了重量，這一吻使我變成了一根羽毛。我沒有接電話，只是拔掉了電話線插銷，中斷了這可惡的鈴聲。我看到她仰在沙發上，面色慘白，嘴唇紅腫，彷彿死人一樣，我當然知道她沒有死，因為淚珠兒在她臉上滾動。我用面巾紙揩乾她的淚水。她睜開眼睛，兩條細胳膊纏住我的脖子，喃喃著：我頭暈。我站起來時也順便把她帶了起來，她的頭俯在我的肩上，頭髮弄得我的耳朵癢癢的。走廊裡響起了那個喜歡唱歌的公務員嘹亮的歌聲，這小子模仿陝北民歌一絕，每個星期天下午我都聽到他在盥洗間裡一邊衝洗墩布一邊引吭高歌：

「哥哥你走西口～～小妹妹實難留～～」

我知道只要他的歌聲響起，就說明整座樓裡只有我們兩人啦，然後就該他打掃衛生了。我的理智回來了，推開她，去把辦公室的門拉開了一條縫。然後我虛偽地說：「春苗，對不起，我一時衝動……」她眼淚汪汪地說：「你不喜歡我？」我急忙說：「喜歡，太喜歡了……」她又要往我身上撲，我抓住她的手，說：「好春苗，公務員馬上要來打掃衛生了。你先回去，過幾天，我有好多話慢慢對你說……」她走了，我癱坐在皮轉椅上，聽著她的腳步聲，漸漸消逝在樓道盡頭。

第四十一章　藍解放虛情戲髮妻　狗小四保鏢送學童

其實，那天傍晚你一到大門外邊，我就嗅到你身上沾染了一股不但令人愉悅令狗也愉悅的氣味。這氣味與你平日裡與女人握手、與女人同桌吃飯、與女人摟抱著跳舞時所沾染的氣味大不相同。甚至與你跟女人性交後的氣味都大不相同。——什麼事都瞞不了我的鼻子——大頭兒藍千歲目光炯炯地說。

他的神情和眼色使我意識到，此刻，不是龐鳳凰生養的那個與我的關係複雜得無法稱謂的異稟孩子在跟我說話，而是我家那條死去多年的狗在跟我說話。

什麼都瞞不了我的鼻子，他自信地說，一九八九年夏天，你到驢鎮去，名為檢查工作，實則與你那幾個鐵哥們兒——驢鎮書記金斗宦、驢鎮鎮長魯太魚、驢鎮供銷社主任柯里頓一起吃喝玩樂打撲克。每到週末縣裡的幹部大半都竄到鄉下去吃喝玩樂打撲克。我從你手上聞到了金、魯、柯的氣味，這些人都到咱們家裡來過，在我頭腦中那個氣味儲存庫裡，存有他們的檔案。一嗅到氣味我馬上就想到了他們的相貌、聲音，你能瞞得了老婆孩子但你瞞不了我。你們中午吃了運糧河裡的甲魚，吃了當地名產黃燜雞，還吃了蟬的幼蟲與蠶蛹，還有許多亂七八糟的東西我懶得一一敘說。這些都無關緊要，重要的是，我從你襠間嗅到了一股腥冷的精液氣味與橡膠避孕套的氣味。這說明，你們在酒足飯飽之後，去找小姐「打炮」了。驢鎮瀕臨大河，物產豐富，風景優美，沿河一字排開數十家酒店、髮廊，其間有許多美色女子半公開地從事古老的職業，這事兒，你們都心照不宣。我是一條狗，不負責「掃黃」問題，我把你這件風流事兒抖摟出來的目的是想說明，即便與你有過性關係的女人，她的氣味也是浮在你的基本氣味外邊，你認真地洗上一個澡，往身上噴灑點香水，就基本上可以把她的氣味清除或者掩蓋，但是這一次卻不同，這一次你身上沒有精液氣味，也沒有她的體液氣味，但分明有一股極其清新的氣味與你這個人的基本氣味發生了混合，使你的基本氣味從此發生了變化。於是我就明白了，你與這個女人之間，已經產生了深刻的愛情，這愛情滲入了你們彼此的血液、骨髓，無論什麼樣的力量，也難把你們分開了。

你那天晚上的表現，實際上是一次徒勞的掙扎。你吃完飯後竟然去廚房裡洗了碗，然後又詢問了你兒子學習方面的情況。這些不尋常的表現讓你妻子心中感動，她主動地為你泡了一杯茶。這一夜，你與妻子性交一次。按照你的統計，這是你們夫妻之間的第二十次，也是最後一次。我從氣味的濃度上判斷出你們這次性生活質量差強人意，但我知道這是徒勞的。因為這過程當中，有一種在道德自律之下的歉疚之情暫時地壓制了你生理上對她的厭惡，而那個女人注入到你體內的氣味猶如種子，尚在萌芽狀態，一旦發芽開花，無論什麼力量都難以使你回到老婆身邊。我從你的氣味變化上，預感到你已重生，而你的重生，就意味著這個家庭的死亡。

關於氣味問題，對一條狗來說，那是性命攸關。我們通過氣味感知世界，通過氣味認識世界，通過氣味判斷事物的性質並決定我們的行動，這是我們的本能，並不需要特別訓練。人們訓練工作犬並不能使狗的鼻子更靈，而是教會狗如何把氣味用行為標識出來讓鼻子不靈的人用眼睛感知，譬如把罪犯的鞋子從一堆鞋子裡叼出來。對狗來說，叼出來的其實是那個人的氣味，而人看到的是那個人的鞋子。休怪我喋喋不休，我對你說這些就是想告訴你，在狗面前，你沒有隱私也沒有祕密，一切都袒露無遺。

那天你一進門，只用了一秒鐘的時間，我就把龐春苗的氣味辨析出來，她的形象隨即出現在我的腦海裡。她那天穿的衣服也漸漸清晰，你辦公室發生的事情就彷彿發生在了我的眼前。我知道的甚至比你還多。因為我從你身上嗅到了她例假的氣味，而你並不知道。

從我到你家那天至你與龐春苗接吻那天，將近七年的時間，我從一隻毛茸茸的小犬變成了一隻威武的大狗。你兒子從一個幼童成長為一個四年級小學生。這期間發生的事情可以寫成一部大書也可以一筆帶過。毫不誇張地說，在這個小小的縣城裡，每一個牆角的拐彎處，每一根路邊的電線桿上，都被我「滋滋」過。當然，我「滋滋」過的地方也不斷地被別的狗的「滋滋」覆蓋。這縣城常住人口四萬七千六百餘人，流動人口平均兩千。常住狗六百餘條。這縣城是你們的，也是我們的。你們有街道，有社區，有組織，有領導。我們也差不多。縣城裡的六百餘條狗中，有四百餘條是本地的土狗，牠們亂配一氣，血統混亂，目光短淺，膽小怕事，自私自利，難成氣候。有一百二十餘條德國黑背狼犬，但純種的也不多。其餘的還有二十餘條北京哈巴狗，四條禿尾巴的德國羅維娜，兩條匈牙利維茲拉，兩條挪威雪橇犬，兩條荷蘭斑點狗，兩條廣東沙皮狗，一條英格蘭金毛獵犬，一條澳洲牧羊犬，還有一條藏獒，還有十幾條根本不能叫狗的俄國尖嘴和日本吉娃娃。另外還有一條不知來歷的黃毛導盲大狗，牠與牠的主人女瞎子毛菲英形影不離，毛菲英在廣場上演奏二胡，牠就靜靜地趴在她的腳前，對任何上前跟牠套瓷的狗都置之不理。還有一條號稱「短腿英國紳士巴基度」的傢伙，是住在杏花小區一號樓的一個美容店女老闆新近弄來的。此物四腿粗短，身體扁長，狀如板凳。這樣的體形已經夠醜陋的了，更醜陋的是牠那兩隻猶如大餅一樣拖垂到地面的耳朵。牠兩隻眼睛布滿血絲，好像得了結膜炎。本地狗是沒有頭腦的烏合之眾，因此夜間的高密縣城基本上是我們黑背狼犬的天下。我，狗小四，在你們家吃得不賴，因為你一直當官，你欠著你老婆下邊那隻「嘴」的情，但你沒欠著她上邊那隻嘴的情。尤其是到了節假日，那些精美的食物，成箱成袋地飛來。你們家在冰箱之後又添置了一個巨大的冰櫃，但依然有許多食物變質發臭。可都是好東西啊。雞鴨魚肉是大路貨，不值一提，那些名貴的，如內蒙古來的駝蹄，黑龍江來的飛龍，牡丹江來的熊掌，長白山來的鹿鞭，貴州來的娃娃魚，威海來的梅花參，廣東來的鯊魚翅……這些被稱為山珍海味的東西，剛來時被塞進冰箱、冰櫃，但最終還是進了我的肚腸。因為你很少在家吃飯。因為你老婆是個油條肚子，她炸油條，賣油條，吃油條，很少動手烹製那些東西。我真是一條有口福的狗。縣城裡許多狗的主人比你藍解放官大，但他們家的狗吃得都不如我好。聽那些狗說，那些送禮的人，往他們家送的是錢和金銀珠寶，可往你們家送禮的人，全是送吃的。這如其說是送禮給你藍解放，不如說是送禮給我狗小四。我吃著山珍海味，在不到一歲時，就長成為縣城一百二十多條黑背狼犬中最大的一條。長到三歲時，我身高已達七十釐米，從頭至尾一百五十釐米，體重六十公斤。這些數據，都是你兒子稱量的，絕對沒有浮誇虛報。我有兩隻尖削的耳朵，黃褐色的眼睛，碩大堅固的頭顱，尖利的白牙，鱷魚般的大嘴，漆黑的背毛，草黃色的腹毛，平伸在後的尖削尾巴，當然還有超群的嗅覺與記憶。坦率地說，在這高密小縣裡，能跟我爭鬥的，只有那條棕色的藏獒，但這傢伙從雪域高原來到黃海之濱，整日迷迷糊糊，據說是醉氧，別說是打架，讓牠緊跑幾步，就會氣喘吁吁。牠的主人是「紅」牌辣椒醬縣城專賣店的老闆娘，此女是西門屯孫龍的太太，染著滿頭紅毛，鑲著滿口金牙，是美容店的常客，她搖擺著肥胖的身體走到哪裡，那條藏獒就氣喘吁吁地跟到哪裡。此犬在高原，足可以跟狼打架，但到了高密，哥們，就只能夾著尾巴做狗了。我說了這麼多，你總可以明白了吧？高密縣的幹部都歸龐抗美管，高密縣的狗都歸我管。但狗與人的世界畢竟是一個世界，狗與人的生活也就必然地密切交織在一起。

我先說說每天接送你兒子上學的事。你兒子六歲進入本縣最好的鳳凰小學。學校就在縣政府西南邊二百米處，新華書店、縣政府、鳳凰小學，恰好是一個等腰三角形。這時候我已經三歲，正是青春好年華。縣城的地盤已經被我踩下來了，說咱家一呼百應，那絕不是誇張。只要咱家發出那種要求牠們報告各自位置的叫聲，不出五分鐘，大合唱般的狗叫聲就會在縣城的四面八方響起。我們成立了以黑背狼犬為核心的狗協會，總會長嘛，當然是咱家，又按街道、小區下設了十二個分會、分會會長，都由黑背狼犬擔任，副會長嘛，本來就是擺設，讓那些雜種狗、中國化了的土洋狗擔任去吧，藉此也可表示我們黑背狼犬的雅量。你想知道咱家是什麼時間完成這些工作的嗎？告訴你，通常都是凌晨一點到四點之間，無論是月光皎潔的夜晚，還是星斗燦爛的夜晚，無論是寒風刺骨的冬夜，還是蝙蝠飛舞的夏夜，如無特殊情況，我都會出去踩點、交友、打架、戀愛、開會……反正是你們人能做什麼，我們就能做什麼。第一年的時候，我是從陰溝裡鑽出去，從第二年夏天開始，我就停止了鑽陰溝的恥辱，我從西廂房門口起跑，第一步跳上井台，第二步斜刺著跳上窗台，第三步，從窗台跳上牆頭，然後飛身而下，降落在你家大門前那條寬闊的天花胡同中央。井台、窗台和牆頭都很狹窄，我所說的跳上去，無非是把那裡做為一個落腳點而已，像蜻蜓點水一樣，像在河流上漂浮著的木頭上奔跑一樣，我跳牆的動作精美準確，一氣呵成，縣檢察院存有我三級跳牆的錄像資料，他們院反貪局有一個立功心切的檢察官，名叫郭紅福，他化裝成查線路的電工，偷偷地在你家房簷下安裝了針孔攝像機，沒拍到你什麼證據，倒把我三點斜線跳牆的情景拍了下來。郭紅福家的狗是我們紅梅小區分會的副會長，一條幾乎可以混跡於北海道狐狸群的火紅色俄國尖嘴小母狗，依偎在他的腳邊在臥室裡看了這段錄像。當夜，在天花廣場的噴泉邊上，牠嬌聲嬌氣地對我說：會長哎，你三點斜線跳牆的動作，好好精采好好驚險啊！偶（我）家男女主人連看了十幾遍，一邊看一邊鼓掌，偶（我）家男主人說要推薦你去參加寵物特技表演大會呢。我漫不經心地哼了一聲，冷冷地說：寵物？偶（我）是寵物嗎？尖嘴自知失言，慌忙道歉，搖尾掃地，媚態可掬。牠還從那件據說是牠的女主人親手給牠編製的羊毛背心兜兜裡摸出一塊散發著奶油氣味的狗咬膠遞給我，被我拒絕。這些玩意兒，徒有狗名，實則早已墮落成寵物，玷污了狗的光榮。

我馬上就說接送你兒子上學的事。你休嫌咱家囉嗦，我不把這些事情說明白，接下來許多事情你就聽不明白。

你兒子確實是個很有孝心的小孩，他初上學時，由你老婆用自行車接送，但你兒子上學的時間與你老婆上下班時間總是有衝突。這讓你老婆很辛苦。你老婆一辛苦就要發牢騷，一發牢騷就要罵你，一罵你你兒子就皺眉頭，由此可見，你兒子還是愛你的。你兒子說：媽，你不要接送我了，我自己去，自己回。你老婆說：不行，被車撞了怎麼辦？被狗咬了怎麼辦？被壞孩子欺負了怎麼辦？被拍婆子拍去怎麼辦？被歹徒綁架了怎麼辦？——你老婆一口氣連說了五個怎麼辦。當時社會治安確實不好，一是說縣城內遊蕩著六個從南方來的女人販子，俗稱「拍婆子」，她們化裝成賣花的、賣糖果的、賣彩色雞毛撣子的，她們身上藏著一種迷藥，見了漂亮孩子，在腦門上拍一掌，那孩子就癡了，跟著她們乖乖地走了。還有就是工商銀行行長胡蘭青的兒子被綁匪綁架，要價二百萬，不敢報案，最後花了一百八十萬才贖回。你兒子拍拍自己的藍臉說：拍婆子專拍漂亮男孩，我這樣的，跟著她們去她們也會把我趕走。如果有綁匪，你一個女人管什麼用？你又不能跑——你兒子瞅著你老婆的半邊殘臂說。你老婆很傷心，眼圈紅了，哽咽著說：兒子，你不醜，媽醜，媽是個半腚人……你兒子摟著你老婆的腰說：媽，你不醜，你是最美的媽。媽，你真的不用送我，我讓咱家小四送我。你老婆和你兒子的目光都轉移到我身上，我頗為雄壯的吠叫之聲，意思是向他們承諾：沒有問題，一切包在我身上！

你老婆和你兒子走到我身前。你兒子抱著我的脖子說：小四，你送我上學好不好？媽媽身體不好，上班辛苦。

哐！哐！哐！——我的叫聲震得梧桐葉子嘩嘩響，嚇得南鄰家院裡那兩隻鴕鳥嘎嘎叫，我的意思是說：沒——問——題——！

你老婆摸摸我的頭，我對她搖搖尾巴。

所有的人都怕我們小四，你老婆問，是不是啊兒子？

是的，媽媽，你兒子說。

小四，那我就把開放交給你了，你們兩個都是從西門屯來的，一起長大，像親兄弟一樣，對不對？——哐哐！很對！——你老婆有幾分感傷地摸著我的頭，然後解開我項下的粗壯的鐵鏈條，對我招招手，讓我跟她走，走到大門口，她說，小四，你仔細聽好。早晨我上班早，要去賣油條。我把你倆的飯準備好。六點半，你進屋把開放叫起來，然後你們吃飯，七點半，你們往學校走。大門的鑰匙在開放脖子上，開放千萬記著鎖門，他忘了鎖門你就拽著他不讓走。然後你們往學校走，你們不要走近路，你們走大路，繞個彎沒什麼，安全第一。走路靠右邊，過馬路時先看左邊，到了馬路中間再看右邊，注意那些騎摩托車的，尤其注意那些穿黑皮夾克騎摩托車的，那都是些活土匪，都是色盲分不清紅綠燈。把開放送到校門口，小四，你往東跑一段，過馬路，往北跑到火車站飯店，我在廣場邊上炸油條，你對我叫兩聲，我就放心了。然後你就趕緊回家，你抄近路，從農貿市場那條巷子裡，一挺正南，過了天花河上那座橋，往西一拐，就到家了。你長大了，陰溝鑽不進去，能鑽進去我也不讓你鑽，太髒了。大門鎖了，你進不去。就委屈你蹲在大門口等我回家吧。如果嫌太陽曬，你就到胡同對面，東屋大娘家牆外有一棵寶塔松，樹下有陰涼。你趴在那裡可以打盹，但千萬別睡著，一定要看好咱的門。有一些小偷，身上帶著萬能鑰匙，冒充熟人敲門，無人迎門，他就把門捅開了。咱家的親戚你都認識，你只要看到生人用東西捅咱的門鎖，別客氣，上去就咬。上午十一點半我就會回來，你回家喝點水，立即抄近路去學校門口，接開放回家。下午，你送他上學後還是去我那兒叫兩聲，然後你跑回家，看一會兒門，就該往學校跑啦。鳳凰小學下午只上兩節課，放學後，天還早，你一定要看住他，讓他回家做作業，不要讓他瞎逛蕩……小四，小四，你聽明白了嗎？

哐哐哐，明白啦。

每天早晨，你老婆上班前，把鬧鐘放在外邊的窗台上，對我笑笑。女主人的笑總是美好的。我目送著她的背影，哐哐，再見！哐哐，放心！她的氣味從門外的胡同一直往北，然後往東，然後再往北。氣味減弱，與清晨的縣城氣味混在一起，變成一根細細的線。如果我集中精力跟蹤，會一直跟蹤到車站飯店門前她那個炸油條的鍋子前，但沒有必要。我在院子裡轉轉，有主人的感覺。鬧鐘暴響。我跑進你兒子房間，少年的氣味撲鼻。我不願大聲叫，怕嚇著他。我對你兒子多好啊。我伸出舌頭，舔他的小藍臉。藍臉上有一層細細的茸毛。他睜開眼，說：小四，到點了嗎？汪汪，我用小嗓回答，起來吧，到點了。接下來他穿衣，胡亂刷幾下牙，像貓一樣洗臉。吃飯，幾乎總是豆漿油條，或者牛奶油條。我有時與他一起吃，有時不吃。我會開冰箱，也會開冰櫃。冰櫃裡的東西和冰箱冷凍層的東西要提前叼出來，解凍後再吃，否則對牙齒不好。愛護牙齒，就是愛護生命。

第一天我們按照你老婆指示的路線走。因為她的氣味就在我們身後不遠處。她在跟蹤觀察我們，母親的心，可以理解。我跟隨在你兒子背後，距離一米。過馬路時我眼觀六路，耳聽八方。有一輛車在二百米處往這開，不野，我們完全可以穿過去，你兒子也想過去，但我咬住了他的衣服拽住他。小四，你幹什麼？你兒子說，膽小鬼。但我不放開，我要讓女主人放心。等那車從我們眼前過去，我才鬆口，並做出一副高度警惕、隨時準備捨身救主的樣子，陪你兒子過馬路。從你老婆放出的氣味裡，我知道她放心了。她一直跟蹤我們到了學校門口。我看到她匆匆騎車東拐、北上。我不走，小跑步跟在她的身後，與她保持一百米的距離。等她放好自行車，換上工作服，站在油鍋前，開始工作時，我才顛顛地跑過去。汪汪，我用小嗓告訴她，放心。她臉上一片欣慰，氣味中有愛的味道。

從第三天開始我們便開始走近路了。我叫你兒子起床的時間也從六點半改成了七點。問我會不會看錶？笑話！我偶爾也打開電視機，看看足球賽，我看歐洲盃，看世界盃。寵物頻道我是從來不看的，那些玩意兒，根本不像有生命的狗，像一些長毛絨的電子玩具。奶奶的，有些狗，變成了人的寵物；有些狗，把人變成寵物。在高密縣，在山東省，在全中國，乃至在全世界，把人變成寵物的狗，捨我其誰也！藏獒在西藏時，與人是平等的，夠腕，有尊嚴，但一到內地，立即墮落，你看看孫龍老婆屁股後邊那傢伙，空有一副虎狼貌，但嬌喘微微，忸忸捏捏，跟林黛玉得了一樣的病。可悲也夫！可歎也夫！你兒子就是我的寵物，你老婆也是我的寵物。你那個小情婦龐春苗也是我的寵物。如果咱倆不是多年的老關係，你帶著她身體裡那股新鮮蛤蚌般的氣味回來跟你老婆提出離婚時，我一口就咬死你了。

我們出大門，橫過東西向的龍王廟大街，然後北行，穿一條簸箕巷，過百花橋，從農貿市場西頭，一直往北，走探花胡同，漫長的探花胡同，然後直插到縣府前的人民大街上，左拐，二百米，就到了鳳凰小學的大門口。這一段路，即便我們沿途如母雞下蛋，二十五分鐘也足夠了。如果快跑，只需十五分鐘。我知道你被老婆和兒子趕出家門後，經常站在辦公室的窗口，手持一架俄羅斯望遠鏡，看著我們從探花胡同跑過來。

下午放學後，我們並不急於回家。你兒子總是說：小四，我媽媽這會兒在哪裡？我集中精力，找出你老婆那條氣味線，一分鐘內便可確定她的方位。如果她在油條鍋前我就對著北方叫兩聲，如果她在家的方向我就對著南方叫兩聲。如果她在家我死活也要把你兒子拽回去，如果她在油條鍋那裡，乖乖，那我們就撒了歡了。

你兒子真是一個好兒子，他從來不像那些壞孩子一樣放學後背著書包在大街上閒逛，從一個小攤到下一個小攤，從一家商店到另一家商店。你兒子唯一的愛好是到新華書店裡租看小人書，偶爾他也買幾本，但更多的是租看。負責賣小人書和租小人書的就是你那個小情人。不過我們在那兒看書時她還不是你的情人。她對你兒子特好，氣味裡有感情，並不僅僅因為我們是她的常客。她的容貌我不太注意，我陶醉在她的氣味裡。我掌握著這縣城的二十萬種氣味，從植物到動物，從礦物到化工產品，從食品到化妝品，但沒有一種氣味比龐春苗的氣味讓我更喜歡。平心而論，這縣城裡氣味美好的美人大約有四十個，但都被污染了，不清純了，有的乍一聞相當不錯，但一會兒就發生變化。唯龐春苗的氣味如山裡流出的清泉如松林間吹來的微風，清新單純，永不變質。我非常渴望著能被她撫摸幾下，當然我不是那種寵物式的渴望，我是……媽的，再偉大的狗也有片刻的軟弱。按說，做為一條狗我就不能跟進書店，但龐春苗給了我這個特權。新華書店是縣城最冷清的商品交易場所，只有三個女售貨員，兩個中年婦女，一個龐春苗。那兩個中年婦女對龐春苗十分巴結，原因不說自明。莫言那小子是書店少有的幾個常客，他把這裡當做賣弄的場所。他自我吹噓，不知是發自內心呢還是胡亂調侃。他喜歡把成語說殘，藉以產生幽默效果，「兩小無猜」他說成「兩小無——」，「一見鍾情」他說成「一見鍾——」，「狗仗人勢」他說成「狗仗人——」。他一來龐春苗就樂了。龐春苗一樂那兩個中年婦女就樂了。他那醜模樣用他的言語方式說那可真叫「慘不忍——」，但就是這樣「慘不忍——」的一個人，竟讓高密縣氣味最美好的姑娘喜歡他。究其原因，依然是氣味，莫言的氣味與那種菸農烘烤菸葉的泥巴屋裡的氣味相仿，龐春苗是一個潛在的菸草愛好者。莫言看到坐在店堂一角出租書攤前專注看書的藍開放，上前去揪耳朵。然後對龐春苗介紹，這是縣社藍主任的兒子。龐春苗說我早就猜到了。這時我叫了兩聲，提醒開放，他媽媽已經下班，氣味已經移動到五金交電公司門口，再不走就不能搶在她前頭回家了。龐春苗說：藍開放，快回家吧，你的狗提醒你了。她對莫言說：這狗真靈，有時候開放讀書入迷，叫不應，牠就會跑進來，拽著他的衣裳把他拖走。莫言探頭看看我，說：這傢伙，真是「如狼似——」。「慘不忍——」莫言說我「如狼似——」，「豆蔻年——」龐春苗對我微笑。「慘不忍——」莫言「發自內——」地讚歎：真是條好狗！對小主人是「赤膽忠——」。二人一齊大笑，哈哈哈哈。

第四十二章　藍解放做愛辦公室　黃合作簸豆東廂房

初吻之後，我想退縮，我想逃避，我既感幸福，又感恐懼，當然還有深深的罪疚。我跟老婆的第二十次也是最後一次性交就是這種矛盾心情下的產物。儘管我努力想做好些，但終究是草草收場。

接下來的六天裡，無論是下鄉，還是去開會，無論是去剪綵，還是去陪席，無論是車上還是凳上，無論是站著還是走著，無論是醒著還是夢裡，腦子裡都是龐春苗的模糊形象——我越與她關係親近她的形象就越模糊——我沉浸在與她在一起時那種驚心動魄的感覺裡。我知道無論如何是繞不過去了。儘管還有一個聲音在提醒我：到此為止，到此為止，但這聲音越來越弱。

週日中午，省裡來人，我去縣府招待所陪席，在貴賓樓大廳裡與龐抗美相遇。她穿著一條深藍色長裙，脖子上掛一條光芒含蓄的珍珠項鍊，臉上薄施粉黛，用莫言那小子的話說就是「徐娘半——風韻猶——」。一看到她我的腦子「嗡」一下就懵了。來客是省委組織部一位曾在高密工作過的處長，姓沙名武淨，與我在省委黨校有三個月的同學之誼，本來是組織部門的貴賓，但他指名要見我，於是我前來作陪。這一頓飯我是如坐針氈，嘴笨舌拙，形同白癡。龐抗美穩坐主席，勸酒夾菜，妙語連珠，讓那處長，一會兒就舌頭發硬，目光迷離了。在席上，我發現龐抗美冷冷地盯過我三次，每一次都像錐子扎我。總算熬到席終，送處長入客房，她笑容滿面，與所有的人打著招呼。她的車先來，握手告別時，我從她的手上感到了厭惡，但她卻用關切的聲音對我說：「藍副縣長啊，你臉色不大好，病了，千萬別拖著！」

坐在車上，琢磨著龐抗美的話，我感到不寒而慄。我一遍遍地警告自己：藍解放，如果你不想身敗名裂的話，一定要，「懸崖勒——」。但當我站在辦公室窗戶前，注視東南方向新華書店那油漆斑駁的招牌時，所有的恐懼和擔憂都消逝得乾乾淨淨，餘下的只是對她的思念，一種刻骨銘心的思念，一種活了四十年從未體驗過的感情。我拿起託人從滿洲里買回來的前蘇聯軍用高倍望遠鏡，調整焦距，我瞄準新華書店的門口。那兩扇裝有鐵把手的棕色大門虛掩著，把手上紅銹斑斑，偶有一個人出來，我的心便劇烈跳動，我盼望著她苗條的身影能從那裡閃出來，然後輕盈地穿過大街，輕盈地來到我的身邊，但出來的總不是她，出來的總是一些面孔陌生的讀者，有老有少，有女有男。他們的或是她們的臉被拉到我的眼前，我覺得這些人臉上神情都很相似：神祕而荒涼。這使我不由地胡思亂想，是不是書店裡發生了什麼事情？是不是她遭到了什麼不幸？有好幾次我都想以買書為名去看個究竟，但殘存的那點理智使我克制住了自己。我看看牆上的電子鐘，剛剛一點半，離約定的見面時間還有一個半小時。我放下望遠鏡，想強迫自己到屏風後面那張行軍床上打個盹兒。但我無法平靜。我刷牙洗臉。我刮鬍鬚剪鼻毛。我對著鏡子研究自己的臉，半紅半藍，實在是醜陋。我輕輕地拍著那半邊藍臉，自己罵自己：醜八怪！自信心頃刻間就要土崩瓦解。油然想起莫言那廝分明是為取悅於我而信口胡編的話：老兄，您這張臉，半邊關雲長，半邊竇爾敦，絕對陽剛，少婦殺手。明知他胡言亂語，但自信慢慢恢復。好幾次彷彿聽到清脆的腳步聲從走廊那頭由遠而近，慌忙開門相迎，但看到的總是空空的走廊。坐在她坐過的位置上苦苦等待著。翻看著她認真讀過的那本《家畜常見病防治手冊》，她讀書時的神態出現在眼前。書上有她的氣味，有她的指紋。豬瘟，此病由病毒傳染，發病迅速，死亡率極高……這樣的書她竟然讀得津津有味，真是個奇怪的姑娘……

我終於聽到了確鑿的敲門聲。我感到極度的寒冷，渾身顫抖，牙齒不由自主地碰撞，「嘚嘚」作響，急忙拉開門，她嫣然一笑，直透我的靈魂。什麼都忘了，原先想好的那些話都忘了，龐抗美那陰沉的暗示忘了，如臨深淵的恐懼忘了。摟住她，親她；抱著我，親我。在雲上飄著，在水中沉著。什麼都不要了，只要你。什麼都不怕了，只要你……

在吻的間隙裡，睜開眼，眼睛對眼睛，離得那麼近。有淚，舔掉淚，鹹而清新。好春苗，為什麼？這是不是夢，為什麼？藍大哥，我的一切都是你的，你要了我吧……我極力掙扎著，彷彿一個溺水者想抓住一根稻草，但連稻草也沒得抓。又吻在一起。有了這樣死去活來的吻，接下來的事情其實無法避免。

我們擁抱著躺在那張狹窄的行軍床上，並不感到擁擠。「春苗，好妹妹，我比你大二十歲啊，我是個醜八怪，我只怕是害了你了，我真該死……」我語無倫次地說著。她撫摸著我的鬍茬子，撫摸著我的臉。嘴巴緊貼著我的耳朵，癢癢地說：「我愛你……」

「為什麼？」

「不知道……」

「我會對你負責的……」

「不要你負責，我願意的。跟你好一百次，我就離開你。」

就像一頭飢餓的老牛面對一百棵鮮嫩的小草一樣。

很快就是一百次，但我們已經無法分開了。

第一百次恨不得永不結束。她撫摸著我，流著眼淚說：「好好看看我吧，別忘了我……」

「春苗，我要娶你。」

「我不要。」

「我主意已定，」我說，「等待著我們的大概是萬丈深淵，但我別無選擇。」

「那就一起跳下去吧。」她說。

當晚，我回家向妻子攤牌。她正在廂房裡用簸箕扇簸綠豆。這活兒技術難度很高，但她幹得很熟練。燈光下，隨著她的雙手上下左右地顛動，成千上萬粒綠豆跳躍滾動，時而在前，時而在後。綠豆中的雜質從簸箕口飛了出去。

「忙什麼呢？」我沒話找話說。

「他爺爺託人捎來的綠豆。」她看我一眼，用手從簸箕前部往外揀著大粒沙石，說，「這是他爺爺親手種的，別的東西爛了就爛了，這個不能蹧蹋，籔籔，生豆芽給開放吃。」
她又籔起來，綠豆唰唰地響著。
「合作，」我一狠心，說，「我們離婚吧。」
她停下手，怔怔地望著我，似乎沒聽明白我的話。我說：
「合作，對不起你，我們離婚吧。」
籔箕在她胸前慢慢低垂著，低垂著，先是有幾個、十幾個、幾百個綠豆滾出來，然後，成群結隊的綠豆如一道綠色的瀑布，傾瀉到地上。成千上萬粒綠豆在水磨石地面上滾動。
籔箕從她手中落地。她的身體搖晃著失去了平衡，我想上前攙扶她，但她已經依靠在放著幾棵大蔥、幾根乾巴油條的案板上。她捂著嘴巴，嗚嗚地叫著，淚水從她眼裡湧出來。我說：
「確實對不起，但請你成全我……」
她猛地把手從嘴上甩開，用右手的彎曲食指勾去右眼下的淚，用左手的彎曲食指勾去左眼下的淚，咬著牙根說：
「等我死了吧！」

第四十三章　黃合作烙餅洩憤怒　狗小四飲酒抒惆悵

你帶著與龐春苗瘋狂做愛後的濃烈氣味與你妻子在廂房裡攤牌，我蹲在房簷下望著月亮沉思。大好的月光，有幾分癲狂。又是一個月圓之夜，全縣城的狗，應該在天花廣場聚會。今晚的聚會，預定的節目有三。一是追思那條藏獒，牠終因不適應低海拔環境，器官功能退化導致內出血而死。二是要為我三姊的孩子做滿月。四個月前，牠與縣政協主席家那條挪威雪橇狗自由結婚，懷孕，妊娠期滿，生下了三條白臉黃眼的小雜種，據經常去龐抗美家串門的郭紅福家那條俄羅斯尖嘴說，我那三個狗外甥健康活潑，不足之處是目光陰險，好像三個小奸賊。儘管相貌欠佳，但這三個小奸賊一生出來就被富貴人家號定，據說訂金不菲，每隻高達十萬元。

擔任著我的聯絡副官的廣東沙皮狗已經發出了第一次提醒信號，此起彼伏的，腔調各異的狗叫聲如同層層波浪，匯集而來。哐——哐——哐——！我對著月亮吠叫三聲，向他們報告我的位置。主人家儘管發生了重大變故，但會長的職責還要履行。

你藍解放匆匆而去，走時還對我深深一瞥。我用吠叫替你送行，夥計，我想，你的好日子過到頭了。我有點恨你，但不強烈。如前所述，你身上混雜著的龐春苗的氣味減弱了我對你的仇恨。

你的氣味讓我知道你徑直北去，你沒有坐車，走的是我送你兒子上學的路線。你妻子在廂房裡弄出了巨大的聲音，廂房門大開著，我看到她舉著一把寒光閃閃的菜刀，發狠地剁著案板上那幾棵大蔥和那幾根油條，蔥的辛辣和油條的哈喇味兒猛烈地揮發出來。而此時，你的氣味已到達天花橋上，與橋下那骯髒的臭水味兒混合在一起。她每剁一刀，左邊的腿便顛一下，同時嘴巴裡發出「恨！恨！」的聲響。你的氣味到達農貿市場西頭，那裡搭建著一排平房，裡邊住著十幾個江南來的服裝販子，他們合夥豢養著一條綽號「羊臉」的澳大利亞牧羊犬，這傢伙長毛披肩，面孔狹長，七分像狗，三分似羊。牠曾經試圖攔截你的兒子，仰著頭，齜著牙，發出一串示威性的「嗚嗚」怪叫。你兒子退縮著，一直退到我的身後。我懶得使用牙齒去教訓這個初來乍到不懂規矩的傢伙，服裝販子們居所內潮濕骯髒，這傢伙身上生滿跳蚤，竟然敢攔截一個由咱家護送的學童。我看到面前有一塊尖利的石片，便猛轉身，用左後爪一蹬，石片飛起，正中牠的鼻子。牠尖叫一聲，低頭轉圈，鼻子流出了黑血，雙眼流出淚水。

我嚴厲地說：「你媽媽的，瞎了你的羊眼！」這傢伙從此成了我的忠實朋友，正所謂不打不相識也。我對著農貿市場尖叫幾聲，向牧羊犬發號施令：「羊臉，嚇唬嚇唬那個男人，他正從你門前路過。」片刻之後我便聽到了羊臉狼一般的咆哮聲。我嗅到你的氣味如同一條紅線，沿著探花胡同如同射出的箭簇一般飛馳，後邊，一條棕色的氣味線窮追不捨，那是羊臉在追咬。你兒子從正房裡跑出來，看到東廂房裡的情景，吃驚地大叫：「媽媽，你幹什麼？」你老婆餘恨未消地往那堆爛蔥上又剁了兩刀，然後扔下刀，背過身去，用袖子沾著臉，說：「你怎麼還不睡？明天還上不上學啦？」你兒子走到廂房，轉到你老婆面前，尖聲道：「媽媽，你哭啦?!」你老婆說：「哭什麼？有什麼好哭的？是蔥辣了我的眼。」「半夜三更，剁蔥幹什麼？」你兒子嘟囔著。「睡你的覺去，耽誤了上學，看我不揍死你！」你老婆氣急敗壞地吼著，同時又把菜刀抄起來。你兒子受了驚嚇，低聲嘟囔著，往後退去。「回來，」你老婆說，她一手提著刀，一手摸著你兒子的頭，說，「兒子，你要爭氣，好好學習，媽烙蔥花餅給你吃。」「媽，媽，」你兒子喊著，「我不吃，您別忙了，您太累了……」你妻子把你兒子推出門，說：「媽不累，好兒子，睡去吧……」你兒子走了幾步又回過頭問：「爸爸好像回來過？」你妻子頓了一下，說：「回來過，又走了，加班去了……」你兒子嘟囔著：「他怎麼總是加班？」

這一幕讓我頗為辛酸。在狗的社會裡我冷酷無情，在人的家庭中我柔情萬種。天花胡同裡有幾個酒氣熏天的小青年騎著鐵銹味濃重的自行車招搖而過，一串油腔滑調的歌聲飄盪在空中：

你總是心太軟～～心太軟～～把所有的事情都自己扛～～

我對著空中的歌聲狂吠。同時感受到那兩根氣味線還在追逐，已經快到探花胡同盡頭。我趕緊給羊臉傳遞信號：「行了，別追了。」氣味線分離，紅的北上，棕的南行。「羊臉，你沒咬傷他吧？」「稍微觸及了一下皮肉，估計不會流血，但那小子，好像屁滾尿流啦。」「好，待會見。」

你老婆當真烙起蔥花餅來。她和麵。她竟然和了像半個枕頭那樣大一塊麵，她是不是要讓你兒子的全班同學都吃上她烙的蔥花餅呢？她揉麵，瘦削的肩膀聳動著揉麵，「打出來的老婆揉到的麵」，這是說，老婆是越打越賢慧，麵是越揉越筋道。她的汗水流出來了，肩胛後的褂子濕了兩片。她的眼淚時流時斷——有惱恨的淚水，有悲傷的淚水，有回憶往事感慨萬千的淚水——有的落在她的胸襟上，有的滴在她的手背上，有的砸在柔軟的麵團上。麵團越來越軟，一股甜絲絲的味道散發出來。她往麵團裡摻上乾麵再揉。她有時會低沉地嗚咽出聲，但馬上就會用袖子把哭聲堵回去。她的臉上沾上一片片麵粉，顯得又滑稽又可憐。有時她會停下活兒，垂著兩隻沾滿麵粉的手，在廂房裡轉來轉去，好像在尋找什麼東西。有一次她腳下一滑，一屁股坐在地上——這是綠豆惹的禍——她怔怔地坐在地上，目光直直地，彷彿在盯著牆上的壁虎，然後她便用手掌拍打著地面，嗚嗚地哭起來。哭一陣，她站起來，繼續揉麵。揉一會麵，她將那些剁得稀碎的蔥和油條收攏到一個搪瓷盆裡，倒上油，想一會，又放上鹽，又想，又抓起油瓶子往裡倒油。我知道，這個女人的腦子已經混亂不堪了。她一手端著瓷盆，一手持筷子，攪拌著，在屋裡又轉起圈子來，目光東張西望，彷彿在尋找什麼東西。地面上的綠豆又把她滑倒了。這一下跌得更慘，她幾乎仰面朝天躺在了堅硬光滑冰涼的水磨石地面上，但奇蹟般地她手中的瓷盆竟然沒有脫手，非但沒有脫手，而且還保持著平衡。我就要縱身前去搭救她時，她已經緩慢地將上半身抬起來。她沒有站起來，她還是坐著，悲哀地、像個小女孩似的哭了幾聲，便戛然止住。她用屁股往前蹭著，蹭了一下後，又連續蹭了兩下，因為屁股的殘缺，每一次蹭動之後她的身體就要往左後方大幅度傾斜。但她手中盛著餡兒的瓷盆卻始終保持著平衡。她探身往前，將瓷盆放在案板上，身體又猛地往左後方仰了。她沒有站起來，平伸著雙腿，上身前傾，頭幾乎低垂到膝蓋，好像在練一種奇怪的氣功。夜已經很深了，月亮已經升到最高點並且發出了最強的光輝。西鄰家那架老掛鐘夜深人靜時的報時聲驚心動魄，距離我們群狗大會只有一小時了。我聽到許多狗已經聚集在天花廣場噴泉邊，還有許多狗，正沿著大街小巷往那裡會合。我有些焦慮，但我不忍離去，我生怕這女人在廚房裡幹出什麼蠢事。我嗅到了那條麻繩子在牆角的紙箱子裡放出的氣味，我嗅到了煤氣從那膠皮管介面處極其微弱的洩漏，我還嗅到了牆角用油紙帶層層包裹的一瓶「敵敵畏」，這些，都可以置人死地。當然她還可以用菜刀切腕、抹脖子，用手摸電閘，用頭撞牆，她還可以掀開院中那口水井上的水泥蓋板一頭扎下去。總之，有許多的理由讓我不去主持這次圓月例會。羊臉與結伴同行的郭紅福家的俄羅斯尖嘴在大門外呼喊我，並用爪子輕輕地敲門。俄羅斯尖嘴嬌滴滴地說：「會長哎，我們等你啦。」我壓低嗓門告訴牠們：「你們先去，我這裡有要事難脫身，如果我實在不能按時趕到，就讓馬副會長主持。」——馬副會長是肉聯廠馬廠長家養的一條黑背狼犬，狗隨主姓。牠們一邊調著情，一邊沿天花胡同南下。我繼續觀察著你的妻子。

她終於抬起了頭。她先把身體周圍的綠豆用手掌收攏起來，然後，坐著，用單側屁股艱難地蹭著，把地面上的綠豆收攏起來。她把綠豆攏成一堆，尖尖的一堆，宛如一個精巧的墳墓。她盯著這綠豆墳墓，發一會呆，臉上又掛了淚。她猛然抓起一把綠豆揚出去，又揚了一把，綠豆在廂房裡飛舞，有的碰撞到牆壁上，有的碰撞到冰箱上，有的落在麵缸裡。屋子裡響了兩陣，猶如冰霰落在枯葉上。她拋撒了兩把便停止了。撩起衣襟，徹底地擦乾了臉，探身將簸箕拖過來，將那堆綠豆，一捧一捧地捧進去。她將簸箕推到一邊，困難地站起來，走到案板前，又揉了幾把麵，又攪了幾下餡，然後便撕開麵團，製作餡餅。她把平底鍋放到灶上。她擰開煤氣打著火。她往平底鍋裡很有分寸地倒了一點油。當她把第一個製作好的蔥花餡餅放進熱鍋，吱啦啦的聲音伴隨著撲鼻的香氣衝出廚房、瀰漫院子並迅速地擴散到街區、進而擴散到整個縣城之後，我一直揪著的心鬆弛了。我抬頭看看偏西的月亮，聽聽天花廣場那邊的動靜，嗅嗅那邊傳來的氣味，知道我們的例會還沒開始，牠們都在等待著我。

為了不驚動她，我沒有走那條「三點斜線」的瀟灑路線，而是從廁所那邊，踩著一摞舊瓦，跳上西牆，進入西鄰家的院子，然後從他家低矮的西牆跳出去，進入一條窄巷，南行，東拐，上天花胡同，一路南下，狂奔，耳邊習習生風，月光如水，從我背上流過。天花胡同的盡頭是立新大道，胡同與大道交會的右側直角上，是城關供銷社啤酒批發店，用塑料繩每十瓶紮成一捆的啤酒，堆積得小山一樣，在月下閃閃發光。我看到有六條黑背狼犬，各叼著一捆啤酒，排成一隊，正在橫穿大道。他們距離相等，姿態完全一樣，步伐完全一致，像六個訓練有素的士兵。幹這樣的活兒，還得我們黑背狼犬，別的狗，不行。我心中湧起種族的自豪感。沒敢問候牠們，因為我一問候，牠們必然答禮，那就會使六捆啤酒砰然落地。我從牠們身邊一躥而過，越過路邊那些被繁花壓彎了枝條的紫薇，斜刺裡進入天花廣場。廣場中央，天花噴泉周圍，數百條狗，團團而坐，見我到來，一起起立，齊聲歡呼。

在馬副會長、呂副會長及十幾個分會會長的簇擁下，我跳上了會長台。這是一個大理石基座，基座上原本站立著一個斷臂維納斯，但維納斯被人偷走了。我蹲在大理石基座上，調理呼吸。遠遠地看過來，我大概像一尊威嚴的狗雕像。但對不起，咱家不是雕像，咱家是一條生龍活虎的、繼承了本地大白狗與德國黑背狼犬優良基因的猛犬，高密縣的狗王。在發表演說前我集中了兩秒鐘的神思，集中到嗅覺上，一秒鐘用來感受你老婆的情況：東廂房裡蔥花餅香氣濃郁，一切正常。用第二秒鐘感受了一下你的情況：你辦公室裡菸氣辛辣，你趴在窗台上，望著月下的縣城在思想，情況也還正常。我對著基座前那一片灼灼的狗眼，閃光的狗毛，高聲說：

「各位兄弟姊妹，我宣布，第十八次圓月大會現在開幕！」

狗叫聲連成一片。

我抬起右爪，對牠們揮動著，等待呼聲平息。

我說：「在本月，我們親愛的兄弟藏獒不幸去世，讓我們齊叫三聲，送牠的靈魂返回高原。」

幾百條狗三聲齊叫，震動了整個縣城。我眼睛潮濕，為藏獒的去世，也為了群狗的真誠。

接下來，我說，請各位唱歌，跳舞，交談，喝酒，吃點心，慶祝狗三姊的三個寶寶滿月之喜。群狗歡呼。

狗三姊站在基座下，把牠的一個狗兒遞上來。我在這狗兒腮上親了一下，然後，舉著牠示眾。群狗歡呼。我把狗兒扔下去。三姊把一個狗女遞上來，我把這狗女親一下，舉起來示眾，群狗歡呼。我把狗女扔下去。三姊把最後一個狗兒遞上來，我胡亂親一下，示眾，扔下去。群狗歡呼。

我跳下基座。三姊湊上來，對那三條小狗說：「叫舅舅，這可是你們的親娘舅。」

小狗嗚嗚嚕嚕地叫舅舅。

我冷冷地對三姊說：「聽說牠們都被賣了？」

三姊得意地說：「可不是嘛，我剛生出牠們，來買的就擠破了門。最後，俺家女掌櫃的把牠們賣給了驢鎮的柯書記、工商局的胡局長、衛生局的涂局長，每隻八萬呢。」

「不是十萬嗎？」我冷冷地問。

「送來十萬，但俺家掌櫃的給他們每家退回去兩萬。俺掌櫃的，可不是見錢眼開的人。」

「媽的，」我說，「這哪裡是賣狗？分明是——」

三姊用一聲尖叫打斷我的話，說：「牠舅舅！」

「好，我不說了，」我低聲對三姊說，然後又高聲對眾狗說：「跳起來吧！唱起來吧！喝起來吧！」

一匹尖耳朵、細腰肢、禿尾巴的德國杜賓狗，抱著兩瓶啤酒到我跟前，張嘴咬開瓶塞，泡沫洶湧冒出，啤酒花香氣洋溢，牠說：

「會長請喝酒。」我抓起啤酒瓶，與牠懷抱的啤酒瓶相碰。

「乾！」我說，牠也說。

我們將瓶嘴插進嘴巴，雙爪抱著酒瓶，咕嘟咕嘟往裡倒。不斷地有狗上前來敬酒，我來者不拒，身後很快有了一堆啤酒瓶子。一個白色小京巴，頭上紮著小辮兒，脖子上紮著蝴蝶結，叼著一根肉聯廠生產的火腿腸，像個毛球兒似地滾過來。牠身上散發著法國夏奈爾五號香水的淡雅氣味，潔白的長毛像銀子一樣光潔。

「會長……」牠有點結巴，說，「會、會長，請吃火腿腸。」

牠用細密的小牙撕開了包裝紙，雙爪將火腿腸舉到我的嘴邊。我接受了，咬下核桃大的一塊，慢慢地、有尊嚴地咀嚼著。馬副會長抱著酒瓶子過來，碰了我的酒瓶一下，問：

「這批火腿腸味道怎麼樣？」

「不錯。」我說。

「媽的，我讓牠們拖出一箱嚐嚐，可牠們整出了二十多箱，明天，看倉庫的老魏頭要倒大楣了。」馬副會長不無得意地說。

「馬副會長，偶（我）敬你……你一杯……」小京巴媚態可掬地說。

「會長，這是瑪麗，剛從京城來的。」馬副會長指著京巴對我說。

「你的主人是誰？」我問。

京巴炫耀道：「偶（我）的主人是、是高密縣城四大美人之一鞏紫衣呀！」

「鞏紫衣？」

「招待所長呀！」

「噢，是她。」

「瑪麗聰明伶俐，善解人意，我看就讓牠給會長做祕書吧。」馬副會長意味深長地說。

「再議。」我說。

我的冷淡態度顯然使瑪麗受了打擊，牠斜眼看著那些噴泉邊狂飲暴吃的狗，不屑地說：

「你們高密狗，太野蠻了。我們北京狗，舉行月光party時，一個個珠光寶氣，輕歌曼舞，大家跳舞，談藝術，如果喝，那也只喝一點紅酒，或者冰水，如果吃，那也是用牙籤插一根小香腸兒，吃著玩兒，哪像牠們，你看那個黑毛白爪的傢伙——」

我看到一個本地土狗，蹲在一邊，面前擺著三瓶啤酒，三根火腿，一堆蒜瓣兒。牠灌一口啤酒，啃一口火腿，然後用爪子夾起一瓣大蒜，準確地扔到口中。牠旁若無人，嘴巴發出很響的咀嚼聲，完全沉浸在吃的快樂中。旁邊那幾個本地土狗，已經基本喝醉，在那裡，有的仰天長嘯、有的連打飽嗝、有的胡言亂語。我對牠們當然心懷不滿，但我也不能忍受京巴瑪麗的小資情調，我說：

「入鄉隨俗嗎，你來到高密，第一步就要學會吃大蒜！」

「哇塞——！」京巴瑪麗誇張地喊叫著，「辣死了，臭死了！」

我抬頭看了一下月亮，知道時辰將到。初夏季節，晝長夜短，頂多再過一個小時，小鳥就要啼叫，那些托著鳥籠子遛鳥的，那些提著寶劍鍛鍊的，都會到天花廣場上來。我拍拍馬副會長的肩膀，說：

「散會。」

馬副會長扔掉酒瓶，仰起脖子，對著月亮，發出一聲尖銳的呼哨。群狗紛紛把懷中的酒瓶子扔掉，不管是喝醉的還是沒醉的，都抖擻起精神，聽我訓話。我跳上基座，說：

「今晚聚會，到此結束，三分鐘之後，這廣場上不許有一條狗存在。下次聚會，時間待定。散會！」

馬副會長又是一聲呼哨。只見群狗，拖著沉重的肚子，向著四面八方，狂奔而去。那些喝高了的，一路歪斜，連滾帶爬，片刻也不敢停留。狗三姊與牠的雪橇狗丈夫，把三個孩子叼到一輛品質優良的日本進口嬰兒車上，一個推著、一個拉著，也是如飛而去。那三個狗崽子爪扶著車邊站在車裡，興奮得尖叫不止。三分鐘後，喧鬧的廣場上已經是一片寧靜，只有一片東倒西歪的酒瓶子在閃光，只有那些沒吃完的火腿腸在散發香氣，還有就是幾百泡狗尿的巨臊。我滿意地點點頭，與馬副會長拍爪告別。

我悄悄地回到家裡，看到東廂房裡，你的妻子，還在那兒烙餅。她好像從這工作中得到了樂趣得到了寧靜，她的臉上，呈現出一種神祕的微笑。梧桐樹上，一隻麻雀喳喳地叫起來。過了十幾分鐘，全縣城都被鳥叫聲籠罩，月光漸漸黯淡，黎明悄然降臨。

第四十四章　金龍欲建旅遊村　解放寄情望遠鏡

……我好像是在批閱著一份與金龍有關的文件，他要把西門屯建成一個完整地保留著「文革」一期間面貌的文化旅遊村。他在可行性報告裡頗有辯證味兒地寫道：文化大革命在毀滅文化的同時也創建了一種文化。他要把被鏟掉的標語重新刷上牆，把高音喇叭重新豎起來，把杏樹上那個瞭望台重新搭起來，把被大雨淋塌的杏園豬場重新建起來。他還要在村東建一個占地五千畝的高爾夫球場，至於失去耕地的農民，就在村莊裡，表演性地從事「文革」期間他們幹過的事兒：開批鬥大會，押「走資派」遊街，演樣板戲，跳忠字舞，等等。他在報告裡寫，也可以大量複製「文革」期間的物品，譬如袖標、梭標、毛主席像章、傳單、大字報……另外，還可以讓旅遊觀光者一同參加憶苦大會，看憶苦戲，吃憶苦飯，聽老貧農講述舊社會的事……他在報告裡說：要把西門家大院建成一個單幹博物館，給藍臉和他的裝著假肢的驢、被砍去一隻角的牛塑造蠟像。他在報告裡說，要把單幹戶藍臉的那塊地，用一個巨大的玻璃罩子罩起來，裡邊建一個雕塑群，雕塑的內容是各個歷史時期單幹戶藍臉使用著最原始的工具勞動的情景。他在報告裡說，這些頗有後現代意味的活動，一定會讓城裡人和外國人大感興趣，只要他們感興趣，就會慷慨解囊。他們的錢包癟下去，我們的錢包就會鼓起來。報告中還說，遊完「文革」期間的村莊，我們馬上就會把他們送入酒紅燈綠、聲色犬馬的現代享樂社會。他野心勃勃地要把西門屯往東、直到吳家沙嘴的土地全部吃掉，建成一個世界最高等級的高爾夫球場，再建一個集天下遊玩專案之大全的娛樂城。他還準備在吳家嘴沙洲上建成一座像古羅馬宮殿一樣的洗浴中心，建一個像美國拉斯維加斯那樣大的賭城，而且還要在沙洲上建一座雕塑公園，雕塑的主題，就是十幾年前那場驚心動魄的人豬大戰，這主題公園是要人們反思環境保護問題，樹立萬物皆有靈性觀念，那頭公豬冰河捨身救兒童的事蹟，當然要大加渲染。報告中還提出要建設一個會展中心，每年召開一次國際寵物大會，吸引外賓，吸引外資……

看著他寫給縣有關部門的請示和煞有介事的可行性報告，看著縣委和縣府主要領導大加讚賞的批示，我不禁搖頭歎息。從本質上講，我是一個守舊的人。我迷戀土地，喜聞牛糞氣息，樂於過農家田園生活，對我父親這樣以土地為生命的古典農民深懷敬意，但當今之世，這樣的人，已經跟不上潮流了。我竟然還會如瘋如狂地愛上一個女人，並為她向妻子提出離婚，這也是非常古典的模式，顯然不合時宜了。我無法在這樣的報告上發表自己的看法，我只是在我的名字上畫了一個圈子。我突然想起一個問題：這樣一份雲山霧罩、天花亂墜的報告究竟出自誰的手筆？莫言滿臉壞笑著的臉突然從窗口露出來。我正驚訝著他的臉何以會在離地面十幾米高的三樓窗口出現呢，就聽到走廊裡一片喧譁之聲。我急忙開門去看，只見黃合作一手提著菜刀，一手拖著一條長長的繩子，頭髮凌亂，嘴角流血，目光呆滯，一瘸一拐地對著我走過來。我兒子背著書包，提著一捆散著熱量滴著油珠兒的油條，面無表情地跟隨在後。在我兒子身後，是那猶如牛犢一樣的威武大狗。狗脖子上掛著我兒子上學時使用的樹脂水壺，水壺上畫著卡通圖案，因背帶太長，每走一步，水壺就要碰撞一下牠的膝蓋……

我一聲驚叫，從夢中醒來，發現自己和衣躺在沙發上，頭上冷汗涔涔，心裡空空蕩蕩。安眠藥的副作用使我腦袋發木，從窗口射進來的晨光使我眼睛刺痛。我掙扎著爬起來，胡亂地洗了一把臉，看看牆上的電子錶，已是六點半鐘。電話鈴響，我接。沉默。我不敢貿然說話，忐忑地等待著。是我，她有些哽咽地說，我一夜未睡。——放心，我很好——我給你送點吃的吧——千萬別來，我說，不是我怕什麼，我敢拿著喇叭筒子站在樓頂上說我愛你，但那樣，後果就不堪設想了——我明白——近期我們少見面，別讓她抓住把柄——我明白，我覺得我對不起她——你千萬別這樣想，如果有罪，那也是我犯下的，何況恩格斯早就說過，沒有愛情的婚姻是最大的不道德，所以，其實我們都沒有錯——我給你買幾個包子，放在傳達室裡好嗎？——千萬別來，我說，放心吧，餓不著地裡的蚯蚓就餓不著我。不管將來如何，現在我還是副縣長嘛，我去招待所吃，那裡什麼都有——我特別想見你——我也是，待會兒你上班時，在書店大門口把臉對著我的窗戶，我就見到你了——可我見不到你——你會感覺到我，好啦，寶貝，小春春，小苗苗……

我沒有去招待所吃飯。自從與她有了肌膚之親後，我感到自己就像一隻戀愛中的青蛙，沒有食欲，只有源源不斷的激情。沒有食欲也要吃。我找出她搬運來的那些雜七拉八的小食品，胡亂塞了幾口。我嚐不出這些東西的味道，只知道它們可以產生熱量，提供營養，延續我的生命。

我手持望遠鏡趴在窗口，開始了習以為常的功課。我頭腦裡有準確的時間表。縣城的南部那時還沒有高大的建築物，視線通達，如果願意，我可以把天花廣場上那些晨練的老人的面孔拉到眼前。我先把望遠鏡對準了天花胡同。天花胡同一號，是我家的門牌號碼。大門緊閉。門上有我兒子的敵人用粉筆畫上的圖案和標語。左邊是一個齜牙咧嘴的男孩，半邊臉塗白了，半邊臉虛著，兩條細胳膊舉到頭頂，彷佛是在投降，兩條細腿叉開，中間有一個大得不成比例的生殖器，生殖器下一道白線，直畫到大門底部，這肯定是尿液了。右邊的門板上畫著一個眼大如鈴鐺、嘴巴咧成月牙狀、頭角上翹著兩根小辮子的女孩。她也是兩條細胳膊舉到雙肩上方，兩條細腿叉開，中間有一條白線直畫到大門底部。男孩圖案左側寫著三個歪歪扭扭的大字：藍開放，女孩圖案右側寫著三個歪歪扭扭的大字：龐鳳凰。我明白這圖畫作者的意思。我兒子與龐抗美的女兒是同班同學，龐鳳凰是他的班長。我的腦海裡一一閃過春苗、龐虎、王樂雲、龐抗美、常天紅、西門金龍等人的臉，心中亂成一堆垃圾。

我把鏡頭略抬，天花胡同猛然縮短，百花廣場收入眼底。噴泉休歇著，一群烏鴉在周圍搶奪食物。那是些殘缺不全的彷佛火腿腸的東西。我聽不到烏鴉噪叫的聲音，但我知道牠們在噪叫。只要有一隻烏鴉叼著食物飛起來，便會有十幾隻烏鴉奮勇地衝上去。牠們在空中廝打成一團，被啄掉的羽毛在空中飄動，猶如為死人祭奠時燒化的紙灰。地上散亂著一大片啤酒瓶子，有一個戴著白帽子、大口罩、手持大掃帚的環衛女工正為了這些瓶子與一個拖著蛇皮袋子撿破爛的老頭爭執。環衛部門歸我管，我知道撿賣廢品是女工們的一大收入來源，而廢品當中，利潤最高的就是啤酒瓶子。那個撿破爛的老頭每往蛇皮袋裡裝一隻啤酒瓶子，那個環衛女工就用掃帚撲他一下。劈頭蓋臉地撲。每挨一下撲，撿垃圾老頭就站起來提著一隻酒瓶對那女工衝去，女工拖著掃帚便跑。老頭也不真追，回去，蹲下，趕緊往袋子裡裝酒瓶，女工又舉著掃帚衝上來。這情景讓我想起從電視裡看到的「動物世界」，撿垃圾的老頭像一頭獅子，而環衛女工像一匹鬣狗。

我曾在莫言那小子的一篇題名〈圓月〉的小說中讀到過每逢月圓之夜高密縣城的狗便會集合在天花廣場召開大會的情節，難道這些啤酒瓶子、這些破碎的火腿，都是狗開大會的遺跡？

我把鏡頭壓低，望遠鏡吐出天花廣場，吐出天花胡同。我心猛地一跳：黃合作出現了。她搬著自行車，艱難地走下大門口三級台階。回頭鎖門時，發現了門上的圖案。她下了台階，左右張望著，然後橫過街巷，撕一把松針回來，用力擦著那些粉筆線條。我看不到她的臉，但我知道她一定在罵。粉筆線條模糊了。她騎上自行車，往北騎了幾十米，一片房屋擋住了她。她這一夜是怎樣度過的呢？是徹夜不眠還是照舊酣睡？我不知道。雖然多少年來我從沒愛過這個人，但她是我兒子的母親，她與我息息相關。她的身影出現在那條直通火車站廣場的大道上。即便是騎車她的身體也難以保持正直狀態。她騎得很急，身體大幅度搖晃著。我看到了她的似乎蒙上了一層煙灰的臉。她穿著一件黑色的襯衣，胸前有一隻黃色的鳳凰圖案。我知道她有許多衣服，在某種心理的驅使下，我出差時曾一次給她買過十二條裙子，但這些衣服都被她埋在箱底。我以為從縣政府旁邊經過時她也許會望一眼我辦公室的窗口，但是她沒有，她目光直視著遠方疾馳而過。我長歎一聲，知道這個女人，絕不會輕易地放過我，但戰幕既然拉開，就要堅持到底。

我把望遠鏡對準家門。天花胡同雖然名為胡同，但其實是一條幾十米寬的街道。縣城南部那些送孩子去鳳凰小學的人都從這裡經過。此時正是上學的時間，胡同裡繁忙起來。高年級的孩子大都自己騎著自行車，那些男孩子騎的多是那種粗輪胎的山地車，女孩子的車型比較傳統。男孩子們上身幾乎伏在車梁上，高高地撅著屁股，貼著騎車女孩的身邊，或是從兩個騎車女孩中間猛地竄過去。

我兒子和他的狗出門了。先是狗鑽出來，然後是我兒子側身出來，他把門開得很窄，真聰明，讓兩扇大鐵門大開大合既耗時間又費力氣。他們鎖好了門，從第一個台階直接蹦到地上。然後往北走。我兒子似乎跟一個騎車路過的男孩打了一個招呼，大狗對著那男孩吠叫幾聲。他們從天花理髮店門前經過，天花理髮店對面是一家專門製作玻璃魚缸、兼賣各種觀賞魚的小店。店門東向，陽光燦爛。店主是一個曾在棉花儲運站當過會計的退休老人，老得很體面。他正把一缸缸魚搬出來。我兒子和他的狗蹲在一個長方形的魚缸前，專注地看著魚缸裡笨拙游動的大肚子金魚。小店主人似乎對我兒子說著什麼，我兒子低著頭，我看不見他的嘴。他也許回答，也許不回答。

他們繼續北行，來到天花橋上。我兒子大約是想到橋下去，被大狗咬住了衣襟。真是一條忠誠的好狗。我兒子與狗爭執著，但他終究不是狗的對手。但我兒子終究還是撿了一塊磚頭扔到橋下，濺起一片水花。我估計他砸的是水中的蝌蚪。一條橘黃色的狗對著我的狗叫著，並友好地擺著尾巴。農貿市場的綠色塑料遮雨棚頂在朝陽下閃閃發光。我兒子幾乎是每店必停，但大狗總是會用咬他的衣襟、撞他的腿彎子，催促他快走。走進探花胡同後，他們加快了速度。這時，我的望遠鏡也開始在探花胡同與新華書店大門前來回擺動。

我兒子從褲兜裡摸出彈弓，瞄準了梨樹上的一隻小鳥。那是我的同事陳副縣長的家，他是清朝道光年間那位探花公的後裔。盛開的梨花枝條從牆頭探出來，小鳥就在那上頭。龐春苗彷彿從天降，出現在新華書店的大門口。兒子、狗，我顧不上你們了。

春苗穿著一條潔白的連衣裙，不是我「情人眼裡出西施」，她確實亭亭玉立。洗得乾乾淨淨的臉，什麼也沒抹、什麼也沒搽，我似乎聞到了清新的檀香皂的味兒，似乎聞到了她身體上那股讓我癡讓我醉讓我仙讓我死的味兒。她臉上帶著微笑，亮晶晶的眼，微露的閃爍著瓷光的牙，她在看著我，她知道我在看著她。正是上班的高峰，大街上車來人往，摩托車噴吐著黑煙在人行道上亂竄，自行車膽大妄為地逆行，轎車趾高氣揚地鳴著響笛，這些，本是我極其厭惡的，但今天，竟也變得美好起來。

她一直站到她的同事們從裡邊推開大門時才進去。進去前她將手指按在唇上，然後對著我拋過來。她的吻像一隻蝴蝶，穿越馬路，飛到我的窗口，在窗外上下翻飛，然後飛到我的嘴上。真是一個好姑娘，為你赴湯蹈火，我也在所不惜。

祕書送來通知，讓我上午去縣委大會議室參加聯席會議，討論在西門屯建設旅遊開發區問題。參加會議的有：縣委常委、所有的副縣長、縣委、縣府各部局負責人，還有各銀行第一把手。我知道，金龍這一票玩大了，但在前面等待著他的，與在前面等待著我的，似乎都不是鮮花和坦途。我預感我們哥倆的命運都會很慘，但我們都不會就此止步。從這個意義上講，我們也是真正的難兄難弟。

就在我收拾好文件要離開辦公室前，我又拿起望遠鏡趴在了窗口。我看到我兒子的狗引領著我妻子，穿過馬路，徑直地對著新華書店的大門走去。我看過莫言幾篇寫狗的小說，他把狗寫得似乎比人還精，我一直嘲笑他胡編亂造，但現在我相信了。

第四十五章　狗小四循味追春苗　黃合作咬指寫血書

我把你兒子送到學校時，一輛銀灰色的皇冠牌轎車也緩緩地停在學校門口。一個花枝招展的女孩從車裡鑽出來。你兒子很洋派地對著那女孩招招手：「嗨，龐鳳凰！」那女孩也對你兒子招招手：「嗨，藍開放！」他們並肩走進校門。

我目送著轎車飛快馳去。龐抗美的氣味在我鼻邊繚繞。類似於新鋸開的槐木板材的氣味曾經是她的氣味的基調，但現在這氣味與新出廠的人民幣的氣味、法國香水的氣味、高級時裝的氣味、名貴首飾的氣味混雜在了一起。我回頭看了一眼鳳凰小學憋窄的校園。這所嚴重超員的名校，猶如一個金絲的鳥籠，裡邊擠滿了羽毛豔麗的小鳥。他們在小操場上排成隊伍，注視著在國歌旋律中緩緩升起的紅旗。

我穿過馬路，東拐，北上，慢慢地走向火車站廣場。早晨，你妻子扔給我四個蔥花餡餅。我不忍心辜負她的好意，全吃了，它們沉甸甸地墜著我的胃，彷彿凝成了一塊磚頭。大街飯店後院裡那條匈牙利獵犬嗅到了我的氣息，用兩聲「嗚嗚」向我致意。我懶得回應牠。那天我心情不爽。我預感到這將是一個令人和狗都心煩意亂的日子。果然，沒等到我走到你妻子的油鍋，她就迎面走過來了。我對著她叫了兩聲，告訴她你兒子已經平安抵校。她跳下車子，對我說：

「小四，你什麼都看到了，他要拋棄我們。」

我很同情地望著她，貼近她的身體，搖搖尾巴，以示安慰。儘管我不喜歡她身上那股子油腥味，但她畢竟是我的主人。

她支起自行車，坐在馬路牙子上。示意我到她的面前。我順從她。路邊的國槐樹，將白花抖落一地。不遠處的一隻熊貓式樣的陶瓷垃圾桶裡，惡臭撲鼻。不時有拉著蔬菜的三輪農用拖拉機噴著黑煙狂抖著南下，但一到十字路口就被交警攔住。這城市交通實在是太混亂了，昨天竟然有兩條狗斃命輪下。你妻子摸著我的鼻子說：

「小四，他背著我有了人。我從他身上聞到了女人的味道。你鼻子比我靈，肯定也嗅到了。」她從車筐裡那個磨白了邊的黑革包裡摸出一張白紙，揭開，顯出了兩根長長的頭髮，觸到我的鼻下，說，「就是她，這是從他扔在家裡那件衣服上找到的。狗啊，你幫我找到她。」她收好頭髮，手按著馬路牙子，站起來，對我說，「狗小四，幫我找到她。」我看到她眼睛濕漉漉的，但噴出的卻是火焰。

我沒有猶豫，因為這是我的職責。其實根本不用嗅那兩根頭髮我就知道該去找誰。我在前邊慢騰騰地小跑著，尋著那根如同綠豆粉絲一樣的氣味線。你妻子在我後邊騎車跟隨著。因為身體的殘缺，她適合於騎快車，騎慢車她很難平衡。

到達新華書店大門時，我猶豫了。龐春苗美好的氣味使我對她好感無限，但看到你妻子那一歪一斜的步態，我還是下定了決心。我是一條狗，應該對主人忠誠。我對著新華書店大門叫了兩聲。你妻子推開門，放我進去。我對著正在用一塊濕布抹櫃檯的龐春苗叫了兩聲，便低垂下頭。我無法面對龐春苗的目光。

「怎麼會是她？」你妻子對我說。我低聲哀鳴著。你妻子抬起頭，注視著龐春苗那漲紅的臉，痛苦、絕望而又疑惑地說：「怎麼會是你？為什麼會是你？」

這時，那兩個中年女售貨員把猜疑的目光投過來。那個嘴巴裡噴著醬豆腐和大蔥氣味的紅臉膛女人呵斥道：

「誰家的狗，出去！」

另一位屁股裡散發著痔瘡膏氣味的低聲說：

「那不是藍縣長家的狗嘛，那就是他太太……」

你妻子回頭，仇恨地盯著她們，她們慌忙低了頭。你妻子高聲對龐春苗說：

「你出來一下吧，我兒子的班主任讓我來找找你！」

你妻子推開門，先放我出去，然後自己側身出來。她不回頭，走到自行車邊，開了鎖，推著車，沿著路邊，一直往東走。我尾隨著她。我聽到新華書店的大門響。不用回頭我就知道龐春苗跟出來了，她的氣味，因緊張而益發強烈。

在「紅」牌辣椒醬銷售、批發店前，你妻子站住了。我蹲在她的側面，面對著那商店門臉上的巨大廣告牌。一個咧著大紅嘴的女人舉著一瓶子辣椒醬對我笑。她的笑容很不自然，正是那種吃了辣椒後又痛苦又過癮的表情。「紅牌辣醬，祖傳配方。健康美容，氣味芬芳。」在這裡我想起了那條不幸去世的藏獒，心中浮起淡淡的憂傷。你妻子雙手扶著路邊的法國梧桐樹幹，雙腿微微顫抖。龐春苗猶猶豫豫地走過來，在距離你老婆三米處立定。你老婆雙眼盯著樹皮，她雙眼盯著地面。我左眼盯著你老婆，右眼盯著龐春苗。

「我們剛進棉花加工廠時，你才六歲。」你老婆說，「我們比你大整整二十歲，我們不是一代人。」那隻黃毛導盲犬引領著盲藝人毛菲英，從我們中間走過。這隻導盲犬從不參加我們的月光晚會，但牠對主人的忠心耿耿卻贏得了群狗的尊重。盲藝人背著裝有胡琴的布袋，手扯著連接著狗項圈的皮帶。她的身體微往後仰，頭歪著，似乎在聆聽，步履有些踉蹌。

「肯定是他騙了你，」你老婆說，「他是有婦之夫，你是黃花閨女。他這樣做是不負責任，是衣冠禽獸，是害你。」你老婆轉過臉，肩膀靠在樹上，目光毒辣地盯著龐春苗，說，「他半邊藍臉，三分像人，七分像鬼，你跟他好，是鮮花插在牛屎上！」

兩輛警車鳴著笛從大街上飛馳而過，行人側目而視。

「我已經對他說了，要想離婚，除非我死去！」你老婆激憤地說，「你是個明白人，你爸爸，你媽媽，你姊姊，都是出頭露面的人物，你和他的事，一旦張揚出去，他們的臉都沒有地方藏，」你老婆說，「我無所謂，我一個半腚人，臉面不值錢了，惹急了，我就豁上這張臉不要了。」

縣直機關幼稚園的孩子們正在橫穿馬路，前頭一個阿姨開路，後邊一個阿姨殿尾，中間兩個阿姨跑前跑後，不斷地大呼小叫。來往的車輛都停車為他們讓路。

「你離開他吧，你去談戀愛，去結婚，去生孩子，我保證不壞你名譽。」你老婆說，「我黃合作人醜命賤，但說話算數！」你老婆用右手背沾了沾眼睛，然後把食指塞進嘴裡，腮上的肌肉鼓成條棱。她把手指從嘴裡拖出來，我立即嗅到了血腥味兒。血從她的食指尖上滲出來。她舉起食指，在法國梧桐光滑的樹皮上寫了三個缺點少畫的血字：

離開他

龐春苗呻吟一聲，捂著嘴巴，扭轉身，跌跌撞撞地往前跑。她跑幾步，走幾步，然後再跑幾步，再走幾步。這頗似我們狗的運動方式。她的手始終沒從嘴巴上拿開。我悲哀地目送著她。她沒有進新華書店大門，而是從旁邊的一條胡同裡拐了進去。那是油坊胡同，是做芝麻油的人居住的胡同。我們的一個分會長住在那裡，因為經常吃芝麻醬，那小子的毛眼兒格外潤澤。

我看著你老婆慘白的臉，心中一陣冰涼。我深知龐春苗這個黃毛丫頭，不是你老婆的對手。她也很艱難，眼淚噙在眼裡欲流不流。我想她應該帶我走了，但她沒有走。她的指頭還在流血，不能浪費這些血。她耐心地用這些血補齊了血字的缺筆，又描畫了模糊不清之處。還有些血，就在那三個血字下面加了一個驚歎號。還有血，又加了一個驚歎號。又加了一個驚歎號。

離開他！！！

這已經是一條完整醒目的標語了。你老婆似乎意猶未盡，但再寫顯然已是畫蛇添足。她甩甩手指，又將手指放進嘴裡吮吸，然後她把左手伸進衣領，從左肩胛的位置上，撕下一張傷濕止痛膏，纏住了右手食指。這是她早晨剛貼上去的，黏性猶存，纏指毫不費力。

她又一次認真地端詳著這條血寫的標語，這也是她發給龐春苗的敦促書和警告書，臉上露出了滿意的微笑。她推車沿著街邊東行，我跟在她身後，保持三米距離。她還不時地回頭望一下那棵樹，好像生怕有人給塗抹了似的。

在紅綠燈處，我們等到過街綠燈，依然是膽戰心驚地穿過馬路。因為有許多身穿黑皮夾克騎挎斗摩托車的人不屌紅綠燈，因為有許多豪華轎車不受紅綠燈限制，因為最近剛剛出現了一個「本田暴走族」，都是年齡十八歲左右的小青年，騎著一色的本田摩托車，專門撞狗，撞翻之後，唯恐不死，還要來回輾壓，直至肝腸塗地，才吹著口哨如風而去。他們為什麼對狗如此仇恨？我苦思冥想不得其解。

第四十六章 黃合作發誓驚愚夫 洪泰岳聚眾鬧縣府

論證金龍那個狂想方案的聯席會議一直開到十二點才散。老縣委書記金邊——就是那位為我爹的黑驢掛過鐵掌的小鐵匠——升任市人大副主任，龐抗美接班已成定局。她是英雄的女兒，大學學歷，有基層工作經驗，年方四十，品貌端正，上有欣賞者，下有擁戴者，把所有的好條件都占盡了。會上，爭論不休，相持不下。龐抗美一錘定音：幹！先期投資三千萬元，由各銀行統籌解決，然後組成招商引資團，吸引國內和海外投資。

會議期間，我心神不定，屢屢以如廁為由，跑出去往新華書店打電話。龐抗美用尖利的目光盯著我。我哭笑著，指指肚子，搪塞過去。

我給新華書店門市部打了三次電話。第三次時，那個粗嗓門的女人憤憤不平地說：

「又是你，別打了，她被藍縣長那瘸老婆叫走後，至今沒回來。」

我給家裡打電話，沒人接。

坐在大會議室我的席位上，如同坐在一面燒紅的鐵鏊子上。我的臉色一定非常難看。我腦子裡浮現出各種悽慘的畫面，最悽慘的是，在縣城的某個僻靜角落裡，或者是在人煙稠密之處，我老婆殺死了龐春苗，然後自殺。此刻，她們的屍體旁已經圍上層層疊疊看熱鬧的人，公安局的警車正拉著淒厲的警報，風馳電掣般地往那裡奔馳。我偷眼看看手持教鞭、指點著西門金龍構想的藍圖、在那裡侃侃而談的龐抗美，麻木不仁地想著：下一分鐘，下一秒鐘，馬上，這個巨大的醜聞，就會在這會議室，猶如一枚血肉與彈片橫飛的自殺式炸彈，轟然炸開……

會議在含意複雜的掌聲中宣告結束。我不顧一切地衝出會議室。我聽到身後有人不無惡意地大聲說：「藍縣台大概拉到褲襠裡了。」

我衝向我的車。司機小胡急忙跳下來，沒等他轉過來幫我開門我已經自己拉開車門鑽了進去。

「走！」我急不可耐地說。

「走不了。」小胡無奈地說。

確實走不了，在管理科長的調度下，依照職務排名次序，龐抗美的銀灰色皇冠排在第一位，穩穩地停在縣委辦公大樓門廊前的車道上。在皇冠的背後，依次是縣長的尼桑，政協主席的黑奧迪，人大主任的白奧迪……我的桑塔納排在二十名後。所有的車都已發動起來，馬達平穩運轉，發出嗡嗡響聲。

有的人像我一樣鑽進了自己的車，有的人站在大門兩側低聲交談著等待自己的車，所有的人都在等待龐抗美。從大樓門廳裡傳出她爽朗的笑聲，我恨不得揪住她的笑聲，像揪住變色龍吐出的長舌，把她從大樓裡拽出來。她終於出現了。她穿著寶藍色套裙，上裝的翻領上，別著一個銀光閃爍的胸針。據她自己說她所有的首飾都是假的。春苗曾不經意地對我說，她姊姊的首飾能裝滿一隻水桶。春苗，我的血肉相連的愛人，你在哪裡？正當我恨不得要跳下車跑出大院、跑上大街時，龐抗美終於鑽進了她的皇冠。車隊魚貫馳出大院，大門口的保安繃著面孔立正敬禮。車隊出門向右拐，我急問小胡：

「去哪裡？」

「去參加西門金龍的宴會啊。」小胡把一張燙金大紅請柬遞給我。

我恍惚記起，會議期間有人在我耳邊嘀咕：還論證什麼，慶功宴都擺好了。我急忙說：

「掉頭。」

「去哪裡？」

「回辦公室。」

小胡顯然不情願。我知道去參加這樣的宴會，他們不僅可以跟著大快朵頤，而且還會得到一份禮物。而西門金龍董事長的出手大方在高密縣是有名的。為了安撫他，也為了給我的行為找一個託詞，我說：

「你應該知道，西門金龍與我的關係。」

小胡沒有吭聲，瞅方便掉了頭，桑塔納直奔縣政府大院。這日正逢南關大集，趕集的人騎著自行車，開著拖拉機，趕著毛驢車，步行著，紛紛湧上人民大道。小胡不停地按著喇叭，但也只能隨著車流緩緩而行。

「交警都他媽的喝酒去了。」小胡低聲罵著。

我沒有搭理他。我哪裡還有閒心去管交警喝酒的事。車終於捱到縣政府大門口。有一群人，彷彿從地下冒出來似的，把我的桑塔納包圍了。

我看到幾個身穿破衣爛衫的老太太，一屁股坐在我的車前，雙手拍打著地面，有聲無淚地嚎哭起來。幾個中年男人，變戲法般地展開了幾條橫幅標語，上寫著「還我土地」、「打倒貪官污吏」字樣。我看到十幾個人跪在那幾個哭天搶地的老太太後面，雙手將寫滿了字的白布高舉過頭。我看到在我車後兩側，有幾個人，從懷裡掏出花花綠綠的傳單，對著人群拋撒。他們訓練有素，既像「文革」期間的紅衛兵，又像鄉下辦喪事時那些職業拋撒紙錢者。人群如同潮水湧上來，把我的車包圍在核心。鄉親們啊，你們包圍了一個最不該包圍的人。我看到頭顱雪白的洪泰岳被兩個小青年扶持著，從大門東側那株寶塔松後，走到我的車前，站在那些跪著的農民和坐著的老太婆之間。那地方有碾盤大小，顯然是為他預留的空間。這是一群有組織有計畫的上訪者。領袖自然就是洪泰岳。他狂熱地留戀人民公社大集體，我父親頑固地堅持單幹，這兩個高密東北鄉的怪人，如同兩盞巨大的燈泡光芒四射，如同一紅一黑兩面旗幟高高飄揚。他從身後的背兜裡摸出那柄顏色已經發黃、邊緣上串著九個銅環的牛胯骨，舉起來，低下去，極其熟練地晃動著，使之發出有節奏的「嘩啦啦嘩啦啦」的聲響。這牛胯骨是他的光榮歷史中的一個重要道具，猶如士兵的斬殺過敵人的大刀。搖著牛胯骨數板是他的看家本領。他說：

嗶啷啷，嗶啷啷，牛胯骨一打咱開了腔。
今天咱要說哪一段呢？表一表西門金龍復辟狂……

更多的人擠上來，人聲如潮，喧鬧著，但突然又安靜下來。

話說這高密東北鄉，有一個西門小屯好風光。
這小屯曾有杏園一百畝，大養其豬美名揚。
五穀豐登六畜旺，毛主席革命路線放光芒！

說到此處，洪泰岳猛地把牛胯骨拋到空中，然後身體陡轉，讓人們清楚地看到，他的手如何從背後準確、靈巧地接住那牛胯骨。在這個過程中，牛胯骨響聲不斷，好像一個有生命的靈物。好！喝采聲猛然響起，隨後是雜亂的掌聲。洪泰岳的臉上神情突變，繼續數說：

這屯中有一個惡霸地主西門鬧，遺下個雜種白眼狼。
這小子名字叫金龍，從小就花言巧語善偽裝。
他偽裝進步入了團，他偽裝進步入了黨。他篡黨奪權當書記，反攻倒算逞瘋狂。
他分田單幹搞復辟，把人民公社家底一掃光。
他給地富反壞摘了帽，牛鬼蛇神喜洋洋。說到此處我心悲痛，鼻涕一把淚兩行……

他把牛胯骨拋起來，用右手接住，用左手抹左邊的眼淚；再把牛胯骨拋起來，用左手接住，用右手抹右邊的眼淚。牛胯骨彷彿一隻白色的鼬鼠，在他雙手之間跳躍。掌聲雷動。隱隱聽到了警車的聲音。洪泰岳更加激憤地數說著：

說到了一九九一年，這小子又把奸計想。

他要把全體村民趕出村，把村莊變成旅遊場。

他要把萬畝良田全毀掉，建球場，建賭場，開妓院，開澡堂，把社會主義西門屯，變成帝國主義遊樂場。

同志們啊，眾老鄉，手拍胸膛想一想，階級鬥爭該不該抓？

西門金龍該不該殺？哪怕他財大氣粗根子硬，哪怕他兄弟解放當縣長，團結起來力量大，把反動分子一掃光，一掃光啊一掃光……

圍觀者起鬨架秧，有的罵，有的笑，有的跺腳有的跳，縣府門前亂成一團。我原本還想找個恰當的機會，下車去，仗著一個村的熟關係，勸說他們離去。但洪泰岳的快板中，已經把我當成了金龍的靠山。如果我出去，面對著這些被煽熱了的群眾，後果不堪設想。我戴上墨鏡，遮掩著自己的面孔，往後張望，盼望著警察快來解圍。我看到十幾個警察揮舞著警棍，在人群外——其實也是在人群中咋呼。不斷湧上來的人，把警察也圍了起來。

我扶正墨鏡，又找了一頂藍色旅遊帽扣到頭上，盡量地遮蓋著半邊藍臉，然後拉開了車門。

「縣長，您千萬別下去。」小胡驚叫著。

我鑽出車門，彎著腰往前衝。有一條腿伸過來，使了個小絆子，我實實在在地趴在了地上。眼鏡斷了腿，旅遊帽飛到一邊。我的臉感觸到被正午的太陽烘烤得滾燙的水泥地面。嘴唇和鼻子都很痛。

極端絕望的情緒控制著我，就這樣死了倒也省事，很可能落個因公殉職，但我想到了龐春苗，我不能不見她一面就這樣死去，哪怕她已經死去我也要見見她的屍首。我爬起來，四周立即響起炸雷般的吼叫聲。

「藍解放，藍臉！他就是西門金龍的靠山！」

「抓住他，別叫他跑了！」

我眼睛一陣黑，又一陣亮，周圍的人臉，都變得像剛焠過火的馬蹄鐵一樣扭曲著，閃爍著鋼藍色的光芒。我感到雙臂被人扭住，別到了背後。鼻孔裡熱熱的，癢癢的，彷彿有兩條蟲子爬到了唇上。有人在背後用膝蓋頂我的屁股，有人用腳踢我的腿肚子，還有人在我的脊梁上狠狠地擰了一把。我看到鼻子裡的血點點滴滴地落在了水泥地面上，並立即化成了黑色的煙霧。

「解放，真的是你？」我聽到一個熟悉的聲音在面前響起，急忙鎮定心神，使暈了的頭能思考，使花了的眼睛能視物。我看清了洪泰岳那張苦大仇深的臉。莫名其妙地，我的鼻子一酸，眼窩一熱，眼淚奪眶而出，就像在危難時刻遇到了親人似的，我哽咽著說：「大叔啊，你們放了我吧……」

「都放手，都放手……」我聽到洪泰岳吆喝著，我看到他揮舞著牛胯骨像音樂指揮揮舞著指揮棒一樣吆喝著，「要文鬥不要武鬥！」

「解放，你是縣長，是父母官，要為我們西門屯的老少爺們做主，不能讓西門金龍胡作非為，」洪泰岳說，「你爹本來也要來請願的，但你娘病了，他來不了。」

「洪大叔，雖然我與金龍是一母所生，但我們從小不是一個脾性，這您清楚，」我擦擦鼻血，說，「他的計畫，我也反對，你們放了我吧。」

「聽到沒有？」洪泰岳揮動著牛胯骨說，「藍縣長支援我們了！」

「我會把你們的意見往上反映，你們趕快離開這裡，」我分撥著面前的人，嚴厲地說，「這樣做是違法的！」

「不能讓他走，讓他寫保證書！」

我陡感怒火攻心，一伸手，搶過洪泰岳的牛胯骨，揮舞著，像揮舞一把砍刀，攔擋的人紛紛閃開，牛胯骨砍在了一個人的肩膀上，又砍在一個人頭上，有人喊叫：「縣長打人了！」打人就打人吧，犯錯誤就犯錯誤吧，對我這樣一個人，什麼錯誤不錯誤，什麼縣長不縣長，都給我滾開，我用牛胯骨為自己開闢了一條道路，衝出包圍圈，進了政府大樓，一步三個台階，衝上三樓，回到我的辦公室。從窗戶我看到大門外那一片亮晶晶的人頭，傳上來幾聲沉悶的聲響，飄散開粉紅色的煙霧，我知道被逼無奈的警察釋放了催淚彈，人群騷動，我扔下牛胯骨，關上窗戶，外邊的事情暫時與我無關了。我不是一個好幹部，我關心個人問題勝過關心民生疾苦，甚至我對這樣的非法請願還有幾分幸災樂禍，爛攤子自有龐抗美他們收拾。我抓起電話，打往新華書店，無人接聽。我打往自家，電話通了，是我兒子。我滿腹的怒氣頓時消了一半，盡量平靜地說：

「開放，讓你媽接電話。」

「爸爸，你跟我媽鬧什麼？」兒子不滿地問。

「沒什麼，」我說，「你讓她接電話吧。」

「她不在，狗也沒去接我，」兒子說，「她飯也不做了，只給我留了一張條子。」

「什麼條子？」

「我念給你聽，」兒子說，「『開放，自己弄點吃的吧，如果你爸爸來電話，讓他到人民大道「紅」牌辣椒醬找我』，什麼意思？」

我沒對兒子解釋，兒子，我暫時無法對你解釋。我扔下話筒，掃了一眼辦公桌上的牛胯骨，隱隱約約地感覺到應該帶點什麼，但想不起應該帶什麼。我匆匆跑下樓，見大門口一片混亂，人擠成一個蛋，辛辣的氣味刺鼻扎眼，咳嗽聲咒罵聲尖叫聲混成一片。這裡的混亂接近尾聲，而那邊的混亂即將開始。我捂著鼻子，繞到辦公樓後，從東北角小門出去，沿著後街，一直往東跑，到電影院旁邊的皮匠胡同，拐彎向南，直插人民大街。皮匠胡同兩側那些心神不安的修鞋匠們，一定把藍副縣長的倉皇奔命與政府門前的騷亂聯繫在一起。縣城的人民，可能有不認識龐抗美的，但沒人不認識我。

在人民大道這邊，我就看到了她，也看到了蹲在她身後的狗，你這個狗雜種！大道上亂紛紛奔逃著群眾，交通規則全部廢除，各種車輛與人群混雜在一起，喇叭聲震耳欲聾。我像小孩子跳方格一樣，蹦蹦跳跳地過了馬路。有人注意到了我，多數人沒注意到我。我氣喘吁吁地站在了她面前。她眼睛直盯著那棵樹，你這個狗雜種，直直地盯著我，狗眼裡一片荒涼。

「你把她弄到哪裡去了？」我厲聲問。

她嘴巴歪歪，腮上的肌肉抽抽，臉上出現類似冷笑的表情，但她的目光絲毫沒有游移，依然盯著那棵樹。

我先是看到樹幹上有四團黑乎乎、綠油油的東西，仔細一看，那是些蠕動著的蒼蠅，是那種最令人噁心的綠頭蒼蠅。再仔細一看，認出了那三個大字和三個驚歎號。我嗅到了血腥味，一陣暈眩，眼前發黑，幾乎跌倒，我想最可怕的事情大概已經發生了。她殺了她，用她的血，寫了這條標語。但我還是強打著精神問她：

「你把她怎麼樣了？」

「我沒把她怎麼樣，」她連踢了兩腳樹幹，蒼蠅被驚飛起，發出令人恐懼的「嗡嗡」聲，她舉起那用傷濕止痛膏纏住的食指，對我說，「這是我的血，我用我的血寫了這三個血字，勸她離開你！」

我感到如釋重負，一陣極度的疲勞襲來，不由地蹲在地上，手痙攣得像雞爪子一樣，從衣兜裡摸到了菸，點燃，深深地吸著。我感到煙霧像彎曲的小蛇一樣鑽進腦袋，在大腦的那些溝回裡游動著，產生了一種愉悅和輕鬆之感。蒼蠅飛起的瞬間，使這條骯髒的標語悲壯地跳入我的眼簾，但蒼蠅們立即又把它們覆蓋了，覆蓋得面目全非、難以辨認。

「我對她說了，」我妻子依然不看我，用一種呆板、麻木的聲音說，「只要她離開你，我就一聲不吭，一個屁不放。她可以戀她的愛，結她的婚，生她的孩子，過她的好日子。如果她不離開你，那我就要跟她同歸於盡！」我妻子陡然轉身，把那根用傷濕止痛膏纏著的食指舉到我的面前，目光灼灼，如被逼到牆角的狗，尖聲叫嚷著，「我就用這根血手指，把你們的醜事，寫到縣政府大門上，寫到縣委大門上，寫在縣政協大門上，寫到縣人大大門上，寫到公安局、法院、檢察院大門上，寫到戲院、電影院、人民醫院大門上，寫到每一棵樹上，寫到每一堵牆上……直到把我全身的血寫光！」

第四十七章　逞英雄寵兒擊名錶　挽殘局棄婦還故鄉

你妻子穿著一件淹沒腳踝的紫紅色長裙，端坐在你那輛桑塔納轎車的副駕駛座位上。一股刺鼻的樟腦球味兒，從那件裙子上源源不斷地揮發出來。長裙的前胸和後背上綴滿耀眼的圓形亮片，這使我聯想到，只要把她扔到河裡，她馬上就會變成一條魚。她頭髮上噴了摩絲，臉上抹了脂粉。白得如同石灰的臉與褐色的脖子對比鮮明，使她的臉彷彿戴了一個面具。她脖子上戴著一條金項鍊，手上戴著兩個金戒指，儼然一個珠光寶氣的貴婦。司機小胡起初耷拉著長臉，直到你妻子塞給他一條香菸，他的臉才變圓。

我與你兒子坐在後排座位上。在我們身體周圍，堆積著十幾個花花綠綠的盒子，盒子裡有酒，有茶，有糕點，有布料。這是我乘坐西門金龍的吉普車進入縣城之後第一次返回西門屯。當時我是一條出生三個多月的小犬，現在我是一條飽經滄桑的大狗。我心情激動，兩隻眼睛忙不過來地看著車窗外的風景。公路筆直寬闊；路旁花樹蔥蘢；路上車輛稀少；小胡開車賊猛。小車像插上翅膀一樣飛起來了。我感到不是小車插上翅膀飛起來而是我肋間生出雙翅飛起來了。我看到道旁的花木紛紛向後倒去，又紛紛往下落去，我感到公路像一道黑色的牆壁緩緩地豎了起來，路邊的大河也跟著豎了起來。我們就沿著那直通天際的黑色道路往上爬行，而身邊的大河之水猶如巨大瀑布飛瀉而下……

相對於我的興奮和狂想，你兒子則表現得極為鎮靜。他手捧著一個遊戲機，在我旁邊，聚精會神地玩著「俄羅斯方塊」遊戲。他的牙齒咬著下唇，雙手的大拇指靈巧地揿著按鍵，每當出現一個失誤，他就會煩惱地跺一下腳，嘴巴裡「噗」地噴出一口氣。

這是你妻子第一次打著你的旗號調用你的公務車還鄉，往常裡她總是乘坐公共汽車或是騎著自行車馱著你兒子還鄉。這是你妻子第一次豔妝華服像個官太太一樣還鄉，往常裡她總是灰頭土臉、穿著濺滿油星子的舊衣還鄉。這是你妻子第一次攜帶貴重禮物還鄉，往常裡她總是帶著幾斤現炸出來的油條還鄉。這是你妻子第一次帶著我還鄉，往常裡她總是把我鎖在院子裡讓我看守家門。自從我為她揪出了你的小情人龐春苗後，她對我的態度明顯好轉，或者說，她對我的重視程度明顯加強。現在，她經常對著我絮絮叨叨講她的心事，把我當成了一個可以盛放她那些語言垃圾的塑料大桶。她不僅僅把我當成了傾訴對象，還把我當成了她的狗頭軍師。她經常猶豫不定地問我：

「狗啊，你說我該怎麼辦？」

「狗啊，你說她會離開他嗎？」

「狗啊，你說他這次去濟南開會，她會不會去找他？」

「狗啊，你說他是不是根本沒去濟南開會，而是帶著她躲到什麼地方去肉麻？」

「狗啊，你說是不是真有那樣的女人，沒有男人肉麻她就活不下去？」

對這些連篇累牘的問題，我全部以沉默對之，我只能以沉默對之。我默默地注視著她，心思隨著她提出的問題大幅度地跳躍著，時而飛上天堂，時而墜入地獄。

「狗啊，你給評評理，是他的不對，還是我的不對？」她坐著一個小方凳，背靠著廚房的案板，在一塊長方形的磨石上，磨著那些生銹的菜刀、鍋鏟和剪刀，她好像要藉著這個與我傾心交談的機會，讓家裡所有的鐵器重放光芒，她說，「我是沒有她年輕，是沒有她漂亮，可我也是從年輕時走過來的，也是從漂亮時走過來的，你說對不對？再說了，我不年輕，我不漂亮，他呢？他不是一樣嗎？他即便年輕時也沒漂亮過啊，他那半邊藍臉，半夜裡一開燈，嚇得我直打哆嗦啊，狗，狗，要不是被西門金龍那流氓壞了名譽，我怎麼肯嫁給他？狗啊，我這輩子就毀在他們哥倆手裡了……」她說到動情處，眼淚跳出眼眶，落在胸襟上，「現在，我老了，我醜了，他升官了，他發達了，就想扔掉我，像扔掉破鞋爛襪子一樣，狗，你說，天理何在？良心何在？」她奮力地磨著刀，斷斷續續地說，「我要挺起來！我要硬起來！我要把自己身上的銹磨去，像這把刀一樣，放出光來！」她用指甲蓋兒試試刀鋒，刀刃在指甲上留下白色的痕跡，此物已成利器，她說，「明天我們回老家去，狗，你也去，我們用他的車，十幾年來，我從來不用他的車，不沾公家一丁點便宜，維護了他的好名聲，他的群眾威信，有一半是我幫他樹起來的。狗啊，人善被人欺，馬善被人騎，咱們不忍了，咱們也像那些當官家的女人一樣抖擻起來，讓人們知道，藍解放有太太，藍解放的太太也能上得台盤……」

轎車越過新修的財富大橋駛入西門屯，當年那座低矮的小石橋被廢棄在新橋的右側，一群光屁股的男孩子，站在那小石橋上，變換著姿勢，接二連三地、噗通噗通地跳到扎到跌到河裡，激起濺起砸起一簇簇一串串一片片水花兒。這時，你兒子才停下了手底的遊戲，從車窗望出去，臉上出現羨慕的神情。你妻子對你兒子說：

「開放，你大姨家歡歡在那裡。」

我模模糊糊地回憶起歡歡和改革那兩張小臉。歡歡的小臉乾乾巴巴、乾乾淨淨，改革的小臉白白胖胖，但嘴唇上總是沾著鼻涕。他們倆幼時的氣味還儲存在我的記憶裡。我回憶著他們的氣味時，與八年前的西門屯有關的數千種氣味便如一條氣味的大河，洶湧而來。

「這麼大了，還光著屁股玩。」你兒子嘟噥著，不知是鄙視還是羨慕。

「待會到了家，嘴巴要甜，要有禮貌，」你妻子說，「要讓爺爺奶奶、姥姥姥爺高興，要讓親戚朋友佩服。」

「你弄點蜂蜜抹到我嘴上好了！」

「這孩子，你就氣我吧，」你妻子說，「那幾罐蜂蜜，就是給你爺爺奶奶、姥姥姥爺的，你親手交給他們，就說是你為他們買的。」

「我哪裡有錢？」你兒子賭氣般地說，「說了他們也不信。」

在你妻子與你兒子的拌嘴聲中，轎車駛上大街，街道兩邊那些八〇年代初期新建的、整齊畫一如軍營的紅磚瓦房牆上，都用白色石灰刷上了大大的「拆」字，舊村的南邊田野裡，挖土機隆隆地響著，兩台起重機，高舉著橘黃色的巨臂，靜靜地等待著。西門新村的建設已經開工。

轎車停在古舊的西門家大院門前。小胡按響了喇叭，立即從院子裡湧出了一群人。我嗅到了他們的氣味看到了他們的臉。他們的氣味裡都添加了陳舊的信息，他們的身上都增添了脂肪，他們的臉都增添了皺紋，藍臉的藍臉，迎春的棕臉，黃瞳的黃臉，秋香的白臉，互助的紅臉。

你妻子沒有急於下車，等待著司機小胡轉過來為她打開車門。她撩著裙子下車，因不習慣高跟鞋幾乎跌倒。我看出她極力地保持著身體的平衡，藉以掩飾左臂的缺失。我看到她的左臂已鼓脹，散發著海綿的氣味。為了這次意義非凡的還鄉她可是煞費了苦心。

「我的閨女啊！」吳秋香喜氣洋洋地叫喚著，最先撲上來，看那股衝勁兒，她似乎要擁抱女兒，但到了面前卻突然僵住了。我看著這個當年身體苗條、如今兩腮下垂、腹部凸出的女人臉上那種既有親愛又有諂媚的表情，看著她伸出幾根彎曲的手指，撫摸著你妻子裙子上那些亮片，她誇張地——這才是她的本色腔調——說，「哎喲，這是俺的二閨女嗎？俺還以為是天女下凡了呢！」

你的母親迎春拄著枴棍湊上來，她的半邊身體已經不靈便，她舉著那隻顯得軟弱無力的胳膊，對你老婆說：

「開放呢？我那寶貝孫子呢？」

司機拉開車門，提出禮物，我縱身跳出。

「這是狗小四嗎？我的天哪，長成一頭小牛啦！」迎春說。

你兒子似乎有些不情願地下了車。

「我的開放啊……」迎春喊叫著，「讓奶奶看看，幾個月不見又長出一大截了。」

「奶奶好。」你兒子說，你兒子又對圍攏上來摸著他的頭頂的你父親說，「爺爺。」兩張藍臉，一張粗糙蒼老，一張嬌嫩鮮豔，構成相映成趣的生動畫面。你兒子一一地問候他的姥爺、姥姥、大姨。你母親糾正你兒子道：「該叫大娘才是啊。」互助說：「都一樣，叫大姨更親嘛。」你父親問你妻子：「他爸爸呢？怎麼不回來？」你妻子說：「他到省裡開會去了。」

「進屋，進屋！」你母親用枴棍搗著地，用一個家長的權威口吻說。

「小胡，」你妻子說，「你先回去吧，下午三點，準時來接我們。」

這一群人，簇擁著你的妻子和兒子，提拎著那些花花綠綠的盒子，進了西門家大院。你以為我被冷落了嗎？沒有，就在人享受著天倫之樂時，一條白毛黑花狗，從西門家大院裡竄出來。同胞狗兄弟的親切氣味，猛烈地撲進我的鼻子，往事歷歷湧上心頭。狗老大！大哥！我興奮地叫著。小四，我的四弟啊！牠也衝動地叫嚷著。我們的叫聲驚動了迎春，她回過頭，注視著我們：

「老大，小四，你們哥倆兒，有多少年沒有見面了呢？讓我算算……」迎春掰起指頭，數著，「一年，兩年，三年……啊呀呀，你們八年沒有見面了啊，狗八年，等於人的大半輩子啊……」

「可不是怎麼著，」一直得不到說話機會的黃瞳說，「狗活二十年，等於人活一百歲。」

我們碰碰鼻子，互相舔舔面頰，然後用脖子互相摩擦，用肩膀互相碰撞，表達我們久別重逢的歡欣和感慨。

小四，我還以為這輩子再也見不到你了呢，我的大哥眼淚汪汪地說，你不知道我和你二哥有多麼想念你們，想念你，想念你三姊。

二哥呢？我著急地問著，同時張大鼻孔，搜索牠的信息。

你二哥家最近遇上了喪事，狗大哥同情地說，你還記得那個馬良才吧？對，就是你家主人的姊夫，很好的一個人，吹吹，拉拉，寫寫，畫畫，樣樣都能拿起來，當著小學校長，挺好的一個美差，人民教師，誰不尊敬？可他偏要辭職去給西門金龍當副手。被縣教育局不知哪個領導批評了幾句，回家後心情鬱悶，喝了幾杯酒，說要出去撒尿，站起來，身體晃晃，一頭栽倒，就這樣死了。嗨，人生一世，草木一秋，我們狗，又何嘗不是如此呢？我的大哥說，怎麼，他們沒把這消息告訴你家主人嗎？

我的男主人，最近勾搭上了一個年輕姑娘，你猜是誰？就是三姊家主人的妹妹，回來要跟這一位，我用下巴指指在大院裡手扶杏樹與互助說話的合作，悄聲說，離婚，這一位，差不多瘋了，這幾天剛緩過點勁兒來，你看她今天這模樣，是專門回來斷那藍解放的後路的。

嗐，果然是家家都有，狗大哥說，難念的經，咱們當狗的，只能聽主人調遣，為主人服務，這些麻煩事兒，不歸我們管。你等著，我去叫老二，咱們哥仨好好聚聚。

何必大哥親自去跑，我說，咱們狗類，不都有千里傳音的本事嗎？我仰起脖子，正要嗥叫，就聽到大哥說，不必叫了，你二哥，已經來了。

我看到，從西方向，來了我的二哥和牠家的女主人寶鳳。狗二哥在前，寶鳳在後。寶鳳的身後，跟著一個身材瘦高的男孩。改革的氣味從我記憶中浮上來，這小子，長得可真高。有人說我們狗眼看人低，呸，那是放屁。在我們眼裡，高的自然高，低的必然低。

我大哥高聲喊叫著：老二，你看看這是誰？——二哥，我大聲叫著，跑著迎上去。我二哥是一條更多地繼承了父親基因的黑狗，牠的面相與我有幾分像，但身體比我小得多。我們哥仨，擁擠在一起，碰碰撞撞，磨磨蹭蹭，表達我們久別重逢後的愉快心情。鬧過一陣之後，牠們問起狗三姊，我說三姊很好，生了三匹小犬，賣了很好的價錢，給主人家創匯增收。我向牠們，問起狗媽媽的情況，牠們沉默一會，抬起淚汪汪的眼睛，對我說：媽媽是無疾而終，壽盡而亡，而且死後屍身得以保全，老主人藍臉，親手釘了一個木板箱子，把我們的狗娘，安葬在他那塊寶貴的土地上，這已經是非常高的禮遇了。

我們哥仨的親熱勁，引起了寶鳳的注意。她有些吃驚地看著我，我想大概是我的身體過於龐大和我的面相過於威猛而讓她心中驚悸吧。「你是狗小四嗎？」她說，「你怎麼能長這麼大呢？當初你可是一個小落子啊。」

她在注意我的時候，我也在注意她。輪迴四世之後，西門鬧的記憶雖然沒有消逝，但已經被無數的後來事鎮壓在底層，我生怕一旦折騰起這些久遠的往事，會把大腦搞亂，弄不好會得精神分裂症。在世事猶如書籍，一頁頁被翻過去。人要向前看，少翻歷史舊帳；狗也要與時俱進，面對現實生活。在過去的歷史冊頁上，我是她的父親，她是我的女兒；在眼前的現實生活中，我只能是一條狗，而她則是我的狗兄弟的主人和我的主人的異父同母的姊妹。她面色灰白，頭髮雖然沒白但枯槁猶如牆頭上的霜後草。她身穿黑衣，鞋面上裱著白布。她為馬良才戴孝，身上散發著與死者打過交道的陰鬱氣味。在我所有的記憶中，她都是鬱鬱寡歡，臉色蒼白，很少有笑容，偶爾有一笑，那也如從雪地上反射的光，淒涼而冷冽，令人過目難忘。在她的身後，那小子，馬改革，繼承了馬良才的瘦高身材。他幼年時臉蛋渾圓，又白又胖，現在卻長臉乾癟，兩扇耳朵向兩邊招展著。他不過十歲出頭，但頭上竟有了許多的白髮。他穿著藍色短褲、白色短袖襯衫——西門屯小學的校服——腳上一雙白色膠鞋，雙手捧著一個綠色塑料盆子，盆子裡是鮮豔欲滴的紫紅色櫻桃。

我在兩個狗哥哥的帶領下，在屯子裡轉了一圈，儘管我少小離家，除了西門家大院之外，對屯子並無多少印象，但這裡畢竟是生我養我的地方，就像莫言那小子在一篇文章裡寫的那樣「故鄉是血地」，因此，在走街觀屯的過程中，我還是心懷感動。我看到了一些似曾相識的臉，嗅到了許多當年沒有的氣味，也遺失了許多當年的氣味。當年，屯子裡最濃郁的牛的氣味、騾馬的氣味消失殆盡，而許多人家院裡都散發出濃重的生銹鋼鐵的氣味，由此我知道，人民公社時期夢寐以求的農業機械化，竟在分田單幹之後實現了。我感到屯子裡籠罩著大變動之前的興奮和惶惶不安的氛圍，人們的臉上，都閃爍著古怪的神情，彷彿有大事件馬上就要發生。

在遊屯的過程中，我們遇到了許多狗。牠們都熱烈地與老大和老二打招呼，並向我投來敬畏的眼神。我的兩位狗哥也得意洋洋地向牠們炫耀著：這是我們的四弟，現居縣城，是縣城狗協會的會長，管轄著一萬多條狗呢！我的狗哥哥，真能忽悠，牠們把縣城的狗數目，擴大了十倍有餘。

在我的請求下，二位狗兄弟帶著我去拜謁了我們狗娘的墳墓。我知道我此行的目的不單純是為了拜謁母墳，而是有許多難以對牠們言說的歷史情緒。從西門鬧到西門驢，從西門驢到西門牛，從西門牛到西門豬，從西門豬到西門狗，這塊猶如大海中孤島的土地，都與我有著千絲萬縷的血肉關係。我看到屯東這一片土地已經遍植夭桃，我想如果早來一個月這裡就是一片桃花的海洋。現在，桃葉黃綠，枝條上接著一串串的毛桃。藍臉的一畝六分地，依然頑強地表現著個性，在兩邊桃林的夾峙下，地裡那些莊稼顯得既弱小又倔強。他種植的竟然是幾近絕跡的一種莊稼，我從記憶深處，才搜索到這種莊稼的名字和有關知識。這是穇子，抗旱抗澇耐貧瘠，其生命力之頑強不遜野草。在人們飽食肥饜的時代，這種粗糙的糧食，也許會成為救命的良藥

在狗娘的墳墓前，我們哥仨默立片刻，然後仰天長吠，表達我們的哀思。所謂墳墓，也不過是筐大的一個土疙瘩而已，即使這土疙瘩上，也生長著穇苗。在我們狗娘的墳墓旁邊，一字兒排列有三個土疙瘩。我的大哥指指近前這個土疙瘩說：聽說這裡埋著一頭豬，是一頭作惡多端的豬，也是一頭捨己為人的豬。你家小主人和你二哥家小主人，還有屯裡的十幾個孩子，都是牠從冰窟窿裡叼上來的。孩子得救了，但這頭豬卻獻出了生命。遠處那兩個土疙瘩，我二哥說，聽說一個是牛的墳墓，一個是驢的墳墓，也有人說墳裡根本沒有什麼，驢墳裡只有一隻用木頭雕成的驢蹄子，牛墳裡只有一根牛韁繩。這都是非常久遠的事情了，我們也不得其詳。

在這塊地的盡頭，修著一個真正的墳墓。墳包饅頭狀，用白石砌成，水泥抹縫，墳前是座大理石

墓碑，墓碑上刻著隸體大字：先考西門公鬧及夫人白氏之墓。目睹眼前景物，我不由怦然心動，無限的悲涼湧上心頭，人的眼淚，從狗眼裡滾滾湧出。狗老大和狗老二用爪子拍著我的肩膀問：四弟，你為何如此傷心？我搖搖頭，甩乾眼淚，說：沒什麼，不過是想起了一個朋友。我的狗大哥說：這是西門金龍當書記之後的第二年，為他的生身父親修立的。其實，墳裡只埋著白氏和西門鬧的一個牌位，至於西門鬧的屍骨，抱歉，早被我們那些飢餓的先輩們給吃掉了。

我繞著西門鬧和白氏的墳墓轉了三圈，然後，翹起一條後腿，將一泡百感交集的狗尿，撒在了他們的墓碑上。

狗二哥大驚失色地說：小四，你好大的膽子，這要讓西門金龍知道了，非用土槍崩了你不可！

我苦笑一聲，說：那就讓他來崩了我吧，但願他崩了我之後，能把我的屍體，也埋在這塊土地上……

狗老大和狗老二交換了一下眼神，幾乎是齊聲說：四弟，我們還是回家吧，這塊地裡冤魂太多，邪氣太重，萬一中了邪，就比感冒嚴重。說完，牠們就擁擠著我，跑出了這塊土地。從這時起，我就知道了自己的最終歸宿。雖然我生活在縣城，但死後，一定要埋在這塊土地上。

我們哥仨前腳踏進西門家大院，西門金龍的兒子西門歡後腳就跟著進來了。我辨別出了他的氣味，儘管他身上沾染著那麼濃烈的魚腥味和淤泥味。他赤裸著上身，赤著腳，下身只穿著一條尼龍彈力短褲，一件名牌T恤胡亂地搭在肩頭，手裡拎著一串白鱗小魚。一塊相當高級的手錶，在他腕子上閃爍光彩。這小子一眼就看到了我，扔掉手中的東西就要往我身上撲。他顯然是想騎在我身上，但一匹有尊嚴的狗，怎會被人騎在胯下？我一閃身，躲開了他。

他的母親互助，從正房裡跑出來，急吼吼地喊著：

「歡歡，你跑到哪裡去了？你怎麼才回來？不是早跟你說過，小姨和開放哥哥要回來嗎？」

「我捉魚去了，」他撿起地下那串小魚，用一種與他的年齡不相吻合的腔調說，「這麼尊貴的客人來了，沒有魚，怎麼可以？」

「嗨，你這孩子，」互助撿拾著西門歡扔在地上的衣服說，「弄這兩條小貓魚，給誰吃？」互助用手拂著西門歡頭上的泥沙和魚鱗，突然想起似的問，「歡歡，你的鞋呢？」

西門歡笑著說：「實不相瞞，媽媽大人，鞋子，換魚了。」

「哎喲，你這個敗家子啊！」互助尖叫著，「那是你爸爸託人從上海給你帶來的，那是『耐克』啊，一千多塊錢啊，你就給我換來這麼兩條小貓魚？」

「媽媽，不止兩條，」西門歡認真數著柳條上的魚，說，「九條呢，你怎麼能說是兩條呢？」

「你們都看看，俺這傻兒子啊，」互助從西門歡手裡把那串小魚奪過來，舉著，對湧出屋來的眾人說，「一大早就下了河，說是要捉魚待客，弄了半天，弄來這麼一串小魚兒，還是用一雙新『耐克』鞋跟人家換的，你說他傻不傻啊？」互助虛張聲勢地用那串小魚抽了一下西門歡的肩膀，說，「跟誰換的？快給我換回來去！」

「媽媽，」西門歡乜斜著有點鬥雞的小眼說，「男子漢大丈夫，怎能說話不算數呢？不就是一雙破鞋嗎？再買雙就是了，反正我爸爸有的是錢！」

「小混蛋，你給我住嘴！」互助道，「胡說八道，你爸爸有什麼錢？」

「我爸爸沒有錢誰有錢？」西門歡斜著眼說，「我爸爸是大富翁，天下首富！」

「你就吹吧，你就傻吧！」互助道，「等你爸爸回來，看他不揍爛你的屁股！」

「怎麼回事？」西門金龍從卡迪拉克轎車裡一鑽出來就這樣喊叫，轎車沉穩無聲地往前滑去。他一身休閒打扮，頭皮和腮幫子都刮得烏青，肚子微微前凸，手裡提著一個長方形的「大哥大」，完全是一副大老闆的氣派。聽完互助的述說後，他拍拍兒子的頭，說：「從經濟上說呢，用一雙價值千元的『耐克』鞋，換九條小貓魚，是愚蠢的行為；從道義上講呢，為了招待尊貴的客人，不惜用千金之鞋換魚，又是英雄好漢的行為。就這件事本身，我不表揚你，也不批評你。我要表揚你的是，」金龍用力拍了一掌兒子的肩膀，說，「男子漢大丈夫，『一言既出，駟馬難追』，換了就是換了，不能反悔！」

「怎麼樣？」西門歡得意地對互助說著，揚起那串小魚兒，高叫著，「奶奶，拿魚，給貴客熬魚湯！」

「你就慣他吧，這樣下去，怎麼得了？」互助看了金龍一眼，低聲嘟噥著，轉而又扯住兒子的胳膊，「小老祖宗，快回家換件衣服，這個樣子，怎麼見客……」

「雄偉！」西門金龍在進入正房之前注意到了我，伸出拇指，對我發出讚語，然後他便與已經走出門迎接他的人們一一打招呼。他表揚了你的兒子，「開放賢侄，一看這頭角，就不是等閒之輩，你爸爸當縣長，你要當省長！」他安撫了馬改革，「小伙子，直起腰桿來，不用怕不用愁，有大舅吃的，就有你吃的。」他對寶鳳說，「不要折磨自己了，人死不能復生。要說難過，我也難過，他這一死，如同砍去我的一條胳膊。」他對著兩家父母點頭示意。他對你妻子說，「弟妹，我要好好敬你幾杯！那天中午，為慶祝我們的建設計畫通過論證，我在天官樓大擺慶功宴席，讓解放一人受了大委屈。洪泰岳這老東西，真是頑固得可愛，這次被拘留了，但願他能長點見識。」

席間，你妻子不冷不熱，保持著副縣長太太的尊嚴；西門金龍敬酒布菜，表現著實際的家長熱情。最活躍的還是西門歡，他對酒桌上這一套，顯然是非常精通，西門金龍不怎麼管他，他便益發倡狂起來。他為自己倒了一杯酒，又給開放倒了一杯酒，硬著舌頭說：

「開放哥們，喝了這、這杯酒，我有一事與你相商……」

你兒子看看你妻子。

「你不要看我二姨……咱們男子漢的事，自己做主，來，我敬、敬你一杯！」

「歡歡，行啦！」互助道。

「那就沾沾嘴唇吧。」你妻子對你兒子說。

兩個小妖碰杯之後，西門歡揚起脖子，將杯中酒一飲而盡，然後將空杯舉到開放面前，說：

「先喝為、為敬！」

開放用嘴唇沾沾杯中酒就放下了。

「你……你不夠哥們……」西門歡道。

「好了！」西門金龍拍拍西門歡的腦袋，說，「到此為止，不要強求！逼人喝酒，也不是好漢的行為！」

「爸……爸……我聽您的……」他放下酒杯，摘下手錶，遞到開放面前，說，「哥哥，這是『浪琴』，瑞士原裝，是我用一把彈弓，跟韓國那個老闆換的，現在，我用它，換哥哥那條大狗！」

「不行！」你兒子堅定地說。

西門歡顯然不悅，他沒有鬧，堅定地說：

「我相信，總有一天你會答應的！」

「兒子，別鬧了，」互助說，「過幾個月，就該到縣城念中學了，想看大狗，去你姨家看就是。」

於是，席間的話題就轉移到我的身上。你娘說：「想不到一母所生，竟出落得大不相同。」

「我們娘倆，多虧了這條狗，」你妻子說，「他爸爸日夜忙，我又要上班，看家護院，接送開放上學，都是這條狗！」

「這的確是匹威猛的神犬，」西門金龍夾起一隻醬豬蹄，扔到我的面前，說，「狗小四，富貴不忘故鄉，常回家看看。」

我被豬蹄的香氣吸引，肚子裡發出隆隆的響聲，但我看到了狗大哥與狗二哥的目光，沒有動口。

「不一樣就是不一樣，」西門金龍感歎道，「歡歡，你要向這條狗學習！」他又夾了兩個豬蹄，分投到狗大哥和狗二哥面前，對兒子說，「做人，要做出大家風度來！」

狗大哥和狗二哥急不可待地把豬蹄搶到嘴裡，饕餮大嚼，喉嚨裡還不由自主地發出嗚嗚的護食聲。

我依然沒有動口，目光炯炯地盯著你妻子，直到她做了一個允許進食的手勢，我才輕輕地咬了一小口，慢慢地、無聲地咀嚼著。我要保持一條狗的尊嚴。

「爸爸，你說得真對，」西門歡從開放面前抓起那塊手錶，說，「我也要做出大家風度！」他起身進入內室，拖出了一枝獵槍。

「歡歡，你想幹什麼？」互助驚叫著站起來。

西門金龍鎮定自若，微笑著說：

「我倒要看看我兒子怎樣表現出大家風度！打死你二叔家的狗？這不是君子所為；打死我們家和你姑姑家的狗？更是小人行為！」

「爸爸，你把我看低了！」西門歡惱怒地叫喊著。他將獵槍掄到肩膀上，雖然肩膀略嫌稚嫩，但這一掄，卻顯得異常老練，顯然是個早熟的玩家。他歪著肩膀將那塊名貴的手錶掛在杏樹幹上，然後倒退到十米之外。他熟練地裝彈上膛，嘴角上浮顯著非常成人化的殘忍微笑。那塊名錶在正午的驕陽下閃閃發亮。我聽到互助的驚叫聲退到遙遠的後方，而那手錶走動的聲音卻大得驚心動魄。我感到時間和空間凝結成一條刺眼的光帶，而那「咔嚓、咔嚓」的聲音，則猶如一柄巨大的黑色剪刀，將那光帶剪成片段。西門歡的第一槍射空，在杏樹幹上留下了一個茶杯大的白洞。第二槍正中目標。在子彈擊碎錶殼的瞬間——

數字分崩離析，時間成為碎片。

第四十八章　惹眾怒三堂會審　說私情兄弟反目

金龍打電話給我，說母親病重垂危。我一踏進西門家廳堂，就知道上了他的圈套。

母親確實有病，但並沒有垂危。母親手扶著那根生滿硬刺的花椒木枴棍，坐在廳堂西側的一條長凳上，白髮蒼蒼的頭顱不停顫動，渾濁的淚水不斷湧出。父親坐在母親右側，二老之間，閃開足以坐進一個人去的距離。一見我進來，父親剝下一隻鞋子，低沉地吼叫著，蹦跳到我的面前，不由分說，對準我的左臉，狠狠地抽了一鞋底。我感到耳朵深處「嗡」地響了一聲，眼前金花亂迸，腮上火辣辣的。我看到在父親跳起來的瞬間，那條長凳猛地翹了起來，母親的身體隨著落地，然後往後仰去。她手中那根枴杖宛如一枝長槍，高高地舉了起來，似乎直指著我的胸膛。我記得自己大叫一聲「娘啊——」，意欲衝上去扶持母親，但我的身體卻不由自主地倒退著，一直退到門口，然後坐在了門檻上。就在我感受著尾骨被門檻硌痛的同時，我的身體往後仰去。就在我感受著後腦勺子被台階上的石頭碰痛的瞬間，我已經躺成了頭低腳高、半截門裡、半截門外的狼狽姿勢。

沒有人幫助我。我自己爬起來。我的耳朵裡「嗡嗡」地響著，口腔裡一股鐵銹的味道。我看到爹被我腮幫子上的反作用力衝擊得在廳堂裡轉了好幾圈，立定之後，又拤著鞋子衝上來。爹的臉半邊藍半邊紫，眼睛裡噴射著綠色的火星。在幾十年的大風大雨中熬過來的爹，有過無數次的憤怒，他憤怒時的樣子我是熟悉的，但這一次，爹的憤怒裡還摻雜著許許多多的情緒，有極度的悲傷，還有巨大的恥辱。他打我這一鞋底，絕不是做秀。他使出了全身的力量。如果我不是正當盛年，骨骼堅硬，這一鞋底足可以把我的頭打扁。即便我正當盛年骨骼堅硬，這一鞋底也使我的腦子受到了強烈震動。站起來，我暈頭轉向，一時竟忘了身在何處，眼前的這些人，彷彿都是沒有重量的、閃爍著磷光、飄忽不定的鬼影。

似乎是西門金龍擋住了欲向我發出第二次攻擊的那個藍臉的老頭。他被摟住後，身體還像一條被釣離水面的黑魚一樣上下躥動著。他還把手裡那隻又黑又沉重的鞋子對著我投過來。我沒有躲閃，那一刻我大腦中負責指揮身體躲閃的那一部分休眠著。我眼睜睜地看著那隻樣式陳舊而醜陋的大鞋像個怪物一樣對著我飛來，就像飛向一個與我毫不相關的身體。那大鞋碰到我的胸脯上，在我胸脯上留戀了片刻，然後不利不索地翻滾著落在地上。我大概動過低頭觀看這個鞋狀怪物的念頭，但頭暈和目眩止住了我這個不合時宜、毫無意義的動作。我感到左邊的鼻孔裡一陣濕熱，隨著發生有蟲爬出的癢感。我伸手摸了一下，極度頭暈中我看到手指上沾著綠油油的、放著一種暗金色光澤的液體。恍惚地聽到似乎是龐春苗的溫柔聲音在我耳朵深處說：你流鼻血了。隨著鼻血的流出，我感到混沌的腦袋彷彿出現了一條縫隙，清風從這縫隙灌入，並不斷擴大著清涼的面積，我從白癡狀態中解脫出來，大腦開始正常工作，神經系統也恢復正常。這是十幾天內我第二次流鼻血，第一次是在縣政府門前，被洪泰岳的請願隊員腳底下使了個小絆子，狗搶屎一樣趴在地上碰破了鼻子。啊，我恢復記憶了。我看到寶鳳將母親扶了起來。母親嘴巴歪著，口水流到下巴上，含糊不清地說著：

「兒子……不許打我的兒子……」

母親的那根花椒木枴杖躺在地上，猶如一條死蛇。一首熟悉的歌子，在我耳朵深處響起，還有幾隻蜜蜂繞著那旋律飛行：娘啊，娘啊，白髮親娘～～我感到深刻的內疚，我感到巨大的悲哀，熱淚流進我的嘴巴，竟然是芳香的味道。母親在寶鳳懷裡掙扎著，力量大得驚人，寶鳳一人根本摟不住她。我從母親的態勢上，看出她是想去撿那條死蛇般的枴杖。寶鳳理解了母親的意圖，雙手摟著母親，伸出一條腿，將那枴杖勾到近前，騰出一隻手，把枴杖撿起來，放在母親手裡。母親舉起枴杖，搗向被金龍摟抱住的父親，但她的胳膊已經沒有足夠的力量操控這根沉重的花椒木棍子，枴杖又一次落地，母親放棄了這努力，含混地罵著：

「你這個狠種……不許打我的兒子……」

這場混亂持續良久，慢慢平靜下來。我的腦子已經基本恢復正常。我看到父親蹲在廳堂的南牆根，雙手抱著頭，看不見他的臉，只看見一頭刺蝟毛般的亂髮。那條長凳已被扶起，寶鳳摟著母親坐在上邊。金龍彎腰撿起那隻鞋子，放在父親面前，冷漠地對我說：

「夥計，我本不想介入這種破事，但老人們讓我這樣做，做為晚輩，只有服從。」

金龍的手臂畫了一個半圈，我的眼睛隨著旋轉。我看到了自己的已經表演完畢的、陷入痛苦和無奈中的父母，我看到了端坐在廳堂正中那張著名的八仙桌後的龐虎和王樂雲夫婦——面對著他們我感到羞愧難當——我看到了在廳堂東側長凳上並肩坐著的黃瞳和吳秋香夫婦，還有站在吳秋香背後、不斷地抬起衣袖拭淚的黃互助。就是在如此緊張的情況下，我也沒忽略她那濃密的、粗壯的、神奇的頭髮閃爍出的迷人的熒光。

「你和合作鬧離婚的事，大家都知道了，」金龍說，「你和春苗的事，大家也都知道了。」

「你這個喪了良心的小藍臉啊……」吳秋香尖聲哭叫著，扎煞著胳膊欲往我身上撲，但金龍擋住了她。互助將她按坐在凳子上，她繼續叫罵著，「俺閨女哪點對不起你？俺閨女哪點配不上你？藍解放，藍解放，你這樣做，不怕天打五雷轟嗎？」

「你想娶就娶，想離就離？我家合作嫁你時，你是個什麼東西？現在剛混出點人樣來，就想蹬了我們？世界上哪有這麼便宜的事兒？」黃瞳憤怒地說，「找縣委，找省委，找中央去！」

「老弟啊，」金龍語重心長地說，「離婚不離婚，是你個人的私事，按說連親生父母都無權干涉，但這事牽扯面太廣，一旦張揚出去，影響太大了。你還是聽聽龐大叔和龐大嬸的看法吧。」

從內心深處講，我對父母、對黃家夫婦的態度，都不甚重視，但面對著龐家夫婦，我卻感到無地自容。

「不應該再叫你解放了，應該叫你藍副縣長啦！」龐虎咳嗽幾聲，嘲諷地說。他看了一眼身邊體態臃腫的妻子，問，「他們進棉花加工廠是哪一年？」沒及妻子回答，他接著說，「是一九七六年，那時你藍解放懂什麼？你那時瘋瘋癲癲，什麼都不懂。可我把你安排到檢驗室學習棉花檢驗，既輕鬆又體面的活兒。許多比你有才、比你有貌、比你有背景的小青年，都在抬大簍子，一簍子棉花，二百多斤重，一個班八小時，有時候九小時，一上班就不停腳地小跑，那樣的活兒是什麼滋味你應該知道。你是季節工，幹三個月就該下放回家，可我想到你爹和你娘對我們的好處，一直沒讓你下放。後來，縣社要人，我又力排眾議，把你弄去。你知道當時縣社領導怎麼對我說嗎？他們說，『老龐，你怎麼把一個藍面鬼卒推薦給我們呢？』我當時怎麼對他們說？我說，這小伙子醜是醜點，但人忠厚老實，又有文才。當然，後來你幹得不錯，你步步高升，我為你高興，為你驕傲，但你不會不知道，如果沒有我推薦你進縣社，如果沒有我家抗美暗中扶植你，你藍解放能有今天嗎？你富貴了，要停妻另娶，這種事古來就有，你不怕喪天良，不怕被萬人唾罵你就離去吧，娶去吧，與我們老龐家何干？可你他媽的竟敢把我家春苗……她才多大啊，藍解放？她比你小整整二十歲啊，她還是個孩子啊，你這樣做，禽獸都不如啊！你這樣做，對得起你爹你娘嗎？對得起你岳父岳母嗎？你對得起你妻子兒子嗎？你對得起我老龐這條木腿嗎？藍解放啊，我是死裡逃生之人，一輩子堂堂正正，寧折不彎，這條腿被地雷炸飛後我都沒流一滴眼淚，文化大革命期間，那些紅衛兵說我是假英雄，用我的木腿敲我的頭，我都沒流一滴眼淚，可你卻讓我……」龐虎老淚縱橫，他妻子哭著為他拭淚，他推開妻子的手，悲憤地說，「藍解放，你這是騎著我老龐的脖子拉屎啊……」他彎下腰，呼呼地喘著粗氣，撕扯下那條假肢，雙手搬起，猛地投到我的面前，悲壯地說，「藍副縣長，請你看在這條木腿的分上，看在我與你爹娘多年交情的分上，離開春苗。你想毀掉你自己，我們管不了，但你不能讓我女兒為你殉葬！」

我沒有對任何人說對不起。他們的話，尤其是龐虎的話，句句如刀，猛刺我的胸膛，我有一千條理由，似乎都應該向他們說聲對不起，但我沒有說。我有一萬個藉口，似乎都應該與龐春苗斷絕關係，與黃合作重新和好，但我知道我已經做不到了。

不久前黃合作用血字向我示威時，我確也想過就此罷休，但隨著時間推移，對龐春苗的思念使我如失靈魂，我吃不下飯，睡不著覺，做不了任何工作。我也不他媽的想做任何工作了。從省城開會回來，我做的第一件事就是直奔新華書店少兒部去找龐春苗。在她的工作位置上，站著一個紫紅臉膛的陌生婦女，她用極其冷漠的態度告訴我，春苗休了病假。我看到店堂裡那幾個面孔熟識的女售貨員鬼鬼祟祟地看著我。看吧，罵吧，我什麼都不在乎了。我找到新華書店單身職工宿舍，她的房間鎖著門。我趴在窗玻璃上，看到了她的床，她的桌子，她臉盆架上的臉盆和懸掛在牆上的圓鏡子，我還看到了她床頭上那個粉紅色的玩具熊。春苗，我的親人，你在哪裡？我拐彎抹角地找到龐虎和王樂雲在縣城的家，這也是一個農村式的院落，大門上掛著鐵鎖。我大聲喊叫，引得鄰家的狗狂吠不止。儘管我知道春苗絕不可能躲到龐抗美家，但我還是壯著膽子敲了她家的門。這裡是縣委一號宿舍，二層小樓，圍牆高聳，戒備森嚴。我亮出副縣長身分才勉強蒙混過關。我敲她家的門。院子裡的狗狂叫不止。我知道她家的大門上面有攝像頭，如果家裡有人，他們就可以辨認出我。但始終無人開門。那個放我進來的守門人，神色惶恐地跑過來，不是命令我走，而是哀求我走。我走。我走到車龍馬水的大街上，恨不得當街大呼：春苗，你在哪裡？沒有你我已經不能活，沒有你我寧願死。什麼名譽、地位、家庭、金錢……這一切的一切，我都不要了，我只要你。我要見你最後一面，如果你說要離開我，那麼，我馬上死，你然後走……

我沒有向他們道歉，更沒有對他們表態。我跪下，給生我養我的父母磕了一個頭，又掉轉方向，給黃家夫婦磕了一個頭，不管怎麼說，他們是我的岳父母。然後，我正面向北，最隆重地、最莊嚴地給龐虎夫婦磕了一個頭。我感謝他們對我的扶植和幫助，更感謝他們為我生育了春苗。然後，我雙手捧著那條標誌著歷史和光榮的假肢，膝行上前，將它放在八仙桌子上。我站起來，倒退到門口，深深地鞠了一躬，直起腰，轉身，一句話不說，沿著大街向西走去。

我從司機小胡的態度上已經知道，我的官運就此結束了。我從省城回來，見到他第一面，他就向我抱怨起我老婆打著我的旗號調用公車。我這次回鄉，他竟然以車子電路壞了為由不出車。我是搭了農業局的便車來的。現在，我步行，向西，那是去縣城的方向，但我真的要回縣城嗎？我回縣城幹什麼？春苗在哪裡，我就應該去哪裡，可春苗在哪裡呢？

金龍的卡迪拉克追上來，無聲地停在我身邊。他拉開車門，對我說：

「上車！」

「不必。」我說。

「上來！」他用不容違抗的口吻說，「我有話問你。」

我鑽進了他的豪華轎車。

我進入他豪華的辦公室。

仰靠在柔軟的紫紅色真皮沙發上，他長長地噴出一口煙，雙眼盯著水晶枝形吊燈，悠然地說：

「老弟，你說這人生，是不是像夢一樣？」

我沒有吭聲，等著他往下說。

「還記得我們河灘牧牛時的情景嗎？」他說，「那時候，為了逼你入社，我每天都要揍你一次。誰能想到，二十幾年後，人民公社就像砂土堆成的房子，頃刻間土崩瓦解。我們那時做夢也想不到，你能當上副縣長，而我能成為董事長，當年許多神聖的掉腦袋的事情，今天看起來狗屁不是。」

我依然不吭聲，我知道他想說的不是這些。

他直起腰，將剛燃了不到三分之一的菸撳在菸灰缸裡，目光逼視著我說：

「縣城裡有許多漂亮女人，你幹麼去招惹那麼個瘦猴似的小丫頭？你實在熬不住了對我說啊，你想玩什麼樣的？黑的，白的，胖的，瘦的，我都能幫你弄來。你想開開洋葷，那也容易，那些俄羅斯洋妞，也不過一千元一夜！」

「你如果拉我來說這些，」我站起來說，「那我走啦！」

「站住！」他憤怒地一拍桌子，菸缸裡菸灰被震飛起來，他說，「你是個徹頭徹尾的混蛋！兔子還不吃窩邊草呢，何況也不是什麼好草！」他又點燃一枝菸，吸嗆了，咳嗽著，把菸掐滅，「你知道我跟龐抗美是什麼關係？她是我的情婦！這西門屯旅遊開發區，說穿了是我們兩個人的買賣，我們的大好前景，都被你的雞巴給戳亂了！」

「你們的事，我不感興趣，」我說，「我只管跟春苗的事。」

「這麼說你還不想罷手？」他問，「你真想和小丫頭結婚？」

我堅定地點點頭。

「不行，絕對不行！」西門金龍站起來，在他寬闊的辦公室裡來回踱步，他站在我面前，猛捅了我胸膛一拳，用不容置疑的口吻說，「立即停止跟她交往，想操什麼樣的，包在我身上。操多了，你就會知道，女人，就是那麼回事。」

「對不起，」我說，「你的話讓我噁心，你無權干涉我的生活，我更不需要你幫我安排生活。」

我抽身便走，他抓住我的肩膀把我拖住，用和緩一點的口吻說：

「當然，愛情這事兒，也許確實是他媽的存在。我們商量了一個折衷的方案：你先穩住勁，不要鬧離婚，暫時也別和龐春苗接觸。我們把你弄到外縣去，或者更遠點，市裡，省城，起碼是平調，做點工作就讓你升一級。到那時候，你跟合作離婚的事，包在我身上。大不了就是錢唄，三十萬，五十萬，一百萬，沒有不他媽的見錢眼開的女人！然後，把龐春苗調過去，你們就享受愛情去吧！其實，」他頓了一下，說，「我們並不情願這樣做，這要花多大的力量啊，但誰讓我是你哥而她又是她姊呢？」

「謝謝，」我說，「謝謝你們的錦囊妙計，但我不需要，我真的不需要。」我走到門口處，又返回幾步，說，「正如你剛才所說，你是我哥，而她又是她姊，所以我勸你們胃口不要太大，天網恢恢啊！我藍解放搞婚外戀，說到底也不過是個道德問題，可你們一旦玩過了頭——」

「你竟教訓起我來了，」金龍冷笑著，「那就別怪我不客氣啦！現在，你給我滾蛋！」

「你們把春苗藏在哪裡？」我冷冷地問他。

「滾！」他的怒罵聲被裹著皮革的門扇隔絕了。

我走在西門屯的大街上，沒有來由地熱淚盈眶。西邊的太陽很燦爛，淚水使我看到了七色的彩光。

幾個半大孩子跟隨在我的身後。跟隨在我身後的還有幾條狗。我大步流星，孩子們跟不上我的步伐。為了能看到我眼裡的淚水，或者是為了能看到我醜陋的藍臉，他們不得不飛跑著越過我，然後退行著，看著我。

路過西門家大院時，我沒有側目，儘管我知道因為我的原因父母很可能不久於人世，我是不孝的兒子，但我絕不退縮。

在大橋頭，洪泰岳攔住了我。他已經喝得半醉，他是從大橋酒館裡飄出來的，而不是走出來的。他用鐵鉗般的手指，抓住我的胸前衣裳，大聲喊叫著：

「解放，你這個小兔崽子！你們拘留我，你們拘留一個老革命！你們拘留一個毛主席的忠誠戰士！你們拘留一個反腐敗的勇士！你們拘留住我的身體，但你們拘留不住真理！徹底的唯物主義者是無所畏懼的，老子不怕你們！」

幾個人從酒館裡出來，把洪泰岳從我身邊扯開。模糊的淚眼使我看不清這些人的面孔。

我走上大橋，河裡一片金光閃爍，彷彿一條偉大的道路。我聽到洪泰岳在我背後大聲嚷叫著：

「小兔崽子，你還我的牛胯骨！」

第四十九章　冒暴雨合作清廁所　受毒打解放做抉擇

因為受到九號颱風的影響，那晚上的大雨是罕見的。在以往的陰雨天氣裡，我總是精神委靡、昏昏欲睡，但那晚上我沒有絲毫睡意，我的聽覺和嗅覺處於高度靈敏狀態，眼睛嗎，因為受到一道道藍白色強烈閃電的影響，略微有些昏花，但也不影響我看清院子裡每個角落裡的每個野草上的水珠，也不影響我在閃電驟然亮起的瞬間，看清那些躲在梧桐葉背上瑟瑟發抖的蟬。

雨從晚上七點時下起，到了九點，還沒有絲毫要停的意思。藉著閃電，我看到你家正房的瓦簷上，雨水飛瀉，形成一道寬廣的瀑布。你家的平頂廂房上，那些用直徑十釐米的塑料管做成的洩水孔道，射出一股股衝勁凶猛的水柱，成弧形，跌落在水泥甬道上。夾道裡的陰溝被雜物堵住，水很快漲起來，淹沒了甬路，淹沒了門前的台階，有幾隻居住在牆角劈柴垛裡的刺蝟被大水灌出來，在水中掙扎著，看樣子性命難保。

我正欲大聲吠叫，向你妻子報警，但還沒等我叫出第一聲，房簷下的燈亮起，把院子照得一片通明。你妻子頭戴草帽，肩上披著白色的塑料薄膜，只穿著褲衩，露著乾瘦的腿，趿拉著一雙斷了襻帶的塑料鞋，從門縫裡閃出來。瓦簷上飛瀉而下的瀑布一下子就將她頭上的草帽打歪，一陣風隨即就將那草帽吹落。雨水頃刻之間便把她的頭髮淋濕。她徑直地衝進西廂房，從我身後那堆煤上，拖出一把鐵鍬，然後又衝進雨中。

她一步一歪地在雨中奔跑著，院子裡的積水淹到她的膝蓋。一道閃電抖開，壓制住了黃色的燈光，使她的臉一片青白，一綹綹的頭髮黏在青白的臉上，這樣的臉讓我感到恐怖。

她拖著鐵鍬，鑽進大門南側的夾道。我聽到那裡傳來很大的聲響，我知道那裡非常骯髒，有腐爛的樹葉，有風吹來的塑料袋子，還有野貓鑽進來拉的屎，都積存在那裡。從那裡響起了嘩嘩的水聲，院子裡的積水以肉眼可見的速度在下降。陰溝通了，但你妻子還沒出來。從那裡還不停地傳出鐵鍬碰撞磚頭瓦片的聲音，還有用鐵鍬撥水的聲音。在那個狹窄的空間裡，積滿了你妻子的氣味。這真是一個能吃苦、能耐勞、一點也不嬌貴的女人。

院子裡的水爭先恐後地往陰溝奔湧，水面上漂浮著的雜物也往那裡移動。那些雜物中有一隻紅色塑料小鴨子，有一個會眨眼的塑膠娃娃，這都是我陪你兒子去新華書店看連環畫時，龐春苗以獎品為名贈送給他的禮物。那頂草帽也跟隨著移動，但它移動到已經顯露出來的甬路上便擱了淺，甬路旁邊，那棵月季因地面塌陷而倒伏，枝條貼在甬路上，一顆半開的花苞壓著草帽的邊沿，構成一幅奇特的畫面。

你妻子終於從陰溝那邊出來了。那塊塑料薄膜雖然還繫在脖子上，但她全身已經濕透。閃電中她的臉色更青更白，兩條腿更顯細弱。她拖著鐵鍬，佝僂著身體，確實有點像傳說中的女鬼。但她的臉上分明顯露出欣慰的表情。她撿起草帽，甩了幾甩，但她並沒把草帽扣在頭上，而是掛在東廂房牆壁的一根釘子上。然後她扶直了那棵傾倒的月季。她的手指似乎被枝條上的刺扎了。她咬了一下手指。雨似乎小了一些，她仰起臉來看天，雨抽打著她的臉彷彿抽打著一個古舊的青花碟子。下吧下吧，下得更大些吧。她索性解下了那塊塑料薄膜，顯露出她瘦骨伶仃的身形。她的胸脯乾癟，只有兩粒棗子般的乳頭貼在肋骨上。她一歪一扭地走到院落西南角的廁所。揭開水泥蓋板，一股臭氣在雨中瀰漫。因縣城正處在半土半洋階段，沒有完善的排污下水系統，住平房的人家，多半都是那種農村式的露天廁所，糞便處理，是一個巨大的難題。你妻子經常半夜起身，偷偷地將糞便倒進農貿市場附近那條天花河裡。這一帶的居民都是這樣幹。你妻子提著一桶糞便，歪歪斜斜地、膽戰心驚地、貼著牆邊、拐彎抹角地往天花河行進的樣子實在讓我心酸，所以，我是盡量地不在家中拉屎，我一般情況下是把屎滋在你家西鄰丙綸廠那位作風不好的尹廠長的奧迪轎車的輪胎上，我喜歡狗尿與輪胎接觸時揮發出的那種類似燎燒毛髮的奇香，我是一條有正義感的狗。我一般情況下會跑一段道路，把大便拉在天花廣場那個花壇裡。狗屎是一等的肥料，我是一條懂科學有公益觀念的好狗，我把狗屎的臭氣，轉化成花的芬芳。

這就是你妻子每逢下雨就面露欣慰笑容的理由。她站立在廁所邊，揮動著一把長柄大馬勺，將廁所裡的東西舀出來，傾倒在雨水中，洶湧的水流攜帶著這些東西直奔陰溝而去。這時候，我與你妻子一樣，企盼著雨，下得再大一些吧，把我們的廁所沖洗得乾乾淨淨，把我們的院子沖洗得乾乾淨淨，把這座藏污納垢的縣城沖洗得乾乾淨淨。

已經傳過來馬勺刮著廁所底部的喀嚓聲了，我知道你妻子的工作已經接近尾聲。她放下了馬勺，操起一把磨得半禿的竹枝掃帚，響亮地搓著廁所的邊壁，搓一陣，又用馬勺刮一陣，我彷彿看到了，明天早晨，這個露天廁所裡，將是一池清水。這時，你兒子站在正房門口，大聲喊叫著：

「媽媽，不用刮了，回家吧！」

你妻子彷彿沒聽到你兒子的喊叫，用那把破掃帚，來回攪動著由廁所通往陰溝的那條抹了水泥的渠道，院子裡的水匯集到此，幫助你妻子工作。

你兒子的喊叫裡帶著哭音，你妻子不理睬他。你兒子是個很有孝心的孩子，我對你說過的，為了減輕他媽媽的負擔，他跟我一樣，不到萬不得已時不在家裡拉屎。有時候，你看到我們沿著探花胡同一路狂奔，那並不是因為你兒子怕遲到，他的第一目標不是教室，而是學校的廁所。說到這裡，我還要插述一件事，讓你小子心懷內疚：有一次你兒子發燒拉稀，為了不給媽媽增添負擔，依然堅持著往學校奔跑，但實在憋不住了，就在「嬌媚」美容美髮店那一叢丁香花後蹲下了。那個把頭髮染得五彩繽紛的女人從店裡竄出來，一把就揪住了你兒子脖子上的紅領巾，勒得他直翻白眼。這個霸道凶蠻的女人，是縣公安局刑警大隊副大隊長白石橋的相好，縣城裡無人敢惹。她用與她身上散發出的香水氣味極不相稱的臭話罵你兒子，招引了許多看客。眾人附和著罵你兒子。你兒子哭著，連聲道歉，阿姨，我錯了，阿姨，我錯了。那女人不依不饒，提出了兩種解決方法，供你兒子選擇。一是把他揪到學校，交給老師，讓學校處理；二是讓你兒子，把拉出來的吃下去。那個賣金魚的好老頭提著鐵鍬出來，想把糞便鏟走，但那女人把老頭也罵了，老頭兒無言而退。在這關鍵時刻，藍解放啊，我狗小四，表現出了一條狗對主人最大的忠誠。我屏住呼吸，把你兒子拉出的吃了下去。所謂「狗改不了吃屎」，那是屁話，像我這樣一條生活優渥、有尊嚴有智慧的狗，怎麼會……但我還是強忍著噁心把你兒子的屎吃了。我竄到農貿市場旁邊，用那個一直沒人修理、一天二十四小時都在嘩嘩流水的水龍頭沖洗了嘴巴，並仰起嘴巴，讓強勁的水柱直沖咽喉。我竄回到你兒子身邊，用仇恨的目光，直盯著那女人塗抹著厚厚脂粉的扁臉和那扁臉上的一道傷口般的血嘴。我脖子上的毛直豎起來，喉嚨裡發出滾雷般的聲響。那個女人揪住你兒子紅領巾的手鬆開了，她慢慢地倒退著，一直倒退到店門，一聲尖叫，閃進屋去，店門猛地關上。你兒子抱著我的頭，嗚嗚地哭起來。那天，我們走得很慢。我們都沒有回頭，儘管我們知道背後有很多目光。

你兒子打著一把傘衝出來，衝到你妻子身邊，為你妻子舉傘遮雨。你兒子哭著說：

「媽媽，回家吧，看你淋成什麼樣子了……」

「傻兒子，哭什麼？下這麼大的雨，高興還來不及呢！」你妻子把雨傘推回到你兒子頭上，說，「好久好久沒下這麼大的雨了，自從我們搬進縣城還沒下過這麼大的雨，真好，我們的院子，從來沒這麼乾淨過。」你妻子指指廁所，指指房頂上那些亮晶晶的瓦片，指指那像黑魚的脊背一樣的甬道，指指那些黑油油的梧桐樹葉，興奮地說，「不光我們家乾淨了，縣城裡千家萬戶都乾淨了，沒有這場好雨，這座城就臭了，就爛了。」

我叫了兩聲，表示對你妻子意見的贊同。你妻子說：

「你聽聽，下大雨，不但媽媽高興，連我們的狗都高興。」

你妻子把你兒子推進屋去。我與你兒子，一個站在正房門口，一個蹲在廂房門口，看著她站在院子正中甬路上清洗身體。她命令你兒子關了房簷下的燈，院子隨即沉入黑暗，但一道道閃電還是不斷地照亮你妻子的身體。她用一塊被雨水泡漲了的綠色香皂，往頭髮上和身體上塗抹著。然後她就搓揉，豐富的泡沫使她的頭龐大無比，院子裡洋溢著肥皂的香草氣味。雨點越來越稀疏，雨打萬物的聲音減弱，街道上流水嘩嘩，閃電過後，隆隆的雷聲滾來。微風颳過，梧桐樹上積存的雨水像瀑布般落下。你妻子用井台邊的水桶裡和臉盆裡的積水沖洗乾淨身體。每一次閃電亮起我都能看到她那殘疾的屁股和那些黑森森的毛髮。

你妻子終於進了門。我嗅到了她用毛巾揩擦頭髮和身體的氣味。接著我又聽到她打開衣櫥的聲音並同時嗅到乾燥的、沾染著衛生球兒的衣服氣味。至此我也鬆了一口氣。女主人，鑽進被窩裡去吧，祝你睡個好覺。

西鄰家那隻老掛鐘連敲了十二響，正是午夜時分，大門外那條寬闊的天花胡同水聲響亮，整座縣城裡的大街小巷裡都是水聲響亮。對這座幾乎沒有下水設施、地表上卻有許多現代化建築的城市來說，這場豪雨，無疑是一場災難。雨後的情景證明，豪雨只是讓部分地勢高處的人家的廁所和院子裡乾淨了，但許多地勢低窪處的人家，卻被裹挾著糞便、雜物的污水灌了個狼狽不堪。你兒子的許多同學，是蹲在桌子上熬過了漫漫長夜。洪水消退之後，連那條號稱縣城門面的人民大道上，都沉澱著淤泥，淤泥裡還躺著死貓、死老鼠等小動物的被泡漲的、散發著臭氣的屍體。新任縣委書記龐抗美，穿著膠鞋，挽著褲腿，手持鐵鍬，率領著縣委、縣政府官員在大街上清除垃圾的鏡頭，連續三天出現在縣電視台拍攝的新聞節目中。

深夜十二點的鐘聲敲過不久，我就嗅到了一股極其熟悉的氣味從利民大道那邊飄來。然後我嗅到了一輛漏油嚴重的吉普車的氣味，還有車在污水中行駛的濺水聲與馬達聲嘶力竭的吼叫聲。那氣味那聲音漸漸逼近，由城南大道拐進天花胡同，然後停在了你家門前，當然也是我家門前。

沒等他們敲響你家的門環我就發出了如臨大敵的狂吠，我幾乎是爪不沾地地躥過院子進入大門洞，十幾隻棲居在大門洞裡的蝙蝠飛出去，在黑暗的、沒有一點星光的夜空中盤旋。門外有你的氣味與幾個陌生人的氣味。門板被拍打，發出空洞而恐怖的聲音。

房簷下的燈亮了，你妻子披著衣服走到院子裡，大聲問訊著：「誰啊？」門外的人不回答，但執拗地拍打著門板。我前爪扶著門板站立起來，對著門外狂吠。我嗅到了你的氣味，但令我焦躁不安狂吠不止的是包圍著你的那些邪惡氣味，好比是幾隻狼裹脅著一頭綿羊。你妻子扣好衣服進入大門洞，並隨手拉開了大門洞的燈泡，牆壁上伏著十幾條肥胖的壁虎，尚有幾隻沒飛出去的蝙蝠倒掛在門洞上方的水泥預製板縫裡。「誰啊？」你妻子又問。門外的人含糊地說：「開門吧，開門後就知道了。」你妻子說：「半夜三更的，我知道你們是什麼人？」門外的人低聲說：「藍縣長被人打了，我們送他回來！」你妻子猶豫著，開鎖，拉開門栓，將門開了一條縫。你藍解放猙獰的臉，黏結成綹的頭髮，果然出現在我們面前。你妻子驚叫一聲就拉開了大門。那兩個人往前一用勁，你就像一條死豬被摜了進來。你沉重的身體把毫無防備的你妻子壓翻在地。那幾個人抽身跳下台階。我閃電般地對著一個人撲去，我的爪子撲到那人脊背上。這是三個身穿黑色橡膠雨衣、眼戴墨鏡的人。兩個在車上，一個坐在駕駛座上。吉普車沒有熄火，汽油味兒和機油味兒從水中猛烈地揮發上來。被雨水淋濕的橡膠雨衣非常油滑，使那個人從我的爪下滑脫。他只一跳，便到了街的中央，閃到吉普車的對面。我因為沒有捕獲目標而被閃落到水中。水淹沒了我的肚皮，使我行動遲緩。但我還是奮力地向另一個正欲往吉普車裡鑽的人撲去，他背後拖拉著的雨衣保護了他的屁股，使我僅僅在他的腿肚子上咬了一口。這人怪叫一聲，猛地關上車門，雨衣的下襟被擠在車門縫隙中，我的鼻子也被堅硬的車門撞疼。另外那個人也從另一側上了車。車凶猛前衝，濺起很高的水花。我跟著車追了一段，但骯髒的水使我根本無法施展輕功，與其說我在跑，還不如說我是在漂浮著髒物的水裡游泳。

我艱難地傾斜著逆水前行，到達大門外的台階。在那裡，我用力抖著身體，把身上的髒水和污物甩出去。根據對面牆上浸過水的痕跡，我知道街上的流水量已經大大減少，一個小時前，你妻子在那裡奮力掏廁所時，這街上應該是濁流滾滾，如果那時候這三個歹徒開車而來，吉普車就會被水淹死。他們是從哪裡來的？他們又到哪裡去了？我站在大門口把我的嗅覺調整到最佳狀態，也找不到他們的準確方位。大雨和滾滾洪水的氣味太複雜太齷齪了，連我這樣的出類拔萃的鼻子也感到無能為力。

我回到院裡，看到你妻子的脖子鑽在你的左側腋下，你的左臂垂掛在你妻子的胸前，悠悠晃晃，像一條蔫絲瓜。你妻子的右臂攬著你的腰。你的頭歪在她的頭頂上。她的身體似乎隨時都會被你的身體壓折，但她盡力支撐著，並拖拉著你前進。你的兩條腿還有一定的支撐力，雖然行動笨拙，但畢竟還能夠移動，這說明你還活著，不但活著，而且意識還算清楚。

我幫助主人掩上了大門，在院子裡來回走動，藉以緩解沉重壓抑的心情。你兒子只穿著褲衩背心跑出來，高喊一聲「爸爸」，便嗚咽著，學著他媽媽的樣子，鑽到你的右腋下，減輕了他媽媽的重負，使你的身體得到平衡。你們一家三口這樣行走了大約有三十幾步，從院子當中到你妻子的床前，但這是一條艱難而漫長的道路，我感到你們行走了足有一個世紀。

我忘記了自己是一條被街上的污水弄髒了身體的狗，我覺得自己是一個與你們命運相關的人，我難過地「嗚嗚」著，跟隨著你們，到達了你妻子的床前。你身上沾滿血污，衣服被撕扯得、也可能是被皮鞭抽打得條條縷縷，你的褲襠裡還有一股濃烈的尿臊氣，毫無疑問，這是你被人家揍得尿了褲子。

你妻子儘管崇尚儉樸，但她是個很愛潔淨的人，她就這樣讓你躺在她的床上，說明了她對你還是很有感情的。

你妻子沒嫌你髒而讓你躺在她的床上，她也沒嫌我髒而允許我蹲在室內。你兒子跪在你的床前哭叫著：

「爸爸，你這是怎麼啦？是誰把你打成了這個樣子？」

你睜開眼睛，抬起胳膊，撫了一下你兒子的頭。你的眼裡湧出了淚水。

你妻子端來一盆熱水，放在床前的凳子上。我嗅到她還在熱水裡加了鹽。她將一條毛巾扔到熱水裡然後就動手脫你的衣服。你掙扎著折起身體，嘴巴說「不」，但你妻子執拗地撥開你的胳膊，跪在床邊，解開了你上衣的鈕釦。我看得出你不願接受你妻子的照護，但你無法拒絕。你兒子幫助他媽媽脫光了你的衣服，你赤條條地躺在你妻子床上。你妻子用蘸著鹽水的毛巾，揩擦著你的身體。你妻子的淚水不時滴落在你的胸脯上。你兒子的眼睛也在流淚，你閉著眼睛，淚水沿著兩隻眼角流入鬢髮。

在這個過程中，你妻子沒問你一句話，你也沒對她說一句話，只有你兒子，每隔幾分鐘就要重複一句：

「爸爸，是誰把你打成這樣子？我要去找他報仇！」

你不回答，你妻子也不吱聲，好像你們對此都已心照不宣。你兒子無奈，只好問我：

「小四，是誰打了爸爸？你帶我去找他報仇！」

我低聲嗚嗚著，向你兒子表示我的遺憾，颱風帶來的豪雨，把氣味搞亂了。

你妻子在你兒子的幫助下為你換上了乾淨衣服，那是一套白色的絲綢睡衣，寬鬆而舒適，你穿上後，顯得那張臉更藍更黑。你妻子把你的髒衣服扔到臉盆裡，用墩布拖乾了地面，然後拍拍你兒子的頭，說：

「開放，天快亮了，你去睡一會，明天還要上學。」

她端著臉盆，拖著你兒子走了，我也跟隨出去。

她用水桶中的雨水洗了你的衣服，晾在曬條上，然後她就走進東廂房，打開燈，背倚著案板，坐著那隻小方凳，雙肘支在膝蓋上，雙手托著腮，眼睛直直的，似乎在想什麼心事。

她在燈光下，我在黑暗中。我可以異常清楚地看清她的臉。她青紫的嘴唇，她迷茫的眼神。這個女人，在想什麼呢？我無法知道她在想什麼。她就那樣坐著，一直坐到黑暗散開，黎明降臨。

這是個熱鬧非凡的早晨。縣城裡每個角落裡都有人聲。有人歡喜，有人惆悵，有人抱怨，有人咒罵。天上依然愁雲密布，雨還是一陣大一陣小地下著。你妻子開始做飯。她好像在擀麵條，是的，她在擀麵條。麵粉的氣味在鋪天蓋地的腥臭氣味中顯得格外清新。我聽到了你的呼嚕聲，小子，你終於睡著了。你兒子起來了，他睡眼惺忪，跑到廁所邊上去撒尿，發出很響的水聲。就在這時候，龐春苗的氣味穿透渾濁成漿糊一般的千百種滋味，快速地逼近，毫不猶豫地來到你家大門外。我只叫了一聲就垂下了頭，因為我感到心情沉重，一種無比悲涼的情感，像巨手一般扼住了我的咽喉。

大門被龐春苗敲響。她敲得堅定而果斷，似乎還帶著幾分怒氣。你妻子跑去開門，兩個女人隔著門檻相望。她們似乎有千言萬語要說，但一句話也沒說。龐春苗大踏步地，準確地說是小跑著衝進院子。你妻子在她身後，一瘸一拐地隨著。她往前伸出一隻手，似乎要將龐春苗扯住。你兒子急匆匆地跑到甬路中央，在那裡轉了幾圈，小臉緊繃著，一副張皇失措的樣子，後來他跑到大門洞，關上了大門。

透過窗玻璃，我看到龐春苗急匆匆地穿過那個小走廊，進入你妻子的房間，隨即我便聽到了她的號啕大哭聲。我看到你妻子也跟進了房間，她發出的哭聲更加響亮。你兒子蹲在井台邊，一邊哭著，一邊撩水洗臉。

兩個女人的哭聲停止了，屋裡似乎開始了艱難的談判。有一些被抽泣和哽咽切割得支離破碎的話我沒有聽清楚，但完整的話我悉數聽到。

「你們好狠心，把他打成這個樣子！」這是龐春苗的話。

「龐春苗，我和你遠日無仇，近日無冤，天下好小伙子有的是，你為什麼非要拆散我們這個家？」

「大姊，我知道對不起你，我也想離開他，但我做不到了，這是我的命……」

「藍解放，你自己決定吧。」你妻子說。

沉默片刻後，我聽到你說：

「合作，對不起你了，我要跟她走。」

我看到你在龐春苗的扶持下站了起來。你們穿過走廊，走出房門，進入院子。你兒子端起那盆水潑在你們面前，接著他就跪在了甬路上。他跪著，仰著淚臉說：

「爸爸，你不要離開我媽……春苗阿姨也可以不走……奶奶和姥姥，不都曾經是西門爺爺的妻子嗎？」

「兒子，那是舊社會……」你悲哀地說，「開放，好好照顧你媽媽，她沒有錯，是爸爸的錯，我雖然離開了這個家，但我還會盡最大力量照顧你們。」

「藍解放，你可以走，但你千萬要記住，只要我活著，就不要來找我提離婚的事。」你妻子站在堂房門口，冷笑著說，但她的眼裡滾出了淚珠。她下台階時跌倒了，但她很快地爬了起來。她繞過你和龐春苗，把你兒子拉起來，忿忿地說，「站起來，男兒膝下有黃金，不要給人下跪！」她和你兒子站在甬道外被雨水泡漲的泥地上，為你們閃開了道路。

就像你妻子把你從大門口扶持到屋裡時的姿勢一樣，龐春苗的脖子鑽到你左腋下，你的左胳膊垂掛在她胸前，她的右胳膊攬著你的腰，就這樣你們艱難前行，你沉重的身體似乎隨時都會把這個瘦弱女孩壓垮，但她用力挺直腰肢，顯示出一種令狗也感動的力量。

你們走出了大門。是一種含混不清的感情驅使我跟到大門口，我站在台階上，目送著你們的背影。你們蹚著污水，行走在天花大街上。你的白綢睡衣上，很快就濺滿了污泥濁水。污泥濁水同樣弄髒了龐春苗的衣服。她穿著一件紅色的裙子，在陰霾的天氣裡，顯得格外醒目。細雨斜飛，路上的行人有的披著雨衣，有的撐著雨傘，他們都用好奇的目光打量著你們。

我感慨萬千地返回院子，走回我的窩，趴下，看著東廂房。你兒子坐在方凳上哭泣。你妻子把一碗熱氣騰騰的麵條放在你兒子面前的飯桌上，大聲說：

「吃！」

第五十章　藍開放污泥糊老爸　龐鳳凰油漆潑小姨

終於與春苗再次相聚。從我家到新華書店這段道路，一個健康的人用均勻的速度十五分鐘便可走完，但我們走了將近兩個小時。按照莫言的說法：這是浪漫的旅程也是苦難的歷程；這是無恥的行徑也是高尚的行為；這是退卻也是進攻；這是投降也是抵抗；這是示弱也是示威；這是挑戰也是妥協。他還說了許多類似的對立矛盾語，有的正合我意，有的故弄玄虛。其實，我想，我在春苗扶持下的離家出走，既不高尚也不光榮，其最值得稱道的是：勇氣，還有坦率。

現在，一提到這件事，我的腦海裡便會出現那些五顏六色的雨傘和形形色色的雨衣，那遍地的泥濘與污水，那在水泥道路上艱難呼吸的魚和成群結隊的蛤蟆。這場九〇年代初期的豪雨暴露出了那個年代的虛假繁榮外表下遮蓋著的種種弊端。

春苗在新華書店後院裡那間宿舍，暫時充當了我們的愛巢，我淪落到這步田地，已經沒有什麼可隱瞞的，我對洞察一切的大頭兒說。我們相聚並不僅僅是為了親吻、做愛，但我們一進入她的宿舍就吻在了一起，然後就做愛，儘管我身上多處受傷、痛疼難忍。我們的眼淚流進對方的嘴巴，我們的肌膚因歡娛而顫抖，我們的靈魂交融在一起。我根本沒問這些日子她是怎麼熬過來的，她也根本沒問我是被誰打成了這副模樣。我們摟著，抱著，吻著，互相撫摸著，把一切都置之度外。

——你兒子在你妻子逼迫下勉強吃了半碗麵條，幾十顆淚珠滾入碗中。你妻子卻食欲大振，她就著三瓣大蒜吃下了自己那碗麵條，又就著兩瓣大蒜吃光了你兒子剩下那半碗。她的臉色因辛辣而紅潤，她的額頭和鼻子上布滿汗珠。她用毛巾揩乾你兒子的臉，堅定地說：

「兒子，挺起來，好好吃飯，好好上學，長成一個頂天立地的男子漢！他們盼著我們死，他們想看我們的笑話，那是做夢！」

我護送你兒子上學。你妻子送我們到大門口。你兒子回頭抱住你妻子的腰，你妻子拍拍兒子的背，說：

「你看，比我都高了，大小伙子了。」

「媽媽，你千萬不要……」

「笑話，」你妻子笑著說，「難道為了這樣兩塊人渣，我會上吊、跳井、喝毒藥？放心地去吧，媽媽一會兒也去上班。人民需要油條，就等於人民需要媽媽。」

我們依舊走近路。天花河水已經漲得與小橋平齊。農貿市場頂蓋的塑料板部分被風揭掉，幾個浙江商人坐在那些浸泡的布匹與服裝前哭泣。雖是清晨時刻，但天氣已經悶熱，泥地上蠕動著被雨水灌出來的紫紅色蚯蚓，一群紅色的蜻蜓在低空盤旋。你兒子蹦了一個高，用敏捷的動作捉了一隻蜻蜓。他又蹦了一個高又捉住了一隻蜻蜓。他捏著兩隻蜻蜓問我：

「狗，你要不要吃？」

我搖搖頭。

他將那兩隻蜻蜓的尾巴掐掉，然後用一節草棍兒將牠們連接在一起。他用力將牠們拋向空中，飛吧，他說。兩隻蜻蜓在空中翻滾著，最後跌落在污泥裡。

鳳凰小學的一排教室夜間坍塌了，這真是不幸中之大幸。如果是白天上課時坍塌，那正在視察學校災情的龐抗美就沒那麼多豪言壯語了。本來就擁擠的校園內因遍地瓦礫和垃圾而混亂不堪。許多孩子在破磚爛瓦中蹦來蹦去。他們沒有難過，他們其實很興奮。學校門口停著十幾輛濺滿泥漿的豪華轎車，龐抗美穿著粉紅色半高筒雨鞋，褲腿捲到膝蓋之上，雪白的小腿上沾著污泥。她穿著一件藍色帆布工作服，眼上戴著墨鏡，手裡提著一隻電喇叭，喉嚨嘶啞地說：

「老師們，同學們，九號颱風帶來的暴雨，給我們全縣，也給我們學校帶來了巨大損失，我知道你們的心情都很沉重，我代表縣委、縣政府向你們表示親切的慰問！我建議學校放假三天，在這三天之內，我們將組織力量，清理垃圾，調整教室。總之，一句話，哪怕我縣委書記龐抗美坐在泥水裡辦公，也要讓孩子們在寬敞、明亮、安全的教室裡上課！」

龐抗美的講話，激起了熱烈的掌聲，有很多教師的臉上掛滿了淚珠。龐抗美接著說：

「在這搶險救災的關鍵時刻，全縣的幹部，都要親臨現場，以最高的忠誠、最大的熱情，創造第一流的工作，如有膽敢玩忽職守、消極推諉者，必將嚴懲不貸！」

——在這樣的關鍵時刻，我做為主管文教衛生的副縣長，竟躲在小房裡與情人死去活來般地纏綿，的確是……卑鄙無恥，儘管是因為他們打傷了我，儘管我並不知道學校校舍坍塌，儘管我是為了刻骨銘心的愛情，但這些，都不是能夠拿上桌面的理由。所以，幾天後，當我把辭職報告和退黨報告送到縣委組織部時，組織部的呂副部長冷冷地說：

「老兄，你已經失去辭職和退黨的資格了，等待著您的是撤銷職務、開除黨籍和開除公職！」

我們從上午纏綿到下午，死過去又活過來。小屋裡潮濕悶熱，汗水濕透了床單，我們的頭髮都像剛被大雨淋過一樣。我貪婪地嗅著她身上的氣味，看著她的眼睛在幽暗中不時因為動情而放出的磷火般的光芒，悲歡交集地說：

「苗苗，我的苗苗啊……即便我現在死了，我也知足了……」

她的已經腫脹發紅、並滲出血絲的嘴唇又堵住了我的嘴，她的雙臂又死死地纏住了我的脖頸，我們又一次沉溺在生死交界處。我想不到這個瘦弱的女孩體內竟然蘊藏著如此巨大的愛情能量，我也想不到一個遍體鱗傷的中年男人竟然能配合著她在愛的驚濤駭浪中搏擊。就像莫言在他的小說裡寫的那樣：「有一種愛，是插在心上的尖刀。」但這還不夠。有一種愛，能讓心臟破碎；有一種愛，能讓頭髮裡滲出血液；沉溺在這樣的愛情當中，寬容的人們，能否原諒我們？就這樣做著愛愛著她，我已經消解了對那些蒙上我的眼睛把我拖到黑屋子裡毒打的兇手們的仇恨，他們只是讓我的一條腿受了骨傷，其他部位都是皮肉傷，他們打人的技巧十分高明，好像一幫手藝高超的廚師，根據客人的要求煎烤牛排。我不但消解了對他們的仇恨，我也消解了對那些為我預定了這場毒打的人的仇恨。我是該打，如果我沒遭受那樣的毒打而得到與春苗這樣的深戀酷愛，我會問心大愧，我會惶惶不安。因此，打手們和打手的主顧們，我發自內心地感激你們，感謝啊，謝謝……謝謝……從春苗的珠光閃爍的眼睛裡我看到了自己的臉，從她的吐氣如蘭的嘴巴裡，我聽到了同樣的話語，她也斷斷續續地說：謝謝……謝謝……

——學校宣布放假，學生歡欣鼓舞。這造成巨大損失也暴露嚴重問題的自然災害，在孩子們眼裡是熱鬧和新奇，在孩子們心中是興奮和好玩。一千多名鳳凰小學的學生在人民大街上散開，使已經混亂不堪的交通更加不堪混亂。正如你所述說，那天早晨，街上散布著腮部開合、尾巴抽動、肚皮銀白、巴掌大小生命力頑強的鯽魚，也有一些離水片刻即身亡的鰱魚，還有一些杏黃色的胖大泥鰍，牠們身處淤泥，正是得意之處。更多的是那些核桃般大小的蛤蟆，牠們漫無目標地在馬路上跳來跳去，有的試圖從街道的左邊蹦跳到街道的右邊，有的卻從街道的右邊奮力地向街道左邊逃竄。起初還有許多居民提著塑料桶或是塑料袋在馬路上撿拾魚類，但很快，那些撿到了魚的人，又匆匆忙忙地從家中把魚提出來，傾倒在就近的河溝中，或者乾脆傾倒在馬路上。那天縣城內凡是有車輛行走的街道上，都進行著殘酷的屠殺，壓到死魚的聲音令人心悸，狗也心悸，而壓死蛤蟆的聲音，則令狗不得不一次次屏住呼吸、閉住眼睛，因為那聲音猶如骯髒的箭，直射進我的鼓膜。

雨時下時停，停雨時偶爾會有潮濕的陽光從雲縫裡射出，整座縣城都冒著濕熱的蒸氣，死物們開始腐敗變質散發臭氣。這樣的時刻最好躲回家去。但你兒子沒有回家的意思，他也許是想藉著在混亂的縣城裡漫無目的的漫遊而減輕內心的壓力吧？好吧，我就跟著他。我遇到十幾條熟識的狗，他們爭先恐後地向我彙報著在這場災難中我們狗類受到的損失。死了兩條狗，一條是火車站飯店後院裡那條狼犬，牠是因牆壁倒塌被砸死，另有一條是河邊木材批發市場那條長毛獵犬，牠因不慎落水被嗆死。聽到這消息，我對著牠們不幸遇難的方向長吠兩聲，寄託我的哀思。

我跟隨著你兒子，不知不覺地又到了新華書店大門外。一群群的孩子湧進書店。你兒子沒有進去。

他的藍臉看上去又冷又硬，彷彿一塊瓦片。在這裡我們看到了龐抗美的女兒龐鳳凰。她穿著一件橘黃色的塑膠雨衣，一雙同樣顏色的半高筒橡膠雨鞋，宛如一團耀眼的火苗。一個年輕的、身材健壯的女子跟隨在她的身後，那顯然是她的保鏢。在她們身後，跟隨著毛兒潔淨的狗三姊。牠小心翼翼地躲避著地上的污水，但爪子還是不可避免地弄髒了。你兒子和龐鳳凰目光相遇，她憤恨地啐出一口唾液，吐到你兒子面前。她惡狠狠地罵道：「流氓！」你兒子的頭像脖子後邊挨了一刀似地低垂到胸前。狗三姊對我齜齜牙，臉上擠出一個神祕的表情。大約有十幾條狗聚集在新華書店門前。由狗接送孩子上學，是縣城新近興起的事情，這都是因為我以無比的忠誠和勇敢樹立了榜樣。但我與這些狗保持著距離。其中有兩條曾經與我交配過的狗，拖著鬆鬆垮垮的奶子上前來與我套近乎，我的冷淡讓牠們訕訕而退。有十幾個低年級的小學生在玩一種殘酷而噁心的遊戲，他們在街上尋找那種淺綠色的蛤蟆，用枝條輕輕抽打牠們，牠們的肚子慢慢地鼓起來，狀如皮球，然後他們便用磚頭砸爆牠們。這樣的聲音使我難以忍受。我叼著你兒子的衣襟，向他表達回家的願望。你兒子跟隨著我走了十幾步，突然又停下來，他的臉因激動而藍如碧玉，他的眼裡盈著淚水。他說：

「狗，我們不回家，你帶我去找他們！」

——我們在做愛的間隙裡，因疲勞而進入半夢半醒狀態。在這種狀態中我們的手也是互相撫摸著。我感到手指發脹，指肚上的皮膚磨得如絲綢一般淡薄而光滑。她在半夢半醒中呻吟著，說了一些諸如：「我愛的就是你的藍臉，我從見你第一眼時就迷上了你，莫言第一次帶我去你辦公室時我就想與你做愛」之類的癡語。她甚至還非常孩子氣的用手捧著自己的乳房給我看，「你看呀，它們為你長大了……」。在全縣幹群奮戰抗災的時刻，我們做這樣的事、說這樣的話的確是不合時宜，甚至可以說是可恨可恥，但這是事實，我不能對你隱瞞。

我們聽到了門板和窗戶上發出的響聲。我們也聽到了你的吠叫。我們曾發誓說即便是上帝來敲門也不理睬，但你的吠叫，卻如一道無法違抗的命令，使我急欲爬起來。因為我知道與你在一起的還有我的兒子。我受傷很重，但做愛是治傷的良方，我竟然手腳麻利地自己穿上了衣服。雖然我腿軟頭暈，但我沒有跌倒。我幫助已經如同抽掉了全身骨頭的龐春苗穿好衣服，並粗略地攏了攏她的頭髮。

拉開門，一道濕熱的光線刺痛了我的眼睛。隨即便有一團黑乎乎的稀泥，如同一隻癩蛤蟆，迎著我的面飛來。我沒及躲閃，潛意識裡也不想躲閃，那團淤泥就響亮地擊中了我的臉。

我用手指抹去臉上的臭泥，左眼裡進了泥沙，沙澀刺痛，右眼尚能視物。我看到了怒氣沖沖的兒子和冷漠的狗。我看到這間宿舍的窗戶上、門板上全是淤泥，而門前那片髒水中已經被挖出一個大坑。我兒子背著書包，雙手沾滿淤泥，身上和臉上都濺滿泥點兒。他的表情應該是憤怒，但眼睛裡不斷地湧著淚水。我的眼淚奪眶而出，我感到似有千言萬語可對兒子解說，但我只是牙痛般哼哼了一聲：

「兒子，你甩吧……」

我向門外跨了一步，手扶著門框防止跌倒，閉上眼睛，承受著我兒子的泥巴。我聽到他在我面前呼呼地喘著粗氣，一團團又臭又熱的污泥攜帶著風聲，對著我飛來。有的端端正正地砸在我的鼻梁上，有的正正端端地擊中我的額頭，有的糊到我的胸脯上，有的碰到我的肚腹處。有一團堅硬的、顯然是裹挾著破碎瓦片的泥巴擊中了我的生殖器，這一下沉重的打擊使我呻吟一聲，痛苦地彎下了腰，雙腿軟弱，我蹲下了，然後又坐下了。

我睜開眼睛，因為淚水的衝洗，此時我雙眼都能視物。我看到兒子的臉像爐火中的皮鞋底一樣扭曲著，手中的一塊大泥巴落在地上。他「哇」地一聲哭了，然後雙手捂著臉跑走了。狗對我狂叫幾聲，跟著我兒子跑走了。

在我做為我兒子的一個洩憤目標站在門前忍受著泥巴襲擊時，龐春苗，我親愛的人，一直站在我的身邊。我兒子襲擊的是我，但她的身上也濺滿了污泥。她架著我的胳膊，把我扶起來，低聲對我說：

「哥哥，這是我們應該承受的……我很高興……我感到我們的罪輕了一些……」

在我兒子用泥巴襲擊我的過程中，新華書店辦公樓二層的廊道上，站著幾十個人。我認出了他們和她們是新華書店的領導和職工。其中有一個姓余的小個子，為了提拔副經理，曾經託莫言找過我。他手中端著一架沉重的高級照相機，從不同的角度、不同的距離，用不同的鏡頭，全面地記錄下了我的狼狽相。後來莫言把拍攝者精選出來的十幾張照片拿給我看，我感到非常震驚。那確實是些可得世界攝影大獎的作品。無論是那張我臉部被泥巴擊中的特寫；還是我滿身滿臉黑泥、龐春苗身上基本上還沒沾泥、但臉上顯露出悲愴表情、對比鮮明構圖均衡的那張；無論是我被擊中生殖器痛苦彎腰、而龐春苗面帶驚恐表情彎腰扶持那張；還是那張把忍受襲擊的我與龐春苗、把泥土已經出手但還保持著擲拋姿勢的我兒子、把狗蹲在一旁、目光迷惘地看著這一切的全景圖；都可以用諸如「懲罰父親」、「父親和他的情婦」之類的題目命名之，然後怵目驚心地進入經典攝影作品的行列。

有兩個人從辦公樓廊道上下來，畏畏縮縮地走到我們面前。我們看清了他們，一個是書店的黨支部書記，一個是書店的保衛股長。他們對我們說話，眼睛卻看著別的方向。

「老藍……」支部書記似乎為難地說，「真是非常抱歉，但我們也沒有辦法……你們最好從這裡搬走……你應該知道，我們是在執行縣委的決定……」

「不必解釋了，」我說，「我明白，我們馬上就會搬走。」

「另外，」保衛股長吭吭哧哧地說，「龐春苗，你被停職檢查了，請你搬到二樓保衛股辦公室，我們在那裡為你準備了床鋪。」

「停職可以，」春苗說，「但檢查是辦不到的，我不會離開他一步，除非你們殺了我！」

「理解萬歲，理解萬歲，」保衛股長說，「反正我們是把該說的都對你說了。」

我們互相扶持著，到了院中那個水龍頭前。我對書記和股長說：

「非常抱歉，還得用一下你們的自來水洗一下臉上的泥巴，如果你們不同意……」

「什麼話，老藍，」支部書記高聲道，「那我們也太小人了，」他警惕地往周圍看看，說，「其實，你們搬不搬都與我們不相干，但我還是勸你們及早搬走，『大掌櫃』的，這次可是火大了……」

我們洗乾淨臉上、身上的污泥，在樓上諸人的偷窺下，進入春苗的這間狹窄潮濕、牆壁上生滿黴點的宿舍。我們擁抱著，親吻了幾分鐘。我說：

「春苗……」

「你什麼都不要說，」她打斷我的話，平靜地說，「無論是爬刀山還是跳火海，我都跟隨著你！」

——重新開學的第一天早晨，你兒子與龐鳳凰在學校門口相遇。你兒子別過臉去不看她，她卻大模大樣地上前來，用掌尖拍拍你兒子的肩頭，示意你兒子跟她走。她停在學校大門東側一棵法國梧桐後，眼睛裡閃爍著興奮的光芒，說：

「藍開放，你幹得真棒！」

「我幹什麼啦？我沒幹什麼……」你兒子囁嚅著。

「還謙虛什麼？」龐鳳凰道，「他們向我媽媽彙報時，我都聽到了。我媽媽咬牙切齒地說，『這兩個不知羞恥的東西，就該這樣修理修理他們！』」

你兒子轉身就走，龐鳳凰伸手扯住了他，抬腳踢了他的腿肚子一下，生氣地說：

「你跑什麼？我還有話要說呢！」

這個小妖精長得精緻而美麗，宛若一件巧奪天工的牙雕。她的小胸脯猶如蓓蕾初綻，少女的美麗無法抗拒。你兒子表面上還是一副氣哄哄的樣子，但心裡早已繳械投降。我不由地長歎一聲：父親的浪漫戲劇正在轟轟烈烈地演出，兒子的浪漫故事又處在萌芽狀態。

「你恨你爸爸，我恨我小姨，」龐鳳凰說，「她彷彿是我外公外婆抱養的，對我們一點也不親。我媽媽、我外公、我外婆，把她關在屋子裡，輪番勸說了她三天三夜，讓她離開你爸爸，我外婆都給她跪下了，她就是不聽。然後她就跳牆跑了，去找你爸爸浪去了！」龐鳳凰咬著牙說，「你懲罰了你爸爸，我要懲罰我小姨！」

「我已經不想理睬他們了，」你兒子說，「他們是一對狗男女！」

「對，沒錯！」龐鳳凰道，「他們是一對狗男女，我媽媽也這麼說。」

「我不喜歡你媽媽！」你兒子說。

「你竟敢不喜歡我媽媽？」龐鳳凰捅了你兒子一拳頭，恨恨地說，「我媽媽是縣委書記，我媽媽胳膊上扎著吊針，坐在我們校園裡指揮搶險救災！你們家沒有電視嗎？你沒從電視上看到我媽媽咳嗽吐血了嗎？」

「我們家電視壞了，」你兒子說，「我就不喜歡她你怎麼著？」

「呸！你是嫉妒！」龐鳳凰道，「你這個小藍臉，小醜八怪！」

你兒子猛地抓住了龐鳳凰的書包背帶，使勁地往前拽了一下，然後又往後推了一把。龐鳳凰的身體碰在法國梧桐樹幹上。

「你把我弄痛了……」龐鳳凰說，「好啦好啦，我再也不叫你小藍臉了。我叫你藍開放。咱們小時在一起待過，老朋友了，對不對？我要懲罰我小姨，你必須幫我完成這個計畫。」

你兒子繼續往前走。龐鳳凰跳到他面前，瞪著眼睛說：

「你聽到了沒有?!」

——我們當時並沒有想到要遠走他鄉，我們只是想找一個僻靜地方避避風頭，然後通過法律程序，解決我的離婚問題。

驢店鎮新任書記杜魯文原是縣供銷社政工科長，我的繼任者，也是我的鐵哥們兒，我在長途汽車站給他打了一個電話，求他幫我找一間僻靜的房子，他略有遲疑，但最終還是答應了。我們沒有坐公共汽車，而是悄悄地溜到縣城東南方向那個坐落在運糧河邊的名叫魚疃的小村莊，在河邊小碼頭上，租了一條小木船，順流而下。船主是個面孔清癯的中年婦女，有兩隻大大的、鹿一樣的眼睛，船艙裡有一個一歲左右的男孩。為了防止男孩爬出船舷，少婦用一條紅布帶子，一端拴著他的腳脖子，一端拴在船艙隔板的格子上。

杜魯文親自開車，在驢店鎮小碼頭上迎接我們。他把我們安排在鎮供銷社後院的三間房屋裡。鎮供銷社受個體經營者衝擊，已經基本垮台，職工多半去自謀職業，只留下幾個老人看守房屋。我們居住的空屋是原供銷社書記住過的，此人已進縣城養老，房中家什一應俱全。杜魯文指指那一袋子麵粉、一袋子大米、兩桶食油和一些香腸、罐頭之類的食品，說：

「你們就在這裡貓著吧，缺什麼東西，往我家裡打電話，千萬不要隨便出來，這裡是龐書記的包片，她經常搞突然襲擊殺過來。」

我們開始了昏天黑地的幸福生活。我們除了做飯、吃飯，然後就是擁抱、接吻、撫摸、做愛。我不得不慚愧但坦率地告訴你，因為我們倉皇出走，根本沒帶換洗衣服，所以我們大部分時間是赤身裸體。赤身裸體做愛是正常的，但當我們每人捧著一個碗，赤身裸體對坐喝粥時，荒誕和滑稽的感覺就產生了。我自我嘲諷地對春苗說：

「這裡就是伊甸園。」

我們白天和黑夜不分，夢境與現實混淆。有一次，我們在做愛過程中沉沉睡去，春苗猛地推開我坐起來，驚恐不安地說：

「我夢到船上那個小男孩了，他爬到我的懷裡，叫我媽媽，要吃我的奶。」

——你兒子無法抵抗龐鳳凰的魅力，為了協助她去完成懲罰龐春苗的計畫，他在你妻子面前撒了謊。我追隨著你與龐春苗混合在一起的那條雙股繩子般的氣味線，他們跟隨著我，絲毫不差地沿著你們走過的路線來到了魚疃碼頭。我們上了那條小船，船主是一個生著兩隻鹿眼的中年婦女，船艙裡拴著一個只穿一件紅兜肚的黑胖男孩。見我們上船，男孩非常興奮。他揪住我的尾巴往嘴裡塞。

「去哪裡啊？」女船主站在船尾，手扶櫓把，親切地問我們，「二位同學。」

「狗，去哪裡？」龐鳳凰問我。

我對著大河下游吠叫兩聲。

「往下走。」你兒子說。

「往下走也該有個去處啊。」女船主道。

「你只管往下搖，到時候狗會告訴你的。」你兒子自信地說。

女船主笑了。船到中流，逐浪而下，猶如飛魚。龐鳳凰脫掉鞋襪，坐在船舷上，把兩隻腳伸到水裡。兩岸淺灘上的紅柳叢連綿起伏，不時有成群的鷺鳥在柳叢中飛翔。龐鳳凰唱起歌來。她嗓音清脆，歌聲出喉，宛如串串銀鈴碰撞。你兒子嘴唇哆嗦著，偶爾也從口中迸出一兩個孤獨的字眼。他顯然也熟知龐鳳凰所唱歌曲，但是他開不了口。那男孩笑容滿面，咧開已經生出四顆牙齒的嘴巴，流著口水，咿咿呀呀地跟著唱。

我們在驢店鎮小碼頭上了岸。龐鳳凰極其大方地付了船錢。因超出原定船價太多，那鹿眼女人顯得惶惶不安。

我們準確地找到了你們藏身的地方。敲開門後，我看到你們臉上那羞愧和驚恐的表情。你狠狠地盯我一眼，我尷尬地叫了兩聲。我的意思是說：藍解放，請原諒，你已經離家出走，不再是我的主人，你兒子才是我的主人，而執行主人的命令，是我的天職。

龐鳳凰揭開一個鐵皮小桶的蓋子，將裡邊的油漆，潑在了龐春苗的身上。

「小姨，你是個大破鞋！」龐鳳凰對目瞪口呆的龐春苗說罷，然後對著你兒子一揮手，像個指揮果斷的軍官一樣，說，「撤！」

我跟隨著龐鳳凰和你兒子來到鎮黨委駐地，找到了黨委書記杜魯文，龐鳳凰用命令的口吻說：

「我是龐抗美的女兒，請你派一輛車，把我們送回縣城！」

——杜魯文來到我們的被油漆污染的「伊甸園」，支支吾吾地說：

「二位，依鄙人愚見，你們還是遠走高飛吧。」

他送給我們幾套換洗衣服，又拿出一個裝有一千元錢的信袋，說：

「不必拒絕，這是借給你們的。」

春苗圓睜著眼睛，茫然無措地望著我。

「給我十分鐘，讓我考慮考慮，」我向杜魯文要了一根菸，坐在椅子上，慢慢地抽著。菸抽到半截時，我站起來，說，「今晚七點，請你把我們送到膠縣火車站吧。」

我們乘坐由青島開往西安的列車，到達高密站時，已是晚上九點半鐘。我們將臉貼在骯髒的車窗玻璃上，看著站台上背著沉重包裹的旅客，還有幾位神情默然的鐵路員工。遠處的縣城燈火輝煌，車站廣場上，許多拉客的黑車司機和賣食品的小販，在那裡大聲吆喝著。高密啊，我們什麼時候才可以堂堂正正地回來呢？

我們去西安投奔了莫言。他從一個作家班畢業後，在當地一家小報擔任記者。他把我們安排在他租居的「河南村」一間破爛不堪的房子裡，他自己去辦公室睡沙發。他送給我們一盒日本產超薄避孕套，又怪又壞地笑著說：

「禮輕情意重，請笑納！」

——暑假期間，你兒子和龐鳳凰又命令我追尋你們的蹤跡，我帶他們到了火車站。對著一列西行的火車我低沉地嗚嗚著。我的意思是說：你們的氣味線，就像那兩條明亮的鐵軌一樣，伸展到遙遠的、我的嗅覺無能為力之處。

第五十一章　西門歡縣城稱霸　藍開放切指試髮

一九九六年暑假，你們逃亡已經五週年。你在莫言擔任總編室主任的那家小報當編輯、龐春苗在小報食堂當炊事員的消息，早就傳到了你妻子、你兒子的耳朵，但他們好像把你們徹底遺忘了。你妻子繼續著她炸油條的工作並保持著她吃油條的愛好，你兒子已經是第一中學高中一年級的學生，學習成績優良。龐鳳凰和西門歡也是高中一年級的學生。他和她中考成績都很差，但一個是縣裡最高領導的女兒，一個是拿出五十萬元為第一中學設立了「金龍獎學金」的大款的兒子，即便他們考零分，第一中學的校門也為他們敞開著。

從初中開始，西門歡就來到縣城就讀，他的母親黃互助也跟來縣城，照料他的生活。他們住在你的家中，使這個寂寞冷清的院落，熱鬧了許多，甚至熱鬧得有些過分。

西門歡天生不是個讀書的孩子，他在這五年裡做過的壞事難以盡數。進縣城第一年他還有所收斂，從第二年開始，他就成了南關一霸，他與北關劉小羅鍋、東關王鐵頭、西關于干巴壞名相齊，是縣公安局都掛了號的「四小惡棍」之一。西門歡儘管幹盡了他這個年齡的孩子所能幹的一切壞事——許多應該是成年人幹的壞事他也幹了——但從外表上根本看不出這是一個壞孩子。他身上永遠穿著漂亮、合體的名牌服裝，身上永遠散發著清新爽朗的氣味。他的小頭永遠理得短短的，小臉永遠洗得白白的，唇上黑油油的小鬍子標誌著他的青春年少，連小時有些鬥雞的眼神也得到了矯正。他待人接物一團和氣，滿嘴甜言蜜語，對待你的妻子更是禮貌有加，一口一個小姨，叫得十分親熱。所以，當你兒子對你妻子說：

「媽，你把歡歡攆走吧，他是個壞孩子。」

你妻子卻替西門歡說話：

「他不是挺好嗎？他處世活絡，會說話，學習成績不好，那是個人天分有限。我看他將來比你吃得開，你就像你那個爹，一天到晚悶著頭，好像全中國的人都欠你們的錢。」

「媽，你不瞭解他，他會偽裝！」

「開放，」你妻子說，「即便他真是個壞孩子，他闖了禍也有他爹幫他收拾，用不著咱管。再說，我跟你大姨是親姊熱妹，一胞雙胎，我怎麼能開口趕她們走？熬著吧，再熬幾年，等你們高中畢業，就各奔前程了，那時，即便咱留他，人家還不一定住呢！你大伯那麼有錢，在縣城置一套房子，那還不是小菜一碟？住在咱家，是為了彼此有個照應，這也是你爺爺奶奶姥姥姥爺的意思。」

你妻子用許多難以辯駁的理由，否定了你兒子的建議。

西門歡所幹壞事，可以瞞過你的妻子，可以瞞過他的母親，可以瞞過你的兒子，但瞞不了我的鼻子。我是一條十三歲的狗，嗅覺已經退化，但辨別身邊人的氣味及他們留在各處的氣味還是綽綽有餘。順便說一句，我已經讓出了縣城狗協會會長的位置，接替我的，是一條名叫「阿黑」的德國種黑背狼犬，在縣城的狗世界裡，黑背狼犬的領導地位不可動搖。退位之後，我已經很少參加天花廣場上的圓月例會，偶爾參加一次，也感到索然無味。我們當年的圓月例會，總是載歌載舞，總是喝酒吃肉，總是戀愛交配，可現在的年輕一輩，牠們的行為，不可理喻匪夷所思。譬如，有一次，阿黑親自動員我去參加一次他所說的最刺激、最神祕、最浪漫的活動。我被牠的盛情所動，準時到達天花廣場。我看到數百條狗從四面八方狂奔而至，沒有寒暄客套，沒有打情罵俏，彷彿誰也不認識誰一樣，大家圍著那個重新豎立起來的斷臂維納斯雕像，仰起頭，齊吠三聲，然後掉頭狂奔而去，包括狗協會主席阿黑也是這樣。真是來如閃電去似疾風，片刻之後，便把我孤零零地閃落在遍地月光的廣場上。我望著那閃爍著幽藍光輝的維納斯，直懷疑自己是在做夢。後來我聽說，牠們玩的是最時髦、最酷的「快閃」遊戲，參加遊戲的狗，都自稱為「快閃一族」。聽說他們後來還玩了一些更加莫名其妙的行動，但我都沒有參加。我已經感覺到，我狗小四管領風騷的時代已經結束，一個新的時代，一個充滿了刺激和狂想的時代已經開始。狗的世界如此，人的世界也大致相同。儘管此時龐抗美還在位上，並盛傳她即將升到省城擔任要職，但距離她被紀委「雙規」、「雙規」後被檢察院立案、最後被法院判處死刑、緩期兩年執行已經為時不遠。

你兒子考入高中後，我不再擔當接送他上學的任務。我本可以每天臥在西廂房裡，睡睡懶覺，回憶一下往事，但我不願意，因為這樣會加速我肢體和大腦的老化。你兒子不需要我了，我就每天跟隨你妻子到火車站廣場上去看她炸、賣油條。就是在這裡，我嗅到了車站廣場周圍的那些髮廊、小旅店和小酒館裡，經常地留下西門歡的氣味。這小子偽裝成背著書包上學堂的乖乖仔，但一出家門就會搭上一輛專門在路口等候著他的「摩的」，直奔車站廣場。開「摩的」的是一個滿臉落腮鬍鬚的彪形大漢，他心甘情願地做一個中學生的專門車夫，西門歡的出手大方顯然是主要原因。這裡是「四小惡棍」共同擁有的地盤，也是他們吃喝嫖賭的地方。這四個小惡棍的關係，像六月的天氣一樣變幻不定。他們時而好得如同親兄奶弟，在酒館裡猜拳行令，在髮廊裡玩弄野「雞」，在旅店裡搓麻抽菸，在廣場上勾肩搭背，如同四隻用繩索連絡在一起的螃蟹。時而又翻臉無情，分成兩派，像烏眼雞一樣死啄。有時候也出現三個打一個的局面。後來，他們又各自發展了一幫小兄弟，形成了四個小團夥，小團夥的關係也是時分時合，車站廣場周圍，被他們鬧得烏煙瘴氣。

我與你妻子，親眼目睹了他們之間一次慘烈的械鬥，但你妻子並不知道械鬥的總指揮是她心目中的好孩子西門歡。那是一個陽光燦爛的中午，正所謂光天化日之下，先是廣場南側那家名叫「好再來」的酒館裡，傳出了吵嚷喧鬧之聲，接著有四個頭破血流的小青年從酒館裡逃出來，後面有七個手持棍棒、一個拖著墩布的小青年追趕出來。那四個小青年繞著廣場逃竄，他們雖然頭臉上受了傷，但似乎並沒有恐懼與痛苦。那些追趕者們，臉上也沒有凶煞之氣，有幾個臉上還帶著傻呵呵的笑容。這場械鬥在初發階段看上去竟像一場遊戲。四個逃跑者中有一個身材瘦高、腦袋呈長方形、如同舊時更夫打更所用梆子的，正是西關的小惡人于干巴。他們四個並不完全是逃竄，他們在逃竄過程中還發起了一次反衝鋒。于干巴從懷中掏出一把三角刮刀，顯示出他在四人當中的首領地位，他那三個小兄弟，則從腰間抽下皮帶，揮舞著，「呀呀」地吶喊著，跟著于干巴衝進追趕者群中。一時間，棍棒打在頭顱上，皮帶抽在腮幫子上，喊叫聲與慘叫聲糾纏在一起，場面十分混亂。廣場上的人紛紛逃避，接到報警的警察還在途中。這時，我看到于干巴將他手中的刮刀捅進了那個揮舞著墩布的小胖子的肚子，那小胖子慘叫倒地。見同伴受了重傷，追趕者的隊伍頃刻瓦解。于干巴用受傷的小胖子的衣服擦乾刮刀，一聲呼哨，率領著那三個小兄弟沿著廣場西側往南奔跑。

兩撥惡少在廣場上追逐打鬥時，我看到，在「好再來」酒館隔壁的「仙人居」酒館裡，一張靠窗的桌子邊，西門歡戴著墨鏡，坐在那裡悠閒地抽菸。你妻子只是膽戰心驚地看著廣場上的械鬥，根本沒發現西門歡。即便是看到了西門歡的人，也想不到這個白臉的小青年會是這場械鬥的總指揮。他從褲兜裡摸出當時頗為新潮的拉蓋手機，撳了一下，舉到嘴邊，說了幾句話，然後又坐下抽菸。他抽菸的姿勢老練而優雅，很有港台警匪片中那些黑社會老大的風度。於此同時，于干巴率著他的小兄弟已經拐進車站廣場西南部的新民二巷，一輛飛馳而來的「摩的」與于干巴迎面相撞，駕車的正是那個落腮鬍鬚的大漢。于干巴的身體輕飄飄地飛到路邊，遠遠看過去，他的身體彷彿不是血肉之軀，而是一塊套著衣裳的泡沫塑料。這是一場交通事故，責任全在于干巴。這也可以說成是一次急中生智、見義勇為、不怕犧牲自己勇撞惡棍的英雄壯舉。「摩的」翻倒在地，往前滑行出十幾米，落腮鬍子也受了重傷。這時，我看到西門歡站起來，背起書包，走出酒館，吹著口哨，追踢著一個乾癟蘋果，向學校的方向走去。

我還想對你講述西門歡因為打架鬥毆被車站派出所拘留三天放出來之後，發生在你家院子裡的情景。

黃互助怒容滿面，撕扯著西門歡的衣裳，晃動著西門歡的身體，痛不欲生地說：

「歡歡啊歡歡，你真讓我失望，我花了這麼大的精力，自己什麼都不幹了，來陪著你、伺候你上學；你爸爸不惜血本，對你有求必應，供給你上學；可是你竟然……」

黃互助說著，淚水就流了出來。西門歡極其冷靜地拍拍她的肩膀，坦然地說：「媽媽，擦乾眼淚，不要哭，事情不像您想像的那樣，我沒幹什麼壞事，我是被他們冤枉了，你看看我這樣，像個壞孩子嗎？媽媽，我不是壞孩子，我是一個好孩子！」

這個好孩子接著便在院子裡又唱又跳，偽裝出種種天真無邪的姿態，把黃互助逗引得破涕為笑，把我折磨得牙酸肉麻。

聞訊趕來的西門金龍起初也是怒氣沖沖，但在西門歡的花言巧語下臉上也出現了笑意。我已經好久沒見到西門金龍了，這次見到，頓感歲月無情，對富人和窮人都一樣。儘管他全身名牌包裝，經常去參加各種高雅運動，但也擋不住頭髮稀疏、目光渾濁、小肚子凸出。

「爸爸，你放心幹你的偉大事業去吧，」西門歡笑嘻嘻地說，「知子莫若父，難道您還不瞭解我嗎？您兒子我，要說毛病嗎，無非就是油腔滑調一點，嘴巴饞一點，身體懶一點，見了漂亮女孩想入非非一點，但這些小毛病，您身上不都有嗎？」

「兒子，」西門金龍說，「你瞞過了你媽，但你瞞不過我。如果連你這點小把戲都識不破，那我也不用在社會上混了。我估計，這幾年裡，你把該幹的壞事都幹遍了。一個人做件壞事並不難，難得的是一輩子只做壞事不做好事，我看，接下來，你該做點好事了。」

「爸爸，你說得好極了，我總是把壞事辦成好事，」西門歡說著，膩在西門金龍身上，靈巧地摘下西門金龍腕上那塊名貴手錶，說：「爸爸，您戴著假貨，有失身分，還是讓我戴著丟醜吧！」

「胡說，什麼假貨，這是正宗的勞力士。」

幾天之後，縣電視台播出了一條新聞：中學生西門歡拾金不昧，將撿到的巨款一萬元上交學校。但那塊金光閃閃的「勞力士」從此沒在他手腕上出現過。

好孩子西門歡，將另一個著名的好孩子龐鳳凰帶到了家中。她已經是像模像樣的姑娘，穿著時髦，身材窈窕，小乳前挺，小臀後翹，眼神慵倦，頭髮濕漉漉，看上去亂糟糟。老派的互助、合作對龐鳳凰的裝束打扮頗看不慣，西門歡悄悄對她們說：

「媽媽，小姨，你們老土了，這是最新潮。」

我知道你關心的不是西門歡，也不是龐鳳凰，而是你兒子藍開放。在我下面的講述中，你兒子就要出場了。

那是一個秋高氣爽的下午，你妻子和黃互助都不在家，年輕人聚會，她們被要求回避。

在院子東北角那棵梧桐樹下，擺開了一張方桌，三個好孩子圍桌而坐。桌上擺滿了時鮮水果和一大盤切成月牙狀的西瓜。西門歡、龐鳳凰穿著新潮，面孔俊秀，你兒子穿著陳舊，面孔醜陋。

對龐鳳凰這種性感、漂亮的女孩，任何男孩都不會無動於衷，你兒子自然也不例外。請你回憶一下當年他挖污泥糊你時的情景，請你再回憶一下他讓我帶路追蹤你們到驢店鎮的情景，就會悟到，在很久很久以前，你兒子實際上已經是龐鳳凰任意役使的小奴僕，後來發生的慘烈事件，實際上在那時已經埋下了種子。

「不會再有別人來了吧？」龐鳳凰身體仰靠在椅背上，懶洋洋地說。

「今天這院子，是我們三個的天下。」西門歡說。

「還有牠！」龐鳳凰用一根纖細的玉指，指了指臥在牆根打盹的我，說，「這條老狗，」她直起腰來說，「我家那條狗，是牠的姊姊呢。」

「牠還有兩個哥哥，」你兒子悶悶地說，「在西門屯，一條在他家，」你兒子指指西門歡，「一條在我姑姑家。」

「可是我們家那條狗已經死了。」龐鳳凰說，「她是生小狗累死的，我從小就記得，牠不斷地生小狗，生了一窩又一窩。」她大大咧咧地說，「這世界多麼不公平，公狗弄完了就走，剩下母狗在那兒受罪。」

「所以我們都在歌頌母親。」你兒子賭氣似的說。

「西門歡，你聽到了沒有？」龐鳳凰笑嘻嘻地說，「這樣深刻的話你說不出來，我也說不出來，只有老藍能說出來。」

「不要諷刺人好不好？」你兒子尷尬地說。

「沒諷刺你啊，」她說，「我是真心讚美你呢！」她從乳白色真皮挎包裡掏出一包白盒萬寶路香菸和一個鑲嵌著鑽石的純金打火機，說，「既然老東西們不在，那咱們就輕鬆輕鬆。」

她用染了蔻丹的指甲靈巧地彈著菸盒，一枝菸冒出頭顱。她用豐滿的鮮紅小嘴叼出了那枝菸，揿一下打火機，藍色的火苗嗤嗤地噴出來。她將菸盒和打火機扔在桌上，深深地吸一口菸，然後將身體後仰，脖子擱在椅子背上，臉仰著，嘴巴噘起，對著藍藍的天，老練得稍嫌做作，彷彿電視劇中那些不會吸菸的女人在表演吸菸。

西門歡抽出一枝菸，扔給你兒子。你兒子搖頭拒絕。他確實是個好孩子。龐鳳凰鼻孔發出「嗤呼」之身，輕蔑地說：

「抽吧，別在我面前裝好孩子！而且我告訴你，抽菸越早，身體對尼古丁的適應能力越強。英國首相丘吉爾，八歲就抽他爺爺的旱菸袋，活到了九十多歲，所以，晚抽不如早抽。」

你兒子撿起菸，猶豫了片刻，但最終還是把菸插到了嘴裡。西門歡殷勤地幫他點著。你兒子咳嗽不止，臉憋得如同鍋底。這是他抽的第一枝菸，但很快他就會成為菸鬼。

西門歡把玩著龐鳳凰的純金鑲鑽打火機，說：

的！」

「真他媽的高級！」

「喜歡嗎？喜歡就拿去！」龐鳳凰不屑一顧地說，「都是那些想當官、想承包工程的王八蛋們送

「那你媽媽……」你兒子欲言又止。

「我媽媽也是王八蛋！」龐鳳凰一手夾菸做蘭花指狀，一手指著西門歡說，「你爸爸更是王八蛋！還有你爸爸，」龐鳳凰移指你兒子說，「他也是個王八蛋！」龐鳳凰笑著說，「這些王八蛋們都在偽裝，都在演戲。他們口口聲聲教導我們，要我們不要這樣，要我們不要那樣，可他們呢？他們既這樣，又那樣！」

「我們偏要這樣，偏要那樣！」西門歡說。

「對極了，他們要我們做好孩子，不要做壞孩子，」龐鳳凰說，「什麼是好孩子？什麼是壞孩子？我們就是好孩子，我們是最好最好的好孩子！」龐鳳凰把手中的菸頭用力朝梧桐樹冠彈去，力道不夠，菸頭落在瓦簷上，在那裡冒著細細的青煙。

「你可以罵我爸爸是王八蛋，」你兒子說，「但我爸爸不會偽裝，也不會演戲，否則，他也不會這樣慘……」

「嘿，還護著他呢！」龐鳳凰說，「他把你們娘倆兒都扔了，一個人跑去風流——對，我那個怪種小姨也是個小王八蛋！」

「我佩服二叔，」西門歡說，「他很有勇氣，副縣長不當了，老婆孩子也不要了，帶著小情人，瀟灑走一回，那真叫酷！」

「你爸爸呀，」龐鳳凰說，「用咱們縣那個魔頭作家莫言的話說，那叫『最英雄好漢最王八蛋、最

能喝酒最能愛』！」龐鳳凰瞪著眼說，「捂上耳朵，我下邊說的話不許你們聽！」你兒子和西門歡順從地捂住耳朵，龐鳳凰對著我說，「狗小四，你聽說過嗎？藍解放和我小姨每天能做十次愛，每次一個小時呢。」

西門歡「嗤嗤」地笑起來。龐鳳凰用腳踢著他的腿，罵道：

「流氓，你還是聽到了。」

你兒子滿臉靛青，噘著嘴不說話。

「你們什麼時候回西門屯？」龐鳳凰道，「帶上我去看看，聽說那裡被你爸爸建設成資本主義樂園了。」

「胡說，」西門歡道，「社會主義國土上哪有資本主義樂園？我爸爸是改革家，時代英雄！」

「屁！」龐鳳凰道，「他是一個大壞蛋，你二叔和我小姨才是時代英雄呢！」

「你們不要提我爸爸。」你兒子說。

「你爸爸拐跑了我小姨，氣死了我姥姥，氣病了我姥爺，為什麼不能提？」龐鳳凰說，「惹火了我就去西安把他們揪回來，讓他們遊街示眾。」

「哎，」西門歡道，「我們真可以去西安拜訪一下他們。」

「好主意，」龐鳳凰說，「我去，我再提上一桶油漆，一見我小姨，我就說，『小姨，我給你刷漆來了』。」

西門歡哈哈大笑。你兒子低頭不語。

龐鳳凰踢踢你兒子的腿，說：

「老藍，瀟灑點兒！咱們一起去，怎麼樣？」

「不，我不去！」你兒子說。

「真沒勁！」龐鳳凰道，「我走了，不陪你們玩了。」

「別走啊，」西門歡說，「節目還沒開始呢！」

「什麼節目？」

「神髮，我媽媽的神髮呀！」西門歡說。

「噢呀！」龐鳳凰道，「我怎麼把這事忘了呢？你怎麼說的來著？你說把一條狗的頭砍下來，用你媽媽的頭髮縫上，那條狗馬上就能吃食喝水是不是？」

「沒做過這麼複雜的實驗，」西門歡說，「但要是在皮膚上割上一條口子，用我媽媽的頭髮燒成灰撒上，十分鐘就能癒合，而且不留疤痕。」

「聽說你媽媽的頭髮不能剪，一剪就出血？」

「是的。」

「聽說你媽媽心眼特好，屯裡人有受了傷的，去找她討要頭髮，她都會拔給人家？」

「是的。」

「那不拔成禿瓢了嗎？」

「不會的，我媽媽的頭髮越拔越密。」

「哎呀，那你永遠餓不死了，」龐鳳凰說，「即便你爸爸倒了台，成了不名一文的窮光蛋，你媽媽賣頭髮也可以養活你啦。」

「不，即便我沿街討飯，也不會讓我媽媽賣頭髮的！」西門歡堅定地說，「儘管我不是她親生的。」

「什麼？」龐鳳凰驚訝地問，「你不是你媽媽親生的？那誰是你的親媽媽？」

「聽說是一個女中學生。」

「女中學生生私生子，很酷，」龐鳳凰若有所思地說，「比我小姨還酷。」

「那你就生一個吧。」西門歡說。

「放屁！」龐鳳凰說，「我是一個好孩子。」

「生孩子就不是好孩子了嗎？」西門歡問。

「什麼好孩子壞孩子的，我們都是好孩子！」龐鳳凰說，「開始實驗吧，要把狗小四的頭砍掉嗎？」

我憤怒地吼叫起來。我的意思是說：小雜種們，誰敢動我，我就咬死誰。

「不許傷我的狗。」你兒子說。

「那怎麼辦？」龐鳳凰說，「鬧了半天你們還是在騙我。我走了。」

「你等等。」你兒子說，「你不要走。」

你兒子起身去了廚房。

「老藍，你幹什麼？」龐鳳凰大聲問。

你兒子用右手攥著左手的中指走出廚房。血從他的指縫裡滲出來。

「老藍，你瘋了?!」龐鳳凰道。

「果然是我二叔的種子！」西門歡說，「關鍵時刻敢動真格的。」

「你這個私生子，別耍嘴皮子了！」龐鳳凰喊叫著，「快把你媽媽的神髮拿出來吧。」

西門歡跑進屋去，拿出七根又長又粗的頭髮，放在桌子上燒化成灰。

「老藍你鬆開手！」龐鳳凰伸手攥住你兒子那隻受傷的手的腕子。

你兒子中指受傷一定很重。我看到龐鳳凰臉色雪白，張著嘴，皺著眉，好像她也很痛的樣子。

西門歡用一張嶄新的鈔票把桌子上的髮灰鏟起來，均勻地撒在你兒子的傷指上。

「痛嗎？」龐鳳凰問。

「不痛。」

「你把他的手腕鬆開吧。」西門歡說。

「血會把灰沖掉的。」龐鳳凰說。

「放心吧。」西門歡說。

「要是止不住血，」龐鳳凰惡狠狠地說，「我就把你的狗爪子剁下來！」

「放心。」

龐鳳凰緩緩地鬆開了手。

「怎麼樣？」西門歡得意地問。

「果然神了！」龐鳳凰說。

第五十二章　解放春苗假戲唱真　泰岳金龍同歸於盡

——藍解放，你為了愛情，不要前途，不要名譽，不要家庭的行為，雖然為大多數正人君子所不齒，但還是有莫言那類作家為你唱讚歌。但母親死後，你不回來奔喪，如此忤逆不孝，恐怕連莫言那種善於講歪理的人，也難為你開脫了。

——我沒得到母喪的消息。逃到西安後，我像一個罪惡累累的強盜一樣隱姓埋名。我清楚，只要龐抗美不倒，法院就不會判我離婚。我離不了婚又要跟春苗在一起，那就只能遠避他鄉。

起初，我和春苗在一家外資企業打工。那是一家生產長毛絨玩具的工廠，廠主是個所謂的美籍華人，禿頂腆腹，滿口黃牙，詩歌發燒友，跟莫言很熟。他對我們的經歷很欣賞，很同情，安排我在辦公室工作，春苗在車間當統計員。車間裡充滿刺鼻的氣味，飛舞著令人鼻孔發癢的絨毛。工人多是從鄉村招來的女孩子。有的看上去頂多十三、四歲。後來一把大火把工廠燒毀，死人很多，活著的人，多半落下了令人恐怖的殘疾。那天春苗生病在家，躲過一劫。很長一段時間裡，那些打工妹的悲慘遭遇，讓我們夜不能寐。後來，我們在莫言的大力幫助下，進了這家小報。

在西安街頭，有好幾次，我見到了熟識的故鄉人面孔。我多想上前與他們打招呼，但只能低頭掩面躲過。有好多次，在我們棲身的那間小屋裡，我和春苗，因為思念故鄉，思念親人而痛哭。我們為了愛而出走，為了愛而不能還鄉。我們多少次拿起電話又放下，我們多少次把信投進郵筒又等候著取信員開箱時編造理由索回。我們有關故鄉的信息都來自莫言，但他總是報喜不報憂。他是唯恐天下無戲的人，他大概把我們當成了他的小說素材，那麼，我們的命運愈悲慘，我們的故事愈曲折，我們的遭際愈有戲劇性，就愈中他的下懷。儘管我未能回去為母親奔喪，但那些日子裡我陰差陽錯地扮演了一個孝子的角色。——莫言在作家班時的一個同學執導了一部解放軍剿匪的電視劇，劇中有一個外號「藍臉」、殺人如麻卻事母至孝的土匪。為了讓我掙點外快，莫言把我推薦給了他那同學。那人留著一部大鬍子，頭頂光禿如莎士比亞，鼻子彎鉤如但丁。一見我的面，他就手拍著大腿說：奶奶的，不用化妝！

——我們乘坐著西門金龍派來的卡迪拉克趕回西門屯。那個紅臉膛的司機不願意讓我上車。你兒子橫眉豎眼地說：

「你以為這是一條狗嗎？這是一個聖徒，牠比我們家族中所有的人都愛我奶奶！」

我們剛出縣城就下起了雪。是那種細鹽般的霰粒。車進西門屯時，地上已經一片潔白。我們聽到一個前來弔孝的遠房親戚大聲哭喊著：

「天地為你戴孝啊，老姑奶奶！您的仁德感天動地啊，老姑奶奶！」

他的哭喊，像合唱隊的領唱一樣，引發了一片哭嚎。我聽到了西門寶鳳嘶啞的哭聲，聽到了西門金龍雄壯的哭聲，聽到了吳秋香唱歌一樣的哭聲。

一下車，互助與合作就掩面嚎哭起來。你兒子和西門歡攙著他們各自母親的胳膊。我沉痛地嗚嗚著，跟隨在他們身後。此時狗大哥已死，臥在牆角、已經老態龍鍾的狗二哥用低沉的嗚叫向我打了招呼，但我已經沒有心思回應牠。我感到有四股寒氣沿著四肢上升，在五臟六腑內凝成一坨冰。我渾身顫抖，四肢僵硬，反應遲鈍。我知道自己也老了。

你母親已經盛妝入棺，棺蓋豎在一旁。她的壽服是紫色緞子縫製，上面有一些暗金色壽字。金龍和寶鳳跪在棺材兩端。寶鳳頭髮散亂。金龍眼睛紅腫，胸前的衣服濕了碗口大的一片。

互助與合作撲跪在棺材前，拍打著棺材的邊緣尖聲嚎哭。

「娘啊，娘啊，您怎麼不等我們回來就走了呢？娘啊，您走了，我們的靠山就倒了啊，撇下我們孤兒寡母可怎麼活啊……」這是你妻子反反覆覆的哭訴。

「娘啊，娘啊，您受了一輩子苦，怎麼才過上好日子就走了呢？……」這是互助的哭訴。

她們淚飛如雨，濺落到你母親的壽衣上，濺落到蓋住你母親面孔的那張黃裱紙上。淚水在紙上洇濕開，彷彿死人的眼淚。

你兒子和西門歡跪在他們各自母親的身後，一個臉色如鐵，一個臉色如雪。

負責料理喪事的是許學榮夫婦。許大娘驚叫著把互助和合作的身體拉直：

「哎呀，孝子孝婦們啊，千萬別把眼淚濺到死者的身上啊，她身上帶著活人的眼淚難得超生啊……」

許大爺環顧四周問：

「至親之人都到齊了吧？」

沒人回答他。

「至親之人都到齊了吧？」

室內那些遠親們面面相覷，依然沒人回答他。

一個遠親抬手指指西廂房，悄悄地說：

「問問老掌櫃的去吧。」

我跟隨著許大爺來到西廂房。你的爹坐在牆角，正在用高粱秸稈和細麻繩縫製鍋蓋。牆壁上掛著一盞油燈，昏黃的燈光恰好照亮那個牆角。你爹的臉一團模糊，只有他的眼睛，放射出兩點亮光。他坐著一個方凳，用雙膝夾著已經基本成形的鍋蓋，麻繩穿過高粱秸稈發出「嗤啦嗤啦」的響聲。

「老掌櫃的，」許大爺說，「解放那邊捎信去了嗎？如果他一時半會趕不回來，我看……」

「蓋棺吧！」你的爹說，「養兒還不如養條狗啊！」

——聽說我要拍電視，春苗也要參加。我們去求莫言，莫言又去求導演。導演見到春苗後，說：那就演「藍臉」的妹妹吧。這是一部系列劇，一共三十集，講了十個可以獨立成章的剿匪故事。每個故事拍三集。導演把劇情大概給我們講了講。說的是這個外號「藍臉」的土匪，桿子被打散後一個人逃進了深山。解放軍知道他是孝子，便做通了他妹妹和他母親的工作，讓他母親詐死，讓他妹妹進山報信。「藍臉」聞訊下山，披麻戴孝撲進母親的靈堂，混雜在前來幫忙的鄉親們群中的解放軍一擁而上，將「藍臉」按倒在地，這時，他的母親從棺材裡坐起來，說：兒子啊，解放軍優待俘虜，你投降吧！——明白了嗎？導演問我們。明白了，我們說。導演說，眼下大雪封山，沒法拍外景，你就把自己想像成一個土匪，潛逃外地多日，突聞母親死訊，然後不顧一切回來奔喪。能不能找到感覺？讓我試試看。給他換上孝服。幾個女人從一堆散發著霉味的舊服裝中翻一件白袍子披在我的身上，又找了一頂孝帽子扣在我的頭上，腰間又給我綑上了一道麻繩。春苗問：導演，我的戲怎麼演？導演說，你就把他想成你親哥就行了。我問導演：是不是還需要一枝槍？導演道：你不說我還忘了，這「藍臉」是個雙槍將呢。道具道具，弄兩枝槍給他插到腰裡。還是那幾個幫我穿孝服的女人，弄來兩枝木頭手槍插到我的腰裡。春苗問：我要不要穿孝服？導演說：給她也換上孝服。這樣的槍怎麼能打響？我問導演。導演說：你打響它幹什麼？等你娘從棺材裡坐起來要你投降時，你把槍摸出來扔到地上就行了。懂了嗎？懂啦。那就開拍。攝像準備！母親的靈堂布置在我們居住的「河南村」西頭一排破房子裡。我和春苗曾想租下這房子製作山東大饅頭，因房主要價太高而作罷。我們對這個環境很熟悉。導演要我們醞釀一下情緒，免得靈前無淚而乾嚎。我看著被肥大孝服包裹住的春苗和她那張因營養不良而瘦削發黃的小臉，無限的憐愛湧上心頭，眼淚不禁奪眶而出。春苗啊，我的好妹妹，你本來可以過上錦衣玉食的生活，卻不幸上了我的賊船，來到這異鄉僻地，受這樣的苦難。春苗撲到我懷裡，哭得渾身打顫，彷彿一個千里尋兄的小女孩。導演大喊：停停停！戲太過了！

——蓋棺之前，許大娘揭開那張覆蓋在你母親臉上的黃裱紙，說：

「孝子孝婦們，看最後一眼吧，都忍著點，千萬別把眼淚滴到她的臉上啊！」

你母親的臉似乎有些腫脹，色澤發黃，好像塗了一層淡淡的金粉。她的眼睛沒有完全閉上，兩絡冷冷的光，從眼縫裡射出來，彷彿在譴責所有看到她的遺容的人。

「娘啊，您一走，我就成了孤兒了啊……」西門金龍哭嚎著。上來兩個遠親把他扶到一邊去。「娘啊，我的娘，你把女兒也帶走吧……」寶鳳用腦袋碰撞棺材邊沿，發出「嘭嘭」的響聲。幾個人衝上來，架著她的胳膊，把她拖到一邊去。年紀輕輕就花白了頭髮的馬改革抱住母親，不讓她往棺材前撲。

你妻子手把著棺材邊沿，張大嘴巴乾嚎一聲，然後雙眼翻白，往後便倒。眾人慌忙把她拖到一邊，又是揉虎口，又是掐人中，折騰了半天，才緩上氣來。

許大爺招呼一聲，在院子裡等候的木匠們，提著工具箱子走進屋裡。他們小心翼翼地將棺蓋抬上，遮住了這個死不瞑目的女人。在劈劈啪啪的蓋棺聲中，孝子孝婦的哭聲又一次掀起了高潮。

接下來的兩天裡，金龍、寶鳳、互助、合作身穿重孝，坐在棺材兩端的草薦上，日夜守靈。藍開放和西門歡，則對面坐在棺材前面的兩個小方凳上，就著一個瓦盆，燒化紙錢。棺材後邊的方桌上，供著你娘的靈位，點著兩枝粗大的紅燭。紙灰飄揚，燭光搖曳，一派肅穆景象。

前來弔孝的人絡繹不絕。許大爺帶著老花鏡，坐在杏樹下的一張方桌上，一筆不苟地登記著賻金和奠禮。親朋鄉鄰賻贈的燒紙，在杏樹下摞成了一個小垛。天氣奇冷，許大爺不時地往凍僵的筆尖上哈氣，他的鬍鬚上結著白色的霜花。杏樹上的枝條，結滿了霧凇，宛若雪樹銀花。

——我們在導演的批評下，盡量地節制情緒。我默念著：我不是藍解放，我是殺人不眨眼的土匪「藍臉」，我曾經在鍋灶裡埋了一顆手榴彈炸死了晨起做飯的妻子，我曾經用刀子割去一個當面叫我外號的男孩的舌頭。慈母去世，我心悲痛，但我的哭是極其節制的，我要把悲痛埋藏在心底。我的眼淚，是極其寶貴的，不應該像自來水一樣隨便流淌。但只要我一看到春苗身穿孝服、滿面污垢的模樣，個人的經歷便壓倒了角色的經歷，個人的情感便替代了角色的情感。又試了幾次，導演還是不滿。那天莫言也在現場，導演對他嘀嘀咕咕。我聽到莫言對導演說：赫禿子，你別那麼認真，你一定要幫這個忙，否則我跟你斷交。莫言把我們拉到一邊，對我們說：你們怎麼啦？淚腺太發達了。春苗可以往死裡哭，但你老兄哭出三五滴眼淚就可以了。這不是你的娘死了，這是土匪的娘死了。三集戲，你每集三千，春苗兩千，三三見九，三二得六，九六一萬五，有了這筆錢，你們就基本小康了。我教你一招，莫言又說，待會兒拍棺哭靈時，你不要把棺材裡那人想像成你娘，你娘在西門屯穿綢穿緞，吃香喝辣，享福呢！你就想，棺材裡有一萬五千元人民幣！

——儘管道路積雪，車行危險，但出殯那天，還是有四十多輛轎車開到了西門屯。街上的雪被汽車尾氣污染，化成了污濁的雪水，接著又凍成了灰色的冰渣。車子都停在西門家大院對面的廣場上，臂上套著一個紅袖標的孫家老三在那裡指揮調度。因為怕天冷發動困難，汽車都沒熄火。司機們待在車內取暖。四十多輛汽車後部的尾氣上升，匯集成一片白霧。

前來參加葬禮的都是有頭有臉的人物。多半是縣裡的官員，少數是外縣來的西門金龍的好友。屯子裡的人們，都不避寒冷，抄著手，聚集在西門家大院前的街道上，看著眼前的熱鬧景象，並等待著出棺時的大熱鬧。幾天來西門家的人們差不多把我忘了。我夜晚與狗二哥擠在一起，白天就在院子內外走動。你兒子餵過我兩次，一次是扔給我一個饅頭，一次扔給我一包結著冰渣的雞翅。饅頭我吃了。雞翅我沒吃。因為這些天裡，沉澱在記憶深處的與西門鬧有關的往事不時翻騰上來，令我心中戚戚。我有時會忘記自己已經四次轉世，依然是這西門大院的主人，在經歷著喪妻之慟，有時又明白過來，知道陰陽異路，世事如煙，一切都與我這條狗沒有關係了。

街上看熱鬧的人，多半是上了年紀的和一些拖著鼻涕的孩童，年輕人都進城打工去了。老人們向孩子們描述著當年西門鬧為他母親出大殯的事：那四寸厚的柏木棺材啊，要二十四個壯漢才能抬起。

道路兩旁的帳子連綿不斷，隔五十步就紮著一個席棚，席棚裡擺設路祭，整豬整羊，西瓜大的饅頭……我趕緊避開，不願意陷入回憶的泥潭。現在我只是一條狗，一條步入老境、所剩歲月不多的狗。我看到，那些前來參加葬禮的官員，幾乎都穿著清一色的黑色大衣，圍著黑色的圍巾。少數人頭上戴著黑色的貂皮帽，這必定是些頭髮稀疏或者禿頂的人，那些沒戴帽子的，都是一頭濃密的黑髮。他們頭頂上的雪花與他們胸前的白色紙花相映成趣。

正午時分，一輛「紅旗」牌警車在前邊開道，一輛「奧迪」牌黑色轎車後邊跟隨，緩緩停在了西門家大院門前。身穿重孝的西門金龍從院中匆匆走出。司機拉開車門，身穿黑色羊絨大衣的龐抗美鑽出車門。她的臉也許是因為身穿黑色大衣而顯得格外白皙。幾年不見，她的嘴角和眼角都有了深刻的皺紋。一個祕書模樣的人把一朵白花別在她的胸前。她的神色凝重，眼睛裡有一種常人難以覺察的深深的憂悒。她伸出一隻戴著黑色皮手套的手，與西門金龍的手握了握，我聽到她充滿暗示地說：

「節哀、鎮定、不要亂了陣腳！」

西門金龍凝重地點了點頭。

跟隨著龐抗美鑽出轎車的還有好孩子龐鳳凰。她的身高已經超過媽媽。這真是一個既美麗又新潮的女孩。她上穿一件白色的羽絨服，下穿一條深藍色牛仔褲，腳蹬一雙白色羊皮休閒鞋，頭上戴著一頂白色毛線編織的套頭帽。臉上不施粉黛，看上去無比的清純。

「這是你西門叔叔。」龐抗美對女兒說。

「叔叔好！」龐鳳凰似乎並不情願地說。

「待會兒在奶奶靈前磕個頭吧，」龐抗美深情地對女兒說，「她對你有養育之恩。」

——我努力想像著棺材裡那一萬五千元人民幣。它們不應該是成捆成束的，而應該是散亂其中，一揭開棺材蓋子它們就會飛揚起來。這一招果然有效，這時候我看春苗，就感到她像裝模作樣的小鬼一樣滑稽。她那孝袍子拖在地上，不時因為踩著袍子的邊緣而踉蹌。孝袍的袖子垂掛下來，猶如戲曲演員的水袖。她咧著嘴，齜著不甚整齊的門牙嚎哭著。她不時地用那長袖子擦眼淚，臉灰一道，黑一道，猶如一顆剛從罈子裡撈出來的松花蛋。在這樣的心境下，我不但沒有淚水滂沱，反而憋不住想笑。但我知道，只要我一笑，那一萬五千元就會像鳥群一樣飛走。為了不笑，我緊咬住牙關，不看春苗，眼睛往前看，大踏步地進入院子。我一手扯著春苗的胳膊，感覺到她踢踢踏踏地跟在我身後，像一個與父母鬥氣的孩童。院子裡曾經非法生產過黑心棉，儘管有雪覆蓋著，但那黴變的垃圾氣味還是揮發出來。我衝進屋子，迎面看到一具刷成醬紫色的棺材，棺材蓋子豎在一側，尚未蓋棺，顯然是等我到來。棺材周圍立著十幾個人，有穿著孝服的，有穿著便裝的，我知道這些人多半是偽裝的解放軍，待會兒他們就會把我按倒在地。屋子的牆壁上沾著一層黑乎乎的東西，那是彈製黑心棉時飛揚的纖維和灰塵。我看到土匪「藍臉」的母親平躺在棺材裡，臉上蒙著一張黃裱紙，身上穿著紫色緞子壽衣，壽衣上繪著暗金色的壽字。我撲跪在棺材前，大聲哭喊著：

「娘啊……不孝的兒子來晚了……」

——你母親的棺材，在孝子賢孫們的悲嚎聲中，在鄰縣一支著名的農民管樂隊的演奏聲中，終於出了大門。等待已久的看客們立即興奮起來。送葬隊伍的最前邊是兩個手持長竿開道的人。長竿上纏著白色的布條，仿佛是嚇唬麻雀的器具。在長竿手的身後，是十幾個舉旗掌幡的兒童。他們的工作會得到豐厚的報酬，因此他們臉上都有掩飾不住的喜氣。在兒童儀仗隊的背後，是兩個拋撒紙錢的人，他們動作純熟，技巧很高，紙錢被拋擲到十幾米高的空中，然後紛紛揚揚地飄落下來。跟隨著拋撒紙錢者，是一乘四人抬著的紫色小罩，罩裡是你娘的神主。神主上用隸體大字寫著：西門公鬧元配夫人白氏迎春行凡神主。看過這神主的人，都知道西門金龍已經把他的母親從藍臉手裡奪回來歸還了他生父，而且還改變了他母親妾的身分。這本是不合規矩之事，像迎春這種再嫁女人，是沒有資格進入祖墳的，但西門金龍打破了陳規舊俗。再往後，便是你娘的紫色巨棺。執紼者每側四位，都是身穿黑大衣、胸佩白花的體面人士。抬棺的是十六個精壯漢子，他們個頭一般高，都剃著光頭，穿著印有「松鶴」二字的黃色號衣。這是臨縣一家婚喪服務公司的專業隊伍。他們步履穩健，腰肢挺直，神色嚴肅，毫無沉重吃力之感。跟在棺後的，便是手持柳木哀杖的孝子賢孫們。你兒子與西門歡、馬改革只在尋常衣服上套了一件白布褂子，頭上纏著一縷白布。他們三個，各自攙扶著身披斬縗重孝的母親，都是無聲地流淚。金龍拖著哀杖，不時地跪地嚎哭不起，眼睛流出了紅色的淚珠。寶鳳的喉嚨已經嘶啞失音，只見她目光呆滯，嘴巴大張，沒有眼淚，沒有聲音。你妻子的身體重量，幾乎全部壓在了你兒子瘦弱的身體上，幾位遠親上前，幫助你兒子扶持著她。與其說她走到了墓地，還不如說她被人拖到了墓地。互助披散的長髮吸引了所有人的目光。平時，她的頭髮盤成辮子，裝在腦後的一個黑色網兜裡，遠看就如背著一個黑色的包裹，現在，她遵禮成「斬縗」之服，頭髮披散開來，猶如一道黑色瀑布，從頭頂直瀉至地面。拖在地上的髮梢，沾上了許多泥污。一位遠親女客，非常有眼力見兒，她上前幾步，彎腰抄起互助的頭髮，搭在自己的臂彎裡。我聽到路邊的看客交頭接耳地議論著互助的神奇頭髮。有人說：西門金龍身邊美女如雲，但他怎麼不離婚呢？因為他過的就是他老婆的日子，他老婆的頭髮主著他大富大貴呢！

龐抗美攙著龐鳳凰的手，與那些官員和大款模樣的人，跟隨在孝子賢孫們身後。此時距離她被「雙規」僅有三個月時間，她任期早滿，遲遲不得升遷，大概已讓她有了禍將臨頭的預感。那麼，在這種時刻，她參加這場大事張揚、後來被媒體曝光的葬禮，到底是出於何種心理呢？我做為一條狗，儘管歷經滄桑，也難以理解如此複雜的問題。但是，我想，她的行為可以與任何事情無關，但必與龐鳳凰有關，因為，這個俊俏叛逆的女孩，畢竟是你母親嫡親的孫女。

——娘啊，您不孝的兒子，來晚了啊……我吼過這一聲之後，莫言對我的教導便不翼而飛，扮演「藍臉」演電視劇的事也拋之腦後。我產生了幻覺，不，不是幻覺，我真真切切地感覺到，躺在棺材裡、身穿壽衣、用黃裱紙蒙蓋著面孔的人，就是我的親娘。六年前與母親見最後一面的情景，清晰地出現在我的眼前。我的半邊臉腫脹發燒，我的耳朵裡嗡嗡作響，那是被我爹用鞋底子抽的，我的眼前，出現了母親的滿頭白髮，出現了母親流淌著渾濁淚水的眼睛，出現了母親因牙齒脫落而癟進去的嘴巴，出現了母親那隻動作不便、生滿褐色斑痕、靜脈曲張的手，出現了那根躺在地上的花椒木枴杖，出現了母親為護衛我發出的痛苦吼叫……當時的一切情景，都出現了，我的眼淚噴灑而出，娘啊，兒子來晚了。娘啊，您這些年是怎麼熬過來的，兒子不孝，做出了被人唾罵之事，但兒子對您的孝心不改，娘啊，不孝的兒子帶著春苗來看您了，娘，您認下這個兒媳吧……

——你母親的墳墓，築在藍臉那塊著名的土地南頭。西門金龍終究還有所顧忌，他沒有打開西門鬧與白氏的合葬墓把自己的母親硬塞進去，這樣，也算是為他的養父和他的岳母留了一些面子。他在西門鬧與白氏的合葬墓左側，為母親新建了一座豪華的墳墓。墳墓的石門大開著，像一個深不可測的暗道入口。墳墓周圍，已經圍成了一圈密集的人牆。我看著那些興奮的看客之臉，看著那驢墳、牛墳、豬墳和狗墳，看著這塊已經被人腳踏得堅硬如石的土地，心中浮想聯翩。我嗅到了幾年前「滋滋」在西門鬧與白氏的墓碑上那泡尿的氣味，一陣末日即將來臨的悲愴之感湧上我的心頭。我慢慢地走到豬墳旁邊那塊空地，「滋滋」了幾下，我臥在那裡，淚眼矇矓地想著：西門家或與西門家有過密切關係的後人們，但願你們能理解我的意圖，把我這一輪迴的狗遺體，埋葬在我親自選定的地方。

抬棺的人們，槓子都下了肩。他們緊貼著棺材，像一群合夥抬動一隻巨大甲蟲的黃螞蟻。他們手把著繫在棺底的粗麻辮子，在手揮白色小旗的班頭指揮下，沿著漫長的甬道，正在移棺入墓。孝子賢孫們都跪在墓前，磕頭號啕。那支農民管樂隊，在墳墓後邊，排成整齊的隊伍，在一個頭戴纓盔、手持紅纓槍尖棒的人指揮下，演奏起一首旋律極快的進行曲，讓那些抬棺入墓的人腳步凌亂。但沒有人去指責樂隊，大多數人也沒有感受到樂曲的不和諧。只有極少數懂行的人往那裡顧盼，金黃色的長號、短號和圓號，在陰霾的天氣裡閃閃發光，為這陰鬱的葬禮，增添了幾分亮色。

——我幾乎哭暈過去，我聽到背後有人在喊叫，但我聽不清他們喊的是什麼。娘啊，讓我再看您一眼吧……我伸手解開了蒙在母親臉上的那張黃裱紙。一個與我母親的面容毫無相似之處的老太太忽地坐了起來，用特別嚴肅的腔調說：兒啊，解放軍優待俘虜，你繳槍投降吧！——我一屁股坐在地上，腦子裡一片空白。那些圍在棺材周圍的人一擁而上，把我按在地上。有兩隻冰涼的手，從我的腰裡，拽出了一枝槍。又拽出一枝槍。

——就在你母親的棺材即將完全進入墓道的那一刻，一個身披著肥大棉襖的人，從看熱鬧的人群裡衝出來。他步履踉蹌，身上散發著濃濃的酒氣。他一邊跌跌撞撞地奔跑，一邊把外面那件肥大的棉襖脫下來往後扔去。棉襖落地，猶如一隻死羊。他手腳並用地爬上了你母親的墓頂，身體搖晃著，似乎要滑下去，但沒有滑下去，他站穩了。洪泰岳！洪泰岳！他穩穩地站在你母親的墓上，努著勁兒挺直腰板。他穿著一身破舊的、土黃色的軍裝，腰裡紮著一圈粗大的紅色雷管。他高高地舉起一隻手臂，大聲吼叫著：

「同志們，無產階級的兄弟們，弗拉基米爾．伊里奇．列寧和毛澤東的戰士們，我們向地主階級的孝子賢孫、全世界無產者共同的敵人、地球的破壞者西門金龍展開鬥爭的時刻到了！」

所有的人都驚呆了。片刻之後，有的人掉頭逃竄，有的人俯臥在地，有的人手足無措。龐抗美本能地把女兒拖到身後，她似乎很驚慌，但她立即鎮定下來。她往前走了幾步，聲色俱厲地說：

「洪泰岳，我是中共高密縣委書記龐抗美，我命令你，立即停止你的愚蠢行為！」

「龐抗美，別給我擺你的臭架子！你算什麼中共縣委書記?!你和西門金龍勾搭連環，狼狽為奸，在高密東北鄉復辟了資本主義，使紅色的高密東北鄉，變成了黑色的高密東北鄉，你們是無產階級的叛徒，是人民的敵人！」

西門金龍站起來，把孝帽子推到腦後——孝帽子掉在地上——他伸出一隻手，彷彿在安撫一頭暴怒的公牛。他慢慢地向墳墓接近。

「別靠近我！」洪泰岳把右手伸向腰間的導火索，大聲地喊叫著。

「大叔，好大叔啊……」西門金龍和顏悅色地說，「我是您一手培養起來的啊，您的教導我字字句句都記在心頭。大叔啊，社會發展了，時代變化了，我金龍所做的一切，都是與時俱進啊！大叔啊，您憑良心說，這十幾年來，鄉親們的生活，是不是越過越好啊……」

「你少給我花言巧語！」

「大叔，您下來，」金龍說，「您以為我幹得不好，我馬上辭職讓賢，要不，西門屯的大印，還由您老來執掌。」

在西門金龍與洪泰岳對話的時候，那幾個開著警車為龐抗美開道的警察，匍匐著向墳墓前進。就在警察躍起的當兒，洪泰岳跳下墳墓，與西門金龍緊緊摟抱在一起。

一聲沉悶的爆炸聲響起，空氣中瀰漫開硝煙和血腥的氣味。

過了好像許久許久，驚魂未定的人們才亂鬨鬨地圍攏上去。他們把這兩個血肉模糊的人分拆開，金龍已經斷氣，洪泰岳還在呼呼地喘息，人們一時不知道如何處置這個垂死的老人，都呆呆地看著他。他的臉色蠟黃，極其微弱的聲音和著鮮血從他嘴巴裡斷斷續續地吐出來：

「這是……最後的鬥爭……團結起來到明天……英特納雄耐爾……一定要……」

一口血「哇」地噴出，有尺把高，濺到了周圍的土地上。他的兩隻眼睛突然明亮起來，像燃燒雞毛時放出的光，閃爍一下，又閃爍一下，便黯淡下去，永遠的熄滅了。

第五十三章　人將死恩仇並泯　狗雖亡難脫輪迴

——我扛著一台喬遷新居的報社同事送的落地式舊風扇，春苗搬著一台也是那同事贈送的舊微波爐，汗流浹背地從公共汽車上擠了下來。不花一文錢得到兩件電器，雖然又熱又累，但心裡還是異常歡喜。車站距離我們棲息的小屋還有三里路，不通公車，我們捨不得錢雇人力車，只好邊歇邊走。

六月的西安塵土飛揚，熱昏了的市民在路邊的小攤上光著膀子喝啤酒。我看到有一個名叫莊蝴蝶的風流作家坐在一具遮陽傘下，用筷子敲著碗沿，在那兒有板有眼地大吼秦腔：

「吆喝一聲綁帳外，不由得豪傑笑開懷……」

他那兩個親如姊妹的情婦分坐兩邊為他搧風送涼。此人鷹鼻鷂眼，掀唇暴牙，其貌著實不揚，但駕馭女人有方。他那些情人一個個都是婀娜多姿，風流多情。莫言與莊蝴蝶是酒肉朋友，經常在自家小報上為之鼓吹吶喊。我示意春苗看莊蝴蝶和他的情人。春苗不快地說：早看到了。我說西安的女人真傻。春苗說，天下的女人都傻。我苦笑一聲，無話。

到達我們那間狗窩般的小屋時，暮色已經很濃。那位肥胖的女房東，正為了房客用自來水潑地降溫而破口大罵。而那兩個與我們比鄰而居的年輕人，嬉皮笑臉地與胖老太對罵。我看到在我們居處的門口，站著一個又瘦又高的身影。他的半邊藍臉在暮色中宛若青銅。我猛地把電風扇放在地下，一陣寒意襲遍全身。

「怎麼啦？」春苗問我。

「開放來了。」我說，「要不，你先迴避一下？」

「迴避避什麼，」春苗說，「事情也該有個結局了。」

我們略微整理了一下衣衫，用看上去輕鬆一點的姿勢搬著舊電器，來到兒子的面前。

他瘦，個頭已經比我高了，背略有點駝。這麼熱的天，他竟然穿著一件長袖的黑色卡克衫，一條黑色的褲子，一雙難以辨清本色的旅遊鞋。他身上散發著餿臭味兒，衣服上一圈圈白色的汗漬。他沒有行李，手裡提著一隻白色的塑料袋。看著兒子與他的年齡大不相符的體態與面相，我的鼻子一酸，眼淚奪眶而出。我扔下那破風扇，衝動地撲上去，想把兒子摟到懷裡，但他形同路人的冷漠態度使我的胳膊僵在空中，然後沉重地垂下來。

「開放……」我說。

他冷冷地看著我，似乎對我的淚流滿面極為厭惡。他皺皺像他媽媽一樣幾乎連成一線的眉毛，冷笑著說：

「你們可真行，跑到這樣一個地方。」

我張口結舌，無言以對。

春苗開了門，把那兩件舊電器搬進屋，拉開了那盞二十五瓦的燈，說：

「開放，既然來了，就進屋吧，有什麼話，進屋慢慢說。」

「我沒話對你說，」兒子往我們的小屋裡瞅了一眼，說，「我也不會進你們的屋。」

「開放，不管怎麼說，我總是你的爸爸，」我說，「你這麼遠跑來，我和你春苗阿姨請你出去吃頓飯。」

「你們爺倆兒去吃，我不去，」春苗說，「弄點好的給他吃。」

「我不吃你們的飯，」兒子晃晃手裡的塑料袋，說，「我自己有飯。」

「開放……」我的眼淚又湧出來，「你給爸爸一點面子吧……」

「行了行了，」兒子厭煩地說，「你們不要以為我恨你們，其實我一點也不恨你們。我也不想來找你們，是我媽媽讓我來的。」

「她……她還好嗎？」我猶豫地問。

「她得了癌症，」兒子低沉地說。停頓了一下他又接著說，「她沒有多少日子了，希望能見你們一面，說是有許多話要對你們說。」

「她怎麼會得癌症呢？」春苗淚流滿面地說。

我兒子看了一眼春苗，不置可否地搖搖頭，然後對我說：

「行了，我把信送到了，回不回去，你們自己決定吧。」

我兒子說完了話，轉身就走。

「開放……」我抓住了兒子的胳膊，說，「我們跟你一起走，明天就走。」

兒子把胳膊掙出來，說：

「我不跟你們一起走，我已經買好了今晚上的票。」

「我們跟你一起走。」

「我說了，我不跟你們一起走！」

「那我們送你到車站。」春苗說。

「不，」我兒子堅定地說，「不用！」

——你妻子得知自己得了癌症之後，便堅定地回到了西門屯。你兒子高中尚未畢業就執意退學，自作主張報考了警察。你那位曾在驢店鎮當過黨委書記的哥們兒杜魯文此時是縣公安局的政委。可能是杜魯文顧念舊情，也可能是你兒子素質優良，他被錄取了，安排在刑警大隊工作。

你娘死後，你爹又搬回西廂房南頭他那間小屋裡，恢復了他單幹時期那種孤獨怪僻的生活。西門家大院裡，白天根本看不到他的身影。他獨自起伙，但他的煙囪裡白天很少冒煙。互助、寶鳳送給他的食物，他從不食用，任它們在鍋台上或是在方桌上發霉變餿。只有到了夜深人靜時，他才從土炕上慢慢地爬起來，猶如僵屍復活。他按著自己多年養成的老習慣，往鍋裡添上一瓢水，投上一把糧食，熬一碗半生不熟的粥喝下去，或者，乾脆就生嚼一把糧食，喝幾口涼水，然後回到炕上躺著。

你妻子搬回來後，住在廂房北頭你母親住過的那間房子裡，由她的姊姊互助照料她的生活。生了如此的重病，我從沒聽到過她的呻吟。她只是靜靜地躺著，有時閉目沉睡，有時大睜著雙眼看著房頂。互助和寶鳳搜羅了許多偏方，譬如用癩蛤蟆煮粥，用豬肺燉魚腥草，用蛇皮炒雞蛋，用壁虎泡酒，但她緊咬著牙關，拒絕食用這些東西。她住的房間，與你爹的房間只隔著一堵薄薄的用高粱稈與泥巴糊成的牆壁，兩個人的咳嗽與喘息都清晰可聞，但他們從不說話。

你爹的房子裡，有一缸小麥，一缸綠豆，房梁上還吊著兩串玉米。狗二哥死後，我孤獨無聊，心灰意冷，如果不是臥在窩裡睡覺，便在這大院中的房子裡轉悠。西門金龍死後，西門歡在縣城鬼混，偶爾回來一次也是跟互助要錢。龐抗美被捕後，西門金龍的公司被縣裡有關部門接管，西門屯村的支部書記，也由縣裡派幹部接任。他的公司早就是空架子了，數千萬的銀行貸款都被他揮霍一空，他沒給互助和西門歡留下任何財產。所以當西門歡把互助那點個人積蓄掏空後，大院裡再也沒有見到他的身影。

現在，互助住著西門家大院的正房，我每次進入她的房子，總是看到她坐在那張八仙桌旁剪紙。她的手很巧，剪出來的花草蟲魚飛禽走獸都栩栩如生。她把這些剪紙用白紙板夾起來，湊夠一百幅，就拿到街上賣給那些出售旅遊紀念品的小店，藉以維持簡單的生活。偶爾，我也會見到她梳頭。她站在凳子上，長髮拖垂到地面。她側頸梳頭的樣子讓我心中酸楚，眼睛發澀。

你岳父家也是我每天必去的地方。黃瞳已經肝腹水，看樣子也沒有多久的熬頭了。你岳母吳秋香身體還算健康，但也是滿頭白髮、眼睛渾濁，當年的風流模樣早已蕩然無存。

我去的最多的地方，還是你爹的房間。我臥在炕前，與炕上的老人對眼相望，千言萬語都用目光傳達。我有時認為他已經知道了我的來歷，因為他有時會夢囈般地嘮叨起來：

「老掌櫃的，你確實是冤死的啊！可這個世界上，這幾十年來，冤死的人何止你一個啊……」

我用低沉的嗚咽回應著他，但他馬上又說：

「老狗啊，你嗚嗚什麼？難道我說得不對嗎？」

在他頭頂懸掛的玉米上，有幾隻老鼠在那兒肆無忌憚地啃食。這是留種的玉米，對農民來說，愛護種子就像愛護生命一樣，但你爹一反常態，對此無動於衷，他說：

「吃吧，吃吧，缸裡有小麥、綠豆，口袋裡還有蕎麥，幫我吃完了，我好走路……」

在月光明亮之夜，你爹就會扛著一張鐵鍬走出大院。月夜下地勞動，這是他多年的習慣，不但西門屯人知道，連高密東北鄉人都知道。

每逢你爹外出，我總是不顧疲勞跟隨著他。他從不到別的地方去。他只到他那一畝六分地裡去。

這塊堅持了五十年沒有動搖的土地，幾乎成了專用墓地。西門鬧和白氏葬在這裡，你娘葬在這裡，驢葬在這裡，牛葬在這裡，豬葬在這裡，我的狗娘葬在這裡，西門金龍葬在這裡。沒有墳墓的地方，長滿了野草。這塊地，第一次荒蕪了。我憑著退化嚴重的記憶，找到了我自己選定的地方，臥在那兒，低沉地悲鳴著。你爹說：

「老狗啊，不用哭了，我明白你的意思，你死在我前頭呢，我會親自動手把你埋在這裡。你死在我後頭呢，我臨死前會對他們說，讓他們把你埋在這裡。」

你爹在你娘的墳墓後邊，鏟起了一堆土，對我說：

「這是合作的地方。」

月亮憂愁悒鬱，月光晶瑩涼爽。我跟隨著你爹在他的地裡轉悠。有兩隻雙宿的鷓鴣被驚動，撲棱著翅膀飛到別人家的地裡。牠們在月光中衝出兩道縫隙，但頃刻又被月光彌合了。在西門家死者墳墓的北邊，隔著幾十米的距離，你爹站定了，四周環顧，看了一會兒，跺跺腳下的土地，說：

「這是我的地方。」

他接著便挖了起來。他挖了一個長約兩米、寬約一米的坑，掘下去約有半米深便停住了。他躺在這個淺坑裡，眼望著月亮，歇了約有半點鐘，便從坑裡爬了上來，對我說：

「老狗，你作證，月亮也作證，這地方，我躺過了，占住了，誰也奪不去了。」

你爹又在我趴臥的地方，比量著我的身長掘了一個坑。我順從著他的意思，跳下坑去，臥了片刻，然後上來。你爹說：

「老狗，這地方歸你了，我和月亮為你作證。」

我們在憂愁月亮的陪伴下，沿著大河堤壩上的道路回到西門家大院時，已經是雞鳴頭遭的後半夜了。屯子裡那幾十條狗，受城裡狗的影響，正在大院前邊的廣場上舉行月光晚會。我看到牠們圍坐成一個圓圈兒，圓圈中有一條脖子紮著紅綢巾的母狗在那兒對著月亮歌唱。當然，牠的歌唱被人類聽去那就是瘋狂的狗叫，但其實牠的歌喉清脆婉轉，旋律美妙動聽，歌詞富有詩意。牠的歌詞大意是：月亮啊月亮，你讓我憂傷……姑娘啊姑娘，我為你瘋狂……

這天夜裡，你爹與你妻子隔著間壁牆第一次對話。你爹敲敲間壁牆，說：

「開放他娘。」

「我聽到了，爹，您說吧。」

「你的地方我給你選好了，就在你娘的墳後面十步遠。」

「爹，我放心了。我生是藍家人，死是藍家的鬼。」

——儘管知道她不會吃我們買的東西，但還是盡我們所有買了一大堆「營養品」。開放穿著一身肥大的警服，開著一輛挎斗警用摩托把我們送回西門屯。春苗坐在挎斗裡、身邊塞著、懷裡抱著那些花花綠綠的盒子和袋子。我坐在兒子身後，雙手緊緊抓住那個鐵把手。開放神色嚴峻，目光冰冷，雖然警服不甚合體，但也顯得威嚴。他的藍臉與深藍色的警服很是般配。兒子啊，你選對了職業，我們這藍臉，正是執法者鐵面無私的面孔啊。

路邊的銀杏樹都長得有碗口粗了，道路中間隔離帶上那些乳白的或者深紅的紫薇，繁花壓彎了枝條。幾年未回，西門屯的確大變了模樣。所以我想，說西門金龍和龐抗美沒幹一點好事，顯然也不是客觀的態度。

兒子把摩托停在西門家大院門前，帶我們來到院子當中，冷冷地問：

「是先看爺爺呢還是先看我媽？」

我猶豫了片刻，說：

「按著老規矩，還是先看你爺爺吧。」

爹的門緊閉著。開放上前，敲響了門板。屋子裡沒有任何回應。開放又移步至那小窗前，敲著窗櫺說：

「爺爺，我是開放，你兒子回來了。」

屋子裡沉默著，終於傳出一聲悲涼的長歎。

「爹，您不孝的兒子回來啦，」我跪在爹的窗前，——春苗也跟著我下了跪——我涕淚交流地說，「爹，您開門吧，讓我看您一眼……」

「我沒有臉見你了，」爹說，「我只交代你幾件事，你在聽嗎？」

「我在聽，爹……」

「開放他娘的墳，在你娘的墳南邊十步遠的地方，我已經堆起一堆土做了記號。那條老狗的墳，在豬墳的西側，我已經給牠挖了一個壙子。我的墳，在你娘的墳往北三十步處，壙子我已經大概挖好了。我死之後，不用棺木，也不用吹鼓手，親戚朋友也不用去報喪，你找張葦蓆，把我捲了去悄沒聲地埋了就行。我缸裡的糧食，你全部倒進墓穴裡，讓糧食蓋住我的身體蓋住我的臉。這是我的土地裡產的糧食，還應該回到我的土地裡去。我死了誰也不許哭，沒什麼好哭的。至於開放他娘，你想怎麼發送就怎麼發送，我不管。如果你還有一點孝心，就照我說的去做！」

「爹，我記住了，我一定按您說的去做，爹，您開開門，讓兒子看您一眼吧……」

「看你媳婦去吧，她沒有幾天了，」爹說，「我自己估計著還能活個一年半載的，眼下還死不著。」

我和春苗站在了合作炕前。開放叫了一聲媽，便抽身到院子裡去了。合作聽到我們回來，顯然早做了準備。她穿著一件深藍色的偏襟褂子——那是我娘的遺物——頭髮梳得順順溜溜，臉洗得乾乾淨淨，坐在炕上。但她已經瘦脫了形，臉上似乎只有一層黃皮，遮掩著輪廓畢現的骨頭。春苗含著眼淚，叫了一聲大姊，便把那些盒子、袋子的放到炕邊。

「淨愛枉花這些錢，」合作說，「待會兒走時帶回去退了。」

「合作……」我淚流滿面地說，「是我把你害了……」

「都到了這地步了，還說這些幹什麼？」她說，「你們兩個，這些年也受了苦了，」她看看春苗，說，「你也見老了，」又看看我說，「你的頭髮也沒有幾根黑的了……」她說著就咳起來，臉憋得赤紅，一陣血腥味過後，又變成金黃。

「大姊，您還是躺下吧……」春苗說。

「大姊，我不走了，我留在這裡侍候您……」春苗趴在炕沿上哭著說。

「我擔當不起啊……」合作擺擺手，「我讓開放去把你們找來，就是想對你們說，我沒有幾天熬頭了，你們也不用東躲西藏了……也是我糊塗，當初為什麼不成全了你們呢……」

「大姊……」春苗哭道，「都是我的錯……」

「誰也沒有錯……」合作道，「這是老天爺早就安排好的，命該如此啊，怎麼能躲得過呢……」

「合作，」我說，「你別灰心，我們去大醫院，找好醫生……」

她慘然一笑，道：

「解放，咱倆也算是夫妻一場，我死之後，你好好對她……她也真是個好樣的，跟了你的女人，都沒得福享……求你們好好照顧開放，這孩子也跟著我們吃盡了苦頭……」

這時，我聽到兒子在院子裡響亮地擤著鼻子。

三天之後，合作死了。

葬禮過後，我兒子摟著那條老狗的脖子，坐在她母親的墳前，不哭，也不動，從中午一直坐到黃昏。

黃瞳夫婦像我爹一樣，閉門不見我。我跪在他們家門口，為他們磕了三個響頭。

兩個月後，黃瞳死了。

當天夜裡，吳秋香吊死在大院當中那棵杏樹上的那根往東南方向傾斜的枯枝上。

辦理完了岳父、岳母的喪事，我和春苗便在西門家大院住了下來。我們住在母親和合作住過的那兩間廂房裡，與爹隔著一道障壁。爹白天從不出門，晚上，我們透過窗戶，偶爾能見到他彎曲的背影。那條老狗與他形影不離。

遵照秋香的遺言，我們把她安葬在西門鬧與白氏合葬的右側，西門鬧和他的女人們，終於在地下團圓了。黃瞳呢？我們把他葬在了屯子裡的公墓裡，他的墓與洪泰岳的墓相隔不足兩米。

——一九九八年十月五日，是農曆戊寅年八月十五日，中秋節。這天晚上，西門家大院的人們終於聚集在了一起。開放騎著摩托從縣城裡趕了回來，摩托車的挎斗裡，載著兩盒月餅、一個西瓜。寶鳳和馬改革也來了。改革到一家私人開的棉籽脫絨廠打工，左臂被鋸齒脫絨機切去，一條衣袖空空蕩蕩地低垂著。你似乎要對這個外甥的不幸遭遇表示點什麼，但你的嘴巴動了動，終究什麼也沒說。這天，也是你藍解放和龐春苗領取了結婚證的日子，歷經煎熬，有情人終成眷屬，連我這條老狗也為你們高興。你們跪在你爹的窗前，苦苦地哀求著：

「爹……我們結婚了，我們是合法夫妻了，我們再也不會給您老人家丟臉了……爹……您開門，受兒子兒媳拜見吧……」

你爹那扇腐朽的門終於打開了。你們膝行至門口，把手中的大紅結婚證書高高地舉起來。

「爹……」你說。

「爹……」春苗說。

你爹手扶著門框，藍色的臉抽搐不止，藍色的鬍子哆嗦不停，藍色的淚水流出藍色的眼眶。中秋的月亮已經放出藍色光輝。你爹哆嗦著說：

「起來吧……你們終於修成正果了……我也沒有心事了……」

中秋家宴擺在杏樹下，八仙桌上，擺放著月餅、西瓜和許多佳餚。你爹坐在北面，我蹲在你爹身旁。東面是你與春苗，西邊是寶鳳與改革，南面是開放與互助。又大又圓的中秋之月，照耀著西門家大院裡的一切。那棵大杏樹已經枯死數年，但進了八月之後，中間的一些枝條上，又長出了嫩綠的新葉。

你爹端著一杯酒，對著月亮潑上去。月亮顫抖了一下，月光突然黯淡了，彷彿有一層霧遮住了它的臉，片刻之後，月光重新明亮，更加溫婉，更加淒清，院子裡的一切，房屋、樹木、人、狗，都宛若浸泡在澄澈的淺藍墨水裡。

你爹把第二杯酒，澆在地上。

你爹把第三杯酒，倒在我的嘴裡。這是莫言的朋友們雇請德國酒師釀造的密水乾紅葡萄酒，色澤深紅，香氣濃郁，口味略苦澀，一杯入喉，無盡滄桑湧上心頭。

——這是我與春苗成為合法夫妻的第一夜。我們心中感慨萬端，遲遲難以入睡。月光水從一切縫隙裡湧進房間，把我們浸泡起來。我和春苗在我母親和合作睡過的炕上，赤裸裸地跪著，互相端詳著對方的臉和身體，好像第一次相識。我默默地祝福著：娘、合作，我知道你們看著我們，你們犧牲了自己，把幸福賜給了我們。我悄聲地對春苗說：

「苗苗，咱們做愛吧，讓娘和合作看看，她們知道我們幸福和諧，就可以放心走了……」

我們摟抱在一起，像兩條交尾的魚在月光水裡翻滾，我們流著感恩的淚水做著，身體漂浮起來，從窗戶漂出去，漂到與月亮齊平的高度，身下是萬家燈火和紫色的大地。我們看到：母親、合作、黃瞳、秋香、春苗的母親、西門金龍、洪泰岳、白氏……他們都騎跨著白色的大鳥，飛升到我們的目光看不到的虛空中去了……跟隨著他們飛行的，還有馬改革丟失的那條胳膊，它的顏色黝黑，彷彿一條在水中游泳的烏鱧……

——後半夜，你爹帶著我走出了西門家大院。你爹現在是確鑿地知道了我的前生今世。他與我站在大院門口，無限眷戀地、又似乎是毫不眷戀地看著院中的一切。我們向那塊土地走去，月亮已經低低地懸在那裡等待著我們。

等我們終於抵達了那一畝六分、猶如黃金鑄成的土地時，月亮已經改變了顏色。它先是變成茄花般的淺紫色，又慢慢地變成了蔚藍。此時，在我們上下左右，月光如同蔚藍的海水與浩瀚的天空連成一體，而我們，則是這海底的小小生物。

你爹躺進他的墓壙裡，輕輕地對我說：

「掌櫃的，你也去吧。」

我走到自己的墓壙前，跳下去，沉下去，一直沉到那座燈光輝煌的藍色宮殿中。殿上的鬼卒們都在交頭接耳。大堂上的閻王，是一個陌生的面孔。沒待我開口他就說：

「西門鬧，你的一切情況，我都知道了，你心中，現在還有仇恨嗎？」

我猶豫了一下，搖了搖頭。

「這個世界上，懷有仇恨的人太多太多了，」閻王悲涼地說，「我們不願意讓懷有仇恨的靈魂，再轉生為人，但總有那些懷有仇恨的靈魂漏網。」

「我已經沒有仇恨了，大王！」

「不，我從你的眼睛裡，看得出還有一些仇恨的殘渣在閃爍，」閻王說，「我將讓你在畜生道裡再輪迴一次，但這次是靈長類，離人類已經很近了，坦白地說，是一隻猴子，時間很短，只有兩年。希望你在這兩年裡，把所有的仇恨發洩乾淨，然後，便是你重新做人的時辰。」

——遵照爹的遺囑，我們將缸裡的麥子、綠豆和口袋裡的穀子、蕎麥以及梁上吊著的玉米，拋撒到爹的墓穴裡。讓這些珍貴的糧食，遮掩住爹的身體和面孔。我們也在狗的墓穴裡拋撒了一些糧食，儘管爹的遺囑裡沒有這一條。我們斟酌再三，還是違背了爹的遺願，在他的墓前立了一塊墓碑，碑文由莫言撰寫，由驢時代裡那個技藝高超的老石匠韓山勒石：

一切來自土地的都將回歸土地。

第五部　結局與開端

一　太陽顏色

親愛的讀者諸君，小說寫到此處，本該見好就收，但書中的許多人物，尚無最終結局，而希望看到最終結局，又是大多數讀者的願望。那麼，就讓我們的敘事主人公——藍解放和大頭兒——休息休息，由我——他們的朋友莫言，接著他們的話茬兒，在這個堪稱漫長的故事上，再續上一個尾巴。

藍解放和龐春苗埋葬父親與老狗之後，本想在西門屯耕種著父親的土地，度過他們的餘生，但不幸的是，西門家大院裡來了一位尊貴的客人。他就是藍解放當年在省委黨校的同學，如今的高密縣委書記沙武淨。他對藍解放的人生遭際和昔日顯赫無比、如今凄清落寞的西門大院表示了一番感慨後，頗為厚道地對藍解放說：

「老兄，副縣長職務絕對不能恢復了，黨籍嗎，要想恢復也難，但恢復公職、給你安排個養老吃飯的地方還是可能的。」

「謝謝領導的好意，但沒有這個必要了。」藍解放說，「我原本就是西門屯的一個農民兒子，就讓我在這裡終了此生吧。」

「你還記得老書記金邊嗎？」沙武淨說，「這也是他的意思，他與你的岳父龐虎是老朋友，你們回到縣城，也對你岳父有個照顧。常委會已經通過了，安排你到文展館擔任副館長，至於春苗同志，她如果願意回新華書店，當然可以回去，如果不願意回去，我們另做安排。」

讀者諸君，藍解放和龐春苗的確不該回去，但恢復公職、回歸縣城、又能奉養老父，分明是大好之事。我這兩位朋友是凡人，沒有預卜未來的特異功能，所以，他們很快就回去了。這也是命運使然，無法違抗。

他們暫且住在龐虎家中，這位當初發誓不認春苗為女兒的英雄，究竟還是一位慈父，更兼已近風燭殘年，眼淚多了，心腸軟了，見到女兒與藍解放歷經磨難，終成名正言順的合法夫妻，也就不計前嫌，敞開大門，接納了他們。

藍解放每天騎車去文展館上班。在這樣冷清寒酸的單位，所謂副館長，不過是個名分而已，沒有任何事情需要他管。他每天的事情，就是坐在一張開裂的三屜桌前，喝著淡茶，抽著劣菸，翻來覆去地看那幾張報紙。

春苗呢，還是選擇回書店工作，還是在少兒專櫃，與又一茬新長起來的孩子打交道。當初那幾位與她同事的女人，都已退休回家，頂替了她們位置的，都是二十歲上下的姑娘。她也是每天騎車上下班。下班時，她總是要從戲院斜街拐一下，或是買半斤雞胗，或是買一斤羊頭肉，拿回家去，讓老父、老公喝幾兩小酒，解放與龐虎酒量都不大，三杯落肚，就微醺了。他們有一搭無一搭地說著閒話，彷彿一對關係融洽的老兄弟。

轉過年來，春苗懷了孕，這喜訊讓年過半百的藍解放欣喜異常。更讓年近八旬的龐虎老淚縱橫。三代同堂，其樂融融的幸福生活似乎就在眼前，但一場飛來橫禍使之化為泡影。

那天下午，春苗從戲院斜街熟食攤上買了一斤醬驢肉，哼著小曲，拐上醴泉大道，一輛逆向行駛的紅旗牌轎車把她撞飛。自行車成了一堆廢鐵，驢肉散落一地，她的後腦勺碰在馬路牙子上。當我的朋友藍解放匆匆趕到時，春苗已經停止了呼吸。

那輛車是原驢店鎮黨委書記、現任縣人大副主任杜魯文的專車，司機是西門金龍當年的小兄弟孫彪的兒子。

我不知道該如何描寫藍解放在那一時刻的心情，因為許多偉大的小說家，在處理此種情節時，已經為我們樹立了無法踰越的高標。譬如被無數大學文學教授和作家們所稱道的蘇聯作家肖洛霍夫的小說《靜靜的頓河》中，婀克西妮婭中流彈死後，他的情人葛利高里的心情和感覺的描寫：「有一種莫名其妙的力量朝著他的胸膛推了一下，他往後退著，臉朝下跌倒了」，「他好像從一場噩夢中醒了過來，抬起腦袋，看見自己頭頂上是一片黑色的天空和一輪耀眼的黑色太陽。」

肖洛霍夫讓葛利高里不知不覺中跌倒在地，我怎麼辦？我難道也讓藍解放跌倒在地嗎？肖洛霍夫讓葛利高里內心一片空白，我怎麼辦？我難道也讓藍解放內心一片空白嗎？肖洛霍夫讓葛利高里抬頭看到一輪耀眼的黑色太陽，我怎麼辦？我難道也讓藍解放看到一輪耀眼的黑色太陽嗎？即便我不讓藍解放跌倒在地，而是讓他大頭朝下，倒立在地上；即便我不讓藍解放內心一片空白，而是讓他思緒萬端、千感交集、一分鐘內想遍了天下事；即便我不讓藍解放看到一輪耀眼的黑色太陽，而是讓他看到一輪耀眼或是不耀眼的、白色的灰色的紅色的藍色的太陽；那就算是我的獨創嗎？不，那依然是對經典的笨拙的模仿。

藍解放將春苗的骨灰埋葬在他父親那塊著名的土地上。春苗的墳墓緊挨著合作的墳墓，他們的墳墓前都沒有豎立墓碑。起初，這兩個墳墓還有所區別，但當春苗的墓上也長滿野草後，就與合作的墳墓一模一樣了。埋葬了春苗之後不久，老英雄龐虎也死了。藍解放把老岳母王樂雲的骨灰與岳父的骨灰合在一處，背回西門屯，埋葬在父親藍臉的墳墓旁邊。

又過了些日子，正在服刑的龐抗美可能是一時糊塗，竟用一枝磨尖的牙刷柄戳心而死。常天紅取回骨灰，找到藍解放，說：「其實，她是你們家的人。」藍解放很好地領會了他的意圖，接過骨灰，背回西門屯，埋葬在龐虎夫婦合葬墓的後邊。

二　做愛姿勢

藍開放用摩托車把我的朋友藍解放載回天花胡同一號他的舊居。摩托車的挎斗裡，放著一些他日常所用的東西。他坐在兒子身後。這次，他沒有用手抓住摩托車後座上的鐵把手，而是用雙臂，緊緊地摟住兒子的腰。兒子還是很瘦，但腰桿子筆直堅硬，宛如一根不可搖撼的支柱。在從龐家至天花胡同一號的途中，我的朋友一直在流淚。他的淚水，濕了他兒子的警服後背好大的一片。

重返舊居，藍解放的心情自然難以平靜。從那次在春苗的扶持下冒雨出走，這是他第一次踏入家門。院子裡那四棵梧桐，樹幹已經粗大得貼近牆壁，枝杈也伸展到瓦頂與牆頭上。正應了一句老話：樹猶如此，人何以堪！但我的朋友沒有太多的時間去感物傷懷，因為他一進院就看到，在正房最東邊那間曾經是他書房的房間裡，在敞開的窗戶前，透過朦朧的窗紗，坐著一個既親切又熟悉的身影。那是黃互助，她坐在那裡，聚精會神地剪紙。

這顯然是藍開放的精心安排。我的朋友能有這樣一個胸懷寬廣、善解人意的好兒子，真是他的福氣。藍開放不僅把自己的大姨和自己的父親撮合在了一起，還把那落魄頹唐的常天紅用摩托車載到了西門屯，與守寡多年的姑姑寶鳳見了面。常天紅曾是寶鳳的夢中戀人。常天紅對寶鳳的感情也不是無動於衷。寶鳳的兒子馬改革胸無大志，是一個善良、正直、勤勞的農民，他贊成母親與常天紅的婚事，使這兩個人，過上了幸福美滿的生活。

我的朋友藍解放最初戀上的就是黃互助——準確地說是戀上了黃互助的頭髮——度盡劫波之後，這兩個人終於走在了一起。兒子藍開放在單位有宿舍，平時很少回家，因為工作的性質週末也難得回來。這個大院落裡，就只剩下他們兩個人。他們各自住著自己的房間，只是吃飯時在一起。互助原本就是一個寡言的人，現在話更少。解放有話問她，能用慘然一笑代替的，她就不用語言。這樣相處了半年之後，事情終於發生了變化。

那是一個細雨霏霏的春天的黃昏，吃過晚飯後，收拾飯桌時，兩人的手，無意中碰在了一起。他們的心情都感覺有些異樣，目光便順理成章地碰撞在一起。互助歎息了一聲，我的朋友跟著歎息了一聲。互助幽幽地說：

「……那麼，你就幫我梳梳頭吧……」

我的朋友跟隨著互助進入她的房間，接過她遞過來的桃木梳子，小心翼翼地解開了她背後那個沉甸甸的髮囊，那些神奇的美妙的頭髮如同波浪翻滾而下，直垂到地上。這是我的朋友第一次觸摸到他從少年時期就愛慕著的頭髮，那股猶如檸檬油般的清香撲進了他的鼻腔，滲入他的靈魂。

為了使這長達數米的頭髮能夠完全伸展，互助往前移動了幾步，膝蓋抵著床沿。我的朋友用臂彎攬住那些頭髮，極小心極溫柔地把梳子插進去，一段一段地、一綹一綹地往後梳著。實際上她的頭髮根本無需梳理，它們根根粗壯、沉重、油滑，從不分叉，與其說是梳理它們，不如說他是在撫摸它們，親近它們，感悟它們。我的朋友的淚水落在她的頭髮上，就像水珠濺到鴛鴦的羽毛上，撲簌簌滾動著，然後便彈落在地。

黃互助歎息一聲，便把身上的衣服一件件脫下來。我的朋友托著她的頭髮，站在距她兩米開外的地方，猶如替步入教堂的新娘托著長長裙裾的兒童，癡呆呆地看著前方的風景。

「那麼，我們就遂了你兒子的心願吧……」互助輕聲嘟噥著。

我的朋友哭泣著，分撥開那些神髮，彷彿一個在垂柳下行走的人，走啊，走啊，終於走到了終點。

互助跪在床上，迎接著他的到來。

這樣做了幾十次後，我的朋友希望能夠與互助面對面做愛，她卻冷冷地說：

「不，狗都是這樣的姿勢。」

三　廣場猴戲

二〇〇〇年元旦過後不久，高密火車站廣場上出現了兩個耍猴的人和一隻猴子。讀者諸君一定猜到了，那隻猴子，是由西門鬧——驢——牛——豬——狗——猴，一路輪迴轉世而來。這隻猴子自然是雄性。牠不是我們習常所見的那種乖巧的小猴，而是一隻身材巨大的馬猴。牠毛呈灰綠色，缺少光澤，猶如半枯的青苔。兩眼間距很近，眼窩深陷，目露凶光。雙耳緊貼腦袋，猶如兩朵靈芝。鼻孔朝天，大嘴開裂，幾乎沒有上唇，動不動就齜出牙齒，相貌十分凶惡。牠身上還穿著一件紅色的小坎肩，看上去十分滑稽。其實，我們沒有理由說牠凶惡，也沒有理由說牠滑稽，穿上衣服的猴子，不都是這樣嗎？

猴子的脖子上拴著一條細細的鐵鏈。鐵鏈的一端，連接著一個年輕姑娘的手腕。不需我說，讀者諸君也已猜到，此女就是失蹤數年的龐鳳凰。與她在一起的那位男青年，就是同樣失蹤數年的西門歡。他們倆，上身都穿著鼓鼓囊囊、髒得已經辨不清本來面目的羽絨服，下身都穿著破爛不堪的牛仔褲，鞋子雖髒，但都是假冒名牌。龐鳳凰染了一頭金髮，雙眉拔得細長如線，右側的鼻翼上，穿著一隻銀環。西門歡的頭髮染成紅色，右側的眉棱上，穿著一隻金環。

高密近年來發展很快，但與大城市相比，畢竟還是小地方。俗話說「林子大了，什麼樣的鳥都有」，林子小了，許多鳥就沒有。這兩隻「怪鳥」和一隻悍猴的出現，自然引起了眾人的注意。馬上就有好事者，跑去車站派出所報告。

眾人在不知不覺中就圍成了一個圈子，這正合了西門歡和龐鳳凰的心意。但見那西門歡從背囊中摸出了一面銅鑼，「鐺鐺」地敲了起來。鑼聲一響，圍觀的人更多，場子很快密不透風。有個別眼尖的人，認出了龐鳳凰和西門歡。但更多的人，眼睛直愣愣地盯著猴子，並不去看耍猴人的模樣。

西門歡把銅鑼敲打得節奏分明，龐鳳凰把纏在手腕上的鐵鏈全部放開，給了猴子更大的活動餘地。然後，她又從背囊裡掏出些諸如草帽、小扁擔、小籮筐、旱菸袋之類的道具，放在自己身邊。

在「鐺鐺」的鑼聲中，龐鳳凰頓喉高唱，她嗓音嘶啞，但頗有韻味。以她為軸心，猴子人立，繞場行走。牠雙腿彎曲，步履蹣跚，尾巴拖地，目光左右顧盼。

銅鑼一敲鐺鐺鐺
叫一聲我的猴兒聽端詳
咱家在峨嵋山上得了道
返回了老家要稱大王
咱給各位老鄉耍把戲
老鄉們把咱來犒賞
……

「閃開！閃開！」新近調到車站派出所擔任副所長的藍開放撥拉著圍觀的群眾，用力往圈子裡擠。

他是一個天生的警察，在刑警大隊幹了兩年便立了兩次大功，年齡剛滿二十，就被破格提拔為車站派出所副所長。車站一帶，向來是治安的重災區，派他來擔任副所長，足可見出局裡對他的器重。

你玩一個老頭戴帽叼菸袋
倒背著雙手逛市場

龐鳳凰唱著，把一頂小草帽準確地拋到猴子面前，猴子眼精手快，伸手捉住了草帽，隨即扣在了頭上。龐鳳凰又把旱菸袋扔過去，猴子靈巧地往上一跳，抓住了菸袋，隨即叼在嘴裡。然後，牠把雙臂彎到臀後，弓著腰，羅圈著腿，腦袋歪來歪去，眼珠子滴溜亂轉，真如一個閒逛的老漢。猴子的表現，引起一陣笑聲，一片掌聲。

「閃開！閃開！」藍開放往裡擠著。其實，一聽到群眾報告，他的心就「咯噔」了一下。儘管縣城裡早就謠傳說西門歡和龐鳳凰被蛇頭賣往東南亞某國，一個當了勞工，一個當了妓女，也有說他們都在南方某市因吸毒過量而死的，但藍開放內心深處一直能感覺到這兩個人的存在，尤其是龐鳳凰的存在。讀者諸君當然不會忘記他切破手指讓西門歡試驗黃互助神髮之事，那一刀，已經把他的內心表露無遺。所以，群眾一報警，他就知道是這兩個人回來了。他放下手邊的工作就往車站廣場奔跑。他奔跑時眼前浮動著的幾乎全是龐鳳凰的影子。他見她最後一次是在祖母的葬禮上。那天她穿著一件潔白的羽絨服，戴著一頂毛線套頭帽，小臉蛋兒凍得通紅，像一個童話中的冰清玉潔的公主。聽到她嘶啞的歌唱聲，對待犯罪分子冷酷如鐵的藍開放，眼睛已經模糊了。

你玩一個二郎擔山追明月
再玩一個鳳凰展翅趕太陽

龐鳳凰把那根兩端拴著小籮筐的小扁擔用腳挑起來，猛地往上一踢，表現出很高的技巧性，扁擔從空中穩穩地下落，幾乎不偏不倚地落在猴子的肩頭上。猴子先是將扁擔擱在右肩上，小籮筐一前一後，這就是「二郎擔山追明月」了。繼而又將扁擔橫在腦後，兩個小籮筐一左一右，這就是「鳳凰展翅追太陽」了。

咱把那各種花樣玩了一遍
請各位鄉親給犒賞

猴子扔下扁擔，接過了龐鳳凰拋過去的一個紅色塑料盤，雙手捧著，向圍觀的群眾討賞錢。

各位大叔和大嬸
各位大爺和大娘
各位兄弟姊妹眾鄉黨
給俺一毛不嫌少
給俺一百呢，你就是觀音菩薩下道場

在龐鳳凰的歌唱聲中，人們紛紛將錢投到那猴子高舉過頭頂的圓盤裡。有壹分、貳分、伍分、壹角、伍角乃至壹元的硬幣，它們落在盤中發出叮叮噹噹的響聲。有壹角、貳角、伍角、壹元、伍元、拾元的紙幣，它們落到盤裡幾乎沒有聲音。

當那猴子轉到藍開放眼前時，他把裝著一月份工資和假日值班補助費的那個厚厚的信袋放在圓盤裡。猴子尖叫一聲，四肢著地，口叼著圓盤，躥回到龐鳳凰身邊。

「鏜鏜鏜——」西門歡敲了三下銅鑼，像馬戲團小丑一樣，向著藍開放深深地鞠了一躬，直起腰來說：

「謝謝警察叔叔！」

龐鳳凰則把那信袋裡的錢抽出來，右手捏著，往左手掌上有節奏地抽打著，對圍觀者炫耀著，同時模仿著那個流行歌手唱紅了的那首〈東北人都是活雷鋒〉的旋律大聲地、惡作劇地唱著：

俺們俺們高密人～～個個都是活雷鋒～～送俺一沓人民幣～～做了好事不留名～～

藍開放把帽簷猛地往下一拉，急轉身，分撥開眾人，一言未發就走了。

四　切膚之痛

親愛的讀者，藍開放本可以運用職權，以正大光明的理由把西門歡、龐鳳凰和他們的猴子逐出車站廣場，但他沒有這樣做。

我與藍解放稱兄道弟，藍開放應該是我侄子輩的，但我與這個孩子僅僅是認識而已，連幾句完整的話都沒說過。我猜想這孩子也許對我抱有極深的成見，因為我把龐春苗領進了他父親的辦公室，才引出了後邊一系列的悲慘故事。其實，開放賢侄啊，即便沒有龐春苗，也會有別的女人出現在你父親的生活中。這些話，我一直想找個機會對你說，但永遠沒有這種機會了。

因為跟藍開放沒有交流，我對他的所有心理活動都是猜想。

我猜想，他拉下帽簷、衝出人圈那一刻，心中一定是紛亂如麻。曾幾何時，龐鳳凰是高密縣的第一公主，西門歡是高密縣的第一公子。一個母親是縣裡最高領導，一個父親是縣裡最闊大佬。他們人物瀟灑，行為風流，揮金如土，廣交朋友，一對金童玉女，招了多少豔慕和嫉妒的目光啊。但轉眼之間，高官大款俱成故人，榮華富貴皆化糞土。昔日的金童玉女，竟流落街頭耍猴賣藝，這樣的鮮明對比，怎一個感慨了得！

我猜想，藍開放還是深愛著龐鳳凰，儘管昔日的公主已落魄為街頭藝人，與前途無量的派出所副所長處境懸殊，但他內心的自卑無法克服。儘管他將一月工資與補助扔進猴頂之盤有居高臨下的施捨之意，但龐鳳凰和西門歡的冷嘲熱諷說明他們依然保持著往昔的優越感，根本沒把他這個醜臉的小警察放在眼裡。這也徹底地打消了他把龐鳳凰從西門歡手中搶過來，或者是把她從困境中解救出來的自信和勇氣。所以他只能警帽遮顏、突圍而逃了。

龐抗美的女兒和西門金龍的兒子在車站廣場耍猴賣藝的消息迅速傳遍了縣城，並且擴散到鄉村。人們抱著難以說清但又昭然若揭的心理從四面八方匯集到車站廣場。龐鳳凰和西門歡這兩個寶貝，絲毫沒有羞愧之感，他們好像與自己的過去徹底斬斷了聯繫。車站廣場，似乎是一個異國他鄉的陌生之地，面對著的，也全都是些素不相識之人。他們賣力地演出，熱切地要錢。那些圍觀猴戲的人，有的直呼他們的名字，有的痛罵他們的父母，但他們對此都充耳不聞，臉上始終掛著燦爛的笑容。但只要是有人膽敢對龐鳳凰口出不遜之言或是有什麼猥褻行為，那隻雄偉的公猴，便會以閃電般的動作撲上去廝咬。

當年的「四小惡棍」之一，東關的王鐵頭，手裡拿著兩張百元的大票，對龐鳳凰招搖著說：「妞，你鼻子上扎著環兒，下邊呢？下邊是不是也扎著環兒？脫下褲子讓哥哥看看，這兩張票子就歸你了。」王鐵頭的小兄弟們也齊聲起鬨：「對啊，脫下褲子讓哥們兒看看啊！」——任他們淫言穢語，龐鳳凰全然不顧，只是一手牽著鏈子，一手揮舞著細長的鞭子，驅趕著猴子轉圈討錢——各位父老聽俺講～～有錢沒錢都一樣～～有錢多少給一點～～沒錢喝采是幫忙～～鐺——鐺——鐺——西門歡也是面帶笑容，手中銅鑼敲得有板有眼，一絲不亂。「西門歡，你個雜種，當初你的威風哪裡去了？你害死了于干巴大哥，這帳還沒跟你算呢，快，讓你的女人把褲子脫下來讓哥們看看，要不——」王鐵頭身後的小兄弟們大呼小叫著。那猴子托著盤子，蹣跚行走至王鐵頭面前——有人說看到龐鳳凰頓了一下鏈條，也有人說根本沒這回事——將手中托盤往腦後一拋，猛地跳起，騎在王鐵頭肩上，一陣亂抓亂咬——猴子的尖厲叫聲與王鐵頭的慘叫聲混雜在一起——觀眾四散奔逃。逃得最快的是王鐵頭的那撥小兄弟們。龐鳳凰微笑著把猴子拖下來，繼續唱著：「富貴不是天注定～～凡人都有落魄時～～」王鐵頭的頭臉血肉模糊，在地上打滾嚎叫。幾個警察趕到，要將西門歡和龐鳳凰帶走，猴子對著他們齜牙尖叫，一個警察摸出了手槍。龐鳳凰把猴子緊緊地摟在懷裡，像一個母親，保護著自己的兒子。許多群眾重新圍攏上來，替龐鳳凰、西門歡與他們的猴子打抱不平。人們指著在地上打滾嚎叫的王鐵頭，說：「應該帶走的是他！」——親愛的讀者，群眾的心理是多麼奇怪啊！龐抗美與西門金龍得勢之時，人們對龐鳳凰和西門歡恨之入骨，盼望著他們倒大楣，但一旦他們倒了大楣，成了弱者，同情心便轉到了他們身上。警察們自然也知道這兩個人物的背景，更清楚他們的副所長與這兩個人物的特殊關係，面對著憤憤不平的群眾，他們擺擺手，沒說什麼。一位警察拎著王鐵頭的脖頸子把他提起來，憤怒地說：「走，別他媽的裝孫子！」

此事驚動了縣委。為人厚道的縣委書記沙武淨派辦公室主任帶著一位幹事在車站旅館地下室找到了龐鳳凰和西門歡。那猴子也對著他們齜牙。主任向龐鳳凰和西門歡轉達了縣委書記的話，希望他們把猴子送到縣城西郊新建的鳳凰公園餵養，然後給他們倆安排合適的工作。這在我們常人看來，本是極好的事情，但龐鳳凰緊摟著猴子，瞪著眼睛說：「誰敢動我的猴子，我跟誰拚命！」西門歡嬉皮笑臉地說：「謝謝領導關心，我們很好，你們還是先去安排那些下崗工人吧！」

接下來的故事，又開始進入悲慘境地，親愛的讀者，這不是我的故意，而是人物的命運使然。

話說一個傍晚，龐鳳凰、西門歡和他們的猴子，正坐在車站廣場南側路邊小攤上吃飯，腦袋上纏滿紗布的王鐵頭悄悄地靠近他們，猴子尖叫著朝王鐵頭撲去，但拴在桌子腿上的鐵鏈扽得牠翻了一個跟頭。西門歡急忙立起，轉過身去，面對著王鐵頭的猙獰的面孔，未及言語，一把鋼刀便戳進了他的胸膛。王鐵頭也許想順便殺死龐鳳凰，但瘋狂嚎叫、連連翻滾的猴子嚇得他連插在西門歡胸膛上的鋼刀都沒及拔出就抱頭鼠竄了。龐鳳凰伏在西門歡身上放聲大哭，猴子坐在一旁，目光灼灼，仇恨地盯著試圖靠近之人。聞訊趕來的藍開放和幾個警察試圖靠前，但那猴子的瘋狂叫囂令他們望之卻步。一個警察掏出槍瞄住猴子，但手腕被藍開放一把抓住。

「鳳凰，攏住你的猴子，我們把他送到醫院搶救。」藍開放對龐鳳凰說，轉頭又命令那持槍的警察，「快叫救護車！」

龐鳳凰抱著猴子，捂住牠的眼睛。猴子乖乖地伏在她的懷裡。龐鳳凰和猴子像一對相依為命的母子。

藍開放拔出西門歡胸前的鋼刀，用手堵住泚血的傷口，大聲喊叫著：「歡歡！歡歡！」西門歡慢慢地睜開眼睛，嘴裡冒著血沫子說：「開放……你是我哥……我自己……終於做到頭了……」「歡歡，你堅持，救護車馬上就到了！」開放攬著他的脖子，大聲喊叫著，血從他的指縫裡，強勁地往外竄著。「鳳凰……鳳凰……」西門歡含混不清地說，「……鳳凰……」

救護車鳴著響笛飛馳而來，醫生提著救護包、拖著擔架匆匆下車，但西門歡已經在藍開放懷裡閉上了眼睛。

二十分鐘後，藍開放沾著西門歡鮮血的手指，鐵鉗般地鎖住了王鐵頭的咽喉。

讀者諸君，西門歡之死，讓我內心甚感悲痛，但他的死，客觀上為我們的藍開放追求龐鳳凰掃清了障礙，但又一個更大的悲劇，就此拉開了序幕。

這個世界上，存在著許多神祕現象，但隨著科學的發展，終會找到答案，只有愛情，是永遠無法理喻的。我國的作家阿城，曾經撰文說愛情是一種化學反應，此論標新立異，聽來頗感新鮮，但如果愛情能用化學方式製造並能用化學方式控制，小說家就沒有用武之地了。因此，即便他說的是真理，我也要反對。

閒話少說，還是講我們的藍開放。他親自料理了西門歡的後事，在徵得了父親和大姨同意後，他把西門歡的骨灰埋葬在西門金龍的墳墓後邊。黃互助和藍解放心中的感傷不必再提，單說那藍開放，從此後便每天晚上都要出現在車站旅館地下室龐鳳凰租住的房間裡。白天只要有空，他也會到廣場去找龐鳳凰。龐鳳凰在廣場上牽著猴子，他一言不發地跟在後邊，彷彿是她和牠的保鏢。對他的行為，所裡的部分警察有不滿反映，老所長找他談話：

「開放老弟，縣城裡有多少好姑娘啊，為一個耍猴的女人……你看看她那模樣，像個什麼……」

「所長，你撤了我的職吧，如果我連當警察的資格也沒有了，那我就辭職。」

開放把話說到這分上，別人也就不好攙言，日子一長，那些對開放不滿的警察也轉變了立場。是的，龐鳳凰抽菸喝酒，染了金毛，扎著鼻環，整日在廣場悠晃，的確不像個好女人，但她，又能壞到哪裡去呢？於是這些小警察們，反而與龐鳳凰親近起來。如果在廣場上巡邏時相遇，還會開開她的玩笑：

「金毛兒，別老抻著我們副所長了，他都快瘦成麻稈了！」

「就是，該鬆口時就鬆口吧！」

對他們的調笑，龐鳳凰總是充耳不聞，只有那猴子，對著他們齜牙。

起初，藍開放曾力勸龐鳳凰搬到天花胡同一號或者西門家大院居住，但遭到了龐鳳凰的堅決拒絕。過了一段時間，連他自己也覺得，如果龐鳳凰夜晚不住在車站旅館地下室，白天不在車站廣場轉悠，那他也將無心在車站派出所工作下去。漸漸地，縣城裡的地痞流氓也知道了這個美貌的「金毛穿鼻猴女郎」是車站派出所那位藍臉鐵腕小警察的相好，那些原先還想伸爪揩油的，也趕緊打消了念頭，誰敢從老虎嘴裡奪雞腿啊！

讓我們憑藉著想像描述一下藍開放每天晚上去車站旅館地下室探望龐鳳凰的情景吧。這家旅店原是集體所有，改制之後歸了個人。這樣的旅館，如果按照公安條例嚴格管理，那非關門大吉不可。因此，每當看到藍開放這張臉，老闆娘那胖臉上就要笑出香油，那張猩紅大嘴裡就要噴出蜂蜜。

起初的幾個晚上，任藍開放敲破門板龐鳳凰也不開門。我們的開放就站在門外，沉默地站著，如同一根木樁。他聽到龐鳳凰在屋裡抽泣，有時候也瘋笑。他聽到那猴子在吱叫，有時也撓門。他有時嗅到菸味，有時嗅到酒氣。但是他從未嗅到與毒品相關的氣息，這是他暗自慶幸的。如果沾了那玩意兒，這個人就徹底完蛋了。他想，如果她真的沾上了那玩意兒，我還會這樣癡迷地愛她嗎？是的，無論她怎麼樣，哪怕她五臟六腑都已腐爛，我也會愛她。

他每次去看她，總是抱著一束鮮花，或是提著一兜水果，她不開門，他就站在外邊，一直站到必須走才走。鮮花和水果，就留在門外。旅館的老闆娘開始時不識相，對他說：

「好兄弟啊，姊姊手裡有一大把漂亮女孩呢，我叫來她們，任兄弟挑，看中哪個是哪個……」他的冷酷的目光和攥得骨節「叭叭」響的拳頭把老闆娘嚇得屁滾尿流，再也不敢胡言亂語。常言道：「功夫不負苦心人」。龐鳳凰為我們的開放開了門。房間陰暗潮濕，牆壁上的塗料像熱水燙起的燎泡一樣。屋頂上吊著一盞昏黃的燈泡，房子裡霉味衝鼻。有兩張窄床，兩個很像從垃圾場裡撿來的破沙發。開放一坐上去，就感到屁股接觸到了水泥地面。就是在這一階段，他提出讓她搬遷。她睡一張床。另一張床上，還擺著幾件西門歡的舊衣服。現在是猴子睡在這張床上。還有兩把暖水瓶。還有一個十四英寸的黑白電視機，顯然也是從垃圾場撿來的。就是在這樣一個寒酸齷齪的環境裡，我們的開放終於把憋在心中十幾年的「愛」字吐出了口。

「我愛你……」我們的開放說，「我從見你第一面時就愛上你了。」

「謊言！」龐鳳凰冷笑道，「你見我第一面時是在西門屯你奶奶的炕上，那時你還不會爬呢！」

「不會爬時我就愛你！」我們的開放說。

「算了算了，」龐鳳凰抽著菸說，「你跟我這樣的女人談愛，不是把珍珠扔到廁所裡去了嗎？」

「你別糟蹋自己，」我們的開放說，「我瞭解你！」

「你瞭解我個屁！」龐鳳凰冷笑著說，「我當過婊子，跟幾千個男人睡過！我還跟猴子睡過！你跟我談愛？滾吧，藍開放，找好女人去吧，別讓我把霉氣沾到你身上！」

「你胡說！」我們的藍開放掩面痛哭起來，「你騙我，你告訴我，你沒幹過這些事！」

「我幹過怎麼樣？沒幹過又怎麼樣？與你有屁的關係？」龐鳳凰冷酷地說，「我是你的老婆嗎？是你的情人嗎？我爹我娘都不敢管我，你竟敢管我！」

「因為我愛你！」我們的開放怒吼著。

「不許用這個字眼噁心我！滾吧，可憐的小藍臉！」她對著猴子招招手，親暱地說，「乖乖猴，來來來，咱們睡覺覺！」

那隻猴子縱身一跳，落在了她的床上。

我們的開放掏出了手槍，瞄準了猴子。

龐鳳凰把猴子緊緊地抱在懷裡，憤怒地說：

「藍開放，你先把我打死吧！」

我們的開放精神受了巨大刺激。早就有風言風語說龐鳳凰當過妓女，他的潛意識裡也對此半信半疑。但當龐鳳凰親口說出她跟幾千個男人幹過、甚至跟猴子幹過這樣凶狠的話語時，還是猶如萬箭齊發，射中了他的心臟。

我們的開放捂著胸口，跌跌撞撞地跑上樓梯，跑出旅館，跑上廣場，心裡轉動著毀滅一切的念頭。在一家霓虹燈閃爍的酒吧門前，他被兩個濃妝豔抹的女郎拉了進去。他坐在一張高高的凳子上，連灌了三杯白蘭地。然後便痛苦地將頭抵到吧台上。一個頭髮金黃、眼圈烏藍、嘴唇血紅、袒胸露背的女人湊上來——我們的開放去探望龐鳳凰時總是穿著便服——伸手摸摸他的那半邊藍臉——這是一個剛從外地飛來的夜蝴蝶，還不知藍臉警察的名頭——我們的開放出於職業習慣，沒容她的手觸到自己的臉皮就捏住了她的手腕。那女人尖聲叫起來。開放鬆手，歉意地笑笑。女人蹭著他，嬌滴滴地說：「哥呀，手勁好大啊！」

我們的開放揮手讓那女人走開，但她卻把熱烘烘的胸脯貼上來，混合著菸酒味的熱氣，哈到他的臉上：

「哥啊，這麼痛苦啊，被小妖精給甩了吧？女人都是一樣的，讓妹妹安慰安慰你吧……」

我們的開放痛恨地想：婊子，我要報復你！

他幾乎是從高凳上栽下來的。在那個女人的引領下，穿過幽暗的走廊，進入一個鬼火閃爍的房間。那女人二話不說，動手把自己剝了個精光，仰躺在床上。這是一個還算好看的女體：乳房膨大，腹部扁平，雙腿修長。這也是我們的開放第一次面對女人的裸體，他有些衝動，但更多的是緊張。他猶豫著。那女人有些不耐煩，時間就是金錢的規律對她們同樣適用。她折起身來說：

「來啊，還愣著幹什麼？裝什麼雛啊！」

就在她折身坐起那瞬間，頭上的金色假髮脫落，顯出一個扁長的、頭髮稀疏的頭顱。我們的開放腦子裡一陣轟鳴，眼前浮現出龐鳳凰的滿頭金髮和金髮下俏麗的面容。他從兜裡掏出一張百元票子，扔在那女人身上，抽身便走。那女人猛地躍起，像一條章魚纏在了他身上。女人惱怒地罵著：

「爛崽，你這是拿著老娘開涮呢，一百元就想打發我！」

那女人一邊罵著，一邊把手伸進開放的身上摸著，她自然是想摸錢，但她的手卻摸到了硬梆梆的、冰冷的手槍。開放沒容她把手抽回去，又一次攥住了她的手腕。女人吐出半聲慘叫，把另外半聲嚥了下去。開放把她往外一推，她倒退幾步，坐在了床上。

我們的開放來到廣場，頭腦被涼風一激，酒奔湧而上，衝出咽喉，噴吐在地。吐酒後，他感到腦子清醒了許多，但心中的痛苦依然無法排解。他時而切齒咒罵，時而柔情萬種。恨的是鳳凰；愛的也是鳳凰。恨著時愛就翻騰上來淹沒了恨；愛著時恨又翻騰上來淹沒了愛。在此後的兩天兩夜裡，我們的開放就在這愛與恨交織成的渾濁波濤裡掙扎著。有好幾次他掏出手槍抵在自己心臟上──好孩子，千萬別做蠢事啊！──理智總算戰勝了衝動。他低聲地對自己發誓：

「即便她是個婊子，我也要娶她！」

我們的開放下定決心，又一次敲開了龐鳳凰的門。

「你怎麼又來了?!」她厭煩地說，但她立即就發現了他這兩天來的變化：他的臉更藍更瘦，兩道連結成一體的濃眉像一條巨大的毛蟲橫在兩眼之上，那眼睛，黑得發亮，亮得灼人，不但灼人，連那隻猴子，也似乎被他的目光灼傷，尖叫一聲，躲在牆角瑟瑟發抖。她將口氣緩和一些，說，「既然來了，那就坐下吧。只要你不對我談什麼愛，我們可以做朋友。」

「我不但要跟你談愛，我還要娶你！」我們的開放惡狠狠地說，「哪怕你跟一萬個人睡過，哪怕你跟獅子、跟老虎、跟鱷魚睡過，我也要娶你！」

沉默了片刻，龐鳳凰笑著說：

「小藍臉，別衝動了。愛不是可以隨便說的，娶更不是可以隨便說的。」

「我不是隨便說的，」我們的開放說，「我想了兩天兩夜，把一切都想明白了。我什麼都不要了，所長不當了，警察不幹了，我給你敲鑼，跟著你流浪！」

「好了，別發瘋了。為我這樣一個女人，不值得毀了自己的前程，」龐鳳凰也許是想沖淡一下壓抑的氣氛，便用玩笑的口吻說，「要想我嫁給你，除非你的藍臉變白。」

正所謂「言者無意，聽者有心」，對那種愛到入魔程度的男人，可不敢亂開玩笑。讀者諸君一定記得《聊齋志異・阿寶》中那個名叫孫子楚的書生，只為了阿寶小姐一句戲言，便毅然剁去自己的駢指。後又身化鸚鵡，飛到阿寶的床頭。幾經生死後，終與阿寶結為夫婦。

這個故事以美好的結局告終，親愛的讀者，我的故事，卻沒有這麼美好。還是那句老話：這不是我的情願，這是他們的命運使然。

我們的藍開放告了病假，不管領導批否，便去了青島，傾其所有，做了一個殘酷的換皮手術。當他臉上蒙著紗布出現在車站旅館那間地下室裡時，龐鳳凰驚呆了。猴子也驚呆了。猴子可能還是因為王鐵頭的印象，對頭蒙紗布的人懷有仇恨，牠齜牙咧嘴地撲上來，我們的開放一拳便把牠打暈了。他幾近癡魔地對龐鳳凰說：

「我已經換皮了。」

龐鳳凰怔怔地看著藍開放，淚珠兒在眼眶裡打轉。我們的開放跪在她的面前，雙手摟著她的腿，把臉貼在她的小腹上。龐鳳凰摸著他的頭髮，呢喃著：

「你真傻……你為什麼這樣傻……」

接下來他們便擁抱了。因為開放的臉部痛疼，她輕輕地吻了他的那半邊好臉。他把她抱上床。他們做了愛。

流丹滿床。

「你是處女?!」我們的開放驚喜地叫喚著，但淚水隨即湧流，把紗布都浸濕了，「你是處女啊，我的鳳凰，我的親人，你為什麼要瞎說啊……」

「什麼處女，」龐鳳凰賭氣似的說，「花八百元就能修復處女膜！」

「你這個小婊子，你又騙我了，我的鳳凰……」我們的開放不顧傷痛，親吻著這個高密縣——在開放心目中也是全世界——最美麗的女人的身體。

龐鳳凰摸著這個像用樹條子綑成、堅硬又有彈性的男人，幾乎是絕望地說：

「老天爺啊，我到底沒能躲過你……」

讀者諸君，接下來的故事我不忍心講下去，但既然開了頭，就要有結尾，那就讓我，充當殘酷的敘事人吧。

我們的開放帶著一臉紗布回到天花胡同一號，讓藍解放和黃互助大吃一驚。他們的確禁不起折騰了。開放根本不回答他們關於臉上紗布的詢問，而是興沖沖地、用無比幸福的腔調對他們說：

「爸爸，大姨，我要和鳳凰結婚了！」

如果他們手中端著玻璃器皿，應該讓他們鬆手，把玻璃器皿跌得粉碎。

我的朋友藍解放痛苦地皺著眉頭，用不容置疑的口吻說：

「不行，堅決不行！」

「為什麼？」

「不行就是不行！」

「爸爸，難道你們也聽信了那些謠言？」開放說，「我對你發誓，鳳凰是個無比純潔的女孩子……她是個處女……」

「天吶！」我的朋友哀鳴著，「不行啊，兒子……」

「爸爸，」開放惱怒地說，「在愛情婚姻問題上，難道您還有資格阻攔我嗎？」

「兒子……爸爸是沒有資格……但是……讓你大姨對你說吧……」我的朋友跑回他的房間，關上了門。

「開放……可憐的孩子……」黃互助淚流滿面地說，「鳳凰是你大伯的親生女兒，你與她同一個祖母……」

我們的藍開放猛地把臉上的紗布撕開，紗布揪掉了新植的皮膚，使他的半邊臉，成為一個血肉模糊的巨大傷口。他衝出家門，騎上摩托車，因為加速太猛，車輪撞在了迎面的美髮廳門上。屋裡的人大驚失色。他一提前輪，猛拐彎，摩托車如發瘋的馬一樣向車站廣場衝去。他聽不到那位與他家結鄰多年的理髮小姐的話：

「這一家人，都是瘋子！」

我們的藍開放踉踉蹌蹌地衝到地下室，一膀子撞開了虛掩的門，他的鳳凰，正在床上等他。猴子瘋了一樣撲上來，這一次他忘了警察的紀律，他忘了一切，他一槍擊斃了猴子，使這個在畜生道裡輪迴了半個世紀的冤魂終於得到了超脫。

龐鳳凰被這突發的事件嚇昏了。我們的開放對著她舉起了槍——孩子啊，千萬別做傻事——他看著龐鳳凰彷彿玉雕一般的美麗面龐——這個全世界最美麗的面龐——槍口無力地垂下了。他提著槍，衝出門去，在上升的台階上——猶如從地獄攀升到天堂的台階上——我們的開放雙腿一軟跪倒了。他把槍抵在其實已經被破壞了的心臟上——孩子啊，別做蠢事啊——摳動了扳機。沉悶的槍聲響過，我們的開放趴在台階上死了。

五 世紀嬰兒

親愛的讀者，我們的故事，至此已經真正逼近了尾聲。請再堅持一會兒，就一會兒。

藍解放和黃互助把開放的骨灰，背回那塊已經墳墓連綿的土地，葬在了黃合作的墳墓旁邊。在他們燒化、埋葬兒子的過程中，龐鳳凰抱著猴子的屍體始終相隨。她哀哀地哭著，花容憔悴，的確人見人憐。大家都是明白人，既然開放已死，也就不再說什麼。那猴子的屍體已經發臭，在人們勸說下，她鬆了手，並提出了將猴屍埋在這塊土地裡的要求。我的朋友毫不猶豫地就答應了她。於是，在驢、牛、豬、狗的墳墓旁邊，又多了一個猴墓。在如何安頓龐鳳凰的問題上，我的朋友頗感為難，於是便聚集了兩家人一起商量。常天紅一言不發，黃互助也有口難言。還是寶鳳說：

「改革，你去把她找來，聽聽她自己有什麼打算吧。畢竟是從咱家土炕上走出去的孩子，她需要什麼，咱都會幫她，砸鍋賣鐵也要幫她。」

改革回來說，她已經走了。

時間如水，往前流淌，轉眼就到了二〇〇〇年底。在這新千年即將開端之際，高密縣城一片喜慶景象。家家張燈，戶戶結彩，車站廣場和天花廣場上，都豎起了高大的電子倒計時屏幕，廣場的邊上，還站著高價雇請來的焰火手，準備在那新舊交替的時刻，讓燦爛的禮花照亮夜空。

傍晚時分，下起雪來。雪花在五彩的燈光裡飛舞，使夜景更加美好。全城的人幾乎都走出了家門，有的奔天花廣場，有的奔車站廣場，有的在同樣燈火輝煌的人民大道上徜徉。

我的朋友和黃互助沒有出門，容我插敘一句：他們始終沒去辦理結婚登記手續，對這樣兩個人，確實也沒有這個必要了。他們包了餃子，在大門口掛上了兩盞紅燈籠，玻璃窗上貼滿了黃互助親手剪的窗花。死去的人難再活，活著的人還要活下去。哭著是活，笑著也是活。這是我的朋友經常對他的老伴兒說的話。他們吃了餃子，看了一會電視，便按照慣例，用做愛來悼念死者。先梳頭，後做愛。這個過程，大家都很熟悉，不需重複。我要說的是：在他們悲欣交集的時刻，黃互助猛地翻過身來，摟住了我的朋友，她說：

「從今天開始，我們做人吧……」

他們的淚水，把對方的臉都濡濕了。

就在深夜十一點鐘，他們昏昏欲睡的時刻，一個電話驚醒了他們。電話是從車站廣場旅館打來的。一個女人的聲音告訴他們，說他們的兒媳婦在地下室一〇一房間裡即將分娩，情況危急。他們愣了半天，才明白這即將分娩者，也許就是那失蹤日久的龐鳳凰。

在這樣的時刻他們找不到人幫助，他們也不想找人幫助。他們互相攙扶著向車站廣場奔跑。他們喘息不迭，跑跑走走，走走又跑跑。人真多啊，街上人真多。大街小巷裡都是人。剛開始時人流向南湧，穿過人民大道後，人流往北湧。他們心急如焚，但他們快不了。雪花飄到他們頭上，臉上。雪花在燈光中飛舞著，猶如杏花紛謝時。西門家大院裡杏花紛謝，西門屯養豬場裡杏花紛謝。那些杏花都飄到縣城裡來了，全中國的杏花都飄到高密縣城裡來了啊！

他們像兩個找不到爹娘的孩子一樣在車站廣場上擠著。廣場東部那個臨時搭建起的高台上，一群年輕人在上邊又跳又唱。杏花在舞台上飄著。廣場上萬頭攢動。每個人都穿著新裝，都和著高台上的歌聲，唱著，跳著，拍掌，跺腳。都在杏花的飄落裡，都在飄落的杏花裡。電子屏幕上的數字頻頻跳換著。激動人心的時刻就要到了。音樂停了，歌聲停了，全場安靜了。我的朋友和他的女人一步步走下通往地下室的台階。我的朋友的女人的頭髮因走時匆忙沒有挽好，有一綹垂在身後，彷彿一條長尾巴。

他們推開一〇一房間的門，看到了龐鳳凰那張像杏花一樣潔白的臉。她的下身浸在血泊裡。血泊裡有一個胖大的嬰兒，此刻正是新世紀的也是新千年的燦爛禮花照亮了高密縣城的時候。這是一個自然降生的世紀嬰兒。同一時刻，縣醫院也有兩個世紀嬰兒誕生，但他們是產科醫生剖開產婦的肚皮掏出來的。

我的朋友和他的女人以爺爺奶奶的身分收拾好嬰兒。嬰兒在奶奶懷裡啼哭。爺爺含著眼淚，用一條骯髒的床單遮住了龐鳳凰的身體。她的身體和臉都是透明的。她的血全部流光了。

她的骨灰自然也埋在了那塊已成墓地的著名土地上，埋在了藍開放的墳墓旁邊。

我的朋友和他的女人精心撫養著這個大頭兒。這大頭兒生來就有怪病，動輒出血不止。醫生說是血友病，百藥無效，只能任其死去。我朋友的女人便拔下自己的頭髮，炙成灰燼，用牛奶調勻餵他，同時也撒在他的出血之處。但不能根治，只能救一時之急。於是這孩子的生命便與我朋友的女人的頭髮緊密地聯繫在一起。髮在兒活，髮亡兒死。天可憐見，我朋友女人的頭髮愈拔愈多，於是，我們就不必擔心此兒夭亡了。

這孩子生來就不同尋常。他身體瘦小，腦袋奇大，有極強的記憶力和天才的語言能力。我的朋友和他的女人雖然隱約感到這孩子來歷不凡，斟酌再三，還是決定讓他姓藍，因為是伴隨著新千年的鐘聲而來，就以「千歲」名之。到了藍千歲五周歲生日那天，他把我的朋友叫到面前，擺開一副朗讀長篇小說的架式，對我的朋友說：

「我的故事，從一九五〇年一月一日那天講起……」

後記：捍衛長篇小說的尊嚴

大約是兩年前，《長篇小說選刊》創刊，讓我寫幾句話，推辭不過，斗膽寫道：「長度、密度和難度，是長篇小說的標誌，也是這偉大文體的尊嚴。」

所謂長度，自然是指小說的篇幅。沒有二十萬字以上的篇幅，長篇小說就缺少應有的威嚴。就像金錢豹子，雖然也勇猛，雖然也剽悍，但終因體形稍遜，難成山中之王。我當然知道許多篇幅不長的小說其力量和價值都勝過某些臃腫的長篇，我當然也知道許多篇幅不長的小說已經成為經典，但那種猶如長江大河般的波瀾壯闊之美，卻是那些精巧的篇什所不具備的。長篇就是要長，不長算什麼長篇？要把長篇寫長，當然很不容易。我們慣常聽到的是把長篇寫短的呼籲，我卻在這裡呼籲：長篇就是要往長裡寫！當然，把長篇寫長，並不是事件和字數的累加，而是一種胸中的大氣象，一種藝術的大營造。那些能夠營造精緻的江南園林的建築師，那些在假山上蓋小亭子的建築師，當然也很了不起，但他們大概營造不來故宮和金字塔，更主持不了萬里長城那樣的浩大工程。這如同戰爭中，有的人，指揮一個團，可能非常出色，但給他一個軍，一個兵團，就亂了陣腳。將才就是將才，帥才就是帥才，而帥才大都不是從行伍中一步步成長起來的。當然，不能簡單地把寫長篇小說的稱做帥才，更不敢把寫短篇小說的貶為將才。比喻都是笨拙的，請原諒。

一個擅寫長篇小說的作家，並不一定非要走短——中——長的道路，儘管許多作家包括我自己都是走的這樣的道路。許多偉大的長篇小說作者，一開始上手就是長篇巨著，譬如曹雪芹、羅貫中等。我認為一個作家能否寫出並且能夠寫好長篇小說，關鍵的是要具有「長篇胸懷」。「長篇胸懷」者，胸中有大溝壑、大山脈、大氣象之謂也。要有粗礪莽蕩之氣，要有容納百川之涵。所謂大家手筆，正是胸中之大溝壑、大山脈、大氣象的外在表現也。大苦悶、大悲憫、大抱負、天馬行空般的大精神，落了片白茫茫大地真乾淨的大感悟——這些都是長篇胸懷之內涵也。

大苦悶、大抱負、大精神、大感悟，都不必展開來說，我想就「大悲憫」多說幾句。近幾年來，「悲憫情懷」已成時髦話語，就像前幾年「終極關懷」成為時髦話語一樣。我自然也知道悲憫是好東西，但我們需要的不是那種剛吃完紅燒乳鴿，又趕緊給一隻翅膀受傷的鴿子包紮的悲憫；不是蘇聯戰爭片中和好萊塢大片中那種模式化的、煽情的悲憫；不是那種全社會為一隻生病的熊貓獻愛心但置無數因為無錢而在家等死的人於不顧的悲憫。悲憫不僅僅是「打你的左臉把右臉也讓你打」，悲憫也不僅僅是在苦難中保持善心和優雅姿態，悲憫不是見到血就暈過去或者是高喊著「我要暈過去了」，悲憫更不是要迴避罪惡和骯髒。《聖經》是悲憫的經典，但那裡邊也不乏血肉模糊的場面。佛教是大悲憫之教，但那裡也有地獄和令人髮指的酷刑。如果悲憫是把人類的邪惡和醜陋掩蓋起來，那這樣的悲憫和偽善是一回事。《金瓶梅》素負惡名，但有見地的批評家卻說那是一部悲憫之書。這才是中國式的悲憫，這才是建立在中國的哲學、宗教基礎上的悲憫，而不是建立在西方哲學和西方宗教基礎上的悲憫。長篇小說是包羅萬象的龐大文體，這裡邊有羊羔也有小鳥，有獅子也有鱷魚。你不能因為獅子吃了羊羔或者鱷魚吞了小鳥就說牠們不悲憫。你不能說牠們捕殺獵物時展現了高度技巧、獲得獵物時喜氣洋洋就說牠們殘忍。只有羊羔和小鳥的世界不成世界；只有好人的小說不是小說。即便是羊羔，也要吃青草；即便是小鳥，也要吃昆蟲；即便是好人，也有惡念頭。站在高一點的角度往下看，好人和壞人，都是可憐的人。小悲憫只同情好人，大悲憫不但同情好人，而且也同情惡人。

編造一個苦難故事，對於以寫作為職業的人來說，不算什麼難事，但那種非在苦難中煎熬過的人才可能有的命運感，那種建立在人性無法克服的弱點基礎上的悲憫，卻不是能夠憑藉才華編造出來的。描寫政治、戰爭、災荒、疾病、意外事件等外部原因帶給人的苦難，把諸多苦難加諸弱小善良之身，讓黃鼠狼單咬病鴨子，這是煽情催淚影視劇的老套路，但不是悲憫，更不是大悲憫。只描寫別人留給自己的傷痕，不描寫自己留給別人的傷痕，不是悲憫，甚至是無恥。只揭示別人心中的惡，不袒露自我心中的惡，不是悲憫，甚至是無恥。只有正視人類之惡，只有認識到自我之醜，只有描寫了人類不可克服的弱點和病態人格導致的悲慘命運，才是真正的悲劇，才可能具有「拷問靈魂」的深度和力度，才是真正的大悲憫。

關於悲憫的話題，本該就此打住，但總覺言猶未盡。請允許我引用南方某著名晚報的一個德高望重的、老革命出身的總編輯退休之後在自家報紙上寫的一篇專欄文章，也許會使我們對悲憫問題有新的認識。這篇文章的題目叫〈難忘的斃敵場面〉，全文如下：

中外古今的戰爭都是殘酷的。在激烈鬥爭的戰場上講人道主義，全屬書生之談。特別在對敵鬥爭的特殊情況下，更是如此。下面講述一個令我畢生難忘的斃敵場面，也許會使和平時期的年輕人，聽後毛骨悚然，但在當年，我卻以平常的心態對待。然而，這個記憶，仍使我畢生難忘。

一九四五年七月日本投降前夕，國民黨頑軍一五二師所屬一個大隊，瞅住這個有利時機，向「北支」駐地大鎮等處發動瘋狂進攻，我軍（指共產黨軍）被迫後撤到駐地附近山上。後撤前，我軍將大鎮潛伏的頑軍偵察員（即國民黨特務）四人抓走。其中有個特務是以當地醫生的面目出現的。抓走時，全部用黑布蒙住眼睛（避免他們知道我軍撤走的路線），同時綁著雙手，還用一條草繩把四個傢伙「串」起來走路。由於敵情緊急，四面受敵，還要被迫背著這四個活包袱踟躕行進，萬一雙方交火，這四個「老特」便可能溜走了。北江支隊長鄔強當即示意大隊長鄭偉靈，把他們統統處決。

鄭偉靈考慮到槍斃他們，一來浪費子彈，二來會驚動附近敵人，便決定用刺刀全部把他們捅死。但這是很費力，也是極其殘酷的。但在鄭偉靈眼裡看來，也不過是個「小兒科」。當部隊撤到英德東鄉同樂街西南面的山邊時，他先呼喝第一個蒙面的敵特俯臥地上，然後用鋤頭、刺刀把他解決了。

為了爭取最後機會套取敵特情報，我嚴厲地審問其中一個敵特，要他立即交代問題。其間，他聽到同夥中「先行者」的慘叫後，已經全身發抖，無法言語。我光火了，狠狠地向他臉上摑了一巴掌。另一個敵特隨著也狂叫起來，亂奔亂竄摔倒地上。鄭偉靈繼續如法炮製，把另外三個敵特也照樣處死了。我雖首次看到這個血淋淋的場面，但卻毫不動容，可見在敵我雙方殘酷的廝殺中，感情的色彩也跟著改變了。

事隔數十年後，我曾問鄭偉靈，你一生殺過多少敵人？他說：百多個啦。原來，他還曾用日本軍刀殺了六個敵特，但這是後話了。

讀完這篇文章，我才感到我們過去那些描寫戰爭的小說和電影，是多麼虛偽和虛假。這篇文章的作者，許多南方的文壇朋友都認識，他到了晚年，是一個慈祥的爺爺，是一個關心下屬的領導，口碑很好。我相信他文中提到的鄭偉靈，也不會是凶神惡煞模樣，但在戰爭這種特殊的環境下，他們是真正的殺人不眨眼。但我們有理由譴責他們嗎？那個殺了一百多人的鄭偉靈，肯定是得過無數獎章的英雄，但我們能說他不「悲憫」嗎？可見，悲憫，是有條件的；悲憫，是一個極其複雜的問題，不是書生的臆想。

一味強調長篇之長，很容易招致現成的反駁，魯迅、沈從文、張愛玲、汪曾祺、契訶夫、博爾赫斯（編註：波赫士），都是現成的例子。我當然不否認上列的作家都是優秀的或者是偉大的作家，但他們不是列夫·托爾斯泰、杜斯妥也夫斯基、湯馬斯·曼、喬伊斯、普魯斯特那樣的作家，他們的作品裡沒有上述這些作家的煌煌巨作裡那樣一種波瀾壯闊的浩瀚景象，這大概也是不爭的事實。

長篇越來越短，與流行有關，與印刷與包裝有關，與利益有關，與浮躁心態有關，也與那些盜版影碟有關。從苦難的生活中（這裡的苦難並不僅僅是指物質生活的貧困，而更多是一種精神的苦難）和個人性格缺陷導致的悲劇中獲得創作資源可以寫出大作品，從盜版影碟中攫取創作資源，大概只能寫出背離中國經驗和中國感受的也許是精緻的小玩意兒。也許會有人說，在當今這個時代，太長的小說誰人要看？其實，要看的人，再長也看；不看的人，再短也不看。長，不是影響那些優秀讀者的根本原因。當然，好是長的前提，只有長度，就像老祖母的裹腳布一樣，當然不好，但假如是一匹繡著清明上河圖那樣精美圖案的錦緞，長就是好了。

長不是抻麵，不是注水，不是吹氣，不是泡沫，不是通心粉，不是燈心草，不是紙老虎，是真傢伙，是仙鶴之腿，不得不長，是不長不行的長，是必須這樣長的長。萬里長城，你為什麼這樣長？是背後壯闊的江山社稷要它這樣長。

長篇小說的密度，是指密集的事件，密集的人物，密集的思想。思想之潮洶湧澎湃，裹挾著事件、人物，排山倒海而來，讓人目不暇接，不是那種用幾句話就能說清的小說。

密集的事件當然不是事件的簡單羅列，當然不是流水帳。海明威的「冰山理論」對這樣的長篇小說同樣適用。

密集的人物當然不是沙丁魚罐頭式的密集，而是依然要個個鮮活、人人不同。一部好的長篇小說，主要人物應該能夠進入文學人物的畫廊，即便是次要人物，也應該是有血有肉的活人，而不是為了解決作家的敘述困難而拉來湊數的道具。

密集的思想，是指多種思想的衝突和絞殺。如果一部小說只有所謂的正確思想，只有所謂的善與高尚，或者只有簡單的、公式化的善惡對立，那這部小說的價值就值得懷疑。那些具有進步意義的小說很可能是一個思想反動的作家寫的。那些具有哲學思維的小說，大概都不是哲學家寫的。好的長篇應該是「眾聲喧譁」，應該是多義多解，很多情況下應該與作家的主觀意圖背道而馳。在善與惡之間，美與醜之間，愛與恨之間，應該有一個模糊地帶，而這裡也許正是小說家施展才華的廣闊天地。

也可以說，具有密度的長篇小說，應該是可以被一代代人誤讀的小說。這裡的誤讀當然是針對著作家的主觀意圖而言。文學的魅力，就在於它能被誤讀。一部作家的主觀意圖和讀者的讀後感覺吻合了的小說，可能是一本暢銷書，但不會是一部「偉大的小說」。

長篇小說的難度，是指藝術上的原創性，原創的總是陌生的，總是要求讀者動點腦子的，總是要比閱讀那些輕軟滑溜的小說來得痛苦和艱難。難也是指結構上的難，語言上的難，思想上的難。

長篇小說的結構，當然可以平鋪直敘，這是那些批判現實主義的經典作家的習慣寫法。這也是一種頗為省事的寫法。結構從來就不是單純的形式，它有時候就是內容。長篇小說的結構是長篇小說藝術的重要組成部分，是作家豐沛想像力的表現。好的結構，能夠凸現故事的意義，也能夠改變故事的單一意義。好的結構，可以超越故事，也可以解構故事。前幾年我還說過，「結構就是政治」。如果要理解「結構就是政治」，請看我的《酒國》和《天堂蒜薹之歌》。我們之所以在那些長篇經典作家之後，還可以寫作長篇，從某種意義上說，就在於我們還可以在長篇的結構方面展示才華。

長篇小說的語言之難，當然是指具有鮮明個性的、陌生化的語言。但這陌生化的語言，應該是一種基本馴化的語言，不是故意地用方言土語製造閱讀困難。方言土語自然是我們語言的富礦，但如果只局限在小說的對話部分使用方言土語，並希望藉此實現人物語言的個性化，則是一個誤區。把方言土語融入敘述語言，才是對語言的真正貢獻。

長篇小說的長度、密度和難度，造成了它的莊嚴氣象。它排斥投機取巧，它笨拙，大度，泥沙俱下，沒有肉麻和精明，不需獻媚和撒嬌。

在當今這個時代，讀者多追流俗，不願動腦子。這當然沒有什麼不對。真正的長篇小說，知音難覓，但知音難覓是正常的。偉大的長篇小說，沒有必要像寵物一樣遍地打滾，也沒有必要像鬣狗一樣結群吠叫。它應該是鯨魚，在深海裡，孤獨地遨遊著，響亮而沉重地呼吸著，波浪翻滾地交配著，血水浩蕩地生產著，與成群結隊的鯊魚，保持著足夠的距離。

長篇小說不能為了迎合這個煽情的時代而犧牲自己應有的尊嚴。長篇小說不能為了適應某些讀者而縮短自己的長度、減小自己的密度、降低自己的難度。我就是要這麼長，就是要這麼密，就是要這麼難，願意看就看，不願意看就不看。哪怕只剩下一個讀者，我也要這樣寫。

國家圖書館出版品預行編目資料

生死疲勞/莫言著. -- 四版. -- 臺北市 : 麥田出版 : 英屬蓋曼群島商家庭傳媒股份有限公司城邦分公司發行, 2025.08
面； 公分. -- (莫言作品集 ; 1)
諾貝爾獎新藏版

ISBN 978-626-310-928-5(平裝)

857.7 114008028

莫言作品集 1

生死疲勞（諾貝爾獎新藏版）

作　　者　莫　言
責任編輯　林秀梅

版　　權　吳玲緯　楊　靜
行　　銷　闕志勳　吳宇軒　余一霞
業　　務　李再星　李振東　陳美燕
副總編輯　林秀梅
總 經 理　巫維珍
編輯總監　劉麗真
事業群總經理　謝至平
發 行 人　何飛鵬
出　　版　麥田出版
台北市南港區昆陽街16號4樓
電話：886-2-25000888　傳真：886-2-25001951
發　　行　英屬蓋曼群島商家庭傳媒股份有限公司城邦分公司
台北市南港區昆陽街16號8樓
客服專線：02-25007718；25007719
24小時傳真專線：02-25001990；25001991
服務時間：週一至週五上午09:30-12:00；下午13:30-17:00
劃撥帳號：19863813 戶名：書虫股份有限公司
讀者服務信箱：service@readingclub.com.tw
城邦網址：http://www.cite.com.tw
麥田部落格：http://ryefield.pixnet.net/blog
麥田出版Facebook：https://www.facebook.com/RyeField.Cite/

香港發行所　城邦（香港）出版集團有限公司
香港九龍九龍城土瓜灣道86號順聯工業大廈6樓A室
電話：852-25086231　傳真：852-25789337
電子信箱：hkcite@biznetvigator.com

馬新發行所　城邦（馬新）出版集團
Cite（M）Sdn. Bhd.（458372U）
41, Jalan Radin Anum, Bandar Baru Seri Petaling,
57000 Kuala Lumpur, Malaysia.
電話：+6(03)-90563833　傳真：+6(03)-90576622
電子信箱：services@cite.my

封面設計　莊謹銘
排　　版　宸遠彩藝有限公司
印　　刷　前進彩藝有限公司

初版一刷　2006年5月
四版一刷　2025年8月
定　　價　570
I S B N　978-626-310-928-5（紙本）、9786263109261（EPUB）